MW00634648

Un juego peligroso

Kiss me like you love me

Un juego peligroso

Kira Shell

Traducción de Elia Maqueda

Rocaeditorial

Advertencia

Esta serie es un *dark romance*, por lo que contiene el tratamiento de temas delicados y la descripción de escenas explícitas. Se aconseja la lectura por parte de un público maduro y consciente.

Título original en italiano: *Kiss me like you love me. A dangerous game*

Primera edición: febrero de 2023

Av. Marquès de l'Argentera 17, pral.
08003 Barcelona
actualidad@rocaeditorial.com
www.rocalibros.com

Impreso por LIBERDÚPLEX, S. L. U.
Printed in Spain – Impreso en España

ISBN: 978-84-19449-28-3
Depósito legal: B. 23491-2022

El amor es un lío enorme.
A veces hace enloquecer a todo el mundo.

Kira Shell

A todos mis lectores

Prólogo

> El país de Nunca Jamás no existía,
> pero yo creía poder volar tras las estrellas.
>
> Kira Shell

Estaba sentado en el sofá del salón mirando un cuadro de Jesucristo.

Mi madre me decía que tenía que darle las gracias a Dios todos los días, rezar una oración cada noche e ir con ella a misa.

Decía que a mí me pasaba algo, que el coco del que tanto hablaba era un monstruo que solo existía en mi cabeza y que la Iglesia sería mi salvación.

No me entendía.

—Te juro que existe —repetía continuamente, sobre todo cuando volvía del colegio y las maestras la llamaban para hablarle de mi mal comportamiento.

Como aquel día.

—¡Deja de decir mentiras! —me regañó mamá—. ¡Lo que has hecho es inaceptable! —me gritó, porque mi profesora le había contado que había toqueteado a una compañera de clase, pero en realidad no había sido así.

Solo le había puesto la mano en el muslo mientras ella lloraba porque había sacado una mala nota. La maestra nos había visto y había pensado que la estaba tocando de una forma poco apropiada para un niño. Así que estaba intentando explicarle a mamá que esas cosas feas me las hacía a mí el coco, pero que yo no se las haría jamás a nadie. Pero era como si no me escuchase.

—Tienes que creerme, mamá —le susurré con tristeza.

—¡Ya es la segunda vez que me llaman para hablarme de tus comportamientos absurdos, Neil! ¿Por qué demonios haces estas cosas? ¿Lo haces para llamar la atención? ¿Eh?

Se tocó la barriga con una mano; ya faltaban pocos meses para que naciera Chloe, y mi madre no estaba tranquila.

No quería enfadarla como la última vez. Lo pasaba muy mal y papá me castigaba.

—Mamá, yo…

No llegué a terminar la frase porque ella se acercó a mí y me dio una bofetada en la cara. Me hizo tanto daño que me temblaba el labio. La miré con los ojos llenos de lágrimas y la mejilla dolorida, pero mi madre permaneció fría y me señaló las escaleras con el dedo índice.

—¡A tu habitación! —me ordenó con severidad, y yo agaché la cabeza y obedecí.

Subí al piso de arriba corriendo y cerré la puerta detrás de mí. No tenía ganas de ver a nadie. Me sentía solo e incomprendido. Me arrodillé a los pies de la cama y junté las manos en señal de oración, como mi madre me había dicho siempre que hiciera. Luego levanté el rostro y hablé:

«Dios, te ruego que hagas acabar esta tortura.

¿Por qué Kim me ha elegido a mí?

¿Qué he hecho mal? Dímelo, porque yo no lo entiendo.

Te pido perdón.

Te pido perdón si en Navidad pedí demasiados regalos.

Te pido perdón si alguna vez he contestado mal a mi madre sin querer.

Te pido perdón por haberle escondido la merienda a Logan para molestarle.

Te pido perdón si estoy celoso por la llegada de mi hermanita Chloe, solo tengo miedo de que mi madre se olvide de mí.

Te pido perdón por haber hecho enfadar a papá por mancharle la camisa nueva con zumo.

Te pido perdón por no acordarme de la última estrofa del poema en el cole, cuando la profe me dijo que tenía que habérmelo estudiado mejor.

Te pido perdón por no ser capaz todavía de atarme los cordones solo ni lavarme bien los dientes.

Te pido perdón por haber tirado los cereales al suelo a mi hermano por error esta mañana.

Te pido perdón por todo, pero tú, por favor…, ayúdame».

Los niños temían que los monstruos se escondieran debajo de la cama, detrás de las cortinas o en el armario, pero para nada era así.

Paseaban por nuestro mundo, tenían un aspecto engañoso y una sonrisa misteriosa.

Te tendían la mano y te ofrecían un caramelo, y luego te invitaban amablemente a seguirlos.

Allí, en la oscuridad, en un lugar turbio y desconocido, te arrancaban la piel y tus gritos se apagaban en una lenta agonía.

Un día, uno de estos monstruos se me había sentado al lado y, sin permiso, había echado abajo la puerta de mi alma, había invadido mi corazón y había contaminado con su veneno cada parte de mi cuerpo.

Yo había luchado mucho por defenderme, pero el monstruo se había fundido y confundido conmigo demasiado rápido, creando el caos.

La esperanza se hacía añicos cada vez que me tocaba, y el castillo de mi inocencia había empezado a derrumbarse muy despacio con cada oleada de dolor.

Entonces había nacido dentro de mí el enemigo.

Habían empezado a coexistir dos almas.

Distintas, opuestas, lejanas.

Así había aprendido a manejarlas y aceptarlas, y me había convertido, con el tiempo, en…

El enemigo de mí mismo.

1

Neil

Quizá la vida sea como un río que va al mar.
No ha ido adonde se supone que debía ir,
pero ha acabado donde tenía que estar.

FABRIZIO CARAMAGNA

Tener relaciones sexuales, hacer el amor o follar para mí eran tres actos que pertenecían a una única y gran categoría: el placer.

Mi placer, sin embargo, no era como el de los demás: no recurría al sexo para llegar al orgasmo, porque a menudo ni siquiera llegaba.

No, para mí era un mecanismo que me concedía un sentimiento de enferma excitación cuando imaginaba que debajo de mí estaba aquella que había dañado profundamente mi psique y mi alma: Kimberly.

Aquella mujer no me había infligido solo una violencia física, sino también visual, táctil y psíquica. Muchas veces, las personas que sufrían una violencia así durante la infancia desarrollaban una conducta social anómala en la edad adulta. Se volvían manipuladores, molestos, irritantes, perversos e inquietos.

Exactamente como yo.

Mi personalidad estaba gravemente herida, y yo sabía que cuanto más precoz era el abuso —que en mi caso había tenido lugar a los diez años— mayor era el daño, que además implicaba una modificación psicopatológica de las tendencias instintivas. El doctor Lively me lo había explicado con todo detalle en una de nuestras sesiones. Y había añadido que el sufrimiento y la humillación que aún albergaba en mi interior se manifestaban en las relaciones sexuales y humanas que establecía con las mujeres, con la consecuencia de que vertía esos sentimientos de forma irreparable sobre ellas. Es más, lo que hacía era obligarme a revivir mi abuso, pero desde el otro lado. Esta enfermedad la había definido mi médico como «coacción de repetición egosintónica».

De pronto, el cerebro, después de haberse paseado por su caos, me trajo de vuelta al presente.

Estaba en la cama, y no estaba solo.

—Neil.

Jennifer seguía meciéndose sobre mí, tocándome los pectorales sudados.

Se mordía el labio y contoneaba, lo que solo conseguía aumentar mis malditas náuseas.

Mis dedos la guiaban, apretándole los costados, mientras miraba fijamente el anillo de acero que llevaba en el dedo corazón de la mano derecha, para no ver hasta qué punto su cuerpo me absorbía y me soltaba con ardor. Jennifer no deseaba a ningún otro, solo a mí, y yo no deseaba a ninguna otra, solo a... la niña.

Para no pensar en Selene, me puse a pensar en cuánto odiaba la postura en la que la rubia y yo estábamos haciéndolo. Como de costumbre, no conseguía aguantar debajo de una mujer más de cinco minutos, así que cuando mi cabeza contó el quinto minuto, le di la vuelta a la situación y me puse a horcajadas sobre ella, apoyando mi erección, mojada por sus secreciones, sobre su abdomen.

Le toqué la mejilla con la nariz y le dediqué una sonrisa provocadora; entonces decidí apropiarme de otro agujero de su cuerpo.

Me quité el condón usado y ella siguió el gesto con mirada voraz.

Le gustaba mi tamaño, como a todas, y yo era consciente de ello, razón por la cual demostraba cierta confianza en la cama.

Jennifer, por su parte, no ocultó sus ganas de disfrutar de mi miembro como una deliciosa piruleta.

Tenía ganas..., pero que muchas ganas.

Me miró con la respiración contenida, las mejillas sonrojadas y los ojos inundados de una expectativa que pronto satisfaría.

Me puse de rodillas y desvié el glande hinchado hacia su hermosa boca. Apoyé las manos en el cabecero de la cama y, de nuevo, el mismo ritmo.

Dentro, fuera, dentro, fuera, pero esta vez observando cómo se apoderaba ella de mí con sus labios pecaminosos.

La miraba y me encantaba lo que veía, pero sobre todo me gustaba cómo conseguía complacerme. No era nada fácil abarcarla entera, pero Jennifer sabía dónde pararse, sabía cómo satisfacer mis demandas. Era desinhibida, guarra y atrevida.

De repente, tosió y me detuve unos instantes en el calor de su boca. Esperé a que asintiera y reanudé la marcha.

Con las manos me apretaba el culo, que se contraía con cada embestida, sentía sus uñas clavándose en mi carne mientras yo seguía apoderándome de lo que quería.

Cuando Jen empezó a jadear y a ralentizar el vaivén de la nuca, me di cuenta de que Xavier había vuelto con nosotros a la cama, para deslizar, esta vez, su cabeza entre los muslos de ella.

En realidad, aquel banal teatrillo obsceno había comenzado alrededor de una hora antes con ambos compartiendo a la misma mujer, como siempre.

—Nena, ¿cuánto has echado de menos mi lengua? ¿Eh?

La voz ronca y excitada de Xavier me llegó por la espalda, ralentizando bastante la carrera hacia el orgasmo que sentía cada vez más distante.

Aquel día mi cabeza no quería colaborar. Estaba tenso y nervioso, tanto que no conseguía dejarme ir como me habría gustado.

—Joder —gruñí por lo bajo, mientras salía de la boca de Jennifer para alejarme y levantarme de la cama.

Dirigí una última mirada a los dos que seguían dándose placer, y vi que Xavier estaba concentrado haciendo enloquecer a la rubia.

Mi amigo probablemente fuera más generoso que yo, que últimamente solo le había concedido ciertos privilegios a la chica con los ojos de mar que se había marchado: Selene.

Jennifer me miró suplicándome que volviera, enterrado entre sus labios, pero sacudí la cabeza y decliné la invitación.

Me metí en el baño y cerré la puerta tras de mí, aunque oía de todas formas los gemidos de los dos, que habían empezado a darse lo suyo en serio.

Apoyé las manos en el borde del lavabo y contemplé mi reflejo: tenía el pelo despeinado, los labios rojos, los tendones del cuerpo marcados, los músculos aún tensos; era la expresión de un hombre insatisfecho. En mi cuerpo el erotismo circulaba como una droga venenosa. Todavía lucía una erección obstinada, que no quería concederme ni un momento de desconcierto, los cinco segundos de explosión total, los escalofríos que iban desde la base de la espina dorsal hasta el cerebro, los mismos que solo había sentido con una mujer.

Con la niña.

Todavía recordaba cómo me había corrido en aquel cuerpecillo suave y estrechísimo, que me había absorbido y había hecho abrirse las puertas de un paraíso maldito.

Recordaba sus dedos delicados, que se me clavaban en la espalda, con miedo a hacerme daño, recordaba nuestros besos toscos que ella no acertaba a devolverme del todo, porque nadie la había besado nunca mientras se la follaba.

Recordaba todavía cómo me había mirado cuando le había enseñado cuánto me gustaba el sexo con ella, porque cada orgasmo que vivíamos juntos era tan paralizante que me dejaba sin aliento; aunque no jadeara, aunque intentara no perder el control, ella me quitaba una parte de mí, en pequeñas dosis, de puntillas, como un hada que siempre esparcía un puñado de polvos mágicos sobre mi alma.

Había pensado en llamarla, en preguntarle si había llegado a Detroit, si estaba bien y si había encontrado mi regalito en el bolsillo del abrigo.

Dios mío, ¿de verdad le había metido un cubo de cristal con una perla en el bolsillo?

Sí, lo había hecho, cuando, con la excusa tonta de darle un beso en la frente, me había acercado tanto a ella que me había comportado de una forma totalmente inapropiada.

Se había marchado aquel mismo día por la mañana y solo eran las diez de la noche, pero parecía que hubiese pasado una eternidad desde la última vez que me había sumergido en su océano.

Habría querido abrazarla, besarla y llevarla conmigo a mi habitación, pero me había propuesto no hacer tonterías y dejarla marchar, porque era la decisión más justa.

La más justa.

Me lo repetía continuamente como un loco para no coger el móvil y mandarle un mensaje que dijera «Vuelve inmediatamente aquí conmigo, Campanilla», porque, aunque lo hubiese hecho, nada habría cambiado.

Yo no habría cambiado, seguiría siendo el mismo niño enfermo que utilizaba a sus rubias, que se daba innumerables duchas al día, que se negaba a volver a terapia, que no conseguía controlar sus propios impulsos, que hablaba consigo mismo, que era incapaz de amar.

Mi personalidad nunca jamás habría aceptado el amor, porque un simple «te quiero» habría traído de vuelta a la bestia que tenía dentro.

Era justo dejarla marchar, dejarla vivir su vida, quizá con un hombre normal que no sufriera un trastorno disociativo, TEI o cualquier otra obsesión compulsiva como yo. Con un hombre que la tratara bien, que la tocara con delicadeza y que no se acostara con otra que no fuera su mujer. Con un hombre serio y respetuoso con quien formar una familia, tener hijos y vivir una historia con final feliz.

Al fin y al cabo, Selene se merecía todo aquello, pero era algo que yo no podía darle.

Si no tuviese los problemas que tengo lo habría intentado, habría intentado comprometerme con ella, pero la realidad era otra, y yo, por mi forma de ser, nunca había pensado en tener una relación estable con una mujer.

No mientras Kimberly siguiera en mi cabeza.

Miré intensamente mis ojos dorados en el reflejo de aquel espejo y todo cambió.

Muy despacio, como un sueño...

El maorí del bíceps derecho desapareció, los imponentes hombros se estrecharon, los pectorales menos hinchados, el cuerpo más pequeño, el pelo más largo y claro, la cara sin barba y los rasgos más... infantiles.

Y ahí estaba, mi persecución.

—Eres tú quien tiene la necesidad constante de utilizar a mujeres distintas.

Hablé yo primero, mirándome en el espejo antes de que él me atacara.

El chico inclinó la cabeza hacia un lado y me miró escéptico. Llevaba la camiseta deportiva azul del Oklahoma City, de nuevo, y los pantalones cortos del mismo color.

Seguro que quería justificarse y echarme a mí la culpa de todo, como siempre.

—¿Vas a negarlo? —seguí, apretando los dedos sobre el borde del lavabo.

Estaba nerviosísimo, y el deseo insatisfecho, que aún me latía entre las piernas, no resultaba de mucha ayuda.

—No puedes tenerla, se ha largado. Campanilla ya no está y deberías estar contento. —Esbocé una sonrisa burlona, y luego me pasé la mano por la cara—. Eres tú quien me obliga a comportarme de esta forma, ¿lo entiendes? —le acusé para que dejara de mirarme como si fuera solo culpa mía.

La culpa era toda suya, de lo que susurraba a mi conciencia y de su llanto, a veces ininterrumpido, que yo intentaba calmar como ambos sabíamos.

—Me gusta —contestó él, cruzando los brazos sobre el pecho.

Ahora estaba molesto y malhumorado, pero me importaba una mierda porque era él quien me había llevado a aquella situación.

—Sabes que no puedes tener una relación con una mujer como Selene mientras te acuestas con otras, ¿no? No es respetuoso, y ella jamás aceptaría algo así, no aceptaría compartirme. Es justo que se haya marchado —le regañé, levantando la voz.

Maldición, ¿por qué me cabreaba tantísimo aquel muchacho?

—Lárgate, me estás haciendo perder la paciencia —lo amenacé, y luego me acerqué a la taza del váter porque una necesidad fisiológica más urgente me invitaba a interrumpir aquel absurdo diálogo.

El problema era que mear con una erección como aquella habría sido no solo difícil, sino también bastante enervante. Intenté pensar en otra cosa, concentrarme en un tema alejado del sexo, como los estudios, los últimos exámenes, el grado, y por fin conseguí liberarme.

—Niñato de mierda —le gruñí a aquel chaval caprichoso, y luego me metí directamente en la ducha.

Cuarenta minutos de agua fría fueron suficientes para aplacar mi rabia, calmar la excitación sexual y deshacerme del olor de la saliva de Jennifer y de nuestro sudor.

Aquel era mi momento preferido del día: agua, gel de ducha, perfume.

Todo el mundo sabía lo obsesionado que estaba con la higiene, además de lo puntilloso que era para elegir a las mujeres con las que follaba, y poco proclive a concederles a mis presas relaciones orales.

Me gustaba hacerlo, pero no a todas, más bien casi a ninguna, excepto a Campanilla, cuyo sabor tenía aún impreso en el paladar.

Era un sabor distinto, intenso y único, simplemente… suyo.

Pero tenía que dejar de pensar en aquello o volvería a empalmarme, y esta vez no sería suficiente con una ducha fría para hacer desaparecer la erección.

Salí del baño completamente desnudo, con el cuerpo aún goteando agua, y me acerqué a donde estaban mis calzoncillos para ponérmelos.

Jennifer y Xavier habían terminado y estaban cómodamente tumbados en la cama de mi habitación fumándose un cigarro. Noté sus ojos pegados en mi espalda, pero evité mirarlos.

—¿Con quién hablabas ahí dentro?

Fue la curiosidad de Jennifer la que rompió el silencio mientras me ponía también los vaqueros. Le dirigí una mirada furtiva y encogí un hombro con indiferencia.

—Hablaba por teléfono —mentí; mierda, no me había percatado de que había levantado tanto la voz como para que me oyeran desde la habitación, así que solo podía dar una excusa absurda como aquella.

—¿Cuánto tardas en darte una ducha? Espero que te hayas hecho también una buena paja, amigo. No entiendo cómo puedes controlarte tanto rato después de haber estado una hora follando —me dijo Xavier mientras yo me ponía la sudadera blanca para taparme el tórax aún húmedo.

Tenía el pelo despeinado, solo me lo había secado por encima con una toalla; me acerqué al espejo y me pasé los dedos por la cabeza para peinarme un poco.

—Xavier, lo que haga o deje de hacer no debería interesarte —repliqué huraño, y luego cogí las llaves, el móvil y el paquete de Winston.

Me di la vuelta para mirarlos y pillé a Jennifer mirándome el culo como de costumbre. Xavier era alto y atlético, pero yo estaba más bueno. Practicaba boxeo desde los dieciséis años, bebía poco alcohol y no consumía drogas, así que tenía un cuerpo musculoso y fornido como pocos, potenciado solo por mis asiduos relajos.

—Voy a salir a fumar. Limpiad un poco y abrid la ventana.

Salí y me puse la capucha de la sudadera para resguardarme del frío.

Me senté en un sofá y me encendí un cigarro, echando el humo al aire.

Miré fijamente el agua cristalina de la piscina en desuso que tenía delante, y reviví el momento en que, en el tercer piso, había seducido a Selene y le había robado el primer beso, envolviendo su cuerpo con el mío. Recordé sus ojos marinos con los que me había mirado, cohibida, y su sabor dulce que se había diluido en mi paladar, volviéndome adicto a sus labios carnosos.

¿A cuántas mujeres había besado? A muchísimas.

Pero ningún beso había tenido nunca un efecto así en mí.

Aún sentía en la piel el ardor de aquel momento, como si me hubiese dejado grabada una señal indeleble parecida a una herida dolorosa.

Intenté ahuyentar cualquier pensamiento, pero los recuerdos seguían asaltándome, como si mi mente se divirtiera torturándome.

Reviví el momento en que la vi por primera vez en mi habitación, asustada y envuelta entre las sábanas de mi cama. Tenía el pelo castaño hecho una maraña y los labios hinchados y agrietados.

Me había despertado citando a Bukowski, mi autor favorito, mientras el pánico se le insinuaba por todo el cuerpo por culpa de la prueba de su virginidad impresa sobre mi cama; le había arrancado la pureza en un arrebato de inconsciencia, y ahora me arrepentía como un cabrón. Selene había sido algo nuevo para mí. Me había resultado graciosa y a la vez adorable con sus muecas y su timidez, que luego daba paso a un lado testarudo y agresivo; sin embargo, bastaban una sonrisa maliciosa o un beso prepotente para derribar su coraza. Quizá justo por eso me había aprovechado de su bondad sin darme cuenta de lo cansada que estaba ella de mi falta de respeto, decepcionada con mi comportamiento y desesperada por mi carácter decididamente difícil.

Sabía que Selene se había marchado porque yo había exagerado en la fiesta de Halloween.

Había exagerado pero mucho.

No solo porque unos días antes me la había chupado una rubia en la casa de invitados, casi delante de ella, sino que encima, en aquella fiesta, le había pedido a Jennifer que uno de nuestros jueguecitos perversos incluyera también a Selene.

Yo sabía que se odiaban, y mucho, pero justo por eso había elegido a Jennifer como la tercera en discordia, porque quería que la niña viese cómo era yo —un pervertido que utilizaba a las mujeres a su antojo— y se alejara de mí.

—Eh, sabía que te encontraría aquí. ¿En qué piensas?

Mi hermano se acercó a mí apoyándose en las muletas. Muy despacio, se sentó en el sofá a mi lado y suspiró; me había dado cuenta de que para él no era fácil vivir con las secuelas de un accidente casi mortal. Aunque los moratones habían desaparecido, cada vez que le veía los apósitos y las heridas de la cara me acordaba de que había corrido el peligro de perderlo. Y se me encogía el pecho de un modo doloroso.

—En nada —repliqué, evitando decirle que en realidad la nada era Selene, y no podía dejar de pensar en ella.

—Mmm... —musitó reflexivo. La verdad es que Logan me conocía tan bien que no se iba a creer tan fácilmente las tonterías que decía para ocultarle la verdad—. ¿La has llamado? —añadió, e instintivamente me giré para mirarle.

¿Qué clase de pregunta era esa?

No llamaba a las mujeres, no me preocupaba por ellas y no me importaba lo más mínimo su vida.

Sí, había «robado» el número de móvil de Selene de la agenda de mi hermano, y sí, le había escrito mensajes, mirándola desde su balcón, pero no sentía nada por ella, solo atracción sexual.

—¿Por qué iba a llamarla? Yo no hago esas mierdas.

Hacía otras mucho peores.

—Alyssa y yo le dijimos que nos avisara cuando llegara a Detroit, pero ninguno de los dos hemos sabido nada. Ni siquiera un mensaje —murmuró Logan con un velo de inquietud que me puso nervioso de repente a mí también.

Pero no quería que me dominaran los malos pensamientos. Mi hermano era muy distinto a mí: era aprensivo, atento, amable y se encariñaba con facilidad con la gente; yo era justo lo contrario, por lo que preocuparme por aquella muchacha no entraba en mis costumbres ni en mis prioridades.

—Tranquilo. Seguro que se le ha olvidado y ya está. Habrá hablado con su madre, deshecho las maletas, avisado a sus amigos de que está de vuelta... —Seguí fumando como si tal cosa mientras imaginaba que todo había pasado exactamente así—. Ya sabes, esas chorradas —concluí sin variar el tono de voz.

Logan levantó una ceja; parecía escéptico y sorprendido por mi indiferencia.

Cansado, respiró hondo y luego se giró en dirección a la casa de invitados; oímos que la puerta se cerraba con un golpe seco. Yo ya sabía quién se dirigía hacia mí, pero mi hermano no.

—Aquí tienes las llaves.

Xavier me las lanzó y yo las cogí al vuelo con una mano; Jennifer, a su lado, se envolvió en la chaqueta por el frío y me sonrió. Tenía el maquillaje corrido y había vuelto a hacerse sus dos trenzas perfectas, que le daban un aspecto atractivo.

—Hombre, hola, princesa.

Xavier le dedicó una mueca de burla a Logan, pero lo miré fijamente con la clara intención de cortar de raíz lo que fuera a decir o hacer.

—Te veo mañana —intervine con decisión, dándole a entender que se largara. Él encogió los hombros con prepotencia y se encaminó a la puerta, seguido por Jennifer, que me guiñó un ojo.

—No me lo puedo creer —soltó Logan, decepcionado—. ¿Cuándo vas a dejar de hacer estas guarradas? —me regañó, pasándose una mano por la cara.

Tal vez algún día dejaría de hacerlo, o tal vez seguiría para siempre, porque era así: malo.

—¿Me vas a dar la charla? —me defendí.

No necesitaba que me recordaran que estaba equivocado, que era un depravado con una personalidad desviada.

Después de todo, no era culpa mía.

Si hubiera tenido una infancia normal, probablemente habría sido distinto.

—No, yo solo he venido porque desde esta mañana, es decir, desde que se fue Selene, no has hecho más que evitarme. Follar con Jennifer no te va a ayudar a olvidarla —rebatió muy serio.

Me giré hacia él con el cigarro entre los labios. Joder, «olvidarla» era una palabra un poco fuerte.

¿Qué coño creías, Logan? ¿Que me había comprometido de alguna forma con aquella muchacha? ¿Que me había…?

—¿Creías que me había enamorado? —pregunté con tono burlón.

Casi le escupí al reírme en su cara; solo suponer una cosa así era absurdo. Había acabado con aquella mocosa.

Ella había vuelto a Detroit, había retomado su vida, lejos de mí, lejos de Player 2511, lejos de todos los peligros que me rodeaban. Y eso era exactamente lo que yo quería.

—No, no lo creo, pero sí creo que te gusta mucho, más que ninguna otra —contestó con cierta firmeza. Tenía razón: Selene me gustaba, igual que me gustaba lo que había pasado entre nosotros, pero eso no significaba nada. El amor para mí era otra cosa, tenía una connotación negativa y nunca habría podido asociarlo a ninguna mujer que no fuera Kimberly.

Ella para mí era el Amor, un amor enfermo, impúdico, perverso, sucio, inmoral.

Ella había desviado mi mente, generando dentro de mí una visión terrible y distorsionada de un sentimiento que para los demás era puro, una visión con la que tendría que vivir siempre.

—Es justo que viva su vida. Esa niña no me importa —repliqué con franqueza, pero mi hermano parecía empeñado en tocarme las narices.

—Ah, ¿sí? —me espetó—. Pues espero que encuentre a un chico que se la merezca —añadió provocativo—. Un chico que la colme de atenciones.

Me imaginé por un instante a Selene con otro. Me habría gustado poder decir que aquella imagen no tenía ningún efecto en mí, pero en lugar de eso una extraña sensación corrosiva empezó a subirme desde la boca del estómago hasta el pecho.

—Vale ya —le exhorté para que se callara, mientras intentaba concentrarme en mi cigarro, pero nada conseguía sacar de mi mente las imágenes que había evocado.

—Alguno que la bese, la toque y le susurre palabras dulces al oído mientras la hace experimentar un orgasmo tan devastador que la haga olvidarse por fin de tu existencia —continuó, y ahí se pasó tres pueblos.

Tiré el cigarro lejos con rabia y clavé mi mirada en la suya, que parecía divertida.

—¡Que te calles, joder! —Alcé la voz como un loco y lo señalé con el dedo, porque, maldición, tenía que cerrar el pico y dejar de provocarme y fastidiarme.

—Mmm... Vale, o sea que no te importa nada, claro. Me ha quedado clarísimo.

Esbozó una sonrisa insolente y yo me pasé las manos por el pelo y me puse la capucha de la sudadera. Logan me conocía muy bien, sabía qué teclas tocar para hacerme saltar, para ponerme al descubierto y hablar.

Vale, tenía que admitir que a lo mejor aquella muchacha me importaba un poco, a fin de cuentas ella siempre sería mi Campanilla, mi país de Nunca Jamás, y eso no iba a cambiar en cuestión de pocas horas, pero no significaba que hubiese podido ir a buscarla, ni empezar una relación con ella o declararle sentimientos inexistentes.

Si Selene quería un cuento de hadas, yo no era el príncipe azul con el que hacerlo realidad.

—Solo quieres cabrearme —lo acusé, caminando de un lado a otro, inquieto, mientras Logan me observaba atentamente; me recordó al doctor Lively y su fastidiosa manera de analizarme.

—Me preocupo por ti y lo sabes. Solo quiero que seas sincero contigo mismo —me dijo muy serio, y yo me paré y lo miré.

—Fuiste tú quien le dijo que soy inestable, que la iba a utilizar como hago con todas y que nunca tendría que haberse encariñado con un tipo como yo. Y ahora ¿qué? Ahora que la he dejado marchar, ¿no aceptas mi decisión? —Esbocé una sonrisa socarrona y seguí mirándolo—. ¡Al menos deberías entenderme y apoyarme, joder!

Estaba furioso, y solo podía haber calmado los nervios dándole puñetazos al saco de boxeo.

—Lo acepto, pero es innegable que Selene significa algo para ti y quizás habría sido la mujer adecuada. A ella podrías haberle dado algo más, además de tu cuerpo, porque no es como Jennifer ni como todas las demás que se van a la cama contigo hechizadas solo por tu físico.

Sacudió la cabeza, contrariado, y ambos nos dimos cuenta de que había dicho la verdad. Las mujeres no querían saber nada de mí, no les interesaba mi pasado, mi forma de ser ni mis pasiones.

Solo les importaba mi aspecto y mi potencia sexual.

—Acabo de follarme a otra, ¿cómo puedes pensar que Selene es la mujer adecuada y chorradas así? —le contradije, y seguí negando impertérrito la evidencia de algo que, en realidad, había notado también yo. Selene siempre había demostrado interés por mí, por quién era, por lo que me gustaba, como dibujar o leer; incluso se había colado en mi habitación para curiosear entre mis cosas y entenderme mejor.

A ella no le bastaba con tenerme, no le bastaba con utilizarme como yo les dejaba hacer a todas: ella quería mi alma, quería sacármela, aunque yo había conseguido protegerme, había conseguido impedírselo.

Había conseguido escaparme de ella, pero solo en parte.

De hecho, había compartido con la niña situaciones que con otras mujeres no había querido compartir nunca.

No conseguía explicarme por qué había decidido darle algunas partes pequeñas de mí, partes que iban más allá de la mera relación física.

—¿La echas de menos? —me preguntó Logan, así, de repente, como si fuera normal hacerme una pregunta semejante.

Lo miré durante unos segundos infinitos. Tenía en la punta de la lengua una única respuesta, negativa, que aun así no conseguía pronunciar, porque sabía que sería una mentira enorme.

¿La echaba de menos?

No había pasado ni un día desde su marcha y a mí me parecía que había pasado una eternidad, que cuando ella no estaba, yo tampoco estaba. Desde que se había ido, no sentía su presencia a mi alrededor ni su olor en mí.

Percibía un vacío de dimensiones imprecisas que era inútil colmar con otras cosas, pues solo se llenaría encajando la pieza perfecta, y esa pieza era ella.

Siempre la había rechazado, pero la quería como si no la hubiese tenido nunca o como si siempre hubiésemos estado juntos y, de repente, me la hubiesen quitado.

Éramos como dos coches que chocaban, que se perseguían y hacían saltar chispas, pero también un montón de piezas rotas.

A menudo nos equivocábamos de camino, se nos daba bien meter la pata; a la hora de hacernos daño éramos imbatibles, pero, a pesar de todo, éramos la cosa más imperfecta y hermosa del mundo.

—No —respondí con firmeza, y me felicité.

Era muy buen actor.

Logan me miró molesto; quizá se había dado cuenta de que estaba mintiendo, pero antes de que se pusiera a sermonearme otra vez, desvié mi mirada hacia Matt, que se estaba poniendo el abrigo a toda prisa y corría agitadamente hacia nosotros.

Me levanté deprisa; por su cara de esfuerzo y la expresión de preocupación, pude adivinar inmediatamente que había pasado algo.

—¡Matt! —proferí, y mi hermano también se volvió hacia él con el ceño fruncido.

El compañero de mi madre, que durante cuatro años siempre había sido una persona comedida y sosa, venía con el pelo despeinado, la camisa mal abotonada y la respiración acelerada.

—Chicos, tenemos que irnos corriendo al hospital.

Nos alarmó, y en aquel momento, detrás de él, apareció también mi madre con la misma expresión descompuesta. Empecé a preocuparme seriamente: una extraña sensación negativa se apoderó de mi cuerpo como una serpiente venenosa.

—¿Qué ha pasado, Matt?

Logan cogió las muletas y se puso de pie despacio, luego miró a Matt y a Mia visiblemente confuso. Entonces Matt habló con la voz rota.

—Se trata de Selene: no llegó al aeropuerto. Ha tenido un accidente, el coche se salió de la carretera y…

Intentó explicarse, pero yo dejé de escucharle porque en mi cabeza empezaron a repetirse las palabras: accidente, coche, Selene…

Retrocedí unos pasos y perdí todo contacto con la realidad, catapultado de repente a la más profunda de las pesadillas. Sentí que la respiración me raspaba los pulmones, mi corazón bombeaba cada vez más rápido y la vieja conocida adrenalina recorría cada fibra de mi cuerpo.

Una bomba acababa de activarse en mi cerebro y lo había hecho explotar en mil pedazos. Estaba cabreado, no, más que cabreado. Si le había pasado algo grave, iba a enloquecer. Y no me cabía ninguna duda sobre quién era el culpable de todo: Player 2511.

—Id vosotros, yo ahora solo voy a ser un incordio. Me quedaré aquí con Chloe —dijo mi hermano.

Logan señaló las muletas y esbozó una sonrisa tranquilizadora, instándome a moverme.

Me apresuré a sacar las llaves del coche del bolsillo de los vaqueros y seguí al Range Rover de Matt de camino al hospital adonde habían llevado a Selene.

Conduje como un loco mientras la culpa empezaba a tomar forma en mi cabeza. Si no hubiera animado a la niña a marcharse, el accidente nunca habría ocurrido.

Si no hubiera actuado como lo hice en esa maldita fiesta de Halloween, se habría quedado aquí, con nosotros, conmigo, y habría seguido siendo la Campanilla que tanto le gustaba al niño.

Me pasé una mano por la cara y la volví a apoyar en el volante; estaba temblando porque, por segunda vez en mi vida, tenía miedo. Tenía mucho miedo de que las consecuencias del accidente fueran graves.

De repente, la ansiedad se introdujo en cada parte de mí, abriendo un canal en el que caían irremediablemente todos los demás pensamientos.

¿Estaría bien?

¿Estaría viva?

Claro que sí.

Tenía que estarlo.

Divisé a lo lejos el enorme edificio del hospital y me vinieron a la mente los recuerdos de la estancia de mi hermano en una de aquellas habitaciones desnudas. Y ahora la pesadilla parecía repetirse.

Detuve el coche bruscamente, sin molestarme en aparcarlo bien. Saqué la llave y salí muy rápido, encaminándome hacia la entrada.

Con cada paso, mi agitación aumentaba. No descansaría hasta haberme asegurado de cuál era el estado de salud de Selene.

Atravesé las puertas automáticas seguido de Matt y de mi madre. Una vez dentro, arrugué la nariz por el fuerte olor a desinfectante y miré a mi alrededor desconcertado. Me dirigí hacia un enfermero que pasaba con la intención de pedirle información, pero Matt se me adelantó.

—Disculpe, han traído aquí a una chica, Selene Anderson. Es mi hija y necesito…

Pero él no le dejó terminar, arqueó una ceja y resopló.

—¿Cree usted que nos sabemos los nombres de todos los pacientes de memoria? —contestó con una arrogancia que me hizo temblar de ganas de darle un puñetazo. En un segundo, el instinto se apoderó de mí: avancé hacia él, furioso, y lo agarré por la bata, haciéndole retroceder contra la pared blanca que tenía detrás.

—¡Neil, no! —gritó mi madre, pero no me importó el miedo que escuché en su voz.

Acerqué la cara de aquel imbécil a pocos centímetros de mi nariz y lo miré fijamente con una rabia ciega que ardía en mis iris.

—Escúchame, gilipollas —siseé, sondeando su expresión aterrorizada—. Ya estaba cabreado, pero tú lo has empeorado. Ahora ve a buscar a un compañero o a un puto médico, y ayúdanos a encontrarla —lo amenacé—. ¡Ya!

Lo zarandeé y el tipo me miró turbado, como si estuviera a punto de hacerse pis encima.

Matt me puso una mano en el hombro, con la clara intención de tranquilizarme, y me giré hacia él. Respiraba con dificultad y tenía los puños cerrados. Siempre igual: la ira se apoderaba de mí como un demonio, me envolvía con sus llamas y me impedía pensar con claridad.

—Ahora preguntamos a alguien más, cálmate —murmuró Matt, y el velo de tristeza que cruzó sus ojos oscuros me hizo lamentar de inmediato mi actitud instintiva y estúpida. Actuar así no era nada respetuoso con el dolor de un padre que temía por su hija.

—Sí, perdona —murmuré mortificado.

Él me sonrió y seguimos buscando dónde habían llevado a mi Campanilla. Unos minutos después, Matt obtuvo la información deseada de un médico, y finalmente pudimos dirigirnos hacia su habitación.

Yo estaba nervioso y agitado, me faltaba el aire solo de pensar en no verla más, en que le hubiese pasado algo muy grave.

Joder, nunca me había preocupado tanto por nadie que no fuesen Logan o Chloe. Mientras seguía a Matt y a mi madre por los pasillos, parecía un maldito psicópata. Sentía que la piel me ardía bajo la ropa, me temblaban las manos, tenía la frente caliente y empapada en sudor, la respiración irregular y el cerebro nublado. Cuando otro enfermero se plantó delante de nosotros con expresión seria, lo miré turbado.

Estaba convencido de que tarde o temprano iba a pegarle a alguien aquel día.

Matt explicó rápidamente la situación y el tipo, que era calvo y fornido, nos señaló la habitación número tres.

Número 3.

El 3 simbolizaba el destino y la fuerza para afrontarlo. Lo había descubierto hacía muchos años cuando buscaba un tatuaje para hacerme en el costado izquierdo y, antes de elegir el *Pikorua,* me estuve informando sobre varios símbolos y sus significados.

Me aferré a la esperanza de que el número de la habitación de Selene fuera una señal positiva, para aliviar la desesperación que se cernía sobre mi pecho. Mientras seguía a Matt, miraba dentro de todas las habitaciones, en las que solo había camas vacías, personas que sufrían y paredes blancas que afilaban el aire a mi alrededor y hacían que sintiera que me asfixiaba.

Pero ella no estaba.

No veía nada ni oía ninguna voz; en mi cabeza solo centelleaban sus ojos azules, que quería volver a ver de inmediato. Tenía que asegurarme de que estaba bien o iba a volverme loco y hacer una barbaridad.

Notaba una sensación absurda en mi interior, como si me hubieran arrancado una parte del corazón y el resto no tuviera motivos para latir sin ese trozo, pequeño pero fundamental, que faltaba.

En ese instante me di cuenta de que Logan tenía razón hacía un momento.

Ansiaba volver a ver ese océano que me había absorbido desde el primer día, un océano al que había robado más de una gota, un océano en el que solo quería jugar, sin saber que, poco tiempo después, tendría en mis manos la perla más hermosa.

—Judith.

La voz de Matt me devolvió a la realidad mientras rodeaba con sus brazos a una mujer guapísima que era una fotocopia exacta de Selene.

La señora, que hasta hacía unos instantes estaba desplomada sobre una de las sillas que había a lo largo de la pared blanca y desnuda, se echó a llorar en los brazos de su exmarido, y poco después dirigió los ojos azul cielo primero a mi madre y luego a mí.

—Hola, Judith —murmuró mi madre con tono afligido.

Matt la soltó y la mujer se secó las lágrimas con el dorso de la mano, esbozando una sonrisa triste.

—¿Cómo está Selene? —preguntó Matt.

Yo también quería hablar, pero me había detenido en un punto indefinido de la sala y me sentía incapaz de pronunciar una sola sílaba.

Quería saber cómo estaba Selene, qué le había pasado, pero al mismo tiempo estaba aterrorizado.

No estaba preparado para recibir malas noticias. Si el accidente había causado un daño irreparable, nunca me lo perdonaría.

—Selene está dentro. La médica la está examinando —nos informó con voz cansada y angustiada.

—¿Cuándo ha pasado? —pregunté, llamando su atención.

Sus ojos me estudiaron con desconfianza; yo ya sé de sobra que no causo buena primera impresión, pero, en ese momento, para mí era importante saber en qué condiciones estaba su hija.

—Esta mañana. Selene se golpeó la cabeza y... —Sentí que el corazón me subía a la garganta y volvía a bajar al pecho, como en una montaña rusa—. Ha entrado en coma. El traumatismo craneal es moderado, pero no sabemos cuándo va a despertarse —añadió mirando a Matt.

No sabía si alegrarme por la noticia de que no había consecuencias irreversibles o agonizar ante la idea de lo que podía haberle ocurrido a su diminuto cuerpo.

Empecé a caminar por la unidad de cuidados intensivos, justo frente a su puerta cerrada.

No estaba de humor para hablar, solo quería verla.

Me pasé una mano por la cara y me apoyé en la pared que tenía detrás. Mis ojos se posaron en las sillas dispuestas en largas filas, como en el cine, con la diferencia de que en un hospital no hay nada que ver aparte de la sangre de los que llegan en camilla, las lágrimas de los que esperan y rezan, los rostros impacientes y aburridos de los enfermeros, a quienes a veces ni siquiera les importa la vida o la muerte de los pobres pacientes. Me di cuenta de que aquella disposición de las sillas anula las ganas de hablar, de compartir, de regalar una mirada o incluso una simple sonrisa.

Inquieto, miré la pared de enfrente y esperé a que pasara el tiempo; de vez en cuando intentaba predecir los movimientos de

los médicos, pero sin éxito. Y mientras tanto, la ansiedad aumentaba, junto con el sufrimiento, y en mi mente bullían demasiadas preguntas, demasiadas dudas, demasiados miedos.

De repente la puerta se abrió para revelar la figura de una mujer de unos cuarenta años, de rostro delgado y ojos alargados.

Me separé de la pared de un salto y me acerqué a ella.

—¿Cómo está mi hija, doctora Rowland? —preguntó enseguida Judith con la mirada de una madre que suplicaba recibir solo buenas noticias. La doctora suspiró y se humedeció los labios finos.

—Afortunadamente, no ha habido ninguna hemorragia interna. Sin embargo, hemos detectado la presencia de un hematoma cerebral. La paciente ha sufrido un traumatismo craneal y... —Hizo una pausa, y fue desplazando la mirada a cada uno de nosotros—. Cuando se despierte, tendré que hacerle un examen más exhaustivo para asegurarme de que no hay ningún daño neurocognitivo.

Carraspeó y trató de mantener su actitud controlada.

—¿Qué quiere decir? —preguntó Judith alarmada.

La médica continuó como si no la hubiera escuchado.

—Por el momento no puedo decirles nada más. Tendré que

consultar los análisis y pronto volveré para darles información más concreta —se apresuró a explicar, pero por su tono parecía preocupada—. Solo puede recibir visitas breves... —añadió, adelantándose a nuestra siguiente pregunta.

Sin añadir nada más, se fue, aferrando su carpeta contra el pecho. La observé alejarse, absorto en mis pensamientos, y luego volví a mirar a Judith y a la puerta entreabierta de la habitación.

—¿Puedo verla? —pregunté desesperado a la madre de Selene; ella me observó durante unos instantes—. Por favor, necesito verla, solo unos minutos —continué, aunque ni siquiera me había presentado; la galantería y los buenos modales no iban conmigo.

Quién sabe qué pensaría de mí Judith, cuyo apellido ni siquiera recordaba, aunque su hija me lo había dicho poco antes de marcharse. Me di cuenta de que la situación era absurda: nunca había rogado a nadie en mi vida, y allí estaba, mirando suplicante a una mujer a quien apenas conocía.

—Está bien, pero solo unos minutos —respondió con voz fría.

No perdí más tiempo: apoyé una mano en la superficie de la puerta y entré despacio.

La habitación estaba desnuda y oscura excepto por una lucecita que brillaba junto a la cama aséptica, en la que nunca habría querido ver a mi Campanilla.

Tenía varias vías conectadas a sus brazos, los labios entreabiertos para que la sonda le permitiera respirar, la cabeza vendada, su hermoso rostro hinchado y unos cortes profundos rodeaban los pómulos y la nariz estrecha.

Todavía no podía creer que aquello hubiera sucedido de verdad.

Cogí una silla y la puse al lado de su cama. Me senté y rocé su mano pálida con las yemas de los dedos. Estaba fría. Levanté la mirada hacia su rostro durmiente, que llevaba varias horas sumido en un sueño profundo, y respiré hondo.

—Hola, Campanilla —susurré, tragándome el nudo que sentía en la garganta y casi me impedía hablar.

¿Cómo podía ser así de vil? Ella estaba allí por mí y yo no podía ni mirarla, porque la culpa se había incrustado en mi pecho como un montón de esquirlas de cristal.

—No sé ni por dónde empezar, pero probablemente ya sabes que no se me dan bien los discursos.

Me humedecí los labios y seguí acariciándole la mano despacio.

Estaba reviviendo el mismo dolor que había sentido tan solo unas semanas antes con mi hermano.

—Siempre me has pedido que te hablara, Selene —empecé a decir, intimidado por su presencia, como si tuviese los ojos abiertos y me estuviera excavando por dentro con ellos—. Y ahora voy a hacerlo —añadí con una sonrisa triste—. Te habría dejado estar a mi lado si fuese distinto de como soy, porque desde el primer momento siempre fuiste mi país de Nunca Jamás, aunque ambos sabemos que no existe… —Volví a acariciarle la mano con suavidad, como si fuera un cristal que temiera romper—. Yo… no soy capaz de amar, por eso no puedo darte lo que te mereces. Siempre has sido más valiente que yo, ¿sabes? Siempre has estado dispuesta a entenderme, a leerme por dentro, pero yo no he podido hacer lo mismo por ti. Y lo siento. —Bajé la mirada y, con las yemas de los dedos, rocé sus dedos inertes—. Hemos llegado a nuestro final antes incluso de empezar, a pesar de que has intentado varias veces poner mi mundo patas arriba y hacerlo más justo… —Sonreí apenas, y luego me mordí el labio, descargando toda mi frustración en él—. Últimamente habíamos

discutido por mi culpa, pero tú has aceptado cada parte de mí, incluso la peor… —Mis dedos subieron lentamente por su brazo, acariciando la piel aterciopelada—. Has intentado amansar a mis demonios mientras yo no hacía nada, solo ponerte la zancadilla. Has intentado recomponer mis pedazos, pero yo no te he dejado.

Bajé la mirada, decepcionado conmigo mismo y con mi fracaso, y continué:

—Desde el momento en que te conocí supe que te dejaría marchar, porque soy un loco que ahuyenta a los buenos corazones como el tuyo. —Suspiré y volví a observar sus delicadas facciones—. La culpa es mía, de todo. Tengo demasiadas heridas aún abiertas por dentro como para ser capaz de amar —confesé con el pecho cada vez más prieto con cada palabra—. Todavía no soy libre, me han hecho demasiado daño, gente que debía protegerme, y todavía no he salido de ahí. —Apreté la mandíbula y cerré los ojos, llenando los pulmones con el aire que de repente sentía que me faltaba—. Así de injusta es la vida conmigo, Campanilla. He encontrado algo especial que nunca podré disfrutar, porque no te merezco… —Apreté su mano menuda en la mía, tan grande como el dolor que sentía en aquel momento—. Pero si fuera distinto, créeme, te habría buscado por todas partes y no te habría dejado marchar por ningún motivo del mundo. Estoy suspendido entre el pasado y el presente, y nunca podré vivir una vida normal con los monstruos que cargo sobre los hombros. —Le acaricié el dorso de la mano con el pulgar y apoyé los codos en la cama para estar aún más cerca de ella—. La verdad es que te he utilizado, y no me arrepiento. ¿Entiendes por qué soy un pervertido? Soy completamente diferente a la imagen que te has hecho de mí. —Sacudí la cabeza, enfadado conmigo mismo, por mi incapacidad de entenderla y tratarla como se merecía—. Pero quiero darte las gracias por haberme permitido vivir algo nuevo... —Le besé la mano y un escalofrío me recorrió la espalda, haciéndome temblar—. Me has seguido a la oscuridad, Selene, has sido la única que ha podido llegar hasta mi alma condenada. —Le sonreí y me humedecí los labios para saborear la piel que acababa de besar—. Pero no voy a poder seguirte hacia la luz, no puedo cruzar los confines de la oscuridad...

Seguí mirándola. Me parecía hermosísima.

Su rostro no brillaba en aquel momento, pero para mí siempre sería una perla reluciente.

—Estás aquí solo por mi culpa, por algo que forma parte de mi pasado, por algo que todavía tengo que enfrentar y destruir... —Me detuve y respiré hondo, sintiendo más que nunca la piedra sobre mis hombros, el enorme peñasco con el que había vivido toda mi vida—. ¿Recuerdas el día en que te pregunté cuál sería el final de la historia entre la princesa y el caballero oscuro? —La melancolía me envolvió como un velo invisible—. Tú te mereces un final de princesa, Campanilla. Yo, en cambio... —Hice otra pausa, tratando de reunir el valor para admitirme la realidad a mí mismo—. Tengo que conseguir luchar contra mis monstruos antes de poder volver a vivir —murmuré—. Y no sé si lo conseguiré. No sé si conseguiré escapar de la venganza de quienes, en realidad, me querrían muerto. No sé si seré capaz de superar el dolor que arrastro, pero te prometo una cosa... —Volví a posar los labios en el dorso de la mano de Selene y me detuve unos instantes antes de continuar—. Aunque no pueda estar a tu lado como me gustaría y como te gustaría a ti, voy a protegerte aunque me cueste la vida. No permitiré que nada ni nadie vuelva a hacerte daño. Pagaré por mis errores y por mi pasado putrefacto, y por nada más. Me aseguraré de que seas feliz, incluso sin mí, porque yo también seré feliz si sé que tú estás a salvo. —Me levanté de la silla y volví a mirar su rostro—. Te protegeré, como la concha protege a su perla…

Me acerqué y le acaricié la mejilla, deleitándome con la visión de su piel inmaculada. Miré sus labios carnosos, cerrados y agrietados, que habría querido saborear de nuevo, una y otra vez, pero no podía, aunque tocarla era todo lo que necesitaba.

—Me aseguraré de que tengas la vida que te mereces; como ya te he dicho, no podré estar contigo como me gustaría y como te gustaría… —le repetí, apartando la mano de su cara. Sentí que el calor de nuestro contacto se disipaba en el aire repentinamente frío.

Salí de la habitación, con el peso de la culpa gravitando sobre mí, y enseguida me encontré con los ojos de Judith que me miraban fijamente, y no con indulgencia.

—Disculpe, creo que he estado un poco más de la cuenta —dije, pues probablemente la razón de su fría mirada era el tiempo que le había robado para hablar con su hija.

La mujer asintió sin ninguna expresión en el rostro condenadamente idéntico al de Selene. Me dolía mirarla, porque despertaba en mí recuerdos que quería borrar. Así que desvié la mirada y me acerqué a mi madre, sentada en una de las escuetas sillas. Pero antes de que pudiera decirle nada, la médica volvió a acercarse a nosotros, lo que provocó que Matt se pusiera en pie de un salto.

—Señores…

Me giré en dirección a la mujer de la bata, y la tensión que se adivinaba en sus ojos no me gustó nada.

Se detuvo y nos miró pensativa, quizás esperando el momento adecuado para hablar.

—¿Hay alguna novedad? —preguntó enseguida Matt, al lado de su exmujer.

Sí que tenía noticias para nosotros y, por desgracia, tal vez no del todo positivas.

Después de respirar hondo, la doctora habló en un tono profesional y decidido.

Nos dijo que el accidente había sido más grave de lo que pensaban, que quedarían secuelas, que Selene ya no volvería a ser la misma, que teníamos que entenderla y estar con ella, que debíamos ser fuertes y lo superaríamos juntos, pero sus palabras me parecieron demasiado vagas.

¿A qué tendría que enfrentarse en realidad mi Campanilla cuando se despertara?

2

Selene

Tenemos dos vidas.
La segunda comienza el día en que
nos damos cuenta de que solo tenemos una.

CONFUCIO

Observé mis manos entrelazadas con las de Neil y no podía creer que estuviera aquí, junto a mí.

Nunca pensé que llegaríamos a este punto.

Él, que siempre había sido tan reacio al amor y a abrir su corazón, que era tan inalcanzable y hosco, tan irascible y testarudo, estaba ahora aquí, a mi lado, estrechando mi cuerpo contra el suyo, fundiendo nuestra piel, nuestra alma, nuestra respiración.

—¿En qué piensas? —me preguntó. Escuché su voz profunda, de barítono, y no pude evitar mirar fijamente los ojos brillantes y los labios hinchados por mis besos.

—En lo mucho que odiabas hablar conmigo hasta hace poco —contesté, esbozando una sonrisa sarcástica.

Podía oler su perfume almizclado, intenso y envolvente.

—En lo insensible que era, querrás decir —replicó con un suspiro profundo—. No me daba cuenta de lo importante que eras para mí, o tal vez no quería reconocérmelo. No has entrado solo en mi vida, Selene, sino también en mi alma. Has arrasado con todo el mal que había dentro de mí. Me habría ahogado en mi propio infierno si no te hubiese conocido.

Sonreí y lo acaricié. Mis dedos rozaron la imponente musculatura de su pecho. Mi dedo índice siguió las líneas esculpidas de los pectorales, deleitándose en la suave piel, y suspiré.

—Lo importante es que lo hayas entendido.

Apoyé la cabeza en su pecho mientras un poderoso brazo se deslizaba por mi costado.

Sentí que su corazón latía en sincronía con el mío y memoricé aquella maravillosa melodía.

—¿Es normal que siempre te desee?

Su mirada se posó sobre mis pechos desnudos de esa manera descarada que tanto me gusta.

—No empieces.

Me daba vergüenza confesar lo mucho que yo también quería.

Había muchos hombres incapaces de satisfacer a sus mujeres, pero la prerrogativa de Neil era volverme loca. Tenía experiencia y era capaz de satisfacer todos mis deseos, incluso los más indecentes.

—Sabes que soy un novio exigente, ¿verdad?

Su voz se tornó autoritaria y dominante; parecía que no podía vivir sin mí.

Intenté pensar en su pregunta, y estuve a punto de decirle que era un compañero excepcional, pero no quería darle demasiadas garantías.

—Lo sé, pero tengo que irme a clase. Habrá que dejarlo para más tarde.

Le rocé el cuello con la punta de la nariz.

Olía muy bien; nunca me cansaría de inhalar su olor: a hombre, a sexo y a almizcle.

Era excepcional.

Con el tiempo, había aprendido a comunicarse con sus demonios.

No había cambiado.

Nunca cambiaría, y a mí me gustaba tal y como era.

Era fácil sacarlo de sus casillas, pero al mismo tiempo una caricia mía era todo lo que necesitaba para sacar su lado más dócil y bondadoso.

Me di cuenta de que me miraba fijamente y, cada vez que hacía eso, yo era un poco menos mía y cada vez más suya.

—Te quiero con todas tus imperfecciones, míster Problemático.

Me acerqué a él y pegué mis labios a los suyos en un beso dulce, un beso que sabía a nosotros, a nuestro mundo caótico, al amor que nos había salvado, que había unido nuestras almas y nos había vinculado para siempre.

Sin embargo, Neil nunca me había dicho esas dos palabritas. Era imposible que lo hiciera en voz alta.

Quizá lo susurraba mientras yo dormía, o cuando estaba distraída, o cuando estaba seguro de que no le oía.

Era único en su género y por eso yo nunca lo reemplazaría por nadie en el mundo.

Éramos un desastre perfecto.

—Que sepas que siempre te protegeré, como la concha protege a su perla.

Escuché su voz, intensa, y mil mariposas alzaron el vuelo para quedarse flotando en el aire. Luego sonrió y me estrechó entre sus brazos, el único lugar en el que quería estar, el único lugar que consideraba… hogar.

Levanté los párpados despacio, sintiendo que tenía las pestañas ligeramente pegadas entre sí.

Las paredes de colores dieron paso a un blanco apagado y acromático.

El olor de Neil desapareció, al igual que su hermosa voz.

El calor de su cuerpo fue sustituido por el aire frío y cortante de aquel espacio vacío.

Moví los ojos en busca del aparato del que provenía un extraño sonido en sincronía con los latidos de mi corazón y lo divisé justo a mi lado.

Me dolía la cabeza, y también el abdomen y el hombro.

Intenté moverme, pero no pude.

¿Qué estaba pasando?

—No se acerque demasiado, seguro que aún está aturdida —dijo una voz de mujer que no acerté a reconocer. Me sentía débil y atontada.

—Se ha despertado… —murmuró una voz familiar—. Tesoro…

Desvié la mirada hacia mi madre, que había hablado con su tono delicado de siempre.

Miré su rostro, que parecía cansado y afectado, y forcé una leve sonrisa.

Me notaba cansada; mis ojos se resistían a mantenerse abiertos, una sonda nasogástrica me impedía moverme como querría y sentía el cuerpo débil y entumecido.

—¿Cómo te encuentras, pequeña? —Mi madre me acarició el brazo y me miró con ojos brillantes—. Estás en el hospital, en el accidente te diste un fuerte golpe en la cabeza, pero estás bien —me tranquilizó enseguida.

Trasladé la mirada de su cara al resto de la habitación y por fin lo recordé todo.

Había tenido un accidente.

Tenía que haber vuelto a Detroit para retomar las riendas de mi vida, pero en cambio había estado a punto de perderla. Era un milagro que estuviera viva. Recordé el dolor insoportable que había sentido en el momento del impacto, la sangre en la ropa, el cuerpo inerte del conductor en el asiento delantero, ya sin vida, con el rostro irreconocible y los ojos abiertos de par en par, la mirada apagada y trasladada a otra dimensión.

No había sido una pesadilla, había sido todo real.

Sentí que me alejaba de todo lo que me rodeaba, y los latigazos de dolor en la cabeza me hicieron cerrar los ojos y volver a abrirlos muy despacio.

—Me duele la cabeza —susurré.

Mi madre se giró de inmediato con una mirada alarmada hacia la mujer que debía de ser la médica, por la bata, y esta la tranquilizó.

—Es completamente normal. Al principio las migrañas serán frecuentes —dijo con un tono tranquilo y amable.

Era una mujer joven, con un aspecto agradable y una dulce sonrisa.

—¿Cuánto tiempo...? —Me humedecí el labio inferior, que notaba seco y agrietado, luego proseguí—. ¿Cuánto tiempo llevo aquí? —pregunté.

La doctora suspiró y contestó:

—Unos diez días. Has estado en coma inducido.

La miré con incredulidad.

¿Diez días?

¿Qué era un coma inducido?

Intenté fruncir el ceño, pero me ardía la piel.

Levanté un brazo y rocé con las yemas de los dedos el tejido áspero de una gasa.

—No es nada, tesoro, solo es una herida por el golpe.

Mi madre tomó mi mano entre las suyas y se sentó junto a mi cama, probablemente para tratar de calmarme.

Todo parecía un sueño.

Un sueño surrealista.

La doctora, mientras tanto, continuó con sus explicaciones, acariciándome el brazo.

—Decidimos provocarte un coma farmacológico por precaución, Selene. Adoptamos este método con todos los pacientes que han sufrido traumatismos cerebrales. En tu caso, el TAC detectó una hemorragia intracraneal, por lo que era necesario que guardaras reposo y darle tiempo a tu cerebro para sanar mientras el hematoma persistía. El alcance, afortunadamente, era menor y no era grave.

Había entendido pocas palabras, pero lo único que me reconfortó fue que descartaran las consecuencias graves.

—¿El dolor de cabeza es fuerte? —preguntó pensativa y yo asentí, sin poder hacer nada más—. Entonces te daré un analgésico.

Se dio la vuelta, pero se volvió hacia mi madre antes de alejarse.

—Selene no podrá recibir visitas hoy porque tenemos que hacerle algunas pruebas.

Después de eso, ni siquiera tuve tiempo de darme cuenta de lo que estaba sucediendo.

Era como si el mundo avanzara y mi vida, en cambio, se hubiese detenido.

Después de una media hora, la doctora volvió a la habitación, me liberó del gotero y la sonda nasogástrica que me había permitido nutrirme durante esos diez largos días, y se sentó a mi lado con una hoja de papel.

Me hizo todo tipo de preguntas para descartar una posible amnesia postraumática. El accidente que había sufrido podría haberme hecho perder la memoria, pero no era el caso.

Mis recuerdos estaban todos ahí, intactos y nítidos.

También pudo confirmar esto cuando me sometió a un verdadero interrogatorio, empezando por mis datos biográficos, como mi nombre y mi edad; luego también me pidió que contara, que hiciera una lista de palabras y que localizara un objeto que movía con la mano.

Cuando hubo terminado, me dijo que, antes de darme el alta,

tenían que hacerme una resonancia magnética y unas pruebas neurológicas específicas, solo para descartar cualquier duda, y que probablemente me prescribiría suplementos alimenticios a base de vitaminas.

Permanecí en silencio escuchándola, aunque estaba aturdida.

Lo oía y lo veía todo, pero no conseguía pronunciar una sola palabra.

Estaba confundida y también enfadada porque me había dado cuenta de que mi accidente no había sido casual, sino provocado por ese cabrón enmascarado.

La sobrecarga de todas aquellas sensaciones solo consiguió empeorar el dolor de cabeza.

Mientras la médica me explicaba que podía tener problemas de concentración, insomnio y recuerdos desagradables y recurrentes del suceso traumático, que solo remitirían con el tiempo, yo tenía la mente en otra parte.

Cada vez más agitada, solo escuché a medias los detalles técnicos que nos seguía dando la doctora, que se dirigía también a mi madre con su tono profesional y sereno.

Dijo que alrededor del sesenta por ciento de los casos como el mío se recuperaban por completo de manera autónoma en los meses posteriores, sin necesidad de ningún tratamiento psicoterapéutico, pero que sin embargo los posibles síntomas postraumáticos se trataban a menudo con fármacos, que solo prescribían si eran necesarios.

Por último, añadió que en general estaba bien y que pronto volvería a mi rutina habitual, aunque a mí aquello no me tranquilizó; al contrario, estaba terriblemente nerviosa.

—Menos mal.

Mi madre se llevó una mano al pecho, aliviada por la idea de que yo estuviera bien.

Intenté masajearme las sienes, pero la molestia que sentía en la cabeza me hizo desistir inmediatamente.

Quería estar sola para tratar de digerir la situación por la que estaba pasando, porque nadie sabía el enorme secreto que escondía dentro de mí.

El accidente había sido deliberado, premeditado, planeado por un estratega que probablemente quería mi muerte, como había querido la de Logan. Por eso estaba enfadada.

Una acción así no podía quedar impune.

De ahora en adelante sabía que tenía un nuevo objetivo: descubrir quién era aquel trastornado desconocido, porque él también tendría un rostro y un nombre, y yo iba a hacer todo lo posible por averiguarlo.

¿Por qué me había embestido?

Yo no formaba parte de la familia Miller, pero sí que estaba en cierto modo vinculada a Neil.

Cualquiera que estuviera junto a él o a su alrededor se convertía automáticamente en un objetivo y yo había pasado más de un mes con Neil, lo que seguro había hecho pensar a su enemigo que le importaba y no que era una de tantas con las que el problemático se divertía.

—Dejadme sola —ordené en voz baja y firme.

De repente, tenía miedo.

Miedo de la realidad a la que tendría que enfrentarme.

Tenía miedo de no poder hacer frente a todo, miedo de volver a estar en su punto de mira, miedo de no poder averiguar quién era y de que pudiera volver a hacerle algo a Logan, a Chloe o incluso a Neil.

Tenía miedo de adentrarme en un juego diabólico y peligroso y de salir derrotada.

Una lágrima recorrió mi rostro y me giré para mirar la ventana que tenía delante.

Me sentía como una barca en mitad de una laguna helada.

Contemplé el paisaje frío, tan frío como todo lo que sentía en mi interior.

Estaba encallada en el hielo.

Un cuerpo extenuado.

Un alma asustada y atrapada en una realidad demasiado grande para hacerle frente.

No tenía ganas de hablar con nadie, pero al mismo tiempo quería ver a la gente que me importaba.

Especialmente a él. A Neil.

Lo odiaba por lo que me había hecho, lo odiaba por haberme obligado a huir, por haberme enseñado su peor cara cuando me llevó con él al dormitorio, donde también estaba Jennifer esperándonos. Lo odiaba por haberme decepcionado y herido de aquel modo, pero mi corazón parecía capaz de latir solo por él y por nadie más.

«Malditos sentimientos», pensé.

Contraje el rostro por otra puñalada de dolor, y decidí que pensar demasiado no era lo más oportuno en aquel momento. Tenía que recuperarme y volver a estar en plena forma lo antes posible.

Sin embargo, además de la angustia y la confusión, sentía una extraña sensación en mi interior, una sensación negativa que no entendía, quizá porque aún seguía perturbada por lo que me había pasado.

Una repentina melancolía, mezclada con miedo, me encogió el pecho, y las lágrimas resbalaron hasta mi barbilla.

—¿Por qué lloras, cariño? —Mi madre me acarició la cara y recogió una lágrima de mi mejilla con el pulgar—. Todo va a ir bien, estoy aquí contigo —me tranquilizó, pero yo era consciente de lo que me esperaba.

Aquello era solo el principio, porque Player no iba a detenerse allí.

Ya había empezado a jugar.

Las palabras de consuelo de mi madre no bastaban para borrar de mi cabeza la imagen de aquel Jeep negro, la máscara y la mano levantada para saludarme, para avisarme de que me iba a matar.

Yo era su objetivo.

—Mamá, tú no puedes entenderlo…

Ella no sabía nada, no estaba al tanto de los paquetes macabros, los sobres cerrados, los acertijos indescifrables ni de quienquiera que estuviera detrás del accidente de Logan y ahora el mío.

Todo era absurdo.

—Tesoro…

—Mamá, por favor.

También quería que se fuera ella; la quería como nunca había querido a nadie, pero necesitaba un poco de soledad, que, sin embargo, me fue negada.

Durante la hora siguiente, de hecho, aquello fue un desfile de enfermeras y médicos informándome de lo que iban a hacerme ese día: análisis, revisiones, pruebas neurológicas.

Mi vida había dado un giro de ciento ochenta grados y ni siquiera sabía qué podía esperar cuando saliera de allí.

La doctora había dicho varias veces que estaba viva «de milagro», pero las verdaderas consecuencias de lo que me había pasado eran todavía imprevisibles.

Sin embargo, estaba segura de que mi estancia en el hospital iba a ser larga y la vuelta a la normalidad no sería nada fácil.

La médica me aconsejó que no me saltara ninguna comida, porque había perdido peso, y me dijo que tenía que beber mucha agua para hidratarme. Mi cuerpo estaba débil y cansado por lo ocurrido.

Mi madre estuvo a mi lado todo el tiempo, pasó la noche conmigo, durmiendo en una tumbona incomodísima que alguien le había traído.

Al día siguiente, cuando me desperté, por fin pude recibir las primeras visitas. Aprovechando que mi madre había salido un momento de la habitación, hice una breve evaluación de los daños. Me toqué la ceja izquierda, porque me dolía cada vez que fruncía el ceño, y noté la enorme gasa que cubría los puntos de sutura. Si hubiese tenido un espejito podría haber confirmado el terrible estado en el que me encontraba, aunque sospechaba que me quedaría una cicatriz que me marcaría el rostro para siempre.

Suspiré y apoyé las manos en la fría sábana que envolvía la mitad de mi cuerpo; llevaba una bata blanca, y me pregunté dónde estaría mi ropa.

—Selene, ¿puedo entrar?

Dos golpes de nudillos atrajeron mi atención hacia la puerta de la habitación, y solo acerté a ver a un hombre. Cansado y angustiado.

El hombre tenía menos de cincuenta años, era cirujano. Me acordaba perfectamente de él, porque había venido a Nueva York precisamente para restablecer una relación civilizada con él.

Tenía delante a mi padre, Matt Anderson.

No contesté y seguí mirándole fijamente, sin expresión alguna en el rostro. Él avanzó con paso lento; la tensión de la mandíbula y la rigidez en los hombros me hizo ver lo agitado que estaba.

—¿Cómo estás? —me preguntó con cautela, y pensé que era una pregunta absolutamente inútil.

Me obligué a permanecer en silencio, un silencio tan absoluto que solo aumentó su ansiedad. Matt se mordió el labio inferior y se revolvió incómodo. Luego se sentó al lado de la cama y tomó mi mano entre las suyas.

Fue un contacto inesperado. Nunca había sido tan afectuoso conmigo.

¿Cuánto tiempo había pasado ahí fuera esperando este encuentro?

Lo miré: tenía un aspecto descuidado y la camisa mal abotonada, como si se la hubiera puesto a toda prisa para venir a verme.

—Podría estar mejor —respondí, con la lengua pastosa y los labios secos.

—No tienes ni idea de lo que he sufrido estos últimos días. Me aterraba la idea de perderte.

Acarició el dorso de mi mano con el pulgar y bajé la mirada hacia aquel gesto, que percibí como algo auténtico y espontáneo.

Mi padre estaba realmente preocupado por mí, podía verlo en sus ojos llenos de emociones contradictorias.

—Ya ves que estoy sana y salva —susurré en voz baja. Él esbozó un gesto de felicidad, pero yo seguía fría y distante.

—Logan y Alyssa están fuera, ¿quieres verlos?

Insinuó una débil sonrisa y yo asentí sin pensarlo mucho.

Tenía ganas de hablar con ellos, los consideraba mis amigos, porque fueron los únicos que me apoyaron durante mi estancia en Nueva York.

—Bien, voy a buscarlos.

Matt se levantó, pero antes de que lo hiciera, aparté mi mano de la suya y me la puse sobre el abdomen.

La tristeza se cernía sobre su rostro.

Siempre había sido un hombre con mucho autocontrol, reacio a expresar sus emociones, pero en aquel momento, sin embargo, parecía tan frágil y transparente como un cristal.

Agradecía su presencia, pero eso no iba a hacer que me rindiese en sus brazos y le perdonara todo lo que había hecho cuatro años atrás.

—Matt, la doctora le ha recomendado mucho descanso. Diles a los chicos que tendrán que ser breves —intervino mi madre, acercándose a nosotros, y luego me sonrió, indulgente, y le puso una mano en el hombro al hombre a quien un día había amado.

Me pregunté una vez más cómo había podido perdonarle, cómo podía mirarle a los ojos sin guardarle ningún rencor.

La admiraba, la admiraba muchísimo por su fuerza y su tenacidad.

Siempre había sido una mujer de grandes valores, juiciosa y sabia.

Mi madre poseía una luminosidad invisible, que solo podía percibirse con el alma.

Era una de esas personas cuya pureza no podía definirse, pero sí se percibía a la mínima mirada o sonrisa.

Además de su belleza hechizante, también era inteligente y buena, demasiado buena, por eso mi padre le había dado la espalda y la había engañado con otras mujeres, porque sabía que ella siempre lo perdonaba.

—Por supuesto, Judith —contestó él pasándose una mano por el rostro cansado.

Miró a mi madre y me pareció ver aún cierta forma de amor en sus ojos. Un amor ya desaparecido, el amor que él había necesitado, el amor que le había resultado más cómodo.

¿Por qué se había casado con ella si sabía que no podía renunciar a sus amantes?

Bueno, nunca lo habría entendido.

El amor creaba dinámicas muy distintas entre los seres humanos y confundía el pensamiento de innumerables maneras.

Una cosa, sin embargo, estaba clara: Cupido lanzaba sus flechas en la dirección equivocada, de forma completamente ilógica y, a menudo, la atracción chocaba contra el sentimiento y solo creaba confusión.

Por eso el amor era engañoso e ilusorio.

Y yo no era una excepción: yo también estaba enamorada y también era una ilusa.

Sí, porque estaba enamorada en secreto de ellos dos juntos, Matt y Judith, a quienes habría querido ver unidos como una familia, y era una ilusa porque eso nunca iba a suceder.

Amor-ilusión.

Ilusión-amor.

Aquella dicotomía estaba muy presente en mi mente, y tal vez por eso no conseguía perdonar a mi padre y superar lo que había ocurrido años atrás.

De hecho, aunque ahora tenía veintiún años, emocionalmente todavía me aferraba a la época en que Matt era el marido de Judith, cuando Matt era todavía mi padre, cuando Matt nos abrazaba a mí y a Judith como si fuéramos su vida entera.

Aquel era mi secreto.

Un secreto que Matt Anderson nunca descubriría.

Unos pasos provenientes del umbral de la habitación me distrajeron de aquellos pensamientos. Inmediatamente dirigí mi atención a la puerta y vi a Logan avanzando hacia mí con Alyssa.

Ella estaba tan guapa como siempre, con su piel blanca y su melena castaña que me pareció más larga de lo que recordaba. Por otro lado, esbelta y encantadora, me regaló inmediatamente una dulce sonrisa.

—Hola, amiga —exclamó Alyssa, pidiéndome permiso para un abrazo. Asentí con la cabeza, y tras dármelo, tomó asiento en la silla que había a mi lado.

Logan, por su parte, me dio un beso en la mejilla y luego se sentó en el borde de mi cama.

—Hola, chicos —dije, mirándolos a ambos mientras mi madre se paseaba nerviosa por la habitación con los brazos cruzados.

—¿Cómo estás? ¿Cómo te encuentras? —preguntó Logan con sus ojos de color avellana clavados en mí.

—Como si hubiese tenido un accidente casi mortal —refunfuñé, arrancándoles una sonrisa.

—Nos asustamos tanto...

Alyssa me apretó la mano e intentó no llorar.

—Lo sé... Me lo puedo imaginar —murmuré con un hilo de voz, frunciendo los labios en una mueca triste.

—Cuando nos dimos cuenta de que no nos habías avisado de tu llegada a casa, nos preocupamos, pero pensamos que te habrías olvidado —explicó Logan con aire afligido.

—O que estabas cansada y nos llamarías al día siguiente —añadió Alyssa, probablemente entristecida por su equivocación.

—No, os habría avisado nada más llegar a casa.

Levanté una comisura de los labios y sonreí mortificada. Me sentía culpable por haber asustado a todo el mundo y por haberlos preocupado tanto.

Bajé la mirada hacia las sábanas blancas que me cubrían las piernas y, por un instante, pensé en confesarle a Logan que el accidente había sido provocado por la misma persona que había causado el suyo, pero me mordí el labio y me callé, porque algo dentro de mí me sugirió guardarme aquella información para otro momento.

—¿Tú cómo estás? —le pregunté, porque me había fijado en que ya no llevaba las muletas.

—Ya solo llevo una férula bajo los vaqueros. Ni se nota.

Logan sonrió y se puso la mano en la pierna, satisfecho de que su estado de salud estuviese mejorando.

Me alegré de escuchar por fin una noticia positiva, pero no pude evitar pensar en lo que había pasado antes de irme.

Todo lo que se me había escapado de las manos, sin darme apenas cuenta.

Pensé en el momento en que los labios de Neil se habían posado en mi frente y su mano se había deslizado lentamente en el bolsillo de mi abrigo para darme la perla dentro del cubo de cristal. Me pareció oír de nuevo su voz, masculina y profunda, susurrando aquel «Buen viaje, Campanilla».

Recordé aquel momento breve, intenso y mágico, pero también doloroso y melancólico.

Me pregunté dónde estaría míster Problemático, si habría venido al hospital o si ya me habría borrado de su vida para siempre.

Con Neil no estaba segura de nada antes y no lo iba a estar entonces tampoco.

Era un hombre apuesto, seguro, pero siempre huraño y despectivo, envuelto en un aura de misterio fascinante que me había llevado a cometer numerosos errores.

El primero, traicionar a Jared; el segundo, entregarme por completo a él y descubrir la dependencia que provocaba su cuerpo.

En ese momento, decidí reunir el valor necesario y pregunté por él.

—Neil… ha… —Me humedecí los labios, lo que llamó la atención de Logan y Alyssa. Ellos eran los únicos que sabían lo nuestro, además de Anna, el ama de llaves—. Quiero decir, que si… —farfullé incómoda.

Si no había venido, si había preferido pasar aquellos diez días con Jennifer, los Krew y sus numerosas amantes, mis amigos iban a pensar que era tonta.

Una tonta que creía que significaba algo para él.

—Sí, ha venido todos los días con la esperanza de que te despertaras. También ha estado aquí esta mañana, pero se fue hace un par de horas para ducharse y cambiarse, ya sabes que… —Logan dejó la frase sin terminar; no era necesario que lo hiciera: a estas alturas yo ya conocía la obsesión de Neil por la higiene y las duchas. Sabía lo mucho que odiaba llevar puesta la misma ropa mucho tiempo y cómo detestaba la idea de no entrar en contacto con el agua durante más de unas horas.

Nunca me había hablado de su problema, nunca se había sincerado conmigo, aunque yo había intentado varias veces comprenderlo o justificarlo, pisoteando mi propia dignidad.

Justo por eso me había declarado a mí misma mi derrota; porque no había conseguido ganarme su confianza. Solo me había concedido su cuerpo, como hacía con todas, pero aquello ya no era suficiente para mí.

Entonces me había mostrado su lado perverso y obsceno y, en la casa de invitados, había dejado que una chica le hiciera los preliminares en mi presencia. Había hecho esto para demostrarme quién era y lo inútil que resultaba que yo esperase siquiera poder rozar su alma.

También había dejado muy claro que el muro psicológico que había construido a su alrededor era demasiado grueso e insuperable para ser derribado por una muchacha inexperta como yo.

Después de todo, nunca había tenido grandes experiencias en la vida, nunca me había cruzado con hombres como él, por lo que me resultaba muy difícil encontrar la manera de rascar y romper la coraza de acero que se alzaba cada vez que intentaba invadir o franquear los límites que me imponía.

Quería aplastarme a toda costa, hacerme entender que él había ganado, y al final lo había conseguido.

Ahora, de hecho, ya no sabía lo que sentía por él, si desprecio, ira, odio o atracción.

Solo lo sabría cuando...

—Hablando del rey de Roma…

El comentario de Alyssa interrumpió mis pensamientos.

Me giré instintivamente hacia la puerta y el corazón me dio un vuelco como un avión de papel, listo para ser destrozado en mil pedazos por las manos de Neil.

Mi madre ralentizó el paso y le lanzó una mirada indescifrable. Conociéndola, sospeché que nunca le habría gustado un chico como él.

Alyssa, por su parte, sonrió, y Logan le lanzó una mirada cómplice.

—Eh, nosotros vamos a tomar un café. Señora Martin, ¿le apetece uno?

Logan invitó a mi madre a seguirlos y yo pasé la mirada de él a ella. Mi madre dirigió sus ojos azules a Neil, de pie en la puerta, y con un profundo suspiro siguió a Logan, esbozando una sonrisa de circunstancias.

Estaba segura de que no había intuido nada. Después de todo, tal y como ella me conocía, nunca habría adivinado hasta dónde había llegado, y menos aún con el hijo de Mia Lindhom.

Esa constatación me alivió un poco, pero también me hizo sentir una persona horrible, porque mi madre tenía una imagen muy diferente de mí, como una niña virgen y tímida que solo habría hecho el amor con Jared cuando estuviera preparada.

En cambio, yo, en muy poco tiempo, había perdido la virginidad en un momento de inconsciencia, había caído en el error varias veces y había intentado utilizar el plano físico a toda costa para descubrir más sobre Neil.

Cada vez que quieras algo de mí, tendrás que decirme algo sobre ti.

Este había sido el compromiso que le había propuesto a Neil, un día que me sorprendió mirándolo fijamente durante uno de sus entrenamientos. Todavía recordaba la forma en que el corazón me latía en el vientre, igual que ahora que él estaba allí, esperando a que todos salieran para hablar conmigo.

Me acomodé en la cama y me arreglé el pelo a toda velocidad. Sabía que no tenía buen aspecto —arañazos y moratones por todas partes—, así que enseguida descarté la idea de poder arreglar la situación en cuestión de segundos.

Cuando Neil entró en la habitación, con su habitual seguridad, me tomé el tiempo de admirarlo.

Su figura era cuando menos majestuosa y perturbadora, casi intimidatoria.

Noté el cuerpo en tensión porque, a pesar de lo mucho que lo odiaba, Neil seguía siendo el hombre más guapo que había visto en toda mi vida.

Y en ese momento me estaba mirando.

A mí.

De repente, una ansiedad inexplicable me hizo ponerme rígida y me cerró los pulmones, donde el oxígeno luchaba por circular.

En aquel instante, mi madre pasó a su lado y pude apreciar su diferencia de altura.

Neil era muy alto y, mientras seguía caminando con decisión hacia mi cama, percibí cómo su cuerpo, imponente, invadía aquel espacio reducido.

Tenía un cuerpo esbelto, torneado y más robusto de lo que yo recordaba.

¿Estaba entrenando más?

¿O había pasado demasiado tiempo desde nuestro último encuentro y por eso apreciaba con más claridad por qué cualquier mujer haría cualquier locura por él?

Me di cuenta una vez más de que todo en él desprendía una prestancia y una potencia envidiables, desde su porte viril hasta su rostro agraciado y masculino.

Tenía el pelo castaño oscuro más corto por los lados y más largo por el centro. El tupé, que se peinaba hacia atrás, era denso y desordenado, los labios carnosos, la nariz proporcionada, los ojos…

Cuanto más se acercaban a mí, más me cautivaba su color.

Dorados como el oro, amarillos como dos girasoles, como la arena iluminada por el sol, como dos estrellas o quizás como espigas de trigo al amanecer, eran indefinibles y definitivamente únicos. Siempre lo había pensado.

Era realmente patética.

Después de lo que me había hecho, tendría que haber demostrado un poco de dignidad y echarlo de la habitación, pero no me veía con fuerzas para reaccionar.

Sin pedirme permiso, se sentó en mi cama e hizo que los muelles chirriaran bajo su peso.

Sus gestos manifestaban un dominio capaz de provocarme una sensación de asombro.

Me aclaré la garganta y me llamó la atención la forma en que la camisa negra se tensaba sobre sus bíceps bien entrenados y su pecho esculpido; sus vaqueros claros, en cambio, caían maravillosamente sobre sus fuertes piernas de músculos definidos.

Me odié a mí misma por la forma en que su presencia lograba hacerme olvidar las mil razones por las que debería estar enfadada con él.

—Hola —dijo, y su timbre de barítono me provocó los mismos escalofríos de siempre por todo el cuerpo.

¿Por qué tenía esa voz?

Era madura, erótica y me hacía recordar los momentos en los que me susurraba al oído sus perversiones para arrastrarme con él a su mundo de lujuria.

—Ya tienes lo que querías —respondí instintivamente, dando voz a mi orgullo.

Me sorprendí a mí misma.

¿No fue él, en la fiesta de Halloween, quien me llevó a la habitación donde estaba también Jennifer?

¿Quien me empujó a coger un taxi y largarme?

¿No fue él el motivo de mi marcha?

Me sudaban las palmas de las manos y se me había agitado la respiración sin ninguna razón plausible.

Neil sonrió inesperadamente y se mostró aún más encantador.

Sin embargo, no se trataba de una sonrisa sincera ni hilarante, sino nerviosa y provocativa.

Me miraba con tanta insistencia que me sacaba los colores, pero intenté controlarme.

—¿Y qué es lo que quería según tú? —me preguntó con una mirada inquisitiva.

Por un momento me sentí incapaz de hablar, pero no sabía si atribuirlo al trauma del accidente o a la forma en que aquellos ojos dorados sondeaban mi rostro.

—Mírame —le contesté con un tono hiriente.

A pesar de que mi corazón solo latía por él, todavía estaba seriamente decepcionada por todo lo que había pasado, sobre todo por su actitud despiadada.

Mis palabras le hicieron dar un respingo y su expresión cambió, tornándose más oscura.

No le gustó que le respondiera en el mismo tono. No le gustaba que nadie intentara obstaculizar su intención de dominar todas las circunstancias.

Una pequeña arruga de expresión apareció en el centro de su frente, y me di cuenta de que estaba reflexionando sobre algo.

Suspiró y trasladó su mirada a mis labios.

—¿Crees que quería esto? —murmuró, señalando mi figura tumbada en la cama.

Algo dentro de mí vibró y una voz interior me recordó nuestro momento de perdición en la piscina del tercer piso de la villa de Matt, en aquella tumbona. Recordé la forma en que Neil se había dejado llevar, cómo se había detenido dentro de mí, temblando entre mis rodillas, para regalarme una parte de sí mismo que nunca había dado a nadie más.

No podía creer que no sintiera algo por mí; de lo contrario no me explicaba el porqué de aquel gesto tan profundo e íntimo.

—No, pero querías que te odiara, querías demostrarme lo perverso que eras. Querías que Jennifer y yo te utilizáramos en aquella habitación y luego… —Hice una pausa, sin apartar mi mirada de la suya—. Luego querías que me fuera, que te dejara en paz, porque nunca ibas a poder darme nada más que… sexo —dije sin vacilar.

Neil me miró serio y se pasó una mano por el pelo, señal de que se estaba poniendo nervioso. Con ese gesto pude percibir su olor fresco y agradable, que me envolvió por completo.

Lo inhalé e instintivamente cerré los párpados. Me encantaba aquella fragancia fuerte pero dulce, que enseguida asociaba al olor a limpio, tan intenso que me embriagaba.

Cuando abrí los ojos, encontré sus iris a poca distancia y los observé.

Los observé en busca de planetas y galaxias desconocidas, pero no encontré nada más que la infinidad del universo.

—Esto no es lo que te dije que te llevaras a Detroit —dijo decepcionado, dejándome embobada con el movimiento de sus labios, tan carnosos como diabólicos.

Le devolví la mirada, clavándole los ojos, y tragué saliva, dispuesta a darle la réplica.

—Lo de la piscina fue antes de que tú hicieras aquella estupidez con Jennifer —repliqué con la misma confianza con la que él me había hablado. Neil siguió mirándome fijamente con el ceño fruncido, pero adiviné en su rostro la mortificación que estaba sufriendo en aquel momento.

Se sentía culpable, no hacía falta que me lo confesara.

Había logrado desencadenar en él una pizca de conciencia de la inmoralidad de sus acciones.

—No voy a pedirte perdón —puntualizó sin vacilar—. Soy quien viste en la casa de invitados y la noche de Halloween. Solo te lo demostré a las claras.

Utilizó un tono cortante para hacerme ver que era yo quien se había equivocado, quien se había creado expectativas innecesarias sobre nosotros, un nosotros que nunca había existido para él.

—Entonces por qué… —Me tembló la voz y traté de no llorar; en aquel momento era más vulnerable y me dolía la cabeza, pero tenía que terminar aquella absurda charla con él—. ¿Por qué en la piscina te dejaste llevar hasta aquel punto?

Arrugó la frente, quizá para entender a qué me refería. Sin embargo, me daba vergüenza utilizar términos más explícitos; éramos diferentes, y el pudor era sin duda una de las características que nos distinguía.

Respiré hondo y continué:

—¿Por qué me diste la perla antes de irme?

Quería intentar demostrarle que no le era indiferente, ni yo ni nuestro pasado, pero Neil se limitó a quedarse allí sentado mirándome, con una frialdad calculada y una expresión imperturbable, lo que lo hacía todo aún más difícil.

—Me corrí dentro de ti porque nunca lo había hecho con nadie y tenía curiosidad por ver qué se sentía.

Ya se encargó él de ser explícito, y la vergüenza me hizo apartar la mirada. Una vez más intenté ser fuerte y esperé a que respondiera a la segunda pregunta.

—Y lo de la perla es un amuleto que quería regalarte. Solo una niña como tú podía darle un sentido distinto a ese gesto.

De nuevo fue frío, cínico, apático y firmemente seguro de sí mismo y de sus palabras.

Antes de mi partida, me había dicho claramente que quería que me llevara algo suyo a Detroit.

Entonces, ¿por qué ahora intentaba menospreciarlo todo de aquel modo?

Estaba confusa.

Quería abalanzarme sobre él y callarlo a mordiscos, porque sus respuestas me dolían y me irritaban.

—Eres un auténtico imbécil.

Lo miré y vertí mi ira contra él.

No grité, pero fue un susurro tan iracundo que resultó más ensordecedor que un grito.

Mi humor empeoró y sentí la necesidad de ponerme en guardia para protegerme de él y de las sensaciones contradictorias que albergaba.

Sin embargo, Neil se apartó, porque había percibido mi malhumor, y se puso de pie, imponente desde su altura.

Bajé el mentón hacia los pliegues de la sábana, en el punto exacto donde había dejado su silueta, y levanté la cara para mirarlo.

Ahora parecía angustiado, me di cuenta por la forma en que se tocó el pelo y empezó a morderse el labio inferior.

—No has sido nada ni nadie para mí, Selene. Solo una niña con la que disfruté divirtiéndome. No sabes besar ni follar. Siempre te lo he dicho. Creía que lo habías entendido.

Me habló con una seriedad escalofriante.

Arrugué la frente y apreté los labios por el dolor de cabeza.

Me toqué las sienes y bajé la cara. Era absurdo que se mostrara tan insensible en un momento así; por mi parte, estaba sumida en una confusión interior: no quería que se fuera, pero al mismo tiempo quería que desapareciera de mi habitación y, sobre todo, de mi mente.

Allí era donde estaba constantemente.

Sacudí la cabeza y traté de aclararme las ideas.

¿Qué pretendía?

¿Que Neil reconociera sus errores?

Ese momento probablemente no llegaría nunca y yo tenía que aceptarlo.

Sentí una profunda angustia que me hizo desear estar en otro lugar, y no allí, con él.

—Puedes ser nada en la infinidad de mis recuerdos, o puedes

serlo todo ante la nada de mi existencia, pero eso no puedo decidirlo yo —añadió con su timbre hipnótico, como si me estuviera ocultando un secreto impenetrable.

Inclinó sus imponentes hombros y miró a un punto del suelo en lugar de a mí.

¿Por qué tenía que ser tan difícil entender el significado de sus palabras?

¿Por qué tenía que ser tan enrevesado y contradictorio?

Dio un paso atrás, luego otro, y volvió a posar por última vez su mirada en mí.

Sus ojos se aferraron a los míos, como si no quisieran dejarme.

Me sentí abrumada.

¿Se divertía Cupido otra vez lanzando flechas en la dirección equivocada?

«Sí», pensé.

¡Menudo imbécil insolente el tal Cupido!

Neil se alejó de nuevo y tuve la absoluta certeza de que nunca olvidaría el oro brillante de su mirada, ni aunque me obligara, como me había obligado a odiarlo.

Cuanto más aumentaba nuestra distancia, más se me encogía el corazón.

Tal vez lo estaba llamando.

Sí, mi corazón lo llamaba, como si buscara una segunda oportunidad que, de pronto, me di cuenta de que estaba dispuesta a darle, porque sabía que su comportamiento escondía una motivación importante.

—Neil, espera...

Estiré un brazo en el aire, pero solo pude aferrar el silencio que se apoderó de mí cuando sus pasos seguros dejaron de resonar en la habitación y desapareció tras la puerta.

Neil se había ido.

Quizá no volvería a verlo nunca.

Quizá nunca descubriría cómo habría sido nuestra historia, si sus palabras eran ciertas, y si realmente no había sido nada para él, como me había dicho.

Sin embargo, de una cosa estaba absolutamente segura.

Nada era capaz de ejercer una presión tan fuerte sobre mi alma como el vacío que dejaba su ausencia.

3

Selene

> Si amas a alguien, déjalo libre. Si vuelve contigo,
> será siempre tuyo, de lo contrario no lo había sido nunca.
>
> Richard Bach

Había vuelto a casa.

Tras una semana más en el hospital, estaba de vuelta donde todo me devolvía a lo que era antes de irme a Nueva York.

Estaba en el lugar donde había crecido: Indian Village era un barrio histórico situado al este de Detroit, sin lujos ostentosos, pero sofisticado y lleno de detalles, con varios edificios notables, como la Bliemaster House.

Las casas y los apartamentos eran todos adosados, con jardines bien cuidados y garajes renovados. Nuestros vecinos eran los Burns y los Kamper, situados respectivamente a la derecha y a la izquierda de nuestro modesto chalé.

Nada más bajar del coche, miré a mi alrededor y tuve la impresión de no haberme ido nunca, porque mis mejores recuerdos estaban vinculados con aquella misma casa, con mi madre, mis amigos y mi universidad.

Todavía me sentía aturdida y confusa. La médica me había dicho que al principio sufriría fuertes migrañas y sensibilidad a las luces intensas, y que arrastraría las secuelas de mi accidente durante mucho tiempo.

Seguían ahí, grabadas en el cuerpo y en el alma, pero confiaba en que tarde o temprano me recuperaría.

Entré en la casa y sonreí, porque estaba exactamente como la recordaba. El chalé no era muy grande, pero a cambio era sencillo y confortable.

La madera antigua predominaba en el mobiliario y mi madre incluso había conservado las viejas lámparas de araña de la abuela Marie, quizá porque, como yo, aún no había superado su muerte.

Mi abuela había vivido una temporada con nosotros, así que sentía su presencia a menudo y todavía podía oler el aroma de su *cherry pie*, la tarta de cereza que hacía solo para mí, todos los domingos. Siempre nos la comíamos con una taza de té, una costumbre que mi madre y yo habíamos mantenido en su honor.

Suspiré y subí despacio las escaleras hacia mi habitación.

Cuando crucé el umbral de la puerta, me fijé en que todo estaba ordenado y limpio.

El cabecero de la cama, de madera tallada, estaba contra la pared sobre la cual había varios estantes con libros de todo tipo, dispuestos en hileras.

Dos lámparas sobre las mesillas de noche mantenían la habitación bien iluminada.

Aparte de la cama y las mesitas de noche, no había mucho más, solo un escritorio junto a la ventana, dos pufs blancos, un armario de seis puertas con toda mi ropa dentro, un pequeño tocador con un taburete y unas cuantas fotos antiguas mías en la pared.

Miré a mi alrededor para saborear cada detalle. Cuánto echaba de menos mi habitación.

Me paré frente al espejo del tocador, donde había frascos de perfumes y cosméticos. Miré mi reflejo, y aprecié lo pálida y cansada que estaba. Las ojeras eran tan evidentes como la herida, ya curada, que marcaba el lado izquierdo de mi frente. Me habían quitado los puntos, pero la cicatriz seguía hinchada y ligeramente enrojecida. Quizá podría disimularla con un poco de maquillaje, pero permanecería ahí para siempre, recordándome lo que había sucedido.

—Bueno, qué, ¿deshacemos las maletas?

Me sobresalté cuando mi madre, guapa y sonriente como siempre, entró en el cuarto. Llevaba el cabello castaño recogido con un pasador sencillo y vestía una camisa de color claro y pantalones negros.

Me dirigió una mirada interrogativa y puso mi equipaje sobre la cama.

—¿Qué hacías? —me preguntó con curiosidad.

—¿Crees que debería cortarme el pelo para tapármela? —Señalé la cicatriz y ella frunció las cejas, dudosa.

La cicatriz no era nada muy grave, pero me costaba reconocer mi cara, aunque sabía que tenía que aceptar esa marca indeleble en mi piel. Mi madre sonrió, se acercó a mí y me puso las manos sobre los hombros con la indulgencia que la caracterizaba.

—Si apenas se nota. Yo siempre te veo guapísima.

Me dio un beso en la frente y yo esbocé una mueca sarcástica. Se notaba mucho, pero ella intentaba darme seguridad, como habría hecho cualquiera.

—Eso lo dices solo porque soy tu hija —refunfuñé con una sonrisa irónica.

Luego me recompuse y empecé a deshacer el equipaje. Mi madre se acercó para ayudarme. Todavía tenía mareos y vértigos, pero la doctora Rowland me había asegurado que era algo completamente normal y que prever los mecanismos cerebrales de un traumatismo como el que yo había sufrido no era en absoluto sencillo.

Podía tener cambios de humor, ansiedad, tensión, insomnio, y, sobre todo al principio, podía afectar a mi rutina.

Por eso me había aconsejado que escribiera todo en un diario personal si notaba sensaciones o síntomas anormales durante mis actividades cotidianas.

—No olvides anotar en él todo lo que te parezca sospechoso.

Como si me hubiera leído la mente, mi madre señaló el diario que acababa de colocar en la mesilla de noche; asentí con la cabeza, me sequé las manos en los vaqueros y luego me senté en la cama y suspiré.

—¿Qué pasa? —preguntó preocupada y yo me encogí de hombros sin darle una respuesta.

En realidad no sabía qué decirle, pero sentía un vacío inexplicable en mi interior. Estaba contenta por haber salido por fin del hospital, pero era consciente de que no iba a olvidar lo sucedido.

No le había contado a nadie que mi accidente no había sido casual, sino que había sido provocado por un loco exaltado, y que eso me preocupaba.

—Solo estoy cansada —respondí con la mirada fija en un punto indefinido de mis piernas.

Quería llorar, pero intenté no hacerlo; después de todo, no quería asustar a mi madre, que ya había sufrido bastante aquellas semanas.

Ella se sentó a mi lado y me acarició el pelo largo, como hacía cuando yo era pequeña.

En realidad, me sentía como una niña.

—La médica dijo que sería temporal. —Me levantó la cara con suavidad y clavó sus ojos en los míos, uniendo nuestras almas—. Ya verás como te pones bien, enfrentaremos todo esto juntas.

Me sonrió y la miré fijamente, reflexionando sobre sus palabras. Mi madre estaría a mi lado y me daría las fuerzas necesarias para enfrentarme a todo. Le sonreí y de repente se acordó de algo.

—Ay, quería darte esto. —Se metió una mano en el bolsillo del pantalón y sacó un objeto para entregármelo—. Creo que es tuyo.

Abrió la palma de la mano, y allí estaba el…

Cubo de cristal transparente con una perla dentro.

Abrí los labios y en mi cabeza resonaron sus palabras insensibles.

El cubo era solo un amuleto.

Un inútil y estúpido amuleto, al que solo una niña podía dar un significado diferente.

A mí, sin embargo, me había salvado la vida.

—Lo llevabas encima cuando tuviste el accidente. No te separaste de él hasta que llegaste al hospital —me explicó, obligándome a mirarlo fijamente.

En ese instante, le di un valor nuevo y profundo a aquel símbolo. Era increíble cómo un objeto podía impregnarse de todo lo sucedido, como si tuviera vida propia, como si él mismo hubiera visto con sus propios ojos el momento en que Neil me lo había regalado, antes de subir al taxi, y luego lo que había ocurrido más tarde, en la carretera.

Lo sujeté entre el pulgar y el índice, y lo acerqué a la luz de la lámpara, admirando la forma en que el vidrio se volvía iridiscente y la perla de dentro brillaba.

Me levanté de la cama y lo puse sobre el escritorio, junto a una foto mía y de mi madre con la abuela Marie.

Ni yo sabía por qué lo había puesto ahí, fue un gesto inconsciente y espontáneo. Podría haber tirado aquel pequeño objeto o guardarlo en algún cajón, pero mis ojos querían admirarlo más, tal vez porque era más único que raro, o tal vez porque era lo suficientemente hermoso como para merecer un lugar entre los recuerdos de mi habitación.

Lo miré de nuevo, hasta que se me volvió a nublar la vista y la cabeza empezó a darme vueltas.

Me toqué la frente debido a un leve destello de dolor, que hizo que me temblaran las piernas, y mi madre se precipitó hacia mí.

—Selene. —Me agarró por los hombros para evitar que me cayera al suelo y me acarició la mejilla, clavando sus ojos en los míos—. Necesitas comer algo y descansar —dijo con tono severo y preocupado.

Estaba de acuerdo con ella: no solo echaba de menos sus exquisitas comidas, también sentía la necesidad de desconectar. Pero solo era mediodía y no quería pasar demasiado tiempo en la cama, así que cinco minutos después opté por trasladarme al sofá del salón.

Encendí la televisión y mi madre me colocó una mantita sobre las piernas y luego se refugió en la cocina para dedicarse a los fogones.

—¿Qué quieres que te cocine? —preguntó entusiasmada, mientras se ceñía un delantal amarillo alrededor de la cintura.

Me miró con picardía, porque en realidad ya sabía lo que iba a pedirle, así que sonreí con la misma astucia.

Nos entendíamos solo con una mirada; nunca había sentido una conexión así con Matt.

—¡Pastel de cangrejo! —dijimos al unísono, soltando una carcajada.

Era mi comida preferida, y ella lo sabía perfectamente; por eso, con todo el empeño del mundo, preparó unos pasteles de cangrejo deliciosos cuyo olor, que llegaba hasta el salón, me despertó el apetito.

Me empezaron a sonar las tripas y enseguida me fui a la cocina para poner la mesa.

Aquella parte de la casa era funcional y decididamente informal, como nosotras.

La madera de olmo oscura de las puertas destacaba sobre el color piedra natural de la encimera. El suelo de hormigón pulido contrastaba con las paredes blancas, iluminadas por una pequeña ventana, junto a la placa de inducción.

—No, Selene. No hagas esfuerzos —me riñó mi madre agitando una servilleta con una mano, al verme abrir un cajón. Sonreí, porque estaba muy graciosa.

—Mamá —refunfuñé—. No puedo pasarme el día entero sin hacer nada —protesté mientras terminaba de disponer los cubiertos. Luego coloqué las sillas de estilo Novecento alrededor de la mesa, y sonreí antes de mirar hacia el jardín inglés.

A mi madre le encantaba ocuparse de él, y cultivaba plantas de todo tipo.

Tenía su propia filosofía: afirmaba que los jardines eran testigos tangibles de la relación milenaria entre el hombre y la naturaleza.

Siempre había sido una mujer profunda, pero también bastante singular.

—Los pasteles de cangrejo están listos.

Su voz me llegó desde detrás, mientras miraba por la ventana los fragantes setos que separaban nuestro jardín del de los vecinos. Me giré con una sonrisa y me senté en mi sitio de siempre.

Allí, con mi madre, me sentía en casa, me sentía segura, pero…

También sentí una extraña sensación de angustia en mi interior, porque mi cuerpo ya no era el mismo, mi cabeza ya no era la de siempre.

A fin de cuentas, nadie era la misma persona después de un accidente de este tipo.

Almorzamos, disfrutando de aquella deliciosa receta transmitida de generación en generación. Mientras saboreaba mi ración en silencio, pensé que mi madre parecía pensativa.

—¿En qué piensas? —dije con la boca llena.

Tenía un hambre feroz y, a aquellas alturas, me había olvidado definitivamente de los buenos modales.

Mi madre levantó sus ojos azules de su plato a mi cara, y se aclaró la garganta.

—Debería haber impedido que te fueras… —murmuró en voz baja y angustiada.

¿Qué intentaba decirme?

Dejé de masticar y tragué con esfuerzo, mirándola fijamente.

—Si no te hubiera obligado a pasar tiempo con tu padre, probablemente nada de esto habría ocurrido —susurró con tristeza.

Se sentía culpable.

¿De verdad creía mi madre que el accidente no habría ocurrido si no me hubiera ido a vivir con mi padre? Era absurdo. Me levanté de la silla de inmediato, me acerqué a ella y le acaricié un hombro.

No podía pensar ni remotamente que era culpa suya.

No era culpa de nadie más que de Player, el cabrón que había ideado aquel juego maldito.

—Mamá —le dije, pero ella negó con la cabeza y enterró el

rostro entre las manos, dejando escapar un sollozo silencioso que había retenido durante demasiado tiempo.

La estreché contra mí y le acaricié el pelo, porque entendía cómo se sentía. No tenía que haber sido fácil hacerse la fuerte solo para que yo no me viniese abajo, y eso le había llevado inevitablemente a reprimir un sufrimiento que necesitaba liberar, que era lo que había sucedido en aquel momento.

—No te preocupes, estoy aquí —le susurré, porque parecía agitada y asustada, como una niña.

Los sollozos hacían temblar sus hombros y su respiración se entrecortaba por el llanto. Intenté calmarla y, cuando echó la silla hacia atrás, me senté en su regazo y la abracé.

Era demasiado mayor para sentarme encima de ella, pero a ninguna de las dos pareció importarnos.

Le enjugué las lágrimas de las mejillas con los pulgares, y ella sonrió y me acarició la frente, justo donde estaba la cicatriz.

—Lo eres todo para mí. No importa cuántos años tengas, siempre vas a ser mi niña pequeñita —me dijo con dulzura, y le di otro abrazo.

Cuando terminamos de comer, me puse a fregar los platos y a limpiar la cocina.

Mi madre me había casi obligado a irme a mi cuarto a descansar, pero no tenía ganas de estar en la cama y no me dolía la cabeza, así que aproveché para terminar de arreglar la cocina y deshacer las maletas.

Tardé cuatro horas en limpiar la cocina hasta que quedó bien ordenada, y también coloqué mi ropa en perchas. Después me di un baño caliente y me arreglé el pelo, que tenía que haberme cortado; ni yo misma entendía por qué lo llevaba tan largo, ya que se me enredaba fácilmente en las puntas y a menudo se me abrían.

Resoplé y me puse una sudadera sencilla de color turquesa y unos vaqueros, y luego bajé al salón, donde mi madre estaba sentada a la mesa pintando sobre vidrio.

Me recogí el pelo en una coleta alta y me acerqué a ella, que estaba de pie con los hombros ligeramente inclinados hacia delante, concentrada pintando florecitas en un vaso.

Junto a ella tenía todo lo necesario: pintura, alcohol, un paño limpio y cepillos de varios tipos.

Yo no entendía mucho, pero a mi madre se le daba muy bien, tanto que practicaba tres técnicas diferentes, una más compleja que la otra. La pintura, de hecho, era una de las muchas pasiones que cultivaba en su tiempo libre, cuando no estaba dando clase en la universidad.

Me detuve a admirarla. Me encantaba verla decorar a mano alzada cualquier objeto de cristal que tuviéramos en casa; lo que más le gustaba eran las flores y los paisajes.

—¿Cómo te encuentras? —me preguntó sin despegar los ojos de su dibujo.

—Por ahora, bien.

Habían pasado dos semanas del accidente y, poco a poco, estaba volviendo a ser yo misma.

—Me alegro —replicó.

Cuando estaba ocupada con sus pasatiempos, siempre estaba poco habladora y muy absorta.

La pintura sobre vidrio en particular requiere imaginación, inspiración, pero sobre todo mucha precisión, así que decidí no molestarla y sentarme en el sofá.

Saqué el móvil del bolsillo de la sudadera y releí los mensajes.

Había tenido noticias de Alyssa y de Logan, pero nada de Neil.

Me pasaba el día mirando el teléfono como una tonta, esperando a que se dignara a llamarme o a mandarme un mensaje, aunque fuera un simple «¿Cómo estás?». Estaba segura de que sabía que me habían dado el alta, porque mi padre se lo habría contado a toda la familia, pero probablemente Neil prefiriese pasar el rato con alguna de sus rubias.

Se había olvidado de mí.

Sí, quizá todo había sido una mentira, una ilusión que habíamos vivido, y sin embargo…

Sin embargo, lo había sentido involucrado, especialmente la última vez que habíamos estado juntos.

Su mirada ardiente mientras se movía dentro de mí, los suspiros viriles que emitía en mi oído, la forma en que se mordía el labio inferior al mirar abajo, al punto por donde estábamos unidos, cómo se le tensaban los hombros y la espalda cuando mis dedos se deslizaban sobre la piel tersa, para deleitarlo con caricias suaves.

Y luego estaba él.

Su orgasmo incontenible.

Cómo había explotado dentro de mí, vibrando con todo su ser, perdiendo el autocontrol que siempre se empeñaba en mantener. Había cerrado los ojos y su cuerpo se había fundido con el mío, pero sin gritos ni gemidos, como solía hacer. Solo me había concedido un suspiro de placer, ronco y masculino, que había atravesado mi espina dorsal hasta desvanecerme, haciéndome gozar de una intimidad desconocida que nunca antes había compartido con nadie.

Quizás ahora que lo había hecho una vez, le había cogido el gusto. Quizá se había dejado llevar también con la perra de Jennifer o con quién sabe quién, pero, sea como fuere, aquella primera vez sería mía para siempre.

Nuestra para siempre.

Tiré el teléfono al sofá y resoplé.

A estas alturas era inútil esperar noticias suyas, y me había obligado a no ceder.

A no ir yo a buscarlo a él, porque no se lo merecía.

Me pregunté qué habría pasado después de mi partida, porque había percibido cierto distanciamiento en sus palabras, e incluso en el timbre de su voz, que me parecía sensual pero frío, carente de expresividad.

¿Cómo se las apañaba para mostrarse tan indiferente?

¿Cómo se las apañaba para no sentir ninguna emoción humana?

El timbre me despertó de mis reflexiones y me volví hacia la puerta de entrada, y luego miré a mi madre, que había dejado de prestar atención al vaso de cristal.

—¿Esperas a alguien? —le pregunté.

—No —contestó ella levantándose de la silla. Se limpió las manos en un paño blanco y fue a abrir.

Cuando lo hizo, miré a la puerta y contuve el aliento. Allí, de pie sobre el felpudo en forma de media luna en la puerta principal, había un chico al que reconocí de inmediato en el instante en que sus ojos verde jade se clavaron en los azules de mi madre, y sus labios esbozaron una sonrisa educada.

—Jared, me alegro de verte, pasa —dijo ella, que ignoraba lo que había pasado entre nosotros. Sabía que ya no estábamos juntos, pero no por qué.

—El placer es mío, señora Martin —respondió él amablemente.

Mi madre se hizo a un lado y le invitó a entrar, y yo me levanté de un salto del sofá, tocándome nerviosamente el pelo. No había olvidado lo que había sucedido en aquel parque.

Lo miré fijamente, rígida, pensando qué hacer.

Si lo echaba, tendría que darle explicaciones a mi madre, o si no él le contaría lo de Neil, y no podía permitir que eso sucediera.

Me habría dado igual si mi amante fuese cualquier otro, pero se trataba del hijo de la pareja de mi padre, y tenía que sopesar bien cómo revelar aquella cuestión.

Me apresuré a imprimir una sonrisa falsa en mi rostro para ocultarle mi agitación a mi madre, aunque el corazón me latía con fuerza en la garganta, casi impidiéndome respirar con normalidad.

Mientras tanto, Jared entró en la sala de estar con un ramo de flores en la mano derecha y una bolsa en la izquierda.

¿En serio?

¿Primero había disfrutado aterrorizándome y golpeándome y ahora quería regalarme un ramo de flores?

Además, ¿quién le había contado lo de mi accidente?

En lugar de dirigirse a mí, habló con mi madre un rato mientras yo me quedaba quieta, mirando su cuerpo esbelto.

Llevaba un jersey blanco sencillo y unos pantalones azules. El abrigo largo le confería cierta elegancia. Parecía mayor de lo que era.

Lucía tan impecable como siempre, pero solo yo sabía lo engañosa que era su apariencia impoluta.

Tras armarme de valor, me acerqué con paso incierto y miré el ramo de rosas rojas y gerberas rosas que llevaba en la mano; desprendía un aroma fresco.

—Voy a prepararos un chocolate caliente entonces —dijo mi madre.

Yo no había escuchado ni una sola palabra de lo que se habían dicho, ni entendía de dónde salía lo del chocolate. Me limitaba a contemplar el atractivo rostro de Jared, sus delicadas facciones y el cabello rubio por el que tantas veces había deslizado mis dedos mientras nos besábamos en nuestro banco, en el parque de siempre; sin embargo, de repente, aquella cara angelical mutó en un rostro transformado por la rabia y lo reviví todo como en una película: su mano levantándose para golpearme, los insultos que me había dirigido, la forma en que me había doblado sobre el capó del coche para ordenarme que hiciera lo que me decía, sin contradecirlo.

Una mueca de indignación se imprimió en mi rostro y no pude esconderla.

—Hola —dijo y me miró; me sobresalté como si fuera la primera vez que me dirigía la palabra.

Me entregó el ramo y negué con la cabeza.

¿Cómo tenía el valor de presentarse en mi casa como si nada hubiera pasado?

—No pensaba volver a verte —respondí con voz fría, apartándolo.

Jared echó un vistazo a la cocina, concretamente a mi madre, porque él también había fingido como yo, luego se humedeció los labios y habló.

—Me enteré de lo de tu accidente. Solo he venido a ver si estabas bien —me explicó, como si tuviera derecho a preocuparse por mí.

¿Estaba de broma?

—¿Por qué no te preocupaste por mí cuando me golpeaste en la cara? —le pregunté con retintín.

No cogí el ramo de flores y seguí mirándole fijamente, sin ningún miedo. Si hubiera intentado siquiera rozarme de nuevo, le habría dado una patada en la entrepierna. Jared suspiró; parecía molesto. Estaba allí plantado como un animalito indefenso, pero yo sabía lo violento y peligroso que era.

—Se me fue la olla. ¿A quién no le pasaría lo mismo en aquella situación?

Intentó justificarse, pero aquello lo dejaba en peor lugar si cabía. Sonreí con incredulidad ante lo que acababa de escuchar y sacudí la cabeza indignada.

—Ningún hombre debe tocar a una mujer, independientemente de la «situación» —repetí la última palabra para que se diera cuenta de la estupidez que había dicho. No había justificación, aunque yo le hubiese engañado y hubiese pospuesto mi confesión debido al grave estado de su madre.

Yo había hecho las cosas mal, y no iba a negarlo, pero nada ni nadie le daba derecho a pegar a una mujer.

—Lo siento mucho. —Estaba avergonzado y terriblemente tenso. No hacía más que mover las piernas y mirar a su alrededor atemorizado, probablemente porque estaba mi madre—. Fui un gilipollas, nunca he pegado a una mujer. Nunca. —Le faltaba el aire—. Estaba confuso y cabreado, pero he pensado todos los días en aquel gesto tan despreciable, tan impropio de mí y de mi forma de ser. —Bajó la barbilla y desvió la mirada para rehuir la mía. Sospechaba que estaba a punto de llorar—. Me siento muy culpable. Estaba hecho polvo porque te… —se detuvo y sus ojos se clavaron en los míos, ofreciéndome un sufrimiento tácito que nunca había visto antes—… quería —susurró mientras me tendía la bolsita que aferraba con la otra mano—. Acepta esto al menos —insistió, y yo miré la mano temblorosa y luego otra vez a él—. Si no lo haces, tu madre sospechará.

Razón no le faltaba. Cogí la bolsita y también el ramo de flores para no despertar dudas, y me quedé mirando las rosas perfumadas. Eran brillantes y hermosas.

—Lo acepto solo para evitar que me haga preguntas. Sabe que lo hemos dejado, pero no sabe lo que ha pasado —repliqué, para que se diera cuenta de que su reputación de falso chico bueno no se había visto comprometida.

Jared suspiró y luego sus ojos recorrieron despacio mi figura, de arriba abajo, haciendo que me pusiera rígida.

No llevaba ropa llamativa.

No iba maquillada y mi pelo estaba, como siempre, despeinado, por lo que, al menos en mi opinión, tenía un aspecto desaliñado y nada atractivo.

—¿Cómo lo haces para estar guapísima incluso después de un accidente tan grave? —dijo con una melancolía conmovedora.

Se acercó, un paso tras otro, y disminuyó la distancia entre nosotros.

Permanecí inmóvil y alerta, pero eso no le impidió hacer lo que hizo a continuación.

Con una mano me apartó un mechón de pelo de la frente y se quedó mirando durante unos instantes mi cicatriz. La forma recordaba la lesión que la había causado, todavía me dolía y estaba ligeramente hinchada, pero la médica me había asegurado que en un plazo de ocho a doce meses acabaría siendo solo una pequeña marca. Jared desplazó sus iris de la cicatriz a mis ojos, e inmediatamente di un paso atrás para hacerle entender que no sobrepasara los límites.

—Espero que me des la oportunidad de estar a tu lado. Te aseguro que solo quiero ser tu amigo —afirmó, y luego esperó mi reacción.

¿Él y yo? ¿Amigos?

Nunca habíamos tenido una relación de pareja como tal, y había muchas cosas que no habíamos hecho, pero Jared todavía albergaba sentimientos por mí y no me parecía apropiado entablar una amistad con él.

—No creo. —Lo aparté y lancé una mirada por encima del hombro.

Mi madre preparaba chocolate caliente y sonreía a la pantalla del teléfono móvil, quizás por un mensaje que había recibido. Por suerte estaba distraída y no se había dado cuenta de nada.

Más tarde le preguntaría por qué tenía una expresión soñadora en la cara, pero en ese instante me centré en Jared, volviendo inmediatamente a nuestra conversación.

—¿Cuál es el problema? ¿Neil está celoso? —preguntó con tono despectivo.

Noté el retintín de fastidio con el que había pronunciado su nombre, y Jared sacudió la cabeza, dándose cuenta de que había dejado salir su orgullo herido.

—Lo siento, no es asunto mío —dijo, y respiró hondo.

Todavía no había procesado lo sucedido, y en ese momento lo tuve claro.

—Será mejor que te vayas —me limité a contestar, porque no quería hablar de Neil ni de lo que había (o más bien no había) entre nosotros.

—Sí, mejor. —Se volvió hacia la puerta y me lanzó una última mirada—. Dale las gracias a tu madre por el chocolate, pero dile que me ha llamado mi padre y que era urgente.

Jared se fue y, después de poner las flores en un jarrón, tras reprimir el impulso de tirarlas, me senté en el sofá. Abrí la bolsa que me había dado y saqué un paquete de…

—Peta Zetas —susurré para mí.

Eran mis caramelos preferidos, unos gránulos que explotaban en la boca y liberaban su delicioso sabor en cuanto se deslizaban por mi lengua. Los había probado por primera vez de la máquina expendedora de al lado de la biblioteca, donde iba a menudo a estudiar o a elegir libros para leer.

El mismo lugar donde, meses antes, había conocido a Jared.

—Son de algodón de azúcar —añadí con tono apenado.

Jared conocía mis gustos, y de hecho sabía muchas cosas de mí, y por eso una inexplicable tristeza me apretó el pecho.

Sin embargo, no me arrepentía de lo que había hecho.

Neil no solo había sido una tentación, había sido el error más bello que podía cometer.

Con él había sentido algo nuevo e indescriptible. Me había hecho sufrir, por supuesto, pero no importaba.

Sus gestos, a veces irrespetuosos, a veces indescifrables, nunca borrarían lo que había sentido con él.

Por él.

—¿Dónde está Jared? ¿Por qué se ha ido?

Mi madre entró en la sala de estar con una bandeja y dos tazas humeantes. Le sonreí nerviosa y me dispuse a contarle una mentira.

—Ha recibido una llamada urgente de su padre y ha tenido que marcharse —dije con convicción.

Mi madre se agachó para dejar la bandeja en la mesa baja frente a nosotras, y luego se sentó a mi lado y se fijó en mis caramelos preferidos.

—Qué mono —comentó mirándolos, pero habría cambiado de opinión si le hubiese contado lo que había hecho en aquel parque aquella noche fatídica. Sin embargo, le sonreí y traté de que pareciera que estaba de acuerdo.

—Sí —respondí, pensativa.

Estiré las piernas y retorcí el paquete de caramelos entre los dedos, y luego saqué uno.

Estaba segura de que me lo acabaría en pocas horas.

Me los iba a comer para liberar la tensión, para aferrarme a algo que no fueran mis paranoias o mis pensamientos constantes sobre Neil y todas las cosas que aún se escapaban a mi lógica.

—¿Cómo te encuentras? —me preguntó mi madre por enésima vez, quizás confundiendo mi silencio absorto con malestar.

Me acarició el pelo y levanté la cara para mirarla.

—Mejor. Vamos, ve a darte tu baño, necesitas relajarte.

Aquellos días le daba miedo hasta dejarme sola un rato, pero no había ninguna razón para ello.

—¿Estás segura?

Dudó, agachándose para recoger la bandeja y llevarla de vuelta a la cocina.

—Segurísima, madre —respondí con ironía.

En realidad, el dolor de cabeza había hecho acto de presencia de nuevo, quizá porque centrar mi atención en Jared había sido más agotador de lo que creía, y todavía no estaba en condiciones de someter mi mente a un estrés como aquel, pero no se lo dije a mi madre.

Traté más bien de tranquilizarla. Quería que se dedicara un poco a sí misma después de aquel día tan largo.

—Vale, pues vuelvo enseguida. Dame quince minutos.

Se apresuró a salir, no porque tuviera ganas de irse, sino porque deseaba volver pronto a mi lado.

Más tarde iríamos a ver una película y a comer alguna porquería hipercalórica.

Sonreí y fruncí el ceño cuando mi teléfono móvil vibró, indicando la llegada de un mensaje. Lo saqué del bolsillo de la sudadera y desbloqueé la pantalla para leerla.

«¡Me dijiste que estaríamos en contacto y no me has llamado, perra!»

Era Alyssa.

Tecleé una respuesta a toda prisa y la envié.

«Tienes razón, lo siento. Hoy ha venido a verme Jared.»

Le había contado a Alyssa lo que había pasado con él. Mi amiga lo odiaba por lo que me había hecho, porque ella, como yo, no toleraba la violencia contra las mujeres. Decía que un hombre capaz de tener un comportamiento violento una vez, era peligroso y propenso a repetirlo.

«Mantente lejos de él, sigue enamorado de ti»,, me advirtió.

Yo también lo creía. Lo había sospechado por su mirada, una mezcla de amor y decepción, a veces inocente, otras insidiosa y sombría.

Le envié un mensaje a Alyssa preguntándole cómo iba su relación con Logan. A pesar de que estaban juntos, ninguno de los dos lo había hecho oficial.

Logan era diferente a Neil. Era reflexivo, juicioso, romántico, pero también tenía una personalidad fuerte. Por eso estaba contenta por mi amiga, que se merecía experimentar el amor verdadero con un chico como él.

Cuando, unos diez minutos más tarde, se despidió de mí, mis ojos se desviaron hacia otras conversaciones que guardaba en el teléfono.

A una en particular.

El número del remitente no estaba guardado en la libreta de direcciones, pero sabía de sobra a quién pertenecía.

La abrí y la leí.

«Parece que te aburres… Otra vez ese pijama horrible… Nuestros balcones se comunican.»

Todos eran de Neil, y mi respuesta solo había sido: «¿Cómo tienes mi número?».

Me removí inquieta en el sofá porque los recuerdos me habían transportado hasta allí, a mi habitación de Nueva York, con él.

Tendría que odiarlo, odiarlo con todo mi ser, y sin embargo…

Mi cuerpo no hacía más que desearlo; anhelaba sus labios, sus manos, su olor.

La memoria se había convertido en mi peor enemiga, porque cuanto más me hacía retroceder en el tiempo, más lo extrañaba.

«Podría haberlo conseguido por Logan», había escrito.

—Logan… —murmuré con una sonrisa.

Neil siempre conseguía lo que quería. Por un momento, me lo imaginé espiando el móvil de su hermano para robarle literalmente mi número y contactar conmigo. Había sido un gesto gracioso, pero también halagador, y además no me había mentido.

Era un gilipollas, a menudo perverso y problemático, pero no era un hipócrita.

Nunca mentía.

Decidía qué quería mostrar de sí mismo y sobre todo a quién. Entregaba su cuerpo, pero nunca su alma.

El alma la tenía guardada en un cofre de oro del que nadie tenía la llave.

De nuevo, pensé en mi accidente y en todo lo que había sucedido antes.

Había hecho todo lo posible para averiguar qué le había hecho tan frío e inflexible, pero Neil era un muro de acero impenetrable.

Siempre estaba serio, pensativo, casi nunca sonreía.

Incluso en el sexo era controlado, esquemático, metódico, concentrado, como si estuviera practicando un deporte banal y no inmerso en un momento de intercambio e intimidad.

Me di cuenta de que estaba ante un enigma difícil de resolver.

Aunque mi padre, después de mi accidente, hubiese venido a visitarme al hospital, nunca me había hablado de Neil, porque yo había evitado hacerle preguntas sobre él.

A menudo me asaltaba la curiosidad por saber cómo estaba o qué hacía, pero, si hubiera querido ceder, podría haber contactado con él directamente, cosa que no había hecho.

Y no lo habría hecho jamás.

Me recompuse y volví a concentrarme en los mensajes de Neil, dejando que los recuerdos rondaran por mi cabeza.

«¿Quieres… hablar?», había escrito míster Problemático, él que nunca quería hablar, excepto aquel día.

«¿Por qué?», le pregunté yo.

«Porque le he susurrado al niño que en el cielo hay una estrella para cada uno de nosotros, lo suficientemente lejos para evitar que nuestras penas la empañen, y hoy parece estar de acuerdo. Me gustaría verla contigo…»

El niño…

Siempre había asociado esa respuesta, profunda e introspectiva, con un hecho pasado que probablemente hubiera marcado irremediablemente su alma.

Estaba convencida de que Neil había sufrido mucho en el pasado, porque las veces que había disfrutado de su cuerpo desnudo había adivinado pequeñas cicatrices, como de quemaduras, en el antebrazo izquierdo.

Eran tres, pequeñas y rojas.

No eran muy visibles, pero no podían escaparse a un ojo como el mío. Incluso había intentado rozarlas, cuando, como una niña curiosa, me había propuesto inspeccionar sus hermosos tatuajes, pero Neil se había apresurado a agarrarme de la muñeca para evitar que las tocara.

Algo en sus ojos había cambiado, una rabia visceral y oscura había inundado sus iris dorados, intimidándome para no cruzar ciertos límites.

Yo había enmudecido y había intentado sonsacarle. No era fácil, porque después del sexo siempre se escapaba; y antes del sexo, se le daba tan bien confundirme que me hacía incapaz casi de formular palabras con sentido.

Lo hacía a propósito.

Utilizaba su cuerpo como un arma.

Sabía que era magnífico, que tenía un aura intimidatoria, una actitud tan fría que congelaba cualquier intento de contrarrestarlo.

Jugaba con astucia, utilizaba su virilidad extrema para gratificar a las mujeres, hacerlas arrodillarse a su voluntad, inducirlas a desearlo solo a él y a nadie más, sin reticencias.

Neil, de hecho, quería que las mujeres lo buscaran, que no lo olvidaran, que no pudieran prescindir de él, porque sobrevivía gracias a ellas.

Eran el alimento exquisito que lo mantenía con vida.

Volví a mirar los mensajes. «Acepto.»

Esa había sido mi respuesta aquella noche, a la que no siguió nada más.

Me quedé entonces inmóvil, con el teléfono en las manos, apresada por un tumulto de emociones que revoloteaban a mi alrededor.

Mis mejillas se sonrojaron con un torbellino de pensamientos indecentes y me obligué a no pensar en su cuerpo desnudo e imponente, los músculos esculpidos, la voz madura, la virilidad disruptiva de la que pocos hombres podrían presumir.

En ese instante, mi madre entró en el salón, envuelta en un albornoz y con el pelo mojado, dejando el rastro de la agradable fragancia de su gel de baño. Se detuvo de golpe al notar mi mirada perdida.

—Mamá... —la saludé, desviando la mirada hacia ella. Me miró con una expresión interrogativa en el rostro y pensé que quería saber su opinión sobre Neil—. ¿Qué te parece el hijo de Mia? —pregunté directamente, haciendo que frunciera el ceño.

Yo no lo había vuelto a ver desde aquella vez en el hospital, pero estaba segura de que mi madre había tenido varias oportunidades de hablar con él o de encontrárselo en la sala de espera. Logan me había confesado que, durante los diez días que yo había estado en coma, había venido a verme a menudo, con la esperanza de que me despertara, así que seguro que mi madre había coincidido con él.

—¿Hablas del mayor o de Logan?

Frunció el ceño mientras se frotaba el pelo mojado.

—Del mayor —respondí con torpeza, haciéndola sonreír.

—Ah, Neil... Un chico muy guapo, sí, sí —comentó, y de pronto me sentí incómoda.

Intenté disimular mi agitación y ella entrecerró los ojos, analizando cuidadosamente mis reacciones.

—Pero... —continuó—. No hemos hablado mucho. Se limitaba a saludar y apenas intercambiamos unas pocas palabras. Parece taciturno, siempre a lo suyo, en fin... No es muy hablador —dijo pensativa.

Disimulé una sonrisa, porque tenía razón en todo.

Neil era huraño, siempre malhumorado y tímido. Cualquiera que no lo conociera podía incluso tenerle miedo, porque podía intimidar a todo el mundo.

—¿Por qué lo preguntas?

En sus iris vislumbré un destello de malicia, que traté de disipar con una mirada seria y gesto de desinterés.

Tenía que fingir que aquel chico no tenía ningún efecto sobre mí.

—Sin más. —Me encogí de hombros—. Ya sabes que tu opinión es importante para mí.

Y era cierto.

A pesar de que siempre había tomado mis propias decisiones con total independencia, me encantaba escuchar su opinión y sus consejos. Mi madre era la única persona en el mundo en quien confiaba plenamente.

—No lo conozco y no me gusta ser superficial, pero no me inspira mucha confianza —continuó con el tono severo que adoptaba cuando quería que tuviera en cuenta sus consideraciones.

Asentí con la cabeza y esbocé una sonrisa tensa, tratando de disimular lo decepcionada que estaba con la impresión negativa que le había causado Neil.

Sin embargo, no podía culparla.

La actitud de Neil era engañosa y muy a menudo inducía a pensar mal de él, aunque yo, en el fondo, estaba segura de que escondía un lado humano y que sabía ser bueno.

Si viese el lado colorido de la vida, que tal vez le había sido negado desde la infancia, habría sido capaz de amar.

Sin embargo, nadie puede salvar a quien no quiere ser salvado.

La nuestra no era una historia de amor.

No era uno de esos cuentos de hadas que mi madre me contaba cuando era niña.

Era la vida real, y por eso Neil solo podía decidirse a abrir su corazón a alguien cuando estuviera preparado.

Tendría que enfrentarse a sus miedos y superar sus límites, de lo contrario moriría absorbido por sus tinieblas.

Y nadie podría salvarlo.

4

Selene

El amor nos había sorprendido, imprevisto y violento, como un asesino salido de la nada, y nos había apuñalado.

Mijaíl Bulgákov

Sábado.

Era sábado y, como los dos fines de semana anteriores, sabía que Matt estaba a punto de llegar de Nueva York para visitarme y preguntarme de nuevo cómo estaba, si quería hablar con él, si quería pasar tiempo con él y todas las tonterías habituales que solía hacer para limpiar su conciencia atormentada por sus errores.

Esa tarde, sin embargo, me anticipé a sus movimientos.

Salí a dar un paseo por el parque para no encontrarme con él.

Me senté en un banco perdido, en una de las muchas áreas naturales de Detroit, entre las fuentes y los árboles, y miré a mi alrededor. A pesar de las bajas temperaturas, había mucha gente paseando a sus perros; los más deportistas corrían; las parejas se hacían fotos o se besaban en algún banco resguardado al abrigo de los árboles.

Sonreí, porque siempre me había gustado pasar tiempo allí, con un buen libro, paz y naturaleza.

Ese día me había llevado *Peter y Wendy* de J. M. Barrie.

El mismo libro con el que el destino había querido que empezara mi nuevo viaje a Nueva York.

El primer día en la Gran Manzana, de hecho, había ido a una librería, Magic Books, con la intención de comprarme una novela que me acompañara durante toda mi estancia en casa de mi padre. Y la elección había recaído en esa obra maestra inglesa, que casi había caído involuntariamente en mis manos.

El viaje, sin embargo, había terminado demasiado pronto, y no había leído ni una sola página de la famosa obra.

De hecho, con todo lo que había pasado en casa de mi padre, había dejado de lado mis lecturas, pero me encantaba devorar libros de cualquier género, cualquier época, aunque prefería los clásicos, como *Peter Pan*. Había oído hablar muy bien de la obra maestra de Barrie: se decía que la verdadera fuerza motriz de su historia era la fusión de la realidad y la fantasía. Así que, rodeada de vegetación, sentí el deseo de sumergirme en el mundo encantado de Peter Pan para recuperar la ligereza propia de la infancia. Quizá fuera demasiado mayor para un libro así, pero lo necesitaba.

> Me escapé de casa porque oí a mi padre y mi madre hablando de lo que iba a ser cuando fuera adulto… No quiero crecer, nunca… Quiero seguir siendo un niño para siempre y divertirme. Así que volé a los jardines de Kensington y desde entonces vivo con las hadas.

Leí aquellas líneas en voz baja y me detuve a reflexionar sobre el personaje.

Peter Pan tenía una personalidad muy compleja.

En primer lugar, era un niño muy engreído que no hacía más que presumir de sus habilidades. Vivía en soledad, con los demás Niños Perdidos, y había intentado convencer a Wendy de que lo siguiera al país de Nunca Jamás para compensar la ausencia de una figura femenina. Al final, de una manera muy inteligente y persuasiva, incluso había logrado convencerla para que abandonara a sus padres y se fuera con él.

Peter tenía un carácter autoritario cuando menos, imponía sus reglas y obligaba a los niños a seguirlas.

Además, era muy directo y decía siempre lo que pensaba, tanto que a veces sus discursos eran absurdos, otras veces contradictorios, porque no siempre podía disociar la realidad de la imaginación. En esencia, era un niño a veces poco fiable, y otras veces lleno de creatividad y de ganas de vivir el momento sin retroceder nunca.

Estaba temblando de vida, exactamente como Neil.

—¿Puedo?

Una señora mayor, cojeando, con un bastón sobre el que sostenía su cuerpo frágil y cansado, me preguntó si podía sentarse a mi lado en el banco. Le hice sitio y sonreí, dándole permiso. Tenía una mirada amable, con arrugas alrededor de los ojos y la boca, las mejillas un poco descarnadas y unos iris grises como la plata.

Una ligera ráfaga de viento me despeinó un mechón de pelo y pasó las páginas del libro, haciéndome perder de vista las líneas que estaba leyendo.

—Oh, *¿Peter y Wendy?*

La anciana miró con curiosidad mi libro, y le enseñé la portada.

—Eso es —contesté.

—Interesante —comentó, con una entonación dulce en la voz, y luego continuó—. ¿Sabes por qué el personaje principal se llama Peter Pan?

Dejó el bastón a un lado y se alisó el bonito vestido azul que llevaba bajo un largo abrigo que la protegía del frío.

—La verdad es que no —confesé; quizás ese detalle se me había escapado o no lo habían explicado aún en el libro.

—Algunas personas lo asocian con el dios Pan, mitad humano, mitad cabra. Según la tradición era un dios con fuertes connotaciones sexuales, como Dionisio; de hecho, se le representaba con un gran... —Miró a su alrededor con expresión circunspecta, y luego puso una mano junto a los labios y susurró—: Falo.

Dejé escapar una risita y me sonrojé; caramba, aquella anciana era muy divertida, y qué casualidad que en un parque lleno de gente fuese a dar con una experta en Barrie. Ya que estábamos, decidí preguntarle más cosas sobre la conexión entre el dios Pan y Peter Pan.

—Y qué...

Iba a hacerle una pregunta, pero ella siguió hablando por su cuenta.

—El dios Pan tenía dificultades para aparearse debido a su aspecto y su corta estatura, por lo que solía ejercer su fuerza generativa a través de la masturbación, así como a través de la violencia sexual —murmuró, tratando de hablar en voz baja debido a la delicadeza de los temas que estaba exponiendo. Un escalofrío intenso me recorrió la columna vertebral. Al principio me había sentido incomodada por sus palabras, pero luego empecé a sospechar tímidamente que había una conexión entre mi libro, el dios Pan y hasta la anciana que me estaba proporcionando aquella información. Creía firmemente en el destino y estaba segura de que me estaba enviando señales que yo debía captar.

—Entonces, ¿el autor se inspiró en el dios Pan para idear una historia para niños? —le pregunté, a pesar de mi interés.

El discurso tenía poco sentido y mi escepticismo era palpable, pero ella asintió.

—Según algunos estudiosos, es fácil encontrar algunos puntos en común entre Peter Pan y el dios Pan: ambos son, de hecho, solo medio humanos, y sufren, aunque de forma diferente, un rechazo por parte de la figura materna, por lo que se van a vivir a la naturaleza con criaturas extrañas, y tocan la flauta divinamente.

Levantó el dedo índice para reforzar su argumento, y me asaltó la duda de si aquello no sería una transposición de una opinión personal suya, pero lo pasé por alto y me limité a asentir con la cabeza. No quería rebatir las declaraciones de aquella extraña señora, que a decir verdad no eran muy apropiadas para un parque.

—¿Cómo es que estás leyendo esta obra, querida? —añadió, intrigada, y luego observó cuidadosamente mi aspecto. Desde mi pelo castaño, que me caía por los hombros, a los ojos azules en los que fijó su mirada, hasta el punto de hacerme sentir casi incómoda.

—Hace algún tiempo, entré en una librería buscando algo para comprar y este libro cayó literalmente a mis pies, sin que me diera cuenta —le expliqué, rememorando el momento en que había entrado en aquella hermosa librería de Nueva York.

—A veces un buen libro puede ser la razón de todas las razones. La respuesta de todas las respuestas.

Bajó la mirada hacia el libro que tenía en mis manos, descansando en mi regazo, y luego la levantó de nuevo hacia mi cara, sonriendo de aquella manera tan dulce que me recordaba a mi abuela Marie.

Incluso tuve la impresión de que podía oler su perfume en el aire, y suspiré. Probablemente mi cerebro estaba con ganas de jugármela aquel día.

Mi conversación con la anciana se extendió aproximadamente media hora más, y afortunadamente cambiamos de tema. Cuando me di cuenta de que había llegado la hora de volver, tuve que despedirme de ella a regañadientes y enfilar el camino de vuelta a casa.

A poca distancia de mi hogar, me fijé en que las luces del salón estaban encendidas y se adivinaban las sombras de dos figuras; levanté los ojos al cielo.

Parece que no había conseguido evitar a mi padre.

La verdad era que, como las cosas en Nueva York no habían cambiado en absoluto entre nosotros, consideraba inútil su insistencia.

Yo que pensaba que a aquellas horas se habría ido, me había hecho a la idea de que no estaría allí, pero a las ocho de la tarde seguía allí, en mi casa.

Esperándome.

Abrí la puerta principal, me guardé las llaves en el abrigo y dejé el bolso en el armario a mi lado.

Olfateé el aire del salón y pude percibir la fuerte fragancia de su colonia masculina, lo que confirmaba ya sin duda su presencia.

Me armé de la paciencia necesaria y seguí las voces de mis padres. Ninguna expresión de asombro cruzó mi rostro cuando sorprendí a Matt, de pie en el salón, con una copa de vino en una mano y la otra hundida en el bolsillo de su elegante pantalón.

Mi madre, por su parte, estaba sentada en el sofá. Una bandeja de aperitivos en la mesa de centro y una botella de vino eran el telón de fondo de aquella escena de un matrimonio divorciado que reía y charlaba como si no hubiera habido ninguna guerra en el pasado entre ellos.

Suspiré y miré a mi madre, que con una ojeada trató de hacerme entender que tenía que controlar mi lengua.

Matt, por su parte, apuró el final de la copa y se inclinó para dejarlo en la mesa, y luego volvió sus ojos oscuros hacia mí, listo para echarme la bronca.

—Te estaba esperando —dijo, como si fuera necesario especificarlo.

—Vaya, qué sorpresa —repliqué con ironía mordaz.

—¡Selene! —me regañó mi madre, como siempre.

—Has hecho lo posible por evitarme, ¿verdad? Pero te he estado esperando toda la tarde.

Matt se ajustó su chaqueta azul hecha a medida, combinada con una camisa negra, y se acercó con el aplomo y la seguridad de alguien que siempre había tenido todo y a todos a su alcance.

Excepto a mí.

—Os dejo hablar, me voy a mi cuarto —dije contrariada.

Aquella era la frase que solía decir cada vez que venía a visitarme a casa. El tiempo máximo que podía tolerar su presencia y su perfume caro eran dos minutos. En Nueva York solo había conseguido aguantar a Matt más tiempo porque…, bueno…

Neil había sido una gran distracción.

Inmediatamente sentí un escalofrío cálido en los brazos y tuve que apartar al instante mis pensamientos, para no despertar sospechas en el hombre que me miraba fijamente, esperando mi atención.

—Las llamadas de trabajo, hasta los fines de semana, son irritantes.

Una tercera voz femenina paralizó todos mis músculos, y a poca distancia de mí apareció una mujer rubia, con una forma perfecta y una cara de actriz.

Con paso decidido, Mia Lindhom cruzó el umbral del salón de mi humilde morada, vestida con un traje que probablemente nunca me habría podido permitir, ni trabajando durante un mes entero. El cabello claro, ondulado en las puntas, le enmarcaba los rasgos delicados y sensuales.

Los ojos, dos trocitos de cielo, estaban moteados de vetas doradas.

Un color que evocaba los de su hijo.

Una punzada en el estómago me hizo recordar de nuevo aquellos ojos ligeramente alargados y de color atípico, y, otra vez, el corazón me dio un vuelco, perturbado por el efecto que la imagen del rostro perfecto de Neil surtía en mí.

El rostro perfecto de Neil.

—Selene, tesoro —exclamó Mia, con cariño—. ¿Cómo estás? Me habría gustado verte antes, pero tu padre ha preferido esperar hasta que estuvieras mejor y… ¡Vaya! Te veo fenomenal, un poco más delgada, pero tan guapa como siempre —dijo de carrerilla mientras me abrazaba con fuerza.

Me puse rígida y miré a mi padre por encima del hombro de su pareja. Estaba quieto, observándonos con su habitual impasibilidad. Decidí ignorarle y, al cabo de un rato, le devolví el gesto afectuoso a su novia. Después de todo, había llegado a tener cierta complicidad con Mia cuando todos estábamos gestionando el dolor del accidente de Logan.

En aquella situación habíamos estado unidos, como una

verdadera familia, y nos apoyamos para superar las horas de larga espera.

—Me alegro mucho de volver a verte —murmuró con la cara enterrada en mi pelo, pero yo no contesté.

Le había prometido que intentaríamos ser «amigas», pero aún no estaba preparada para unas muestras de afecto tan descaradas.

—Mia.

Mi padre le puso una mano en el hombro para interrumpir nuestro abrazo, que estaba durando más de lo previsto; probablemente había percibido mi malestar; me conocía y sabía cómo era.

Mia se sonrojó y dio un paso atrás, tocándose el pelo nerviosa.

Matt le dijo que se sentara con mi madre en el sofá y luego me clavó de nuevo su mirada críptica, dispuesto a reanudar nuestra conversación.

—No puedes pasar una tarde entera fuera de casa solo para impedir que te vea. Vengo aquí todos los sábados para asegurarme de que estás bien, no de vacaciones ni a perder el tiempo —me reprendió allí mismo, delante de las dos mujeres que habían perdido la cabeza por él.

Una en el pasado y la otra en el presente.

Trasladé la mirada de su rostro al de mi madre, que me hizo un gesto con la cabeza para instarme a no discutir y a ser racional.

Incluso tuve la sensación de escuchar su voz implorándome que mantuviera la calma.

—¿Quién eres tú para decirme lo que puedo o lo que no puedo hacer? —contesté, frustrando las esperanzas de mi madre de que me callara y aguantara los reproches de aquel hombre.

—Tu padre —replicó con severidad—. Y me preocupo por ti —añadió.

—¿Desde cuándo?

Hice alarde de una sonrisa sarcástica en señal de desafío.

—Desde siempre —contestó, casi agotado, porque el muro defensivo del que me había rodeado parecía demasiado grueso incluso para él. Llevaba años tratando de derribarlo sin éxito, y solo había hecho falta un corto período de distancia entre nosotros para que resurgiera el mismo vacío que había marcado de niña.

Lo miré a los ojos y, en sus arrugas, alcancé a ver el amor que sentía por mí, pero, una vez más, preferí tomar el camino fácil.

Negármelo a mí misma y a él.

Negarnos una segunda oportunidad.

—Hoy estoy aquí. —Hizo una pausa—. Es decir, estamos aquí —señaló a su pareja con el dedo índice— por dos motivos. —Yo trataba de escucharlo en silencio, sin volver a discutir—. Primero, quería verte porque no contestas a mis llamadas, no me dices nada de ti ni de tu salud. A mí no me importa que vivamos lejos. Iría al fin del mundo para verte. —Su voz sufrió una extraña variación y pude notar que en el hielo de su personalidad decidida se abría una ligera grieta—. En segundo lugar, en unos días es mi cumpleaños —dijo como un niño a punto de pedirles algo imposible a sus padres—. No tengo ganas de celebraciones, cenas ni nada de eso. El regalo más bonito que podría recibir sería pasar unos días contigo —dijo en voz baja.

Abrí mucho los ojos ante aquella petición absurda.

¿Matt quería que yo fuera su regalo de cumpleaños?

Aquello no me lo esperaba.

—¿Qué? —murmuré petrificada y algo incrédula.

—Iremos a Coney Island, en Brooklyn. Solo tú y yo. A la casa de la playa de los abuelos, ¿te acuerdas?

Tragué saliva y mi corazón subió y bajó como un balancín.

Por supuesto que me acordaba.

Era la casa de mis abuelos paternos, donde me encantaba pasar el verano recogiendo conchas junto al mar y comiendo los increíbles perritos calientes de Nathan's Famous.

No pude ocultar el brillo de mis ojos, porque en aquel lugar guardaba los más bellos recuerdos de mi infancia.

Sin embargo, solo había estado allí durante las vacaciones de verano, y en otoño el tiempo no era muy propicio para pasar el día al aire libre.

—Ya hemos mirado las temperaturas. No podremos bañarnos, claro, pero sí disfrutar de la playa y el paisaje. La casa tiene calefacción. Está todo pensado —explicó entusiasmado.

Parecía leerme la mente, listo para neutralizar cualquier objeción que yo pudiera esgrimir.

—Tu compañía será mi regalo de cumpleaños. ¿Puedes hacer eso por mí? —susurró con la esperanza de que yo aceptara.

Volví a desviar la mirada de mi padre hacia las dos mujeres sentadas en el sofá. Mi madre sonrió, y Mia se levantó y aplaudió con euforia.

—Solo será un fin de semana. El sábado estaréis solos, y el domingo iremos los chicos y yo —intervino contenta.

—Será la oportunidad perfecta para estar todos juntos —continuó Matt.

Ah, perfecto. ¿Así que pasaría un día con él y otro con toda la familia?

¿Estaría también Neil?

Otro «no» estaba a punto de vibrar en mis labios, pero mi madre intervino, avanzando hacia mí.

—Selene, la doctora Rowland dice que estás bien y que no hay ningún problema si decides hacer un viaje o salir un poco. Te llevarás la medicación —sugirió.

La médica me había recetado vitaminas y medicamentos contra la migraña para que los tomara en caso de que los dolores de cabeza fueran intensos y persistentes, pero no había nada que limitara ni dificultara mis actividades diarias normales. De hecho, era una suerte que me encontrara bien, aunque el trauma de lo que había vivido me perturbaba el sueño algunas noches con horribles pesadillas que no me atrevía a comentar con nadie.

Interpretando mi silencio como un asentimiento, mi madre me sonrió y lanzó una mirada cómplice a Matt.

—Además, es un regalo para tu padre. Solo se cumplen cuarenta y ocho años una vez en la vida —se burló de él, y Mia estalló en carcajadas mientras le ponía una mano en el hombro a su compañero, que miró a ambas mujeres con el ceño fruncido.

—Eh, que mi encanto sigue siendo irresistible —replicó.

—Sin duda —confirmó mi madre, poniendo los ojos en blanco, porque, además del encanto, había algo más que no había variado con los años: su enorme ego.

Acepté.

Al final acepté la propuesta de Matt de pasar un fin de semana con él y su familia.

Medité la decisión durante mucho tiempo, no solo por la relación conflictiva que tenía con mi padre, también porque tenía miedo de ver a Neil.

Mi corazón dio un vuelco cuando pensé que iba a pasar veinticuatro horas con él.

Su proximidad anulaba mi lucidez, y temía que su enigmática mirada me hiciera olvidar los motivos por los que me había decepcionado. Si intentaba alguna de sus perversiones, yo sucumbiría, porque ya sabía lo difícil que me resultaba resistirme a él.

Neil había logrado correr por mis venas y no podía negar que tenía ganas de volver a verlo.

Buscaba sus ojos en el rostro de cada hombre y percibía su voz en el aire. Su presencia era abrumadora.

Era como un sueño, una fantasía que proyectaba mi mente en otra dimensión: la del deseo carnal que sentía por él mezclado con la determinación de descubrir todo sobre su vida.

Neil, sin embargo, no era un chico como los demás, no era un hombre con un apetito sexual normal.

Era incapaz de establecer relaciones humanas. Era ingobernable y demasiado indescifrable.

Era perverso, cínico, cabrón, y me lo había demostrado de sobra.

¿Aún quería dejar que me hiciera daño?

¿O que me humillara?

Además, cuantos más días pasaban, más sospechaba que se había olvidado de mí y de mi existencia.

Seguía esperando su llamada, pero él no iba a venir a buscarme. Nunca lo haría.

Había sido muy claro en el hospital: yo no era nada ni nadie para él.

Entonces, ¿por qué había percibido el deseo en sus ojos?

¿Deseo de tocarme y besarme?

Neil podría tener dificultades para expresarse con palabras, porque odiaba hablar, pero sus ojos se comunicaban por él, y yo había aprendido a leerlos.

Y, por lo que había notado, parecía haberse obligado a alejarse de mí, pero no porque quisiera realmente.

También por eso había accedido a la propuesta de Matt.

Además, quería contarle a Neil lo de Player y confesarle la verdad, así como intentar averiguar si su frialdad era solo un muro psicológico diseñado para herirme, o si de verdad yo no significaba nada para él.

Me maldije por lo que sentía.

Un huracán, una tormenta de emociones que asociaba con un único nombre: Neil Miller.

—Bien, muy bien. —La doctora Rowland me trajo de vuelta al presente, mientras comprobaba la reacción de mis pupilas al reflejo fotomotor para asegurarse de que respondían correctamente a la intensidad de la luz—. Perfecto —añadió, comprobando el ojo izquierdo también.

Estaba sentada en la camilla de su consulta de Detroit, pues antes de irme a pasar el fin de semana a Coney Island mi madre sugirió que me hiciera un chequeo, solo por precaución.

—¿Cómo llevas las migrañas? —me preguntó, extendiendo la mano para ayudarme a levantarme. Le di las gracias y me concentré en su pregunta.

—Siguen siendo muy frecuentes —contesté apenada.

—¿Estás apuntándolo todo en tu diario?

Se acercó al escritorio y colocó las palmas de las manos abiertas sobre la superficie de madera, esperando una respuesta. Mi madre estaba de pie a su lado, con mi bolsa en las manos y una expresión de preocupación en su rostro.

—Por supuesto, como usted me dijo.

—Muy bien, Selene. Pero también quiero que te fijes en los períodos en los que se produce la migraña, su intensidad y el número de horas que persiste. Quiero que lo anotes todo, incluso si es antes, durante o después de la menstruación —me sugirió.

Acababa de tener la regla y había sido tan puntual como un reloj suizo, pero no había notado que el dolor de cabeza fuera más frecuente o más intenso durante esos días.

A partir de ahora, apuntaría eso también.

—¿Y la capacidad de concentración cómo va?

Se dirigió a mi madre, que me miró mientras me acercaba a ellas.

—Todavía no ha retomado las clases, doctora —respondió ella, refiriéndose a la universidad que pronto tendría que empezar de nuevo.

La mujer sonrió y se metió las manos en los bolsillos de la bata.

—Es necesario un largo descanso después de estos incidentes. Pero les confirmo que Selene es perfectamente capaz de salir o de hacer un viaje. Puede disfrutar con seguridad de un fin de semana fuera, le vendrá bien.

Miró a mi madre y luego a mí.

Recibir el permiso de Rowland me tranquilizó; no obstante, la idea de volver a ver a Neil me cerraba el estómago. Era absurdo cómo reaccionaba todo mi cuerpo a él aunque no estuviera físicamente presente.

Nunca me había sentido tan abrumada por un hombre, nunca me había obsesionado así por nadie.

Mis propios pensamientos me asustaban, sobre todo teniendo en cuenta que podría estar tan tranquilo concediendo orgasmos increíbles a las mujeres que iban pasando por la casa de invitados, mientras yo estaba allí, aún enfadada por lo que había hecho la noche de Halloween.

Qué estúpida.

Nos despedimos de la doctora Rowland después de programar nuestra siguiente cita y volvimos a casa.

Cuando llegamos, intenté ayudar a mi madre con las bolsas de la compra, pero ella insistió en que no me cansara, lo que desencadenó una larga discusión madre-hija sobre quién debía llevarlas dentro.

Su aprensión era incluso más agotadora que mis dolores de cabeza.

—Mamá, que estoy bien…

Me callé al ver en el porche dos figuras que nos esperaban; o, mejor dicho, me esperaban a mí.

—Hola, forastera —exclamó Janel mientras corría hacia mí, con Bailey. Eran mis dos mejores amigas, mi madre las había invitado por sorpresa a pasar el día con nosotras.

Mi mirada se posó primero en Janel, a quien había conocido en mi primer año de universidad.

Al principio, su físico menudo, siempre embutido en ropa demasiado ajustada, y su rostro pequeño y astuto, enmarcado en un corte de pelo bob negro, habían despertado en mí cierta desconfianza, principalmente porque Janel era todo lo contrario a mí: dicharachera, extrovertida, llena de energía y muy dinámica; le encantaba ir a fiestas de fraternidades, adoraba los músculos de los jugadores de baloncesto y odiaba estudiar. Solo iba a clase para complacer a sus padres, ambos licenciados universitarios con carreras bien establecidas.

—¡Pero mírate! ¡Joder! Estás increíble, pareces una modelo —comentó Bailey, apretándome en un abrazo tan fuerte que se me cortó la respiración.

Janel nos había presentado un año antes, y me parecía guapísima, con su melena pelirroja en contraste con los ojos verdes, lo que realzaba aún más su encanto.

A diferencia de Janel, Bailey era un genio en la universidad, pero un desastre en su vida amorosa. Salía con muchos chicos, solo porque creía firmemente que el amor existía y que tenía que encontrarlo.

—El príncipe azul nunca llamará a tu puerta, tienes que llamar tú a la suya —decía, y esto la llevaba a proyectar en cada chico una hipotética historia de amor que la hacía sufrir irremediablemente en cuanto el tipo en cuestión la utilizaba y luego la dejaba tirada.

Sin dudarlo un instante, invité a mis amigas a entrar y hablamos de mi accidente, de lo que habían hecho durante mi ausencia y de todas las cosas que me había perdido.

Almorzamos juntas, alegrándonos por la habilidad de mi madre para preparar platos exquisitos, y pasamos toda la tarde charlando, con largos descansos repletos de picoteo dulce y salado, todo hipercalórico.

—Ahora que estás aquí, ¿estás viendo mucho a Jared? —me preguntó Janel, llevándose un puñado de patatas fritas a la boca.

Estábamos en el salón, sentadas en el sofá; Bailey estaba en el suelo, con las piernas cruzadas sobre la alfombra persa porque, según ella, era más «cómodo».

Reflexioné, indecisa sobre si cambiar de tema o contárselo todo a mis amigas. Sin embargo, sabía que mentir sería contraproducente, porque pronto se enterarían de que habíamos roto, así que opté por la verdad.

—No —contesté—. Hemos roto —murmuré apenas, y los ojos incrédulos de ambas se desviaron hacia mí.

—¿Qué? ¿En serio? —preguntó Janel.

—Sí, en serio.

No sabía si confesarles también el motivo. Conociéndolas, solo por mencionar a otro chico habrían querido saberlo todo sobre él, y no estaba tan segura de querer hablar de Neil y de lo que habíamos compartido.

Era celosa de mis recuerdos y de nuestra intimidad.

—Pero ¿por qué? Parecíais la pareja perfecta. Vamos, de portada de revista —comentó Bailey abatida.

En realidad, lo estaba ella más que yo.

—¿Seguías empeñada en no follar con él? —intervino Janel, tras un largo y reflexivo silencio.

Suspiré y miré a la cocina, temiendo que mi madre la oyera.

Por suerte, seguía al teléfono hablando con quién sabe quién.

Últimamente me había fijado cada vez más en que recibía mensajes que la hacían sonreír como a una niña con sus primeros enamoramientos.

No había indagado mucho, pero sospechaba que podía haber un hombre en su vida.

Sinceramente, no sabía cómo iba a reaccionar si me confesaba que tenía un novio.

Ahuyenté aquel pensamiento insidioso y volví a concentrarme en las chicas, que seguían mirándome fijamente, esperando a que soltara más información.

—No, no ha sido por eso.

Mis amigas sabían que no lo habíamos hecho, y pensaban que yo todavía era virgen. No tenían ni idea de que, en una circunstancia completamente anormal, había perdido la inocencia con el hijo de Mia, ni que me había entregado a él en varias ocasiones, haciéndome literalmente adicta a su cuerpo.

Pero ¿quién habría tenido fuerzas para resistirse a él?

Neil sabía cómo seducir a las mujeres, no tenía sentido oponer resistencia.

—Entonces, ¿por qué? —insistió Janel y empecé a debatirme entre decirle una mentira o contarle cómo estaban las cosas.

Ambas intercambiaron una mirada inquisitiva, esperando a que les contestara, y luego me miraron a mí de nuevo.

—¿Hay otro? —adivinó Bailey abriendo mucho los ojos.

¿Tan evidente era en mi expresión culpable que había alguien más?

Bajé la mirada a los vaqueros y con el dedo índice empecé a dibujarme círculos invisibles en el muslo, solo para disimular mi malestar. Mis amigas nunca me habían juzgado, porque hasta entonces yo siempre había sido la más racional, la que menos inclinación tenía a cometer errores, la chica que rechazaba incluso a los jugadores de baloncesto para proteger su honor, pero ahora…

—Sí —confesé de improviso, y se pusieron las dos alerta, dispuestas a bombardearme a preguntas.

Dios mío, sus caras de asombro me provocaron una vergüenza incontenible.

—¿Qué, qué, qué? —gritó Janel, haciéndome pegar un respingo.

—¿Y nos lo dices así? ¿Quién es el afortunado?

Bailey se arrodilló y aplaudió, dispuesta a escuchar el relato de una historia de amor que no era tal.

No sabía ni por dónde empezar. Aun así, me aseguré de que mi madre estaba ocupada con su llamada telefónica y, tras un profundo suspiro, decidí contarlo todo.

—Creo que he perdido la cabeza por un chico. Pero es todo absurdo —comenté afligida y muerta de vergüenza, y empecé a contárselo todo, tratando de aclarar la situación para mis amigas.

Neil había desbaratado todos mis planes, convirtiéndome en una esclava de su comportamiento, una esclava del placer que conseguía hacerme sentir, sometida a su cuerpo perfecto.

Lo que sentía por él era visceral, algo que no admitía ni razón ni explicación alguna.

—¿Por qué te parece absurdo? A ver, tarde o temprano todos perdemos la cabeza por alguien. —Bailey se enrolló un mechón de pelo rojo en el dedo índice y miró hacia arriba con expresión soñadora—. Y no es algo que se pueda predecir ni controlar —añadió con seguridad.

—En eso estoy de acuerdo. El amor a menudo hace que uno se vuelva loco e irracional. El hecho de que sea un gilipollas, pero que te guste hasta volverte loca, nos ha pasado a todas al menos una vez en la vida —declaró Janel.

Y eso que había omitido los detalles más importantes: el comportamiento ambiguo que Neil tenía a menudo, sus duchas innumerables, las rubias que elegía como amantes, los momentos en los que se quedaba mirando al vacío perdido en los pensamientos que se apoderaban de su mente, mi sospecha de que estaba al límite o la habitación de cajas en la que solo me había permitido entrar una vez, para pagar después las consecuencias en mi propia piel.

En resumen, yo lo había descrito a mis amigas como un tipo banal, físicamente magnífico y psicológicamente un cabrón, un experto en el sexo y hábil seductor, sin decir que había en él todo un mundo inexplorado en el que me había impedido poner el pie.

—Mírame a mí, por ejemplo. Estaba loca por Tyler y luego…

Bailey agitó una mano en el aire, refiriéndose a su último rollo que, al final, había resultado ser un fracaso total.

—Y lo peor es que sigue mirando su Instagram todos los días.

Janel la señaló con el pulgar y puso los ojos en blanco.

—Chicas, las redes sociales son el medio más poderoso para controlar los movimientos de los hombres. Dónde van, qué hacen, con quién están…

Bailey sacó el móvil del bolsillo de sus vaqueros y tecleó algo, para enseñarnos su perfil de Instagram.

—¿Qué haces? —refunfuñó Janel aburrida.

—Lo que hacemos todas. *Stalkear.*

Le guiñó un ojo.

—No es verdad que lo hagamos todas, yo nunca he controlado a Jared ni a ningún otro tío —repliqué, pensativa.

No me consideraba una chica celosa, así que Jared siempre tenía su libertad y yo la mía, especialmente en las redes sociales.

—Mirad qué cuerpo.

Bailey nos enseñó el perfil del tal Tyler.

Su *feed* era una sucesión de fotos sin camiseta, en bañador, en el gimnasio, con amigos en la discoteca, con mujeres guapísimas poniendo morritos, incluso frente al espejo.

Parecía un adolescente inmaduro haciendo alarde de una falsa virilidad.

Definitivamente, era un suspenso.

—El típico bufón egocéntrico —juzgó Janel, y yo estuve completamente de acuerdo con ella—. Vamos a ver lo que publica tu amante. ¿Cómo se llama? —preguntó, haciéndome fruncir el ceño.

¿Qué iba a hacer? ¿Buscar a Neil en Instagram?

Una oleada de calor me hizo ponerme coloradísima; me di cuenta de que no sabía qué fotos tenía en su perfil, y si había muchas a pecho descubierto o enseñando su firme trasero, no iba a soportar los comentarios perversos que mis amigas se reservaban siempre para los chicos más guapos del campus.

Sacudí la cabeza.

¿Qué estaba haciendo?

¿Me ponía celosa la idea de que mis mejores amigas vieran unas fotos de míster Problemático, mientras que otras chicas, sin duda, lo tocaban en la cama y lo disfrutaban de una manera mucho más indecente?

Dudé unos instantes, pero Janel insistió y le contesté, revelándole su nombre.

—Se llama Neil Miller —suspiré derrotada.

—Mmm, veamos… —murmuró, reflexiva.

Nunca había utilizado una red social para sacar información sobre alguien, y en ese momento me sentí como una niña pequeña luchando contra un fuerte enamoramiento, tratando de averiguar cuál es el centro fijo de mis propios pensamientos durante su ausencia.

—Si el tío en cuestión no es viejo, ni calvo ni gordo, creo que podemos descartar muchos homónimos —dijo, ya que había muchos Neil Miller—. Hay uno que se llama Neil David Miller, ¿puede ser él? —preguntó, pero no pude darle una respuesta con certeza.

Ni siquiera sabía si Neil tenía segundo nombre.

Me había ocultado muchas cosas sobre sí mismo y, en ese momento, me di cuenta de lo misterioso que era.

—A ver.

Me incliné para mirar y ver si era el perfil correcto.

En aquel *feed* no había fotografías de cuerpos ni de rostros, como en el de Tyler y todos los demás chicos a los que mis amigas seguían en Instagram. En cambio, solo había cinco imágenes: un amanecer que capturaba a la perfección los colores cambiantes de la noche al día, un edificio que parecía más bien un boceto hecho a mano; la tercera era una mano sosteniendo un cigarrillo con un anillo de acero en el dedo corazón y un cenicero en forma de calavera. Fue esta última foto la que me hizo saber que habíamos encontrado al Neil correcto.

Y su estilo me sorprendió. Me sentí una tonta otra vez por haber asociado a Neil con el típico espécimen masculino de moda entre nuestras compañeras: el clásico chico guapo y sin complejos que se acostaba con muchas mujeres.

Neil no era ese tipo de hombre en absoluto y, sin embargo, una parte de mí seguía cometiendo errores.

Seguía subestimándolo.

—Tiene un perfil extraño… —comentó Bailey, frunciendo el ceño.

—Joder… Qué venas —susurró Bailey embelesada por las gruesas venas prominentes que se marcaban en la parte posterior de la piel de color ámbar.

No comenté nada, pero incluso mi gusto diferente aprobaba la virilidad que desprendía la inconfundible mano de Neil. Luego me fijé en las demás fotos: la cuarta mostraba el trasero de una mujer en tanga; alguien estaba vertiendo vodka sobre ella, mientras unos dedos masculinos la agarraban por el hilo casi invisible.

Era la típica foto de un hombre heterosexual, amante de las mujeres, sin duda.

Y Neil también lo era, incluso demasiado.

—Tiene muchos seguidores, pero él solo sigue a seis personas —señaló Janel, mientras mi atención se desviaba a la última foto.

La quinta.

Era una estantería, en un dormitorio, con la portada de un libro de Charles Bukowski titulado *Mujeres*.

Una leve sonrisa se grabó en mi rostro al recordar lo que había descubierto sobre él.

A Neil le encantaba leer, y en su dormitorio tenía una estantería llena de obras importantes, incluidas las de Bukowski, su autor favorito.

Pensé entonces en el trabajo que me había costado «hablar» con él sobre temas tan simples pero personales como los gustos literarios, porque para Neil era más íntimo hablar de sus pasiones, de lo que le gustaba hacer, de sus gustos, que desnudarse delante de varias mujeres.

Tenía una concepción muy extraña de lo que era «compartir».

Compartía exclusivamente la sexualidad, y nada más.

Todo lo demás le pertenecía solo a él, de forma egoísta y totalizante.

No daba nada de sí mismo, como si ceder un trozo de su alma pudiera destruirlo y confundir la realidad que había creado a su alrededor.

—Parece un tipo bastante reservado… —comentó Bailey, y luego cogió su móvil de nuevo para curiosear a Tyler y sus músculos inflados.

Estaba segura de que Neil podría haber mostrado su cuerpo también para suscitar la envidia de los hombres y el deseo de las mujeres, pero no parecían importarle las apariencias.

Incluso la foto de perfil era una simple mano sosteniendo un lápiz.

Nada más.

A diferencia de los demás, no le gustaba exponerse, al menos en las fotos, porque, teniendo en cuenta las escenas obscenas que había presenciado, también era egocéntrico, solo que a su manera.

Una forma decididamente más perversa.

—Bueno, ¿vas a contarnos dónde lo conociste? —preguntó Janel, mientras pulsaba el botón de «Seguir».

De hecho, no se me escapó el rápido movimiento de su pulgar, aunque intentó disimular para que no me diera cuenta. Mi amiga estaba decidida a seguirle a pesar de que ni siquiera sabía lo guapo y magnífico que era, porque no lo habían visto.

—Es el hijo mayor de la pareja de mi padre, así que…

Lo dije como si fuera lo más natural del mundo, aunque en realidad tenía muchas dudas al respecto.

—¿Así que lo conociste a través de tu padre? Joder, Matt ha hecho algo bien por una vez —bromeó, consciente de la relación conflictiva que siempre había tenido con él.

—¿Es mono por lo menos? —intervino Bailey, curiosa.

¿Mono?

Estaba segura de que no habían visto en su vida a un hombre como Neil, porque no era comparable a los globos inflados que teníamos en la universidad.

La suya era una belleza que parecía un don divino, su cuerpo estaba moldeado por el entrenamiento asiduo. Era un metro noventa de líneas esculpidas y proporciones que parecían una obra de arte.

Armonioso, lineal, simplemente excepcional.

Neil poseía el físico de un hombre viril, carnal y seductor.

Características difíciles de combinar en una sola persona.

—¿Tienes su número? Quiero decir, ¿has estado en contacto durante este tiempo?

Por suerte la pregunta de Janel me permitió pasar por alto la curiosidad de Bailey.

Volví a suspirar, tratando de reprimir mi ira ante la idea de que míster Problemático no me había enviado ni un solo mensaje, a pesar de que sabía que me habían dado el alta.

—No. Me faltó al respeto varias veces y decidí irme lejos de Nueva York, porque la situación entre nosotros se estaba volviendo destructiva para mí.

Verlo con Jennifer había sido el golpe de gracia.

Lo de la chica anónima en la casa de invitados me había molestado, pero Jennifer era la que más odiaba.

Después de todo, ella fue la que le reveló todo a Jared: me había golpeado en la cafetería en un ataque de celos insanos y tenía que haber esperado que hiciera algo así.

—No, joder.

Janel estaba estupefacta por algo que solo me provocaba dolor de cabeza desde hacía días.

Bailey, por su parte, negó con la cabeza y luego hizo una propuesta.

—Si tienes su número, llámalo tú, ¿no? Habla con él. Aclara las cosas con ese imbécil, huir no sirve de nada.

Encogió un hombro y yo pensé que eso habría sido una solución en circunstancias normales, pero ellas no sabían hasta dónde había llegado Neil, no conocían su lado diabólico que lo empujaba a actos desvergonzados elevados a la enésima potencia.

Tenía que aceptarlo como era o cambiar de rumbo.

Era todo o nada.

No había alternativa.

Neil no iba a cambiar para hacerme un favor a mí ni a cualquier otra mujer; me había mostrado lo que había y yo había decidido marcharme precisamente porque sabía que nunca podría manejar a un hombre con problemas tan grandes como los suyos.

Me toqué la frente y sacudí la cabeza.

Demasiados pensamientos, demasiada paranoia, demasiadas elucubraciones que solo empeoraban aún más mi estado de ánimo.

—Pues sí, llámalo —argumentó Janel, despertándome de mis pensamientos.

—Ni hablar —sentencié con rotundidad.

—Pero ¿por qué? —se enfadó Bailey.

Porque iba a quedar como una niñata, por eso.

Ya había comprometido mi dignidad y mi orgullo cada vez que me había reclamado con el cuerpo. Siempre había satisfecho sus antojos, porque creía que habíamos llegado a un acuerdo —cada vez que le daba algo de mí, él tendría que decirme algo sobre él— y creía que ese era el camino correcto.

Lo creí hasta la noche de Halloween.

—Anda, dame. Lo haré yo por ti.

Janel me arrebató el móvil, aprovechando que estaba distraída.

El pánico se apoderó de mí, pero enseguida me tranquilicé al acordarme de que, afortunadamente, no tenía guardado el número de Neil.

Qué tonta.

Sonreí victoriosa porque sabía que Janel estaba buscando en la agenda, pero cuando me puso delante de la cara los mensajes de los que les había hablado, pulsó el número e inició la llamada de inmediato.

Palidecí y me abalancé sobre ella para recuperar mi teléfono, pero mi amiga se levantó y huyó de mí como una gacela.

—¡No! —grité derrotada.

Janel puso el manos libres y el sonido del primer tono reverberó en las paredes del salón.

Bailey se mordió el labio, divertida, pero yo…

Me puse muy nerviosa: el corazón me empezó a latir a toda prisa y mi respiración se aceleró.

Escalofríos, solo escalofríos.

¿Qué se suponía que debía decirle a Neil? ¿Cómo iba a justificar aquella llamada?

Esperé a que ella colgara o a que él no lo cogiese mientras fulminaba a Janel con la mirada.

—Voy a quedar como una niñata —susurré por mi comportamiento infantil y vergonzoso.

Él siempre me había llamado «niña» y ahora le iba a dar más razones para ello.

Bailey se levantó de la alfombra y se sentó a mi lado, con las rodillas contra el pecho; Janel, por su parte, estaba de pie con una mano en la cadera y los ojos levantados al cielo, aburrida de esperar.

Cuarto tono y todavía nada.

Estaba a punto de dejar escapar un suspiro de alivio. Tal vez no contestara.

¡Perfecto!

Nos olvidaríamos de aquella tontería y yo saldría indemne de mi hipotética vergüenza.

Sin embargo, el destino no estaba de mi lado, porque al sexto tono, Neil contestó.

—Hola.

Su voz retumbó en las paredes, como si estuviera allí delante de nosotras. Las tres nos sobresaltamos como tontas.

Janel se apresuró a darme el teléfono y contuvo una risa divertida, mientras a nuestro alrededor se hacía un silencio ensordecedor.

Una simple palabra de cuatro letras había sido suficiente y toda la autoridad desatada por Neil había acallado el espíritu bromista de mis amigas. La voz fuerte, de barítono, y profundamente masculina era la de un hombre adulto y demasiado maduro para tener solo veinticinco años.

Un hombre que infundía temor, un hombre con el que no se podían sobrepasar ciertos límites, pero también un hombre fascinante, con una marcada virilidad y una sensualidad particularmente erótica.

Me quedé mirando el número que aparecía en la pantalla y no dije ni una sola palabra.

Apenas separé los labios. Estaba en línea, oí su suspiro impaciente, mientras que yo no sabía ni dónde había ido a parar mi propia respiración.

Pasaron segundos interminables, segundos durante los que permanecí en apnea, segundos durante los que hasta el mundo dejó de girar a la espera de ver qué pasaba.

Miré a Janel, avergonzada, incapaz de explicar por qué su voz me provocaba escalofríos de miedo y placer por todo el cuerpo.

Moví el pulgar sobre la pantalla e hice lo primero que se me pasó por la cabeza.

Colgué.

De verdad que colgué.

¡Ahora sí que me había comportado como una niñata!

5

Neil

Hay momentos en los que la locura
se vuelve tan real que ya no es locura.

CHARLES BUKOWSKI

Había perdido la cuenta del tiempo que había pasado entre los muslos de Jennifer.

Estaba suspendido sobre ella, con los codos a ambos lados de su cara, el cuerpo sudoroso, la frente apretada contra la almohada y la respiración entrecortada que intentaba regularizar.

—¿Estás bien? —susurró ella, sin aliento. Estaba cansada pero satisfecha.

Me miraba con los ojos entrecerrados y preocupados, los labios húmedos y los senos hinchados presionando contra mi pecho cada vez que inhalaba.

Entre las piernas todavía estaba vergonzosamente mojada y eso me complacía.

Se había corrido tres veces seguidas. Yo, en cambio, no había hecho nada más que moverme como un autómata, golpeándola como una máquina imparable, embistiéndola como un buen amante y, justo cuando los envites se habían tornado violentos e impacientes, no me había corrido.

Otra vez, joder.

Llevaba semanas pasándome lo mismo.

Mi cuerpo ya no colaboraba y no respondía a la necesidad humana de experimentar un simple y banal orgasmo. Podía sentir la excitación, podía sentir el placer, la erección estaba allí e incluso duraba mucho tiempo, pero cuando estaba a punto de explotar, de liberar la frustración, de tensarme y abandonarme a aquellos pocos segundos de bienestar físico, mi cuerpo se bloqueaba y me provocaba una sensación de impotencia psicológica terrible.

Podía sentir el torrente de placer por mi espina dorsal y, cuando esperaba que fluyera donde más lo anhelaba, desaparecía, dejándome insatisfecho.

Suspiré resignado y me quité el condón, que siempre utilizaba.

Con todas.

Excepto con la niña.

Me levanté de la cama, sintiendo un frío repentino, y tiré el condón a la papelera.

No había ninguna gota, ni rastro de semen.

Me pasé las manos primero por la cara, luego por el pelo revuelto y emití un gruñido de rabia que hizo que incluso Jennifer se estremeciera.

Mi rubia yacía medio tumbada en la cama de la casa de invitados, desnuda, contemplando mi cuerpo perfecto pero perturbado.

Estaba empezando a preocuparme seriamente, porque nunca me había pasado algo así.

Ni siquiera sabía qué hacer, no había hablado de ello con nadie, porque…

Me avergonzaba.

Esa era la verdad.

El sentimiento de vergüenza, que me asfixiaba desde hacía días, me impedía afrontar el problema o confiárselo a alguien.

—No te has corrido… —comentó Jennifer, como si no fuera lo suficientemente obvio incluso para mí.

A estas alturas, todas se habían dado cuenta, no solo ella.

Sin embargo, para las mujeres, nada había cambiado; al contrario, mi resistencia había aumentado, la duración del coito también, y eso me permitía hacerles llegar a la cima del placer, incluso varias veces seguidas. El problema, en realidad, me afectaba solo a mí y a la carrera desesperada hacia un orgasmo que mi cuerpo se empeñaba en no dejarme alcanzar.

Mis amantes, sin embargo, aunque satisfechas, dudaban de sus habilidades amatorias.

De hecho, muchas me preguntaban si eran lo suficientemente buenas en los juegos preliminares, porque se sentían incómodas e impotentes. Se disculpaban conmigo porque estaban angustiadas y atrapadas en un estado de ansiedad provocado solo por mí y mi rechazo.

Aunque se esforzaban para complacerme dando lo máximo de sí mismas, nada hacía mejorar la difícil situación en la que me veía sumido.

Ya no sentía ninguna sacudida de placer extremo, ni éxtasis, ni nada.

—¡Ya lo sé, joder! —repliqué a Jennifer, levantando la voz, y ella jadeó.

Mi humor había empeorado de forma desproporcionada últimamente.

Todo el mundo me tenía miedo, sobre todo porque, después del sexo, me ponía agresivo como un animal.

No sabía si atribuir los motivos a los acontecimientos recientes en general o únicamente a aquel nuevo trastorno, que ahora suponía un problema adicional.

Empecé a caminar desnudo por el dormitorio, buscando mi paquete de Winston.

Sabía que tenía los ojos de Jen clavados en mí, los notaba en la espalda y en el culo, pero no me importaba.

No era tímido, ni mucho menos recatado.

En mis rollos con las mujeres, además, nunca había una conexión emocional. Simplemente me gustaba someterlas, satisfacerlas y verlas delirar mientras me las follaba.

Nada más.

Mostrarme sin ropa no era un problema para mí; sí lo era, en cambio, mostrar mi vulnerabilidad y perder el control. Un control que tenía siempre celosamente en un puño y que ahora se me escapaba, porque mi cuerpo había decidido hacer lo que quería, en contra de mi voluntad.

El niño, la mente y el cuerpo ya no estaban conectados.

Solo lo habían estado en una ocasión, cuando había utilizado a Selene antes de irse a Detroit; esa había sido la última vez que había experimentado un orgasmo fantástico, liberador y paralizante.

A menudo revivía el recuerdo de aquel momento y saboreaba la sublime sensación que al final me había dejado sin energía pero totalmente satisfecho.

Siempre pensaba en lo bien que me había sentido dentro de ella.

Aceptado, bien y seguro.

Me había sentido un hombre.

Un hombre que, por primera vez, no estaba haciendo nada malo, inmoral ni perverso.

La noche de Halloween, en cambio, había cometido la enésima estupidez, había empujado a la niña a huir de mí, a coger el primer taxi y sufrir un accidente casi mortal.

Solo la había visto en el hospital, donde me había mirado con su mirada cristalina, dispuesta a defender su dignidad de los actos piadosos que había cometido por la necesidad de hacerle entender quién era.

De hecho, había entrado en su habitación con la certeza absoluta de que iba a dirigir toda su ira contra mí, y tenía toda la razón para hacerlo. Durante aquella tensa conversación, había experimentado dos sensaciones absurdas: el dolor de no ocupar ya ningún lugar en su vida, porque había hecho todo lo posible para alejarla, y el alivio de que tal vez eso fuera lo correcto.

Sin embargo, no le había pedido perdón.

De haberlo hecho, habría anulado todo lo que le había mostrado de mí. Selene, en cambio, tenía que conservar nuestros recuerdos para odiarme, para alejarse de mí, para no verse envuelta en todos mis líos.

Tal vez me había equivocado en las maneras, pero el objetivo era solo uno: protegerla.

Quería permitirle retomar su vida, su mundo encantado de cuentos de hadas, colores y unicornios, un mundo que no contemplaba la crueldad del ser humano.

Selene ni siquiera sabía de qué eran capaces los hombres.

Ella no podía ver la realidad con mis ojos; a mí, en cambio, me habría encantado verla con los suyos.

Era un hada: pequeña, pero con una fuerza envidiable.

Era capaz de contener en su corazón los sentimientos más hermosos, que no todo el mundo podía experimentar.

Como… el amor.

Selene era capaz de amar y eso me hacía admirarla, porque el amor requería valor y a ella le sobraba.

Ella era valiente, sin duda más que yo.

Un golpe en el pecho me hizo llevarme la mano al pectoral izquierdo, como si alguien me hubiera dado un puñetazo en el corazón, para sacudírmelo.

Joder.

¿Por qué me sentía tan confuso?

¿No había conseguido lo que quería?

¿No la había obligado a irse después de mostrarle lo perverso y cabrón que era?

Quería que volviera a Detroit, quería que se llevara algo de mí consigo, pero nunca habría querido ver todo aquel vacío en sus ojos.

Le había fallado y eso no tenía remedio.

También sospechaba que su accidente no había sido fortuito; temía que tuviera algo que ver con aquel hijo de puta de Player, al que pronto pondría un nombre y una identidad, aunque no tenía ninguna certeza al respecto; de hecho, ni siquiera sabía cómo indagar en busca de respuestas.

Si descubriera que él...

No. Retrocedí.

Si él hubiese provocado el accidente, me habría sentido tan culpable que no me haría responsable de mis actos.

—Déjame que intente arreglarlo.

Las manos de Jennifer se desplazaron desde mis caderas hasta mi pubis. Ni siquiera me había dado cuenta de que se había levantado de la cama para venir adonde estaba yo.

Sus pezones me pincharon la espalda y sus labios codiciosos me dieron un beso en el hombro. Tuvo que ponerse de puntillas para intentar llegar a mi altura.

Cualquier hombre se habría excitado con aquel leve contacto, pero no después de follar durante una hora sin ni siquiera eyacular, y menos estando de tan mal humor como yo.

Me sentía frustrado, tenso y ansioso.

La erección seguía allí, y la rubia gimió cuando la rodeó con la palma de la mano, admirando su envergadura, que un rato antes había tenido dentro. Pero sabía que ni siquiera su habilidad resolvería mi problema.

Sí, un jodido problema. Por fin me lo había reconocido a mí mismo.

Las mujeres me veneraban, sabía cómo excitarlas, cómo satisfacerlas y sabía cómo prolongar el tiempo del coito. Tenía un cuerpo hermoso que a menudo les hacía sentir un ligero dolor mezclado con el placer, pero todo aquello no me convertía en un superhéroe ni en un hombre invencible.

Seguía siendo un ser humano corriente, que había empezado a sufrir una dolencia tangible y evidente.

—¡No me toques! —proferí, apartando violentamente su mano—. No debes tocarme si no te doy mi consentimiento. ¡Joder!

Levanté la voz y Jennifer retrocedió temiendo que pudiera hacerle daño; lo noté por la forma en que levantó los brazos para protegerse de mí. La rubia me tenía miedo desde aquel día en la cafetería, cuando le pegó a Selene y yo la agarré del cuello y la lancé contra la pared, pero no quería hacerle daño. Solo quería asustarla, y lo había conseguido.

Yo a las mujeres solo les pegaba en la cama mientras estaban a cuatro patas delante de mí, nunca en otras circunstancias.

¿Por qué era capaz de despertar deseo e, inmediatamente después, miedo?

¿En qué me estaba transformando?

¿En qué me estaba convirtiendo?

Cada vez me sentía menos hombre y más monstruo.

Ni siquiera podía tolerar mi reflejo en el espejo, porque el niño seguía viniendo a decirme que fuera a buscar a su Campanilla. Pero yo nunca le haría caso.

 Ella no existía, nunca había existido para nosotros.

Intenté no pensar demasiado y mantener la calma. Aspiré entonces el aroma afrutado de Jennifer a mi lado, mezclado con el sudor y el sexo que habíamos compartido, y sentí la inminente necesidad de lavarme, aunque ese día, como siempre, ya me había dado varias duchas.

Ahí estaba, mi obsesión compulsiva.

Me lavaba varias veces al día, y a menudo las reacciones cutáneas me indicaban que me estaba excediendo. Mi obsesión por la higiene, que me asaltaba sobre todo después de mis numerosas relaciones sexuales —a pesar de usar preservativo, de la escasez de besos y de mi negativa a practicarles sexo oral—, me provocaba irritaciones severas en la piel, por el uso excesivo de jabones y geles. Sin embargo, me resultaba imposible parar: Kim seguía en mi cabeza y no conocía otra forma que no fuera el sexo para mantenerla a raya.

—Tengo que ducharme —le dije a Jennifer en un tono más tranquilo.

Mi estado de ánimo pasaba de la furia a la razón en cuestión de minutos, lo que me hacía particularmente inestable y poco lúcido.

Nadie a mi lado estaba a salvo cuando atravesaba épocas así.

Así que me alejé de ella, para evitar hacer algo de lo que pudiera arrepentirme. Jennifer, después de todo, no tenía nada que ver con mis problemas y no quería pagar con ella todo lo que me estaba jodiendo el cerebro.

La rubia me miró como si estuviera loco, pero no dije nada más y me encerré en el baño, donde permanecí cerca de una hora.

Cuando salí, la estancia olía a mujer, y la fragancia de almizcle que emanaba era excesiva.

Me acerqué a la cama y recogí mis calzoncillos y mis vaqueros negros del suelo para ponérmelos apresuradamente.

No tenía ni idea de dónde estaba mi sudadera, pero enseguida la localicé en las manos de Jennifer.

Ella seguía desnuda, con un tanga rojo que apenas cubría su firme trasero.

Había hecho todo lo que tenía que hacer después de un polvo conmigo: abrir la ventana, echar las sábanas a lavar y ordenar la habitación, y ahora contemplaba mi pecho con una expresión muda en su bello rostro.

—Dame mi sudadera.

Sin esperar a que obedeciera, se la arrebaté de las manos, con mi habitual brusquedad, y la arrojé sobre la cama.

No me la iba a poner, porque necesitaba ropa limpia, pero eso no significaba que pudiera ponérsela ella.

Era muy celoso de mis cosas, un posesivo crónico.

Nadie podía tocar lo que me pertenecía: el tabaco, las llaves del coche, el móvil, la ropa, los libros, mi cuaderno; en resumen, todo lo que era mío debía seguir siendo solo mío.

Porque tenía miedo de que la gente pudiera contaminar aquello que me pertenecía.

Mis sudaderas y camisetas solo se las había puesto una mujer en toda mi vida: mi hermana, porque solo mis hermanos podían cruzar ciertos límites.

Así era yo.

—Pero ¿qué coño te pasa? —exclamó Jennifer, sacando un coraje que vaciló en cuanto me giré a mirarla. Mi mirada se deslizó sobre sus pechos firmes y su piel pálida, todavía enrojecida por la forma en que me la había follado. Su pelo rubio, en cambio, estaba húmedo y encrespado.

Arrugué la nariz al percibir su olor, y pensé que debía ducharse cuanto antes.

Joder. Estaba realmente obsesionado.

—Cierra la boca. —Pasé por alto su pregunta y, tras encontrar por fin el paquete de Winston, saqué un cigarrillo y me lo llevé a los labios—. No pienso tolerar tus numeritos —le dejé claro, porque no estaba en condiciones mentales para afrontar una conversación, una discusión o lo que quiera que estuviese buscando.

Jennifer frunció el ceño y se quedó exactamente donde estaba, analizándome con la mirada. La ignoré y saqué el mechero para aspirar la primera calada de nicotina como un desesperado.

El hedor del humo era definitivamente más agradable que el olor que aún reinaba en la habitación.

—Es por ella, ¿verdad? —estalló, obligándome a mirarla.

¿Era estúpida o qué?

No había hecho caso a mi advertencia y seguía hablando.

—Desde que esa mocosa se fue, solo sabes tratar a todo el mundo con condescendencia, siempre estás nervioso y ahora... —Esbozó una media sonrisa y señaló con el dedo índice la bragueta de mis vaqueros oscuros—. Ni siquiera llegas al orgasmo. Seguro que con ella no tenías ese problema.

Jennifer no solo me estaba provocando, también demostraba su obsesión con Selene.

Percibía a la niña como una auténtica amenaza, como un fantasma omnipresente, incluso ahora que estaba lejos, viviendo su vida en Detroit. La llamaba «mocosa» solo porque era lo contrario a ella.

Jennifer era cuatro años mayor, tenía más experiencia, era hábil en materia de hombres y sabía usar la lengua, tanto para chupármela como para escupir veneno.

Esbocé una sonrisa enigmática y me acerqué a ella, echándole lentamente el humo en la cara.

Yo la superaba en estatura, y mi carácter arrogante podía aplastarla, al igual que mi actitud indiferente.

Fuera de la cama no me importaba nadie.

—Le tienes miedo... —susurré a pocos centímetros de sus labios—. «La mocosa» —repetí el apelativo que le había endosado a Selene.

No había hablado con los Krew sobre lo sucedido, así que no

sabían nada del accidente, ni mucho menos que la niña se había ido por mi culpa.

Recordarla me angustiaba.

Cada vez que pensaba en ella, una energía hirviente irradiaba por todo mi cuerpo para acabar en el centro de mi pecho.

Era algo que quemaba, que dolía, algo que sabía que estaba profundamente mal, pero a mí siempre me atraía todo lo que dolía, lo que incendiaba, lo que envenenaba, lo que excitaba, lo que me hacía sentir vivo.

Y ella era todo aquello, concentrado en un cuerpo diminuto y unos ojos del color del mar.

—No le tengo miedo a nadie, solo creo que… —Jennifer trató de hablar de nuevo, pero dejé de escucharla, le di la espalda y salí de la habitación.

—No tengo tiempo para escuchar tus chorradas. Lávate —le ordené, con una calma escalofriante.

Estaba tratando de controlarme, porque si perdía la paciencia solo iba a hacer daño.

Me fui al salón, tenso como una cuerda de violín.

Tenía los músculos contraídos, las venas hinchadas y no solo eso, porque entre mis piernas la cosa no iba mejor.

Los vaqueros me apretaban, haciéndome sentir atrapado entre las capas de tejido. Si hubiera estado solo, habría ido felizmente desnudo por mi casa, como un animal enjaulado, pero en cambio…

—Hombre… ¡Ya era hora de que terminarais! Lo habéis dado todo ahí dentro, ¿eh? ¿Está viva?

Xavier echó la cabeza hacia atrás para fingir que se asomaba al dormitorio e interrumpió su conversación con Luke sobre unos partidos de baloncesto.

Los dos estaban tirados en el sofá esquinero y me miraban con curiosidad.

—Sí, camina —repliqué con sequedad, siguiéndoles el inútil rollo machista. A menudo me disgustaba la forma en que menospreciaba a las mujeres, pero era solo porque había sido aniquilado por una de ellas y aquello me había anulado la posibilidad de sentir emociones o de entablar relaciones humanas normales.

Aplasté el cigarrillo, aún a medias, en el cenicero sobre la isla central de la cocina, y olfateé el olor a pizza en el aire.

Me rugieron las tripas y, sin pedirle permiso a Xavier, me agaché para coger un trozo de la caja que había sobre la mesa baja en la sala de estar.

—¡Qué coño! Pide tú una —exclamó molesto.

—Tienes el culo plantado en mi sofá, en mi casa, en mi propiedad. Qué menos que darme de cenar.

Me llevé la porción a los labios y la devoré en dos bocados.

Evité, en cambio, beber alcohol. Xavier y Luke estaban acostumbrados a comer comida basura y engullir ríos de cerveza a todas horas; yo no. Intentaba comer sano y cuadrar mis hábitos con los entrenamientos de boxeo.

Ese era el secreto de mi excepcional físico, con músculos esculpidos y bien moldeados.

—¿No estabas a dieta, princesa? —Xavier me golpeó de broma en los abdominales y apenas me inmuté por miedo a que pudiera golpearme más abajo.

Era lo suficientemente tonto como para hacer eso.

—Nunca he estado a dieta, solo intento no comer guarradas.

Me encogí de hombros y, en ese momento, Jennifer salió del dormitorio dando un portazo para que todos nos fijáramos en ella.

Se había vestido y peinado con sus habituales trenzas.

Entró enérgicamente en el salón, moviendo las caderas sobre sus botas altas, y Xavier silbó en señal de aprobación mirando fijamente la minifalda que oscilaba a cada paso.

—Hemos pedido una para ti también —le informó Luke, señalando la caja de pizza sin abrir que había en la esquina de la cocina, pero la rubia apretó la mandíbula y lo fulminó con su mirada.

La pizza no era el centro de sus pensamientos en absoluto, ya que estaba furiosa, por decir algo.

Conmigo, obviamente.

—Me piro —anunció, colocándose el bolso sobre un hombro.

Puso cara de cabreada solo para llamar mi atención, y yo suspiré molesto.

¿Creía que iba a salir corriendo detrás de ella? Qué ilusa.

Nunca había perseguido a nadie, y menos a una mujer, así que por mí podía largarse, no me importaba.

—¿Qué ha pasado?

Xavier frunció el ceño; claramente la rubia había despertado su curiosidad, tal y como quería; después de todo, él era el entrometido. Luke, por su parte, permaneció callado con su habitual discreción. Escuchaba sin entrometerse; así era él.

—Pregúntale a él. —Me señaló—. La mocosa ha debido de dejarlo tonto —continuó Jennifer, pero yo permanecí impasible.

Mi nivel de tolerancia era limitado, pero la rubia seguía siendo una mujer y tenía que controlarme.

Si hubiera sido un hombre, ya lo habría puesto en su lugar, a mi manera.

—¿La mocosa? ¿Quién es esa? —insistió el moreno, mientras Luke seguía en silencio, porque él se acordaba perfectamente de mi niña, a la que incluso había besado—. Ah, ¿la hija de Matt? —adivinó Xavier sonriendo, y yo me puse rígido.

Los músculos del tórax se tensaron y, semidesnudo como estaba, temí que pudieran notarlo.

—¿Qué ha sido de la muñequita? Hace mucho que no la veo.

Frunció el ceño y dirigió hacia mí sus ojos negros. El hecho de que hablaran de ella me molestaba más que el apodo de «mocosa» que Jennifer le había otorgado.

—Se ha ido, y mejor así —comentó Luke, rompiendo por fin su silencio.

Lo miré inmediatamente y me pregunté a dónde había ido a parar su discreción.

Y además… ¿cómo coño lo sabía?

—¿Quién te lo ha dicho? —exclamé, y no supe controlar mi tono de voz, que dejó entrever cierto rencor. Jennifer sacudió la cabeza y analizó mi actitud agresiva.

Siempre había sido indiferente a las mujeres, hasta el punto de compartirlas a veces, y el hecho de que evitara hablar de Selene, que la protegiera de ellos y tratara, a mi manera, de hacer creer a la gente que no significaba nada para mí fastidiaba a Jennifer, y mucho.

Últimamente no paraba de montarme escenitas de celos, a pesar de que le había dicho repetidamente que las evitara, porque no tenía ningún derecho a tocarme las narices.

No estábamos juntos.

Ella no era mi novia y yo, por supuesto, no era su novio, ni el de ninguna otra.

—Rumores —respondió Luke, recuperando mi atención.

—¿Y te da rabia que se haya ido? —le insté.

Recordaba perfectamente la forma en que se había lamido los labios después de besarla.

Selene se había abalanzado sobre él solo para provocarme,

después de haber presenciado el espectáculo de la rubita arrodillada entre mis piernas.

Luke y yo lo habíamos hablado y habíamos aclarado la situación, pero yo no me olvidaba de lo que me había dicho en el coche: «Si intenta seducirme de nuevo, no la rechazaré».

—¿Cómo? —preguntó frunciendo el ceño, fingiendo no haber entendido, pero yo sabía lo astuto que era, y yo también.

—Que si te da rabia que se haya ido —repetí—. Querías beneficiártela, ¿no? —lo provoqué deliberadamente.

Xavier se puso de pie y Luke también, pero por diferentes razones.

El primero quería interponerse entre nosotros en caso de que hubiera una pelea; el otro, en cambio, me estaba desafiando.

—¿Qué coño quieres? —Luke levantó la voz y yo sonreí.

No quería movidas con él, pero estaba nervioso y ni siquiera sabía por qué motivo.

En realidad, había muchos motivos; había acumulado demasiada frustración, demasiada ira, hasta el punto de que sentía la necesidad de explotar y arremeter contra la primera persona que se me pusiera a tiro.

—¡Se ha ido! Yo no la toqué, Xavier no la tocó. ¡Respetamos tus órdenes! Esta reacción está fuera de lugar —siguió diciendo Luke, señalándome con el dedo, aunque no entendía por qué se había enfadado tanto—. Solo puedes enfadarte contigo mismo, porque probablemente se haya ido precisamente para alejarse de alguien como tú —concluyó, y fue entonces cuando di un paso adelante, lo que obligó a Xavier a sujetarme por los hombros.

—¿Qué has dicho? —siseé, tratando de entender adónde quería llegar.

Luke sabía algo, algo que yo ignoraba, y ahora tenía que hablar, o yo atacaría y él sufriría las consecuencias.

—Hablé con ella la noche de Halloween —confesó con una mueca de suficiencia en el rostro.

Intenté avanzar de nuevo, pero Xavier bloqueaba todos mis movimientos.

¿Había hablado con ella? ¿Cuándo había pasado eso? ¿Y por qué no me lo había dicho Selene?

—Me la encontré cuando salió llorando del dormitorio donde te la habías llevado para jugar con ella y Jennifer. Me lo contó todo y estaba angustiada, por decir algo. Yo solo me limité a consolarla —admitió con cierta satisfacción, mientras mi cerebro estaba atascado en una sola palabra.

¿Consolarla?

Me detuve y lo miré fijamente. Aquella noche de Halloween había sido otro maldito error del que me arrepentía amargamente, pero que me había visto obligado a cometer. Tal vez hubiera bastado con demostrarle cómo era, sin involucrarla directamente en mis perversiones, pero Selene tenía que entender quién era yo, debía alejarse de mí.

Por eso me había comportado de aquella forma tan horrible, porque sabía que ella me odiaría y así se lo pondría más fácil.

Quería que volviera a Detroit, quería que se alejara de mí y de los peligros que se cernían sobre mi vida.

Y había sucedido. Efectivamente, había sucedido, pero no de la manera que yo esperaba.

—¿Consolarla? ¿Y cómo coño la consolaste? —pregunté en tono amenazador.

Luke trataba a las mujeres exactamente igual que yo, por eso quería saber más.

Si me confesaba que la había tocado o besado, lo iba a moler a puñetazos, y nadie iba a salvarlo de mi furia.

Nunca habría impedido que Selene se acostara con otros hombres, siempre que fueran dignos de su cuerpo y de sus valores.

Y que lo fueran más que yo, no menos.

Tenía que reservar lo mejor de sí para alguien mejor que yo.

No para alguien como Luke.

Por eso le dije que siempre la protegería de los Krew, porque los conocía: sabía cómo eran, era muy consciente de lo peligrosos y depravados que podían llegar a ser.

Volví a intentar pasar por delante de Xavier, como un león tratando de colarse entre los barrotes de su jaula, buscando una vía de escape, pero él sabía lo ágil que era y no bajaba la guardia.

—Relájate —respondió Luke—. Mientras estabas en una de las habitaciones follándote a Jennifer, estuvimos hablando. Pero fuiste tú quien le mostró tu manera de ser. ¿Cómo creías que iba a reaccionar? ¡Selene no es como las demás chicas con las que sueles salir, no está acostumbrada a lo que hacemos!

Una vez más, Luke me acusó y defendió a Selene.

Odiaba la forma en que hablaba de ella, como si la conociera más que yo. Cuando en realidad había entendido qué tipo de chica era antes que él.

En ese instante me di cuenta de que mi reacción era desproporcionada, que estaba fuera de mí. Pero lo asocié con el malestar físico que llevaba días soportando, con la imposibilidad de concluir una relación sexual como un hombre normal, con el accidente de Logan, con el de Selene, con las rubias que se sucedían en mi cama, con el niño que no me dejaba en paz, con todos los traumas que me atormentaban y que me prohibía a mí mismo curar.

El problema era que estaba atrapado en un laberinto sin salida.

Después de todo, llevaba encerrado en una prisión de cristal desde los diez años, y los problemas martilleaban sin parar mi cabeza para recordarme que estaban ahí y que siempre lo estarían.

La causa de todo eran las ganas de liberarme de todo el sufrimiento que, día tras día, me estaba consumiendo y me volvía irracional y violento.

Solo sentía un montón de ira oculta y una adrenalina pura que corría por mi cuerpo lista para derramarse sobre cualquiera, para encontrar algún tipo de alivio.

Traté de calmarme. El hecho de que solo hubiesen hablado me hizo respirar y frenar mi instinto.

Me equivocaba al dejar ver a los Krew que, de alguna manera, aquella niña me importaba; ya sospechaban que me gustaba, y ahora solo se lo estaba confirmando.

Tenía que entrar en razón, ser el hombre indiferente e imperturbable, el actor ganador de un Oscar que jodía a todo el mundo; solo así disiparía cualquier resto de duda o perplejidad.

—Perdona —le dije a Luke, dando unos pasos atrás. Me pasé una mano por el pelo, aún húmedo por la ducha, y sacudí la cabeza—. No estoy pasando por un momento fácil, estoy nervioso —añadí en tono convincente.

Luke relajó los hombros y Xavier dejó de ponerse en guardia.

Nunca nos habíamos peleado antes. Éramos todos duros de mollera, pero cuatro años antes habíamos hecho un acuerdo muy claro: no pelearnos nunca por una mujer.

—Yo diría que demasiado nervioso —refunfuñó Luke, mirándome con desconfianza.

Suspiré y continué siguiendo mi guion.

—Ya tengo demasiados problemas en los que pensar, esa chavala me la pela —dije molesto, y en parte era cierto.

Jennifer se estremeció al oír mi timbre fuerte y decidido, y un velo de esperanza cayó sobre su rostro.

En realidad, me había dado cuenta del error que suponía discutir con Luke por Selene.

Él nunca la había tocado y ella nunca había mostrado ningún interés auténtico en sus acercamientos, así que mi reacción era insensata y, además, absurda.

¿Estaba celoso por una hipotética relación «platónica» e inexistente entre Luke y Selene?

¿Yo?

Una risotada gutural me hizo vibrar el pecho, y luego me apoyé en uno de los taburetes de la cocina, el mismo en el que me había sentado para que la rubia sin nombre me la chupara hacía poco, y…

Me eché a reír con ganas.

Me reí a carcajada limpia, como un desequilibrado.

Solo mi voz rompió el silencio ensordecedor que se había instalado en la lujosa casa de invitados.

Xavier y Luke intercambiaron una mirada, y Jennifer no dejaba de mirarme, pensativa.

—Algo no va bien aquí, chicos.

Me golpeé con el dedo índice en la sien izquierda y volví a mirar al rubio con una sonrisilla maléfica solo para él.

No había nada que hacer, cambiaba de humor cada minuto y esa noche él parecía ser mi objetivo.

Luke.

Él era el saco contra el que mis manos habrían querido desatarse a golpes violentos, pero traté de alejar esos pensamientos malsanos.

¿Por qué estaba cabreado con él?

No lo sabía, solo sabía que no podía parar de mirarlo fijamente.

Los Krew no estaban al tanto de mi infancia y de lo que había sufrido de niño, ni de los trastornos que padecía.

Solo me consideraban un tipo extraño, a veces incomprensible, a veces críptico, pero ninguno sospechaba ni remotamente la asquerosidad que me había sucedido. Tamborileé con los dedos sobre la superficie de la isla de la cocina y vi no muy lejos de mí el cortador que habían utilizado para cortar la pizza en porciones simétricas.

Lo cogí y lo miré, deteniéndome en el reflejo de mis iris dorados proyectados en el acero reluciente.

—Hoy está siendo un mal día —me susurré a mí mismo, rozando la parte dentada del utensilio con el dedo índice, y giré lentamente la rueda.

Siempre eran días malos.

Sobre todo desde que se había ido la niña.

Me corté por accidente y una pequeña gota escarlata brotó de la punta de mi dedo.

La miré: era densa y de un color púrpura brillante.

Luego aparté la mirada, me levanté del taburete y observé a los Krew.

Estaban inmóviles, como figuras de cera, con la espalda recta y las piernas extendidas.

¿Por qué tenían aquella mirada preocupada?

Caminé con paso lento pero seguro hacia Jennifer y me puse a su altura.

Era guapa, mi rubia, o debería haber dicho nuestra rubia, ya que los tres nos la follábamos, no solo yo.

Me detuve a poca distancia de su cuerpo; era más baja que yo, a pesar de que llevaba unos tacones altos que le estilizaban las piernas. Sus ojos claros se fijaron en mis labios y luego subieron hacia mi mirada turbia. Podía oler su excitación, pero también el miedo que le retorcía el estómago.

Incliné la cabeza hacia un lado y acerqué mi dedo índice herido a su hermosa boca.

—Chupa —le ordené en voz baja, y ella jadeó.

Sentí su aliento profundo y cálido sobre la piel. Ella vaciló unos segundos, indecisa sobre qué hacer, luego tragó saliva y separó los labios para permitirme deslizar mi dedo en su boca.

El índice entró en contacto con el calor líquido de su lengua, y Jennifer lo rodeó y lo chupó como yo le había ordenado. Lo hizo con una inseguridad poco habitual en ella, quizá porque había visto algo en mis ojos, algo que le había hecho entender que no debía contradecirme.

—Hoy he sido paciente contigo —le susurré al oído, con un timbre de voz sensual pero intimidante. Con el tórax desnudo rocé su pecho cubierto por la chaqueta de cuero, y empezó a temblar; yo no sentía nada—. Pero no volverá a ocurrir. No me lleves nunca al límite, Jen.

Le di un beso debajo de la oreja, solo para reforzar el mensaje que esperaba que hubiera entendido. Luego me aparté y saqué mi dedo índice de su boca, esbozando una sonrisa descarada.

Después de una noche de insomnio, me había despertado de mal humor, como siempre, como cada maldito día.

Había ido a la universidad, asistido a mis clases y ahora estaba buscando a Logan por toda la mansión.

Me dirigí a toda prisa al único lugar donde no había mirado, porque necesitaba hablar con él urgentemente. Mi hermano era el único a quien confiaba mis problemas o cualquier pensamiento que me atormentaba.

Cuando llegué a la puerta de su habitación, la abrí de golpe. Pero me detuve en seco al ver a Alyssa meciéndose encima de él mientras lo besaba ardientemente.

—¡Pero qué coño!

La chica se puso coloradísima y se bajó apresuradamente de encima de Logan. Por suerte, ambos seguían vestidos, porque los había interrumpido antes de que llegaran al fondo del asunto.

—¡Neil! —gritó mi hermano furioso, porque odiaba que irrumpiera en su habitación como una exhalación sin llamar a la puerta ni preocuparme por lo que estuviera haciendo.

—Tengo que hablar contigo.

Entré con una sonrisa descarada y miré las piernas desnudas de su novia, ya que el vestidito que llevaba se le había subido demasiado por los muslos.

Logan estaba acostado, con el pelo revuelto, los labios manchados de pintalabios y una mirada amenazante con la que intentaba intimidarme, en vano, por supuesto.

—¿No podías llamar a la puerta por lo menos? ¡Dios! —exclamó, mientras se sentaba y se arreglaba el pelo.

Alyssa, por su parte, tragó saliva y se levantó de la cama alisándose la falda del vestido. No sabía en qué punto de su relación estaban —salían oficialmente desde que Logan había tenido el accidente—, y todavía no estaba seguro de que fuera amor. Sospechaba que mi hermano solo se divertía con ella, que se sentía atraído, pero nada más.

—Ya follaréis en otro momento. Yo… —me señalé a mí mismo— soy más importante.

Y era la pura verdad.

Logan siempre había estado ahí para mí, al igual que yo siempre había estado ahí para él; las mujeres eran un pasatiempo secundario, y en aquel momento Alyssa debía desaparecer para permitirme tener la privacidad necesaria con él.

Mi hermano puso los ojos en blanco y se sentó en el borde de la cama, molesto.

—Pequeña, luego te llamo —murmuró, regalándole una sonrisa tranquilizadora, y yo puse una mueca de decepción.

¿Por qué los hombres siempre utilizan los mismos apelativos con las mujeres?

Yo nunca haría eso.

Prefería usar algo personal, algo único, para las personas que consideraba importantes. Era inconformista, me gustaba la originalidad y nunca me adaptaría al comportamiento típico.

—Vale, amor. Hasta luego —replicó con voz dulce, y yo me estremecí.

Amor… La cosa era más grave de lo que pensaba.

Suspiré y apoyé el culo en el escritorio, esperando impacientemente a que Alyssa se fuera. Cuando lo hizo, Logan desató toda su ira contra mí, lanzándome una mirada que me hizo sonreír.

—Tienes pintalabios aquí, amor —me burlé de él, señalando su labio inferior, y él se puso de pie y exhaló por la nariz.

Afortunadamente, ya podía caminar sin muletas y solo llevaba una férula bajo de los vaqueros que le impedía hacer esfuerzos excesivos, aunque ya había vuelto casi a la normalidad.

—¡No tiene gracia, imbécil! —refunfuñó, y luego se dirigió hacia el baño.

—Estás completamente atontado —me burlé de él, seriamente preocupado.

¿Cómo había hecho esa chica para someterlo así?

—Cuando te enamores, hablamos.

Entró en el baño de su habitación y escuché el agua corriendo; probablemente se estaba cepillando los dientes.

—Puedes estar seguro de que no me volveré como tú —repliqué, y luego saqué un lápiz de su estuche y me senté en la silla de su escritorio. Abrí un cuaderno al azar y empecé a dibujar garabatos sin sentido—. No entiendo por qué los hombres se vuelven gilipollas cuando se meten en una relación —murmuré, hablando solo, porque mi hermano estaba ocupado.

Tiró de la cadena y, poco después, volvió a entrar en la habitación peinado y desprendiendo el olor a menta de la pasta de dientes.

Primero me miró a la cara, luego al lápiz que sostenía entre mis dedos, y caminó furioso hacia mí para quitármelo.

—¡No empieces a garabatear mis apuntes!

Lo puso en su sitio y volvió a sentarse en la cama, a la espera de que yo hablara. Me di la vuelta, haciendo girar la silla de oficina, y crucé las manos sobre el abdomen, con las piernas estiradas por delante y un tobillo cruzado sobre el otro.

Ahí estaba, con la postura típica de fanfarrón, que es lo que era.

—¿Y bien? ¿Qué tienes que decirme? —me preguntó con curiosidad.

No sabía por dónde empezar; mi actitud graciosilla y chulesca era solo una forma de ocultar mi estado de agitación. Nunca había sufrido un problema así y revelarlo no era fácil.

Para alguien como yo, sentirse incapaz de tener relaciones sexuales plenas resultaba vergonzoso.

—Tengo un problema...

Incliné el torso hacia delante y adopté una expresión seria.
Apoyé los codos en las rodillas y le miré, buscando las palabras adecuadas para confesárselo todo.

Joder, era difícil.

—¿Qué problema? Neil, no me preocupes —me regañó, agitado.

Me quedé mirando sus ojos de color avellana profundo, donde siempre me encontraba a mí mismo. Logan siempre había sido la mejor parte de mí, la parte pura e inmaculada. Miré a mi alrededor, incómodo. Por primera vez estaba experimentando lo que todo ser humano ordinario tiene que sentir al menos una vez en la vida: la vergüenza.

—Es que no...

La incomodidad era evidente en mi tono de voz. Odiaba aquella incapacidad momentánea. Logan me miraba perplejo y yo parecía un idiota que no podía ni hablar.

Por eso odiaba hacerlo, las palabras eran inútiles.

Además, la mayoría de las veces solo las utilizaba para expresar problemas o estados de ánimo negativos, nunca había habido un momento en que necesitara hablar para alegrarme o contar algo positivo.

—¿Es que no qué? —me apremió, cada vez más alarmado.

Tenía que decirlo. Ahora o nunca.

Necesitaba desahogarme con alguien, y con mis amigos siempre había sido reservado: no me gustaba hablar de mí mismo ni de mi vida, era tímido y desconfiado.

No era de esa gente que dice todo lo que piensa sin reticencias, más bien siempre me pensaba mucho qué decir y, sobre todo, a quién decírselo.

Pocos gozaban de mi confianza.

—No consigo llegar al orgasmo.

Lo dije de carrerilla, mirando las puntas de sus Air Jordan negras en lugar de la cara de Logan. Sabía que nunca se burlaría de mí por un asunto así, pero aun así me sentía incómodo.

Para un hombre no era agradable admitir tal cosa.

Me sentía incompleto, mal hecho, defectuoso.

Como un Ferrari con el motor averiado.

—¿Qué significa eso? —preguntó sorprendido—. ¿Desde..., desde cuándo?

Ahora era él quien parecía torpe e incapaz de mantener aquella absurda conversación. Me levanté de golpe de la silla, como si tuviera ascuas bajo las nalgas, y empecé a caminar nervioso frente a él.

—Desde hace bastante. Lo siento todo, experimento placer, la erección está ahí, puedo pasarme horas follando, pero... No hay eyaculación —concluí con dificultad.

El orgasmo era una emoción extrema, una descarga de energía seguida de un profundo estado de relajación, y ni siquiera recordaba lo que se sentía al acabar.

Cuando uno alcanzaba el clímax sexual, ponía fin al deseo y la tensión erótica, pero en mi cuerpo ocurría lo contrario. Mi frustración era tan palpable como mi nerviosismo, porque el deseo y la excitación estaban atascados en una fase refractaria de la que no conseguía liberarlos.

—Hostia, eso no debe de ser nada fácil —comentó, frotándose los labios con la mano, conmocionado.

No lo era, era terrible, pero quien nunca lo había experimentado no podía entenderlo del todo.

Era como explicarle los colores a un ciego.

—¿Crees que tengo algún problema físico?

Me temblaba la voz; la sola duda de que aquella situación pudiera depender de un problema físico o de una enfermedad grave me aterrorizaba.

Mi hermano se lo pensó durante unos instantes. No podía soportar la idea de preocuparlo tanto, pero no sabía a quién acudir. Si hubiera tenido un padre o un mejor amigo con quien hablar de ciertos temas, no le habría dado aquel susto de muerte a él.

—¡No, qué coño dices! —exclamó Logan, poniéndose de pie—. En tu cuerpo no pasa nada malo, Neil. Creo que se trata de un problema... —se detuvo, mirándome fijamente a los ojos—... psicológico.

¿Psicológico?

En realidad, sus palabras tenían sentido.

Desde que era niño, siempre había tenido una relación extraña con el sexo: nunca conseguía dejarme llevar por completo, nunca sentía una verdadera implicación emocional. Me preocupaba más por «dar» que por recibir, siempre quería que las mujeres experimentaran placer, que alcanzaran el orgasmo. Me concentraba en aguantar el mayor tiempo posible, en mantener la erección hasta el final, y me preocupaba también la «calidad», además de la cantidad, y por eso intentaba dar lo mejor de mí, pero sin involucrarme demasiado.

Todo era más bien mecánico, metódico, estudiado y bien calculado.

El hecho de que nunca cediera a las peticiones de sexo oral denotaba el autocontrol máximo que tenía con cada una de ellas.

En resumen, las mujeres perdían la cabeza cuando estaban bajo mi mando, y yo, en cambio, pensaba en Kim, en el niño que lloraba, en mi alma dañada, y mi mente me abandonaba.

Experimentaba una regresión al pasado, a un tiempo lejano.

Distante, pero aun así presente.

—¿Crees que puede estar asociado a un bloqueo psicológico? —le pregunté a Logan, y luego me pasé una mano por la cara y miré por la cristalera la claridad del cielo.

No era estúpido, era consciente de que tenía una personalidad perturbada. Las duchas constantes eran prueba de ello, al igual que lo de hablar solo, las alucinaciones con el niño, el insomnio, la rabia que me costaba gestionar y los tediosos pensamientos sobre por qué todo aquello me había pasado a mí.

¿Por qué yo?

¿Por qué Kimberly me había elegido a mí?

Me lo preguntaba todos los días, aunque habría querido preguntárselo a ella.

A mi puta.

—En mi opinión, tienes que hablar con el doctor Lively sobre esto —sugirió Logan, angustiado, y por una vez estuve de acuerdo con él.

Odiaba la clínica, la aséptica consulta de mi psiquiatra, y odiaba ir a terapia.

Estaba firmemente convencido de mi decisión de no retomarla, pero, al mismo tiempo, sabía que mi médico era el único que podía ayudarme a arrojar luz sobre aquel problema.

Un problema que para mí era importante resolver.

El sexo, de hecho, siempre había sido la vía por la que trataba de seguir con vida, la única forma de hacer callar al niño y secar sus lágrimas.

¿Qué iba a hacer sin eso?

¿Cómo iba a sobrevivir?

¿De qué otra manera me las iba a arreglar?

No conocía otra forma de equilibrar el yo adulto con el yo niño: dos partes de la misma alma que no querían cooperar. El sexo era el hilo que los mantenía unidos, para evitar que uno prevaleciera sobre el otro y lo anulara por completo.

¿Qué habría pasado si el yo niño hubiese vencido al yo adulto?

Tenía miedo de la respuesta y de las consecuencias, por eso siempre estaba luchando.

Luchaba para evitar que se desatara una guerra y para mantener la paz entre los dos lados opuestos y contrastados de mi ser.

—Tienes razón —le dije a mi hermano, ahuyentando todos los pensamientos, y luego me fui, arrastrando conmigo toda la angustia que tenía dentro.

Aquella tarde tenía que acompañar a Chloe a la consulta del doctor Lively para su última sesión.

Mi hermana ya estaba mejor y Carter se había reducido a un recuerdo lejano, tanto que había vuelto a clase, volvía a sacar buenas notas, salía con sus amigas y sonreía a menudo.

Me alegraba por ella; mi psiquiatra había hecho un trabajo magnífico y mi hermana se había esforzado mucho hasta el final para ganar su batalla.

Chloe había conseguido sacar una fuerza envidiable que había ocultado durante mucho tiempo tras la debilidad.

Sentado en la sala de espera, aguardé a que saliera. Como de costumbre, la mujer rolliza de la entrada estuvo todo el rato controlándome, echándome miradas fugaces de vez en cuando, mientras yo hojeaba una revista de coches y motos; así al menos no perdía tiempo leyendo revistas inútiles de cotilleo, moda u otras cosas de nenazas.

Suspiré y tiré la revista sobre la mesa baja que tenía delante.

Ya tenía un Maserati que era el sueño de cualquiera de mis compañeros, así que no tenía motivos para babear mirando fotos de otros coches.

Estaba satisfecho con mi bebé y conducirlo era una de las pocas cosas, después del boxeo, que conseguía relajarme. Sabía que tenía una pantera maravillosa entre manos y, cada vez que me sentaba en el asiento del conductor, tenía la responsabilidad de controlarla.

—Puedes volver cuando quieras, sobre todo si notas que vuelven la ansiedad o las pesadillas.

La voz del doctor Lively me despertó de mis reflexiones. Miré al hombre que acompañaba a mi hermana hacia donde yo estaba, y me levanté.

—Venga, vámonos. Madison llegará en cualquier momento —exclamó Chloe sonriente y lista para salir con su amiga a celebrar el fin de la terapia.

Miré a mi psiquiatra, que a su vez había posado sus ojos claros en mí. Seguramente estaría pensando en cuándo reanudaría yo mi terapia y en qué ocasión podría verme de nuevo, ahora que mi hermana ya había terminado con sus sesiones.

En realidad, necesitaba hablar con él y traté de comunicárselo con mis ojos. Por la mirada del médico pude saber que algo había intuido.

De todos modos, acompañé a Chloe hasta la esquina a pocos metros de la clínica, y me aseguré de que Madison llegaba con sus padres.

—Estás paranoico —refunfuñó ella, ajustándose el gorro de lana. Hacía frío, porque a aquellas alturas las temperaturas eran bajas, y nadie en Nueva York salía de casa sin cubrirse con varias capas de ropa.

—Tienes dieciséis años, eres mi hermana y soy especialmente

aprensivo —me justifiqué, evitando ceder a las ganas de fumar; de todos modos, iba a volver a entrar para hablar con Krug, así que no habría tenido tiempo de terminarme el cigarro. Me metí las manos en los bolsillos de la chaqueta negra y observé los coches que pasaban a toda velocidad por la carretera.

—Y celoso —me dijo con una sonrisa burlona.

Sí, también era celoso, como lo sería cualquier hermano mayor.

—Bueno, por eso tengo que asegurarme de que Madison venga con sus padres.

¿Cuántas adolescentes mentían para hacer tonterías a escondidas?

No la habría dejado sola esperando a su amiga, y pensaba comprobar con mis propios ojos que me había dicho la verdad.

Chloe resopló y, cuando un coche se detuvo junto a la acera tocando el claxon, vi a los padres de Madison y a la chica, sentada en el asiento trasero.

—Llámame si necesitas algo. Y no vuelvas tarde —le advertí con tono severo, pero mi hermana sonrió y se puso de puntillas para darme un beso en la mejilla.

—Eres pesadísimo, Neil. Hasta luego.

Salió corriendo y se reunió con su amiga. Seguí su figura con la mirada hasta que el coche arrancó de nuevo para sumergirse en el tráfico.

Suspiré y me preparé mentalmente para lo que tenía que afrontar a continuación.

Ya no tenía excusas.

Entré en la clínica y me dirigí directamente a la consulta del doctor Lively.

La puerta estaba abierta, en la sala de espera no había nadie, y sabía que estaba esperándome. Me conocía desde hacía doce años y entendía siempre mis llamadas de auxilio aunque fueran tácitas.

—Toma asiento, Neil.

Krug estaba de pie junto al escritorio leyendo un documento. Tenía las gafas de ver en la punta de la nariz y la mirada concentrada en el papel, pero a pesar de todo había percibido mi presencia en el umbral.

Me adentré unos pasos en la estancia, pero decidí quedarme lejos. La excesiva proximidad podría haber comprometido mi intento de hablar.

—Y bien, ¿qué ocurre? Me alegro de que finalmente quieras enfrentarte a mí.

Me miró y sonrió mientras dejaba el documento en el escritorio. Siempre me había pedido que hablara con él y allí estaba, frente a él, voluntariamente, tal y como esperaba desde hacía tres años.

Suspiré profundo y me desahogué: se lo conté todo, de hombre a hombre, sin inhibición alguna.

No fue nada fácil, pero el hecho de estar hablando con mi psiquiatra, y no con cualquier otra persona, me daba la esperanza de que al menos pudiera ayudarme a entender lo que estaba sucediendo.

—Se llama «anorgasmia».

Lively se quitó las gafas y se apoyó en el canto del escritorio, adoptando una posición informal. Yo, en cambio, seguía de pie, con las manos metidas en los bolsillos de los vaqueros y la mirada fija en él. Me aclaré la garganta y con una mano me bajé la cremallera asimétrica de la chaqueta de cuero, porque una repentina sensación de agitación hacía que me faltara el aire.

—¿Y bien? —pregunté, tratando de mantener la calma. No era una de nuestras típicas entrevistas profesionales, en las que él me analizaba y yo intentaba hablarle de mi pasado.

Ahora yo le hacía preguntas y él me daba respuestas.

—Se trata de un trastorno del orgasmo masculino. La respuesta a los estímulos sexuales y el mantenimiento de la erección son buenos, pero no se alcanza el orgasmo. Este tipo de trastorno se divide en varias etapas y puede degenerar en una enfermedad crónica si no se actúa inmediatamente sobre la causa —me informó, tanteando mi rostro en espera de una reacción.

Me rasqué el mentón áspero en busca de un esbozo de barba, y reflexioné.

Me estaba haciendo ver que necesitaría terapia; de lo contrario, mi situación empeoraría.

—Entonces, ¿según usted es un trastorno psicológico? —intenté mantener un tono firme para tratar de controlar mi agitación.

—Estoy seguro. A menudo la anorgasmia es secundaria a patologías de otra naturaleza, pero en tu caso, es definitivamente una consecuencia del trauma sexual que sufriste de niño —afirmó.

De repente, la agitación se me fue de las manos: mi corazón empezó a latir y la mano derecha se puso a temblar incontrolablemente.

—Neil, estás abusando de tu cuerpo y te está mandando señales de socorro. Se está rebelando contra ti. No puedes seguir así durante mucho más tiempo. Violarte a ti mismo para revivir los recuerdos, perpetuando en el tiempo coitos sin afecto, sin calor humano, sin sentimiento y sin siquiera depositar confianza en tus amantes, solo conseguirá destruirte. Sometes el cuerpo a un esfuerzo físico y mental. En poco tiempo correrás el riesgo de no sentir ni siquiera excitación y tu cuerpo ya no responderá a ningún estímulo sexual. ¿Eso es lo que quieres? —preguntó con tono decidido.

Jadeé al oír sus palabras, crudas pero ciertas.

Mis problemas eran como monstruos que se habían encaramado encima de mí y habían conseguido encadenarme. Podría haber evitado todo aquello mucho antes, y en cambio había alcanzado un punto de no retorno, un punto en el que, a todos mis putos problemas, se sumaba uno sexual.

—¿Me quedaría... impotente? —pregunté con dificultad.

Dios, la sola mención de aquella palabra desataba una angustia inexplicable dentro de mí. La impotencia era la peor pesadilla para un hombre, algo que destruiría la imagen que había creado de mí mismo.

La eficacia sexual era el arma con la que sometía a cualquiera a mi voluntad.

—No. No se trata de impotencia, esa es una dolencia de naturaleza orgánica. El tuyo es un trastorno psíquico, que podría volverse de forma aún más decisiva contra tu cuerpo. —Se acercó y respiró hondo antes de continuar—. Neil, aquí no estamos cuestionando tu estado físico, sino tu inestabilidad psicológica. Necesitas curarte —me dijo con firmeza.

Luego continuó hablando, pero me costó seguir la conversación. Después de un rato que me pareció interminable, salí de la consulta y de aquella maldita clínica sin mediar palabra.

Antes de irme, el doctor Lively me aconsejó evitar cualquier relación sexual por el momento, y dedicarme en cambio a los entrenamientos y a otras actividades dinámicas que pudieran compensar la satisfacción que ya no conseguía sentir en la cama.

A pesar de su insistencia, no le había asegurado, sin embargo, que volvería a empezar terapia con él, pero tampoco había negado la posibilidad de que volviese a ver mi cara de imbécil los días siguientes.

Caminé furioso hacia el coche aparcado, maldiciendo entre dientes.

Quería largarme, desaparecer y olvidar lo que me había dicho.

La hipótesis de Logan era cierta.

El problema estaba en mi cabeza, no en mi cuerpo.

Saqué la llave del bolsillo de los vaqueros y desbloqueé el cierre centralizado. Habría estado listo para irme de no ser por una enorme Ducati Monster de color rojo fuego que había aparcado peligrosamente cerca de mi Maserati.

—¡Joder! —exclamé, frenando mis pasos a poca distancia de la moto.

Miré alrededor buscando al idiota que había aparcado tan cerca de mi puerta que no podía abrirla, pero no había nadie. Estaba a punto de tener un ataque de nervios y no me habría importado romperle la cara a alguien. Por supuesto, lo primero que iba a hacer al llegar a casa era refugiarme en el gimnasio para entrenar, así que un calentamiento previo con un gilipollas era una alternativa bastante atractiva.

—Ay, perdona, Miller, tengo a la niña averiada.

Una voz asertiva y familiar me llegó por la espalda.

Me giré en la dirección de la que venía y vi una melena negra y un par de ojos verdes que conocía muy bien.

La moto pertenecía a Megan Wayne.

No había ninguna duda al respecto.

Enseguida me puse rígido y maldije mentalmente aquel día, con la esperanza de que terminara cuanto antes, porque no podía seguir así; ya tenía suficiente con todo lo que estaba pasando.

—Vale, sin problema. Entraré por el otro lado —contesté con tono seco.

Bueno, había encontrado la solución; y aunque no hubiese habido solución, habría hecho cualquier cosa para cortar de raíz aquella situación absurda.

Evité mirar a Megan, pero mis ojos se negaron categóricamente a seguir mis órdenes, porque ahora parecía que mi cuerpo tenía vida propia.

Observé sus hombros femeninos envueltos en una chaqueta de cuero adornada con tachuelas estrelladas en la solapa. Los vaqueros negros y ceñidos resaltaban sus piernas delgadas, que terminaban en un par de botas de piel de tacón bajo.

Era indudablemente guapa, pero su encanto irreverente y salvaje nunca tendría ningún efecto sobre mí.

—¿Serías capaz de ponerla en marcha? ¿O por lo menos echarle un vistazo para ver por qué no arranca? —Megan volvió a hablar, bloqueando mi intento de escapar de ella y de los recuerdos que rondaban alrededor de su figura. Me giré para mirarla una vez más, y no noté ningún destello de malicia o ironía en sus ojos: aquello era una simple petición de ayuda de una mujer que estaba sola, en el bordillo de una acera, a las ocho de la tarde.

Podría haber dicho que no, irme y despreocuparme, como hacía siempre con todo el mundo, pero un lado humano, que ni siquiera creía que tuviera, me hizo desistir. Sentí compasión por ella y, con un suspiro profundo, pasé a su lado para acercarme a la Ducati.

—Ey, gracias. No sabía que fueras tan agradable —se burló mientras me lanzaba la llave que cogí al vuelo, ignorando su provocación.

No le contesté, no me gustaba perder el tiempo hablando, así que me limité a hacer algo útil y me subí a la moto. Decir que era un verdadero monstruo era un eufemismo.

Ya había montado en motos como aquella, pero no me acordaba de lo que se sentía.

Tiré hacia atrás del soporte y giré la llave, después de poner la moto en punto muerto. Pulsé el botón rojo de encendido, pero nada. No arrancaba.

Pasé unos minutos comprobando cuál era el problema, hasta que me bajé de la moto y lo localicé poco después: gasolina.

—¿Has oído hablar del carburante? —comenté con ironía—. Tienes el tanque completamente vacío.

La miré y ella frunció el ceño, alternando sus ojos verdes de mí a la moto. Luego arqueó una ceja, escéptica.

No, no me creía.

Maldita sea, aquella mujer estaba realmente desequilibrada.

—Qué dices, eso es imposible —replicó señalando el tanque con un dedo.

Puse los ojos en blanco y me acerqué tanto a ella que la hice inclinar el cuello.

Me llegó su buen olor y observé las largas pestañas que enmarcaban los ojos color hiedra.

—¿Por qué las mujeres siempre queréis invadirnos? ¿Por qué no te limitas a conducir un puto escarabajo rosa? Creo que sería más adecuado para ti.

Observé su rostro y esbocé una sonrisa para burlarme de ella. No creía en absoluto que Megan fuera una Barbie a la que le pegara un escarabajo rosa, pero tampoco la veía capaz de conducir motos de ese calibre.

En aquel punto no me interesaba reírme de ella: en realidad pensaba lo que le había dicho.

¿Por qué montaba una Ducati si no era capaz ni de darse cuenta de que el tanque estaba vacío?

—¿Por qué los hombres siempre tenéis que razonar como gilipollas machistas, partiendo de la creencia de que la mujer es un ser inferior a vosotros en intelecto y fuerza física? —se burló, en voz baja y confiada.

Me hubiera gustado continuar con aquel interesante intercambio de opiniones de haber sido con cualquier otra mujer, pero no con ella.

Me encantaba jugar al gato y al ratón con las mujeres, o simplemente abrumarlas con mi aspecto, que surtía un efecto persuasivo sobre ellas, pero nunca lo habría hecho con aquella desequilibrada.

Megan era una fotocopia exacta de mí, salvo porque entre las piernas tenía un coño.

Conocía su temperamento; si le daba cuerda, podía alargar eternamente aquella discusión, y yo no tenía tiempo que perder.

—Me encantaría quedarme aquí a desmontar tus ideas feministas, pero, por desgracia, tengo cosas que hacer —mentí.

No era cierto, solo necesitaba alejarme de ella lo más rápido posible y volver a casa para darme otra de mis duchas. Así que traté de pasar de largo, pero la desequilibrada se interpuso en mi camino, con las manos en sus estrechas caderas.

¿Qué demonios quería ahora?

—He dicho que tengo cosas que hacer —repetí despacio, esta vez más amenazante, pero Megan sonrió y se encogió de hombros con altivez.

—Si fueras un caballero, ahora deberías preguntarme: «Megan, querida, ¿quieres que te lleve?». —Intentó imitar mi timbre de voz, sin éxito, y luego siguió con su estupidez—. Entonces yo te diría: «Oh, sí, Miller, eres muy amable». —Se puso una mano en el pecho y pestañeó exageradamente, fingiendo sentirse halagada—. Y esa sería una buena acción que te haría un hombre mejor.

Levantó un dedo índice con astucia y miré a mi alrededor con la esperanza de que nadie estuviera viendo aquella escenita falsa y teatral.

Permanecí serio, severo e impasible, hasta que se le borró de la cara la sonrisa espontánea que no iba a devolverle.

Yo sonreía muy poco, y cuando lo hacía era por motivos que valían la pena.

—Bueno, se te escapa un detalle: yo no soy un caballero. Así que apártate de mi camino y no me toques las pelotas.

La aparté con una mano sin ninguna dificultad, ya que mi fuerza era muy superior a la suya. Esa misma fuerza me servía para devastar a las mujeres con gran facilidad, tanto dentro como fuera de la cama; si Megan hubiera seguido aburriéndome con su insistencia, podía aplastarla como una lata de cerveza.

—No puedes huir de mí eternamente —dijo, y yo me detuve.

Le lancé una mirada fulminante y ella se tambaleó sobre las piernas. Sabía de sobra lo propenso que era a la ira, lo incapaz que era de controlar mi temperamento, así que seguir provocándome no era un movimiento inteligente por su parte.

—Eres tú quien debería huir de mí.

O iba a destruirla.

Rodeé el coche y abrí la portezuela del copiloto.

Subí enseguida y salté por encima de la palanca de cambios para sentarme en mi asiento.

Yo, Neil Miller, estaba huyendo como si el diablo me persiguiera.

Arranqué el motor y bajé la ventanilla, porque necesitaba fumar.

Busqué en los bolsillos de la chaqueta, saqué el paquete de Winston y me puse un cigarrillo entre los labios.

No soportaba a Megan; no soportaba su presencia ni su mirada felina que siempre intentaba clavar en mí.

No la toleraba en absoluto, y sin embargo no podía dejar de mirarla.

Mis ojos se desviaban hacia ella, más allá del parabrisas.

Estaba de pie, encogida por el frío.

Debería haberme largado, pasar olímpicamente de ella y de su moto, pero seguía inexplicablemente allí parado, en el coche.

Acerqué el mechero al cigarro y, ahuecando la mano, lo encendí. Megan se apartó y mi mirada se deslizó de su pelo negro, que flotaba en el aire helado, hasta el culo alto y firme, que se contraía con cada golpe de cadera.

Tenía unas curvas bien definidas y una feminidad que habría aturdido a cualquier hombre.

Incluso yo, que era un perfeccionista y tenía buen gusto para las mujeres, aprobaba en gran medida la armonía de sus curvas. Megan había sido creada para ser admirada, y no solo eso.

Liberé el humo denso fuera de la ventanilla y seguí mirándola.

Supuse que cogería un taxi, pero mientras tanto estaba allí, sola, de pie y a la intemperie.

Mi único consuelo era que no era una zona peligrosa, así que se las arreglaría sin mí. Pisé el acelerador, y el potente zumbido del silenciador retumbó en el aire, como si fuera el rugido de un león, y sus ojos destellaron en mi dirección; me escudriñaron mientras yo tamborileaba con los dedos sobre el volante, con la otra mano posada sobre la ventanilla.

Quería que entendiera que iba a irme y que no iba a ayudarla. Di marcha atrás y frené de inmediato, clavando las ruedas en el asfalto.

Tenía que largarme, joder, tenía que largarme y...

—Sube —le ordené, asomando apenas la cara por encima del cristal para que pudiera oírme.

Ella se sobresaltó, se giró hacia mí y enarcó una ceja en un gesto de satisfacción, porque una parte de mí, la más compasiva, había cedido sin saber siquiera por qué.

Tal vez no quería cargar con la responsabilidad de dejarla allí; al fin y al cabo, era una mujer, y si le hubiera pasado algo, me habría sentido culpable.

Sin embargo, no la miré cuando rodeó el coche para acomodarse en el asiento del copiloto, ni cuando su olor a azahar se mezcló con el mío en el interior del habitáculo; miré fijamente a un punto indefinido frente a mí, tratando de entender qué coño acababa de hacer.

—Gracias, Miller, al final va a ser que tienes corazón.

Cerró la puerta y se puso el bolso sobre los muslos.

«Late, te siento, ¿sabes? Late fuerte.» La voz de la niña, de Campanilla, que había calmado brevemente el dolor del niño, resonó en mi cabeza recordándome su dulce y suave timbre, tan distinto al de Megan, que era, en cambio, más seductor y maduro.

Siempre evitaba pensar en Selene, porque, cuando ocurría, despertaba algo inexplicable en mí.

Aquella niña había sido el imprevisto más hermoso de mi desordenada vida, un rayo que había desencadenado no solo la atracción enfermiza que sentía por ella, sino también algo más, algo indefinible.

Era una criatura divina, un hada diminuta, que había sido capaz de devolverme a la vida en un abrir y cerrar de ojos y que ahora me odiaba, porque había sido un gilipollas.

«Ahora todo es aburrido sin ti, niña», pensé.

—Ostras, este coche es una locura.

Megan me despertó de mis pensamientos y me trajo de vuelta al presente. Se había puesto el cinturón de seguridad y miraba fijamente el salpicadero luminoso, rojo fuego, y el cuadro de mandos multimedia.

La pantalla se encendió de repente y ella se sobresaltó, haciéndome sonreír con orgullo.

—Venga, te llevo. —Me puse serio y extendí un brazo hacia el reproductor de música—. Pero no digas una palabra, no puedo soportar a la gente que habla sin parar.

Con el dedo índice puse en marcha mi lista de reproducción personal y subí ligeramente el volumen, como hacía siempre que viajaba solo.

Megan no dijo nada y apoyó la nuca en el reposacabezas para ponerse cómoda.

Arranqué y dejamos allí su moto. La recogería al día siguiente.

Luego me sumergí en el tráfico de Nueva York y resoplé cuando me vi obligado a parar en un semáforo.

Por suerte, la desequilibrada no había dicho una palabra en los últimos cinco minutos.

Bien.

Había obedecido mi orden, aunque no creía que una mujer como ella fuera tan complaciente.

Probablemente había surtido el efecto deseado en ella.

—¿Escuchas a The Neighbourhood?

Como si me hubiera leído la mente, Megan habló, haciéndome una pregunta bastante banal.

—Si están en mi lista de reproducción, significa que los escucho —contesté molesto, mirando el semáforo a la espera de que se pusiera en verde.

En realidad era mi grupo favorito, pero omití ese detalle. Me pasé los dedos por el pelo y me lo arreglé con nerviosismo, solo porque su voz me irritaba.

¿Por qué las mujeres tenían que hacerme preguntas poco interesantes y aburrirme con sus rollos?

Esa era otra razón por la que odiaba hablar.

—Mi preferida es «Cry Baby» —siguió diciendo, pero, una vez más, no la miré.

Verde.

Aceleré y Megan se fue hacia atrás contra el asiento. Mi coche a menudo me llevaba ventaja, era tan poderoso como una ola que esperaba a tomar forma, ágil como el viento, salvaje como una bestia indomable.

Por eso lo había elegido.

—¡Joder! Conduces fatal —jadeó Megan y yo sonreí, mirando por el espejo retrovisor antes de hacer un adelantamiento.

—La próxima vez coge un taxi o vete andando si prefieres.

Le di una última calada al cigarro y lo tiré, cerré la ventana y encendí la calefacción. En ese momento empezó a sonar la canción que había mencionado, como si la hubiera invocado con alguna fórmula mágica. Sin mi permiso, Megan estiró un brazo para subir el volumen y empezó a tararearla.

Traté de mantener la concentración en la conducción, porque lo último que quería para terminar aquel día de mierda era una multa, pero la mujer que tenía al lado era una distracción molesta.

—¿Sigues viviendo en el mismo sitio? —le pregunté, y la miré el tiempo justo para verla asentir.

Puse rumbo hacia su casa, pero su voz volvió a llamar mi atención.

—Esta canción habla de un hombre que se enamora de la mujer equivocada —explicó con una media sonrisa—. Quién sabe, tal vez te podría pasar a ti. Te vas a enamorar de mí, Miller, incluso aunque no quieras —me susurró al oído.

Levanté el pie del acelerador y me volví hacia ella. Ahora sonreía socarronamente. Me detuve justo delante de su casa y la miré pensativo.

¿Qué coño estaba diciendo?

Sus ojos verdes penetraron en los míos, para captar la oscuridad que se cernía sobre mi alma, la misma oscuridad contra la que yo luchaba y que en el fondo nos unía a ambos; por eso no podía soportar su cercanía, porque me evocaba recuerdos que quería borrar. «Yo nunca me enamoraría de ti, porque no quiero y porque no puedo. Ni de ti ni de nadie», quería contestarle, pero decidí no corresponder a su ironía.

—Ya hemos llegado.

Interrumpí nuestro contacto visual y volví a mirar por el parabrisas.

¿Por qué me miraba así?

Sentía su olor invadiendo mi espacio y, de nuevo, me volví hacia ella, para encontrarla a poca distancia de mí. Mis ojos se hundieron en los suyos y pude ver vetas de color marrón cálido orbitando alrededor de la estrecha pupila.

Eran los mismos ojos que una vez había visto apagados, asustados y avergonzados.

Sin embargo, ahora pulsaban en mí el botón de la ira y revivían la indignación de los recuerdos.

—¿Qué coño haces? —le espeté con mi habitual tono rudo, y ella soltó una risita, en absoluto asustada ni sorprendida. Siguió inclinada hacia mí mirándome fijamente, quién sabe con qué pensamientos rondándole el cerebro.

—Solo quería darte las gracias —dijo con inocencia, encogiéndose de hombros.

Fruncí el ceño y negué con la cabeza, perplejo.

—¿Y de qué manera querías darme las gracias? —la pinché, porque me parecía que se había inclinado para intentar besarme y, joder, la sola idea me horrorizaba.

A ver, ¿Megan y yo? Era imposible.

Sonrió, fingiendo que había malinterpretado su gesto, pero yo no era idiota.

Era un hombre astuto y con las mujeres tenía cierta experiencia.

Lo percibía todo, sentía sus deseos, su excitación, sus pensamientos indecentes. Sabía cuándo estaban tratando de seducirme y, si yo no sentía ninguna atracción, en algunos casos las rechazaba y en otros fingía seguirles el juego. En otros me dejaba seducir, pero solo cuando era yo quien lo decidía, y con el fin de tener lo que yo quería.

Si Megan hubiera sido una mujer normal, probablemente la habría inducido yo mismo a ceder a mis encantos.

Sin embargo, aunque conocía muchos métodos para excitar a una mujer, para provocarla, para burlarme de ella, para halagarla o para eliminar su pudor, con ella nunca los habría puesto en práctica, pues me resultaba inconcebible ni siquiera tocarla.

—Ya veo por dónde vas…

Esbocé una sonrisa enigmática, porque me di cuenta de lo que pasaba por su cabeza.

La miré fijamente a los ojos sin ninguna incertidumbre, y ella frunció el ceño, mostrando por fin su vulnerabilidad.

¿Quería jugar conmigo? Si yo también entraba al trapo, iba a jugar sucio.

—Sabes que nunca te tocaría, por eso te gusta provocarme —susurré, en un tono ronco y austero, propio de un hombre que no se dejaba engañar por una cara bonita y un cuerpo atractivo como el suyo.

Megan retrocedió, pero sin perder su actitud de confianza.

Sonreí con picardía.

No podía ganar contra alguien como yo; tenía que aceptar la realidad.

—Iba a darte un beso en la mejilla. También hay gestos sencillos y sinceros con los que dar las gracias a alguien —se explicó, e hizo una pausa de efecto—. Miller —dijo a modo de despedida, y luego abrió la puerta.

La vi salir del coche y caminar, con una sonrisa insolente, hacia el edificio donde vivía con su familia.

Apoyé la cabeza en el asiento y me pasé una mano por la cara.

Sabía muchas cosas sobre ella, cosas que preferiría no recordar.

Con un suspiro, me convencí de que solo la había llevado en coche, algo totalmente banal, y aun así me prometí a mí mismo que me mantendría lejos de ella como siempre había hecho durante los últimos años.

No quería establecer ninguna relación con ella: no éramos amigos, no éramos conocidos, no éramos nada.

No éramos una puta mierda.

Estaba a punto de arrancar cuando mi teléfono móvil vibró, indicando la llegada de una llamada.

Apenas levanté las caderas para sacarlo del bolsillo de los vaqueros y posé los ojos en la pantalla.

«Campanilla.»

Así era como había memorizado su número, cuando, con mi habitual arrogancia, había decidido mirarlo en el móvil de Logan para contactar con ella y ofrecerle hablar antes de que se fuera a Detroit.

Estiré los labios en una sonrisa espontánea. Por un momento pensé que se había olvidado de lo que le había hecho, pero al mismo tiempo esperaba que no fuese así, porque acordarse de mí significaba también acordarse de mi estupidez de la noche de Halloween, y yo prefería que tuviera esa laguna, en lugar de que me asociara con un monstruo o un depravado, como me había definido a menudo.

Volví a ponerme serio y algo potente me apretó el pecho.

Para mí, solo podían existir mis hermanos y nadie más.

Ya estaba demasiado roto, destruido, consumido, así que no podía atarme a nadie, ni mucho menos a una mujer.

No podía permitirme sufrir o estar mal, era demasiado frágil; las relaciones amorosas eran para los ganadores, no para quienes, como yo, ya habían sido vencidos por la vida.

Para quienes, como yo, tenían un concepto personal del amor incomprensible, las mujeres no eran más que problemas, eran un espectáculo que prefería disfrutar bajo las sábanas, de forma intensa y fugaz.

El móvil seguía sonando.

Debería haber rechazado la llamada, pero mi pulgar se cernía sobre la pantalla, indeciso sobre qué hacer.

Selene había sido el regalo más hermoso que me había hecho la vida, pero estaba seguro de que la cosa entre nosotros no podía funcionar, por eso había hecho todo lo posible por alejarla.

Había intentado que me odiara para que le resultara más fácil pasar página, pero luego había ocurrido el accidente.

Cuanto más pensaba en ello, más me dolía el pecho.

Ella no debía ni siquiera haber conocido jamás a alguien como yo.

Era mejor no conocer a hombres perdidos, extraviados, desviados, llenos de problemas y secretos.

No había nada atractivo en mí.

Había aprendido a caminar sobre los escombros y no quería que descubriera nunca todo lo que escondía en mi interior; de lo contrario, me habría mirado con otros ojos.

Asqueada, probablemente.

Otro tono, el sexto, y de repente lo vi todo claro.

Quería volver a escuchar su voz, quería volver a tocarla y hacerlo con ella; mi deseo no había desaparecido, mi atracción por ella tampoco, y era inútil seguir negándomelo a mí mismo.

La deseaba.

Era contradictorio, lo sabía, pero en el fondo escondía una gran verdad: me avergonzaba de lo que había vivido en mis carnes. Cada noche seguía sintiendo las manos de Kim sobre mí, su lengua, las palabras sucias, el chantaje y todo aquello me daba náuseas, a menudo me provocaba incluso arcadas, con la esperanza de que sirvieran para expulsar su demonio fuera de mi alma.

Estaba librando una guerra que duraba ya toda una vida luchando, y no quería involucrar a nadie más, y menos a la niña.

Aun así, mi pulgar aceptó la llamada.

—Hola —dije en un tono firme y decidido, porque quería intimidarla.

Si se acercaba a mí, volvería a comportarme como un cabrón para alejarla y hacerle entender que no me la merecía.

Al otro lado, sin embargo, se hizo el silencio: ninguna palabra, ninguna voz.

Mi Campanilla no dijo nada.

Aparté el móvil para asegurarme de que seguía en línea.

Selene estaba allí, pero ninguno de los dos aprovechó esa oportunidad para cumplir el deseo recíproco de «hablar».

¿No era para eso para lo que llamaba?

¿O quería escucharme porque me echaba de menos o porque quería gritarme?

Escuché una risita contenida, y luego nada, como si la bella tigresa no estuviera sola.

Entonces pensé que tal vez no había marcado mi número motivada por un súbito coraje que había menguado al escuchar mi voz, sino quizá porque estaba hablando de mí, y entonces, incitada por alguna de sus amigas, había cometido aquel gesto infantil y luego se había arrepentido.

Aquella última suposición me excitó y me hizo sonreír al mismo tiempo.

Tenía veintiún años, pero la experiencia de una quinceañera.

Sin embargo, tras unos segundos, Campanilla colgó la llamada, privándome incluso de su respiración agitada.

Se había comportado como una niña encantadora.

Esto podría haber molestado a otros hombres, pero a mí me divertía, porque confirmaba que seguía siendo capaz de ver con claridad sus movimientos y, a veces, incluso, de anticiparme a ellos.

Me gustaba la espontaneidad de sus gestos, me gustaba la malicia infantil con la que cedía a mi cuerpo cuando la buscaba por puro egoísmo.

En ese instante me di cuenta de que ya no sabía nada de ella, ni lo que hacía, ni cómo estaba afrontando su convalecencia.

Estaba lejos y, sin embargo, pensaba en ella. Siempre. En cada momento del día.

Cada vez que pasaba por su habitación para llegar a la mía, miraba las paredes desnudas y siempre tenía la misma sensación: notaba miles de alfileres clavándoseme en las costillas, el estó-

mago se me encogía y las piernas se detenían allí, obligándome a mirar su cama, que todavía olía a coco.

Solo tenía que cerrar los ojos para embriagarme de ella, de su sabor dulce y sus curvas sinuosas.

Ella siempre sería mi país de Nunca Jamás, el lugar donde fantaseaba con vivir, la asíntota que nunca alcanzaría, una niña que maduraría con otro hombre.

Sin embargo, enseguida entraba en razón en cuanto me sobrevenía la certeza de no ser la persona adecuada para ella.

Mi pasado estaba lleno de pedazos rotos, de pecados, de errores y de vergüenza, y el presente seguía siendo demasiado complicado.

Me desperté de mis pensamientos y sonreí con suficiencia por la forma en que, aun sin tocarla, conseguía nublar la lucidez de Selene, empujándola a gestos tan infantiles como aquel.

Fue entonces cuando me di cuenta de que Campanilla no solo le gustaba al niño.

A mí también me gustaba, pero eso no cambiaría mi forma de pensar.

No iba a ir detrás de ella.

6

Selene

Aquellos malditos ojos me jodían siempre.
Les hacía el amor con solo mirarlos.
Atribuida a CHARLES BUKOWSKI

Coney Island.

Matt y yo habíamos llegado a nuestro destino. Después de un viaje de dos horas de avión, me había esperado en el aeropuerto para afrontar juntos una hora de tráfico y llegar a Brooklyn, y luego, desde allí, a la casa de la playa.

Tras el largo viaje, salí del coche con los músculos entumecidos.

En ese instante no sabía expresar cómo me sentía: estaba eufórica y cargada de expectativas, pero resuelta y cautelosa al mismo tiempo. Aquel podía ser el enésimo intento infructuoso de mi padre de arreglar las cosas entre nosotros, pero una parte de mí también esperaba que un fin de semana juntos pudiera servir para hacer algunos progresos.

—Aquí está, nuestra casa de la playa —exclamó Matt con entusiasmo, sacando nuestras bolsas del maletero. Habíamos traído poca cosa, porque al fin y al cabo eran solo dos días y no hacía falta mucha ropa. Miré a mi alrededor, olfateando el aire salado del mar no muy lejos, y luego miré la playa aislada. El sol se alzaba en lo alto del cielo, y una brisa fría levantaba las olas provocando un ruido armonioso contra la costa.

—¿Qué? ¿Te gusta? ¿Te acordabas?

La voz de Matt me devolvió a la casa que teníamos delante. La madera oscura lacada en blanco caracterizaba la fachada, y el amplio porche estaba equipado con dos bancos de madera. En el exterior también había una mesa y unas sillas para relajarse con la brisa fresca del lugar y una buena copa de vino. Rocé con una mano la balaustrada de madera y subí los primeros escalones, palpando con mis dedos los recuerdos de mis abuelos y la infancia que pasé con ellos.

—Venga, vamos a entrar.

Mi padre sonaba decididamente más entusiasta que yo, pero no podía negar que en ese momento yo misma estaba experimentando una nueva e inesperada sensación de paz.

Lo seguí hasta la puerta principal y, cuando Matt la abrió, sonreí al notar que nada había cambiado desde la última vez. El suelo de gres de efecto madera contrastaba con las paredes blancas. Las cortinas de lino y el mobiliario sencillo le daban un ambiente luminoso, fresco y aireado. Me adentré como una niña que admira algo grandioso por primera vez, y observé el salón.

Los dos sofás, tapizados con una tela aguamarina, evocaban el color del océano. La cocina era pequeña y funcional; un poco más adelante, como la casa era de una sola planta, había cinco dormitorios y un baño.

Matt dejó nuestras bolsas de viaje en el suelo y yo me llevé la mía para deshacerla en una de las habitaciones. Elegí en la que dormía de niña. Era pequeña pero acogedora, y además daba directamente al mar.

El gran ventanal me ofrecía una vista idílica. La cama estaba cubierta con sábanas de color crema mezcladas con tonos de azul, y la madera blanca dominaba en todos los muebles, desde el armario hasta el cabecero, con decoraciones de temática marina.

—A ver, ¿qué quieres comer? Yo lo preparo —dijo Matt, eufórico, cuando volví a la cocina. Le observé pensativa mientras él guardaba las latas en los armarios.

Estaba distinto aquel día.

Tenía un aspecto decididamente más informal y deportivo, llevaba las gafas de sol oscuras en la cabeza y el pelo negro hacia atrás, peinado con gomina. Parecía más joven, quizás por la ropa informal que le daba un aire más alegre.

—Haz lo que quieras —respondí en tono monocorde.

Era su cumpleaños y yo todavía no lo había felicitado, pero ni siquiera se había dado cuenta; lo único que le importaba era que había aceptado pasar el día con él.

—Te aviso de que la cocina no es lo mío…

Se rascó la cabeza y sacó de la bolsa de la compra un bote de mantequilla de cacahuete y tortitas, junto con varios paquetes de pistachos.

Había comprado muchísimos y no entendía por qué.

—Podemos comer cualquier cosa —propuse encogiéndome de hombros.

Entonces decidimos almorzar fuera, en una mesa al aire libre, con las vistas al mar, de las que disfrutaríamos solo durante dos días. No nos importaba que hiciera frío, éramos los únicos chiflados que habían decidido ir a la casa de la costa, ya que el verano había terminado hacía bastante.

Una hora después, Matt nos sirvió sendos platos de huevos revueltos con beicon, que habrían estado deliciosos si no se le hubieran quemado por completo.

Yo no era tiquismiquis con la comida, pero aquel día confirmé que a mi padre se le daba realmente mal cocinar.

—¿Cómo están? —murmuró avergonzado mientras me servía el agua.

—Malísimos, pero tengo hambre, así que…

Me llevé a la boca el segundo tenedor de papilla amarilla y tragué con un sorbo de agua, para que fuera más comestible. Matt resopló y dejó el paño de cocina sobre la mesa; para la ocasión, se había puesto hasta un delantal de cocinero que le daba un aspecto muy gracioso.

—Siempre me ha cocinado Anna, y cuando estaba con Judith se encargaba ella. Estoy un poco oxidado —dijo con una media sonrisa que no le devolví.

La armonía inicial se había visto reemplazada de nuevo por la tensión familiar que nos golpeaba a ambos cada vez que intentábamos conversar.

—Debemos utilizar este tiempo a nuestro favor. Las veinticuatro horas que me has dado pasarán rápido… —murmuró, clavando sus ojos en los míos.

Para él pasarían rápido; para mí, en cambio, demasiado despacio. Di vueltas al tenedor en el plato, moviendo los huevos chamuscados que intentaba terminarme, y luego levanté la mirada hacia él y suspiré. Quería decirle que me llevara de vuelta al aeropuerto, pero ya había accedido a pasar tiempo con él y no quería arruinarle el cumpleaños.

—Bueno, ¿de qué quieres hablar? —le pregunté, aburrida.

—Háblame de ti. ¿Cómo te va con Jared?

De todos los temas de los que podría haberme preguntado, definitivamente eligió el peor. Mi padre no sabía nada de lo que había pasado, ni mucho menos de mi pasión secreta con Neil.

Volví a concentrarme en la comida, gané algo de tiempo con otro bocado, y luego contesté.

—Lo hemos dejado, pero prefiero no hablar de ello.

No estaba de humor para hablarle de Jared, y quizás nunca lo haría, porque contarle todo también significaba hablarle de Neil, y no podía hacer eso.

Neil…

Su nombre vibró en mis pensamientos. Era una locura cómo aquellas cuatro letras conseguían que mi corazón se agitara.

—Háblame tú de ti y de lo fácil que fue engañar a mi madre con Mia, soy toda oídos.

Esbocé una sonrisa insolente y observé la forma en que Matt tragó incómodamente y apretó la mandíbula, desconcertado. Sabía que no había sido así, Mia me lo había contado, pero me gustaba provocar a mi padre.

No se esperaba una confrontación así, pero estaba claro que la casa de la playa no iba a borrar el resentimiento que sentía hacia él.

—Tu madre y yo ya habíamos decidido separarnos antes de que yo conociera a Mia —respondió en tono avergonzado—. Hacía mucho tiempo que las cosas no iban bien entre nosotros. Mi trabajo, su trabajo, el segundo hijo que nunca le di, todo, poco a poco, se me escapó de las manos sin darme cuenta —admitió mirando su plato a medias; a él tampoco le habían gustado mucho los huevos. Se acarició la perilla con una mano y desplazó la mirada hacia la balaustrada de madera. El mar, con su infinidad, acompañaba nuestras voces con el sonido de las olas que irradiaban vibraciones irregulares en el aire. Matt miraba fijamente la extensión azul, grabando en ella todos sus pensamientos.

—Aunque no hubiera conocido a mi actual pareja, Judith y yo habríamos roto de todos modos, porque el amor se había acabado, la pasión había terminado y lo único que hacía era pedirme el divorcio. Todavía nos tenemos mucho cariño, compartimos lo más hermoso, que eres tú, el fruto de nuestro amor, pero el matrimonio estaba abocado a su fin. —Suspiró—. He cometido muchos errores y nunca podré retroceder en el tiempo. Solo puedo evitar que el pasado afecte a mi futuro o al tuyo, por eso estoy intentando hacer todo lo posible para recuperarte. —Clavó sus ojos en los míos y pude ver en ellos el sufrimiento que lo atormentaba desde hacía mucho tiempo, porque yo había dejado de considerarlo mi padre cuatro años antes, y para él ese período de tiempo había sido una eternidad—. Si tú cometieras un error con alguien a quien amaras, ¿no querrías que esa persona te diera una segunda oportunidad? —me preguntó.

Reflexioné sobre su pregunta; la persona que más quería en el mundo era mi madre y probablemente sí, si la hubiera defraudado, habría hecho cualquier cosa por obtener su perdón. Para Matt quizás fuera lo mismo, pero algo dentro de mí me hacía dudar de su sinceridad.

—Tener otra mujer a tu lado no significa olvidar el amor por tu propia hija. —Mi padre me cogió de la mano y yo me sobresalté ante aquel gesto inesperado—. Siempre seguirás siendo la mujer que más quiero en el mundo. Ni Mia ni nadie, para mí, es equiparable a mi hija.

Lo dijo con tanta seguridad que una intensa vibración hizo que mi pecho se estremeciera. En aquel momento Matt no estaba mintiendo y me hablaba con todo su lenguaje corporal, empezando por los ojos.

En su mirada, por un instante fugaz, me vi a mí misma y el vínculo que una vez compartimos.

Decidí no sacar a relucir el pasado y aceptar su invitación a pasar la tarde paseando por Coney Island. Cada vez que visitaba aquella zona me preguntaba si seguíamos en Nueva York; era un barrio de Brooklyn particularmente diferente del estilo de la Gran Manzana. No solo por la playa, el mar y la comida rápida: todo era una explosión de colores, juegos y diversión.

Había un mundo en el que perderse entre la emoción del mar y el gran parque de atracciones.

Todos los viernes, en verano, entre las muchas atracciones de Coney Island se incluían fuegos artificiales, que siempre iba a ver de pequeña con mis abuelos.

—Te daban miedo —murmuró mi padre cuando se lo recordé; luego le dio un bocado a un perrito caliente que habíamos comprado en Nathan's Famous tras pasear durante horas charlando de todo un poco.

—Eso no es verdad —me defendí, caminando a su lado.

El sol estaba a punto de ponerse, y me quedé mirando las espectaculares luces del atardecer. Los rayos irrumpían desde las esquinas de algunas nubes y llenaban de oro y naranja todo aquello donde se posaban.

—Tenías hambre, ¿eh? La próxima vez comemos fuera.

Matt señaló el perrito caliente que tenía en la mano y casi me había terminado. Lo había devorado de cuatro bocados, porque al final habíamos decidido renunciar a los huevos y habíamos vaciado los platos en el cubo de la basura. Asentí con la cabeza e hice una bola con la servilleta sucia, a la espera de encontrar una papelera donde tirarla.

—De pequeño soñaba con ser escritor, ¿sabes? —exclamó de repente, caminando con paso lento por una pasarela de madera que bordeaba la enorme playa. Volvíamos a pie, ya que, para disfrutar de la belleza del lugar, habíamos decidido no coger el coche; aunque la temperatura era baja, el día había sido soleado y agradable.

—¿En serio? —Me ceñí el abrigo y me coloqué bien la bufanda alrededor del cuello, sin desviar mi atención de él.

—Sí. También participé en concursos de poesía, y gané el primer premio —confesó, y esbozó una sonrisa nostálgica mirando al mar.

—¿Y qué te empujó a estudiar medicina? —le pregunté.

—Tu abuelo —dijo con displicencia—. Él era médico, y antes de él también lo fue su padre. Así que quería que yo, el mayor de sus hijos, siguiera el mismo camino que ellos. Durante un tiempo escribí a escondidas, porque sabía que nunca aceptaría que persiguiera mi sueño. Pero cuando me vi en una encrucijada respecto a mi futuro, dejé de lado mi pasión y me sumergí de lleno en mis estudios.

Se metió las manos en los bolsillos de la chaqueta y se quitó las gafas de sol para disfrutar también de los colores del atardecer que pronto daría paso a las estrellas.

—¿Y el tío Robert? ¿Por qué no estudió medicina?

Mi tío había tomado un camino diferente: se había hecho abogado y ahora vivía en Chicago. No estaba casado, no tenía hijos, y tampoco estaba en buenos términos con Matt.

—Él tuvo más suerte, mi padre le dejó elegir; a mí, en cambio, ya me tenía la vida entera programada —contestó con tono rencoroso al visualizar al hombre que ya no estaba, y que probablemente no había sido tan bueno como yo creía.

El sonido de su móvil interrumpió nuestra conversación. Matt me pidió que le diera un minuto y contestó.

—Hola, cariño —dijo.

Seguro que era Mia, la única mujer a la que se dirigía de esa forma.

Decidí permanecer en silencio y disfrutar de la paz que se respiraba a nuestro alrededor. Poca gente, pocos coches, algunos locales cerrados. Todo era perfecto.

—Ah, bueno, entonces, ¿venís solo los tres? ¿Y él por qué no?

Me volví hacia Matt para ver de qué estaba hablando y capté una mirada fugaz de él seguida de un profundo suspiro.

—Bueno, intenta convencerlo. ¿Quieres que hable con él? No entiendo su actitud.

Frunció el ceño y se rascó una ceja con el pulgar. Lo más probable es que estuvieran hablando de Neil.

¿No quería venir?

¿Por qué?

¿Tan disgustado estaba conmigo como para evitarme a toda costa?

No podía ocultar la decepción que sentía. Después de todo lo que habíamos compartido, habíamos llegado a ignorarnos mutuamente. Además, sentía un enorme malestar en mi interior al pensar en lo que había hecho con él.

De todos modos, no me arrepentía, pero no era fácil afrontar el vacío de su ausencia.

Aunque parecía que Neil ya no tenía ningún interés por mí, algo hacía que no terminara de creérmelo.

Era imposible que hubiera mentido la última vez que habíamos estado juntos.

No quería pensar que pudiera ser tan mezquino.

Me había hecho el amor, me había dado una parte de sí mismo, y yo lo había experimentado todo en mi piel, no había sido fruto de mi imaginación.

Ese era el hilo de esperanza al que me aferraba con ambas manos para no caerme y romperme en mil pedazos.

—Muy bien, aquí os esperamos.

Matt colgó la llamada en el momento exacto en que giramos hacia la carretera que llevaba a la casa de la playa.

Me habría gustado preguntarle qué le había dicho Mia, pero decidí ser inteligente y esperar a que hablase él primero.

—Mañana Mia viene con Logan y Chloe. Parece que Neil ha decidido no acompañarlos —explicó decepcionado; no parecía entender el motivo de aquella negativa.

Yo, en cambio, sí lo entendía.

El motivo era yo.

—Anda, ¿y eso?

Fingí disgusto, ocultando la ira que brotaba en mi interior al pensar que Neil no quería ni verme.

¡Maldición!

Me había ido por su culpa: era él quien me había exasperado con su comportamiento irrespetuoso, era él quien me había hecho daño. Luego había pasado lo del accidente y Neil había venido a verme solo una vez, como si no tuviera suficiente tiempo para mí ni le importase mi estado de salud.

—No lo sé. Nunca conseguiré entenderlo. Neil es una persona muy particular —dijo.

Subimos los escalones del porche y mi padre abrió la puerta

principal para refugiarnos en el interior. Reflexioné sobre la forma en que Matt había descrito a Neil y la curiosidad se apoderó de mí.

Aunque lo odiaba, lo único que podía hacer era pensar en él.

Obviamente, algo me pasaba, porque mi comportamiento era absurdo.

—¿Por qué particular? —pregunté mientras me quitaba el abrigo y lo colgaba en el perchero.

—Porque es un chico muy complicado. Tuvo una infancia difícil, que desgraciadamente tuvo graves repercusiones en su forma de ser.

Matt se dirigió a la cocina y se giró para mirarme.

—¿Quieres que te prepare algo caliente para beber?

Sonreí ante su intuición, porque la verdad es que estaba congelada y un buen té o una infusión eran una forma estupenda de entrar en calor.

—Sí, gracias.

Me senté en un taburete en la cocina y apoyé la barbilla en las palmas de las manos, mirando fijamente a mi padre mientras cogía una olla pequeña para llenarla de agua. Decidí retomar la conversación; tal vez Matt pudiera darme más información sobre míster Problemático para añadirla a la que ya había intentado sonsacar a Anna, el ama de llaves.

—De todos modos… —Continué por donde lo había dejado—. Yo he hablado muy poco con Neil, no lo conozco demasiado —mentí; en realidad, había logrado entender algunos aspectos de su carácter, mientras que otros se me escapaban, y nadie parecía capaz de ayudarme a obtener las malditas respuestas.

Neil tenía una forma de comunicarse propia: hablaba a través de su cuerpo y utilizaba el sexo para establecer una relación con las mujeres. Era diferente a cualquier otro hombre y eso hacía que no fuera nada fácil entrar en su mente.

Matt se giró para mirarme y entrecerró los ojos con una expresión reflexiva que me resultó casi intimidatoria.

¿Había dicho algo malo?

—Selene —me reprendió en el mismo tono que usaba cuando algo le molestaba—. Soy un hombre y puedo reconocer a los chicos que tienen un atractivo especial para las mujeres. —Se acercó a mí; ahora solo nos separaba la barra de la cocina, donde Matt apoyó las manos en una postura autoritaria—. Y Neil sin duda tiene una apariencia capaz de fascinaros con facilidad. —No entendía el rumbo que estaba tomando la conversación, pero no acertaba a encontrar las palabras para formular una respuesta sensata, así que Matt, incitado por mi silencio, continuó—: Es un chico guapo, es inteligente, pero también muy espabilado… —Todo aquel preámbulo parecía anunciar una advertencia, pero, de nuevo, permanecí en silencio—. Me parece bien que quieras seguir estando cerca de él, después de todo, ya habéis convivido y no creo que haya dado ningún tipo de problema, pero intenta no sobrepasar nunca ciertos límites con él. —Enfatizó la palabra «límites» para llamar mi atención sobre ella—. No es como su hermano Logan, sobre todo con las mujeres —concluyó con severidad, y aquella última afirmación confirmó mis suposiciones.

Mi padre sabía mucho.

Conocía a Neil mejor de lo que yo pensaba, pero incluso él mostraba cierta reticencia a contarme más.

Maldición.

Intenté no parecer agitada. Si Matt de verdad tenía la sospecha de que Neil me había encantado, podría haber adivinado fácilmente que algo había pasado entre nosotros.

—¿Puedes…? —La pregunta se escapó demasiado rápido de mis labios, y Matt se puso en alerta—. ¿Puedes ser un poco más claro?

Me mordí el labio inferior para ocultar mi repentina incomodidad.

Tenía que fingir que no entendía lo que quería decir, para disipar cualquier duda que pudiera tener.

Mi padre pareció reflexionar durante unos instantes, luego inhaló y respondió.

—Cuando le gusta una mujer, hace cualquier cosa para conseguirla, y no es muy difícil que su presa elegida ceda. Solo tiene que mirarlo.

Se pasó una mano por la cara; ahora parecía muy preocupado.

Sí, yo sabía exactamente lo que quería decir.

Una mujer realmente solo necesitaba mirar a Neil para que se desencadenara en ella el deseo de arrodillarse ante él y entregarse por completo.

Me avergonzaba el rumbo que habían tomado mis pensamientos.

—El problema es que no quiero que te encante alguien como él. Quiero a Neil, pero tú eres mi hija, y nunca jamás desearía que te considerase de manera diferente a cualquier otro miembro de la familia. Además, es mayor que tú y su estilo de vida es muy diferente al tuyo. ¿He sido más claro ahora?

No era una pregunta, sino una advertencia.

Su tono se había convertido de repente en el de un padre que nunca aceptaría a un hombre así para su hija.

Sin embargo, no me importaba, porque mi mente estaba analizando lo que Matt quería decir con un estilo de vida «diferente».

¿A lo mejor Neil bebía o consumía drogas?

Recordaba haberle hecho esa pregunta y que él me aseguró que no era adicto a nada.

—¿Consume drogas? ¿O algo así? —insistí.

En ese momento, mi padre se había dado la vuelta para llenar dos tazas de té caliente y casi se le escurren de la mano por mi pregunta inesperada. Volvió a girarse hacia mí y me tendió una taza. Yo la rodeé con las manos y enseguida me calenté.

—No, Selene. Nada de eso. Nunca ha tomado drogas, que yo sepa.

Bueno, al menos tenía algún pequeño mérito entre el mar de defectos que, en poco tiempo, ya había identificado.

—Pero tiene problemas mucho más graves, problemas que van más allá de una borrachera o del consumo de estupefacientes. Afortunadamente, Neil siempre ha sido un chico inteligente y no es propenso a este tipo de hábitos, pero aun así quiero que tengas cuidado. No me hagas tener que repetírtelo —me amonestó mientras sorbía su té apoyado en la encimera de mármol de la cocina.

No le hice más preguntas y dejé el tema.

Yo ya sabía qué clase de chico era Neil, y las recomendaciones de mi padre no hacían más que reforzar la férrea coraza con la que algún día tendría que enfrentarlo, sobre todo después de lo que había pasado entre nosotros la última vez. En Halloween.

Yo-Jennifer-él.

Estaba obsesionada con aquella escena perversa.

No conseguía aceptarla.

De repente, la rabia se apoderó de mí de nuevo y deseé no tener que volver a verlo.

Si no cambiaba de opinión a la mañana siguiente y no venía, probablemente no lo volvería a ver, porque quizá no hubiese más ocasiones de coincidir. Yo vivía en Detroit con mi madre, Neil en Nueva York con mi padre. Técnicamente solo habríamos estado obligados a vernos si nuestros padres se casaban, lo que por ahora no estaba previsto, así que él y yo no éramos nada, no teníamos nada que compartir y llevábamos vidas separadas y distantes.

Esa constatación aumentó mi angustia, porque en el fondo quería que la realidad fuera diferente.

En mi fantasía, todavía había una segunda oportunidad para nosotros.

Después de acabarnos el té, Matt y yo decidimos ver una película con la que yo prácticamente me había criado: *Notting Hill.* Encontramos por casualidad el DVD entre los trastos viejos de la abuela Lizzie, y fue mi padre quien me propuso ponerlo, porque sabía que Julia Roberts siempre había sido mi actriz preferida.

—Eras una romanticona de pequeña —se burló mientras se recostaba en el sofá. Se puso de lado, con un brazo doblado bajo la cabeza y las rodillas flexionadas.

—A lo mejor es que me volvía loca Hugh Grant.

Me puse cómoda en el otro sofá y me tapé con una manta de cuadros con motivos escoceses. Mi padre había dicho que no habría problemas con la calefacción, pero habíamos descubierto que no funcionaba y que tendríamos que usar mantas de lana y pijamas gordos.

—Julia Roberts también es encantadora. Dicen que es la mujer con la sonrisa más bonita del mundo, pero creo que es una gran mentira —refunfuñó con expresión divertida.

Lo miré con la cabeza ligeramente ladeada y arrugué la frente, pensativa.

—¿Por qué iba a ser mentira? —pregunté con el ceño fruncido.

—Porque la sonrisa es una cosa subjetiva. Para mí, la más bonita del mundo es la de mi hija —respondió muy serio, y primero bajó la mirada y luego la fijó en la película.

Intenté que no me viera, pero las comisuras de mis labios se curvaron hacia arriba y Matt se dio cuenta porque, poco después, me tiró un cojín a la cara y me dio en toda la nariz.

Me senté con la espalda recta, fulminándolo con la mirada,

y él adoptó una expresión inocente que le hacía parecer un niño travieso más que un hombre de casi cincuenta años.

Un instante después nos echamos a reír, y luego seguimos viendo la película, comentando de vez en cuando algunas escenas; a la media hora mi padre se durmió, dejándome sola despotricando sobre lo elegante que era Anna y lo caballero que era William.

Al final de la película, me levanté del sofá y miré a Matt.

Todavía estaba vestido y los hombros se le estremecían involuntariamente con pequeños escalofríos. No había cogido ninguna manta para dejármela a mí, así que recogí la mía y se la eché por encima despacio, con cuidado de no despertarlo.

Matt murmuró algo en sueños, pero afortunadamente siguió durmiendo.

Miré mi reloj de pulsera: eran las once y media de la noche, y al dar las doce su cumpleaños se acabaría.

No le había deseado feliz cumpleaños, ni le había hecho ningún regalo excepto mi compañía.

Según sus propias palabras, ese era el único regalo que quería, pero entonces tuve una idea absurda.

Fui al dormitorio donde dormían mis abuelos y saqué una tabla de madera de un cajón. Sonreí, porque sabía que la encontraría allí, junto con el pirógrafo que mi abuelo usaba para tallar la madera por pasión. Fui a la cocina y me acomodé en la mesa para limpiar con una bayeta la superficie en la que iba a grabar mis palabras para Matt.

Tal vez no era un gran gesto, pero era el regalo más sincero que le había hecho a nadie en toda mi vida. Así que intenté concentrarme y escribí solo tres palabras imprecisas: LOVE, LIFE, FAMILY, con la inicial de mi nombre en la esquina derecha del tablero. Estéticamente, el resultado no era el mejor, porque nunca había tallado en madera; intenté reproducir la técnica que había visto utilizar a mi abuelo, pero habría necesitado tener más experiencia para alcanzar su nivel de habilidad.

Sin embargo, estaba segura de que mi padre entendería lo que simbolizaba mi regalo, así que me acerqué a él y dejé el tablero en la mesita de centro del salón.

Lo encontraría cuando se despertara.

Traté de no hacer ruido y, cuando Matt murmuró algo entre sueños, me sobresalté y lo miré con la esperanza de no haberlo despertado. Respiré aliviada al ver que seguía durmiendo como un tronco y me acerqué a él para subirle la manta hasta los hombros.

—Feliz cumpleaños —susurré, inclinándome junto a su oído, y luego le di un beso leve en la mejilla y me fui corriendo a mi habitación, avergonzada por mi propio gesto.

Me encerré en mi cuarto y apoyé la espalda en la puerta, sonreí y un extraño calor me hizo sonrojarme.

Me sentía como una niña pequeña que le hubiese cogido la manita a su papá por primera vez.

A la mañana siguiente me quedé un rato acostada, calentita bajo las mantas.

Sabía que tenía que levantarme, pero, aunque los rayos del sol se filtraban por la ventana y calentaban toda la habitación, me di la vuelta y me quedé en la cama un rato más.

Me froté los ojos cerrados con el dorso de la mano y luego bostecé haciendo ruido.

Estaba a punto de dormirme de nuevo cuando unos extraños ruidos llegaron desde el salón hasta mi puerta, lo que me hizo adivinar que Mia ya había llegado.

Tanteé la mesilla de madera en busca de mi teléfono móvil para mirar la hora y, al ver la pantalla, me di cuenta de que ya eran las diez.

Abrí los ojos de par en par y salté como un resorte, tanto que casi me resbalé en el suelo liso por culpa de mis calcetines de lana de lunares.

Adormilada, me rasqué la nuca y, como no tenía baño propio, me di cuenta de que necesariamente tenía que abrir la puerta y recorrer, en mi desastroso estado, todo el pasillo hasta llegar al baño que había al final.

Me encaminé hacia la puerta, pasándome los dedos por el pelo largo y enredado, y cuando la abrí sin llamar, me encontré a un chico, de pie frente al váter, concentrado en…

—¡Ay, Dios! —grité, tapándome inmediatamente los ojos con una mano, con la otra aún en el picaporte—. ¡Lo siento, no he visto nada!

Cerré corriendo la puerta y dejé escapar el aire que había contenido inconscientemente. Reflexioné sobre qué hacer: podía volver a mi habitación y permanecer allí hasta la noche, reunirme con los demás en el salón en aquel estado o esperar hasta que el chico terminara para entrar en el baño y asearme. El sonido de la cisterna me hizo optar por la última opción, ya que probablemente había terminado.

De hecho, abrió la puerta y yo me sobresalté; levanté la mirada despacio.

Tenía delante a un gigante con un precioso par de ojos almendrados.

—¡Selene! —Logan sonrió eufórico y me abrazó. Me quedé inmóvil, porque mi cerebro seguía somnoliento y poco reactivo, pero cuando por fin me di cuenta de que era realmente Logan quien estaba abrazándome, le devolví el gesto cariñoso e inhalé su aroma especiado—. Espero que el monstruo del Lago Ness no te haya asustado, es que me estaba meando.

Deshizo el abrazo y le miré confundida. ¿De qué monstruo estaba hablando?

Sin embargo, de pronto lo entendí todo y…

Oh, Dios. Se refería a su…

—Logan —dije en voz alta y le dediqué por fin una sonrisa genuina.

No tenía intención de hacer ningún comentario acerca de la

broma de antes; así que lo miré, vi que ya no llevaba muletas y lo encontré en muy buena forma. Se alzaba sobre mí, con las piernas tensas y fuertes. Su rostro irradiaba luz y no tenía moratones.

—¿Cómo..., cómo estás? —farfulló impaciente—. Ay, quería ir a verte a Detroit, pero he dejado las muletas hace unos días y...

Se interrumpió de repente; no debía de ser fácil para él recordar esos momentos. Sacudí la cabeza y le puse una mano en el brazo.

No tenía que disculparse conmigo, ambos habíamos pasado días terribles y me bastaba con haber hablado por teléfono casi todos los días.

Logan había estado más presente que su hermano.

—Estoy bien, Logan. Me has mandado millones de mensajes, ¿o es que no te acuerdas? —le dije en broma, y él se sonrojó y se rascó la nuca. Un muchachote como él ruborizándose de esa manera era algo muy tierno. Entendía por qué Alyssa estaba loca por él, tanto que no hacía más que hablarme de su relación y de lo especial que era Logan.

El caso era que, tierno o no, estaba de pie bloqueando la puerta del baño, así que me puse a mirarlo a él y luego a la puerta, porque yo también tenía necesidades inminentes que atender. Logan pareció leerme la mente: sacudió la cabeza y se echó a un lado para dejarme pasar.

—Tenemos todo el día para hablar, tú haz tus cosas, yo vuelvo al salón. —Estaba a punto de irse, pero tras dar unos pasos volvió y me abrazó de nuevo—. Me alegro mucho de volver a verte —murmuró con una dulce sonrisa, y luego se alejó para dejarme mi intimidad.

Entré en el baño con una sensación de angustia tremenda.

Después de ver a Logan, empecé a temer que Neil pudiera estar allí también.

Era cierto que en la llamada del día anterior Mia le había dicho a mi padre que seguramente no vendría. Pero ¿y si había cambiado de opinión? Conociendo a Neil, era algo probable.

Una pequeña parte de mí estaba convencida de que me iba a sorprender, así que me entró el pánico.

Me miré los ojos azules en el reflejo del espejo y puse las manos a los lados del lavabo para agarrarme a algo. No tenía ni idea de cómo iba a reaccionar al verlo, incluso podía desmayarme y quedar como una imbécil.

Todavía estaba avergonzada por la llamada con mis amigas de unos días antes; aunque él había contestado, yo había colgado como una niña pequeña porque me sentía incapaz de mantener un diálogo con él.

Seguramente me lo echaría en cara, y volvería a hacer hincapié en lo niña que era comparada con él y con todas sus amantes.

Apreté los dedos sobre la superficie fría para atemperar el calor que se extendía por mi pecho. Si Neil estuviera allí, ¿tendría miedo de enfrentarme a él? Me recompuse de inmediato. ¿Me estaba preocupando por una simple llamada telefónica?

¿Y él, qué?

Yo también podría decir mucho sobre su comportamiento.

Neil debería haberse preocupado más por mí, sus actos habían sido mucho más graves que los míos.

Perdida en mis cavilaciones, me lavé la cara y los dientes, e intenté peinarme. El flequillo semilargo me tapaba la cicatriz y los mechones cobrizos me caían por los hombros hasta el trasero. Intenté desenredar los nudos con cierta dificultad, pero finalmente me rendí y salí del baño todavía con el pijama de pantalón largo con estampado de tigres.

Sabía que a Neil no le gustaba, siempre me lo había dicho.

¿Cómo lo había definido? Ah, sí..., horrible.

Muy bien, pues me presentaría delante de él con mi pijama «horrible» solo para dejarle claro que no me importaba en absoluto su opinión. Estaba dando por hecho que había venido, pero podía estar equivocada.

Sonreí para mis adentros.

Tantas elucubraciones inútiles no hacían más que aumentar mi agitación. Decidí coger el toro por los cuernos, salir del baño e ir a ver si Neil se había dignado finalmente a venir a reunirse con nosotros para pasar el fin de semana.

Llegué a la cocina con paso inseguro y en mi interior se desató una lucha entre mi yo viejo que deseaba verlo y besarlo, y el nuevo yo que intentaba odiarlo y olvidarlo.

Neil provocaba aquello: ansiedad, confusión, taquicardia y…

Me detuve.

Me detuve en un punto aleatorio del salón cuando mis ojos se posaron en un par de hombros anchos envueltos en una chaqueta de cuero rojo fuego. Todo en mi interior se enredó, el corazón se me precipitó inexplicablemente hacia el estómago y la respiración se me atascó en el pecho cuando él, con su metro noventa de altura, se giró hacia mí con una bolsa de...

¿Pistachos?

Ladeé la cabeza y me toqué absurdamente el pecho para asegurarme de que mi corazón seguía latiendo, porque lo notaba en todas partes excepto allí.

Sus ojos se hundieron en los míos y me quedé inexplicablemente inmóvil, admirando a mi enemigo.

Mi enemigo problemático.

Me quedé mirando sus ojos dorados que, en aquel instante, se volvieron de terciopelo; sus labios carnosos desataron el caos en mi cabeza y su poderoso cuerpo me provocó un voluptuoso temblor de placer en el bajo vientre que me hizo sonrojar.

Bajó la mirada para observar mi atuendo, incluidos los calcetines de lunares; mis ojos, en cambio, se fijaron en su pelo castaño claro, ligeramente despeinado y corto por los lados. El tupé levantado sobre la frente, al estilo pompadour moderno, le daba un aspecto salvaje, desordenado, pero terriblemente atractivo. Una mezcla explosiva para mí.

Llevaba el pelo más largo que la última vez y me entraron ganas de pasarle los dedos para comprobarlo.

Neil era aún más fascinante de lo que recordaba.

¿Cuántas veces lo había imaginado? ¿Cuántas veces había intentado rememorar nuestros recuerdos?

Pero ninguna reproducción de Neil era equiparable a la realidad de tenerlo allí, en carne y hueso, a poca distancia de mí.

Volví a mirarle a los ojos y dejó la bolsa de pistachos que acababa de comerse sobre la encimera. Luego desvió la atención a unas bolsas de la compra que yo no había visto y que estaban allí al lado, y sacó unas latas para meterlas en la despensa.

Prácticamente me había ignorado al interrumpir aquel fugaz contacto visual entre nosotros antes de lo previsto.

Me di cuenta de que para ir hasta la nevera y sacar un cartón de leche tenía que acercarme a él, pero no tuve el valor de dar un solo paso en su dirección. Por el contrario, seguí mirándolo como si fuera un turista admirando una imponente y espectacular escultura por primera vez.

Todo en él parecía rezumar puro erotismo, a pesar de la ropa que llevaba puesta.

La piel de su varonil cuello, dejada al descubierto por la sudadera blanca, destilaba erotismo. La forma en que los músculos de los brazos se le marcaban con cada movimiento destilaba erotismo. El conjunto de venas que sobresalían en el dorso de las manos, se prolongaban a lo largo de las muñecas y se extendían por todo el cuerpo exudaba erotismo. Los vaqueros que envolvían un trasero firme y dos piernas masculinas y armoniosas destilaban erotismo. La barba que salpicaba su mentón masculino, a juego con su rostro perfecto, destilaba erotismo. Neil, con la suma de todos aquellos detalles, no necesitaba mostrar desnudez alguna para despertar en cualquier mujer un único efecto: deseo.

—¿Vas a quedarte ahí como un pasmarote mucho rato todavía o vas a echarme una mano?

Me sobresalté al oír su voz, decididamente de barítono, que me arañó la piel y, al mismo tiempo, me acarició los sentidos. Lo miré y sus ojos se desplazaron a mi pijama. Contuvo una sonrisa sensual que lo hacía indudablemente guapo, y supe inmediatamente lo que estaba pensando.

Lo consideraba poco práctico e infantil.

—¿Por qué sonríes?

Por fin hablé. Mi tono no fue agresivo como me hubiera gustado, pero al menos conseguí no tartamudear. Neil apoyó las manos en la mesa de la cocina e inclinó el torso ligeramente hacia delante, resaltando la perfección de la musculatura que escondía bajo la sudadera. Mis ojos se detuvieron en su piel ámbar y, durante unos instantes, no parpadeé. El molesto caos que sentía en el estómago me hizo desistir una vez más de abandonar el lugar donde mis pies habían echado raíces.

Ya no tenía hambre y había perdido la capacidad de moverme de lo fuertes que eran todas aquellas sensaciones.

Neil rodeó la mesa y, cuando lo hizo, me di cuenta rápidamente que no sería capaz de soportar una proximidad excesiva entre nosotros. No entendía por qué surtía un efecto tan devastador en mí, pero era absolutamente consciente de que aquel hombre problemático tenía la maldita capacidad de hechizarme.

Avanzó a paso lento hacia mí, y luego se detuvo.

Incliné el cuello para desplazar mi mirada desde su pecho hasta sus labios carnosos, y luego a los ojos hechizantes que me miraban fijamente a la frente.

Inhalé su olor, el mismo que había invadido todo el espacio que me rodeaba, el mismo que había percibido en el hospital, el mismo que tenía al lado cada vez que hacíamos el amor. Era un perfume suave y sensual. Una fragancia fresca y almizclada.

—No se nota mucho —dijo de pronto, y luego levantó una mano y me apartó un mechón del flequillo para mirar mi cicatriz.

Debería haberme alejado, haberle abofeteado o insultado, pero en lugar de eso…

Me di cuenta de lo mucho que había echado de menos su contacto.

Tuve ganas de llorar porque las emociones de aquel instante eran incontrolables y luchaban contra mi racionalidad.

Sin embargo, al cabo de un rato desperté del momento hipnótico y encontré el valor para dar un paso atrás, ante lo que pude notar su decepción.

Como una pequeña parte de mí había esperado, Neil estaba allí frente a mí y no podía perder la claridad, la concentración, porque necesitaba entender lo que había pasado de verdad entre nosotros.

—No me toques —le ordené, ruda y asertiva.

Neil frunció el ceño y luego dio un paso atrás, sin permitirme adivinar lo que estaba pensando.

Por mi parte, quería que se diera cuenta de que no podía ejercer sus encantos sobre mí como lo hizo con las demás.

Había desaparecido sin siquiera dignarse a mandarme un mensaje ni llamarme por teléfono.

—Solo quería… —Se colocó detrás de la isla de la cocina y yo volví a respirar—. Solo quería preguntarte cómo estás.

Agarró un frasco de Nutella con una mano y lo colocó en el armario, y para ello tuvo que ponerse de espaldas a mí. Yo seguía rígida, pero avancé pasito a pasito, manteniendo cierta distancia entre nosotros.

No confiaba en mí misma ni en lo que sentía cada vez que nuestros ojos se encontraban.

¿Que quería saber cómo estaba?

¿Y hasta ahora no se había acordado?

—Es un poco tarde para preguntar, ¿no crees? No me has llamado ni me has enviado siquiera un triste mensaje para mostrar un mínimo de preocupación por mí. —Me alteré—. Ni un mínimo, Neil —repetí.

Toda la inseguridad desapareció para dejar paso a la ira que, desde hacía días, trataba de reprimir.

Neil afiló su mirada como dos llamas ardientes y sonrió burlón.

—He estado ocupado —replicó con arrogancia.

Me sobresalté al oír su timbre fuerte y decisivo.

Pero él se limitó a seguir guardando latas en la despensa como si yo no estuviera allí.

¿Aquella respuesta era en serio?

—Claro, has estado ocupado. Puedo imaginarme con qué «tareas». Además, ¡yo no soy cualquiera! —le espeté.

No me reconocía ni yo: ya no era la chica dócil y razonable que nunca le levantaba la voz a nadie. Neil se dio la vuelta y me miró fijamente, y su gélida mirada fue cuando menos espantosa. No obstante, se la sostuve con confianza y lo miré seria.

Algo parecía titubear en su interior, y me pareció que su habitual insolencia se mezclaba con otra cosa.

—Selene —susurró, y ahora parecía afligido.

Se mordió el labio inferior y me pregunté cuántas lo habrían besado en aquel período, cuántas lo habrían acariciado y tocado. Mi confianza quería abandonarme para dar paso a las emociones auténticas.

¿Qué era aquello que sentía? ¿Celos?

Me compadecí de mí misma: no podía estar celosa de un hombre que ni siquiera me pertenecía, y sin embargo…

Bajé la mirada al suelo, porque en aquel momento me era demasiado difícil sostener la suya.

—Tú no lo entiendes —añadió y en cuestión de segundos lo tenía de nuevo delante.

No levanté la cara para mirarle, fue su olor el que anunció su proximidad.

—Sí que lo entiendo. No te importo —dije con convicción, pero me tembló la voz y él me levantó la barbilla para obligarme a unir nuestras miradas.

Lo dejé.

En sus ojos dorados vi un estupor sincero, seguido de una oscuridad turbia que hizo que me temblaran las piernas.

Y tal vez morir habría dolido menos.

¿Se podía sentir dolor al mirar a un hombre a los ojos?

—¿Es eso lo que crees? —murmuró, sorprendido.

Estaba a punto de perder la capacidad de hablar. Solo con mirarlo era suficiente. Su presencia habría aniquilado la racionalidad de cualquier mujer, y su rostro no era ni remotamente comparable al de ninguno de los chicos que había conocido en mi vida.

—¿Qué voy a creer si no? —lo reté.

Su mirada pasó de mis ojos a mis labios, y el sufrimiento que cruzó su rostro me hizo sentirme terriblemente culpable.

¿Cómo era capaz de darle la vuelta a la tortilla tan fácilmente? Yo era quien estaba decepcionada y enfadada, yo era quien estaba herida, no él.

—¿Sabes lo que podría hacer? —Me acarició la barbilla con el pulgar y sonrió con tristeza—. Podría contarte cuántos trozos de cielo te llevaste el día que te fuiste, Campanilla, pero eso no cambiaría las cosas.

Me miró con intensidad y traté de no caer en su trampa.

A Neil se le daba bien retorcerme la mente con sus palabras crípticas, se le daba bien seducir a las mujeres, pero…

Un momento.

Me había llamado Campanilla.

Seguía siendo su Campanilla, como si nunca nos hubiésemos alejado.

En aquel momento me pareció tan sincero que las lágrimas asomaron a mis ojos.

—¿Recuerdas cuando te dije que quería volar en tu cielo? —añadió, haciéndome retroceder en el tiempo.

Había sido en mi habitación, precisamente en el baño. Claro que me acordaba, me acordaba de todo lo que había pasado entre nosotros.

—No te mentí, nunca te he mentido.

Se chupó el labio inferior, incómodo, y me di cuenta del esfuerzo que estaba haciendo para hablarme así.

Permanecimos en silencio durante unos segundos, pero yo sabía que a aquel momento de paz le seguiría algo horrible.

—¿Pero? —le insistí, porque estaba segura de que iba a decirme algo más.

Neil volvió a mirar mis labios, con aquellos ojos voraces, capaces de morderlos sin siquiera tocarme, e incluso percibí la sensación de su sabor en mi lengua. Picante y masculino.

—Pero… No puedo.

Se alejó de mí, llevándose consigo la calidez que había logrado transmitirme con aquel ligero contacto. Su mano derecha temblaba cuando la levantó para despeinarse el tupé.

Siempre hacía eso cuando estaba nervioso.

—¿Qué quieres decir con que no puedes? ¿Por qué no puedes? Estiré los brazos, desesperada.

Podía referirse a tantas cosas: besarme, tocarme, estar cerca de mí, decirme la verdad.

¿De qué estaba hablando?

—No puedo, Selene. No hay un porqué. —Empezó a alterarse, me di cuenta por el cambio en su tono de voz y la forma en que todo su cuerpo se tensó—. No podemos volver a cometer los mismos errores. Te fuiste porque yo quise. ¿Lo entiendes? —me intimidó y di un paso atrás.

Con Neil era imposible razonar cuando se enfadaba así. Su reacción se estaba volviendo peligrosa y, después del discurso de mi padre, era aún más consciente de que debía tener cuidado con cada una de mis palabras o mis gestos, para no provocarle.

—¿Y tú entiendes que tus comportamientos son contradictorios? ¿Cuál es el verdadero problema? ¿Tienes miedo de renunciar a las demás porque no tienes el valor de decirme que en realidad me quieres a mí? —lo acusé, fingiendo haber entendido el motivo de su actitud. No estaba nada segura de que me quisiera, pero traté de actuar con confianza para romper su silencio.

Neil, sin embargo, me miró rabioso. Traté de retroceder, pero él fue más rápido y me agarró por el brazo. Me miró desde lo alto, y me sentí pequeña como una hormiga.

Noté una sensación de calor, mezclada con frío, en el punto exacto en el que sus dedos me sujetaban, e intenté zafarme sin éxito.

—Me haces daño —susurré, sintiendo que las lágrimas se acumulaban en mis pestañas.

—¿No entiendes que me habría gustado follarte con Jennifer? Quería utilizaros. A las dos. Primero una y luego la otra, o quizás juntas. Lo único que me importaba era obtener placer de ello —dijo con una fuerza oscura que me impactó.

Estaba tan cerca que podía sentir su aliento cálido. La intimidación y el temor que sentí en aquel momento fueron devastadores. Neil conseguía dominarme, ejercía un poder incontrolable sobre mí, y una vez más intenté reaccionar sin pensar en lo que iba a decir.

—¡Estás enfermo! —grité.

Una sola palabra y el mundo se hizo añicos a nuestro alrededor.

Inmediatamente me arrepentí de haberlo dicho y traté de hacérselo entender con una sola mirada, porque no tenía el valor ni de respirar.

Neil me miró fijamente, primero sorprendido y luego confundido. Comenzó a respirar ruidosamente por la nariz, con los ojos inyectados de odio. Su rostro se convirtió en una máscara de pura cólera; si se hubiera mirado al espejo tan enfadado, él tampoco se habría reconocido.

—¿Qué has dicho? —preguntó, con tono intimidatorio, pero yo sabía que había escuchado perfectamente.

Seguí mirándole asustada y anuncié mi rendición. Había perdido la capacidad de articular palabras, incluso de pensar, porque, en aquel momento, toda mi atención estaba puesta en mi brazo, que me apretaba cada vez con más fuerza, haciéndome daño.

Neil me miró a los ojos y vio el miedo que, como un demonio violento, se había apoderado de cada parte de mí. En un destello de lucidez, me soltó y dio un paso atrás, y se pasó la mano por la cara.

Me di cuenta de lo oscura y atormentada que estaba su alma, aprisionada en un cuerpo perfecto y engañoso, cuando empezó a balbucear tonterías, dirigidas a mí o quizás a otra persona.

—¡Joder! —exclamó de repente. Le dio una patada a un taburete de la cocina, que se estrelló contra el suelo, y yo me sobresalté.

Me di cuenta de que acababa de activar una bomba a punto de explotar.

Había despertado la bestia que llevaba dentro.

Retrocedí cuando dio una fuerte patada a otro taburete. Entonces rompí a llorar y una intensa migraña me hizo ponerme en cuclillas en el suelo, como una niña pequeña.

—¿Qué está pasando aquí?

Logan entró por la puerta principal y corrió hacia mí, probablemente atraído por los ruidos. Alternó su mirada de mi rostro aterrorizado a su hermano, y luego dijo:

—Neil, ¿qué demonios está pasando?

Mientras tanto, me pasó un brazo alrededor de los hombros, pero lo aparté y me zafé de él también.

De repente me sentía confusa y asustada.

—¡Pregúntale a esta imbécil! —me espetó, con una ira que consideraba infundada y excesiva; además, la decepcionada y enfadada tenía que ser yo, desde luego, no él—. Me ha dicho que estoy enfermo, ¿te das cuenta? ¡Enfermo! —gritó, y luego con una carcajada escandalosa manifestó toda su indignación—. ¡Joder! —volvió a exclamar, y descargó su ira sobre otros objetos, haciéndome estremecer de nuevo.

Entrecerré los ojos y no miré. No quería mirarlo.

Ignoré la voz fuerte, los gestos violentos, los ruidos ensordecedores. Me tapé los oídos y empecé a temblar como una hoja.

—¡Vale, anda, sal! ¡Tienes que calmarte! —me defendió Logan y yo volví a abrir los ojos despacio.

—¡Si yo ni siquiera quería venir! ¡Vete a tomar por culo! —le espetó Neil mientras se dirigía a la puerta. Salió y dio un violento portazo tras de sí.

Una vez que se hubo ido, me quedé acurrucada en el suelo, entre sollozos que hacían estremecer mis hombros y escalofríos que me recorrían el cuerpo. Las lágrimas se deslizaron hasta mi barbilla, y algunas me mojaron el cuello; me pasé el dorso de la

mano por la cara y seguí sollozando.

—Ey, Selene.

La dulce voz de Logan llamó mi atención, pero no lo miré.

Intenté regular mi respiración. Nunca había tenido una reacción como aquella en mi vida, pero todavía estaba muy traumatizada por el accidente y lo estaba experimentando todo de una manera amplificada.

—Le has dado donde más le duele.

Logan trató de apartarme un mechón de pelo de la cara, pero me encogí para hacerle entender que prefería que no lo hiciera de nuevo. Suspiró y se sentó en el suelo a mi lado, cruzado de piernas.

—No quería ofenderlo… —murmuré, arrugando los ojos que sentí aún húmedos.

Me resultaba aterradora y decepcionante la idea de que Neil pudiera ser un hombre, pero también una bestia.

—Él no es malo, Selene. Solo tiene miedo a la vida. No tienes ni idea de por lo que ha pasado —me explicó, y le miré tratando de entender.

Yo también intuía que Neil había vivido algo terrible cuando era niño, pero nadie me daba respuestas concretas.

—Cuéntamelo, Logan. Al menos tú… —le rogué—. ¿Por qué no me ayudas a entenderlo? —sollocé, y Logan pareció agitado e incluso mortificado por toda la situación.

¿Podría ayudarme a entender lo que acababa de pasar entre su hermano y yo? ¿Para entender la razón de su comportamiento?

—Neil, a su manera, se preocupa por ti, Selene… —Hizo una pausa, dándome tiempo para asimilar sus palabras. En ese instante, un mareo me indujo a tocarme la frente; el latido de mi corazón pareció acelerarse, pero cuando Logan continuó, le escuché con atención—. En su cabeza te utilizó, pero en realidad tú sabes que no fue así. Nunca te utilizó. Solo está convencido de ello, porque para él el sexo significa reducir a la mujer a un objeto. Su mente no es como la nuestra… —añadió, sondeando mi rostro en busca de una reacción.

—¿No es como la nuestra? —susurré con un hilo de voz; no podía ni hablar, el llanto había absorbido toda mi energía.

Logan se pasó la lengua por el labio inferior y reflexionó durante unos instantes antes de proseguir.

La anticipación aumentó mi agitación, pues sabía que no iba a gustarme lo que estaba a punto de descubrir.

—No. Hubo una mujer en el pasado que le hizo mucho daño. Daño no solo físico, sino sobre todo psicológico. Él solo era un niño cuando…, cuando ella… —Hizo una pausa y sacudió la cabeza—. No soy yo quien debe contarte esto, le faltaría al respeto. Lo hará él cuando esté preparado —dijo, y a mí se me partió el alma.

Algo se hizo añicos, pequeñas esquirlas de vidrio. No era necesario que Logan explicara nada más, lo había entendido.

Flexioné las rodillas contra el pecho y las rodeé con los brazos, sin decir nada más.

En el fondo siempre lo había sabido, pero, hasta el último momento, había intentado ignorar todas las señales que había percibido.

Uní todos los puntos. La realidad por fin cobró sentido.

Las duchas, la forma de tratar a las mujeres como objetos, su desconfianza hacia el género humano.

Todo.

Lo había tenido delante de las narices todo el tiempo, pero siempre había ahuyentado cualquier presentimiento terrible, cualquier suposición y cualquier hipótesis inconcebible, porque no quería creerlo.

Lo habían violado. Una mujer.

El solo hecho de imaginarlo, pequeño e indefenso, luchando contra un monstruo, me provocó un dolor insoportable.

Incluso me costaba respirar, y de pronto pensé en la habitación secreta, la que estaba permanentemente cerrada.

En los periódicos a los que había alcanzado a echar un vistazo a escondidas y que hablaban de «escándalo».

¿Cuánto había durado aquella tortura para Neil?

¿Cuántos años tenía? ¿Ocho? ¿Nueve? ¿Diez?

¿Por qué aquellos artículos de prensa hacían referencia a más niños?

¿Había sido una organización?

¿Qué había sucedido en realidad?

Aún había demasiadas dudas sin resolver, demasiadas preguntas sin respuesta.

Logan solo había confirmado una sospecha que siempre había tratado de tapar en lo más profundo de mi alma, no había sido un descubrimiento inesperado. Sin embargo, sabía que el caso de Neil escondía algo más.

Quién sabe lo que se había visto obligado a soportar.

Me sentí estúpida e insensible.

Neil…

Me entraron ganas de correr tras él y abrazarlo, tranquilizarlo y susurrarle que todo iba a ir bien, que el mundo todavía tenía una parte buena, humana, y que yo iba a intentar demostrárselo.

Logan se quedó sentado a mi lado todo el rato, observando mi derrota.

Una oscura tristeza se apoderó de mí, mi saliva adquirió un sabor amargo y me quedé mirando un punto impreciso, donde vi materializarse el mal que un niño había sido obligado a vivir, porque había sido forzado por una mujer mentalmente desequilibrada.

No podría haberla definido de otra manera.

El tiempo se quedó suspendido entre nuestras respiraciones, entre las reflexiones tácitas y las preguntas no formuladas…

Una hora más tarde, cuando volvieron Matt y Mia, que habían estado dando un paseo por Coney Island con Chloe, yo seguía con Logan tratando en vano de calmarme.

Estábamos sentados en el banco de madera del porche; Neil, sin embargo, después de nuestra breve y furiosa discusión, había desaparecido. Esperaba que volviera, porque quería disculparme y aclarar las cosas con él.

—¿Cómo te encuentras? —preguntó Logan.

Él estaba preocupado por mí, mientras que yo estaba terriblemente preocupada por Neil.

Había huido porque le había hecho sentir mal. Mis imprudentes palabras habían reabierto en él una herida que nadie podía curar, y menos yo.

Por un momento me di cuenta de lo inmensos que eran sus problemas, y me pregunté si alguna vez tendría realmente la fuerza necesaria para estar cerca de él.

Neil tenía miedo de vincularse con la gente, porque la percibía como un peligro.

Por eso no hacía más que alejarme; me había mostrado el lado perverso de sí mismo con la intención de asustarme, y no había venido a verme a Detroit después de mi accidente adrede.

Neil no quería que me hiciera ilusiones con la posibilidad de que se enamorase de mí.

Después de todo, ¿cómo iba a creer en el amor tras experimentar un infierno como aquel en su propia piel?

Para él, el amor era la destrucción, no la salvación, por lo que la relación entre nosotros habría sido imposible.

«Yo no amo», había dicho en una de nuestras primeras conversaciones, y ahora sabía por qué.

Neil tenía que aprender a aceptarse a sí mismo, a entender que podía dar algo más que su cuerpo. Solo entonces sería capaz, tal vez, de estar con alguien.

—Estoy preocupada por él, Logan —dije por enésima vez. Había sido egoísta, había pensado solo en mí, en la atención que le exigía, en lugar de reflexionar sobre el porqué del miedo de Neil hacia los sentimientos humanos—. Lo estropeé todo desde el principio.

Ahora más que nunca me daba cuenta de que, al someterlo a tanta presión, solo había conseguido que se alejara de mí.

—No lo sabías —respondió Logan, con su habitual dulzura, con la intención de hacerme sentir mejor.

—Sí, en realidad sí. Percibí todas las señales y me negué a verlas...

Tragué con fuerza y recordé cuando Neil me había follado en mi habitación, inclinada sobre el escritorio. La forma en que me había agarrado por el pelo, las embestidas brutales y feroces, la forma en que observaba fijamente la unión de nuestros cuerpos, buscando su placer, como si yo no estuviera debajo de él recibiendo sus golpes.

En aquel momento, su mirada me había parecido tan fría y ausente que había sospechado que en su interior se libraba una verdadera guerra. Una guerra que llevaba tratando de ganar quién sabe durante cuánto tiempo.

Incluso cuando lo había sorprendido con Jennifer y Alexia, nunca lo había visto involucrado, sino siempre impersonal, imperturbable, serio, sin ninguna expresión de placer o gozo sexual en el rostro.

—Nadie está dispuesto a aceptar una verdad así —respondió Logan, mirando al vacío.

Entonces también me di cuenta de por qué estaba tan unido a él.

Neil tenía un vínculo muy fuerte con sus hermanos porque lo que sentía por ellos era la única forma verdadera de amor.

—¿Quién más lo sabe? —me permití preguntarle.

—Solo nosotros, y ahora tú. Neil es muy reservado, nunca ha hablado de ello con nadie. Conmigo tampoco lo menciona —respondió, y otra pregunta, más incisiva, se arremolinó en mi cabeza.

¿Dónde había acabado su torturadora?

Ni siquiera podría llamarla mujer, era una psicópata, un demonio, un monstruo.

—¿Y ella… está…?

Quería decir «muerta», y esperaba con todo mi ser que así fuera. Miré a los ojos a Logan, y él leyó en los míos la ira que sentía en aquel momento.

—La encerraron en un centro psiquiátrico en Orangeburg, en Carolina del Sur.

Logan se adelantó, dándome la información que buscaba.

En ese instante, un viento frío azotó el aire y el mar dejó de estar en calma, como si acabáramos de nombrar al mismísimo diablo en persona, capaz de remover hasta la propia naturaleza.

—¿Cómo se llamaba? —me atreví a preguntar, mordiéndome el labio inferior; temía que Logan me dijera que dejara de meter el dedo en la llaga, pero no lo hizo.

—Kimberly Bennett —respondió en un susurro, y yo memoricé aquel nombre.

No tenía ni idea de qué hacer ahora que había conseguido algunas de las respuestas que buscaba, pero estaba segura de que recordar el nombre de la mujer me sería útil tarde o temprano.

Probablemente me pasaría horas pensando en Neil y en lo que Logan me había confesado, pero estaba segura de una cosa: no tenía que sentir compasión ni lástima por Neil.

Yo conocía su carácter, sabía lo fuerte que era, y estaba segura de que nunca aceptaría a una persona compasiva a su lado.

Neil nunca querría despertar lástima en una mujer, en ese caso la rechazaría de inmediato.

Lo que sentía era una profunda ira hacia Kimberly y una nueva comprensión hacia Neil.

Mi opinión sobre él no había cambiado en absoluto.

Lo consideraba más que nunca un hombre inalcanzable, y si antes me parecía difícil entrar en su alma, ahora sabía que era aún más problemático; Neil no era solo un hombre guapísimo, enigmático, rebelde, dotado de un encanto perturbador y deseado por las mujeres; sobre todo era inaccesible.

Temía no estar a la altura para manejarlo, pero, al mismo tiempo, la idea de abandonarlo ni siquiera se me pasaba por la cabeza.

—Tú le gustas mucho. Lo sabes, ¿verdad?

Logan cortó el hilo de mis pensamientos, y volví mis ojos hacia él.

¿Yo? ¿Le gustaba?

Me empezaron a sudar las palmas de las manos y sentí dentro de mí una extraña agitación.

No sabía si sentirme halagada o asustada por sus palabras.

—Y a ti también te gusta mucho —añadió Logan con una expresión sagaz en el rostro.

No respondí y miré hacia otro lado, solo para disimular el rubor que de repente se encendió en mis mejillas. Neil era el único que podía romper y volver a recomponer mis pedazos; me había bastado una mirada a sus ojos color miel para sentir el suelo temblando debajo de mí. Era sin duda el tipo de hombre que accedía a tu alma y conjugaba erotismo y deseo para despertar pensamientos viciosos incluso en las almas más puras.

Sin embargo, no tuve fuerzas para confirmar lo que Logan acababa de decir.

ϒ

A la hora de comer decidí unirme a la barbacoa que había propuesto Matt, aunque todavía no había dejado de darle vueltas a todo lo sucedido. Mientras estaba quieta mirando cómo Logan ayudaba a mi padre con las brasas, traté muy a mi pesar de sonreír y parecer despreocupada.

Los dos discutían constantemente y yo los miraba divertida, tratando de ahuyentar la tristeza.

—Habría podido hacerlo yo solo —refunfuñó Logan mientras Matt seguía haciéndole sugerencias en un tono bastante pedante.

—Siempre dice eso, pero en realidad no es verdad —me susurró Chloe al oído, haciéndome reír.

—Oye, que te he oído —le dijo Logan, echándole una mirada fulminante.

Había echado de menos a la pequeña de los Miller, y sobre todo había echado de menos la complicidad que ahora se había desarrollado entre nosotras. De pronto, la sorprendí observándome con una extraña dulzura en su mirada. Me fijé en que sus ojos hacían juego con los tonos del cielo y el cabello claro le confería un gran parecido con su madre. Las líneas de su rostro eran agraciadas, exactamente como las de Logan y Neil; constaté que la belleza era una de sus características.

Antes de sentarnos a comer, Mia y yo pusimos la mesa y preparamos varios aperitivos, mientras Matt y Logan seguían concentrados en cocinar las salchichas.

—¿Dónde anda Neil?

Mia puso una botella de vino en la mesa y miró a su alrededor buscando a su hijo mayor. Todavía no había aparecido por culpa mía y de mis palabras. Yo había hablado sin querer, sin darme cuenta de que le había herido profundamente.

Me sentí incómoda y no me atreví a mirar a su madre a los ojos; temía que pudiera leer en los míos todo el sentimiento de culpa que me atenazaba el estómago.

—¿Estará en la playa? —sugirió Chloe; Logan lanzó una mirada fugaz en mi dirección y aumentó mi inquietud.

¿Él también creía que era mi culpa?

—Si queréis, puedo ir a buscarlo —propuse de improviso, lo que llamó la atención de mi padre.

—No, ya volverá. Habrá ido a dar un paseo para descubrir los espléndidos «atractivos» de Coney Island —dijo Matt restándole importancia, y luego se sentó a mi lado y me acarició el hombro—. Encontré tu regalo. Ha sido un gesto precioso por tu parte, gracias de todo corazón.

Me estampó un beso en la sien y le sonreí avergonzada porque no estaba acostumbrada a aquellas extrañas muestras de afecto entre nosotros.

Luego, almorzamos sin esperar a Neil. Logan incluso intentó llamarle, pero no contestó.

Llegados a aquel punto, Mia dijo que no tenía sentido esperarlo y que probablemente llegaría tarde a casa. Ella, sin embargo, no era consciente de la discusión que había tenido lugar unas horas antes, a diferencia de Logan y yo, que intercambiamos miradas de pura preocupación. Después de comer, me encargué de lavar los platos mientras charlaba con Mia, pero mi cabeza iba por su cuenta y pensaba solo en una persona: su hijo.

Era absurdo que estuviera tan ansiosa por un hombre que no tenía reparos en hacerme daño, pero no me importaba.

Dentro de mí, sentía que ahora podía justificar su comportamiento.

Después de casi sacarle brillo a un vaso durante más de diez minutos, absorta en mis pensamientos, Mia volvió a llamar mi atención y me preguntó si me pasaba algo. Fui hábil gestionando mis emociones y conseguí fingir que no había ningún problema, aparte de una migraña, que me inventé para no levantar demasiadas sospechas.

No me gustaba mentirle, pero tampoco podía contarle lo que había pasado con Neil.

Ni a ella ni a mi padre.

Después de terminar las tareas domésticas, me refugié en el baño para darme una ducha rápida.

Esta vez me lavé el pelo y me lo sequé, desenredando los nudos. Lo acaricié con los dedos y sonreí al notar que por fin estaba más suave y sedoso, y luego me acosté en la cama en un intento desesperado por descansar.

Pasé toda la tarde así, inmersa en la soledad total.

Cuando llegó la hora de la cena, Matt propuso a toda la familia pasar la noche en la playa, alrededor de una hoguera, y, a pesar de mi mal humor, la idea me resultaba muy atractiva. La verdad es que necesitaba distraerme, aunque fuera completamente imposible anular mis pensamientos. Así que me levanté de la cama y decidí ponerme algo grueso para combatir el frío: además de unos vaqueros oscuros, opté por una camiseta de manga larga y también me puse una sudadera rosa encima. Me puse dos gotas de perfume en el cuello, y luego me apliqué un poco de máscara de pestañas para resaltar mis ojos azules. Probablemente me estaba poniendo guapa para Neil, para que se fijara en mí, pero no le di demasiada importancia, porque ahora no era el momento de pensar en esas cosas.

Todavía no me convencía lo que Logan me había dicho: «Tú le gustas mucho».

Tal vez, en algún momento, se había sentido atraído por mí, como lo había estado por quién sabe cuántas más, pero nunca podría formar parte de su vida.

Salí de la habitación y suspiré profundamente. Luego crucé el pasillo con los pensamientos aún rondándome la cabeza; pero antes de llegar al salón, una puerta entreabierta, desde la que salía música de Coldplay, me llamó la atención. Fruncí el ceño y seguí las notas de «The Scientist», una de mis canciones favoritas. Apoyé la mano en la superficie de madera lacada y la empujé para invadir un espacio que no debería haber pisado.

El corazón se me encaramó a la garganta cuando vi a Neil tumbado en la cama, concentrado dibujando en su cuaderno.

Me detuve y admiré su perfil. Tenía un cigarrillo entre los labios carnosos, y sus ojos seguían atentamente los movimientos de la mano que trazaba líneas sobre el papel.

Llevaba una sencilla sudadera negra y unos pantalones de chándal. Su cuerpo esculpido daba ganas de arrancar toda aquella ropa, de redescubrir las emociones que sus manos expertas sabían despertar en mí.

Era guapísimo.

Me sonrojé tontamente al darme cuenta del rumbo que habían tomado mis pensamientos; nunca había fantaseado con ningún hombre antes de él.

—¿Te gusta Coldplay? —le pregunté para impresionarle.

Cómo no, menuda manera de llamar su atención.

Antes lo había hecho enfadar como una bestia y ahora quería remediarlo con aquella línea de guion tan penosa.

Neil se giró hacia mí, pero no pareció sorprenderle en absoluto mi presencia. Más bien parecía que supiese de sobra cuánto tiempo llevaba allí plantada en el umbral de la puerta, espiándolo.

Sus ojos dorados se deslizaron sobre mí, lentamente, poniéndome en evidencia, y luego, con dos dedos, sujetó el cigarro, lo separó de sus labios y soltó una nube de humo al aire.

Lo hizo de una forma tan descarada que me puse rígida.

En ese momento, pensé que incluso el ángel más fiel a Dios podría haber vendido su alma para obtener solo una pequeña muestra de su escultural, cálido y viril cuerpo.

—¿Qué quieres? —me preguntó en un tono tranquilo pero inflexible.

No era buena señal.

Seguía enfadado.

Di unos pasos hacia adelante, a pesar de que me estaba retorciendo los dedos como un niño que hubiese hecho algo grave, y respiré hondo antes de hablar.

—Me gustaría disculparme por…, bueno…, por lo de esta mañana.

Detuve la mirada en el teléfono móvil que tenía conectado a un altavoz portátil de pequeñas dimensiones y arrugué la frente. A pesar de mi nerviosismo, me pregunté si Coldplay formaba parte de su lista de reproducción o si la canción habría saltado al azar.

Una pequeña y loca parte de mí esperaba que los estuviera escuchando porque eran mi grupo favorito.

Nerviosa, me puse un mechón de pelo por detrás de la oreja antes de volver a centrar mi atención en él.

Me miraba fijamente y su mirada autoritaria conseguía hacerme sentir pequeña y fuera de lugar.

Su confianza y dominio eran un arma letal para mí.

—No sé qué hacer con tus excusas. Piérdete —me espetó, y se puso a dibujar otra vez.

Entrecerraba los ojos cada vez que las densas olas del humo del cigarrillo se elevaban hacia arriba, y esto le daba una expresión atractiva e irreverente al mismo tiempo. Tenía un carácter imposible, y sabía que nunca debería haberle desafiado.

Sin embargo, me aclaré la garganta y lo intenté de nuevo.

—No quería ofenderte, Neil. Tienes que creerme —admití.

Mi voz sonó suplicante, pero él no respondió. Siguió allí sentado ignorándome con toda su chulería.

Ah, eso sí que se le daba bien.

Se le daba muy bien hacer sentir insignificantes a las mujeres; era su mayor don, después de su apariencia física.

Me habría ido si hubiera escuchado a mi orgullo, pero me acordé de lo que me había confesado Logan y hasta el menor rastro de mi rabia desapareció; era imposible enfadarme con él después de lo que sabía ahora.

—Neil…

Utilicé un tono más tranquilo y me pasé una mano por el pelo; no era nada fácil para mí manejar la situación. Saber lo que había sufrido me hacía sentir profundamente incómoda y me inducía a pensar mucho: yo me quejaba constantemente de Matt y por el divorcio de mis padres, mientras que Neil nunca se quejaba de nada, a pesar de haber experimentado algo terrible en su propia piel, algo que reducía a minucias todo lo que yo siempre había considerado «problemas».

—Dijiste lo que pensabas. No pasa nada. —Se apresuró a cerrar el bloc de notas, lo tiró sobre la cama y se sentó—. Ahora quiero que te vayas, muchacha. ¿Lo entiendes o tengo que hacerte un puto dibujo? —dijo en tono agresivo e insensible. Volvía a ser una «muchacha», ya no era su «Campanilla», y todo por mi culpa.

Aplastó con rabia la colilla en el cenicero que había en la mesita de noche junto a la cama y se levantó.

Incluso desde aquella distancia, su impresionante presencia me intimidaba y, tras la reacción de por la mañana, no quería volver a discutir con él. Intenté rehuir sus ojos severos y desvié la mirada hacia un paquete abierto de pistachos junto al cenicero.

¿Desde cuándo le gustaban tanto los pistachos? ¿Era lo único que había comido en todo el día?

De repente, me pareció notar cosas en él que en Nueva York nunca me había parado a pensar; incluso tenía curiosidad por conocer sus preferencias alimentarias.

—No quería ofenderte. Solo te dije eso porque mencionaste a Jennifer y, créeme, cuando hablas de ella, o de vosotros juntos, no consigo mantener la lucidez. No quiero recordar lo que sentí en aquella habitación la noche de Halloween…

Me confesé con la mayor sinceridad, pues no estaba allí para jugar ni para seducirlo, como hacían todas.

Estaba allí porque quería entenderlo.

Tímido y receloso como siempre, Neil me miró en silencio y caminó hacia mí a paso lento.

No, no, no. ¿Por qué no se quedaba allí?

Al menos así habría sido capaz de razonar; su proximidad conseguía confundirme y desestabilizarme.

Se detuvo frente a mí, y su olor, tan erótico e intenso, me envolvió por completo.

Aquello fue suficiente para hundirme en mis inseguridades.

Me sentía irremediablemente atraída por aquel hombre y su maldita aura; no podía evitarlo.

—Es verdad que estoy enfermo, ¿sabes?

Una sonrisa sarcástica se extendió por sus labios carnosos y fruncí el ceño, confundida.

—¿Qué?

No entendía por qué me preguntaba eso; no era propio de él hablar fuera de turno.

—Ya me has oído —dijo con severidad—. Vivo cada día con una inusual y preocupante falta de equilibrio mental. Deberías dedicar tu tiempo a otros hombres diferentes a mí —añadió divertido, con otra sonrisa chulesca.

No entendía a dónde demonios quería llegar, pero me sentía abrumada por sus ojos fijos en mis labios.

—¿Y si es eso lo que me gusta de ti? ¿Que eres diferente?

Pronuncié la última palabra con una entonación persuasiva, y él frunció el ceño, inclinando la cabeza hacia un lado.

Dios, era maravilloso cuando me miraba así.

—Es más, no me asusta tu posible desequilibrio —susurré con decisión, aunque dentro de mí no sentía demasiada, pero eso nunca me haría desistir de intentar acercarme a él.

—Deberías estar cabreada conmigo. Por todo lo que te he dicho y hecho.

Avanzó unos pasos y su olor me recordó al instante lo mucho que me gustaba oler su fragancia almizclada, fresca y punzante. Podría haber retrocedido o incluso alejarme, pero me quedé quieta y esperé a que me rozase, como si mi cuerpo no quisiera nada más.

—Debería, sí, pero ya no lo estoy.

Esbocé una leve sonrisa, porque había entendido los miedos que encerraban cada uno de sus comportamientos y qué había detrás de sus palabras.

A partir de ahora, trataría de comprenderlo, pero cuidando de no dejarme subyugar.

Neil era un maestro de la dominación, y la diferencia entre ser complaciente y ser sumisa podía llegar a ser realmente sutil con alguien como él.

—¿Qué quieres de mí, Selene?

Me sondeó el rostro en busca de una respuesta y no aparté ni un segundo los ojos de los suyos, tan claros, tan peculiares y, ahora, tan cercanos.

Siguió cada línea de mi cara, y luego estiró los labios en una sonrisa astuta, asumiendo la expresión de un depredador analizando a su víctima.

En cuanto su mirada se deslizó hasta mis labios, y los miró fijamente durante unos segundos interminables, una descarga eléctrica me recorrió desde el pecho hasta el bajo vientre.

Mi corazón, en aquel instante, se volvió de papel; podría haberlo arrugado con las manos si hubiese querido.

¿Qué éramos él y yo?

¿Qué habíamos sido durante un tiempo?

No éramos un «nosotros», pero éramos algo.

No existía ninguna categoría, ninguna etiqueta, ninguna definición que se nos pudiera atribuir.

Éramos lo que éramos, tal vez todavía no un todo, pero ciertamente tampoco nada.

Intenté pensar en una respuesta lógica que darle; debía tener cuidado, porque no quería que se diese cuenta de que Logan y yo habíamos hablado, no quería que se enfadara con él por haberme confesado una parte de su pasado.

—Te he hecho una pregunta.

Se humedeció el labio inferior y temblé por culpa de su voz baja y autoritaria.

En lugar de responder, me perdí en los detalles perfectos de su rostro, olvidando todo lo demás.

Me quedé embobada mirando los destellos de picardía que iluminaban sus ojos como fuegos artificiales; Neil sabía que era capaz de hacerme vulnerable.

Lo notaba.

Notaba mi deseo por él, así que avanzó otro milímetro hacia mí y yo retrocedí un paso, y luego otro, hasta que me golpeé la espalda contra la puerta detrás de mí.

—Solo quiero que entiendas que te deseo tanto como tú a mí —dije.

Intenté parecer segura, pero temblaba como una niña. Trataba de actuar como una mujer y lo iba a conseguir a toda costa, al menos hasta que el coraje me abandonara.

Neil trató de no reírse en mi cara, hundiendo sus dientes blancos y rectos en el labio inferior, luego me miró como si me hubiese vuelto loca.

—Tú no te das cuenta de lo que significa estar con alguien como yo, ¿verdad? —Dio otro paso adelante y su perfume intenso me aturdió—. ¿Dónde querrías estar ahora? —dijo de pronto, respirando a poca distancia de mi cara.

Colocó un codo a un lado de mi cabeza y asumió una postura descuidada, y luego me miró de arriba a abajo, despacio, como si yo fuera la criatura más hermosa que hubiese visto jamás. Noté el brillo del deseo venéreo que cruzó sus ojos y percibí una lujuria prohibida en su interior: quería tocarme sin ningún pudor y besarme sin ninguna delicadeza.

Apenas le llegaba al pecho, y mi mirada se desplazó de la forma de sus pectorales hasta su cuello varonil, donde mis labios habrían querido posarse para probar el sabor de su piel.

—En cualquier parte, siempre y cuando estés tú —tartamudeé, mirándolo desde debajo de las pestañas.

Neil sonrió con suficiencia y con una mano me rozó el costado derecho.

Di un respingo.

Quería que me tocara y, sin embargo, temía volver a ceder ante él. Observé su rostro hipnótico durante un momento eterno y llegué una vez más a la misma conclusión: Neil era peligroso.

No obstante, seguía arriesgándome, porque en el fondo me atraía el peligro y permitiría que sus llamas incendiaran cada parte de mí.

—Eres asquerosamente dulce cuando dices esas tonterías. —Arrugó la nariz en señal de decepción—. Sin embargo… —Su mano se movió lentamente hacia mi lado, deteniéndose bajo la línea de mi pecho derecho. Inclinó la cara para acercarse a mi oído y su aliento cálido acarició la curva de mi cuello—. Esa no es la respuesta correcta, niña.

Me miró fijamente a los ojos y me ahogué en los suyos, llenos de lujuria.

Observé cómo se lamía el labio carnoso, luego el pecho musculoso elevándose rápidamente bajo la sudadera que se ceñía sobre las líneas esculpidas de su tórax, mientras su mano me concedía suaves caricias en el pecho.

El corazón me martilleaba el pecho tan fuerte que temí que Neil pudiera notarlo, y mi respiración se volvió dificultosa por aquel contacto leve pero dominante.

Neil empezó a rozarme el cuello con la punta de su nariz. Unos ligeros escalofríos me recorrieron desde los brazos hasta la espalda.

Era como una poderosa tormenta, sus dedos eran tan eléctricos como truenos impetuosos, su mirada me envolvía como un cielo oscuro y cada caricia caía sobre mí como gotas de lluvia.

Inhaló profundamente mi perfume y luego apoyó su frente contra la mía, cerrando los párpados.

—No tiembles —susurró, consciente de mi agitación. Intenté calmarme, pero quería que me tocara; para eso había ido allí, a su habitación, para dejar que me utilizara.

Sin embargo, Neil no parecía tener esa intención.

—No voy a tocarte —me tranquilizó, abriendo lentamente los ojos de nuevo para dejarme leer toda su premura tácita.

¿Por qué no?

Me sentí extrañamente decepcionada y avergonzada de mí misma por ello.

Yo, precisamente yo, quería que él…

—Lo siento, ¿sabes? Siento que me deseas. Percibo lo excitada que estás, pero también te intimido —murmuró en voz baja, posando sus labios cálidos en mi frente. Me dio un beso ligero, luego recorrió despacio con la boca la línea de mi nariz. Se detuvo en la punta y me dio otro beso, seguido de un pequeño mordisco que me hizo sonreír—. Siempre ha sido así entre nosotros, desde el principio… —murmuró y continuó. Me rozó los labios con un ligero toque que hizo que los míos se abrieran, y absorbí su sabor a tabaco.

Neil solo me estaba seduciendo: me hacía anhelar un beso con todo mi ser, incluso había soñado con ello, pero no quería dármelo.

Solo me dejaba claro quién mandaba allí.

—Te he deseado desde el primer día, y eso nunca ha cambiado, nunca va a cambiar. Ni yo sé cómo voy a manejar esta maldita situación.

Se inclinó sobre mi cuello, y allí, sin demorarse demasiado, dejó que sus cálidos labios se deslizaran de manera fugaz. Una sacudida ardiente recorrió mi espalda con el deseo irrefrenable de dejar que tomara todo lo que quisiera de mí, y me puse rígida.

Sentía que me estaba volviendo loca, pero sabía que Neil podía torturarme hasta que decidiera satisfacerme.

Sin embargo, no podía soportar el cúmulo de sensaciones, palpitaciones y deseos, así que le hice saber lo mucho que lo deseaba. Instintivamente me incliné hacia él, pero Neil apenas se inmutó, con una sonrisa autosuficiente que me hizo enfadar.

—¿Quieres besarme? ¿Es eso lo que quieres?

No respondí y le miré el cuello de nuevo, la única franja de piel desnuda que la sudadera me permitía ver. Entonces puso el otro codo al otro lado de mi cabeza y presionó su pecho ligeramente contra el mío. Cuando se apoyó en mí, noté su turgente erección en el bajo vientre y me sonrojé.

La idea de estar atrapada entre su cuerpo armonioso y la superficie fría de una puerta me exaltó.

—Te has vuelto una niña muy mala. Quieres besar a un enfermo mental, pero ¿estás segura de que él quiere devolverte el beso? —susurró divertido, y yo tragué saliva, avergonzada. Su timbre de voz carnal y lujurioso no hacía más que quemar la racionalidad que intentaba controlar, para evitar mostrarle la desproporción que había entre nosotros.

Neil quería aplastarme con su encanto, seducirme con su experiencia, hechizarme con su voz.

—Si no quieres besarme, aléjate.

En ese momento encontré la fuerza para apartarlo, para recuperar la lucidez. Neil se mordió el labio, más divertido que nunca por mi reacción, y yo me puse una mano en el corazón, que seguía latiendo descontroladamente en mi pecho.

—¡Selene! ¡Neil! ¿Dónde estáis? ¡Venid, que vamos a encender el fuego!

La voz de Logan, procedente del pasillo, interrumpió aquel absurdo momento de..., de... No sabía ni cómo definirlo.

Me alejé de la puerta y desvié la mirada hacia Neil, que por la expresión de su rostro no parecía en absoluto tan afectado como yo.

Aquel hombre había logrado hacerme emprender un viaje sensual sin siquiera desnudarme.

Lo miré fijamente y me perdí en el mapa de su cuerpo.

Las líneas eran el signo de una vida desordenada.

Los ángulos definidos hacían esperar lo imposible.

Los ojos dorados eran caminos abiertos a un desierto aún por descubrir.

Tenía un rostro tan perfecto que podía representar el modelo de la excelencia, y yo habría hecho cualquier cosa para capturar su alma.

Con la respiración entrecortada y el calor familiar extendido por cada parte de mí, me apresuré a salir de la habitación y alejarme de él y de todo lo que, en pocos minutos, sencillamente me había... devastado.

7

Neil

Algunas personas no enloquecen nunca.
Qué vidas tan terribles deben de tener.

Charles Bukowski

«Enfermo». Así era como me había llamado Selene, y esa palabra era la que me había provocado aquella reacción furibunda.

Como siempre, no conseguía controlarme cuando mi cerebro se nublaba y la niña tenía que haberlo tenido en cuenta para evitar que se produjeran discusiones tan acaloradas.

Ya sabía que ella se había fijado en otras ocasiones en mi comportamiento a menudo contradictorio y anormal, pero no esperaba escucharla decir algo así.

Sobre todo aquello, joder.

Como si no supiera que estoy enfermo.

Pero ¿y ella?

¿Lo sabía de verdad? ¿O lo había dicho por decir? ¿Solo lo había intuido?

En cualquier caso, nunca habría tenido el valor de hablar con ella sobre mi pasado; de hecho, nunca había hablado de ello con nadie aparte de mi familia y el doctor Lively.

¿Qué iba a decirle? ¿Que una mujer mayor había abusado de mí?

¿Que no solo había sufrido violencia física, sino también emocional y psicológica?

Lo que había vivido había causado una importante disfunción en mis relaciones humanas.

Kimberly había ejercido un «poder» sobre mí, una forma de posesión, que me había convertido en un mero objeto.

Yo no valía nada para ella, e incluso ahora sentía que mi cuerpo no valía nada, igual que entonces.

Con Selene no podía «hablar» como ella quería, porque en mi mente solo había un modo de comunicación. Solo conocía la sexualidad como medio de comunicación, solo la corporeidad como búsqueda de una sensación de paz y alivio, por lo que nunca podría tener una relación normal con ella.

Porque ese era el problema.

Tarde o temprano, la niña me habría exigido una relación seria, pero ella era absolutamente perfecta y merecía algo mejor que un hombre que aún vivía en la negación de cualquier sentido del yo, que convivía con el recuerdo del chantaje, de la humillación, de la violencia silenciosa que aún clamaba venganza en su interior.

Por eso me había comportado de manera irrespetuosa, por eso había intentado hacerla sentirse inferior a mí, por eso siempre trataba de hacerla entender que no podía tenerme.

Y ella había huido.

Ella había huido de mí mientras yo seguía sonriendo como un puto gilipollas al pensar que la había podrido con aquel ligero contacto entre nosotros.

Con una mano me toqué la bragueta de los vaqueros y me coloqué la erección que me había obligado a no sacar cuando la tenía inmovilizada contra la puerta.

Tenía que haberla ignorado del todo, desde el momento en que la había sorprendido mirándome, desde que me había percatado de su presencia, desde que había captado su olor a coco. Pero al final había sucumbido.

Había sucumbido como un idiota en cuanto mis ojos se habían encontrado con los suyos, azules como el océano, grandes, profundos y tan puros que desencadenaban en mí pensamientos indecentes que nunca me había suscitado ninguna otra mujer.

Me había bastado con mirarla un segundo para sentir ganas de apagar su recatada expresión infantil, de desnudarla con ardor, lamerla por todas partes, tocarla con avidez y follármela con todo el deseo visceral que me recorría.

Quería algo más que un contacto infantil y banal, porque yo estaba acostumbrado al sexo impúdico, sucio, obsceno y perverso.

Quería doblegarla y subyugarla.

Habría querido satisfacer mi deseo, follármela contra la puerta, allí mismo, sin ningún preliminar de consolación, sin frases empalagosas ni cumplidos galantes.

Como hacía siempre con todas.

Con ella tal vez habría llegado incluso al orgasmo, algo que no pasaba desde hacía semanas.

Podría haber hecho la prueba, pero el sentido común se había impuesto. En lugar de hacerla mía, me había limitado a rozarla y aspirar su aroma, ya fuera porque seguía cabreado —la odiaba por lo que había pasado aquella mañana, cuando me había arrojado a la cara una amarga verdad— o porque no quería utilizarla como un objeto.

Quería más, sobre todo de ella.

Simplemente porque era una niña.

Pero era mi niña.

Y no habría sido justo exigirle atenciones que no estaba preparada o dispuesta a darme. Tal como le había dicho antes, percibía su excitación, pero también su miedo.

Quería besarme, por supuesto, tanto que no había hecho más que mirar mis labios fijamente, con la respiración acelerada y las mejillas teñidas de un suave color rosa, pero en sus ojos también había leído el terror que sentía hacia mí.

Al fin y al cabo, esa era precisamente la razón por la que quería alejarla y por la que no la había buscado después del accidente —algo por lo que me sentía culpable—, porque todavía estaba sufriendo las consecuencias de lo que me habían hecho y solo conseguía perpetuar en el tiempo el mismo dolor, explotando un mecanismo mental que me castigaba a mí, pero satisfacía al niño.

Por eso no quería que formara parte de mi gran desorden mental. Las mujeres con las que me acostaba solían ser conscientes, accedían a utilizarme y ser utilizadas a mi manera, pero eran diferentes a Selene.

Perdido en mis pensamientos, me quedé mirando la puerta contra la que la niña se había hecho daño en la espalda, en su absurda intención de huir de mí, y sonreí una última vez; luego me pasé una mano por el pelo. Lo tenía suave y húmedo, porque ya me había duchado tres veces, pero decidí darme otra más, principalmente para calmar los calores que me había provocado aquella cría.

Bajo el chorro de agua, me perdí de nuevo en el vórtice de mis pensamientos.

¿Cuántas había como ella en el mundo?

Campanilla era algo muy poco común.

Era tan bella que parecía un sueño, tan pura que despertaba mi deseo siempre.

Era belleza y sufrimiento al mismo tiempo, seductora como un ángel terrible.

Era mi opuesto.

Me parecía increíble que yo, que había dado mis primeros pasos en el sexo demasiado pronto, que había conocido a tantas mujeres dispuestas y experimentadas, estuviera siendo puesto a prueba por el destino con una niña como aquella.

Mis ganas estaban grabadas allí, entre las increíbles formas y curvas de su cuerpo que creaban algo inmenso.

Todo.

Lo quería todo.

Quería sus ojos marinos, quería la naricita perfecta, quería sus labios estirados en una mueca impertinente o en aquella sonrisa vertiginosa que a menudo incendiaba el aire que respiraba.

La quería a ella, que era el exceso de todo.

La quería debajo de mí, mientras me balanceaba entre sus muslos abiertos y me perdía en su calor y…

Joder.

Tenía que parar y actuar como un hombre sin ninguna obsesión con ella.

Un hombre normal que no pensaba en ella primero de forma dulce y luego perversa, y luego dulce de nuevo y luego aún más perversa.

Me estaba costando mucho lidiar con aquellas sensaciones tan absurdas. Me estaba volviendo loco.

Resoplé con fuerza y decidí hacer algo para distraerme.

Salí de la ducha, me vestí a toda prisa, me puse unos vaqueros oscuros y una sudadera negra y salí de la casa para reunirme con mi familia en la playa.

A Matt se le había ocurrido hacer una hoguera junto al mar, algo que me pareció una tontería, pero cuando me propuso ir no rechisté.

Además, estábamos allí para celebrar su cumpleaños, así que no quería estropearlo con mi humor, que era definitivamente pésimo.

Me sentía tenso y frustrado.

Me había tomado un «descanso» de las rubias con las que me entretenía casi siempre, solo porque mi psiquiatra me había aconsejado evitar que el trastorno sexual que sufría empeorase —y yo no quería llegar al punto de dejar de experimentar excitación o impulsos físicos—, de modo que había empezado a evitar llevarme mujeres a casa, así como los teatrillos obscenos con Jennifer, o con Jennifer y Alexia juntas, y me había centrado en mí mismo y en lo que mi cuerpo necesitaba.

Una tregua.

Una tregua de la violencia a la que yo mismo lo sometía desde hacía años.

No fue fácil, sin embargo, manejar la abstinencia forzada que me había impuesto a mí mismo. Alguien como yo tenía instintos carnales frecuentes, sumados a un apetito sexual bastante pronunciado, y controlarlos requería una gran fuerza de voluntad.

Suspiré y me pasé los dedos por el tupé, acomodándolo sobre mi frente. Mi pelo estaba tan despeinado como siempre, pero a las mujeres parecía gustarles por esa misma razón.

Decían que mi aspecto agresivo reflejaba mi alma.

Hundí los zapatos en la arena suave y caminé bajo el cielo estrellado, siguiendo la única fuente de luz que iluminaba la playa: la hoguera.

Mis hermanos ya estaban sentados alrededor de las brasas, sobre dos troncos de madera como bancos improvisados. Mia y Matt sonreían y charlaban, sosteniendo un sobre de color que no pude identificar desde donde estaba.

Pero había algo más que quería ver.

Mis ojos buscaron con impaciencia al «objeto» de mis deseos.

Selene, espléndida, guapísima, estaba sentada mirando las llamas ardientes que se elevaban hacia lo alto.

Brillaba como la luna resplandeciente en el cielo oscuro.

Era un hada que reavivaba en mí el deseo de imaginar una vida mejor, fantasías infantiles, emociones inmaduras que nunca había sentido, ni siquiera de niño.

De vez en cuando tenía la impresión de que ella me daba la infancia que nunca había tenido.

—Por fin nos dignas con tu presencia —me regañó mi madre en tono severo, porque llevaba todo el día desaparecido por la discusión de aquella mañana con Selene.

—Hombre, Neil, has venido. ¿Has conocido a alguien interesante aquí en Coney Island? —intervino Matt, guiñándome un ojo.

Probablemente se refería a una mujer, ajeno a los problemas con el sexo a los que me enfrentaba en ese momento. Sabía, sin embargo, de mi habilidad para encontrar chicas dispuestas a satisfacerme, aunque la mayoría de las veces eran ellas las que me buscaban.

Mi aspecto era un buen punto de partida para conseguir fácilmente lo que quería, no necesitaba esforzarme mucho para encontrar a alguien con quien pasar un buen rato.

—Sí, he dado un par de vueltas —mentí, y me senté casualmente junto a la niña.

Ella se sobresaltó en cuanto ocupé el trozo de madera no muy lejos de su lado, y tragó saliva, esforzándose por ignorarme. Estaba seguro de que, si le hubiera arrancado la sudadera rosa, habría notado los escalofríos que le recorrían la piel, los mismos que había sentido yo cuando había estado peligrosamente cerca de ella en el dormitorio. Un instante después, sin embargo, me arrepentí de haberme sentado allí, porque me llegaba su aroma a coco con cada pequeña ráfaga de viento, lo que me hacía agitarme para contener el impulso de abalanzarme sobre ella como la peor de las bestias.

Afortunadamente, con la experiencia había desarrollado cierto autocontrol, especialmente cuando no quería ceder ante una mujer que me tentaba o me seducía.

En realidad, Selene no hacía ninguna de las dos cosas, o, si intentaba seducirme, no era tan desinhibida como las chicas a las que estaba acostumbrado; sin embargo, bastaba con que se pasara la lengua ingenuamente por los labios para hacerme pensar en situaciones libidinosas.

Respiré hondo. Tenía que controlarme.

No me soportaba a mí mismo cuando estaba tan obsesionado con la idea de conseguir una mujer. Nunca podría tener una relación, ni mucho menos involucrarme con una chica joven como ella, no porque no quisiera, sino porque mis problemas me llevarían a arrastrarla conmigo a una vida desordenada, y no quería un futuro así para ella.

No quería un futuro entre psiquiatras, fármacos y trastornos psicológicos.

No quería que fuera testigo de mis pesadillas, de mis arrebatos de ira, o que fuese víctima de mi incapacidad de amar, porque para mí el amor era una condena, un recuerdo dañino, una adicción nociva, un mal del que intentaba escapar.

Si Selene hubiera intentado tener una relación conmigo, le habría hecho entender que no era lo mejor para ella en absoluto.

—¿Quién quiere malvaviscos asados al fuego? —Logan me pasó dos palos de madera afilados en la punta, dando por hecho mi respuesta afirmativa. Arqueé una ceja y miré primero los palos y luego su cara.

—¿Quién te ha dicho que yo también quiero? —refunfuñé, con mis habituales malos modales, pero Logan esbozó una sonrisilla e insistió.

—No has comido. No seas idiota y cógelos. Venga.

Iba a decir algo sobre el apelativo que había utilizado, pero no quería cabrearme, cosa que habría sucedido si le hubiera contestado, así que me limité a mirarle fijamente antes de coger los malditos palos y pasárselos directamente a Selene.

La chica se estremeció, probablemente agitada por mi cercanía. Pasó la mirada de mi mano extendida hacia ella a mis ojos y, tras un momento de vacilación, los cogió.

—Gracias —dijo avergonzada.

Ni siquiera le contesté y cogí dos palos más, esta vez para mí. Los retorcí entre los dedos y pensé en lo nervioso que me ponía toda aquella situación.

Yo tampoco sabía qué coño hacer.

Podría haberla ignorado, hacerle entender que lo mejor era estar lejos de mí, pero hacía un rato la había seducido y ahora me sentaba a su lado, y, por si no fuera bastante, me estaba comportando con amabilidad.

¿Yo, amable con una mujer?

Normalmente no lo era ni cuando me proponían un trío u otra cosa que pudiera estar a la altura de mis fantasías perversas.

—Coged.

Matt le pasó la bolsa llena de malvaviscos a Logan, que cogió un par y los pinchó con su palo; Chloe hizo lo mismo, y luego mi hermano me tendió la bolsa a mí. No me gustaban los malvaviscos, pero no me opuse, y cogí dos para pincharlos con mis dos palos.

Selene repitió el gesto, pero con su delicadeza femenina.

En ese momento observé sus largos dedos y sus uñas rosas perfectamente cuidadas. Me gustaban las manos de las mujeres, sobre todo cuando eran tan elegantes. Bajo mi mirada, ella estiró los palos hacia el fuego para asar sus malvaviscos, y cometió el error de acercarlos demasiado a las llamas, haciendo que uno de ellos se quemara.

—Mierda —susurró intranquila, y yo sonreí divertido, porque era una niña de verdad.

Me daba mucha ternura verla en actitudes incómodas o cuando se sonrojaba por miedo a que alguien la juzgara. Instintivamente, la agarré por la muñeca y dirigí correctamente el palo que sostenía el malvavisco aún intacto.

Ella se estremeció y volvió su cara hacia mí, mientras mis ojos seguían clavados en la hoguera.

—Tienes que ponerlo aquí. —Acerqué su muñeca a la llama para enseñarle cómo hacerlo. Sentir su suave piel en contacto con mis dedos me provocó una descarga eléctrica a lo largo de todo mi brazo, pero ahuyenté la sensación de inquietud y permanecí impasible. Odiaba mostrarme vulnerable con las mujeres; de hecho, nunca lo había hecho, excepto con ella, y eso me ponía nervioso—. La zona que está justo encima de las brasas es perfecta para tostar los malvaviscos. No hay llamas repentinas que puedan arruinar la textura masticable —le expliqué, y solo entonces me giré para mirarla. La pillé mirándome fijamente, tanto que incluso había dejado de parpadear.

Estaba embelesada alternando su mirada marina de mis ojos a mis labios, y joder, quería besarla solo para sustituir aquella expresión muda por la de placer que había experimentado solo y siempre conmigo.

—El fuego está ahí —susurré, refiriéndome a la hoguera.

Selene se despertó de quién sabe qué pensamiento e inmediatamente desplazó la mirada al malvavisco que se estaba cocinando al final del palo.

—Eh... Gracias —dijo, avergonzada de nuevo, subyugada y atraída por mí.

Mierda.

—Deja de ponerte colorada como una niña pequeña —la regañé, quizá con demasiada brusquedad, pero era necesario.

No quería que la historia se repitiera. No quería que se hiciera más ilusiones conmigo, como había sucedido en el pasado. Era verdad que me había equivocado al acercarme demasiado, había roto la regla de mantenerme alejado de ella, la misma regla que me había impuesto antes de poner un pie en aquella maldita casa de la playa, pero aún había tiempo para hacerla entender que yo no era ningún príncipe azul, y menos el suyo.

—¿Qué? —preguntó ella, saliendo por fin de su estado de trance.

—Ya me has oído. Estás ridícula cuando te sonrojas por cualquier cosa que digo. Estoy cansado de estar rodeado de zorras que buscan mi atención. Borra esa expresión soñadora de tu cara —volví a exagerar, y Selene abrió los ojos, porque mi flecha en llamas le había dado justo en el pecho, en el corazoncito puro y frágil que habría roto en mil pedazos si ella hubiera pensado, aunque fuera remotamente, en estar con un gilipollas como yo.

—¿Pero qué demonios te pasa?

Intentó no levantar la voz para evitar que nuestros padres nos escucharan. Su expresión cambió de «niña inocente» a «niña cabreada» y, absurdamente, aquello me excitó aún más.

—¿Que qué me pasa? —repetí—. Nada. Solo quiero que pares. Odio a las mujeres que me miran así —contesté con soberbia, la de un auténtico narcisista al que era imposible acercarse.

Selene me miró perpleja, sin entender el porqué de mi actitud huraña. En realidad, aquello era solo una forma retorcida y enferma de defenderme de ella y de lo que sentía cuando me perdía en sus ojos.

Ahora que finalmente había decidido volver a Detroit, no iba a cometer el error de dejarla volver a entrar en mi mundo y en mi vida problemática.

—¿Y cómo te miro? —repuso ella con picardía, apartándose para aumentar la distancia entre nosotros.

Típica actitud infantil.

—Como si quisieras que te follase —susurré, inclinándome hacia su oreja. Campanilla abrió mucho los ojos y me miró horrorizada, ondulando sus labios en una mueca de asco.

—Eres un idiota, Neil. Un verdadero idiota.

Se puso en pie de un salto y llamó la atención de todos. Matt y Mia la miraron confusos; Logan, por su parte, me miró fatal porque había adivinado que la actitud de Selene era culpa mía.

—Voy… Voy a dar un paseo.

La niña tiró el palo al fuego y se alejó indignada. No me detuve a admirar su figura, por no hablar del culo firme que se balanceaba sin gracia con cada paso furioso. En lugar de eso, cogí mi malvavisco, bien cocinado, con los dedos, me lo llevé a la boca y lo mastiqué tranquilamente.

Tenía que fingir que no tenía nada que ver y, como siempre, lo conseguí sin problema.

—¿Qué le pasa? —refunfuñó Chloe, pero nadie respondió.

—Eres un imbécil —articuló Logan, imitándola, y yo lo ignoré encogiéndome de hombros.

Sabía que lo era, pero con Selene tenía que serlo aún más, para hacerle ver la realidad tal y como era.

Matt me lanzó una mirada fugaz y yo se la sostuve.

No sabía por qué me miraba así, pero aparenté indiferencia para parecer inocente a los ojos del padre aprensivo.

Cuando terminamos de comer los odiosos malvaviscos, mi madre, helada, entró en la casa seguida de Chloe, mientras que Matt se levantó con Logan y se sacudió la arena de los pantalones, concluyendo una conversación con mi hermano que yo ni siquiera había escuchado. Yo, en cambio, me levanté el último del tronco para sacarme el paquete de Winston del bolsillo de los vaqueros. Lo abrí y saqué un cigarrillo, luego busqué el mechero y lo acerqué al extremo.

Di la primera calada y eché el humo al aire, mientras notaba que Matt se dirigía hacia mí.

—¿Tú no entras? —me preguntó en un tono que no conseguí descifrar.

¿Por qué me estaba controlando? ¿Temía que me colara entre las piernas de su hija?

Ya había pasado, pero él ni siquiera lo sospechaba.

—Me termino este y entro.

Señalé el cigarrillo entre mis dedos y él asintió y volvió a alejarse.

Podría haber fumado en otro momento, pero había encontrado una excusa plausible para quedarme fuera.

Cuando me quedé solo, miré a mi alrededor buscando a la niña, y me ayudé de la luz de las llamas débiles para divisarla. La vi no muy lejos, de pie en la orilla del mar.

Me puse el cigarrillo entre los labios y me dirigí hacia ella, apartándome un mechón de pelo que caía sobre mi frente. Al acercarme a ella, aproveché para examinar su silueta, ya que estaba de espaldas, pero sobre todo distraída. Me fijé en sus hombros delgados, la cintura estrecha y el culo redondo y bien torneado.

Estaba loco por su cuerpo.

Recordaba perfectamente lo mucho que me gustaba montarla por detrás, igual que adoraba ver cómo se balanceaba su larga melena. Ahora le había crecido hasta la base de la espalda y no me resultaba difícil imaginar la coleta enrollada perversamente en mi puño mientras la retorcía como quería.

Una punzada de excitación me golpeó en el bajo vientre y me obligué a pensar en otra cosa para no tener una engorrosa erección justo en aquel momento. Habría sido difícil ocultarlo.

—¿Has venido aquí para volver a humillarme y comportarte como un gilipollas?

Selene percibió mi presencia sin siquiera darse la vuelta, así que me detuve justo detrás de ella.

¿Por qué iba a buscarla?

Mi objetivo debería haber sido alejarla, pero cuando eso ocurría, parecía incapaz de mantenerme lejos. Asocié aquella actitud con un instinto de protección provocado por su ingenuidad y…

No. Eso no era cierto en absoluto.

La verdad era que no aceptaba el cambio que se estaba produciendo en mí.

Estaba furioso, porque mi estado de ánimo dependía de ella y aquello me estaba causando una gran confusión.

Di un paso más, luego otro, y al poco tiempo me encontré rozando su espalda con mi pecho.

Selene se estremeció levemente, lo noté por un movimiento casi imperceptible de sus hombros. Entonces aspiré la dulce fragancia de su pelo castaño y entrecerré los ojos. Solo faltaban unas horas para que ella volviera a Detroit y yo a mi rutina. Aunque pensaba que era lo mejor, quería capturar ese aroma y llevármelo conmigo.

—¿Te gustaría quedarte aquí conmigo un poco más? —susurré como un idiota.

Me sorprendí a mí mismo: la niña era capaz de inducirme a hacer estupideces absurdas como aquella. Selene se volvió para mirarme y su rostro, incluso en la penumbra de la noche, era perfecto.

Ni los rayos de la luna, que irradiaban sobre un mar plano y tranquilo, ni las estrellas, esparcidas por el cielo, le hacían sombra a su belleza.

—No pienso dejar que me tomes el pelo.

Sacudió la cabeza e intentó alejarse, pero la agarré por el brazo para retenerla allí, conmigo. Con la otra mano sujeté el cigarrillo entre los dedos y le di una calada, exhalando el humo sobre su bonita cara. La niña tosió y me miró molesta; estaba claro que la estaba irritando, pero a mí me parecía sencillamente adorable.

—No te estoy tomando el pelo. Solo hago lo que puedo para hacerte entender que no puede funcionar... —murmuré con aquel timbre de voz que tenía un efecto hipnótico en cualquier mujer. Pensaba de verdad lo que le había dicho, aunque mi comportamiento de antes sugiriese lo contrario.

Me daba cuenta de que era contradictorio y de que mi actitud era demasiado confusa; sin embargo, no sabía si achacárselo a mi estado psicológico, al momento por el que estaba pasando yo o a lo que estaba viviendo ella, que de alguna forma también me afectaba a mí.

En resumen, no entendía una mierda.

—¿Por qué no reconoces que me quieres? —dijo ella demasiado rápido, y luego se arrepintió, porque se mordió el labio y bajó la mirada. Yo, en cambio, fruncí el ceño por dos razones. La primera era que no entendía de dónde sacaba toda aquella confianza en sí misma, y la segunda era que...

¿Qué había dicho? ¿Que yo la quería a ella?

La quería, era cierto, pero no de la manera que ella creía.

Selene pensaba que yo era como Jared, pero se equivocaba.

No íbamos a pasear juntos de la mano por el parque, no iríamos a comer helado como una pareja feliz, no hablaríamos de libros, series de televisión y tonterías absurdas durante horas mientras comíamos pizza.

—Porque no puedo tener una relación. La mujer para mí no es una compañera de vida.

Pero, inconscientemente, mi mano aún seguía firmemente en su brazo, incapaz de soltarlo.

Aspiré un poco más de nicotina del filtro y miré a Selene.

La miré durante interminables minutos.

—Ah, ¿no? Entonces, ¿qué es una mujer para ti? —preguntó en tono bajo y provocativo. Ella también se había dado cuenta de que la estaba reteniendo allí a la fuerza, pero no se oponía, tal vez porque eso era exactamente lo que ella quería.

Ella quería estar… conmigo.

—Venganza —susurré. Las mujeres representaban para mí un medio a través del que vengarme de lo que me habían hecho, a través del que vengarme de la humanidad y su maldad.

—¿Venganza por qué? —continuó ella, cada vez más intrigada ante la idea de arrancar respuestas de mi boca, mientras que lo que yo quería era arrancarle la ropa y poner fin a todas aquellas tonterías.

Después de una última calada, tiré la colilla y me concentré exclusivamente en ella.

—¿Qué te parecería si te utilizara para vengarme de ti? —respondí con picardía, bajando el tono de forma seductora.

Sabía el poder que tenía mi voz sobre ella.

Estaba seguro de que mis notas profundas y oscuras la acariciaban entre los muslos, para filtrarse en sus pensamientos, encender sus deseos y viajar a través de ella hasta llegar a su cerebro y provocar un potente apagón.

Para confirmar mi teoría, su brazo tembló bajo las yemas de mis dedos y tragó saliva, haciendo alarde de una confianza fingida.

Probablemente entendió lo que quería decir y la idea me excitó.

—No, no creo —replicó tras meditarlo unos instantes.

—Pues ya lo hice, y fuiste tú quien me lo permitió… —Me acerqué a su pequeño cuerpo, rozando sus pechos con mi tórax. Era menuda, pero sus curvas eran perfectas. Las recordaba todas, recordaba incluso la forma en que mis manos las habían analizado para entender dónde le gustaba que la tocaran, qué le gustaba y cómo—. Te gustó que te utilizara… —le susurré al oído, y luego le chupé el lóbulo suave, haciéndola jadear. Desprendía un perfume intenso, que me hizo temblar ante la idea de probarla, probarla entera, allí mismo, sin perder más tiempo.

—¿Por qué me hablas así? —preguntó ella, pero le temblaba la voz y le costaba respirar.

La forma en que me expresaba le había provocado muchos orgasmos, y estaba seguro de que volvería a tener el mismo efecto si se entregaba a mis deseos.

—¿Crees que otros hombres no hablan así? —la provoqué—. ¿Crees que no utilizan a las mujeres para su propio placer físico?

El sexo es un impulso natural, niña —le expliqué, como un profesor explicando la galaxia a una estudiante que no entendía una mierda de astronomía.

—También hay hombres que aman a sus mujeres —respondió mi dulce soñadora.

—Eso pasa en las novelas románticas que tanto te gusta leer —susurré cerca de sus labios, demostrándole que la conocía bien.

Había prestado atención a los detalles.

Sabía que le gustaba leer y sabía que a menudo leía precisamente esas historias románticas que ilusionan a las jóvenes de su edad con amores estereotipados de cuento de hadas.

—Los hombres necesitan follar, es parte de su esencia. Para el hombre, el amor es solo una consecuencia posible. Para la mujer es al revés. Necesita amar para poder follar. Sois así.

Conocía perfectamente la mente femenina y no solo por haberme llevado a tantas a la cama, sino porque había «analizado» su psique, su forma de pensar y abordar el sexo.

Scarlett, mi ex, era como Selene.

Soñaba con un cuento de hadas y vivía en un estado de amor surrealista, de pura imaginación, y proyectaba en mí sus fantasías románticas, ignorando la que era nuestra realidad, una realidad en la que el amor no tenía cabida.

El problema siempre era que las mujeres necesitaban amor para abrirse al sexo; no todas, pero sí la mayoría.

Muchas limitaban el deseo porque lo consideraban inmoral respecto a sus principios. Preferían que las cortejaran, ponerle al hombre una correa, y solo entonces, cuando estaban absolutamente seguras de haberlo convertido en un perro faldero bien adiestrado, se entregaban al placer carnal.

Detestaba aquel tipo de mujer, porque estaba muy alejado de mi ideal.

Yo utilizaba el sexo para olvidarme de las cosas, para aliviar las tensiones y atenuar los problemas, y no necesitaba una compañera que buscara un intercambio emocional y afectivo. Me oponía a hacer y recibir «mimos» o a «hablar», porque entonces mis problemas se habrían hecho mucho más pesados.

Estaba firmemente convencido de que el hombre y la mujer eran diferentes, y comprenderse o aceptarse nunca sería fácil.

—Hablas así porque crees que solo puedes entregar tu cuerpo —contestó la niña, y yo sonreí.

¿Qué sabía ella de la vida?

Solo tenía veintiún años, y había vivido apenas la mitad.

De repente, le solté el brazo y me senté en la arena. Apoyé las manos detrás y me puse cómodo.

Selene me miró desconcertada y cruzó los brazos sobre el pecho, sin saber qué hacer.

—¿Qué haces? —refunfuñó ella, hosca.

—Me he sentado, ¿no lo ves? —le dije divertido y ella se apartó un mechón de pelo detrás de un hombro, con soberbia, pero involuntariamente sensual. Se las arreglaba para resultar seductora incluso sin querer—. Estoy esperando a que me des tus grandes lecciones de vida. ¿Con cuántos chicos has estado? —me burlé, y Selene por fin sintió que yo había empezado a comportarme de la manera que ella más odiaba: como un gilipollas arrogante.

Además, me di cuenta de que nunca le había hecho esa pregunta antes, porque siempre me había negado a hablar con ella. Mi forma de comunicarme con Selene siempre había implicado una cama deshecha y nuestros cuerpos desnudos, por lo que la curiosidad de entablar un diálogo con ella era algo nuevo incluso para mí.

Ahora parecía que no quería hacer nada más que escuchar su delicada voz zumbando a mi alrededor.

Me preparé para no estallar en carcajadas en cuanto me contestara que el único hombre, o más bien chico, con el que había estado era Jared, pero…

—Tres —contestó, y mi expresión arrogante se desvaneció para dar paso a la sorpresa que se reflejó en mis ojos.

¿Qué había dicho?

—¿Tres? —repetí, escéptico.

¿De dónde había salido aquella cifra?

A lo mejor había estado con alguien durante nuestro distanciamiento, y tal vez ni siquiera fuese Jared.

No pensaba preguntarle, pero utilizaría mis métodos para investigar.

—Eso. —Decidió sentarse a mi lado, pero no demasiado cerca. Dobló las rodillas contra el pecho y apoyó los codos en ellas, curvando la espalda.

—¿Y cuándo conociste a esos tres hombres? A ver.

Tuve la extraña sensación de que me estaba mintiendo o, más bien, de que había interpretado mi pregunta de otra manera.

Se tomó su tiempo antes de responder, luego suspiró y adoptó una expresión seria.

—Mi primer novio se llamaba Alain. Me dio un beso casto detrás del muro del colegio, tenía unos catorce años. —Comenzó su relato y yo escuché, recostado sobre los codos. Por primera vez, no me importó ensuciarme las manos ni la ropa, porque luego volvería a ducharme—. El segundo se llamaba Marlon. A él le di el primer beso con… —Hizo una pausa y carraspeó, incómoda.

¿Le daba vergüenza hablarme de un simple beso con lengua? ¿Yo le había hecho de todo con la lengua, y Selene estaba avergonzada contándome aquellas tonterías de adolescente?

Era única.

Permanecí en silencio para no aumentar su malestar y esperé un minuto larguísimo antes de que reanudara su discurso.

—Con lengua —murmuró en voz muy baja y apenas pude contener una carcajada.

—Perdona, no he oído bien. ¿Qué? —Fingí no haber entendido nada y me miró como si le hubiera pedido que me la chupara.

Era adorable.

—Con lengua —repitió ella, insegura.

—¿Qué? —Fruncí el ceño para que mi reacción fuera más sincera.

—¡Con lengua! ¡Neil! ¡Tío! —casi gritó, y yo me eché a reír como nunca antes lo había hecho.

Intenté no caerme en la arena y me puse una mano en el abdomen, adonde se desplazaron también sus ojos, después de observar mi pecho.

—Ah, interesante. Es lo más erótico que he oído en toda mi vida. Te lo juro.

Me mordí el labio inferior y miré su boca carnosa. Volví a ponerme serio porque me habría gustado recordarle qué era un beso de verdad, quería demostrarle cómo besaba un hombre, pero ella giró la cabeza hacia el mar, así que me quedé admirando su perfil perfecto y la nariz respingona que habría mordido con gusto.

En ese momento me di cuenta de que no quería incomodarla y, curiosamente, tampoco quería que dejara de «hablar».

Solo habíamos hablado así una vez, tumbados en la tumbona junto a la piscina, en el tercer piso de mi mansión, después de que yo hubiese cometido la gran gilipollez de terminar nuestro coito de una forma demasiado íntima.

Y ese había sido uno de los momentos más hermosos que recordaba, no solo por el sexo intenso que habíamos compartido, sino sobre todo por las ganas que había sentido de conocer su historia.

En aquella ocasión, Selene me había hablado de ella, de la vida en Detroit, de su madre, y todo el rato había notado su entusiasmo por permitirle conversar conmigo.

El mío había sido un gesto ínfimo, banal, insignificante, pero para ella había tenido un gran valor.

Antes de conocerla, a fin de cuentas, siempre había sido hostil al diálogo, reservado y reacio a abrirme a la gente; con ella estaba descubriendo una nueva forma de comunicación y empezaba a ver normal tomarle el pelo y reírnos juntos. Pero seguía siendo una persona complicada, y esperaba que ella lo entendiera sin demasiados preámbulos ni justificaciones, aunque le hubiese dejado ver partes de mí que no había dejado ver a nadie antes y que, tal vez, no dejara ver a nadie más adelante. De pronto, elevé el torso y saqué el paquete de tabaco. Encendí uno, como si no hubiese fumado desde hacía días, y, tras una profunda calada, exhalé por la nariz.

En aquella época fumaba demasiado, mi garganta se irritaba a menudo y tosía, pero al menos la nicotina tenía el poder de calmarme.

De repente, me quedé sombrío y pensativo, preso de un cambio de humor que no podía controlar.

—¿Va..., va todo bien? —balbuceó Selene a mi lado con el ceño fruncido.

A mí me gustaba Campanilla, mi Campanilla, la que había hecho de todo para tratar de conocerme y entenderme, pero yo no podía ceder ante aquel cuerpo y aquellos ojos del color del mar que me miraban intimidados pero también extasiados.

No debía volver a cometer los mismos errores.

En aquella cama de hospital, cuando estaba en coma, le había prometido que estaría a su lado, pero no como ella quería.

La protegería como la concha protege a su perla.

Con mi vida si hacía falta.

—Y una mierda bien.

No levanté la voz, pero la forma en que hablé fue suficiente para hacerle entender que estaba nervioso. Selene siempre tenía la capacidad de entenderme; aunque me miraba como me miraban todas, y se sentía atraída por mi aspecto, mi presencia, mi cara e incluso mi voz, también apreciaba mi esencia, mis puntos fuertes y débiles, mi carácter retorcido y mi mente desviada.

Me quería a mí, no el sexo conmigo.

Quería utilizarme para llegar a mi alma; no utilizarme para llegar a mi cuerpo.

Y eso… Eso me asustaba.

No estaba acostumbrado a aquel tipo de interés.

Me llevé el cigarrillo a los labios y le di una larga calada antes de echar el humo al aire fresco y salado, y luego lo tiré, todavía entero.

—Neil… —murmuró preocupada.

Me froté las manos para quitarme unos granos de arena, y luego me volví hacia Selene y clavé mis ojos en los suyos con lascivia. Ella separó los labios y respiró agitada, intuyendo mis intenciones. Me acerqué a ella de inmediato, sin darle tiempo a que me parase, y le pasé una mano por el sedoso cabello con un dominio que la desarmó.

—¿Me dejarías follarte ahora? ¿Aquí? Porque eso es lo único que quiero de ti —mentí.

En realidad, yo también quería conocer sus sueños, quería saber cuál era su música favorita, qué helado prefería y el color que más le gustaba. Quería ver sus ojos nada más despertarme. ¿Al amanecer serían también brillantes como el océano? Quería saber si tenía más pijamas horrendos, además del de los tigres, y en qué postura dormía.

—Sí —dijo ella, y yo volví a la realidad.

Me habría gustado sentir paz, la misma paz impagable que sentía cuando una mujer no me importaba. En cambio, allí estaba, con la mente llena de pensamientos en busca de una solución que idear para alejarme de ella.

Espera... ¿había oído bien?

Había dicho que sí. Estaba loca pero de verdad.

¿Por qué no me odiaba después de todos mis actos depravados?

De hecho, me miraba como si fuese un dios, el hombre más hermoso que jamás había visto, digno de veneración y quizás… de amor.

No, me negaba a pensar eso.

Aunque quería besarla y con mi experiencia sería capaz de hacerla ceder a mis deseos, decidí controlarme.

Le quité la mano de la nuca y me puse de pie, sintiendo todo su dolor por el inesperado rechazo.

En el pasado, nunca había conseguido resistirme así a ella, pero a partir de ahora sería más fuerte que la tentación.

Selene me miró desconcertada y luego se levantó, alarmada.

En aquel momento solo pensé en una cosa: huir, de inmediato.

No iba a quedarme ahí y permitir que me desestabilizara.

La dejé allí y me dirigí hacia el porche, desde el cual una lamparilla encendida iluminaba el camino.

A la mierda ella y a la mierda lo que sentía en el pecho.

Tenía ganas de devorarle los labios. Me gustaba la forma en que se esforzaba por alcanzarme, pero yo seguía repitiéndome que todo estaba mal, que no podía confundir una mera atracción física con un interés real. Siempre, cuando estaba cerca de ella, me sentía fuera, en otro lugar.

Incluso ahora.

Con ella siempre estaba fuera de mí.

—Neil, espera... —gritó Selene detrás de mí, pero no lo hice.

Seguí caminando enérgicamente con rumbo fijo, hasta que oí su respiración agitada detrás de mí. Había corrido para alcanzarme, de lo contrario le habría sido imposible seguirme el ritmo.

No paré, sino que apreté más el paso, a propósito.

—¡Espera! —Se agarró a mi brazo y me giré bruscamente. Yo era enorme y ella era tan pequeña que daba ternura. Se asustó, pero no me soltó.

La tenacidad y la determinación eran sus mejores cualidades.

—¿Qué coño quieres? —Había perdido la paciencia, y razonar, cuando estaba en aquel estado, era imposible.

—Quiero entender qué es lo que te pasa —contestó angustiada.

Me encogí de hombros bruscamente, haciendo que se tambaleara, y le lancé una mirada furiosa. No debería haberse acercado a mí y ni siquiera debería intentar tocarme, porque yo era incapaz de gestionar la ira.

Podía sentir las palpitaciones, la presión sanguínea, el sudor, el temblor de las manos, la respiración acelerada y todo el odio que seguía reprimiendo, un odio que no sentía hacia Selene, sino hacia mí mismo, hacia lo que yo era.

—¿Entender lo que me pasa? —repetí—. ¿De verdad? —Di

un paso adelante y ella dio un paso atrás—. Yo..., yo..., no puedo. No soy yo mismo cuando estás cerca de mí. Porque cruzas todas las líneas. Tú eres mi más allá, Selene. —Arrastré las palabras porque la respiración irregular me impedía hablar con ella como me hubiera gustado.

No se me daba bien expresarme sobre ciertas cosas, y quizá Selene no había entendido lo que realmente quería decir: ella no era solo mi limitación. Era más.

Era mi más allá.

La miré con intensidad y me di cuenta de que estaba a punto de llorar; lo noté porque tenía los ojos brillantes y le temblaba el mentón.

—Te he concedido partes de mí que no he concedido a nadie más. He intentado muchas veces respetar todas mis reglas contigo, pero no lo he conseguido.

Jadeé y sentí que me ardía la piel bajo todas las molestas capas de ropa que llevaba. Selene se contuvo un poco más, pero al cabo de unos segundos rompió a llorar.

Liberó todas las emociones que tenía dentro, y tal vez, si yo hubiera sido un hombre sensible, la habría abrazado y consolado, pero ni siquiera sabía lo que significa transmitir afecto a alguien, porque cuando lloraba de niño en un rincón de mi habitación, después de los abusos de Kimberly, nadie me abrazaba.

Cuando intentaba escapar de ella y le suplicaba que no me hiciera daño, ella no me escuchaba, me ignoraba y seguía satisfaciendo sus antojos.

Entonces, ¿por qué tenía que ser humano de cara a un mundo que había sido inhumano conmigo?

—Sentimos lo mismo. No debes tener miedo. No es culpa de nadie. Algunas emociones escapan a nuestro control.

Selene se secó las lágrimas con el dorso de una mano, aunque seguían cayéndole copiosamente sobre los pómulos.

El problema era el siguiente: yo era un maníaco del control, siempre lo había sido, especialmente con las mujeres.

En mi mente había un esquema preciso, que seguía con cada una de mis amantes.

Había encontrado un equilibrio en mi caos, y ahora una cría cualquiera quería entrar en mi vida, en mi cabeza, para mandarlo todo a hacer puñetas.

Intenté calmarme y me pasé la mano por la cara.

Ella tenía razón.

No era culpa suya, sino mía.

Era culpa de mi incapacidad para alejarme de ella como tantas veces me había prometido.

A decir verdad, yo tampoco sabía lo que quería de ella.

¿Qué creía?

¿Que las cosas volverían a ser como antes del accidente?

Pero ¿cómo eran exactamente antes?

—Creo que la situación está clara para ambos —le dije y me obligué a aceptar la realidad.

Me dolía pensarlo, pero no había otra alternativa.

El tiempo se había agotado.

Ella cogería su avión en unas horas, yo volvería a Nueva York. Tenía que evitar que volviera a vivir con nosotros en la mansión de Matt solo porque pensara que había una remota posibilidad de continuar lo que habíamos empezado hacía tiempo.

No podía hacer otra cosa, solo dejarla ir, porque no era el hombre adecuado para ella.

—¿Qué quieres decir? —murmuró ella, arrugando los ojos y emborronando sus mejillas con el rímel.

¿Desde cuándo se maquillaba? Y lo más importante, ¿por qué se había maquillado?

No lo necesitaba, no lo necesitaría ni siquiera con el paso de los años.

—No podemos. Míranos… —Me señalé a mí y luego a ella—. Tú eres una joven con una vida llena de sueños y planes. Yo soy un desastre total, más problemático de lo que puedes siquiera imaginarte —confesé, bajando el brazo a un lado, rendido, aplastado una vez más por los obstáculos que el maldito destino me ponía delante—. No tengo fuerzas para librar guerras imposibles, Selene. Si hubiera vivido otra vida, si hubiese sido un hombre diferente, habría luchado por alguien como tú —admití, porque no era estúpido.

Sabía lo especial que era encontrar a alguien como Selene, sabía los valores que tenía, lo bueno que era su corazón, lo pura que era su alma, pero yo tenía demasiados monstruos a las espaldas.

Ella no los veía, nadie los veía, pero yo los oía.

Me hablaban a menudo, sobre todo el niño.

Me decía que, si elegía a una mujer y ponía fin a mis hábitos, lo abandonaría y moriría.

—Espera... —murmuró sollozando, pero no iba a esperar nada.

No iba a esperarla a ella ni a un destino que probablemente nunca estaría de nuestro lado.

Fui a encerrarme a mi habitación y pasé la noche en vela tratando de poner orden en mi cabeza.

A la mañana siguiente volví a casa.

Había decidido ir allí para el cumpleaños de Matt, después de luchar contra mis propios tormentos, solo para mirarla, solo para pasar algo de tiempo con ella. Con la niña.

No esperaba que folláramos ni que lo resolviésemos todo en solo dos días.

En poco tiempo era capaz de seducirla, tocarla y el juego estaba servido: Selene cedía y yo aliviaba mis problemas con un simple polvo.

Ahora, sin embargo, sentía la necesidad de acercarme a ella de otra manera, de maneras que no estaba acostumbrado a utilizar.

Durante el día que pasamos juntos, solo habíamos discutido y sus diamantes azules, llenos de lágrimas, que casi me suplicaban que me quedara allí y la escuchara, eran el único recuerdo desastroso que me llevaba arrastrando de Coney Island.

Y una vez más me cabreé conmigo mismo y volví a caer en el vórtice de la ira, mi falsa amiga, mi compañera de infortunios, una puta que me jodía el cerebro todo el tiempo y a la que no podía controlar.

—Estaba esperando a que volvieras —me susurró Jennifer al oído, bajando la mano desde mi pecho hasta el abdomen. En ese momento estábamos sentados en un banco, en una de las muchas zonas verdes de la universidad perdiendo el tiempo entre una clase y otra. Su tacto me molestaba, pero estaba tan absorto en mis pensamientos que no tenía ganas de ponerla en su sitio.

—¿Así que me estás diciendo que tu padre ha encontrado una bolsa de droga en casa? —Xavier se burlaba de Luke porque su padre había encontrado éxtasis en el cajón de su mesilla.

—¿De qué coño te ríes, gilipollas? —soltó Luke, tirando la colilla al suelo—. Tengo una hermana de diez años, y él empezó a sermonearme sobre lo irresponsable que era, porque, si lo hubiera encontrado ella, habría sido un drama. Cree que soy un drogadicto, un mal ejemplo y... —Luke continuó balbuceando enloquecido porque su padre abogado había descubierto la doble vida que llevaba su hijo.

A veces tomaba aquella mierda para drogarse con Xavier; yo era el único de los Krew que se desvinculaba de ciertos hábitos.

Siempre había sido un cabeza de chorlito, pero lo suficientemente reflexivo en determinadas situaciones.

Solo había cedido cuando era más joven, movido por la curiosidad de saber a qué sabía un porro o cuáles eran los efectos de la cocaína, pero nunca había considerado ni remotamente abusar de todo aquello.

—¿Y ahora qué? Joder, Luke, te estás acobardando.

Xavier se echó a reír, burlándose de él; Jennifer, por su parte, siguió acariciándome el pecho, pasando sus dedos lánguidamente entre mis pectorales. Era un día soleado, pero hacía frío, así que además de la chaqueta de cuero, me había puesto un jersey gris que la rubia, a mi lado, tenía ganas de arrancarme.

Me dio un beso en la curva del cuello y presionó los pechos contra mi brazo, mientras mi mano seguía perezosamente apoyada en su muslo.

Me molestaba sentir su saliva en mi piel, pero por otro lado me gustaban los besos en el cuello, así que pensé en dejar que siguiera un poco más.

—Quiere que me haga unos análisis, y si salen positivos, me echará de casa. ¿Sabes lo que significa eso? —exclamó Luke, pasándose una mano por el pelo rubio. Jennifer, mientras tanto, empezó a gemir y a frotarse contra mí, para hacerme entender que quería que nos fuésemos al coche o adonde fuera para pasar un rato solos. Me volví hacia ella y dejé de escuchar a los otros dos.

—¿Qué pasa? —le pregunté aburrido, y la rubia sonrió, contenta de haber captado mi atención.

—Tengo ganas de... —se acercó más a mi oído—... chupártela —me susurró con picardía.

Cualquiera en mi lugar habría aprovechado la oportunidad, pero yo no podía.

Y no solo porque estuviéramos en un lugar público, sino porque no podía permitirme ciertos privilegios, ya que estaba siguiendo los consejos de mi psiquiatra.

La idea de introducir mi erección en su boca me atraía, y no poco, pero, a diferencia de la mayoría de los hombres, conservaba mi capacidad de razonar incluso con mujeres seductoras como Jennifer.

Yo decidiría con quién follar, cuándo y dónde.

Siempre había sido así, a pesar de las propuestas y apetencias de la chica de turno.

Así que no le contesté y me acerqué a ella para rozarle los labios.

Tenía que encontrar el modo de no despertar sus sospechas, de no revelar que estaba valorando la idea de retomar la terapia que había interrumpido hacía tres años, de no decirle que me habían diagnosticado un trastorno sexual y, sobre todo, de no decirle que mi anorgasmia tenía su origen en problemas psicológicos personales.

Le sonreí sensualmente y la sorprendí con un beso.

El contorno de mis labios se mezcló con los suyos y su lengua se deslizó en mi boca, como si no esperara otra cosa. Jennifer era experta en complacerme, pero ni siquiera su habilidad podía compararse ni remotamente al modo en que todo mi ser vibraba cuando recibía los besos enloquecidos de la niña.

Selene besaba con timidez —sus besos eran tan suaves como una caricia—, cerraba los ojos y soñaba con un amor inexistente. Jennifer, en cambio, me reclamaba como la peor de las putas, tocándome entre las piernas con una mano y arañándome la nuca con la otra, clavando sus uñas en mi piel.

Su enardecimiento excitaba mi cuerpo, pero no mi mente.

Entre nosotros siempre había habido solo entendimiento sexual y nada más.

Un beso de Jennifer despertaba mi libido.

Un beso de Selene despertaba mi deseo de saborear hasta su alma.

Con Jennifer, sin embargo, me sentía a gusto, me sentía yo mismo, porque no sentía la presión de tener que cumplir ninguna expectativa.

A pesar de que era celosa, sabía lo que debía y no debía esperar de mí.

Para Selene, en cambio, todo era distinto. Un beso representaba un gesto dulce, significativo y cargado de valores, el anticipo de un hipotético romance conmigo con el que nunca debía haber fantaseado.

—Ah, gracias, Miller. Puedo ver que mi situación de mierda te llega al corazón —refunfuñó Luke, interrumpiendo mi momento de placer.

Me separé de Jennifer y me lamí el labio inferior, luego estiré un brazo sobre el respaldo del banco y me acomodé. Había logrado mi objetivo de distraer a la rubia, que ni siquiera recordaba lo que me había dicho antes del beso, y ahora miraba con expresión gélida a Luke, porque odiaba que me interrumpieran en ciertos momentos. Estaba molesto porque, aunque un trivial roce de lenguas no era suficiente para provocar una erección, sí era capaz de despertar mi apetito sexual.

—Si quieres follártela, adelante. Yo puedo mirar y meneármela como un loco —intervino Xavier, imitando el gesto con una mano. Desplacé mis ojos hacia su expresión cómica y lo miré serio.

No encontraba nada divertido en lo que había dicho, especialmente en aquel período de abstinencia forzada.

—Por cierto, ¿qué tal tu fin de semana en Coney Island?

Xavier desvió la atención hacia otro tema, consciente de que estaba a punto de cabrearme, como siempre. Sin embargo, había elegido un tema del que yo no quería hablar, ya que no quería recordar lo trágico que había sido mi encuentro con Selene el día anterior.

—Solo estuve un día, por el cumpleaños de Matt —respondí con sequedad.

De repente me molestó la proximidad de Jennifer y su pierna doblada sobre mi muslo, así que me la quité de encima. A ella no se le escapó mi tensión repentina. Después de la reacción exagerada con Luke en la casa de invitados, tenía que medir cada gesto para no hacerlos sospechar, pero cuando pensaba aunque fuese remotamente en Selene, la racionalidad se desvanecía en el aire.

—Oh, ¿también estaba la muñequita? —preguntó de nuevo, refiriéndose a ella. Noté que Luke se ponía alerta, esperando escuchar más, y lo miré fijamente con la intención de leerle la mente. Seguramente estaba pensando en aquel beso con Selene y sabía lo que sentía: insatisfacción.

Lo mismo que había sentido yo cuando la había besado la primera vez en la piscina.

Selene estaba tan lejos de nuestro mundo, era tan distinta de las mujeres que estábamos acostumbrados a frecuentar, que despertaba nuestra curiosidad, y estaba seguro de que Luke tenía interés en ella.

—Sí, la niña también estaba —dije con tono plano, encogiendo un hombro con indiferencia. Jennifer se volvió para mirarme y sondeó mi rostro, pero yo permanecí impasible y apoyé un tobillo en la rodilla opuesta.

—¿Y? ¿Te has quedado a gusto? —Xavier se tocó con vulgaridad la bragueta y sonrió—. Todavía recuerdo su hermoso culito, ¿sabes? —comentó, y yo apelé a todo mi autocontrol para no callarle la boca con uno de mis puños. Me mordí el labio inferior hasta sentir el sabor de la sangre en la lengua y traté de permanecer impasible.

—No, ya no me gusta. No sé qué coño me pasó en esa época, pero, fuera lo que fuese, lo he superado —contesté con la actitud chulesca con la que solía hablar de todas las mujeres. Jennifer siguió estudiando mi reacción. Estaba fingiendo bastante bien, pero ella estaba celosa de Selene.

Habría sido difícil convencerla de que la chica me era indiferente.

—Eh, ¿de qué habláis? —Alexia se ciñó la chaqueta azul, a juego con su pelo, y nos miró con curiosidad, esperando a que alguien le diera una respuesta. Salió de la nada para meterse en nuestra incómoda conversación y, por primera vez, su presencia me irritó.

—Del viaje de Neil a Coney Island por el cumpleaños del medicucho, y de que no ha vaciado las pelotas con la virgencita del culo de oro.

Xavier le hizo un resumen impecable y Alexia resopló aburrida.

—¿Por qué «culo de oro»?

Con todo lo que le había dicho el moreno, y ella solo se había quedado con la última parte de la frase, porque estaba celosa de él, aunque el idiota de Xavier nunca se había dado cuenta, o tal vez fingía no notarlo. Me habría gustado decirle que no tenía que preocuparse, porque Xavier no se acercaría a Selene mientras yo tuviera oxígeno circulando por mis pulmones, pero me obligué a callarme.

—Porque me parece la típica princesita con poca experiencia con los hombres.

Xavier me miró en busca de confirmación, pero yo no iba a contarles lo que había o no había hecho con ella; ya me había arrepentido de hablar demasiado fuera del Blanco, cuando su ex se había enfrentado a mí delante de todos, y no iba a volver a cometer el mismo error.

—¿Y una mamada? ¿Eso por lo menos? —Xavier seguía con la broma y yo estaba haciendo un esfuerzo gigante para no reaccionar.

Seguí mirándolo, serio, y Luke le dio un codazo para que parase.

—Déjalo —le reprochó, porque había leído algo turbio en mi mirada a Xavier. Inhalé y exhalé por la nariz y seguí mirándolo, impertérrito.

—Tío, tendrías que verte la cara ahora mismo, es para hacerte una foto —se burló Xavier mientras se sacaba el móvil del bolsillo de los vaqueros—. Sonríe, hombre.

Cuando me apuntó con el teléfono, los recuerdos me asaltaron…

Hacía frío, mucho frío, y yo temblaba.

La luz deslumbrante de la cámara me golpeó en la cara, y levanté un brazo para protegerme los ojos, pero era demasiado fuerte.

A mi alrededor, la oscuridad era total. Kimberly estaba sentada en una silla de madera y me observaba con su habitual sonrisa maligna en el rostro angelical.

Sí, tenía la apariencia de un ángel que ocultara un demonio terrible.

—Deja de taparte la cara —me riñó molesta, pero la vergüenza era tan grande que, en lugar de obedecerla, con la otra mano me tapé entre las piernas.

Estaba completamente desnudo.

—¡Neil! —me gritó irritada, pero evité escucharla; estaba en un estado de shock total.

Solo sentía mi corazón latiendo rápidamente, veía la palidez de mis manos y cómo me temblaban los dedos.

Sin embargo, no estábamos solos. Había alguien más con nosotros.

Los sollozos de la niña que estaba a mi lado resonaban entre las paredes.

También estaba desnuda y seguía tapándose, con su esbelto antebrazo, el pecho desnudo y plano, mientras su pelo de un negro intenso le caía en suaves ondas sobre los hombros.

Ignorando nuestra angustia, Kimberly me ordenó que le hiciese caso y que hiciese con la niña lo que ella me había enseñado.

La pequeña lloraba y temblaba ante la austera voz de nuestra vejadora, que no paraba de dar órdenes que ninguno de los dos obedecía.

Estábamos aturdidos, asustados, éramos víctimas de algo demasiado grande. La cámara, frente a nosotros, habría sido el fin para ambos.

Habríamos sido observados por otros monstruos, nuestra dignidad habría sido pisoteada y absorbida por aquella lente.

Pero algo salió mal.

Alguien irrumpió en aquel sombrío lugar.

Unos hombres echaron la puerta abajo y se desató el caos.

Me alejé instintivamente de aquella terrible escena; la chica me siguió y nos escondimos juntos detrás de un viejo y maltrecho sofá.

Me agaché en el suelo, con las rodillas contra el pecho.

Todavía desnudo y asustado, me tapé los oídos con las manos y cerré los ojos.

Papá decía que llorar era de mariquitas, así que apreté los dientes y me mecí de atrás adelante, tarareando una canción para ahogar los ruidos que oía a mi alrededor.

Canté la canción favorita de mi madre: «Imagine», de John Lennon.

Aquella canción, una simple y banal canción..., consiguió acallar los gritos de Kim.

No me di cuenta de nada, solo sentía descargas potentes por los brazos, mis manos cerradas en dos puños como si fueran esferas llameantes, el cuerpo de Xavier bajo el mío, el brazo flexionándose una y otra vez para golpearlo en el mismo punto. Oí gritos detrás de mí, sus ojos negros elevados al cielo, sus labios partidos que se separaban, pero no me detuve, no pude.

Apreté los dientes y seguí golpeando, una y otra vez, y con cada golpe mi cuerpo se cargaba con más energía negativa, una energía que necesitaba ser desencadenada. Me gustaba la sensación liberadora que sentía en mi interior.

—¡No vuelvas a hacer eso, hijo de puta! —grité a poca distancia de su cara, aferrando su chaqueta con las manos, que aún me hormigueaban—. ¿Me oyes? Nunca más —le espeté con furia, y lo dejé caer al suelo para reanudar después los golpes. No estaba del todo satisfecho, porque todavía estaba sobrecargado.

Sin saberlo, Xavier había sacado a flote una parte terrible y oculta de mi pasado.

Detrás de los abusos de Kim había más.

Ella no buscaba el mero placer carnal, producto de una mente enferma.

Kim hacía mucho más.

Tenía un propósito.

Un objetivo.

Un trabajo.

Formaba parte de una organización.

Solo me estaba preparando, y si no hubiera llegado el día de su arresto, yo nunca me habría dado cuenta.

Nunca habría sido capaz de salvarme a mí mismo ni a la niña que estaba conmigo.

—¡Neil, para!

Alguien trató de agarrarme por los hombros, pero lo aparté violentamente de un codazo.

Ya había sucedido lo inevitable: había perdido el control, la razón, el sentido común, todo.

Mis nudillos empezaron a teñirse de un rojo vivo e intenso, pero no me detuve, no podía gestionar la rabia.

Era más fuerte que yo.

Me levanté de encima de Xavier, que yacía en el suelo completamente aturdido, y comencé a darle fuertes patadas en el abdomen.

Tenía la frente empapada de sudor, la mandíbula tan tensa que me dolía, el cuerpo caliente, el jersey arrugado, pero nada me importaba.

En aquel momento solo podía sentir que la locura explotaba como un volcán, estaba cayendo en una espiral de destrucción, sentía las tinieblas brotar y derramarse sobre todos, tiñéndolo todo de negro, en una oscuridad en la que no había flores, ni colores, ni serenidad.

Notaba una energía ardiente que no podía controlar y que me hacía disfrutar, fue más fuerte que un orgasmo, más estimulante que un polvo.

Experimentaba una sensación de satisfacción y no me importaban las consecuencias, no me importaba nada excepto liberar a la bestia indomable, la locura transitoria.

Disfrutaba como un cabrón al ver el color púrpura que pintaba la cara hinchada de Xavier.

Y recordaba: la violencia de un padre sobre un hijo, el abuso de una mujer sobre un niño.

Esto había marcado el descenso de Satanás a mi alma.

—Ya no te ríes, ¿eh? —Estaba agotado, sin fuerzas, y Xavier aprovechó el momento de tregua para reaccionar. Tumbado en el suelo, estiró un brazo y me agarró por el tobillo, tirándome al suelo; se posicionó ágilmente sobre mí, inmovilizándome con el peso de su cuerpo, y me dio un puñetazo en la cara, y luego otro, primero en la mandíbula y luego en la ceja.

Conseguí defenderme, golpeándolo de vuelta, y lo empujé para ponerme de pie; parecía que el muy hijo de puta se hubiese despertado de su estado de confusión inicial.

Durante la violenta e interminable pelea, me las arreglé para agarrar su móvil y lanzarlo lejos, para destruirlo en mil pedazos.

Ser fotografiado o grabado desencadenaba mi furia.

Xavier se tambaleó y tosió, luego trató de hablar a pesar de la falta de aliento.

—¿Qué coño te pasa, eh? Pareces un maldito psicópata.

Escupió sangre junto a mis zapatos y aun así intenté abalanzarme sobre él, pero Luke me agarró de los brazos y me detuvo.

—¡No vuelvas a comportarte como un gilipollas conmigo, Xavier, o te juro que te mato! —bramé fuera de mí, poniéndome una mano en el abdomen. Probablemente me había golpeado allí también y estaba empezando a notar el dolor.

—¡No te tengo miedo! —me espetó con una sonrisa maléfica, recogiendo con el dorso de la mano la sangre que le caía del labio.

Lo había dejado hecho unos zorros, pero yo no había salido mejor parado.

Había conseguido golpearme. De pronto, todo a mi alrededor empezó a dar vueltas y las punzadas de dolor se extendieron desde el costado hasta la cabeza, pero todavía estaba cargado, seguía furioso.

—¿Qué coño has dicho? —grité, sintiendo que se me raspaba la garganta—. ¡Y tú, suéltame! —Me revolví como un condenado mientras Luke seguía intentando alejarme de Xavier. Finalmente, me empujó y me tropecé.

—Mierda, ¿estás loco?

Logan corrió hacia nosotros, tiró su bandolera al césped, y me agarró por el brazo, liberándome del agarre de Luke.

Mi respiración era agitada y tenía los ojos vidriosos por la rabia.

—¿Tú qué quieres? ¡Piérdete! —le espeté también a mi hermano, pues ahora estaba fuera de control, fuera de mis límites.

Estaba completamente fuera de mí.

—¡Levanta! —Avancé de nuevo hacia Xavier, pero Logan se interpuso en mi camino, empujándome otra vez. Era alto y fuerte, pero no tanto como yo. Lo habría quitado de en medio con una mano si hubiese querido, pero era mi hermano y nunca lo tocaría. Él lo sabía.

—No vas a ir a ninguna parte. ¡Cálmate! —me gritó, asustado y preocupado. Pude leerlo en sus ojos abiertos y en su expresión alarmada. En ese instante, Xavier farfulló algo, pero Luke le regañó y le dijo que lo dejara estar.

—¿Qué ha pasado? —exclamó Logan, y yo miré a mi alrededor y vi a los numerosos estudiantes que habían acudido a presenciar la pelea, solo por curiosidad y diversión, ciertamente no para ayudarnos de ninguna manera—. ¿Y bien? —insistió impaciente.

Me temblaban las manos, me temblaba todo el cuerpo; la cabeza me daba vueltas, las sienes me palpitaban y tenía las venas del cuello tan hinchadas que temía que pudieran reventarse en cualquier momento.

De repente me sentí sin fuerzas y caí de rodillas, agotado.

En ese momento me di cuenta de que los cortes de mis nudillos estaban sangrando y de que no podía ni mover los dedos. Más sangre me rezumaba de la ceja y del labio inferior, por el que pasé la lengua para sentir el sabor metálico en el paladar. Logan se acercó corriendo y me puso la mano en el hombro, pero yo no quería que me tocara, así que pegué un respingo y me aparté.

—No me toques —murmuré sin dejar de mirarme las manos.

Una vez más, la ira me hacía tener comportamientos enfermizos, me desconectaba de la realidad y me volvía inestable y violento, aunque yo no quería perder el control.

—Está bien, Neil, cálmate. Estoy aquí. —Logan volvió a intentar rozarme, y esta vez no me opuse a su tacto fraternal. Parpadeé y me senté en la hierba. No tuve el valor de mirar cómo había dejado a Xavier, ni de detenerme en los rostros horrorizados de quienes habían presenciado aquella lamentable escena.

Como siempre, me avergonzaba de mí mismo cuando perdía la razón, pero me avergonzaba aún más de mí mismo por haber sucumbido a Kimberly cada vez que me deseaba.

Para evadirme de todo, tarareé «Imagine», en voz baja, como si me hubieran hipnotizado, y Logan permaneció en silencio, escuchándome.

—La… he visto… —susurré, posando muy despacio los ojos sobre él.

Mi hermano lo entendió enseguida. Él lo sabía todo y, al escuchar las notas de aquella melodía, adivinó lo que había pasado y dónde estaba mi cabeza ahora.

En otra parte.

—Lo sabes, ¿verdad? ¿Sabes que vas a tener que volver al doctor Lively?

Me acarició la frente con una mano y me apartó un mechón de pelo, mirándome con sus ojos asustados, preocupados y tristes; se había dado cuenta de que, una vez más, estaba sucumbiendo a mí mismo y a esa parte de mí que no dejaba de torturarme.

Solo asentí con la cabeza.

Sabía que no había otra solución.

Cerré los ojos, los volví a abrir y me quedé mirando al cielo azul en estado de trance absoluto.

Habría querido perderme en aquella serenidad, conocer la luz, ahuyentar a mis demonios para dejar paso a algo maravilloso; me habría gustado vivir con más ligereza, sonreír más a menudo, para olvidar todo lo que me había pasado. Me habría gustado ser como una de las nubes que estaba mirando, imperfecto y capaz de flotar en el aire, habría querido ser libre. Pero no lo era y tal vez nunca lo sería.

—La he visto, Logan… —murmuré de nuevo, volviendo a mirarle fijamente—. Estaba sentada en la silla y la luz me deslumbraba… y…

Balbuceaba y me chupaba los labios, porque los notaba secos y no podía continuar.

—Lo sé. No lo pienses, todo ha terminado... —Me acarició la mejilla y se arrodilló frente a mí.

Él no era solo mi hermano menor, era mucho más: era el único hombro en el que podía apoyar el peso de mis problemas.

—No quería hacerle daño a Xavier, pero no puedo controlarme. Ya no puedo controlarme... —susurré angustiado, atrapado en una jaula irrompible. Quería mejorar, quería destruir la parte dañina de mí, pero no era fácil, no sería fácil mientras Kim siguiese viva en mi mente.

De repente, oí la voz del doctor Lively martilleando en mi cabeza, que sentía palpitar y girar como un torbellino de pensamientos nubosos.

«El tuyo es un trastorno caracterizado por ataques extremos de ira, a menudo incontrolables o desproporcionados para la situación. Esta es otra consecuencia del abuso físico que sufriste y la edad a la que empezó. Los sucesos traumáticos han desencadenado este tipo de problemas. Recibiste violencia y desahogas tu ira con los demás a través de la violencia. Es un círculo vicioso.»

Mientras sentía que el pecho se me comprimía y me quedaba sin aire, miré fijamente a Logan a los ojos, y entonces, de nuevo, mis nudillos se crisparon.

Estaba confundido, no entendía nada, pero sabía qué tenía que hacer.

Sabía lo que había que hacer.

Aquel día no fui a casa, me quedé en la cabaña de invitados con Logan solo para darle el gusto de curarme al menos el corte de la ceja y el labio. Ya me había duchado y me había puesto unos sencillos pantalones de chándal negros, y estaba semidesnudo. Mi hermano había estado conmigo todo el tiempo, cuidándome como si fuera un maldito niño.

—Estate quieto —me regañó, pasándome un algodón por las heridas.

—Cuidado, que escuece —protesté apretando los dientes. Mi hermano incluso me había sugerido que fuera a urgencias, por el dolor de costillas, pero me negué rotundamente a seguir su consejo.

Hacía boxeo, y no era la primera vez que me peleaba con alguien, así que sabía que los moratones desaparecerían en un par de días, y lo mismo ocurriría con el dolor.

Por suerte no me había roto la mano, solamente tenía rozaduras visibles. A fin de cuentas, sabía cómo golpear a mi rival, especialmente en una pelea callejera como la de unas horas antes. A veces, un puñetazo mío bastaba para dejar a mi oponente fuera de combate, pero Xavier era fuerte y había sido capaz de soportarlo, así como de defenderse.

—Ya casi he terminado —dijo Logan.

Yo estaba sentado en el sofá esquinero de la casa de invitados con una bolsa de hielo en la mano derecha, que se había hinchado mucho; en el abdomen tenía un hematoma espantoso que me impedía agacharme y girar el tórax.

—Bueno, te voy a poner una tirita en la ceja. Ten paciencia.

Mi hermano siguió curándome con delicadeza, y cuando hubo terminado, se levantó de la mesa baja para dejar el botiquín en el baño. Mientras tanto, decidí tumbarme, debido al fuerte dolor de cabeza, y cuando Logan volvió, me miró mal.

—¿Qué pasa? —le pregunté molesto, pero me ignoró y empezó pasear nerviosamente por el salón, pasándose los dedos por el cabello grueso.

—Siéntate. Me das más dolor de cabeza todavía —refunfuñé, intentando estarme quieto para sentir menos dolor. Cada vez que había tratado de levantarme, aunque fuera para hacer pis, el mareo me había obligado a permanecer sentado, por lo que había decidido evitar cualquier movimiento brusco por el momento.

Pero estaba seguro de que Xavier no estaba mucho mejor, quizás había acabado en el hospital o se había roto algo. La idea de haberle pegado no me entusiasmaba, es más, me preocupaba, porque cuando perdía el control no podía controlar la fuerza ni la potencia de mis puños. Estaba acostumbrado a pegar sin guantes, la diferencia era que me había enfrentado a un rival fuerte, uno de los Krew; ni Luke ni Xavier eran chavales enclenques incapaces de defenderse, como tampoco lo era yo, por lo que una pelea a puñetazos entre nosotros siempre acababa mal para todos.

—¿Cómo te encuentras? —me preguntó Logan, preocupado, deteniéndose a poca distancia de mí.

—Estoy bien, no es la primera vez que me pasa —contesté irritado.

¿Cuántas veces me había visto envuelto en peleas callejeras?

—¿Sigues mareado? —insistió y puse los ojos en blanco.

—Pásame un cigarro y cállate. —Necesitaba fumar y dejar de escuchar a mi hermano.

Logan, por suerte, se limitó a mirarme mal, pero no protestó. De hecho, cogió el paquete de Winston del rincón de la cocina y me lo pasó.

Saqué un cigarrillo, me lo puse entre los labios y dejé que me lo encendiera él.

—Bueno, por lo menos sirves para algo —me burlé mientras daba la primera calada.

No quería que se preocupara por mí, estaba bien, el único problema iba a ser mi madre con sus preguntas incómodas. Prefería que no me viera así.

—Intenta distraer a mamá, yo dormiré aquí. No quiero que me dé por saco —le advertí, esperando que estuviera de mi lado.

Logan arrugó la frente y suspiró.

—¿Y qué le digo si pregunta dónde estás?

—Dile que estoy aquí con Jennifer o con alguna otra. Que estoy ocupado y que no me moleste.

Aquella era la única excusa convincente que podía utilizar para evitarla. Mi madre conocía bien mis hábitos y sabía que hubo una época en que me dedicaba a ellos en mi habitación, pero que ahora lo hacía en la casa de invitados. Nunca me había hecho preguntas directas sobre mi vida sexual, le daba vergüenza hablarme de ello, por eso si le decían que no estaba solo no vendría a buscarme.

—Vale, puedes evitar darle explicaciones esta noche, pero por la mañana, ¿qué vas a hacer? Tarde o temprano te verá, y también verá el estado en el que estás.

Mi hermano, por supuesto, tenía que plantearme problemas futuros, mientras yo intentaba resolver los inminentes. Eché el humo y seguí fumando, agradeciendo el sacrosanto cigarrillo que tenía en mí el efecto de un calmante.

—Logan —le dije—. Mañana será otro día y ya lo pensaré entonces.

Resoplé.

Dios, éramos tan diferentes él y yo.

Yo era impulsivo, imprudente, revoltoso, descarado y menos nervioso.

Logan, en cambio, era Logan: todo lo planificaba, todo lo pensaba, todo lo analizaba y por todo me tocaba los cojones.

—Sí, vale, tranquilo —se defendió, molesto.

—¿Puedes irte y dejarme en paz? —le pedí, aburrido. Quería estar en silencio, fumar tranquilamente y soportar el dolor intercostal en paz. Después de otro ceño fruncido, porque obviamente quería estar encima de mí otra vez, mi hermano afortunadamente se marchó.

—Vengo en un rato, voy a llamar a Alyssa. Tenía que estar aquí hace una hora, pero aún no ha llegado. Tú no te muevas —me advirtió, dejándome claro que no me iba a librar de él tan fácilmente. Lo ahuyenté con una mano y se fue cerrando la puerta tras de sí.

Bueno, por fin estaba solo. Apoyé la cabeza en el reposabrazos del sofá y miré al techo, reflexionando sobre lo sucedido.

Todo lo que estaba viviendo en aquel período era una clara señal de que necesitaba ayuda, ayuda que tenía que pedir, a diferencia de los últimos tres años; de lo contrario, me derrumbaría y destruiría la pizca de lucidez que aún me quedaba.

La reacción que había tenido contra Xavier había sido anormal, tan anormal como la incapacidad de experimentar un orgasmo en la cama o tener relaciones humanas estables. Poco a poco, los recuerdos me estaban consumiendo, el pasado se colaba en mi presente con la intención de condicionar mi futuro, y tenía que reaccionar, debía pararlo, o él ganaría y yo perdería.

Pero la realidad era la que era: no había nada ni nadie que pudiera salvarme.

Yo, y solo yo, podía salvarme a mí mismo.

Dos golpes en la puerta me despertaron de mis cavilaciones. Suspiré y dirigí mi mirada más allá del cristal de la puerta corredera para ver qué coño quería Logan ahora.

—¿Ya has terminado de hablar por teléfono? —Levanté la voz y resoplé, pero no obtuve respuesta ni oí nada más.

Lo intenté de nuevo:

—Logan, usa tus llaves y entra. No me voy a levantar a abrirte.

Y una punzada de dolor me atravesó las sienes por hablar demasiado alto.

Me molestaba hasta mi propia voz.

Una vez más, no obtuve respuesta, excepto dos golpes de nudillos en la puerta.

¿En serio? Le había pedido que me dejara en paz con mi silencio meditativo, pero se estaba empleando a fondo para cabrearme de nuevo.

—A tomar por culo —susurré mientras levantaba el torso despacio.

Apreté los dientes por las punzadas que sentía en las costillas, y me senté respirando con dificultad. Tiré la bolsa de hielo en la mesa baja, luego dejé el cigarro que aún me estaba fumando en el borde del cenicero y me puse de pie, apretándome la mano bajo el pectoral derecho. ¿Por qué demonios actuaba así mi hermano?

Tenía mis llaves, podía entrar tranquilamente sin someterme a la tortura de levantarme.

Me acerqué a la puerta y la abrí de par en par, dispuesto a atacarlo.

—¿Qué coño…?

Me detuve al encontrarme con dos ojos verdes y una melena negra que caía en mechones salvajes. Un cuerpo femenino y dos piernas curvilíneas me sorprendieron en el umbral. Se me cortó la respiración y un sentimiento de angustia me oprimió el pecho al darme cuenta de que no estaba teniendo una alucinación, sino que Megan Wayne estaba allí, delante de mí.

¿Qué estaba haciendo allí? ¿Quién la había dejado entrar en nuestra mansión?

—Hola, Miller. —Me miró y puso una mueca de decepción cuando se fijó en mi aspecto—. Si te estás preguntando qué hago aquí, te respondo ahora mismo: he acompañado a Julieta a ver a su Romeo, porque necesitaba que la trajeran en coche, así que he aprovechado la oportunidad para hacerte una visita y ver cómo estabas. Los rumores vuelan y ya hay una porra en la universidad a ver cuál de los dos está peor. Yo había apostado por Xavier, pero ahora que te veo…

Arqueó una ceja y se demoró en los abdominales; yo estaba a punto de pedirle que dejara de mirarme así. Nosotros dos no debíamos estar solos en una habitación, no debíamos acercarnos ni intercambiar palabra, precisamente por el pasado que compartíamos.

—Gracias por la información, pero puedes irte a tomar por saco, justo por donde has venido.

Le señalé la puerta con el mentón. No estaba bromeando en

absoluto, tanto que intenté cerrarle la puerta en la cara, pero ella frustró mi intento, bloqueándola con ambas manos.

—Sé amable por una vez, Miller, no estás en condiciones de dártelas de gánster.

Ella sonrió y entró con prepotencia en mi casa de invitados; o, mejor dicho, en mi espacio personal, cruzando la línea que siempre me había impuesto no cruzar con ella. Me quedé quieto en el umbral y la miré molesto: no la quería cerca, ni en mi camino ni dondequiera que estuviese yo.

—Megan, no me hagas repetírtelo. Vete —dije en un tono medido pero firme.

Miró alrededor de la sala de estar, como si no le hubiera ordenado largarse, y luego se inclinó para coger mi cigarrillo humeante del cenicero y llevárselo a los labios mientras se giraba hacia mí.

—Alguien os grabó. Estaba todo el mundo viendo el vídeo y comentando lo fuerte que fuiste, lo alterado que estabas, etcétera —dijo apresuradamente, agitando una mano en el aire—. Pero... —Le dio otra calada a mi cigarrillo y luego aplastó la colilla en el cenicero, centrando toda su atención en mí—. Pero no estabas simplemente furioso. Había algo más en tus ojos. Algo que venía de aquí.

Se tocó el centro del pecho con una mano y yo cerré la puerta, resignándome a la idea de que no se iba a ir. Podía agarrarla por el codo y echarla, pero en ese momento no estaba ni de humor ni en condiciones físicas para hacerlo.

—¿Qué quieres de mí? —pregunté exasperado.

Mantuve cierta distancia entre nosotros, me acerqué a la isla de la cocina y apoyé una mano en ella. Necesitaba tumbarme, pero no quería mostrarle ninguna debilidad.

Al día siguiente estaría mejor, pero ahora sentía la necesidad de descansar, de desconectar el cuerpo y la mente.

Siempre me pasaba lo mismo después de mis arrebatos de ira. Eran tan intensos que me agotaban, me debilitaban y me dejaban sin fuerzas.

En ese instante, Megan analizó mi aspecto y esta vez no miró los moratones, sino que admiró cada ángulo, cada músculo evidente, cada relieve natural y línea definida.

Me di cuenta por la forma en que sus ojos se iluminaron y tragó saliva.

Ella quizás hiciera alarde de confianza en sí misma; yo, en cambio, la tenía.

Ella se hacía pasar por mujer, pero yo era un hombre, y no solo en la cama.

No bastaba con que una chica fuera atractiva para follar conmigo. Yo era calculador, era astuto, malvado y haría cualquier cosa para averiguar el propósito de sus actos.

Por eso sospeché que había algo extraño detrás de su inusual visita.

Siempre nos habíamos ignorado, mientras que ahora parecía que mi salud mental se había convertido en una prioridad para ella.

—¿Y bien? —la insté cuando noté que sus ojos se concentraban en mi zona pélvica, cubierta por la goma del chándal negro. No sabía lo que estaba observando: si el bulto entre mis piernas o el *Pikorua* de mi cadera izquierda.

¿Tal vez se preguntaba dónde terminaba la punta de mi tatuaje?

—Por si te lo estás preguntando, termina en la base de mi polla —la provoqué y ella se sobresaltó e inmediatamente dirigió los ojos a mi cara—. Pero lo siento por ti. Nunca lo verás.

Con la mano izquierda me bajé mínimamente el elástico de mis pantalones, dejando que asomara por debajo, y luego me los volví a subir a la cadera y le sonreí provocativamente.

Decidí hacerla sentir incómoda; sería el precio a pagar por invadir mi intimidad.

—Ya sabía que tienes un cuerpo bonito —replicó ella, para nada avergonzada—. Que tu tatuaje terminaba ahí, lo suponía, pero me gusta más el *Toki*.

Se encogió de hombros y desvió la mirada hacia el tatuaje maorí de mi bíceps derecho. Era la primera vez que me veía semidesnudo, por lo que estaba aprovechando la oportunidad para examinarme en condiciones.

Los tatuajes eran solo una distracción para confundirme.

Pero yo era muy astuto, y ni siquiera una chica inteligente como ella podía engañarme.

Me pasé una mano por el pelo, desordenando nerviosamente el tupé, y luego volví a centrarme en ella e intenté no perder el control.

—Entonces, ¿qué quieres?

Me acerqué al sofá y ella retrocedió.

¿A Megan la asustaba tenerme demasiado cerca?

Al pasar junto a ella me di cuenta de que mi robusta talla hizo que se pusiera rígida, y recordé que una vez, en lugar de temerme, me había considerado un amigo con el que jugar en el parque, tan inconsciente como yo de lo que sucedería más tarde.

Me senté, presionándome las costillas con la mano, y apoyé la espalda en la suave tela del sofá, respirando profundamente.

A estas alturas se estaba volviendo agotador hacer cualquier movimiento por leve que fuera.

—¿No puedo hacer una visita de cortesía a un amigo?

Se quedó de pie enfrente de mí, y la escudriñé con atención, fijándome ahora en su atuendo. Llevaba unos pantalones negros de cintura alta y un jersey corto, cubierto por un abrigo largo. Su pecho alto y generoso era claramente visible, a pesar de su intento de ocultarlo con aquel abrigo horrendo, y las curvas de sus caderas formaban un reloj de arena perfecto. Una bufanda de lana le envolvía el cuello y unos botines altos de piel estilizaban su figura. Era la segunda vez que me sorprendía observándola de forma tan descarada, pero no sentía ninguna atracción sexual por ella y me alegraba de ello. Ninguna parte de mi cuerpo exigía su atención, y eso denotaba que era mucho más fuerte que sus constantes provocaciones.

—Tú y yo no somos amigos —le dejé claro, volviendo a mirarla a los ojos, y la sorprendí mirándome fijamente. Estaba sentado en el sofá, lleno de cortes y moratones y, sin embargo, me miraba como si nunca hubiese visto a un hombre en chándal y sin camiseta.

—Siempre podemos hacernos amigos.

Cruzó los brazos sobre el pecho e hizo estallar una burbuja con un chicle que ni siquiera me había dado cuenta de que estaba masticando.

Su actitud descarada era insoportable.

—Nunca. Me importa una mierda tu amistad.

Levanté la voz y, de nuevo, otra punzada de dolor me hizo reclinar la cabeza sobre el sofá e inhalar profundamente. Miré al techo y traté de arreglármelas.

Calma, tenía que mantener la calma.

—Hoy estás más irritable que de costumbre.

Miró a su alrededor con gesto aburrido y me habló con esa

confianza que intentaba no perder, solo para demostrarme que estaba a la altura de enfrentarse a alguien como yo.

Empecé a pensar en una forma de alejarla de mí y de la casita de la piscina, y no me fue difícil pensar en algo diabólico para herirla.

—Pero ¿tú te estás oyendo? Me hablas como si me conocieras de verdad —me burlé de ella, tratando de no prestar atención al dolor de mi cuerpo.

Megan dejó de mirar a su alrededor y observó con sus ojos verdes la expresión chulesca de mi cara.

—¿Sabes lo que veo cuando te miro? —dijo de repente, mirándome fijamente desde arriba, como una bruja dispuesta a lanzar algún hechizo maligno sobre mí—. Veo a un hombre que no consigue luchar contra su pasado, un hombre que se ha anulado, dejándose abrumar por los recuerdos, los mismos que revive al dormir con diferentes mujeres, creyendo que es la solución a todos sus males. Veo a un hombre incapaz de reconocerse a sí mismo que intenta autodestruirse, que utiliza su cuerpo como medio de comunicación, solo por miedo a que sus sentimientos puedan hacerle daño. Veo a un hombre bueno e inteligente, que lleva una armadura que solo utiliza para ocultar sus debilidades, porque es incapaz de curarse y, sobre todo, de quererse.

Levantó una comisura de los labios en una mueca desafiante y permaneció inmóvil, mirándome fijamente. Aunque intenté fingir lo contrario, había cazado al vuelo cada palabra de su discurso, y odiaba admitirlo, pero me había herido en mi orgullo masculino.

Un orgullo que no permitía que nadie pisoteara.

No pretendía que me entendieran, pero odiaba que me juzgaran.

Con una fuerza que me recorrió inesperadamente de las piernas hasta el cerebro, me levanté, con la mano aún en el abdomen, y me acerqué a ella, alzándome sobre su cuerpo.

Había entendido sus intenciones: me estaba provocando para obtener de mí una reacción, y ahora yo correspondería de la misma forma.

—¿Sabes tú lo que veo yo cuando te miro? —murmuré con un timbre diabólico. Megan tragó saliva y por fin noté que su falsa confianza vacilaba. No fue suficiente: iba a destrozarla por completo. Avancé un paso más hasta que su cara estuvo a la altura de mi pecho y me incliné lo suficiente para mirarla a los ojos;

era allí donde me iba a apoderar de cada uno de sus miedos para golpearla y herirla de gravedad—. Veo a una mujer que cree que ha olvidado el pasado, pero que sigue llevando sus marcas. Veo a una mujer que solo sabe vestirse de negro, cubrir su cuerpo. Una mujer que no ha tenido relaciones con hombres desde quién sabe cuándo, porque es incapaz de dejar que la toquen. ¿Crees que no te he observado a lo largo de los años? ¿Crees que no me he dado cuenta de tu actitud esquiva y desconfiada? —susurré sin apartar la vista de sus ojos que ahora estaban nublados y cargados de una rabia oscura que intentaba controlar—. ¿Cuánto hace que no te acuestas con un hombre? ¿Cuánto tiempo hace que no tienes una relación normal? ¿Cuántas noches has pasado soñando con Ryan? ¿Cuántas te quedas en vela imaginando sus manos sobre ti? —le pregunté con fingida curiosidad y ella bajó sus ojos a mi pecho, mirándome allí en vez de a la cara—. Puedes engañar a tu psiquiatra, y al mío también, pero a mí no —concluí.

Un pequeño temblor de sus hombros me hizo darme cuenta de lo poderosas que habían sido mis palabras. Le había echado en cara la verdad, una verdad que nadie más podía entender mejor que yo. Sus temores afloraron, pero solo por un breve instante; Megan los ahuyentó rápidamente, esbozando una sonrisa falsa para ocultarlos.

—Te excita darle a la gente donde duele, ¿verdad?

Enseguida recuperó la confianza y levantó la barbilla en señal de desafío, para hacerme intuir que tal vez me dejaría ganar la batalla, pero no la guerra.

—Igual que te excita a ti darme a mí donde me duele —respondí en la misma línea, alejándome de ella, de su cuerpo y de su olor.

Megan sonrió y me miró de arriba abajo, con la misma expresión de confianza en el rostro que me habría gustado borrarle de una bofetada, si hubiese podido; luego avanzó hacia mí y se puso de puntillas para llegar a mi oído. En ese instante, sus pechos se apretaron contra mi tórax y sus caderas coincidieron con las mías. Me encontré en el espacio entre sus muslos que custodiaba su sexo, y estaba seguro de que ella también notaba el mío.

—Te contaré un secreto —susurró con voz sensual—. Sin duda eres un hombre difícil de manejar, Miller, pero yo ya he vivido el infierno. No tengo miedo de ningún demonio, y menos de ti.

El calor de su aliento acarició mi hombro, luego se apartó de mi oído y me sonrió. Miré instintivamente sus labios carnosos y me detuve en el pequeño lunar que, como un grano de café, salpicaba el arco de Cupido del labio superior, subrayando sus orígenes italianos. Un momento después, retrocedí y di otro paso atrás, estableciendo la distancia necesaria entre nosotros.

—No juegues conmigo, Megan, porque si empiezo a jugar yo, te vas a hacer mucho daño —le advertí con firmeza.

Ella era inteligente y entendería lo que quería decir.

Una sonrisa burlona curvó sus labios, y luego, sin decir nada más, dio media vuelta, caminó con decisión hacia la puerta y se marchó, dejándome allí de pie, reflexionando sobre lo que acababa de pasar.

8

Selene

> El amor no nace como una enfermedad,
> pero se torna enfermedad cuando, si no
> es correspondido, se convierte en una obsesión.
>
> AVICENA

No hacía otra cosa que pensar en Neil.

Desde que había vuelto de Coney Island, revivía todo el tiempo en mi interior el momento en que me había rozado contra la puerta, la lujuria que había despertado en mí con su mirada ardiente, el cálido aliento que se había deslizado entre mis labios, haciéndome anhelar locamente los suyos.

Si me hubiese besado, habría sucumbido, porque lo deseaba.

Era una sensación nueva para mí, nunca había sentido una atracción así por nadie.

Cuando Bailey o Janel me habían hablado de la existencia de la «atracción física», siempre había pensado que no era real, pero solo porque nunca la había experimentado en mi propia piel.

Sin embargo, ahora sabía perfectamente de qué estaban hablando.

El roce de sus dedos siempre provocaba escalofríos incontrolables en mi cuerpo.

Le echaba la culpa a sus ojos brillantes como el oro oxidado y a su intensa voz de hombre maduro, solo para desterrar de mi mente la idea de que Neil se estaba convirtiendo en una verdadera adicción.

Después de la confesión de Logan sobre Kimberly, algo dentro de mí había cambiado. Ya no podía juzgar a Neil ni su comportamiento a menudo inaceptable, sino que quería empatizar con él, quería estar ahí para él, para hacerle entender que el amor era la aceptación absoluta del otro.

¿Había dicho amor?

Sí, eso había dicho.

Aunque no tenía ni idea de lo que era el amor, era el único sentimiento que podía asociar con mi problemático. Además, estaba segura de que algo había cambiado también en él con respecto a mí. Nunca lo había visto tan confundido. Normalmente, Neil siempre manifestaba una confianza, un dominio que habría hecho palidecer a cualquier otro hombre, pero aquella noche en la playa no.

Aquella noche lo había visto desconcertado, inestable, luchando con emociones contradictorias que intentaban salir a la superficie. Lo había visto en sus ojos. Había llegado a conocerlo un poco, a interpretarlo, e incluso cuando se negaba a hablarme, sus gestos, sus expresiones, las diversas entonaciones de su voz me comunicaban lo que estaba sintiendo.

«Tú eres mi más allá.»

No sabía exactamente cómo interpretar una confesión como aquella. Había pronunciado esas palabras con rabia, pero yo las había percibido de forma diferente.

Había tenido la impresión de que, a su manera, me había dicho algo importante.

Pero ¿qué lo llevaba a esquivarme todo el tiempo? ¿Por qué le daba tantísimo miedo?

Sabía que Neil no estaba enamorado de mí, él ni siquiera creía en el amor, pero había una sutil conexión entre nosotros.

Y eso era innegable.

Sin embargo, se le daba muy bien encerrarse en sí mismo, guardarse todos sus miedos, porque no le gustaba compartirlos. En general, ninguna mujer los notaba, pero yo sí, ya que él mismo me había permitido asomarme a su alma. Y ahora no dejaba de preguntarme qué habría pasado con Kimberly, cuántas humillaciones le había infligido, cuántos colores había apagado en la vida de un niño al que se le había negado la infancia.

Se me rompía el corazón cada vez que pensaba en ello.

Pero, además de todo esto, había otro problema: míster Problemático era el hijo de la novia de mi padre.

¿Qué pasaría si Matt y Mia se enteraban?

—Ey, planeta Tierra llamando a Selene.

Janel me pasó una mano por delante de los ojos absortos en mis pensamientos sombríos. No había dicho una palabra desde que habíamos entrado en el bar al que iba siempre con mis amigas.

—Desde que volviste de Brooklyn estás todo el día en las nubes —me reprendió Bailey, sentándose a mi lado.

No les había contado nada de lo que había pasado. Por alguna razón inexplicable, sentía la necesidad de proteger a Neil, de custodiar los momentos que habíamos compartido en la habitación y en la playa, y de preservar las confesiones de Logan.

Con Neil, me sentía como una mariposa.

Una pequeña mariposa que, a pesar de tener todo un cielo en el que alzar el vuelo, siempre elegía posarse en su corazón, una flor dañada.

—Es cierto, estás distinta. Pareces… —Janel hizo una pausa y bebió un poco de zumo de naranja con la pajita—... pensativa.

Di vueltas despacio a la cucharilla en la taza de café y miré el líquido oscuro en el interior, reflexionando.

—¿Qué es el amor para vosotras? —pregunté de repente, y miré a mis dos amigas, que me miraron con cara rara.

Probablemente no esperaban una pregunta así de mí. Yo siempre había evitado ese tipo de conversaciones.

—Hay muchísimas definiciones del amor, pero la única certeza que tenemos es que nadie sabrá nunca lo que es de verdad —contestó Janel primero.

—Es como un rayo. No sabes cuándo te alcanza hasta que lo sientes aquí.

Bailey se tocó el pecho y sonrió, y yo volví a mirar mi taza. Acaricié el borde con el dedo índice mientras pensaba en sus respuestas.

—¿Y tú qué crees que es? —me preguntó Janel, y yo levanté la mirada hacia ella.

Tenía la frente arrugada y una mano bajo la barbilla. Nunca la había visto tan concentrada, ni siquiera en la universidad.

—Para mí, el amor es… —murmuré con torpeza. Siempre me había dado vergüenza expresar mi punto de vista sobre cuestiones tan personales, pero era yo quien había iniciado la conversación, y sincerarme con mis amigas podía ayudarme—. El amor es cuando ves a la persona que amas y te sudan las manos, las piernas te fallan de repente y el corazón te late en el estómago. Te gusta todo de él, hasta el más mínimo detalle; hasta la más imperceptible imperfección resulta ser la perfección absoluta. El amor es cuando ves el universo entero en sus ojos y el mundo pierde el sentido. El amor es cuando hueles su perfume incluso sentada en un banco del parque, y levantas la mirada de las páginas del libro porque te parece que está ahí, a tu alrededor. El amor es la invasión de su rostro en tus pensamientos. Cuando se mete en tu cabeza con prepotencia, sin la menor intención de marcharse y, en esa microscópica fracción de tiempo, estás en otro lugar. El amor es cuando los días pasan despacio si él no está. Buscas sus ojos en los de los demás, pero el color de los suyos es demasiado particular, demasiado raro, tanto que no puede pertenecer a nadie más. El amor es la ausencia de rencor y de odio, para bien y para mal. Arrastras con la persona que amas la maleta de su pasado, para llevarla juntos hacia un futuro mejor. El amor es cuando aceptas al otro incondicionalmente, porque simplemente… lo amas.

Le puse palabras a todo lo que sentía en aquel momento. Eran emociones tan fuertes, tan intensas que me resultaban incontrolables. Hablar de ello debería haber aligerado mi alma, pero, en cambio, solo me confirmó lo que ya sospechaba desde hacía tiempo: Neil no solo me atraía, sino que le profesaba sentimientos fuertes e incontestables.

Miré a Janel y a Bailey, que me miraban completamente embelesadas por mis palabras. Janel sonrió y suspiró con aire soñador, apoyando la barbilla en ambas manos.

—Vaya —susurró como si acabara de presenciar un espectáculo increíble.

—Si ese es el efecto que causa Neil Miller, me gustaría conocerlo —comentó Bailey por su parte.

Ninguna de las dos sabía que los efectos de Neil eran muchos y no siempre positivos.

Como en la fogata, por ejemplo, donde me había tratado con condescendencia y me había dirigido bromas mordaces que habrían hecho perder la paciencia a cualquiera.

Habíamos discutido acaloradamente y yo había llorado delante de él, pero porque me había dado cuenta de que Neil estaba luchando.

Estaba luchando contra sí mismo.

Me había llevado mucho tiempo entenderlo, pero ahora no podía enfadarme con él, aunque a ojos de los demás pudiese dar la impresión de ser una niñata carente de orgullo y dignidad. Por fin me había dado cuenta de que, para derribar las tinieblas que envolvían a Neil, las armas no podían ser el odio ni la distancia.

Tendríamos que volar juntos contra la adversidad, como Peter y Campanilla.

Saqué apresuradamente el móvil y, sin pensarlo mucho, le escribí un mensaje.

Los dedos me temblaban sobre la pantalla y tuve que volver a leerlo para asegurarme de que no había errores.

¿He entendido cuál es la respuesta correcta?

Neil me había preguntado dónde quería estar cuando estábamos en la habitación de la casa de la playa, y, aunque tarde, había adivinado lo que quería decir.

Es que, además, Neil no solo era complejo, sino también especialmente profundo. Detrás de cada una de sus afirmaciones siempre escondía una parte de sí mismo, por lo que nunca desperdiciaba las palabras. Por eso a menudo me sentía incapaz, no conseguía seguirle el ritmo ni entender inmediatamente sus razonamientos.

Miré la pantalla apagada del teléfono móvil, insegura. Tal vez Neil ni siquiera respondiese al mensaje; después de todo, en la playa se había despedido de mí descartando cualquier posibilidad de una relación entre nosotros, pero estaba segura de que no era la única que sentía ciertas emociones cuando estábamos cerca, cuando nuestros ojos se comunicaban en silencio, de manera incomprensible para muchos.

En ese momento, Janel y Bailey empezaron a hablar de nuevo entre ellas. Oí el nombre de Tyler, con quien mi amiga parecía obsesionada. Yo, en cambio, solo podía mirar el móvil, convencida de que Neil iba a pensar que estaba loca o, peor, que era una niñata y estaba colada por él.

Cuando el teléfono vibró en mis muslos, pegué un respingo.

Desbloqueé la pantalla y leí su mensaje.

«¿Y cuál es, niña?»

Me contestó llamándome de esa forma que me encantaba. Solía usarlo cuando estaba de buen humor o cuando intentaba seducirme. Entonces, ¿no estaba enfadado conmigo? ¿El cabreo en la playa se debió solo a un momento de… debilidad? ¿Confusión?

El problemático era verdaderamente contradictorio, y yo me estaba volviendo igual.

Un leve desmayo me hizo apretar las piernas al recordar todas las veces que había sucumbido a la lujuria, pero los sentimientos de culpa habían desaparecido. Por completo.

«El país de Nunca Jamás. Me gustaría estar allí contigo y sé que a ti también.»

Sonreí porque me encantaba provocarlo.

«¿No estás enfadada por las cosas que te dije?»

Ahí estaba, el niñato de Neil, tratando de alejarse de mí como fuese, pero yo ya había entendido su juego. Nunca antes había conocido a un hombre como él, así que al principio le había resultado bastante fácil manipularme.

Había pensado en sus palabras durante mucho tiempo.

En otra vida, habría luchado por alguien como yo.

En realidad, no tenía fuerzas para librar guerras imposibles, porque él pensaba que yo lo juzgaría, pensaba que todas las mujeres eran como Kimberly, creía que todas las mujeres iban a utilizarlo como un objeto. Vivía encerrado en sus convicciones y se privaba de las cosas bonitas de la vida. Que existían, aunque estuviesen bien escondidas. Además, la felicidad era posible para todos, solo había que buscarla.

«Sigo enfadada, pero te he perdonado.»

«No voy a pedirte perdón.»

Respondió de inmediato, como si estuviera esperando mi mensaje. Tal vez tenía el móvil bajo los ojos, igual que yo. Tal vez a él también le latía el corazón, tal vez también me echaba de menos, pero no me lo iba a decir.

«No espero que lo hagas.»

Tecleé a toda prisa.

No quería sus disculpas, una clara señal de que estaba aprendiendo a entenderlo. Su comportamiento era solo una forma de despistarme, de hacerme desistir de la idea de conocerlo mejor, de saber más de él. Neil se había dado cuenta de que lo entendía por dentro y trataba de defenderse de mí.

«Sigo pensando lo que te dije. La cosa no funcionaría entre nosotros.»

Lo dejó claro de nuevo con su habitual franqueza.

Fruncí el ceño al leer esas pocas líneas. Se refería a la imposibilidad de que las cosas volvieran a ser como antes, aunque ninguno de los dos sabía exactamente cómo descifrar la relación que teníamos en Nueva York.

Sin embargo, aunque estábamos lejos y llevábamos dos vidas opuestas, no habíamos conseguido olvidar nada.

Sobre todo, no habíamos conseguido olvidarnos el uno del otro.

Un rato después, me levanté de la mesa con el móvil en la mano, pagué y seguí a mis amigas fuera del bar, pero mi mente seguía anclada a la conversación con Neil. Lo hacía todo de forma mecánica. Asentía a lo que decía Janel, contestaba distraídamente a Bailey, pero en realidad solo quería estar sola para poder hablar con él de nuevo.

¿Aquel también era uno de los efectos secundarios del amor?

«Eso es lo que piensas, pero no lo que quieres de verdad», rebatí.

Quizás estaba exagerando, pero Neil tenía la capacidad de ser terriblemente presuntuoso y arrogante. Estaba convencido de que lo sabía todo, de que prohibirse a sí mismo establecer relaciones humanas con las personas era la solución a sus problemas y, sobre todo, de que no merecía ser objeto de sentimientos verdaderos y puros.

Estaba convencido de que estaba equivocado, de que él era el monstruo.

¿Por qué había tardado tanto en entenderlo todo?

Porque nadie, y menos él, me había contado nada de su pasado.

«Lo que uno quiere no siempre es lo correcto.»

Otra respuesta negativa.

Me despedí de mis amigas y puse rumbo a casa. Caminaba alternando la mirada del móvil a la acera. De vez en cuando me tropezaba con mis propios pies, distraída por la conversación. No siempre era posible hablar con Neil, aunque ahora solo estuviera presente de manera virtual, así que aproveché la oportunidad para exprimir al máximo su locuacidad transitoria.

«Lo correcto no siempre es lo mejor para uno mismo.» Tecleé con ambos pulgares, más decidida que nunca a ganar aquella guerra intelectual. Sin embargo, no contaba con resultar vencedora: Neil era tan inteligente como obstinado; no era fácil doblegarlo a la voluntad de los demás, ni siquiera por razones plausibles.

«¿Y qué crees que es lo mejor para ti?», preguntó, y me detuve en un punto impreciso sobre el pavimento. Con una mano me ajusté la bufanda alrededor de mi cuello, porque hacía mucho frío y el aire denso me cortaba la cara como una cuchilla afilada.

Una mujer que llevaba de la mano a una niña pasó por delante de mí con el rostro aterido, y me fijé en que incluso los dedos con los que agarraba el móvil estaban congelados, pero no me había puesto los guantes para poder continuar mi diálogo con él.

«Estar contigo», confesé, y lo envié sin pensar.

No sabía si aquello podía considerarse una verdadera declaración de amor, pero, en cualquier caso, me arrepentí inmediatamente de haberla escrito. De repente, el frío circundante fue sustituido por el calor que emanaba de mis mejillas. Empecé a caminar de nuevo y me mordí el labio inferior, encogiéndome dentro del abrigo largo. Sacudí la cabeza al pensar en lo absurdo que era lo que acababa de hacer. Neil no iba a contestar. ¿Cuántas mujeres, más atractivas, más experimentadas y capaces, tenía a su alrededor? Muchísimas.

No me iba a elegir a mí, no iba a perder el tiempo con una niñata.

Neil creía que no sería capaz de gestionarlo, y a veces yo también lo pensaba, pero algo dentro de mí ahuyentaba esas dudas, porque yo lo aceptaba como era.

El móvil vibró y lo leí inmediatamente. No esperaba una respuesta, pero…

«Ya te he dejado estar conmigo.»

Gruñí de rabia. Eso era lo que Neil entendía por estar juntos: compartir cama.

Su mente solo proyectaba una relación sexual, nada más.

En su cabeza, él y yo habíamos estado juntos. Su cuerpo era un tiovivo en el que me había permitido montarme varias veces, me había dejado jugar y ahora le tocaba a la siguiente.

Neil era increíble en todos los sentidos y poseía un alma profunda y una mente brillante.

Se comunicaba solo a través del sexo, se expresaba con el físico, y las mujeres, cautivadas por su potencia y su atractivo, no entendían lo que, en realidad, escondía tras su mirada enigmática y su seductora sonrisa.

Yo misma había cometido ese error, pero ahora sabía que lo habían tratado como un objeto de niño, y que incluso ahora se consideraba un objeto, porque estaba convencido de que no podía dar nada más.

«No me refería al sexo», escribí, con los dedos casi insensibles por el frío.

¿Cómo podría hacer que lo entendiera?

No era fácil cambiar su forma de pensar. Neil había crecido pensando así.

Quince minutos después llegué a casa, aún ensimismada en mis pensamientos.

En todo ese tiempo no había respondido, como me esperaba.

Atravesé el camino de entrada y levanté una mano para saludar a la señora Kamper, mi vecina, que se dirigía a su coche. Le sonreí, pero un mareo repentino me hizo agarrarme a la balaustrada del porche. Los latidos de mi corazón se aceleraron y unos fuertes ramalazos de dolor en la cabeza me hicieron cerrar los ojos e inhalar profundamente. Cada vez me daban vértigos y migrañas más a menudo.

Ya se lo había contado a la doctora Rowland, que me había asegurado que no era motivo de preocupación, sino solo los síntomas postraumáticos de mi accidente.

Me guardé el móvil en el bolsillo del abrigo y me tomé unos minutos antes de dar los últimos pasos que me separaban de la puerta principal.

La sensación de angustia volvió a atenazarme el pecho, porque notaba el cuerpo débil, dormía poco por las noches y los dolores de cabeza eran frecuentes. En realidad, no sabía realmente con quién hablar de ello, aparte de la médica, ni cómo afrontar la situación. Trataba de ocultar mi sufrimiento para no alarmar a mi madre, así que intentaba superar sola los peores ataques, que a menudo me asaltaban sin previo aviso durante el día.

Cuando estuve más tranquila, entré en la casa y me obligué a esbozar una sonrisa.

—Mamá, ya estoy en casa.

Dejé la bolsa al lado del mueble de la entrada y me quité el abrigo para dejarlo en el perchero. Cuando me giré hacia el salón, percibí, sin embargo, la presencia de un extraño, y mi expresión fingida de alegría dio paso a la confusión total.

—Ah, hola, cariño.

Mi madre estaba de pie, tan guapa como siempre, charlando alegremente con alguien que imaginé que era un invitado. Avancé hacia él y alterné mi mirada de uno a otro. Me detuve en el rostro del hombre que no aparentaba más de cuarenta años. Tenía los ojos grises y particularmente intensos, y el cabello negro bien peinado. La mandíbula era cuadrada y estaba cubierta por una barba leve y oscura, la nariz recta y los labios finos pero sensuales. Su elegante traje antracita se hacía eco del color de los iris del hombre, y tenía un cuerpo esbelto pero delgado. Tenía encanto propio, y era el tipo de hombre a cuyo paso cualquier mujer se daría la vuelta, así que enseguida sospeché que a mi madre podría gustarle.

—¿Esta es tu hija? —La voz, baja y ronca, me hizo quedarme inmóvil a poca distancia de él. Algo hizo que lo estudiara, con cautela.

—Sí, Anton. Te presento a Selene.

Mi madre me sonrió y yo intenté corresponderle, ocultando mi evidente asombro.

—Encantado de conocerte, Selene. Soy Anton Coleman.

El hombre me tendió la mano y, tras demorarme unos instantes, se la estreché.

—Bueno, Judith, como siempre el tiempo contigo pasa demasiado rápido, pero tengo compromisos ineludibles que atender.

Tras una breve inclinación de cabeza en mi dirección, Anton se dirigió hacia la puerta, acompañado de mi madre, mientras yo seguía observándolo. Los dos se despidieron y, cuando ella cerró la puerta y me miró, me quité la bufanda y la tiré al sofá.

Entonces le pregunté sin ambages:

—¿Tienes algo que contarme?

Mi madre sabía que aceptaría a otro hombre en su vida —mi padre había seguido adelante y era justo que ella también lo hiciera—, pero probablemente temía mi reacción de todos modos. Por mi parte, era muy protectora y celosa de ella, aunque nunca había condicionado su vida ni sus elecciones. Tenía que admitir, eso sí, que aquel era un cambio en lo que a ella respectaba. Después del divorcio, no había tenido más relaciones. Afirmaba que los hombres eran todos iguales y que siempre acababan haciendo sufrir a las mujeres, así que me pregunté qué la había hecho cambiar de idea.

—Es solo un compañero —se justificó, dirigiéndose a la cocina con la intención de rehuir mis preguntas.

—Tiene unos ojos preciosos, nuestro amigo Anton —le dije en broma, siguiéndola hasta la cocina.

Mi madre me dio la espalda y empezó a mover cosas al azar por la encimera, fingiendo ordenarlas.

—Selene, ya te lo he dicho, es un compañero de trabajo. Además, es demasiado joven —murmuró, agitando una mano.

—¿Cuántos años tiene? —pregunté con curiosidad, conteniendo una carcajada.

—Cuarenta —replicó; solo tenía cuatro años menos que ella.

—¿Y qué hacía aquí?

Intenté tranquilizarla esbozando una sonrisa. No quería que pensara que no podía hablar conmigo de ello. Yo era su hija y la complicidad siempre había sido una característica de nuestra relación.

—Me había dejado la agenda en clase y él ha tenido la amabilidad de venir a devolvérmela —contestó, pero algo no me cuadraba. En primer lugar, era digno de atención que Anton supiera dónde vivíamos y, en segundo lugar, mi madre se había vuelto a sonrojar.

—Ya veo —dije—. ¿Así que también es profesor? —Ella asintió—. ¿Os veis mucho? ¿Estáis saliendo? Cuéntamelo todo —insistí, y en ese instante me di cuenta de que los mensajes que mi madre leía a menudo con expresión soñadora eran sin duda de ese hombre. Así que mi sospecha inicial de que había algo entre ellos se confirmó.

—Solo hemos quedado una vez, cuando tú estabas en Nueva York —comenzó—. No ha pasado nada entre nosotros —dejó claro de inmediato para disipar cualquier duda que yo pudiera tener—. Yo solo he estado con tu padre, vamos, que él fue mi primer amor, y no es fácil encariñarse con otra persona. Además, a mi edad… —susurró con un pesimismo que yo no compartía en absoluto.

Mi madre era una mujer culta, inteligente y encantadora. A pesar del paso del tiempo, su belleza no había palidecido, y poseía valores y cualidades únicas que seguramente impresionarían a cualquier hombre.

—Bueno, conócelo, a ver cómo va. Confío en ti, mamá, y en tus decisiones. Sé que harás lo correcto.

Le di claramente mi bendición, y me complació leer en sus ojos una esperanza tácita.

Después de eso, hablamos durante una hora entera de Anton Coleman.

Mi madre me contó todos los detalles de su primera cita, y de todas las cualidades que la habían cautivado desde el primer momento. También me dijo que había sido muy racional y que se había pensado mucho si empezar o no una relación de verdad; en cualquier caso, por el momento, se iba a tomar un tiempo para profundizar en ese agradable período de conocerse.

Seguí haciéndole preguntas y escuchándola, hasta que mi madre desvió mi atención hacia otro tema menos emocionante: Matt Anderson.

—Llámalo. Ha estado llamándote al móvil y ha dicho que no contestabas. Quiere hablar contigo.

Mi madre me dio su móvil y me instó a devolverle la llamada a Matt. Vale, habíamos pasado un día entero juntos y hasta le había dado un regalo hecho con mis propias manos, pero para mí seguía siendo el gilipollas de mi padre, Matt Anderson, aunque mi animosidad hacia él había disminuido ligeramente.

—Venga.

Me sonrió y puse los ojos en blanco, cogiendo el teléfono de mala gana.

Me levanté del taburete y me dirigí a la ventana del salón, lo llamé mientras mi madre empezaba a preparar la cena.

—Selene —contestó al segundo tono, como si estuviera esperando tener noticias mías.

Suspiré y miré el cuidado jardín de nuestra casa, reflexionando sobre qué decirle para no parecer malhumorada.

—Hola, Matt. ¿Me buscabas? —No fui amable, pero tampoco demasiado brusca.

—Sí, quería proponerte que vinieras a casa este sábado —dijo de repente, sin vacilación alguna.

Fruncí el ceño, porque no me esperaba algo así en absoluto. ¿Quería que fuera a su casa para pasar más tiempo juntos? ¿Allí, en la mansión desde la que me había escapado la última vez?

El calor de los recuerdos que asociaba a aquella casa me incendió las mejillas, y no solo eso.

Dios, tenía que pensar con claridad.

—Ya lo he hablado con tu madre. Yo te compro el billete y, por supuesto, te recogeré en el aeropuerto. ¿Qué te parece? —añadió con entusiasmo, y me paré a pensar en ello.

Neil no había respondido a mi mensaje y había cortado nuestra conversación, como era su estilo.

Como siempre, él lo decidía todo. Su lado dominante; a veces lo apreciaba y otras veces lo odiaba.

A pesar de ello, podía aceptar volver a Nueva York, no solo por Matt, sino para ver a Neil de nuevo.

Me sonrojé.

El verdadero problema era: ¿querría volver a verme?

Volveríamos a compartir casa y familia. Sin embargo, nuestra relación había empeorado después de mi accidente, así que volver podía no ser la mejor decisión.

No quería perseguirlo, no quería agobiarlo ni asfixiarlo.

Había llegado a entender su carácter, Neil era un espíritu libre, enormemente independiente y rebelde.

Volvería a huir de mí, y esa no era mi intención, pero…

—¿Selene? ¿Estás ahí? —Matt me despertó y me aclaré la garganta.

—Sí —dije, insegura.

No quería regresar a Nueva York ni poner un pie en aquella mansión, pero la idea de volver a ver los ojos dorados de Neil, oler su perfume, percibir su presencia en la habitación de al lado me provocó una poderosa sacudida en el pecho que hizo que me faltara el aire.

Tuve que agarrarme a algo para no ceder al agotamiento fulminante que había debilitado mi cuerpo con el mero recuerdo de sus manos sobre mí, de su boca impúdica, de la pasión ardiente, de su dominio en la cama y…

—Entonces, ¿vienes? —insistió mi padre, alarmado por mi silencio, mientras yo intentaba reconectar con la realidad.

Iba a negarme, iba a pronunciar un firme «no». No podía vivir con Neil, no ahora que había descubierto que sentía algo de verdad por él. Si se traía a Jennifer o a otra de las muchas rubias, y me veía obligada a oír o a ver lo que hacían, sufriría y lloraría de nuevo.

No.

Sacudí la cabeza rápidamente.

No podía volver allí.

Un momento. ¿No había dicho que podía manejar a alguien como él?

Sí, lo había dicho, pero el miedo volvía a menudo para atormentarme.

Tenía miedo de lo que sentía cuando me miraba o cuando me tocaba de ese modo tan seguro y experto. Tenía miedo de las emociones que incluso el timbre de su voz despertaba en mí.

Así comenzó una lucha interior entre la razón y el sentimiento. A un no le seguía un sí, y viceversa.

Me lo pensé unos instantes más y, cuando mi padre volvió a llamarme, esta vez impaciente, se impuso el instinto.

—Va... Vale —acepté.

Estaba nerviosa, terriblemente nerviosa ante la idea de volver a ver a Neil.

Desde que había aceptado la propuesta de Matt, no hacía otra cosa que pensar continuamente en él.

Lo veía en mi cabeza, como si fuese real, como si lo tuviera delante.

No podía olvidar esos enigmáticos ojos, sobre todo después de nuestro encuentro en la playa.

Me sentía despojada de toda seguridad, vulnerable y débil.

Débil a su lado.

Neil era un semental, su rostro era una estampa maravillosa que, como las olas del mar, se alargaba y se retraía. Su recuerdo era un tormento lento y continuo, una nostalgia triste pero ardiente que velaba, oscurecía los demás pensamientos, sin dejar espacio para nada más que no fuese él.

A todo esto se sumaba el sentimiento de culpa hacia nuestra familia; cuando recordaba que Neil era el hijo mayor de la pareja de mi padre, cuando realmente me daba cuenta de lo mal que estaba querer besarlo, aquella estampa se convertía en un vendaval que invadía mis días con su clamor y ensombrecía cualquier otra preocupación, porque su recuerdo se volvía un estruendo del que quería liberarme.

Pasé los cinco días anteriores a mi partida a merced de estos sentimientos.

Cinco malditos días planteándome la posibilidad de inventarme cualquier excusa para no ir a casa de Matt. Solo que luego volvía a cambiar de opinión.

—Qué pensativa estás. —Mi madre entró en mi habitación cuando estaba sentada frente al espejo del tocador peinándome. Había vuelto a taparme la cicatriz con un flequillo largo, y ahora estaba tratando de desenredar los molestos nudos de las puntas—. Ven aquí —dijo con dulzura. Se sentó en mi cama y dio una palmadita a su lado. Fui hasta ella con el cepillo; sabía que querría ocuparse de mi larga e indómita melena. Así que me senté y suspiré—. Todavía me acuerdo de cuando te peinaba de pequeña.

La voz de mi madre me llegó como una dulce melodía, detrás de mí, en la cama con dosel, con las cortinas de color marfil alrededor.

Mi mirada se dirigió hacia la ventana entornada delante de mí, mientras la cálida y suave luz de la lámpara colocada en la mesilla de noche iluminaba ligeramente las pálidas paredes de mi habitación, en las que dos pequeños pufs marcaban las esquinas del armario de roble fresado.

—Ya… Me mandabas al colegio con aquellas trencitas perfectas pero ridículas —refunfuñé, y luego bajé la mirada a mis piernas que colgaban sobre el borde de la cama, tapadas con un simple pijama.

—Oye, no te rías del talento de tu madre. Te quedaban muy bien —me regañó sarcástica, echándome el pelo hacia atrás. Me relajé con su suave y cariñoso tacto—. Aún has de contarme lo de Coney Island, que siempre evitas el tema. Seguro que tienes mucho que explicar —dijo intrigada.

Me había preguntado varias veces cómo había pasado aquellos dos días con Matt y su familia, pero yo siempre evitaba hablar de ello.

Mi madre me conocía muy bien y temía que de alguna manera pudiera averiguar lo que le estaba ocultando sobre Neil.

Un secreto que ni ella ni mi padre conocían. Y que no debían saber nunca.

—No hay mucho que contar. Matt cocina regular, ¿sabes? Carbonizó los huevos y tuvimos que ir a comernos un perrito a Nathan's.

Sonreí y giré apenas la cabeza para mirarla, pero ella me la movió para que volviera a la posición inicial, mientras seguía peinándome con delicadeza.

—Selene, una madre lo sabe todo antes incluso de que su hija le diga nada… —comentó, haciéndome fruncir el ceño. Aquella vez no me volví hacia ella, sino que me quedé quieta y rígida escuchándola—. ¿Puedo contarte una historia? —me preguntó con voz amorosa.

—¿No crees que soy muy mayor para los cuentos que me contabas de pequeña? —contesté, intentando desdramatizar, disimulando lo inexplicablemente nerviosa que me había puesto.

—Sí, claro. —Siguió cepillándome—. He dicho que te voy a contar una historia, no un cuento —especificó.

La confusión inundó mi cabeza; le eché una mirada fugaz y ella esbozó una sonrisa dulce.

—Érase una vez —empezó, pero yo la interrumpí enseguida.

—Pues con «érase una vez» empiezan los cuentos.

Levanté los ojos al cielo y ella suspiró.

—Bueno, pues digamos que este es un cuento un poco diferente. —Se aclaró la voz y siguió por donde la había interrumpido—. Había una vez una princesa, tumbada en una cama vacía, después de haber caído en un sueño profundo. Su piel clara recordaba al candor de la nieve blanca, y los labios carnosos, al rojo púrpura de una cereza. —Me agarró la mano y acarició el dorso con el pulgar; me giré hacia ella y el azul de nuestros ojos se fundió—. Pero la princesa no estaba sola. Un caballero de aspecto misterioso y fascinante pasaba todo el tiempo con ella y le calentaba el cuerpo frío como un sol brillando sobre la nieve para derretirla lentamente. El corazón de aquel joven, sin embargo, era un cofre secreto, del que ninguna doncella tenía la llave. Muchos le tenían miedo, porque no parecía un buen hombre… —Sacudió la cabeza y me sonrió, acunándome con su voz—. No era gentil ni cortés, más bien era rudo y a menudo arrogante, tanto que nadie sabía qué escondía en los rincones de su alma. Sus ojos eran hijos de la oscuridad, y su espíritu era prisionero de las tinieblas —prosiguió, mirando nuestras manos entrelazadas, y luego levantó imperceptiblemente un ángulo de los labios, como recordando algo bonito.

—Mamá, no entiendo. ¿Qué intentas decirme? —murmuré pensativa, inclinando la cabeza hacia un lado.

—Un día, sin embargo, en el cuarto vacío… —continuó, ignorando mi pregunta—… miró a la princesa como si fuera la criatura más hermosa que había visto jamás. Luego se agachó junto a ella y la cogió de la mano, mirándola con tristeza en el rostro y los párpados apagados —susurró, humedeciéndose el labio carnoso y sonrosado—. Le puso la mano en el pecho y, aprovechando el sueño de la doncella, le dijo lo que sentía, algo que su mente tenía miedo de confesar. Abrió para ella el cofre secreto que era su corazón, revelándole lo que había dentro.

Levantó los ojos y los clavó en los míos; yo estaba embelesada con la historia.

—¿Y qué había dentro? —pregunté con curiosidad, frunciendo el ceño.

—Los monstruos contra los que luchaba. Los monstruos de los que quería proteger a la princesa, incluso a costa de su propia vida, los monstruos que tenía que destruir para poder vivir sus sueños, tal vez con ella —respondió, y me puso un mechón de pelo detrás de la oreja. Tragué saliva y me perdí en sus palabras, palabras que, además, ya había escuchado.

Me las había dicho alguien, en algún sitio, pero no recordaba cuándo.

—El caballero aparentemente brusco e irascible tenía, en realidad, un corazón inmenso, una fuerza insuperable, un alma noble, pero nadie intentaba mirar más allá de la oscuridad que había en sus ojos. Albergaba en su interior el amor verdadero, aunque no conocía su significado. Era necesario, sin embargo, que, una vez despierta, la princesa fuera lo suficientemente fuerte para ayudar a su caballero a ganar la batalla, que ambos se unieran contra la oscuridad para poder destruirla de una vez por todas. Solo así alcanzarían juntos el amor verdadero, que a menudo se esconde en la oscuridad, detrás de una capa negra y de dos ojos misteriosos que parecen no tener nada que ofrecer. Ten esto presente, Selene; los sentimientos de verdad son imperceptibles y silenciosos, se esconden detrás de un gesto, una palabra, una caricia. —Sonrió y me acarició la mejilla; yo, en cambio, me quedé atónita, reflexionando sobre sus palabras.

—¿Por qué me has contado esta historia? —le pregunté, visiblemente afectada por el torbellino de emociones que sentía dentro.

—Porque no hay que huir de lo que nos da miedo, ni de quien nos da miedo. —Se levantó de mi cama y la miré de nuevo—. Recuerda, Selene, que una madre lo sabe todo antes incluso de que su hija le cuente nada —añadió, y luego me acarició la nariz y salió de la habitación. Una vez sola, mis mejillas se incendiaron cuando me di cuenta de que quizá mi madre había intuido algo.

¿Se refería a… Neil?

«No», me dije.

¿Cómo podía saberlo?

Pensé en la historia que me había contado. ¿Yo le tenía miedo a Neil? Sí, aunque lo deseara con todo mi ser, temía el efecto desestabilizador que surtía en mí.

Aquel chico tenía un poder tan magnífico como aterrador sobre mi racionalidad, me hacía perder el control de mí misma y me arrastraba a un torbellino de emociones.

Quizá mi madre se había dado cuenta, pero ¿cómo?

Intenté dormirme, pero un fuerte dolor de cabeza, sumado a mi estado de ansiedad, me impidieron cerrar los ojos.

A la mañana siguiente me iría y volvería a ver a mi problemático.

Con solo pensarlo me temblaban las piernas y el corazón...

El corazón gritaba su nombre.

9

Selene

La pasión es el oxígeno del alma.

Bill Butler

La mañana siguiente llegó demasiado deprisa.

Y Matt cumplió su palabra: vino a buscarme al aeropuerto para ir juntos a su casa.

Volver allí siempre me provocaba las mismas sensaciones: ansiedad, estupor y curiosidad.

Sí, curiosidad, porque aquella casa de tres plantas, elegante y cuidada hasta el mínimo detalle arquitectónico, parecía un castillo encantado que, sin embargo, no tenía nada de encantador.

En el interior de los suntuosos muros solo había misterio y secretos.

Cuando entré, arrastrando mi maleta de ruedas, inhalé el olor a vainilla que indicaba el extremo cuidado de la vivienda.

Las arañas de cristal colgaban brillantes en contraste con el mármol plateado con vetas doradas que adornaba los suelos y las paredes.

—Señorita Selene, qué alegría volver a verla. ¿Cómo está? Me enteré de lo de su accidente.

Anna, el ama de llaves, me abrazó y cogió de inmediato mi maleta para llevarla arriba.

—Bien, Anna, gracias.

Le sonreí y ella me plantó un beso tierno en la mejilla. Su mirada se detuvo en mi frente. A pesar de que me había dejado el flequillo largo para tapármela, la cicatriz estaba ahí, recordándome lo que había pasado. Anna, sin embargo, era discreta, así que no hizo ninguna pregunta al respecto.

—Anna, lleva a Selene a su habitación y diles a los chicos que ya ha llegado.

Mi padre me puso una mano en el hombro y me instó para que siguiera a la mujer al piso de arriba.

Recorrí la enorme escalera de mármol aguantando la respiración; estaba tremendamente nerviosa, aunque intentaba disimularlo. No había tenido noticias de Neil desde nuestro fugaz intercambio de mensajes, así que mi oportunidad de convencerle de que viera las cosas de otra manera se había quedado en agua de borrajas. Una vez más, me encontré pensando que aquel muchacho era terriblemente terco y exasperante, así que no me sería fácil hacerle entender que no solo quería su cuerpo. Además, debía tener cuidado de no dejarle intuir que sabía lo de Kimberly. De lo contrario, no solo habría perdido la confianza que Logan había depositado en mí, sino que también corría el riesgo de alejar a Neil por completo.

Tenía que esperar a que estuviera preparado para hablarme de su pasado; tal vez nunca lo haría, pero una parte de mí todavía esperaba que se decidiera a confiar y abrirse sin reticencias.

Sería un gran avance para él y yo tendría una oportunidad para arañar su alma helada y transmitirle calor humano.

El tipo de calor que poco tenía que ver con el sexo y que quizá nadie le había dado o que, tal vez, Neil siempre se había negado a recibir, para castigarse a sí mismo.

Para castigarse por lo que había sufrido, porque se consideraba culpable.

—Gracias, Anna.

Le sonreí cuando me dejó sola frente a la puerta de mi habitación, para que me pudiera dar un baño y cambiarme después del viaje. La observé mientras se alejaba, y mis ojos se dirigieron instintivamente a la habitación de al lado, la de Neil. La puerta estaba abierta. En pocos pasos me acerqué al marco de la puerta, donde apoyé una mano temblorosa. La cama estaba intacta.

Las sábanas estaban limpias y perfumadas, tanto que podía olerlas incluso desde lejos. Todo estaba ordenado, impersonal, frío, como si la habitación estuviera ahora sin usar. Fruncí el ceño.

¿Había pasado la noche fuera?

No me sorprendía, porque dudaba que Neil hubiese cambiado sus hábitos, aunque…

Recordaba que normalmente prefería traerse a casa a sus

amantes y no pasar la noche en casa ajena. En realidad, en la última época había dejado de llevárselas a la habitación. Estaba bastante segura de esto, ya que lo había observado mucho durante nuestra convivencia y estaba convencida de que era así. Antes de mi partida a Detroit, había dejado de oír los familiares gemidos femeninos o los ruidos sospechosos provenientes de su habitación, como había ocurrido las primeras semanas de mi estancia.

—¡Mira, ya ha llegado! —gritó alguien, interrumpiendo el curso de mis pensamientos.

Ni siquiera tuve tiempo de darme la vuelta cuando me encontré de frente con Alyssa, superemocionada; se me tiró encima e hizo que se me tambalearan las piernas.

—Se ha pasado el día preguntándome cuándo llegabas. Podría ponerme celoso de ti.

Logan se acercó por detrás de su novia y se despeinó el flequillo tupido con una sonrisa irónica.

Alyssa, mientras tanto, se aferraba a mí con tanta fuerza que casi no podía respirar.

—¡Tía! ¡Estás estupenda! —Me sacudió por los hombros y

me miró de arriba abajo—. ¿Qué te has hecho en el pelo? ¡Y qué tipazo! Te veo distinta, pero estás preciosa. ¡Guau! —Me abrazó de nuevo y sonreí a Logan, que había puesto los ojos en blanco.

—Alyssa, dale un respiro —refunfuñó, y luego la agarró por el brazo y se acercó a mí, escudriñándome con atención—. En lo de que estás preciosa estoy totalmente de acuerdo con mi novia.

Me dio un beso en la mejilla y me abrazó cariñosamente. Logan siempre había sido muy fraternal conmigo. Nunca había sentido incomodidad ni torpeza con él. Después de nuestra charla en Coney Island, sentía que nuestra complicidad había aumentado. Había confiado en mí y me sentía honrada.

Nunca lo defraudaría.

Después de saludarnos, bajamos a comer y, como era costumbre cuando vivía allí, cada uno se sentó en su sitio. Me senté al lado de Chloe, y yo misma me sorprendí de la naturalidad con la que lo hice. Tenía la impresión de no haberme ido nunca. Me parecía que incluso allí, en Nueva York, con la nueva familia de Matt, había encontrado mi sitio.

—¿Entonces sigues teniendo muchas migrañas?

Mia me miró preocupada mientras daba un sorbo a su copa de vino. Mientras tanto, Anna rodeaba la mesa para asegurarse de que los platos fueran de nuestro gusto; Logan y Alyssa, por su parte, estaban discutiendo sobre algo que no podía entender.

—Sí. Mi médica dice que hace falta tiempo para superar por completo el trauma.

Esbocé una sonrisa tranquilizadora y miré a mi alrededor esperando ver aparecer a Neil.

¿Dónde diablos estaba?

Por un lado, esperaba encontrarme con él lo más tarde posible, y por otro tenía unas ganas inmensas de volver a verlo.

Por un instante, un momento fugaz, mi cerebro me engañó y me pareció percibir su olor almizclado en el aire, pero sabía que solo era un espejismo, un producto de mi imaginación.

—¿Te ha recetado algo? —me preguntó Chloe con curiosidad; me desperté de mi ensimismamiento y me volví hacia ella. Sus ojos grises me sondearon en espera de una respuesta, y yo negué con la cabeza.

—Solo si es necesario.

Tomaba sobre todo vitaminas y analgésicos solo cuando los dolores de cabeza eran particularmente intensos.

—Bueno, el hecho de que el edema se haya reabsorbido completamente es una suerte. El cráneo es una de las partes más delicadas del cuerpo humano, y…

Matt se detuvo al oír la puerta principal cerrarse con un portazo. Todos nos sobresaltamos.

Unos pasos decididos me hicieron darme cuenta enseguida de quién había llegado.

Neil irrumpió en el comedor y, cuando lo vi, se me cortó la respiración.

Parecía furioso.

El jersey negro resaltaba la forma en que su pecho se elevaba al ritmo de su agitada respiración. Los vaqueros claros, en cambio, envolvían sus piernas firmes y rígidas. Neil transmitía enormemente con su cuerpo y, en ese momento, llenaba la estancia con su metro noventa de rabia sin haber pronunciado todavía una sola palabra. Todos dejaron de hacer lo que estaban haciendo. Todos nuestros ojos se dirigieron a él, y solo en ese momento me di cuenta de un hematoma violáceo que le ocupaba un ángulo del labio inferior y parte de la ceja.

Parecían heridas de una pelea.

¿Qué le había pasado?

A pesar de su aspecto maltrecho, sentí dentro de mí un desmayo indomable y un fuego ardiendo bajo mi piel. Solo tenía que mirar sus espectaculares ojos para ser víctima de los deseos más disolutos.

Era guapísimo incluso así: cabreado, lesionado y hecho un desastre.

Sobre todo en su cabeza.

El desastre estaba sobre todo en su cabeza.

Avanzó hacia nosotros, en unas pocas zancadas, y sentí ganas de huir como una cobarde, porque sabía que iba a pasar algo malo.

Neil se paró en seco, observándonos, y luego levantó una mano en la que sostenía su cuaderno de notas.

—¿Quién coño ha roto mis dibujos? —Su voz fuerte y furiosa nos hizo estremecernos.

Con un grito de rabia, se pasó una mano por la cara y por el pelo castaño.

Parecía confuso, dolorido e inestable.

Muy inestable.

—Neil, ¿de qué estás hablando? —Fue Mia la primera en reunir el valor para contraatacar. Nadie más podía, porque Neil, en ese ese momento, parecía capaz de cualquier cosa.

—¿Quién coño ha roto mis malditos dibujos? —repitió la pregunta con una rabia espantosa, tanto que se me heló la sangre. Percibía la tensión en su cuerpo, como todo el mundo, y probablemente nadie sabía cómo manejarlo. Él, por su parte, nos miraba a cada uno, y luego la mesa, sin detenerse en nada en particular.

Su cerebro parecía incapaz de captar realmente los objetos en los que se posaban sus ojos.

Yo me quedé quieta, decidida a no mover ni un músculo.

Estaba asustada.

—Chloe —dijo—. ¿Has sido tú?

La ira contraía los rasgos de su rostro, volviéndolo oscuro e intimidante. Había que estar loco para no tenerle miedo en ese momento. Su hermana me apretó la mano por debajo de la mesa y la miré. Estaba temblando. Tenía los ojos muy abiertos y la respiración entrecortada. Ella sacudió la cabeza despacio, y Neil miró entonces a Logan. Alyssa, a su lado, estaba pálida; su novio le pasó un brazo por los hombros para tranquilizarla.

—Neil, ¿por qué íbamos a romper tus dibujos?

Logan se puso de pie muy despacio, midiendo cada uno de sus gestos, incluso los más imperceptibles, y Neil se miró las manos con cautela.

Parecía un animal salvaje a la defensiva, listo para atacar a cualquiera que diera un paso en falso hacia él.

Logan levantó las manos en señal de rendición, un gesto que había hecho también en el pasado, fuera de Blanco, para convencerlo de que tirase una astilla con la que se estaba lacerando la palma de la mano.

—No podéis tocar mis cosas —siseó Neil, bajando el brazo con el que sostenía el bloc de notas. Logan asintió y se apartó de su silla para acercarse a él.

—Neil, tú eres el único que tiene acceso a la casa de invitados. Últimamente has estado dibujando allí. Además, ninguno de nosotros haría algo así.

Logan avanzó de nuevo, a paso lento. Mia intentó no llorar, pero se le escapó un sollozo que llamó la atención de Neil. La miró con una expresión cruel grabada en su rostro y ella bajó los ojos, incapaz de sostener la escalofriante seriedad de su hijo.

—Neil, trata de entrar en razón, por favor.

Logan le habló con su habitual calma indulgente. Le faltaban pocos pasos para llegar a donde estaba su hermano, pero se detuvo a poca distancia, quizá pidiéndole permiso para continuar. Neil lo miró con desconfianza y dio un paso atrás; no quería que su hermano se acercara a él, eso estaba claro.

—Vale, me quedo aquí —replicó Logan, descifrando su mirada esquiva—. ¿Puedo..., puedo ver lo que ha pasado?

Estiró un brazo hacia él con la palma de la mano abierta hacia arriba. Los ojos dorados de Neil lo miraron fijamente, pero una vez más no parecía inclinado a una forma de comunicación normal. Parecía un niño asustado, pero también un hombre peligroso. Superaba a Logan con su imponente estatura, y los hombros anchos manifestaban una fuerza incontestable.

Su cuerpo era un manojo de músculos y nervios chasqueantes, las venas del dorso de sus manos mostraban la ira en expansión que estaba tratando de contener de algún modo.

Sacudió la cabeza y, una vez más, se tocó el pelo.

Un gesto que hacía siempre que estaba nervioso.

—Me voy... Yo..., yo... me voy —farfulló confuso. Dio un paso atrás y respiró hondo.

—Neil… —Logan lo llamó, pero su hermano se fue corriendo como una exhalación.

Neil tenía un carácter extremadamente insondable y demasiado a menudo imprevisible.

No era fácil de entender ni de manejar.

El único que lo conseguía era Logan, pero en ese momento ni siquiera él parecía capaz de calmarlo.

Cuando Neil se fue, nadie comentó lo que había pasado.

Todos estábamos muy afectados y sin palabras.

Cuando terminamos de comer, me refugié en mi habitación y me puse a hablar con Alyssa. Entonces descubrí que ella no soportaba a Neil, pero Logan no lo sabía, porque Alyssa tenía miedo de perder a su novio si este se enteraba de su aversión hacia su hermano mayor.

—En mi opinión, está mal de la cabeza.

Hizo girar un índice a la altura de la sien y yo la miré desde el espejo. Me estaba peinando, y Alyssa estaba hablando de Neil.

—No sabemos qué es lo que le ha llevado a estar así —respondí, cortante.

Me molestaba que hablara tan a la ligera de Neil. En primer lugar, apenas lo conocía; en segundo lugar, un instinto primario me empujaba a defenderlo a capa y espada, sobre todo ahora que sabía parte de la verdad.

Yo misma me había equivocado al llamarle «enfermo» y me arrepentía todos los días.

—Entiendo por qué las chicas de la universidad se contentan con que se las folle sin más. Es que a ver… De alguien como Neil, eso es todo lo que puedes esperar. Dicen que es una bomba en la cama —comentó desinhibida, y luego se miró las uñas pintadas de rojo, mientras seguía medio tumbada en mi cama. A pesar de que le había contado a Alyssa muchas cosas sobre Neil y yo, nunca había mencionado sus cualidades amatorias. En el pasado ella había intentado sonsacarme, pero yo había sido muy vaga en mis respuestas. Por eso sabía que aquello solo era una estratagema para empujarme a contarle más detalles.

Además, Alyssa, como todas, estaba cometiendo el error de valorarlo únicamente por su aspecto físico. Pero Neil no era solo lo que se veía a simple vista.

No era solo un cuerpo bonito, un rostro viril y una personalidad compleja.

Era mucho más.

—No es un objeto.

Dejé de peinarme y pasé al maquillaje. No entendía por qué, siempre que estaba cerca de él, me entraba el impulso extraño de maquillarme. Ahora que los granos de la adolescencia habían desaparecido y mi piel estaba suave y luminosa, por lo general, no necesitaba nada más que mi crema de coco que me aplicaba todos los días.

—Hablando de ese tema, ¿cómo va la cosa entre vosotros?

Alyssa me miró intrigada, mientras yo intentaba espesar mis largas pestañas con un poco de rímel.

—No va. —Suspiré, pero evité contarle lo que había pasado en Coney Island.

Si le confesaba que míster Problemático me había tratado mal y me había rechazado, me habría considerado una idiota que encima seguía detrás de él. A veces yo también lo pensaba, pero luego me acordaba de lo que Neil había vivido en su infancia y la ira daba paso a la comprensión.

—Me lo imaginaba —murmuró Alyssa—. Lo he visto a menudo con Jennifer en tu ausencia —añadió.

Me detuve y me quedé inmóvil con el rímel suspendido en el aire, mirándola desde el reflejo en el espejo. Sospechaba que Jennifer había vuelto a escena, pero confirmarlo dolía. Me volví hacia Alyssa y traté de respirar. Los celos me aprisionaban los pulmones. Sentí unas náuseas horribles.

—¿Dónde? —pregunté en voz baja. Tenía ganas de sufrir, no había otra explicación. Alyssa se mordió el interior del carrillo y me miró mortificada. Se estaba arrepintiendo de habérmelo dicho.

—Basta de hablar de él. ¡Venga! —Se levantó de la cama de un salto y caminó hacia mí, tan guapa como siempre. A veces me admiraba que fuera tan fascinante y confiada—. ¿Por qué no sales esta noche un rato con nosotros?

Me agarró por los hombros y me sacudió animadamente, como hacía siempre que quería convencerme de que aceptara sus propuestas.

—¿Para estar de aguantavelas mientras tú y Logan os dais besitos y abrazos? No, gracias —me burlé, y ella arqueó una ceja en señal de decepción.

—Venga, anda. Nunca te hemos dejado de lado —refunfuñó, y era cierto, pero no quería arruinar su noche con Logan. Eran una pareja, y si querían hacer planes para pasar unas horas de intimidad, yo les estorbaría, así que no quería molestar.

De repente, llamaron a mi puerta y ambas volvimos la cara hacia Logan que, sin esperar siquiera nuestra invitación, se había asomado a la puerta.

—Aquí estás. Estaba seguro de que te encontraría en esta habitación. —Sonrió y entró.

—Estaba intentando convencer a Selene para que saliera con nosotros esta noche.

Alyssa puso los brazos en jarras y trató de involucrar a su novio en la ardua tarea de hacerme cambiar de opinión.

—Estoy totalmente de acuerdo contigo. Selene, estate lista a las nueve y no pongas excusas —me ordenó Logan, haciéndome poner los ojos en blanco. Luego se acercó a Alyssa y la rodeó por las caderas con un brazo. Se permitió ser un poco efusivo y le susurró algo al oído; su novia soltó una risita maliciosa y le guiñó un ojo.

—Esto es exactamente a lo que me refería cuando he dicho que no quería estar de aguantavelas.

Me sonrojé y me escabullí de mi habitación antes de presenciar algo mucho más embarazoso. Resoplé y me dirigí a la cocina con Neil aún dando vueltas en mi cabeza. Después del pollo que había montado, había desaparecido; quizás había salido o tal vez se hubiese refugiado en la casita de la piscina.

¿Quién sabía?

Tal vez el ama de llaves pudiese ayudarme en ese sentido.

Después de coger un paquete de pistachos pelados de la despensa, que sabía que le gustaban mucho, salí de la cocina y vi a Anna en el salón, concentrada sacándoles brillo a los cubiertos. Fui a donde estaba.

—Anna, ¿sabes dónde está Neil? —le pregunté sin rodeos, y ella se volvió hacia mí. Me miró con una expresión benévola y sonrió al fijarse en lo que llevaba en la mano, y luego señaló con la barbilla hacia el jardín.

Le di las gracias y salí.

Me froté las manos sobre los brazos cubiertos con un simple jersey blanco. Hacía frío y yo había olvidado ponerme el abrigo. El sol ya se había puesto y solo faltaba una hora para las nueve; se suponía que tenía que estar preparándome para salir con Logan y Alyssa, pero en ese momento decidí que iba a inventarme alguna excusa para rechazar la invitación.

No estaba de humor para fiestas ni bares.

Una vez tomada la decisión, busqué a mi alrededor en busca de mi problemático, pero ni rastro de él. Las tumbonas de la piscina, donde solía sentarse a fumar, estaban todas vacías.

Fruncí el ceño, situándome en un lugar al azar del patio exterior, y desplacé la mirada hacia la casita de invitados. La luz estaba encendida, lo que significaba que...

Estaba allí.

Una repentina agitación hizo que me temblaran las piernas. No tenía buenos recuerdos de aquel lugar, sobre todo porque Neil solía ir allí a pasar el rato con sus amantes.

Recordaba bien los dos episodios que había presenciado y no quería volver a pasar por la misma experiencia.

Suspiré sin saber qué hacer. Después de todo, sabía que estaba enfadado y solo quería animarlo. Pero, un momento.

¿Quién de la familia podría haber estropeado sus dibujos?

Algo así me parecía impensable y, sin embargo, alguien lo había hecho, lo que había desatado su furia.

Casi sin darme cuenta, llegué preocupada a la puerta de la casa de invitados; levanté una mano apretada dispuesta a llamar a la puerta y avisar de mi presencia, pero vacilé.

¿Y si me abría la puerta Jennifer en lencería sexi o, peor aún, desnuda?

Bajé la mano despacio y di un paso atrás, porque sabía que no sería capaz de soportar algo así.

Mi decepción habría sido evidente, tal vez habría llorado incluso, y la muy imbécil se habría reído de mí.

No, definitivamente había sido una idea estúpida ir a buscarlo.

Tenía que irme.

Me quedé mirando la bolsa de pistachos que llevaba en la mano y me sentí muy pequeña.

Una niña tratando de hacerse pasar por una mujer con un hombre que tenía el infierno dentro. Era presa de uno de esos momentos en los que alternaba entre el valor absoluto y la inseguridad total.

Respiré hondo, tratando de recuperar todas las convicciones que me habían impulsado a volver a Nueva York, aunque solo fuera un fin de semana. Lo conseguí y llamé a la puerta.

Fueron tres golpes suaves y rápidos, y por dentro deseaba que no estuviera con ninguna chica. Me sentí patética, y la espera que siguió fue más terrible que nunca.

¿Cuánto tiempo había pasado? ¿Dos, tres, cuatro segundos? A mí me parecía una eternidad.

Incliné los hombros y me dispuse a marcharme cuando…

La puerta se abrió, y Neil, en calzoncillos negros, apareció delante de mí.

Exudaba una belleza rara y un erotismo tan intenso que anulaba mi capacidad de hablar.

Separé los labios con la intención de decir algo, cualquier cosa, pero aquel cuerpo semidesnudo era una distracción demasiado grande. No conseguí pronunciar palabra, pero para compensar, mis ojos recorrieron cada parte de él, terminando en la única prenda que llevaba.

Me obligué a levantar la mirada hacia su rostro y lo sorprendí mirándome fijamente.

Mi alma fue absorbida por los iris dorados y me sentí inexorablemente débil.

Tragué saliva, pero tenía la boca seca y mi árida garganta me

impidió pronunciar todo el discurso que había preparado.

Un movimiento imperceptible en su mandíbula y la tensión de sus músculos me hicieron darme cuenta de lo enfadado que seguía. Había cometido un error al venir a verle, pero me di cuenta demasiado tarde.

Quería estar solo, o tal vez había interrumpido algo con alguna de sus rubias y le había molestado.

—Ehh…

«Vamos Selene, puedes hacerlo mejor», pensé.

Bajé la barbilla hacia la bolsa de pistachos que llevaba aferrada entre los dedos, y luego volví a mirarlo.

—¿Puedo pasar? —añadí insegura. Eso no era exactamente lo que había planeado decirle, pero al menos había conseguido hablar.

En ese instante, me di cuenta de un detalle importante: Neil era el único que me había ignorado y no me había dado la bienvenida que toda su familia me había profesado con tanto cariño. En el almuerzo ni siquiera me había mirado.

¿Sabía que venía?

¿Sabía que iba a pasar dos días allí?

Suponía que sí, porque Matt siempre solía avisar de mi llegada, ya que nunca podía contener la emoción.

Sin embargo, míster Problemático ni había reparado en mi presencia.

Intenté mantener la preocupación a raya y me centré en Neil, que me miraba de arriba abajo. Nunca sabía si le gustaba o no, se le daba muy bien ocultar lo que fuera que estuviera pensando. Después de un rato eterno, se puso de lado y me dio a entender su respuesta tácita:

—Sí, pasa.

Lo hice. Lo hice sin pensarlo demasiado. Sin embargo, me detuve tras dar unos pocos pasos y oí la puerta cerrándose detrás de mí. Me estremecí y tragué saliva con dificultad.

Allí no había nadie.

Todo estaba en su sitio.

El silencio nos envolvía a ambos.

Olfateé el aire y…

Ni rastro del olor afrutado de Jennifer. No olía a sexo.

Neil estaba solo y una parte de mí se alegró, a la vez que se sintió aliviada.

En ese momento, lo sentí acercarse por detrás y me volví hacia él. Miré la línea de sus hombros anchos, sus brazos fuertes que desprendían una increíble virilidad, y los pectorales definidos. Su cuerpo había cambiado: parecía aún más más poderoso, más vigoroso.

¿Estaba entrenando más?

Lo admiré de nuevo, como si no pudiera evitarlo, y fruncí el ceño al verle un moratón violáceo a la altura de las costillas.

Era un verdadero hematoma que se expandía en una mancha visible y oscura.

¿Quién le había hecho eso? ¿Qué había pasado?

Me acerqué unos pasos y extendí una mano hacia él. Neil no me rechazó, ni mucho menos. Así que rocé suavemente con los dedos la zona herida y su abdomen se estremeció de dolor.

Una vez que la punzada desapareció, acaricié la piel suave y caliente. Me fijé en la diferencia de color entre nosotros. Mi mano era pálida, blanquecina, comparado con su pecho ambarino, con su tez bronceada y resplandeciente.

Todo su cuerpo era una armadura perfecta que Neil utilizaba como arma de seducción.

—¿Te has echado algo? Es un moratón muy feo. —Seguí acariciándolo y él respiró despacio por la nariz. Tuve que levantar la cara para mirarlo a los ojos. Me miraba fijamente y aún no había dicho nada, tal vez porque no quería hablar conmigo. Me mordí el labio inferior, más avergonzada que nunca, y le tendí tímidamente la bolsa de pistachos—. Te he traído esto. Me he fijado en que te gustan —susurré, volviendo a mirar sus iris brillantes. Neil observó mi mano y, por un momento, pensé que iba a cabrearse. Quizás había sido demasiado insistente, con él nunca estaba segura de nada.

Sin embargo, en un gesto impulsivo, agarró la bolsita. La miró un rato con el ceño fruncido, sin dejar ver si estaba contento, sorprendido o irritado, y luego la tiró sobre el sofá, dejándome desconcertada.

No le había gustado mi gesto.

Había sido una pésima idea ir allí; si hasta se negaba a hablar conmigo.

Sacudí la cabeza e intenté pasar por delante de él, pero no me dio tiempo porque Neil, con su dominio habitual, me agarró la cara con ambas manos y me detuvo.

Apuntó con sus ojos a los míos, y supe al instante lo que iba a hacer a continuación. A pesar de la bronca de antes, con él siempre me sentía protegida. Notaba su calor, su deseo y eso bastaba para hacer que me derritiera en sus manos.

Se lamió el labio inferior e inhaló profundamente, luego cerró los párpados y volvió a abrirlos. Parecía estar reflexionando y luchando contra algo inconmensurable. Había muchísimas cosas en sus ojos, cosas que Neil nunca me contaría, pero que yo seguiría intentando alcanzar.

Mi corazón empezó a latir allí, en el estómago; me sentí a merced de él, no solo física sino también mentalmente. Había entrado en mi alma, le pertenecía.

Cuando me miraba así, para mí era el fin.

Lujurioso, enfadado, frágil y confuso.

Neil podía serlo todo y lo opuesto a todo al mismo tiempo.

Con un gemido exasperado se rindió a sus deseos. Se inclinó para alcanzar mis labios y me besó con urgencia.

Apretó su boca con fuerza contra la mía y la sentí cálida y carnosa, decidida pero sufriente.

Cerró los ojos y yo hice lo mismo.

Tenía hambre de él.

Los dos estábamos hambrientos, hambrientos de besos, de mordiscos, de lenguas, de caricias, de abrazos.

Hambre de sexo, de amor, de sueños, de emociones, de palabras no pronunciadas. Pero Neil rompió de pronto el contacto entre nosotros, aunque se quedó demasiado cerca de mí. Lo miré confusa y deslicé una mano por detrás de su cuello para acariciarlo. No había hecho todo lo que quería, pero en sus ojos brillantes vi lo que sentía.

Yo también lo sentía.

Esas mismas emociones que sentíamos a veces nos alejaban, otras veces nos precipitaban el uno hacia el otro como si no pudiéramos evitarlo.

Con una mano, Neil me rozó el muslo y yo me estremecí, luego sonrió complacido y continuó su camino.

No iba a parar.

Subió por mi cadera y luego por detrás de mi trasero.

Las yemas de sus dedos siguieron suavemente la línea de mi espalda, haciéndome arquearme y exhalar el aire. Se detuvo en la curva de mi cuello y su palma rodeó mi nuca por completo. Con el dedo pulgar corrió a acariciar mis labios y sus ojos se quedaron allí. Me miraba la boca como si fuera algo nuevo para él. Trazó el contorno, y yo le besé la yema del dedo sin bajar la mirada.

Quería decirle muchísimas cosas, pero no había necesidad de hablar en ese momento.

Tal vez por primera vez estábamos estrechamente conectados, y las palabras eran superfluas.

Se acercó de nuevo, su aliento rozó mi cara y sus labios tocaron los míos una vez más.

Fue un contacto ligero, leve, como un batir de alas. Pero despertó en mí las ganas de más.

De sentirlo dentro de mí, en el alma.

Gemí molesta cuando se apartó y sonrió con altanería. Neil estaba disfrutando mucho seduciéndome, eso es lo que estaba haciendo. Me hacía creer que me iba a besar de verdad, un beso auténtico y carnal, y luego desistía para volverme loca.

—Basta —murmuré en voz muy baja.

Se acercó aún más y me lamió los labios con la punta de la lengua. Las piernas me fallaron y tuve que agarrarme a sus caderas para no caerme al suelo. Las descargas de excitación me hincharon los pezones, los escalofríos me recorrieron los brazos y la cabeza me daba vueltas.

Su sabor era afrodisíaco, masculino e intenso.

Me humedecí los labios para absorberlo todo, e incluso cerré los ojos para saborearlo lentamente.

—¿Impaciente? —La voz de barítono, y ligeramente ronca, me hizo mirarlo a la cara.

Era increíble, con esa expresión de hijo de puta dispuesto a hacerme perder la cabeza.

Sí, estaba impaciente por tenerlo. Por tenerlo todo de él: no me bastaba con su cuerpo.

Me puse de puntillas para alcanzar su boca y Neil no retrocedió.

Me pasó una mano por el pelo, la cerró en un puño y tiró un poco. Sentí un ligero dolor y apreté los dientes, pero me encantaba la forma violenta y dominante en que me tocaba.

—Yo diría que bastante impaciente. Bienvenida, Campanilla —me susurró con una sonrisa sensual, y luego se abalanzó sobre mí como un animal y me besó. Esta vez lo hizo con todo el fuego que le quemaba por dentro.

Liberó su verdadera esencia, la codiciosa y posesiva, impúdica y lasciva.

Con un movimiento suave y rápido, su lengua me invadió y me instó a reaccionar al encontrarse con la mía.

Por fin reconocí al viejo Neil y, sobre todo, a la vieja Selene.

La que se esforzaba por estar a la altura de su forma de besar, demasiado voraz y experimentada.

Como antes, mientras me agarraba por el pelo y seguía saboreándome con fuerza y pasión, no podía respirar.

Siempre había sido así.

Se imponía sobre mí y me aturdía.

Mientras tanto, con la otra mano me agarró por el trasero y me empujó hacia él. Sentí su erección contra mi abdomen y apreté los muslos para contrarrestar el ardor que sentía en el centro.

Mientras tanto, su lengua enviaba descargas eléctricas por todas partes y hacía cortocircuitar mi cerebro.

Quería más y más.

Sentía toda su potencia masculina, la sentía en los labios, en las manos que me acariciaban, en la tensión de sus músculos.

Sin dejar de besarnos, comenzamos a retroceder; su fuerza era inexorable, y las olas de deseo me hicieron gemir.

Dios, cómo lo deseaba.

Tenía el estómago encogido, el pecho me apretaba, y la creciente lujuria era insoportable.

Sin embargo, Neil aún parecía lúcido, sin ninguna fatiga. Al contrario, se controlaba por completo, aunque tenía claro que estaba deseando desnudarme y tomar todo lo que yo estaba dispuesta a darle.

Me aferré a sus caderas y él gimió cuando mis uñas se clavaron en su piel.

La culpa era suya, solo suya, de sus besos, de su olor, por ser así de deseable, así de magnífico. Era culpa suya porque me hipnotizaba y despertaba una parte de mí que me costaba reconocer.

Era culpa suya que yo me hubiera… enamorado.

Neil se tiró de espaldas en el sofá y me arrastró con él. Me puse a horcajadas sobre su pelvis, con su erección turgente entre los muslos, una mano suya en mi culo y la otra agarrándome el pelo en el puño cerrado. Yo también lo toqué, lo veneré entero. Acaricié sus bíceps firmes, sus hombros varoniles, luego bajé hasta sus pectorales y, cuando le toqué por error las costillas, Neil cerró los ojos con fuerza y dejó de besarme.

Dejó escapar un gemido de dolor y echó la cabeza hacia atrás, intentando respirar.

—Ay, lo siento —susurré mortificada, con los labios hinchados y doloridos. Estaba sudando y el corazón me latía con fuerza en las sienes. Volví a llevar mis manos a su cara y le rocé la mandíbula salpicada por aquella barba de tres días que tan bien le quedaba.

Sus dedos se deslizaron sobre mis caderas y sus ojos dorados se abrieron despacio para volver a mí.

Neil no estaba bien y la expresión de dolor era una clara señal de su malestar físico.

—¿Qué ha pasado? —le pregunté, pasándole los dedos por el pelo para colocárselo como a él le gustaba. Le caía un mechón sobre la ceja herida, hasta el párpado, que le tapaba el ojo, así que se lo aparté con el dedo índice. Extrañamente, no me lo impidió. Me dejó tocárselo sin objeciones. Le acaricié el pelo más corto por encima de las orejas, mientras Neil me observaba serio, aceptando mis caricias.

—¿Cuánto tiempo te vas a quedar? —preguntó, humedeciéndose el labio inferior. Observé el movimiento de su lengua y pensé que era terriblemente seductor. Parpadeé, embriagada. Tenía que contenerme.

¿Por qué surtía aquel efecto en mí?

—Dos días —contesté y le acaricié instintivamente la ceja lívida, y luego contemplé cada línea de su rostro: la nariz recta y simétrica, los labios carnosos y sensuales, los ojos grandes y alargados que, aunque pudieran parecer fríos, para mí eran los más expresivos que había visto.

Parecía surrealista que solo unas horas antes Neil viviera en mi imaginación y que ahora estuviera allí, conmigo.

Todo era real y no un sueño.

En aquel momento, había eliminado sus palabras hirientes, los gestos irreverentes y sus faltas de respeto, porque en el fondo sabía que yo podía ser la única capaz de aceptarle como realmente era, si me daba la oportunidad.

Me tocó el pelo y dejó que los dedos se deslizaran hasta las puntas.

—Lo tienes muy largo —dijo pensativo, mirando su mano en vez de a mí. Luego dejó que los mechones castaños cayeran sobre mis pechos y jugó con un mechón, haciéndolo girar entre sus dedos índice y corazón.

—Sí. —Sonreí. Sus ojos se desplazaron hasta mis labios y de nuevo se quedaron allí más de lo normal.

—No te lo cortes —me ordenó y el corazón me estalló en el pecho.

Le gustaba mi pelo. No era un cumplido al uso —él nunca los hacía, no de manera explícita—, pero yo ya sabía cuál era su forma de expresarse y de decir las cosas. Tenía que captar las señales silenciosas que le gustaba enviarme. Iba a probar a preguntarle el porqué de aquella petición, pero Neil me agarró por la nuca y se acercó. Su cálido aliento golpeó mis labios y tragué agitadamente, temblando por culpa del deseo que corría imparable por mis venas.

—Me gustaría demostrarte por qué me gusta así de largo, pero por el momento no puedo. —Lo dijo en un tono enojado pero seductor, luego relajó la presión y suspiró cansado.

Había dicho «no puedo», no «no quiero».

Me habría gustado preguntarle por qué decía eso, pero entonces intuí por qué a un hombre le podía gustar tanto el pelo largo e inevitablemente me sonrojé.

—No, no te pongas colorada, joder —dijo muy serio, poniendo una mano entre nuestros cuerpos, justo sobre sus calzoncillos.

Primero le miré el tatuaje de la cadera izquierda y luego fruncí el ceño cuando me fijé en su erección, oscura e hinchada, asomando por encima del elástico apretado. Neil se revolvió en el sofá y trató de colocársela. Pensé que no tenía que ser fácil para él soportar esa hinchazón tan poderosa y obstinada. Entonces, como siempre, me avergoncé al pensar que era yo quien había provocado esa reacción.

Por primera vez sentí un deseo abrumador de probarlo, como nunca antes me había ocurrido.

Me sonrojé con más violencia aún; no se me había pasado por la cabeza hacer algo así con un hombre, y además sabía que nunca tendría el valor de proponérselo.

—¿De qué tienes vergüenza? ¿En qué estás pensando? —Neil me puso un mechón de pelo detrás de la oreja y yo levanté la mirada.

¿Cómo lo hacía para tener aquella absurda capacidad de leerme la mente?

Me aclaré la garganta y me moví sobre sus piernas, echándome un poco hacia atrás. Necesitaba tomar aire y recuperar la lucidez.

—¿Por qué no contestaste a mi último mensaje? —le pregunté. Desviar la conversación hacia otra cosa me permitiría recuperar el control de mi pudor. Neil me hacía pensar y desear cosas absurdas, tanto que me sentía diferente a como era normalmente.

Sus ojos me escudriñaron con atención, luego miró alrededor del sofá y extendió un brazo para recoger la bolsa de pistachos que había tirado antes. La miró como un niño mira su helado favorito y la abrió y cogió un puñado.

Era guapísimo hasta comiendo pistachos, pero eso no iba a distraerme, tenía que seguir intentando sonsacarle unas palabras.

—Porque estabas diciendo un montón de gilipolleces, niña.

Masticó despacio y dejó la bolsita sobre su tripa, y de vez en cuando metía la mano para seguir comiendo. Me alegré de que apreciara mi regalo, aunque era consciente de que no iba a recibir ningún agradecimiento.

Porque Neil era simplemente así.

—¿Gilipolleces? —repetí indignada—. ¿Me estás diciendo

que me equivoco? ¿Que no me quieres y que no sería correcto hacer lo que ambos deseamos?

Crucé los brazos sobre el pecho y esperé su respuesta. Pero Neil seguía comiendo pistachos, pasando olímpicamente de mis ganas de hablar. Lo miré de arriba abajo; ni yo sabía cómo podía resistirme a semejante adonis. Estaba debajo de mí, semidesnudo, con una enorme erección aprisionada en los calzoncillos, y yo no le había pedido que me hiciera el amor.

Me miró, salvaje e irreverente, como un niño pequeño metido en el cuerpo de un hombre adulto, y sacudió la cabeza, haciéndome fruncir el ceño.

—Te quiero, pero no de la manera que piensas, Selene. Lo que deseo es solo follar contigo sin ningún compromiso. —Dejó los pistachos y levantó ligeramente el torso, para enlazar nuestras miradas. De cerca, de forma cautelosa e inquisitiva. Estaba tratando de provocar una reacción en mí—. ¿Es eso lo que quieres? —susurró provocativamente—. ¿Follarme y que te folle? Ya nos hemos utilizado bastante, ¿no crees?

Me apretó los muslos para indicarme que me bajase de encima de él, pero no me moví ni un centímetro.

¿Otra vez estaba con aquello de utilizarnos mutuamente?

—Nunca has usado condón conmigo. Te has dejado llevar, incluso me has concedido una primera vez. Ya no sé si lo soñé o si pasó de ver… —intenté decir, pero Neil me agarró por las caderas y me alzó con una agilidad increíble, para luego levantarse del sofá. Me desplacé al mismo sitio en el que él había estado sentado justo antes. Sentí su calor en la suave tela y puse una mano sobre ella; luego alcé la mirada hacia él.

Estaba huyendo de mí, otra vez.

¿Por qué no quería admitirse a sí mismo que conmigo era diferente?

—Yo soy tu más allá. Lo dijiste tú. ¿Qué significa eso? —continué, decidida a hacerlo ceder. Neil se pasó una mano por la cara y caminó agitadamente frente a mí. Los hombros contraídos y el abdomen tenso indicaban lo nervioso que estaba. Respiraba con dificultad y su cuerpo evidenciaba la excitación que había compartido conmigo, pero también su ira.

Parecía una bestia incapaz de librarse de un malvado sortilegio.

Se volvió para mirarme y yo me estremecí.

Ahora se le veía sombrío, lúgubre y oscuro.

—Significa que vas más allá de lo que es mi límite, y yo no puedo seguirte, Selene. —La forma en que pronunció aquellas palabras me pareció seria. Inflexible. Un hombre obstinado en no cambiar de idea, y yo lo odiaba cuando se comportaba así.

—Explícate. —Me levanté del sofá y lo miré, decidida a no rendirme.

—Vivimos las cosas de forma distinta. —Suspiró molesto—. Para ti el sexo es unión, complicidad, relación, fidelidad y quién sabe qué más. Para mí es... —Hizo una pausa, tocándose la frente—. Para mí es solo sexo. Hacerlo contigo o con otra persona no supone ninguna diferencia. Eres sencillamente un cuerpo que uso para mi placer. ¿Esto es lo que querías oír? Bueno, pues ya puedes estar contenta —me espetó, irritado. Di un paso atrás y me puse la mano en el corazón. No estaba preparada para las espinas que me pincharon como agujas directamente en el pecho. No. No lo estaba.

—Vale —susurré, intentando no llorar. No iba a darle esa satisfacción. ¿Dónde estaba ahora la mujer combativa que iba a hacer cualquier cosa para conquistarlo? Todavía estaba dentro de mí, en algún lugar, pero en ese momento la niña profundamente herida por sus ofensas se impuso—. ¿Sabes lo que debería hacer? —dije, con voz temblorosa—. Debería dejar de ir detrás de ti. Estoy segura de que te darás cuenta de que lo has estropeado todo solo cuando me hayas perdido, cuando me veas feliz con otra persona y cuando sea otro quien me toque. ¡Solo cuando dejes de importarme!

Levanté la voz en la última frase y Neil me miró intensamente. No conseguía entender lo que le pasaba por la cabeza, pero estaba pensativo. Serio, nervioso y condenadamente reflexivo. Se puso de pie, con los brazos colgando a los lados, la postura orgullosa y la mirada austera.

¿Por qué no reaccionaba?

—¡Contesta! ¿Eso es lo que quieres?

Me acerqué y continué desafiándolo. Me había besado, y la forma en que lo había hecho contrastaba con sus palabras de ahora. No había soñado la manera en la que me había tocado y buscado con deseo, con el deseo de más, pero por alguna razón desconocida para mí se había frenado, había vuelto a comportarse como un hombre indiferente, pero también problemático y profundamente conflictivo.

—Eso sería lo mejor para ti. —Se chupó el labio y dio un paso atrás, dirigiéndose hacia el dormitorio. Me estaba mostrando su desinterés o, al menos, eso era lo que quería hacerme creer—. Voy a ducharme.

Se despeinó y se alejó más. Yo me limité a permanecer en silencio y observar la pronunciada línea de su espalda y el firme trasero que se contraía a cada paso.

Me di cuenta de que Neil había dado por concluidas sus atenciones; para él era como un cigarro que encendía y apagaba cuando quería. Me aspiraba hasta el fondo de los pulmones y luego me echaba, porque mi presencia le estorbaba y lo que sentíamos cuando estábamos juntos era peligroso.

—Te odio. Te juro que te odio. ¡No te soporto! ¡Eres un auténtico imbécil! —le espeté, desesperada, pero nada.

Neil se refugió en el dormitorio que usaba con sus rubias y me cerró la puerta en las narices con ímpetu.

Se divertía activando y desactivando mi deseo, y luego desaparecía.

A veces me miraba con una pasión profunda, y otras, despegado y extraño.

Era un hedonista.

Todo giraba en torno a su filosofía del placer, nunca admitiría nada más que eso.

Pero yo estaba… loca por él.

10

Selene

La belleza no puede ser cuestionada:
reina por derecho divino.

Oscar Wilde

—¿Entonces qué? ¿Vienes? —repitió Alyssa por enésima vez.

Hacía diez minutos que había vuelto a la casa furibunda después de la riña con Neil, y me había sentado en el sofá del salón intentando en vano ver algo en la televisión.

—¿Por qué estás enfadada? —me preguntó Logan balanceando una pierna sobre el brazo del sillón donde estaba tirado. Lo miré primero a él y luego a su novia, y bufé. No quería confesarles que el motivo de mi mal humor estaba a unos metros de nosotros, exactamente en la casa de invitados, dándose una de sus innumerables duchas.

¿Neil quería que lo utilizara? Vale, pues tenía ganas de entrar en la ducha, empujarlo contra los azulejos fríos y besarlo. Quería tocarlo por todas partes, pasarle la lengua por cada relieve natural de su cuerpo y demostrarle que yo también podía comportarme como Jennifer. Yo también podía disfrutar de él y de su cuerpo sin preocuparme de las emociones.

Podía, por supuesto, pero nunca lo haría.

—¡Tu hermano! —le espeté a Logan, y él se echó a reír.

—Hoy no es su día. Sea lo que sea lo que te ha hecho o lo que te ha dicho, trata de entenderlo —contestó, poniéndose serio de repente.

—Pero ¿qué dices? A Neil siempre se le va la olla y la trata como un idiota. No lo defiendas e intenta ser imparcial por una vez —intervino Alyssa, reprendiéndolo. Logan la miró con severidad. Se había pasado de la raya. Además, todo el mundo sabía que a él no se le podía hablar mal de Neil.

Alyssa se dio cuenta y se llevó las rodillas al pecho. Se acurrucó en el sofá a mi lado; parecía temerosa de la reacción de su novio.

—Lo siento, amor, no quería ser desconsiderada —murmuró enseguida, tratando de ahuyentar la tensión que se había generado entre ellos.

Alterné mi mirada de uno a otro y decidí intervenir. No iba a aceptar que discutieran por mi culpa. Después de todo, era yo quien había nombrado a Neil.

—¿No ibais a salir? —Carraspeé y apagué la televisión. No había nada interesante que ver.

—¿Te vienes? —preguntó Logan con tono sosegado y dirigió hacia mí sus ojos almendrados; afortunadamente se había calmado.

—No lo sé.

De repente, estaba indecisa sobre qué hacer. Solo diez minutos antes me había convencido para rechazar su invitación, pero ahora quería salir, distraerme y sobre todo alejarme de Neil. Quedarme en la casa, cerca de él, no era lo más oportuno. Me sentía vulnerable y mi estado de ánimo vacilaba demasiado cuando él me prestaba atención, ya fuese para hablarme o para cabrearme, daba igual.

—Venga, anda. Vente. Por favor. —Alyssa parpadeó con dulzura y le sonreí.

En ese mismo instante oí el sonido de una llave en la cerradura. La puerta principal se abrió y los pasos de Neil —inconfundibles para mí— resonaron a nuestro alrededor. Mi amiga se calló y yo lo miré mientras cerraba la puerta de un golpe.

Su aroma invadió mis fosas nasales.

¿Cuánto gel de ducha había usado?

Olía tan bien…

Además, su cabello estaba extrañamente arreglado, con el largo tupé bien colocado sobre la frente, pero todavía lo suficientemente despeinado para darle un aspecto agresivo.

Estaba guapísimo, como siempre.

Iba vestido completamente de negro, con unos vaqueros ajustados y una sudadera con capucha, y llevaba una chaqueta de cuero, quién sabe de qué marca carísima, tenía unos ribetes rojo fuego en las mangas y las cremalleras. Ese era otro detalle de Neil.

Siempre vestía informal y sencillo, porque no necesitaba alardear mucho para atraer las miradas femeninas.

El impacto de su cuerpo en una mujer era carnal.

Poseía una gran sensualidad, un carisma palpable. Bastaba con mirarlo para que te aniquilara su bomba de masculinidad.

—Por fin has salido de tu letargo —se burló Logan y lo llamó con un silbido; Neil se detuvo un momento para mirarlo. Antes de ese momento, no le había dedicado a nadie su atención.

Después de eso, paseó la mirada por el resto del salón, lanzó una mirada desinteresada a Alyssa y a mí me ignoró.

Gilipollas.

Sabía que me había visto. A ver, estaba allí, solo un ciego no se habría percatado de mi presencia.

Míster Problemático no contestó a su hermano y se dirigió a la cocina. Caminó alrededor de la isla despreocupadamente y abrió la nevera para sacar un zumo de piña. Se lo llevó a los labios y, solo entonces, lo pillé mirándome, pero estaba decidida a corresponder a su indiferencia, así que me volví hacia Alyssa, picada, y retomé la conversación con ella.

—¿De qué estábamos hablando? —le pregunté, fingiendo estar interesada en su charla—. Ah, sí. La fiesta. Creo que sí que voy a ir. La verdad es que necesito salir un poco. —La miré y luego miré a su novio, que había fruncido el ceño, tratando de averiguar qué me había hecho cambiar de opinión de forma tan repentina. Le sonreí con suficiencia y seguí hablando—: ¿Habrá algún chico guapo por lo menos? Me gustaría… —me di unos golpecitos con el dedo índice en la barbilla y fingí pensar—… divertirme —concluí con énfasis, tratando de sonar convincente. Sabía que Neil estaba escuchando nuestra conversación y decidí sacarme unas cuantas piedras del zapato; había acumulado demasiadas.

—Vaya. —Alyssa me dio un codazo y sonrió—. ¿Qué intenciones tienes? —preguntó guiñándome un ojo y yo esperé no sonrojarme.

—¿Qué se suele hacer en estas fiestas con los chicos guapos? Estoy soltera, así que…

Levanté un hombro con actitud maliciosa y me mostré segura de mí misma; en realidad estaba temblando, consciente de estar provocando a la persona equivocada.

De hecho, ni siquiera tuve el valor de darme la vuelta y mirar a Neil para ver su reacción o captar cualquier señal que me permitiera saber que había logrado mi objetivo de molestarlo.

—¿Así que quieres follar? —Logan enarcó una ceja, sorprendido.

—Claro, ¿qué otra cosa si no? —exclamó Alyssa con una expresión divertida en el rostro.

Estaba a punto de decir que tampoco era eso, después de todo, no quería que pensaran que era ese tipo de mujer. Todavía conservaba mis valores, seguía siendo la niña recatada e incapaz de complacer plenamente a un hombre. La cría que había perdido la virginidad hacía demasiado poco para saberlo todo de la sexualidad. Seguía siendo yo, asociaba el sexo con un sentimiento y nunca sería capaz de dejarme tocar por alguien que no fuera…

El ruido de la nevera cerrándose de un portazo me hizo dar un respingo.

Dejé de pensar e incluso de «jugar» cuando me giré en la dirección de donde procedía el ruido.

Había sido Neil.

El dorado de sus ojos había desaparecido y me miraba fijamente, con una seriedad tan sombría que me dejó helada.

Sentí que la tierra se abría debajo de mí, un abismo a punto de absorberme.

Inhaló profundamente, luego exhaló por la nariz, y recorrió la cocina con una postura orgullosa, el paso seguro, la espalda recta y una mirada de puro odio dirigida a mí.

Solo a mí.

—Neil, ¿estás bien? —Logan lo observaba con atención. Bajó los pies al suelo de forma brusca, pero siguió sentado para analizar la situación. Neil, mientras tanto, se apoyó en la isla y cruzó los brazos sobre el pecho, haciendo que los músculos de sus bíceps se movieran.

—¿A qué fiesta vais a llevar a la niña? —Habló con un tono cantarín y burlón, con retintín en la última palabra. Miró a Logan esperando una respuesta y se mordió el labio inferior, con una extraña expresión cruel en su rostro.

—¿Por qué? ¿Qué problema hay? —intervino Alyssa, intrigada.

—¿Estoy hablando contigo por casualidad? —le espetó Neil, irritado. La fulminó con la mirada para hacerle entender que no le convenía contraatacar, y Alyssa tragó saliva y se volvió a sentar—. ¿Y bien?

Se volvió de nuevo hacia su hermano y tamborileó con los dedos de una mano sobre el antebrazo contrario, con impaciencia.

—¿Quieres venir con nosotros? —propuso Logan—. Así le haces compañía, no vaya a aburrirse con nosotros dos —bromeó, y fruncí el ceño al oír aquella absurda petición.

¿Qué demonios estaba diciendo? O más bien, ¿qué demonios estaba intentando hacer?

Me encendí de rabia, pero me obligué a no contestar, de lo contrario iba a empeorar la situación.

En el fondo de mi corazón quería que Neil aceptase, aunque mi orgullo no quería compartir nada con él.

Esa noche no.

—Yo no salgo con zorras —dijo Neil, sin rodeos, y una sonrisa descarada curvó sus labios. Por un momento pensé que me había imaginado aquellas palabras, tal vez había escuchado mal, pero...

—¡Neil! —lo increpó Logan, poniéndose en pie de golpe—. ¿Qué coño dices? —le preguntó espantado.

—¿Me estás llamando zorra? ¿A mí? —Me levanté del sofá y apreté los puños junto a las caderas. No podía creerme que hubiera dicho eso.

—Oye, tigresa, guarda las garras, que yo no he mencionado tu nombre —replicó con ironía, e incluso me guiñó un ojo. Se estaba riendo de mí en mi cara, estaba claro. Quería tocarme las narices, hacerme perder la paciencia y llevarme al borde de la exasperación.

—¡Pero es obvio que te referías a mí! —Levanté la voz, decidida a defenderme. Esta vez era capaz de darle una bofetada o una patada en sus partes que recordaría el resto de su vida. Neil se rio.

¡Cómo se atrevía! ¡Cielo santo!

Parecía contento con la situación que había provocado.

—Para mí, una niña que sale con la intención de echar un polvo es una zorra.

La confianza con la que me habló me resultó tan irritante como su exagerada arrogancia. Me acerqué sin ningún miedo y lo encaré.

—¿Eso es lo que haces tú con tus rubias y ahora vienes aquí a darme lecciones?

Sacudí la cabeza con una sonrisa sarcástica. Aquello rozaba el absurdo. Precisamente él, atreviéndose a juzgarme. No me gustaba ser tan agresiva, pero cuando Neil me hacía enfadar, perdía todas mis inhibiciones.

—Yo no salgo con ellas. Nunca —contestó tranquilo, con una sonrisa pícara.

Se estaba controlando, pero cada una de sus palabras era más afilada que un cuchillo. Lo miré, decidida a no dejarme someter. Aunque, en realidad, yo no quería provocarlo, no quería ninguna guerra entre nosotros. Yo solo…, solo quería besarlo y tocarlo. Despeinarlo y quitarle la ropa, porque desnudo me dejaba sin aliento.

Quería que me contara algo sobre sí mismo, quería que se abriera y confiara en mí.

Lo quería todo de Neil Miller.

Interrumpí el curso de mis pensamientos y le pregunté, con descaro y sin pensar:

—¿No será que estás celoso?

Se sobresaltó, porque obviamente no esperaba una pregunta así. Logan separó los labios y Alyssa lo flanqueó, pero ninguno de los dos se entrometió en aquel duelo sin cuartel.

Neil emitió un sonido gutural, extremadamente seductor, similar a una carcajada. Su pecho vibró y yo vibré con las oscuras notas de su timbre de barítono. Dejó caer los brazos a los lados y

se acercó a mí hasta recortar la distancia. Su perfume almizclado se metió bajo mi piel y estuve segura de que se quedaría allí durante horas, mezclado con el mío. Me puso un mechón de pelo detrás de la oreja y temblé.

Era un gesto que podía parecer dulce, pero en realidad era todo lo contrario.

—Arréglate, niña. Ponte tu mejor vestido y tu ropa interior más atrevida. Vamos a salir juntos y te voy a buscar yo el polvo de esta noche —susurró divertido, dejándome claro que le importaba muy poco. Me puse rígida y miré su pecho ancho en lugar de sus ojos diabólicos—. ¿Te apuntas? ¿O vas a lloriquear como un bebé cuando tengas que satisfacer las exigencias sexuales del afortunado? —añadió en tono burlón.

—¡Neil! Pero ¿qué…? —Logan intentó intervenir, quizás para hacer entrar en razón a su hermano.

¿De verdad me estaba proponiendo que me acostara con otro? Estaba aturdida.

—Cállate, Logan —le mandó callar con tono severo, y luego volvió a mirarme a mí y recorrió mi cuerpo con los ojos. Me estaba restregando por la cara mi equivocación al provocarlo.

Me sentí de nuevo incómoda e inoportuna.

Él se dio cuenta y dio un paso atrás, pero no retiró lo dicho, sino que mostró su habitual inflexibilidad.

—Iremos en mi coche. Nos vemos aquí en media hora.

Sacó el paquete de Winston y se dirigió hacia la puerta acristalada para salir al jardín.

Estaba descompuesta por lo que acababa de suceder. Solté de golpe el aire que había dejado de circular por mis pulmones y miré fijamente la amplia cristalera tras la que había desaparecido su imponente figura.

—No lo hará —murmuró Logan, rompiendo el silencio.

—¿Qué?

Me giré para mirarle y se acercó a mí.

—No lo decía en serio. Le has provocado y ha reaccionado. ¿No era eso lo que querías?

Me sonrió y rehuí su mirada. Me mordí el labio y reflexioné. A Neil le había molestado la idea de que pudiera salir en serio con la intención de…

—La ha insultado. —Alyssa cruzó los brazos sobre el pecho y lo miró molesta—. ¿Te das cuenta? Tu hermano es gilipollas. Yo misma lo he visto salir constantemente de la casa de invitados con Jennifer. ¿Por qué Selene no es libre de divertirse como quiera? ¿O con quien quiera? —me defendió.

—Porque… —Logan buscó una explicación que darle, y luego suspiró impaciente y desistió—. ¡Ah, yo qué sé! Neil es retorcido, es simplemente Neil, él es así —murmuró, exasperado.

—No, tu hermano es machista. Arrogante. Déspota. Vulgar y… —replicó Alyssa, con todos los adjetivos posibles, y, aunque una pequeña parte de mí estaba de acuerdo con ella, la otra, la irracional, no soportaba que lo insultara.

—Vamos a arreglarnos —la interrumpí, dirigiéndome hacia la enorme escalera de mármol sin añadir nada más.

No me entendía a mí misma. Debería haberme enfadado con él, pero en lugar de eso me sentía atemorizada y atraída al mismo tiempo. Aunque intentaba luchar contra aquellas emociones enfermizas, no podía hacer nada.

Aquel chico se estaba convirtiendo en una adicción, algo que me había arrojado al abismo del caos absoluto. Tanto que ahora su mirada era una obsesión y percibía siempre su olor en el aire que respiraba.

¿Quería jugar conmigo? Pues entonces yo también jugaría.

Un rato después, Alyssa y yo estábamos a salvo en mi dormitorio, dispuestas a arreglarnos. Habían pasado ya cuarenta minutos y todavía estaba resoplando y tirando el enésimo vestido por los aires.

¿Con qué ánimo iba a salir? La verdad es que no lo sabía; es más, quizá debería haber rechazado la invitación de Alyssa y Logan. Pero la idea de que Neil también viniese me disuadía de excusarme. No lo soportaba, pero al mismo tiempo quería pasar tiempo con él.

Esa era la verdad. Una verdad que, además, no era razonable.

Volví a mirar la ropa tirada por la cama y suspiré.

No había traído muchas cosas de Detroit y no tenía ni idea de qué ponerme.

—Pruébate esto. —Alyssa me enseñó otro vestido.

Ella, a diferencia de mí, había quedado con Logan desde el día anterior para salir y había traído ropa para cambiarse, así que ya había elegido el vestido perfecto: un vestido de tubo de encaje azul que le quedaba divinamente; resaltaba sus curvas y no era excesivamente corto. A cambio, tenía un generoso escote por de-

trás que dejaba toda la espalda descubierta y que la hacía seductora e irresistible.

—¿Rosa? —Esbocé una mueca de duda.

El rosa me quedaba bien, pero también me hacía parecer demasiado angelical. Rechacé su propuesta y me senté en la cama, rindiéndome a la idea de que no tenía nada apropiado que ponerme. Al final me decantaría por un jersey y unos vaqueros.

Por eso odiaba las fiestas. Había que aparentar, presumir, exagerar y…

—Mmm… —Alyssa caminó sobre sus tacones de trece centímetros hasta el vestidor que Matt había preparado para mí. Nunca había usado ninguna de las prendas que había allí; de hecho, ni siquiera había pensado que pudieran quedarme bien.

—¿Qué tal esto?

Volvió a donde yo estaba con un minivestido negro en una percha.

Era… increíble, como poco.

Me levanté de la cama y lo acaricié con los dedos, admirando el tejido suave. Estaba compuesto por un corsé con un amplio escote en forma de corazón, dos tirantes finos y una faja bordada con pequeñas piedras brillantes justo debajo del pecho. La falda bajaba suavemente hasta debajo de las caderas y detrás tenía un lazo, en la parte inferior de la espalda.

—Me gusta —comenté, sin dejar de mirarlo.

—Pruébatelo —me instó, y luego se puso a buscar unos zapatos a juego.

Me cambié rápidamente y me puse el vestido. No sabía de qué marca era, pero estaba segura de que nunca había llevado nada tan caro y llamativo en toda mi vida, tanto que, si lo estropeaba, nunca sería capaz de pagárselo a Matt. Miré mi reflejo en el espejo e incliné la cabeza hacia un lado. La falda era demasiado corta y el escote me llegaba hasta la base del esternón.

El canalillo de mis pechos firmes quedaba a la vista, y el sujetador *push-up* los hacía aún más llamativos.

—¡Uf, madre mía! No, Alyssa. Tiene que ser algo menos...

Ni siquiera terminé la frase; mi amiga venía hacia mí con un par de tacones de vértigo en una mano, y sonreía socarronamente. Me sentía desnuda, incómoda y...

—Pruébate estos.

Los colocó junto a mis pies descalzos y yo negué con la cabeza. No, yo nunca saldría así vestida.

—Date prisa, Selene.

Resopló, cruzando los brazos sobre el pecho, y luego esperó a que hiciera exactamente lo que me había ordenado; así que, muy despacio, me subí a aquellos zancos tratando de no perder el equilibrio.

—¡Dios mío! ¡Estás impresionante!

Alyssa se colocó detrás de mí y me miró desde todos los ángulos. Ahora era unos centímetros más alta que ella.

La melena larguísima me caía por los hombros en suaves ondas, el flequillo rebelde me tapaba la cicatriz y mi maquillaje era luminoso, pero no demasiado exagerado. Me había puesto un sencillo pintalabios rosa. El rímel, por su parte, resaltaba mis espesas pestañas, y me hacía los ojos más azules y cautivadores.

—Estás sexi y elegante, pero nada vulgar —me aseguró Alyssa al notar mi incomodidad.

No estaba acostumbrada a vestirme ni maquillarme así. Aunque había descubierto una parte nueva de mí, femenina y seductora, seguía prefiriendo los vaqueros y las camisetas.

—Quizá debería...

Quería quitármelo todo y meterme en la cama. Había cambiado de idea otra vez. No me gustaba atraer miradas indiscretas ni suscitar comentarios maliciosos de cualquiera con el que me cruzase. Sabía que los hombres iban a aquellas fiestas «de caza», y así vestida sería una presa fácil.

—Selene, vamos a estar nosotros contigo. No estás sola. Además, admite que ese gilipollas se merece babear al ver tus piernas de ensueño. ¡Así que mueve ese culito y vámonos!

Me dio una palmadita de ánimo y esbocé una sonrisa temblorosa.

Cogí el bolso y seguí a Alyssa fuera de la habitación. Debería haberme puesto mi abrigo negro, pero lo había dejado en el salón, en el perchero, así que tendría que bajar las escaleras bajo la mirada de Logan y Neil, y no había nada que pudiera hacer para esconderme.

Suspiré y me agarré al pasamanos de mi derecha, sujetándolo con fuerza con los dedos. Alyssa caminó con valentía y confianza delante de mí. Ella pisaba con fuerza con sus tacones, no como yo, que era más torpe y desmañada.

Mientras observaba su movimiento de caderas, pensé que no entendía cómo a las mujeres podían gustarles los tacones; eran insoportables y ya empezaba a notar el dedo gordo del pie palpitando de dolor.

—¡Por fin! —refunfuñó Logan, girando la cabeza en dirección a su novia. La miró con profunda admiración y, cuando Alyssa llegó a su lado, la besó, felicitándose a sí mismo por su belleza.

—Espero no tener que discutir con ningún imbécil.

Frunció el ceño mirando el vestido ajustado, y luego le dio otro beso en la sien, le dio su abrigo y desplazó la mirada hacia mí.

—Bueno, Selene, ¿estás lis…? —Se detuvo a mitad de frase.

No sabría decir lo que estaba pensando, pero Logan pareció, por un momento, alucinado. Sus ojos recorrieron mi cuerpo y entendí que aprobaba el atuendo explosivo recomendado por su novia.

—Estás…, bueno… Estás estupenda.

Se rascó la nuca, tal vez avergonzado, tal vez confundido, luego suspiró y me pasó suavemente mi abrigo, exactamente como había hecho antes con Alyssa.

—¿He hecho un buen trabajo? ¿Qué te parece? Selene no se da cuenta del potencial que tiene. Podría hacer caer rendidos a sus pies a todos los hombres que quisiera solo con chasquear los dedos.

Imitó el gesto y se dirigió hacia la puerta con uno de los brazos de Logan sobre sus hombros.

—Estoy de acuerdo contigo —replicó, luego me sonrió y juntos salimos al porche, temblando por culpa del aire frío. El abrigo me calentaba, pero tenía las piernas congeladas porque solo llevaba unas medias finas que no iban a protegerme de las bajas temperaturas.

Una vez fuera, Alyssa y Logan caminaron delante de mí para dirigirse al Maserati de Neil. La idea de que él me mirara con desdén y probablemente me dedicara algún insulto o broma mordaz hizo que me temblaran las rodillas.

Sin embargo, seguí a la pareja de enamorados en silencio, pero por dentro estaba de un humor pésimo. Quería gritar y desahogar toda la frustración que había acumulado en pocas horas.

—No seas gilipollas. Las chicas han tardado porque son mujeres y las mujeres necesitan tiempo para arreglarse —dijo Logan, anticipándose a los comentarios de su hermano, y se paró en seco.

Neil estaba apoyado en la puerta de su coche, con aire aburrido. Tenía un cigarrillo entre los labios y cara de fastidio.

Llevaba demasiado tiempo esperando y no estaba acostumbrado.

A Neil no le gustaba esperar, siempre lo quería todo y de inmediato.

—¿Nos vamos? —preguntó Alyssa y él la miró serio.

Analizó su atuendo y levantó una ceja sin hacer ningún comentario. Una vez más no entendí en qué demonios estaba pensando. Por suerte, a mí no me veía, ya que estaba escondida tras la espalda de Logan, donde pensaba permanecer todo el tiempo posible. Neil, sin embargo, se echó hacia un lado buscándome y, cuando Logan se dio cuenta de que su hermano quería verme, se hizo a un lado para mostrarme al mismísimo diablo en persona.

Aferré con fuerza el bolso cuando sus ojos claros bajaron muy despacio del escote pronunciado hasta la falda demasiado corta. Los tacones altos, además, estilizaban mi figura más de lo debido.

Sentí que las mejillas me ardían y se me aceleraba la respiración.

Qué traicioneras, las emociones.

Aparté la vista hacia un arbusto no muy lejos de allí, para evitar mirarle. Pero sentí que su mirada me quemaba la piel, me quemaba cada centímetro donde se posaba.

Me estaba marcando a fuego, muy muy despacio, y lo sentía con fuerza.

—Está guapísima, ¿verdad? —comentó Alyssa, pero yo habría preferido que se callara, porque los cumplidos me ponían tímida, y en aquel momento quería ser fuerte, no débil.

Neil dio un paso hacia mí, luego otro. Sentí el olor del humo cada vez más cerca, mezclado con su aroma. Cuando casi estaba a la altura de su pecho, tuve que levantar la barbilla para mirarlo.

En sus ojos había de todo.

Vi su audacia. Su fuerza.

Vi su poder. Su furia.

También vi la lujuria. El impulso de morderme la carne, la desesperación por hacerme suya de una vez. Vi el deseo, el choque entre el orgullo de resistirse a mí y el fuego que lo incendiaba, sometiéndolo a una tortura extenuante.

Vi el ímpetu con el que quería moverse dentro de mí y vi la necesidad que, furiosamente, necesitaba ser satisfecha.

Nos estábamos volviendo locos solo con mirarnos.

—¿Entonces vas en serio? —susurró con voz ronca.

Reconocí aquel tono: era el mismo que usaba cuando me susurraba obscenidades al oído mientras estábamos en la cama juntos.

¿De qué hablaba? ¿De nuevo sobre mis intenciones de dejarme tocar por un desconocido?

—Yo diría que sí —lo provoqué.

Quería pasar por delante de él y entrar en el coche, comportarme como una mujer, mostrar confianza, pero en lugar de eso me quedé allí. Quieta, impotente e intimidada. Si hubiera intentado besarme, mis piernas no habrían aguantado la intensidad del momento.

Ese era el efecto que Neil Miller tenía en mí.

—Vamos.

Por suerte se alejó de mí, pasándose una mano por la cara, y yo volví a respirar.

Me sorprendió su rendición repentina, y tuve la certeza de que algo raro le había llevado a no contraatacar.

Sin embargo, no hice ningún comentario y subí al coche con los demás.

Los dos hombres se sentaron en los asientos delanteros, y nosotras nos pusimos atrás. Estaba visiblemente agitada, no había dicho ni una palabra, mientras que Alyssa no hacía más que hablar con Logan. La verdad es que envidiaba su sintonía. Logan era atento y amable, en cambio Neil...

Lo miré. Conducía en silencio.

El habitual ceño fruncido en su rostro, la confianza que desprendía incluso en el modo en que agarraba el volante con una mano. No había dicho nada porque, como de costumbre, Neil no estaba muy hablador. A veces tenía cierta disposición al diálogo, pero otras veces, como ahora, se retraía, necesitaba estar solo, pasear por su mundo caótico.

Después de unos minutos en el coche, me di cuenta de que ni siquiera sabía a dónde íbamos. Logan y Alyssa solo me habían dicho que iríamos a una fiesta en un club privado de un tal Bryder Janson, pero yo no tenía ni idea de quién era.

Llegamos a nuestro destino en unos diez minutos.

Al ver a los chicos y chicas que se dirigían hacia la entrada del enorme local, sentí que retrocedía en el tiempo a la noche de Halloween, una noche parecida a esta que había terminado de manera desastrosa. En cualquier caso, Logan, Alyssa y yo salimos del coche y esperamos a que Neil aparcase.

Una oleada de angustia me hizo detenerme y mirar aquel lugar como si tuviera el vacío ante mí.

—Selene... —Alyssa me llamó la atención.

—¿Estás bien? —preguntó Logan, mirándome a la cara.

Debía de estar pálida; cuando me toqué la mejilla con una mano, la noté helada.

—Sí, claro. —Sonreí.

—Vamos.

Neil apareció detrás de mí y yo me puse rígida. Tenía que dejar de estar tan tensa.

Logan entrelazó su mano con la de Alyssa y juntos se dirigieron a la entrada. Neil, sin embargo, encendió otro cigarrillo y no me hizo ni caso. Parecía molesto y aburrido.

Sin tocarnos ni hablarnos, seguimos a su hermano y su novia hacia un letrero de luces blancas donde ponía «New Lion», el nombre del local. Nunca había oído hablar de aquel sitio, pero Alyssa me explicó que era donde iban los ricos de Nueva York, y que se celebraban todo tipo de fiestas.

El club era tan exclusivo que la puerta roja solo se abría si el guardia de seguridad permitía la entrada a los clientes. La selección era tan estricta que algunos chicos fueron rechazados y se marcharon murmurando quién sabe qué.

Deseaba con toda mi alma que fuera un lugar agradable, y sobre todo tranquilo.

—Dicen que más allá de la zona de cócteles hay una especie de sala de juegos y habitaciones donde pasar la noche —comentó un joven que estaba delante de nosotros en la cola con sus amigos, mientras esperábamos nuestro turno para entrar.

—Sí, también hay gogós después de medianoche —dijo otro.

Bueno, lo que me faltaba, bailarinas con cuerpos perfectos moviendo el culo en las narices de los hombres.

Pero ¿qué tipo de sitio había elegido Logan?

Resoplé y me balanceé sobre los talones, sintiendo una ligera molestia en la espalda y las pantorrillas. Quería quitarme los zapatos y caminar descalza. Suspiré y me giré para buscar a Neil.

Estaba detrás de mí, con el móvil en una mano y los ojos concentrados en la pantalla. Estaba chateando con alguien, me di cuenta por la rapidez con la que movía el pulgar. Me pregunté quién sería; tal vez Jennifer, o quizás otra. Nunca le había mirado el teléfono, pero quién sabe qué tipo de basura habría podido encontrar: probablemente fotos indecentes, mensajes eróticos, proposiciones y peticiones sexuales. Seguro.

—¿Por qué me miras? —refunfuñó Neil, que de alguna forma había notado mi mirada sin siquiera levantar la suya de la maldita pantalla. Era increíblemente astuto.

—No te estoy mirando, solo estoy luchando contra un dolor lacerante en los pies —repliqué con una mueca de dolor en el rostro.

Nunca más.

Nunca más me volvería a poner unos tacones tan altos, maldita sea.

—Tenemos que encontrar al afortunado que te va a follar, no te quejes —replicó, y luego echó un vistazo aburrido a la cola y volvió a bajar los ojos al móvil. A pesar de los tacones, no llegaba a su metro noventa. Neil seguía siendo más alto que yo y me ignoraba como y cuando quería.

—Me he puesto mi tanga favorito justo por eso. No veo el momento —respondí despectivamente, con una sonrisa falsa.

En realidad llevaba mis bragas de algodón de siempre. Pero me gustaba provocarlo y contestar a sus bromas insolentes. Sus ojos luminosos se trasladaron inmediatamente de la pantalla a mi cara. Me miró serio y, una vez más, se escondió detrás de su armadura para no mostrarse vulnerable, para no dejarme ver lo que estaba pensando.

—Pero ¿por qué tienen que ser tan pesados controlando la entrada?

Una voz familiar me hizo mirar por encima del hombro de Neil a una chica con una coleta alta y azul. Estaba de espaldas a nosotros, por lo que solo podía ver una falda de cuero negro a juego con la chaqueta del mismo color que envolvía sus hombros estrechos.

Neil no perdió el tiempo: estiró un brazo y, con total confianza, le dio una palmadita en la nalga. Ella dio un respingo y se dio la vuelta, dispuesta a tomar represalias contra quien le hubiese hecho eso. Cuando, sin embargo, se encontró con la mirada de Neil, su expresión se suavizó y esbozó una amplia sonrisa.

—El gilipollas de siempre. ¿Sabes que tus cachetes duelen? —se quejó Alexia, masajeándose la zona.

Respiré hondo para disimular cuánto me molestaba el comportamiento de Neil, especialmente con las chicas de la Krew.

—Lo sabe de sobra —intervino el chico que estaba a su lado y en quien no me había fijado.

Era Luke. Sus ojos azules destacaban en la oscuridad de aquella noche fría, y su pelo rubio enmarcaba un rostro con rasgos bien dibujados.

—Cállate, Parker. ¿Dónde está el tercero en discordia? —Neil extendió la mano y se saludaron con un fuerte apretón.

—Si te refieres a mí, gilipollas, estoy aquí.

Xavier emergió de detrás de Luke con un cigarrillo entre los labios y le lanzó una mirada torva. Abrí los ojos de par en par al ver su nariz ligeramente hinchada y el ojo morado. Miré los moratones, definitivamente más visibles que los de Neil, y supuse que era con él con quien se había peleado.

—Menos mal que estás vivo —bromeó Neil, mirándolo como si no hubiera pasado nada.

Fruncí el ceño y seguí observándolos; aquellos dos tenían una relación verdaderamente incomprensible.

—Tú también, según parece —replicó Xavier, fijándose en los hematomas que salpicaban la ceja y la comisura del labio de su amigo.

La diferencia entre ellos era que Neil tenía la piel de color ámbar, lo que hacía que los moratones fueran menos perceptibles. Xavier, en cambio, era muy pálido, y la mancha grisácea alrededor de su ojo derecho era más visible. Pensé, entonces, que mi sospecha inicial era correcta.

—Venga, no empecéis otra vez —intervino Luke, dirigiendo de pronto sus ojos hacia mí. Frunció el ceño, como si no estuviera seguro de que era yo, y luego me miró de arriba abajo para terminar en mi cara—. ¿Selene? —preguntó inseguro.

No sabía cómo reaccionar ni cómo saludarlo. Al fin y al cabo, Luke y yo habíamos compartido un beso apasionado y una charla en un banco, aquella noche tristísima de Halloween, así que…

—Anda, mira quién ha vuelto. La muñequita del culo de oro. Bienvenida, gatita.

Xavier, con su habitual actitud perversa, me analizó entera. Alexia, en cambio, me miraba como a una apestada de la que hubiera que alejarse.

—¡No empieces a comportarte como un salido, pedazo de idiota!

Le dio un codazo para despertarlo, porque me estaba mirando el escote embobado, y Xavier resopló.

—Si la chavala está buena, la miro. Yo siempre miro a las tías buenas. Te guste o no. No eres mi novia, no puedes controlarme —respondió molesto, advirtiéndole que no se interpusiera en su camino. Alexia suspiró y el velo de tristeza que le cubrió el rostro le hizo bajar la mirada. ¿Cómo era posible que todo el mundo, incluso yo, se hubiera dado cuenta de que la chica sentía algo por Xavier excepto él?

En cualquier caso, no era asunto mío, así que dejé de mirarlos para no meterme donde no me llamaban.

Con los Krew, los problemas siempre estaban a la vuelta de la esquina.

—¿Ya está recuperado?

Neil se volvió hacia Luke, señalando con el mentón a Xavier, que ahora estaba mirando a una morena no muy lejos de él, toda curvas y piercings. Al verlo, sacudí la cabeza con horror; aquel chico estaba realmente obsesionado con cualquier ser vivo del sexo femenino.

—Todavía no —respondió Luke con un suspiro, pero probablemente pronto lo estaría.

Eso era lo que comunicaba su expresión. El rubio se volvió

hacia mí y me pilló mirándole. En realidad no lo estaba mirando, sino que estaba escuchando a los Krew y, distraídamente, me había detenido en el hoyuelo de su barbilla, un detalle en el que nunca me había fijado.

Luke tenía su encanto, no podía negarlo.

—Oye, ¿qué te trajo de Detroit al New Lion?

Me sonrió y le devolví la sonrisa; nunca le había tenido miedo. Claro que formaba parte de los Krew y seguro que no era tan angelical como parecía, pero siempre había pensado que era diferente a Xavier.

—Solo estaré aquí dos días y…

No tuve tiempo de añadir nada más porque Neil me puso una mano en la espalda y me empujó hacia delante para que caminara.

—¿Qué haces? —exclamé molesta.

Sentí su presencia detrás de mí, un concentrado de testosterona que enseguida se había interpuesto entre Luke y yo. No había nada que pudiera hacer para escapar de su voluntad, así que simplemente giré la cara y lo miré. Estaba guapísimo y mi rabia se desvaneció para dar paso al desmayo habitual entre mis muslos.

El instinto traidor me sugirió apoyarme en su pecho de mármol y disfrutar al máximo de su protección, pero no hice caso. Me puse rígida y me estremecí al notar su pelvis contra mi trasero.

Llevaba un abrigo largo, pero estaba bastante segura de que el poderoso bulto de sus pantalones estaba contra la base de mi espalda. De repente se me secó la garganta y tuve que humedecerme los labios para lidiar con todas aquellas sensaciones irrefrenables.

—Camina —ordenó, empujándome de nuevo hacia delante. Después del grupito de chicos nos tocaba ya a nosotros, pero no hacía falta que me empujara ni que actuara como un vikingo bárbaro. Miré a Logan en busca de ayuda, pero estaba charlando con Alyssa sin darse cuenta de nada.

Pensé que el comportamiento de Neil era absurdo; era un prepotente y quería controlarme y dominarme como si fuera una niña.

—¿Qué te pasa? Deja de empujarme —refunfuñé molesta.

Me volví hacia él y lo miré. Iba a decir algo más, pero Neil se inclinó hacia mi oreja y se adelantó.

—Si empezara a empujar de verdad, Campanilla, me pedirías que parase… gritando… —susurró provocador, haciendo que me encogiera.

Hacía mucho que no oía aquel nombre de sus labios. Lo miré fijamente, perdiéndome en la belleza de su cálida mirada; luego le miré la boca y mis pensamientos retrocedieron a recuerdos lejanos: a cuando aquellos labios carnosos habían trazado mis curvas, dejando una marca en cada parte de mí.

Tragué saliva y traté de no derrumbarme, de no mostrarle lo que él podía leer fácilmente en mis ojos demasiado transparentes, demasiado sinceros con él.

Tuve la fuerza de darme la vuelta, y cogí aire y seguí a Logan y Alyssa hacia la entrada del club después de que el guardia de seguridad nos dejara pasar.

Avanzamos por el largo pasillo de paredes negras levemente iluminado por una suave luz roja.

Neil vino detrás de mí todo el tiempo y me puso ambas manos en las caderas mientras nos adentramos en la multitud. Aquel gesto me asombró y deseé que se quedara conmigo para siempre.

Podía sentir el contacto efervescente de nuestras almas, la colisión de nuestros deseos. De repente, le dirigí una mirada fugaz, levantando apenas la barbilla, y él me estrechó contra sí con una posesión que nunca había sentido antes.

El corazón estaba a punto de explotarme dentro.

—Empieza a mirar a tu alrededor. Tenemos que encontrar al afortunado —me susurró al oído, y la ira me inundó.

Me habría gustado darle un codazo, pero me acordé del hematoma de su abdomen, así que me obligué a estarme quieta. Sin embargo, seguí odiándolo, porque sabía que no pondría fin a la absurda guerra continua entre nosotros tan deprisa. Sus duras palabras contrastaban con sus gestos de protección.

—Este sitio es una pasada —dijo Logan en aquel momento; se giró hacia nosotros y sonrió, y luego siguió andando agarrado a Alyssa.

Intrigada, miré a mi alrededor, aunque no por los motivos que pensaba Neil.

En efecto, aquel lugar era realmente peculiar: parecía que acabábamos de cruzar la frontera del mundo de la perdición, de la lujuria y lo prohibido. Las paredes eran de color rojo sangre y contrastaban con los sofás de cuero negro. Las mesas redondas y negras, con una sola pata central, de acero espejado, se disponían alrededor de las enormes pistas de baile, con la superficie cubierta por un luminoso cristal esmerilado, en cuyo centro había unos postes de hierro cromado para el *lap dance*. Las *strippers* se dedicarían en unas horas a prender fuego a los pantalones de los que ansiaban su espectáculo.

Con mirada circunspecta y estupefacta, seguí a Logan, y todos nos dirigimos a la barra, iluminada con luces que se alternaban en un juego escenográfico de colores, donde me detuve a mirar a la camarera.

Neil se adelantó y apoyó un codo en la barra, echando un vistazo a las estanterías iluminadas en las que había numerosas botellas de alcohol.

Entonces ocurrió lo inevitable.

Dirigió sus ojos dorados a la camarera rubia, que le correspondió con una malicia que me molestó de inmediato.

No era su novia, no estábamos juntos, pero no podía contener los celos que aquel hombre despertaba en mí.

Nunca me había pasado nada parecido con Jared, pero Neil era escurridizo, no me pertenecía, y tal vez por eso temía perderlo en cualquier momento.

Me di cuenta entonces de que su obsesión por las rubias no había desaparecido.

—¿Qué os pongo?

La camarera apoyó las palmas de las manos en la barra y se echó la larga cabellera sobre un hombro. Llevaba un *septum* en la nariz y era particularmente guapa. A pesar de que había dirigido la pregunta a Logan, inmediatamente apuntó con sus ojos de un marrón corriente a Neil. Él se mantuvo serio, pero no se me escapó la mirada que lanzó a los pechos generosos de la chica. Reflexioné sobre otro detalle. A Neil le gustaban las mujeres con curvas pronunciadas, especialmente con las tetas grandes, y generalmente no le iban chicas delgadas con el busto escaso. Suspiré.

No tenía ninguna posibilidad frente a las chicas con las que se acostaba. Ni siquiera había elogiado mi vestido. Era imposible sacarle alguna palabra positiva, o quizá ya no le atrajese como antes.

A veces pensaba que había una conexión entre nosotros, pero otras veces las inseguridades afloraban, confundiendo todas mis convicciones.

—Selene, ¿qué quieres tomar?

Logan me despertó de mi ensimismamiento. No había seguido la conversación, pero deduje que habían pedido cócteles.

—Yo no… —empecé a decir para dar a entender que no bebía, pero me detuve.

—¿Quieres pedir un cóctel a medias? Yo tampoco bebo —me propuso Neil. A mí específicamente, no a otra persona. Lo miré y traté de ahuyentar la cara de estupefacción que ponía como por arte de magia cada vez que me perdía en su perfección. Asentí con la cabeza y sonrió—. Yo elijo. No te voy a preguntar qué bebida prefieres, porque tampoco las conoces —bromeó, y la camarera se rio.

Sin duda me puse colorada, porque Neil había conseguido avergonzarme, pero lo que hizo a continuación me sorprendió. Miró a la chica muy serio por atreverse a ridiculizarme. Le lanzó una mirada hosca y sintió lo que todas sentían cuando Neil decidía ponerse serio: sumisión. La camarera apuntó nuestro pedido a toda prisa y se alejó, incómoda.

Demasiado a menudo se me escapaba por qué se comportaba así, no siempre me resultaba comprensible.

¿Había intentado, a su manera, defenderme?

—¿Desde cuándo no bebes? —me permití preguntarle, y Neil se volvió para mirarme. Se sentó en un taburete, con el codo en la barra, una rodilla doblada y la otra pierna estirada para soportar su peso.

Tenía una belleza poco común, era el chico más atractivo que había visto jamás.

—No bebo casi nunca —replicó y me miró despacio de arriba abajo. Habíamos dejado los abrigos en el ropero y mi cuerpo estaba completamente expuesto a sus ojos astutos. Los dejó deslizarse desde mis pechos hasta mis piernas, sin ninguna reticencia, y luego volvió a mirarme la cara, en concreto, los labios ligeramente pintados con una capa de carmín.

—Aquí tenéis.

La camarera nos sirvió las bebidas y me di cuenta de que ni siquiera sabía lo que Neil había pedido. Me acerqué a mirar nuestro cóctel y míster Problemático me agarró por la cadera. Al principio no entendí qué quería, pero entonces giró la rodilla ligeramente hacia mí, y lo intuí.

¿Quería que me sentara encima de él?

Eso parecía.

Neil era grande y fuerte, podía manejarme como quisiera, así que ni siquiera me pidió permiso y me empujó encima de él. Me senté y, cuando mi trasero rozó la dureza de sus músculos, algo en mi interior se encendió. Era imposible que sintiera aquella excitación tan fuerte cada vez que me tocaba. Mi cuerpo no podía incendiarse cada vez que sus manos me acariciaban.

Miré avergonzada a Logan y Alyssa —él estaba de pie junto a ella, sentada en el taburete— y los sorprendí intercambiando una mirada cómplice.

—Has probado el margarita antes, ¿verdad?

Neil cogió el vaso con una rodaja de limón en el borde, se lo llevó a los labios y le dio un sorbo, esperando mi respuesta.

Negué con la cabeza, preparada para uno de sus insultos o sus molestas borderías, pero se limitó a apretar la mano en mi cadera y acercarme a él, dejándome sin aliento.

—Prueba.

Una leve sonrisa curvó sus pecaminosos labios y me envolvió con su mirada. Sin dejar de mirarme, me acercó el vaso a la boca y accedí a su petición.

Coloqué mis labios en el lugar exacto en el que él había hecho lo mismo poco antes y bebí un sorbo. De primeras, el cóctel estaba buenísimo. Pero entonces sentí el regusto del tequila en la lengua y un intenso ardor en el esófago.

—¿Cómo está? —preguntó, y luego bebió después de mí y me demoré en su nuez que subía y bajaba. Quería besarlo y me sentía ya embriagada. De él. De su olor.

Ningún cóctel habría surtido el mismo efecto en mí.

Ebria, tuve un impulso e hice algo realmente estúpido.

—Prefiero tu sabor —le susurré al oído y se puso rígido con la copa en el aire, mirándome fijamente, contrariado.

¿Había desconcertado a Neil Miller? Lo dudaba, y sin embargo eso parecía.

Frunció el ceño y dejó el cóctel en la barra con una sonrisa burlona.

—Niña, ni siquiera conoces… —se acercó a mis labios—… mi sabor —murmuró con voz seductora, y yo lo miré confundida. Me refería a sus besos, pero quizás él había entendido…

Abrí mucho los ojos y me moví con nerviosismo sobre su rodilla al darme cuenta del rumbo que había tomado la conversación. Neil me acercó hacia sí, agarrándome más fuerte por la cadera. Era una ingenua y estaba jugando con fuego.

Qué tonta.

—Chicos, vamos a bailar. ¿Venís? —Logan cogió a su novia de la mano y señaló el centro de la pista, entre las jaulas aún vacías; me había olvidado de aquellos dos.

Siempre me pasaba lo mismo.

Cuando Neil me permitía entrar en su mundo, yo me olvidaba del mío.

Éramos completamente imperfectos juntos, y sin embargo, de alguna manera, nos entendíamos. Notaba nuestra energía, el fuego incandescente que nos conectaba. Percibía los pensamientos unidos por el mismo hilo, una sutil complicidad que iba desgastando poco a poco su coraza.

—No —contestó Neil y estuve de acuerdo con él.

Logan nos dirigió una mirada traviesa, y luego se alejó con Alyssa como si supiera, desde el principio, que iba a ser así. Un momento después me volví hacia Neil y lo pillé mirando mi vestido, concretamente el escote profundo. Me mordí el labio y decidí hacerle la pregunta que tenía en la punta de la lengua desde hacía horas.

—¿Te gusta? —dije de pronto.

No sabía ni yo de dónde había sacado el valor de preguntárselo. Neil le dio otro sorbo al margarita y se lamió los labios, pensativo. Ninguna emoción, ni un ápice de debilidad ni vulnerabilidad le atravesó el rostro.

—Sí, estás pasable —comentó, mirando alrededor con aire aburrido.

¿Qué demonios quería decir?

El impulso de levantarme y alejarme de él fue fuerte, pero decidí resistirme, porque no quería enfadarme otra vez con él, aunque en menos de un minuto me hubiese amargado la noche.

—¿Pasable? —repetí indignada.

—Exacto. Estás muy mona y… —Reflexionó unos instantes y añadió—: Follable.

Me pasó el margarita y yo sacudí la cabeza. Sus palabras me dolían y ni siquiera se daba cuenta.

Él dio un último sorbo y dejó el vaso en la barra, suspirando.

—«Follable» es ofensivo, ¿sabes? —repliqué; lo era sobre todo dicho del modo que lo había dicho él, como si fuese una cualquiera.

—¿No has venido para eso? ¿Para parecer follable a ojos de los hombres? —volvió a provocarme—. ¿Has elegido ya? Ah, no, que tengo que hacerlo yo por ti. Dime cómo lo prefieres.

Miró a su alrededor y tamborileó con los dedos sobre la barra.

Le miré la mano y me fijé en el anillo de acero en el dedo corazón. Tuve el impulso de rozarlo, y él se puso tenso.

No estaba acostumbrado a aquellos gestos pequeños y espontáneos.

—Castaño —contesté, volviendo a ponerme las manos en las caderas. En aquel momento no quería que lo tocaran, así que me obligué a no hacerlo.

—Hay muchos castaños —dijo, mirando a los chicos. ¿Estaba loco?

Neil estaba buscando en serio al afortunado de la noche. Le seguí el juego, pero cuanto más tiempo seguíamos con aquella farsa, más me ofendía que pensara que iba a llegar hasta el final.

No había entendido absolutamente nada de mí.

—Alto. Muy alto y poderoso. Con una nariz perfecta, los labios carnosos y los ojos de un color particular —continué, describiéndolo a él con todo detalle.

Neil dejó de inspeccionar el entorno y por fin me miró con aquel ceño orgulloso que lo hacía irresistible.

—Ah, y la piel de color ámbar y luminosa —añadí, levantando un dedo, y él siguió mirándome de aquella forma tan devastadora. Estaba serio, pensativo y conseguía derretirme sin siquiera pronunciar una sílaba.

¿Se había dado cuenta de que estaba hablando de él? Probablemente.

Sabía lo inteligente y astuto que era.

—Igual pides demasiado.

Sonrió y se frotó los labios con el dedo índice. Estaba cómodamente apoyado sobre un codo, en una postura tan sexi que no podía quitarle los ojos de encima. Estaba hechizada.

No me importaban los hombres que hubiese en aquel local. Podían ser cien, mil, un millón.

Lo quería a él.

—Soy exigente. No me interesa cualquiera —añadí.

No me atraían los hombres vacíos, altivos y narcisistas. Siempre había buscado el fondo además de la forma. Apreciaba la belleza exterior, claro, pero me volvía loca la interior. Neil era una mezcla de todo, por eso me fascinaba.

Se mordió brevemente el labio inferior y volvió a mirarme los labios.

¿Por qué no me besaba si le apetecía?

Parecía que se estuviera obligando a controlarse, igual que había hecho en la casita de invitados.

Se rio sin motivo aparente y dirigió los ojos hacia algo que había a mi espalda. De repente, noté que su expresión cambiaba. La ligereza del momento se esfumó. Los pensamientos insidiosos se agolparon en su mente; lo adiviné por la mirada nublada y vacía de cualquier emoción humana. Seguí la dirección de su mirada, para entender qué había provocado aquel cambio fulminante, y vi a una mujer morena y guapísima entrando en el local.

Aunque el lugar estaba lleno de gente, ella atrajo gran parte de la atención masculina. Llevaba unos sencillos pantalones de cuero y una blusa negra escotada, anudada en la cintura, que dejaba parte de su abdomen al descubierto. Me fijé en sus abdominales esculpidos y el físico decididamente atlético y provocativo. Incluso yo, que era una mujer, la miré estupefacta. Iba con una rubia que llevaba un brazo por encima de sus hombros. La morena sonrió a alguien y dejó que su pelo negro ondulado flotara en el aire. Tenía un par de ojos verdes brillantes y unos labios que habrían suscitado antojos libidinosos incluso en la mente del hombre más fiel del mundo. Volví a mirar a Neil y me fijé en que seguía con los ojos fijos en ella.

En aquel momento me pareció inapropiado seguir sentada en sus piernas, así que me trasladé al taburete de al lado, donde había estado sentada Alyssa. Neil pareció de acuerdo con mi iniciativa, porque no hizo nada para retenerme. Normalmente se imponía y, si quería algo, lo conseguía.

Era prepotente y a menudo dominante, pero en ese momento no hizo nada, absolutamente nada para convencerme de permanecer cerca de él.

—Prueba, estoy segura de que no te rechazará —dije molesta.

Ahí estaban los celos, presionando sobre mi pecho como una roca. Neil desvió la mirada hacia mí y frunció el ceño.

¿Estaba haciendo como que no me entendía?

—¿Qué? —murmuró ausente.

—La chica morena a la que estás mirando. Si intentas ligártela, no te rechazará —repetí con más claridad; era una observación bastante obvia.

¿Quién iba a rechazarlo?

Estaba segura de que a Neil no lo había rechazado una mujer en su vida.

—¿Tú crees? —se burló, aunque no parecía tener intención de acercarse a ella ni tampoco seducirla. Podría haberlo hecho, pero allí seguía, enfrente de mí, como un dios, hermoso e inalcanzable.

—No dejas de mirarla. No seré yo quien te retenga. Has encontrado a tu afortunada. Ya sabes lo que tienes que hacer.

Le sonreí, pero era una sonrisa tensa y falsa.

—¿Y qué tengo que hacer? —repitió divertido.

—Lo sabes de sobra. Tiene los pechos bonitos. Grandes, como a ti te gustan —murmuré.

Exageraba, pero estaba terriblemente nerviosa. Incluso me empezó a temblar una pierna. Neil se contuvo para no reírse en mi cara y se inclinó sobre la barra para acercarse a mí.

Ahí estaba, el Neil seductor, el lado de él que más temía.

Guapo, descarado y sensual.

—Tus tetas tampoco están mal —susurró, lanzando una mirada de aprobación a mi pecho—. Te recuerdo que las he tocado, lamido, chupado. No suelo prodigar tales atenciones a las mujeres que no me gustan —afirmó con toda su prepotencia masculina. El timbre decisivo y viril no dejaba lugar a equívocos: le había gustado acostarse conmigo.

Pero eso no era suficiente. Me sentía mediocre, con apenas un suficiente en su escala de apreciación. No me sentía única.

Yo quería exclusividad.

—¿No podrías ser menos… explícito?

Me sonrojé y miré alrededor solo para ocultarle el rubor de mis mejillas. Enumerar de esa manera, con aquella voz, los momentos de lujuria que me había concedido tuvo un efecto persuasivo en mí. Sentí calor y mis bragas confirmaron la debilidad de mi cuerpo: estaba excitada.

—Normalmente lo soy aún más, Campanilla.

Sonrió al ver mi reacción y, una vez más, rehuí su mirada. Estaba demasiado cerca, podía sentir su aliento en mi piel. Lo miré y noté que me miraba con insistencia, pero no tuve el valor de volverme hacia él.

—¿Por qué me miras así? —resoplé.

Neil me estaba mirando a mí y no a la morena guapísima.

—Porque me gusta la morena, ¿no? —replicó cautivador.

Instintivamente volví a mirar a la hermosa desconocida de ojos verdes y luego a él, que seguía concentrado en mí.

—Pero me estás mirando a mí —respondí reflexiva. Neil esbozó una sonrisa enigmática y…

Maldita sea, tenía que dejar de sonreír así.

—¿Y qué? —susurró, con la intención de hacerme intuir algo.

Reflexioné durante unos instantes, pero me parecía imposible que pudiera gustarle yo más que aquella mujer. No, era demasiado improbable.

—No puedes preferirme a ella.

Sacudí la cabeza. No podía gustarle yo. Fuera lo que fuese que había habido entre nosotros, Neil siempre se sentiría atraído por otras mujeres también, como el bombón que acababa de llegar. No era una ilusa, sabía que no sentía lo mismo por mí que yo por él.

—¿Sabes que a los hombres no les gustan las mujeres demasiado inseguras?

Me sonrió y sentí que Neil Miller estaba coqueteando conmigo. Aquello también se le daba bien; yo, en cambio, no hacía más que demostrarle mi torpeza.

—Bueno, no me importa. Yo no quiero gustarte.

Esperaba ser convincente. Su mirada se deslizó por mis manos que no dejaban de temblar y, en ese instante, tuvo la confirmación de lo contrario.

—Qué mentirosa —susurró divertido.

Me di cuenta de que otra de sus cualidades era reducir a la mujer a una víctima e instrumento de placer. Tenía la capacidad de desviar mi mente hacia los instintos carnales, porque sabía concentrar el deseo en todo lo que hacía o decía.

Tanto era así que me moví nerviosa en el taburete, porque de repente mi cuerpo parecía responder a la llamada pecaminosa de su mirada.

Me habría desnudado allí mismo si le hubiera dado permiso.

—Hombre, mira quién está aquí. Hola, Miller.

Una voz femenina rompió la magia. Me di la vuelta instintivamente y la morena guapísima, la que había visto antes, sonrió a Neil con desparpajo.

No esperaba en absoluto que se conocieran ya, y mi asombro fue evidente.

Verla de cerca resultaba aún más descorazonador: aquella chica no tenía ningún defecto estético, parecía una actriz salida de alguna película de Hollywood. Le tocó la cadera a Neil y él no hizo absolutamente nada para apartarle la mano.

—¿Tú también por aquí, Megan?

Suspiró molesto, y por fin reaccionó y se apartó de ella. Megan lo miró como habían hecho todas las mujeres de la discoteca, pero Neil permaneció frío y apático.

—¿Te acuerdas de Britney?

La guapa señaló a la rubia que estaba a su lado y, cuando vi sus ojos grandes, sus labios provocativos y el pelo largo y claro, recordé exactamente donde la había visto antes: en la casita de la piscina.

Era ella. Era la misma chica que le había concedido aquellos juegos preliminares en mi presencia.

Una tormenta de emociones me hizo tambalearme sobre el taburete. Intenté aparentar indiferencia, pero la morena se percató de mi perturbación. Su mirada se desvió hacia mí y enseguida bajó hasta mis piernas. ¿En serio me estaba mirando las piernas? Me sentí avergonzada, como si tuviera delante a un hombre que quería importunarme.

—Te dejé mi número. Creí que me llamarías.

Britney se dirigió directamente a Neil, decepcionada por su comportamiento. Él, en cambio, mantuvo su mirada sombría y su actitud descarada.

Se acordaba de ella, pero no le hizo caso.

Ya la había utilizado, eso era suficiente para él.

—Lo habré perdido —respondió vagamente—. Tal vez lo tirara al váter. Quién sabe…

Se estaba burlando de ella. Sentí lástima por la chica y alivio por mí. Neil no la había vuelto a ver, así que no habían vuelto a acostarse juntos.

No era razonable por mi parte, pero me alegré de mi descubrimiento. Afortunadamente, no recordaba ninguna dote particular de la chica en cuestión, porque, en la casita de invitados, me había obligado a no mirar, precisamente para no recordar las imágenes obscenas. Sin embargo, mi ardor de estómago estaba relacionado con la idea de que aquella chica había tocado a Neil.

También ella conocía el sabor del que habíamos hablado antes, mientras que yo aún no había llegado a tanta intimidad con él; el mero hecho de pensarlo me hizo estremecerme de celos.

—¿Ves, Britney? Nunca te fíes de los gilipollas, que luego pasan estas cosas —intervino Megan, sacudiendo la cabeza.

Neil se levantó del taburete y consiguió, solo con su presencia imponente, hacerlas retroceder. Ambas mujeres lo temían y lo deseaban al mismo tiempo, y era exasperante ver la forma en que sufrían la fascinación de su presencia.

—No te soporto y no soporto estas estúpidas escenitas —le dijo a Megan: parecía que no la soportaba—. Voy al baño, vuelvo enseguida —me dijo a mí, suavizando su tono de voz.

Las dos fruncieron el ceño, quizá tratando de entender por qué Neil Miller me estaba avisando de lo que iba a hacer. Por mi parte, me limité a asentir con la cabeza y observé cómo se alejaba entre la multitud. Era gigante y pude ver sus hombros sobresaliendo por encima de las cabezas de muchos chicos.

—¿Eres su novia? —me preguntó Britney.

Me giré hacia ella y la sorprendí mirándome con altanería. Quizá pensara que no era lo suficientemente buena para él. No era rubia y no tenía un busto generoso. Era más joven, menos atrevida y seductora. Pero no estaba interesada en competir con sus amantes.

—Tú debes de ser Selene. Mi hermana me ha hablado mucho de ti. —Megan, a diferencia de su amiga, me tendió la mano y yo la miré desconcertada.

—Sí, soy yo. ¿Nos conocemos?

Le estreché la mano y ella me sonrió.

—No. Soy la hermana de Alyssa —explicó.

Anda, así que ella era la famosa Megan de la que Alyssa me había hablado tanto en el pasado. De pronto me sentí obligada a cambiar mi actitud hacia ella y ser más amigable. Es que era la hermana de mi mejor amiga. La única persona con la que había entablado una relación estrecha en Nueva York.

—Ah, sí. Somos muy amigas.

—Ya me lo ha dicho.

Se acercó a la barra y le hizo un gesto a la camarera para que le pusiera dos cervezas.

—¿Tú quieres algo? —añadió amablemente.

Sacudí la cabeza y ella confirmó el pedido a la camarera. Olía bien y tenía unos ojos verdes muy cautivadores. El lunar en el arco de Cupido me llamó la atención. Tenía la piel brillante y aceitunada, y los labios oscuros y carnosos. Parecía extranjera…

—Soy italiana.

Me leyó la mente, seguramente al notar mi mirada fija en ella.

—Justo iba a preguntártelo —admití avergonzada.

—Eso me había parecido.

Se rio y cogió las dos cervezas cuando la camarera se las hubo servido. Estaba a punto de preguntarle algo más, solo para charlar y pasar el rato hasta que volviera Neil, cuando Jennifer, enfurecida, se acercó a mí con sus odiosas trenzas de boxeador. Llevaba unos vaqueros pitillo rotos en las rodillas y un top blanco excesivamente escotado. Era tan guapa como peligrosa.

Se paró delante de mí y me miró lívida de rabia.

No la veía desde la noche de Halloween y habría preferido no haberla visto en mucho tiempo.

¿Cómo me había encontrado? ¿Qué estaba haciendo allí?

—¿Dónde está? —exclamó sin preocuparse por haber interrumpido una conversación.

Se creía una reina, como si todo el mundo le debiese algo. Suspiré y, al mismo tiempo, intenté no dejarme dominar.

—¿De quién hablas? —pregunté, fingiendo que no la entendía.

No iba a decirle dónde estaba Neil. La muy perra era capaz de meterse en el baño detrás de él para seducirlo y hacerle uno de sus favorcitos.

—No me jodas, mocosa —me insultó y yo abrí mucho los ojos. No iba a dejar que me asustara de nuevo como había hecho aquel día en la cafetería de la universidad, no iba a quedarme quieta si intentaba ponerme las manos encima.

Solo era unos años mayor que yo, no le tenía miedo.

—¿Dónde coño está Neil? Llevo horas llamándole y no me lo ha cogido. Lleva toda la noche contigo, ¿verdad? —añadió rabiosa.

Parecía una hiena dispuesta a defender su territorio. Tal vez a Jennifer todavía no le había quedado claro que Neil no estaba con ella ni con nadie.

—Tienes algunos problemas de comprensión, querida. Neil puede pasar la noche con quien quiera. No estáis juntos —repliqué.

Megan estaba a mi lado bebiéndose su cerveza, pero miraba a Jennifer con la misma animosidad que la rubia manifestaba hacia mí.

Jennifer sacudió la cabeza y se pasó la lengua por el labio, dispuesta a contraatacar.

—Mientras tú estabas en Detroit, él estaba conmigo. ¿Sabes lo que hacíamos? ¿Quieres que te lo cuente con todo lujo de detalles?

Se rio con ganas y a mí me entraron ganas de abofetearla. Estaba casi segura de que había habido más encuentros sexuales entre ellos. Alyssa también lo había confirmado, pero escucharlo de la reina de las zorras tuvo un efecto desastroso en mi estado de ánimo. Mi confianza se tambaleó y contuve el llanto a duras penas.

Las lágrimas eran mi forma de desahogarlo todo —el amor, la decepción y la rabia—, pero tenía que controlarme.

—Solo te quiere para echar un polvo, no creo que sea para presumir de ello, ¿sabes? —intervino Megan en mi defensa.

Se llevó la cerveza a los labios y miró a la rubia con una sonrisa arrogante en la cara. Jennifer reparó en ella en aquel momento.

—¿Y tú de dónde has salido, Xena? —le dijo, quizá por su actitud masculina.

Megan dejó la cerveza en la barra y se acercó a ella, inclinando ligeramente la cara para estudiarla con atención.

—Relájate, zorra. De lo contrario, te arriesgas a volver a casa con tus trencitas pegadas al culo —susurró amenazante, agarrándola por una de las largas trenzas. Por primera vez vi a Jennifer asustada; Megan se alzaba sobre ella—. Me importa una mierda cualquier cosa que tenga que ver con los Krew, que te acuestes con Miller o que vayas de flipada. No me dais miedo ni tú ni tu banda de exaltados. Así que ¡piérdete! —le espetó, soltándola bruscamente.

Jennifer dio un paso atrás y Megan me protegió con su cuerpo, mirándola sin ningún temor.

Le estaba dejando claro que se largara, de lo contrario iba a sufrir las consecuencias de su actitud. La rubia se enderezó la espalda y nos fulminó con la mirada.

—Me las pagaréis. ¡Las dos!

Nos señaló con gesto amenazador, y luego se fue, probablemente a reunirse con sus amigos.

Por fin respiré de nuevo y me levanté del taburete. Quería irme a casa. Jennifer no iba a rendirse tan fácilmente, y su presencia en la discoteca me inquietaba.

—Gracias —murmuré, cuando Megan se volvió para mirarme; ella me sonrió y luego se llevó la cerveza a los labios.

—¿Por qué? Eres diferente a ella, por eso está celosa —me explicó, sentándose en mi sitio.

Ahora tenía los pechos a la altura de su cara y sus ojos verdes se posaron en mi escote. De nuevo, pensé que me miraba como lo haría un hombre.

Sacudí la cabeza. Tal vez solo estaba mareada por todo lo que había sucedido.

—Además, eres guapa. Las chicas guapas le gustan al gilipollas de Miller, y Jennifer está obsesionada con él —añadió, levantando la mirada a mi rostro.

—No estamos juntos —me apresuré a aclarar.

Por otra parte, Neil no había renunciado a ella, igual que no me había elegido a mí. Los celos de Jennifer, por tanto, eran infundados.

Megan estaba a punto de contraatacar, pero alguien se le adelantó:

—¡Selene! —gritó una voz masculina.

Di media vuelta y vi a Luke corriendo hacia mí, preocupado.

—¿Estás bien?

Se detuvo frente a mí jadeando. Incluso tuvo que apoyarse en la barra del bar para coger aire.

—Está bien, Parker, pero intentad mantener a vuestro caniche a raya. Es bastante molesto —contestó Megan por mí, esbozando una sonrisa.

—Joder, le he dicho que pasara del tema, pero Jennifer... —Luke suspiró y se pasó una mano por la cara—. Se le va la olla con el tema de Neil —explicó.

Era evidente. A todas les gustaba Neil; todas lo deseaban y no aceptaban su indiferencia. No era nada nuevo.

El carisma exagerado, el dominio en la cama, la mirada magnética, la belleza... Todo en él era anormal. Tan anormal que atraía la curiosidad de las mujeres, y yo no era una excepción.

El patrón era muy sencillo: Neil utilizaba a las chicas, ellas se enamoraban de él y luego sufrían las consecuencias de un sentimiento no correspondido.

¿Y yo? ¿También iba a sufrirlas?

—Hombre, aquí estás.

Megan apuntó sus ojos verdes a mi espalda. Instintivamente, me di la vuelta y me encontré con el tórax marmóreo de Neil a la altura de la nariz. ¿Cómo podía oler tanto su sudadera? ¿Cómo podía oler así de bien?

Levanté la barbilla y me encontré con su mirada clavada en mí. Me miraba de esa manera indescifrable que confundía mis pensamientos.

—¿Todo bien?

Su voz…, su hermosa voz acariciaba mis sentidos. Todos los miedos y temores se desvanecieron gracias al ardor que sentía por dentro.

—Controla a tu pseudonovia arpía. Quién sabe qué habría pasado si yo no estuviera —refunfuñó Megan, refiriéndose a Jennifer.

Neil respiró con fuerza y luego hizo un gesto inusual. Me rodeó con un brazo y puso la mano en mi trasero. En un instante estaba contra su cuerpo. Permanecí inmóvil y avergonzada por aquel contacto protector.

—Dile a Jennifer que pare o me voy a cabrear en serio —dijo Neil, dirigiéndose a Luke. Me quedé boquiabierta ante el tono hosco que había utilizado y me fijé en que el rubio estaba bastante distraído observando la mano de Neil en mi nalga, y fruncí el ceño, confundida.

—Deja de follártela y lo entenderá —replicó el otro repentinamente irritado.

Neil sonrió y me acercó aún más a él, pasándome la mano al muslo. El vestido corto le permitía rozar las medias y yo…

Iba a morirme o a desmayarme, no lo sabía.

Mi respiración se agitó y entre las piernas sentí un calor familiar, del tipo que solo mi problemático sabía despertar.

—Pareces nervioso, Luke —replicó Neil, colocándose ahora detrás de mí.

Su barbilla me rozaba la cabeza y me presionaba la pelvis contra el trasero. Empecé a sudar. Neil sabía lo que estaba sucediendo dentro de mí. Estaba fundiendo nuestros deseos, quería que sintiera su poderosa erección en el punto donde más la deseaba. Era un cabrón.

—Y tú pareces… —Luke me miró a la cara y luego a su amigo—. Tenso… —concluyó, desconcertado.

Tenía las mejillas ardiendo y el labio inferior entre los dientes.

Quería moverme contra Neil, pero no estábamos solos. Me avergonzaría de mí misma si cedía a mis instintos.

Neil se inclinó sobre mi cuello y me echó el pelo por detrás de un hombro con delicadeza. No entendía la razón de aquel comportamiento descarado.

¿Qué estaba haciendo?

—¿A ti te parezco tenso, Campanilla? Díselo a Luke, que tiene mucha curiosidad —me susurró al oído, divertido, y tragué con fuerza.

Él sabía lo que yo sentía. Sabía que estaba sintiéndolo todo. De no haber sido tan recatada, habría respondido afirmativamente a su pregunta, sin duda alguna. Estaba tenso y duro. Viril y listo para dominarme. Estaba magníficamente excitado. Recordé con claridad lo que escondía bajo sus calzoncillos, algo que haría que cualquier hombre convencido de ser el no va más de la virilidad saliese corriendo avergonzado.

—¿Os apetece una partida de billar?

Megan se terminó su cerveza y se levantó, interrumpiendo mi momento de apuro extremo. Ella había notado la tensión entre los dos chicos, la misma que había notado yo. Luke frunció el ceño, la rubia Britney se fue con unas chicas tras decirle a Megan que se verían más tarde, y Neil… Neil no dejaba de mirar a su amigo. No entendía qué pasaba por su cabeza.

—Venga, Miller. Una partidita. Tú y yo contra Luke y Selene —propuso Megan, caminando hacia una dirección desconocida para mí. Neil retrocedió resoplando aburrido y yo me toqué la frente.

Estaba sudando.

Luke siguió a Megan, pasando por delante de Neil y de mí, sin mirarnos. No entendía la razón de su actitud —estaban hablando de Jennifer y de pronto la situación había tomado un giro diferente—, pero yo necesitaba aire.

Intenté inhalar profundamente, pero el olor almizclado de Neil que dominaba el espacio circundante me daba señal de su presencia todavía demasiado cercana. Me giré para mirarle, guapo y descarado, con una sonrisa tentadora. Mis ojos se deslizaron hacia la bragueta de sus vaqueros y vi el bulto prominente. Era enorme. Pensé en las mujeres que iban a verlo también y no pude contener mi enfado. Neil debió de adivinarme el pensamiento porque, con una mano, tiró hacia abajo de la sudadera e intentó colocárselo.

—Es muy educada. Se levanta por ti —dijo sarcásticamente, mirando hacia abajo, y luego pasó junto a mí encogiendo los hombros y me quedé mirándolo fijamente.

¿Neil acababa de hacer una broma?

Sacudí la cabeza y lo seguí rápidamente.

—¡Tápate! —exclamé sin pensarlo. Neil se volvió hacia mí con una expresión extraña y yo me sonrojé.

Me di cuenta de que se había dado cuenta.

Se había dado cuenta de que estaba celosa, y la preocupación que vi rondar en sus ojos no me gustó nada. Avergonzada, me aclaré la garganta y seguí caminando. Neil, por suerte, no dijo nada y me siguió.

—No estarás mirándome el culo, ¿verdad? —le pregunté de repente mientras pasábamos por un corto pasillo que separaba la discoteca de una sala más tranquila. La música llegaba amortiguada, al igual que el bullicio de los clientes.

—Pues sí, exactamente igual que tú me miras la po… —trató de decir, pero yo me apresuré a darme la vuelta y lo fulminé con la mirada.

—Basta. Ya me has dejado en ridículo hace un rato delante de tu amigo.

Lo señalé con el dedo y él sonrió, en absoluto arrepentido ni preocupado.

—¿Te avergüenza la presencia de Luke? —Levantó una ceja e intentó analizar mi reacción.

¿Qué mierda de pregunta era aquella?

—Claro que no. Me avergüenza que hagas alusiones por quién sabe qué absurda razón…

En lugar de contestar, esta vez Neil resopló y pasó por delante de mí sin escucharme. Ya se había cansado de hablar conmigo; lo odiaba cuando se comportaba así.

Suspiré resignada y lo seguí, y enseguida atravesé una cortina negra que daba acceso a la sala de juegos. Parecía un verdadero casino y, sin duda, estaba menos concurrida que la discoteca. Había de todo: tragaperras, videojuegos, máquinas recreativas y varias mesas de billar. Vi a Megan en una y me reuní con ella, esbozando una amplia sonrisa.

—Ya era hora, Selene. ¿Miller te ha hecho enfadar? —Se rio, cogió un taco y le pasó una tiza por la punta. ¿Nos habría oído en el pasillo? ¿O simplemente lo había adivinado?

—A veces no lo soporto —murmuré en voz baja, porque Neil estaba cerca de nosotras, concentrado en elegir su taco.

—Nadie lo soporta, a menos que esté desnudo en una cama.

Me guiñó un ojo con picardía y ambas soltamos una risita. En ese momento Neil se volvió para mirarnos y frunció el ceño, así que inmediatamente nos pusimos serias de nuevo.

—Bueno, bueno, bueno. Vamos a ver si los machitos sois capaces de colar alguna bola en el agujero —dijo Megan divertida, llamando la atención de los dos chicos.

—Yo no sé jugar —me quejé mientras miraba a Luke elegir el taco. Neil ya había cogido el suyo y ahora estaba aburrido esperando a que los demás estuviéramos listos.

—Toma, coge este.

Luke se puso a mi lado y me entregó un taco de un tamaño diferente al suyo, así que fruncí el ceño.

¿Por qué no eran iguales?

—Cada jugador debe usar un taco adecuado a su estatura —explicó y se encogió de hombros.

Miré su chaqueta de cuero: era negra con una calavera rodeada de llamas rojas en la espalda. Luke tenía un estilo agresivo que contrastaba con sus modales.

Una vez más, me encontré comparando a los dos amigos: Luke era amable y divertido, Neil era siempre brusco y arrogante. Pero a cambio gozaba de un encanto propio, carnal, rebelde e inquietante, mientras que Luke era menos extravagante, pero igualmente capaz de atraer la atención femenina.

—¿Me estás llamando bajita? Gracias —bromeé y alguien carraspeó.

Me giré en dirección a Neil y capté sus ojos dorados observándonos fijamente. Tenía el codo apoyado en el taco y nos miraba molesto.

—¿Empezamos ya o qué? —nos reprendió con severidad.

—No empieces con tus gilipolleces —murmuró Luke con un bufido.

—Prepárate para perder, Parker —le espetó Neil, con una mirada de tal certeza que aplastó mis esperanzas de victoria.

De por sí eran escasas, ya que nunca había jugado al billar, solo había visto jugar a algunos amigos. Un poco preocupada por si me hacía daño, miré el taco e intenté averiguar cómo colocarlo.

—Espera, yo te enseño. —Luke notó mi incomodidad y se acercó a mí.

Una vez más, me pregunté cómo un tipo tan agradable podía estar en los Krew. No había duda de que formaba parte del grupo, pero ninguna de sus actitudes era ni remotamente comparable a la de Xavier y las otras dos chicas.

En ese instante me puso una mano en la base de la espalda y yo me tensé.

—Tienes que inclinarte ligeramente hacia delante. —Me instó a seguir su sugerencia y lo hice mecánicamente, aunque llevaba vestido y temía que se levantara demasiado, por no hablar de los tacones, que eran definitivamente incómodos—. Sujeta la base del taco con la mano derecha y apoya el extremo más estrecho en la izquierda —continuó pacientemente.

Su aliento me rozó una mejilla y pegó el pecho a mi espalda. Me di cuenta de que no podía soportar el contacto físico con un hombre que no fuera Neil.

Ni siquiera podía concentrarme, porque mi cuerpo se negaba a aceptar la excesiva proximidad.

—Luke, creo que sabe cómo sostener un maldito taco —intervino Neil, irritado.

Levanté la vista hacia él y me fijé en su mandíbula contraída. Se quitó apresuradamente la chaqueta de cuero y la arrojó sobre un taburete no muy lejos, y luego se arremangó la sudadera hasta los codos. Las venas abultadas, que se ramificaban hacia el dorso de sus manos, era todo lo que podía mirar. Aflojé la tensión sobre el taco y me olvidé de las reglas del juego que acababa de explicarme Luke, porque la virilidad del cuerpo de aquel adonis era exagerada.

—Solo le estoy echando una mano —respondió el rubio con una sonrisa descarada.

Neil se limitó a pasarse la lengua por el labio inferior y le propuso a Megan que empezara, sin dejarme hacer ningún tiro de prueba.

Comenzó la partida.

Primero fue el turno de Neil y me quedé quieta admirándolo. Era impresionante verlo inclinado hacia delante y concentrado, con el ceño fruncido y un mechón castaño fuera del tupé largo. Se pasó la mano por el pelo para fijarlo detrás de la frente, y luego volvió a mirar la bola de color que había decidido golpear.

En pocos segundos, con la fuerza de un cañón, golpeó la bola.

Preciso, rápido, impecable. Primer punto.

—Hala.

Megan le rozó el hombro para halagarlo, pero él se quedó mirando la mesa de billar, arqueando la espalda como un felino. Miró a Luke y esbozó una sonrisa desafiante. En lugar de un juego, parecía una verdadera competición para ver quién jugaba mejor de los dos.

Miré a Megan en busca de apoyo femenino y ella se encogió de hombros.

—Son hombres —comentó divertida, y luego puso los ojos en blanco.

Media hora después, la pareja contraria nos llevaba una clara ventaja.

—Oye, Luke, ¿qué está pasando? No me digas que no eres capaz de meterla en el agujero.

Neil se burló de su amigo, después de que mi compañero de equipo fallase varios tiros.

—Será porque estoy distraído —respondió Luke, y hubo algo malicioso en el tono que utilizó.

Lo sorprendí mirándome el trasero mientras me rodeaba como un depredador. Por primera vez vi un lado diferente de él, perverso y peligroso, que seguramente era la razón por la que pertenecía a los Krew. Por otra parte, si eran amigos no podía ser tan diferente de Xavier, como tontamente había pensado. Luke le lanzó una mirada a Neil con una sonrisa burlona, mientras mi Problemático lo miraba inmóvil, en absoluto intimidado.

Parecía más bien nervioso.

De repente, el rubio se colocó a mi izquierda y dejó de mirarme como si quisiera desnudarme.

—Tu turno.

Me sonrió y me incliné hacia delante, rompiendo nuestro contacto visual inmediatamente.

Coloqué el taco como me había aconsejado, pero no tenía ninguna confianza en mí misma. Nuestros adversarios estaban, sin duda, más familiarizados con el tapete verde. Cogían bien el taco, conocían la jerga del juego, las reglas del billar, mientras que yo apenas era capaz de rozar las bolas. Traté de no agarrar el taco con demasiada fuerza, solo la suficiente para sostenerlo durante el tiro, y dejé la muñeca floja, tal y como me había explicado Luke, y me concentré.

—Venga, Selene, tú puedes —murmuró, pero mi mirada buscó a Neil, y lo pillé mirándome. Sus ojos se deslizaron cálidos sobre mí y era difícil mantener la concentración.

Golpeé, pero fue un tiro débil e impreciso.

La bola no entró en la tronera, ni siquiera se quedó cerca.

Estábamos perdiendo miserablemente.

—Lo siento —le susurré a Luke, que me sonrió, sin preocuparse en absoluto.

No sabía jugar y me sentía estúpida por haber aceptado. Sobre todo porque a Megan también se le daba fenomenal. Es más, cada vez que se inclinaba hacia delante, sosteniendo su taco con pericia, Neil le miraba el culo. Lo hacía con discreción, pero era innegable que su mirada se desviaba a las bonitas curvas de la morena. Enseguida me di cuenta de que míster Problemático no era indiferente al salvaje encanto de Megan. Después de todo, cualquiera se habría sentido cautivado por alguien como ella. Una mujer fuerte, segura y extremadamente atractiva.

—Vamos a hacer un cambio. Os estamos machacando —propuso Neil, y de repente me desperté de mi ensimismamiento.

No entendí el porqué de aquella repentina petición, pero Luke no se opuso y se acercó a Megan; yo, en cambio, me quedé donde estaba hasta que olí el aroma almizclado en el aire y me di cuenta de que Neil estaba detrás de mí.

—Ahora te voy a enseñar a tirar, niña —me susurró al oído. Su poderoso pecho rozó mi espalda y sus largos brazos me envolvieron por completo. A continuación, Neil me obligó a inclinarme y se apoyó en mí por detrás, sin preocuparse de las miradas ajenas. Sentí su pelvis presionada contra mi trasero de forma descarada y desinhibida. Sus manos, en cambio, se deslizaron sobre las mías para corregir la posición—. Hace falta paciencia, terquedad y precisión. Eres espabilada, estoy seguro de que esta vez lo conseguirás —añadió, respirando en mi cuello.

Si hubiera seguido hablándome con aquella voz excitante y suave, habría perdido la lucidez. Neil hacía del *eros*, de la seducción, de lo físico su arma mortal, y yo era su víctima. Jugaba y se aprovechaba de las debilidades de una mujer, y yo disfrutaba del gozo de tenerlo sobre mí. Sentí toda la esencia de su masculinidad; era un hombre capaz de perturbarme y hacerme perder el equilibrio.

En aquel momento estaba poniendo en práctica alguna extraña estrategia erótica para someterme inexorablemente. Tragué saliva y sentí que me hervía la garganta, y fijé la mirada en la punta del taco. Los dedos de Neil sobre los míos eran largos y firmes. Los miré y me lamí los labios, reprimiendo el deseo de sentirlos en mi cuerpo.

—Venga —murmuró. Me concentré para no defraudarlo, para golpear la bola de color y hacerlo de la mejor manera posible. Empujé el taco hacia adelante con firmeza y con la cantidad justa de fuerza.

Vi la bola rodar y… entró en la tronera.

Me quedé quieta durante unos instantes, sin llegar a entender que lo había logrado, y luego mis labios se curvaron hacia arriba e instintivamente salté como una niña.

—¡Sí! —grité de alegría y me volví hacia Neil, que me regaló la sonrisa más bonita que había visto en mi vida.

Esa fue mi verdadera victoria: verle sonreír.

Seguimos jugando y ganamos a Megan y Luke.

Unidos, cómplices, fuertes. Juntos.

Sabía que Neil tenía monstruos dentro, pero esos mismos monstruos se las arreglaban, de algún modo, para comunicarse conmigo.

No le tenía miedo.

Me sentía protegida.

Además, cada día descubría una parte nueva de su personalidad sin necesidad de mediar palabra, porque estaba aprendiendo a entender todas las señales mudas.

Percibía la pureza de mi sentimiento y la fuerza de algo que estaba naciendo en él.

Tal vez lo que nos unía nunca florecería, nunca tendríamos un romance real, nunca seríamos una pareja, pero seguiríamos rozándonos siempre.

Seguiríamos buscándonos para no perdernos.

Porque estábamos demasiado cerca para estar lejos.

11

Neil

> Las mujeres, las mujeres que valían algo, me asustaban
> porque al final siempre querían mi alma,y yo
> quería guardar para mí lo que me quedaba.
>
> Charles Bukowski

¿Qué coño estaba pasando?

No lo sabía ni yo.

Selene y yo acabábamos de volver de la fiesta y la había llevado conmigo a la casa de invitados sin motivo alguno.

Allí me llevaba a todas las que me follaba, cuando quería.

Y siempre eran rubias.

Selene, por tanto, era la excepción que confirmaba la regla.

—No sabía que jugaras así de bien al billar —comentó detrás de mí, azotando las paredes de la casa de la piscina con su voz. Todavía no podía creer que estuviera allí conmigo.

La niña había llegado de Detroit aquella mañana —Matt se había pasado varios días hablando del tema hasta la saciedad—, pero yo la había recibido de una forma distinta a mi familia, porque alguien me había roto mis dibujos y yo había perdido la cabeza, como siempre.

Odiaba a cualquiera que tocara mis cosas o desordenara mi vida, así que, hecho una furia, había irrumpido en el comedor sembrando el habitual terror que estaba acostumbrado a leer en los ojos de todos los que me rodean.

Selene, sin embargo, había sido dulce hasta decir basta. Me había traído una bolsa de pistachos pelados y le había permitido entrar en la casa de invitados con sus ojos marinos, su olor a coco y su sonrisa tímida. Solo la había besado una vez y, afortunadamente, había logrado controlarme. Hace falta más que eso para que un tipo como yo pierda la cabeza. Sin embargo, cuando se puso aquel vestidito indecente, no había podido dejar de mirarla; era como si me gritara «Ven aquí y arráncamelo» o «Salta encima de mí y fóllame», cuestionando cada una de mis certezas.

Me creía inmune a sus encantos, pero al final estaba pendiente de cada una de sus palabras.

Mierda.

Me pasé una mano por la cara. Estaba tenso. Tenso desde hacía horas, porque quería desahogarme. Porque necesitaba desahogarme, pero no podía. Estaba siguiendo el consejo del doctor Lively de reprimir mis impulsos sexuales a causa de todos los problemas que arrastraba, así que tenía que intentar mantenerme a raya de alguna manera.

¿Qué habría pasado si hubiera sucumbido a Selene y no hubiese conseguido llegar al orgasmo?

La habría hecho sentirse como una basura, como a las otras, y además habría empezado de nuevo con aquel rollo de «hablar» para tratar de buscar una razón a la extraña reacción de mi cuerpo.

A la niña no le bastaba con utilizarme, quería más, y eso me asustaba.

Me inquietaba y me confundía, porque no sabía cómo manejarla.

—¿Por qué has aceptado venir aquí?

Me senté en el sofá esquinero y me despeiné el tupé. Iba a darme una ducha y luego la echaría. O a lo mejor la echaba primero y luego me duchaba, no sabía en qué orden, pero en cualquier caso iba a irse.

—¿Qué?

Estaba de pie con el abrigo sobre los hombros, con los muslos al aire y aquel escote seductor, y yo todavía no había hecho nada para disfrutar de todas aquellas curvas: delicadas, inmaduras pero tremendamente atractivas.

—¿Por qué estás aquí? —repetí—. Por lo general, quien viene aquí accede a complacerme. ¿Quieres follar?

La miré, apuntando mis ojos gélidos hacia ella; por dentro, sin embargo, me ardía un fuego incandescente que luchaba por controlar.

Selene frunció el ceño y tensó los hombros. Mi actitud había cambiado otra vez y me miraba como si estuviera loco. Era comprensible, en realidad: la noche había ido bastante bien. Había sido amable y extrañamente protector, especialmente cuando Luke la había mirado más de lo debido. Además, era yo quien le había dado a entender que podría haber algo más entre nosotros y ella se había acercado a mí, como habría hecho cualquier mujer en su lugar.

En aquellos momentos había sentido una complicidad inexplicable con ella, una sintonía que nunca había experimentado con las demás, pero sobre todo una sensación absurda a la altura del pecho cuando un hombre la había mirado en la discoteca. Me molestaba que la mirasen, algo totalmente nuevo para mí. Nunca me había preocupado por nadie, e incluso compartía mujeres con Xavier y Luke, quien, por cierto, se había estado haciendo el chico bueno con Selene últimamente, cuando ambos sabíamos muy bien que le habría encantado colarse donde solo yo me había colado.

Ese lugar que era mío: *El país de Nunca Jamás.*

—¿Por qué me hablas así ahora? —preguntó mientras yo

contemplaba primero su larguísima cabellera esparcida sobre un hombro, y luego sus tetas firmes.

¿De verdad creía que me gustaban enormes?

Yo era un hombre.

No me importaba que fueran grandes o pequeñas, redondas o en forma de pera, lo que me importaba era poder hacer lo que quisiera con ellas.

Además, las prefería pequeñas.

Bueno, no.

Prefería las suyas.

La niña, sin embargo, era demasiado ingenua para entender cómo funcionaba la mente masculina, además de que ni siquiera era consciente de su propia belleza, de lo contrario todo le habría parecido más sencillo.

—Porque estás en mi casa, semidesnuda, sin haber encontrado al afortunado de la noche. ¿Por casualidad no querrás sustituirlo por mí?

Estaba burlándome de ella. Aquella historia del polvo solo había sido un juego que había ideado. La conocía lo suficientemente bien como para saber que nunca se acostaría con cualquiera, porque Selene se valoraba a sí misma. Valoraba sus besos y sus abrazos. Solo se entregaría a otros hombres después de haberlos conocido o salido con ellos unas cuantas veces, pero nunca la primera noche.

Selene era exigente, por eso no era tan fácil para mí estar cerca de ella.

—¿Y te crees que me da igual uno que otro? —me contestó molesta mientras yo miraba sus muslos desesperado, tratando de no distraerme de nuestra conversación.

Sí, pensé, da igual uno que otro, para todas era así, pero no para ella. Ella me deseaba, llevaba toda la noche deseándome.

Y ese era un maldito problema.

—Tú solo me deseas a mí, Campanilla, y eso no es bueno. ¿Por qué no te buscas un hombre que pueda hacerte feliz?

Apoyé mi espalda en el sofá y separé las piernas, adoptando una postura cómoda. Si lo encontrase, yo lo aceptaría.

O tal vez habría querido matar al tipo en cuestión, pero…

Eh, lo aceptaría.

Selene sacudió la cabeza y esbozó una sonrisita pícara. Le salía un pequeño hoyuelo en la comisura derecha de la boca cuando sonreía. Era diminuto, pero yo me había fijado. Igual que me había fijado en otros dos lunares, además del que tenía junto al pezón derecho. Tenía uno en forma de corazón invertido en la rodilla y otro idéntico en la base de la espalda.

Me di cuenta de que quería volver a verlos para asegurarme de que no estaba equivocado. A aquellas alturas, el recuerdo de su cuerpo vivía solo en mi cabeza, ya que hacía mucho que no la tocaba. Y tenía unas ganas horribles.

Suspiré y me desabroché los vaqueros con una mano. No podía soportar la erección por más tiempo. Llevaba horas así, comprimido dentro de los calzoncillos. A veces me faltaba hasta el aire por los pinchazos de placer, tanto que no podía ni sentarme bien.

Selene siguió mi gesto y tragó saliva avergonzada. Me di cuenta de que la había incomodado, pero estaba acostumbrado a ser descarado, sobre todo con las mujeres.

Hacía lo que quería, decía lo que pensaba y no conocía el pudor.

—¿Me vas a contar qué ha pasado con Jennifer? —le pregunté.

No me importaba, pero necesitaba distraerme, de lo contrario me habría comportado como una bestia. Me la habría follado en la isla de la cocina que Selene tenía detrás, y luego no me habría corrido, lo que la habría hecho sentirse inútil. Selene era aún demasiado inexperta y, sobre todo, insegura en el sexo, por lo que tener relaciones conmigo, en el estado en que me encontraba desde hacía semanas, solo habría alimentado su paranoia. Se habría sentido utilizada, sucia, y yo no quería eso. Quería que disfrutara, no que sintiera autocompasión por lo que hacíamos.

—Incluso ahora estás pensando en ella —respondió molesta.

Como siempre, Campanilla dejaba aflorar sus inseguridades, porque no entendía que pensar en otra significaba algo diferente de lo que ella creía.

—Quiero saber qué te ha hecho —admití, acomodando mi erección bajo los calzoncillos; me habría gustado desnudarme para estar más cómodo.

¿Podría haberlo hecho? ¿O me habría considerado un depravado incluso sin que la tocase?

—Me montó un pollo porque no le cogías el teléfono. Cree que te estoy distrayendo de alguna manera —explicó ella, poniéndose un mechón de pelo detrás de la oreja.

La miré de arriba abajo otra vez y me detuve en sus piernas.

¿Qué altura tenían aquellos tacones?

Le quedaban divinamente. Si hubiera podido, me la habría follado así, dejándole puestos solo los elegantes zapatos de tacón.

—Tendré que tener una charla con ella —apunté. La enésima.

Solo porque llevásemos cuatro años acostándonos juntos no significaba que estuviese enamorado o que quisiera empezar una relación con ella. Pensé que había pillado la indirecta cuando no le devolví ninguna de sus treinta y cinco llamadas telefónicas. Pero no. Como siempre, aunque le había dicho varias veces que no era su novio, que no había nada entre nosotros, Jennifer solo aceptaba lo que ella quería.

Quizá si hubiera tenido el valor de hablar de mi pasado, todas habrían entendido cómo era yo en realidad.

—Tendrás que decirle que solo le gusta a tu po… —Selene hizo una pausa y se llevó una mano a los labios. ¿Estaba diciendo lo que yo estaba pensando? Sonreí y la miré fijamente, con la intención de hacer que se sonrojara.

—Soy una mala influencia para ti, niña —le dije, y no era nada bueno.

Selene se dio la vuelta y se quitó el abrigo para dejarlo en un taburete en un rincón de la cocina. Así por fin pude apreciar las curvas de sus caderas y su alto trasero bajo el vestido ondulante.

¿Qué aspecto tendría sin él? ¿Qué ropa interior llevaba?

Había dicho que llevaba tanga, pero probablemente me había mentido. No me habría sorprendido ver que escondía una de esas horribles bragas de algodón. Tan horribles como su pijama.

—Ya fuiste una mala influencia hace poco más de un mes —comentó, quedándose lejos de mí—. Y ahora por fin me hablas —añadió complacida.

Ese era otro problema. Estaba empezando a hablar demasiado con ella. Nunca le había contado nada de mi pasado, pero sí que era más locuaz. A veces solo para seducirla o burlarme de ella, otras veces para explicarle cosas que con la simple intuición no conseguía entender.

—Lo nuestro no puede funcionar —dije de improviso, para intentar aclararle una vez más una cosa que ella se negaba a aceptar.

Sin embargo, no me gustó la melancolía que vi en sus ojos azules. Solo quería protegerla de mí y meterle en la cabeza que no podíamos tener una relación, que no podía darle lo que ella quería.

No quería arrastrarla conmigo al abismo.

Quería lo mejor para ella, y lo mejor no era yo.

Ambos lo sabíamos.

—¿Por qué? —insistió ella, y yo empecé a enfadarme. Sentí que mis nervios se tensaban y la paciencia se desvanecía.

—Por qué, por qué, por qué… ¡Contigo todo es un puto por qué, Selene! —estallé, e incluso me puse de pie para enfatizar mis palabras—. ¿Por qué no te limitas a quitarte la ropa? ¿Por qué no te limitas a tocarme y utilizarme? ¿Por qué? —Levanté la voz y me dirigí hacia ella—. ¿Por qué no me tiras al sofá y me follas, como hacen todas? Como siempre han hecho todas. ¿Por qué? Sería más fácil, ¿sabes? Podría aceptar tenerte cerca, pero solo a mi manera, nunca como tú quieres.

Me había acercado demasiado y, al retroceder, ella había llegado a la pared. Al verla temblar, me maldije por mi incapacidad de razonar como un hombre normal y di un paso atrás. Quién sabe a qué velocidad le latía el corazón y qué estaría pensando de mí. Me pasé una mano por la cara, porque nunca antes se me había hecho todo tan difícil.

Las mujeres nunca habían sido un problema para mí. Tomaba lo que quería de ellas, un subidón momentáneo y luego a otra cosa, casi indiferente a cualquier acto, por obsceno que fuera.

En cambio, ni siquiera cuando había disfrutado de varios cuerpos a la vez había experimentado lo que sentía con aquella muchacha. Para ser sincero, el sexo que habíamos compartido no había sido nada del otro mundo, pero a mí me había gustado porque había sido algo sencillo, espontáneo, natural y, sobre todo, auténtico.

Condenadamente auténtico.

—Porque para mí no eres un objeto —susurró con un hilo de voz.

Di media vuelta para analizarla. ¿Por qué había dicho aquello?

Por reflejo, busqué en su cara los sentimientos que odiaba, como la piedad o la compasión. La habría pateado de haberlos encontrado, pero no fue así.

Luego sonreí astuto.

¿Creía que me dejaba usar como un objeto por las mujeres? ¿Me consideraba una víctima?

Se equivocaba de lleno.

Sucedía exactamente lo contrario: era yo quien utilizaba a las mujeres como si fueran objetos. Era yo quien imaginaba a Kimberly en cada una de ellas y me vengaba por lo que me había hecho.

Era yo quien las volvía locas con mi actitud dominante, las hacía gozar y luego las tiraba a la basura, como Kim había hecho conmigo.

Ahora era yo el que estaba al otro lado.

—Eres tan ingenua, Selene. Realmente ingenua.

Di otro paso atrás y me alejé de ella y de su olor, que me confundía.

—¿Estás seguro? Tú las utilizas y ellas te utilizan a ti. No te das cuenta de que es mutuo.

Se separó de la pared y se acercó a mí. Caminaba despacio sobre los tacones, un poco torpe, sin esa confianza que normalmente me irritaba en las demás mujeres.

Con sus curvas perfectas y bien proporcionadas, parecía un hada inocente, pero también una sirena cautivadora. En la discoteca no había pasado desapercibida para ningún hombre.

Todos, pero todos, la habían mirado con lujuria.

¿Y en Detroit? ¿Cuántos la miraban mientras yo no estaba?

—N-Neil —tartamudeó la niña—. ¿Me estás escuchando? —dijo, intimidada.

No, ya no la escuchaba.

Y ella había notado que yo estaba ausente, perdido en mis reflexiones.

Instintivamente, la agarré por la nuca y la acerqué a mí. Yo no había sido jamás un tipo delicado, ni lo fui entonces. Le agarré el pelo en un puño y acerqué mis labios a los suyos.

—En cinco minutos tienes que desaparecer. En serio, te piras —susurré con rabia. Sus pequeñas y delgadas manos se posaron en mi pecho y me faltó el aire.

—De acuerdo —murmuró intimidada.

¿Tenía miedo de mí? Rocé la punta de su nariz con la mía y le di un beso leve en la naricita respingona.

Era perfecta.

—Que sean diez. Diez minutos —me retracté, bajando a sus labios.

Diez minutos habrían sido suficientes para satisfacer el impulso enfermizo de saborearla por todas partes.

—Estoy de acuerdo —respondió ella.

Bien. Me gustaba que fuera tan complaciente.

Sin dejar de agarrarla por el pelo, con la esperanza de no hacerle daño, rodeé su cintura con el otro brazo y le palpé el culo con fuerza. Selene gimió levemente, pero no me importó.

Tenía que acostumbrarse a mí y no de por vida. Solo los próximos diez minutos.

Después de un instante, se mordió el labio inferior y cerró los ojos, dispuesta a entregarse a mí, al mismísimo diablo. Y entonces la besé.

Deslicé mi lengua con avidez en aquel paraíso que era su boca, y enseguida me encontré con la suya, lista para mí.

Tímida e insegura.

Sí, aquel era el tipo de beso que me gustaba recibir.

En aquel momento, Selene deslizó una mano por mi pelo y me atrajo hacia sí, así que empecé a besarla a mi manera. De aquella manera que le hacía daño.

Que me hacía daño a mí.

Selene era la única capaz no solo de excitarme, sino también de hacerme perder el control. Ella no sabía complacerme, y sin embargo me gustaba todo de ella, incluso su timidez. Yo era dominante y no solo en la cama, y ella parecía apreciar esa faceta mía, aunque nunca lo admitiría.

—Que sean quince. Quince minutos y luego te echo. Te voy a echar, que lo sepas. Tendrás el culo rojo mañana —susurré molesto y terriblemente confundido, pero ella se limitó a asentir.

Volví a besarla. Mis pensamientos eran intrusivos, enloquecedores, caóticos.

Demasiado caóticos.

Cuanto más besaba a la niña, más buscaba, en lo más profundo de mi cabeza, una vía de escape, pero no la había.

La presión sanguínea se concentró solo en mi polla y se hacía difícil razonar, muy difícil. Un gemido agudo de ella me inflamó y me indujo a reclamarla con más fuerza.

De repente, sus manos se apoyaron en mis hombros para detenerme, porque no podía respirar.

Nunca podía besarme como era debido, mi niña, era demasiado torpe.

La miré a los ojos y me detuve para dejar que hiciera acopio de oxígeno. Selene apoyó su frente en mi pecho y respiró.

Me respiró.

—Todavía no sabes besar —me burlé de ella y se quedó quieta, inhalando profundamente.

—Tú…, tú… —balbuceó sin terminar la frase.

—Yo…, yo… ¿qué? —me burlé de ella, acariciándole la nuca con una mano para calmarla. Levantó la cara despacio y me miró. En sus ojos vi el mar del placer y el océano de la excitación.

Sentí su aliento caliente rodando sobre mi piel, sobre mi carne, entre mis músculos.

—Tienes que irte.

Me sentía prisionero de mis sentidos, en un delirio. Estaba delirando.

—No quieres que me vaya —respondió ella con seguridad.

La sangre empezó a correr veloz por mis venas y en el aire flotaba nuestro olor.

Estaba disfrutando de la situación.

Estaba disfrutando de ser suyo, en aquel momento, en aquellos escasos quince minutos, pero tenía que hacerle entender que lo que había entre nosotros era solo una ilusión irrealizable.

—Voy a follarte —le dije entonces, a ver si así se daba cuenta de la clase de lío en el que se estaba metiendo. Sus manos rodearon mis caderas y me encadenaron.

—Vale. Hazlo —me provocó.

Definitivamente, se había vuelto loca. Estábamos en una vorágine de deseo destructivo y ninguno de los dos podía pensar con claridad.

—Lo haré como lo hago con todas. Sin compromiso —insistí, convencido de que eso la haría desistir.

Recordé las palabras del doctor Lively. Debía abstenerme de tener relaciones sexuales, dejar de violar mi cuerpo, o de lo contrario…

—Vas a tener que comprometerte para hacerlo sin compromiso.

Sonrió con su juego de palabras y la miré desconcertado. ¿Qué era aquel brillo plateado en sus ojos? ¿Me estaba mirando con adoración? Me chupé el labio y noté su sabor. Aquel sabor irresistible, dulce, femenino; luego rocé la suave piel de su mejilla y ella me besó los dedos de la mano.

Cada una de sus respiraciones me producía escalofríos.

A mí. A ella. A los dos.

—Al sofá —le ordené de repente, apartándome. Me estaba equivocando otra vez, como siempre, pero la deseaba. Quería al menos probar un bocado.

Selene me miró dubitativa durante unos instantes y luego me obedeció; en aquel momento, fruncí el ceño al ver su cuerpo: estaba demasiado vestida.

—Desnúdate. Despacio —ordené, y me senté en un taburete para disfrutar del espectáculo. Necesitaba alejarme de ella o no respondía de mí. Me pasé una mano por el pelo, y luego me quité la sudadera. Quería quitármelo todo.

Selene se giró en mi dirección y tragó saliva, luego miró a su alrededor pensativa y suspiró para reunir el valor necesario. Con una mano temblorosa, se bajó el primer tirante del vestido; fijé la vista en su clavícula y luego en la curva perfecta de su cuello. Repitió el mismo gesto en el otro hombro y dejó que el vestido cayera lentamente hasta el suelo.

Con una elegancia particular, levantó una pierna, luego la otra, y se quedó allí, de pie sobre sus taconazos, orgullosa de mostrarse ante mí solo con un sencillo conjunto de ropa interior de algodón blanco, cándido y angelical, y las medias finas.

La miré de arriba abajo. La devoré de pies a cabeza. La piel blanca como la leche era luminosa y libre de imperfecciones. Los pechos pequeños eran altos y firmes, el abdomen plano, las piernas definidas y esbeltas. Tenía las manos entrelazadas y me miraba intimidada.

Apoyé la barbilla en la palma de la mano y seguí mirándola fijamente, notando el rubor de sus mejillas.

—¿Te da vergüenza que te mire? —pregunté, obligándome a permanecer sentado, porque si me hubiera acercado me la habría comido.

Ella negó con la cabeza, pero estaba mintiendo. Ni siquiera podía sostenerme la mirada durante más de dos segundos, así que al final cambié de opinión y decidí levantarme y acercarme a ella, despacio, para aumentar su deseo.

Podía sentir sus ganas de mí.

Y eran muchas.

Me quedé mirándola y me di cuenta de que me habría gustado hacerle una foto, metérmela en el bolsillo y llevar esa imagen conmigo siempre. Selene se mordió el labio y levantó la mirada despacio, con un parpadeo lento y sensual. En ese momento, me detuve delante de ella, le acaricié la barbilla y tracé el contorno de sus labios con el pulgar. Eran redondos y carnosos, ligeramente agrietados en el centro.

—Túmbate —susurré, dándole un beso debajo de la oreja.

La niña se estremeció y yo le sonreí. Enseguida se sentó en el sofá, pero dudó unos instantes antes de tumbarse. Cuando por fin lo hizo, su pelo castaño se extendió como un abanico, pero mantuvo las piernas cerradas y las manos en el regazo; su mirada era de temor.

Me acerqué y flexioné una rodilla. Quería estar encima de ella, a su lado, pero sobre todo dentro de ella.

—Relájate.

Le acaricié el tobillo y se lo agarré con delicadeza para quitarle el zapato. Lo dejé caer al suelo y sujeté su pie entre mis manos. Le di un masaje con los pulgares y ella gimió en señal de aprobación.

Hice lo mismo con el otro, hasta que sentí que sus músculos se relajaban. La miré a los ojos para hacerle entender lo que tenía en mente y le acaricié las rodillas.

Selene se estremeció, pero no me detuve. Nada podría haberme detenido.

Solo quería un contacto más íntimo con ella.

Me arrodillé y le separé los muslos con delicadez. Me obligué a no ser brusco solo porque ella estaba temblando.

—¿Vas a contarme más cosas de ti? —preguntó.

Incliné la cabeza hacia un lado y medité la pregunta durante unos instantes.

—No —contesté con firmeza. No iba a hablarle de mí, esta vez tampoco. Mis ojos se posaron en sus braguitas blancas y me fijé en que la tela tenía un color más oscuro donde estaba mojada.

Mi niña me deseaba.

Le acaricié los muslos con las manos; solo quería hundir la lengua en su centro y hacerle lo que no hacía con nadie más, pero Selene me empujó inesperadamente.

—Entonces estate quieto. No quiero.

Cerró las piernas y echó las rodillas hacia un lado para protegerse de mí. Apenas podía creerlo: nadie me había rechazado nunca. Las mujeres se arrojaban a mis pies, me deseaban con locura. No estaba acostumbrado en absoluto a un «no» tan categórico.

—Eres una estúpida —le espeté, dolido por su rechazo. Era demasiado orgulloso para aceptarlo—. ¿Te crees que me resulta fácil hablarte de mí? Deja de comportarte como una cría por una vez.

Me levanté del sofá y la dejé allí, semidesnuda y humillada. Miré a mi alrededor en busca del tabaco y me acordé de que lo tenía en uno de los bolsillos de la chaqueta que había dejado allí cerca.

—¿Y tú te crees que una mujer debe complacerte siempre que quieras?

Su voz sonó punzante a mi espalda. Ni siquiera la miré, cogí el paquete de Winston, saqué un cigarrillo con los dientes y lo encendí enseguida. Estaba haciendo un intento desesperado de calmarme y la nicotina ayudaba.

—No, pero una mujer tiene que entender cuándo un hombre tiene ganas de follar y cuándo tiene ganas de hablar. Tú te equivocas con el momento.

Di la primera calada y eché el humo al aire. Selene, mientras tanto, se había sentado con las piernas cruzadas por debajo, como una niña pequeña.

—Eres tú quien se equivoca —replicó, mirándome fijamente mientras fumaba y merodeaba como un animal enjaulado por el salón, con una erección enorme bajo mis vaqueros y obligado a escucharla sin tocarla.

¿Qué coño estaba pasando?

—¿Qué haces aquí? Si me equivoco, vete con otro. Vete con Luke —dije, agitando una mano. Después de todo, ya se habían besado y él la miraba como un animal que no hubiese comido carne en meses, así que…

—Podría planteármelo, ¿sabes? Por lo menos no es tan gilipollas como tú —me espetó molesta; yo seguí fumando para no entrar en barrena y hacerla estallar en lágrimas, porque sabía lo frágil que era.

—Vete a la mierda —siseé.

Selene tenía la capacidad de hacerme perder los nervios más que nadie; no es que fuera difícil, pero ella era una experta en la materia.

Acalorado y nervioso, me quité la sudadera para darme una ducha —había perdido la cuenta de cuántas veces me había duchado aquel día, pero en mi cabeza ya había pasado demasiado tiempo desde la última vez— y la tiré sobre la isla de la cocina, luego me paseé por el salón sin camiseta, solo con mis vaqueros oscuros. Con el cigarro entre los labios, miré a Selene, y la pillé con la vista fija en mi tórax. Sus grandes ojos azules bajaron de los pectorales a los abdominales. Estaba literalmente embelesada y yo suspiré. Sabía que le gustaba, y no podría hacer nada más que aceptarlo, pero no me hacía feliz tener un aspecto atractivo.

Consideraba mi cuerpo como un castigo: a veces lo utilizaba como arma de seducción, otras veces simplemente como una coraza para defenderme del mundo.

Al fin y al cabo, éramos dos los que vivíamos en aquel cascarón perfecto.

El niño y yo, y ambos teníamos miedo.

—Ven aquí y deja de tratarme como si fuera tu enemiga. Nunca te haría daño.

La miré sentada en el sofá, como si fuera un peligro para mí. Selene no entendía lo que había en mi cabeza, cuánto me aterrorizaba la idea de confiar en las mujeres, después de que Kim me hubiese apuñalado por la espalda.

Aplasté la colilla en el cenicero y eché la última columna de humo al aire, manteniendo aún las distancias. La niña no dejaba de mirarme como si no entendiera mi comportamiento. Tal vez se preguntaba por qué estaba haciendo gala de tanto autocontrol después de su rechazo, por qué no me había abalanzado sobre ella para imponerme como siempre, por qué no la convencía para que cediera ante mí.

La respuesta era sencilla: no podía.

Me pasé una mano por la cara, luchando contra el impulso de mi cuerpo de hacer lo contrario a lo que mi cerebro llevaba horas ordenando. La erección estaba allí y Selene la había notado, no era tan difícil de ver. Se había dado cuenta, por lo tanto, de que yo también la deseaba tanto como ella a mí.

Sin embargo, no podía contarle mi problema.

—Debes irte. De verdad, será mejor que hagas lo que te digo —repetí con más calma, pero muy serio.

Si no lo hacía, iría allí, la agarraría y la echaría por la fuerza.

Una mano se deslizó sobre mis vaqueros desabrochados y, de nuevo, me coloqué la erección.

El glande sobresalía ahora por encima del elástico de mis calzoncillos, pero no me importaba. Lo dejé así. Selene volvió a bajar la mirada a ese punto exacto de nuevo y esta vez tragó saliva avergonzada.

Basta.

La verdad es que no podía resistirme a ella, pero tampoco quería abrirme a ella. Selene buscaba un contacto emocional entre nosotros, pero yo solo quería un contacto puramente físico.

De repente me enfurecí conmigo mismo por el cambio dentro de mí que no conseguía gestionar, el control que estaba a punto de perder y el efecto que la niña surtía en mí.

Un segundo después, avancé hacia ella, más indignado que nunca.

—¿No quieres irte? —Me volvía loco—. Vale. Entonces túmbate. ¡Voy a enseñarte por qué deberías haberme hecho caso! —exclamé, cabreado.

Selene retrocedió en el sofá, pero no podía escapar, sobre todo de mí.

Había decidido mostrarle el modo enfermizo en que la deseaba, para que volviera a verme como el depravado que era y se olvidara de cualquier posibilidad de estar con alguien como yo.

Cuando llegué a donde estaba, la agarré con fuerza por las muñecas y la obligué a tumbarse. Selene no se resistió, pero sus ojos muy abiertos estaban llenos de emociones no expresadas: decepción, esperanza, deseo y miedo.

Me coloqué a horcajadas sobre ella y agaché el torso. La besé en el cuello de esa forma carnal y codiciosa, dominante y apasionada a la que no podía oponerse, y la niña arqueó la espalda, empujando sus pechos, aún cubiertos por el sujetador, contra mi tórax.

Joder, era fantástico sentirla debajo de mí.

Nuestros cuerpos empezaron a intercambiar calor, ganas, deseo, todo.

Pasé mis labios por su cuello aterciopelado y noté los escalofríos que recorrían su piel; cuando intentó mover las muñecas, no aflojé la presión.

—¿Qué es lo que quieres? —preguntó, asustada pero también excitada.

—Lo peor —le contesté, sin ninguna vergüenza.

Después de todo, la perversión era el aspecto más importante de lo que yo entendía por romanticismo.

Sin hipocresía.

Sin respeto.

Sin estupideces de falsos príncipes azules.

Yo era así.

Una mente profunda, pero también sucia.

Un hombre convencido de que no hay vulgaridad sino en los ojos de los que miran, o en los oídos de los que oyen.

Yo era romántico. Pero a mi manera.

De los que dicen guarradas, de los indecentes.

Discutibles.

De los hoscos, que no se esconden detrás de una máscara celestial.

De los que no tenían miedo de mostrar sus imperfecciones.

De los que despojaban a las mujeres de su disfraz de pudor y sacaban a relucir a la puta que llevaban dentro.

Era un verdadero romántico, en definitiva.

Verdadero… como pocos.

—Te deseo —le susurré, con la respiración controlada, pero la excitación a mil. Debería contenerme, pero tenía demasiada hambre. Como la peor de las bestias.

Estaba hambriento de ella, de su boca, de sus ojos, y vagaba solo en mi desvarío enfermizo.

Tenía hambre de su cuerpo, de su naricita y de sus muecas divertidas.

Tenía hambre de sus delicadas curvas y de sus piernas de terciopelo.

Quería comerme su corazón caliente.

Quería entrar en ella y confundir mi oscuridad con su luz, así sus gritos serían el sonido que satisfaría mis malditos deseos.

—Yo también —admitió, jadeando. Su cuello se tensó, igual que el resto de su cuerpo longilíneo. Le solté las muñecas y sus manos recorrieron mis caderas. Se aferró a mí y abrió las piernas para dejar que me frotara contra la parte superior de sus muslos. Selene estaba temblando de pies a cabeza, le sudaban las manos y parpadeaba al compás de las olas de placer que estaba despertando en su ánimo.

—No te voy a follar —le advertí, aunque mi voz ronca presagiaba lo contrario.

Selene emitió un pequeño gemido. Le excitaba que le hablara en voz baja, en plan cabrón, pero también sentía vergüenza.

Ella era así.

Encerrada en su mundo recatado a pesar de todo lo que ya habíamos compartido.

Podría haber usado cualquier arma para conseguir que me arrodillara a su voluntad, pero nunca lo había hecho.

No era como Jennifer.

Me estaba seduciendo lentamente con el poder de su mente, para llegar quién sabía adónde, y hacía tiempo que sabía lo que quería de mí, pero intentaba con todas mis fuerzas evitar que lograra su objetivo.

Era algo puro, algo hermoso, algo que me hacía sentir totalmente vivo.

Era mujer y niña al mismo tiempo.

—Neil…

Mi nombre salió como un lamento de sus labios carnosos cuando le desabroché el sujetador para que asomaran las tetas pequeñas. Luego cerré la mano cóncava sobre su pecho firme, y noté su respiración acelerada.

—Quítate el sujetador.

Mis movimientos eran cada vez más impacientes y se lo quité apresuradamente, porque verlo colgando de sus brazos no me permitía admirarla libre de ataduras.

—Estaba deseando chupártelas —le confesé, dándole un mordisco en el cuello. Selene levantó su pelvis contra mí, más atrevida. Se movió despacio, dispuesta y caliente. Mi erección se encabritó y sentí que el glande, expuesto y sobreexcitado, golpeaba contra la tela de sus bragas. Los calzoncillos de pronto eran insuficientes para contener aquel bulto.

—Hazlo —susurró. Su cerebro parecía haberla abandonado. Lo intuí por la entonación de su voz, por sus movimientos, por las manos que ahora me tocaban el culo.

Sus curvas encajaban perfectamente en los rincones más angulosos de mi cuerpo, como si fuéramos uno solo. Le sonreí sensualmente y me puse de rodillas, colocándolas a ambos lados de su torso, aprisionándola.

—Voy a enseñarte lo que he estado pensando en hacerte toda la noche —susurré provocador.

Estaba impaciente.

Quizá porque no teníamos suficiente tiempo, nunca lo habíamos tenido.

En aquel momento estaba allí conmigo, pero un día se iría.

Quién sabe a dónde.

Selene parpadeó con sus largas pestañas y me encadenó con aquellos ojos cristalinos.

Ansioso, me incliné sobre sus labios y la arrastré en un beso urgente. Carnal.

Aquello no era amor. No era sexo.

Era un éxtasis.

Necesidad.

Era una puta guerra.

Mi lengua empujó la suya y rodó por su paladar. Yo intentaba luchar contra mi propio deseo nocivo y parecía una bestia feroz incapaz de controlarse.

Con una mano le agarré el pelo y le levanté ligeramente la cabeza, para que el beso se hiciera más profundo. Selene, como de costumbre, respiraba con dificultad. Sus manos se apoyaron en mis costillas para intentar detenerme, pero no disminuí la velocidad. Seguí mostrándole la pasión que podía ejercer en su alma.

El poder, el dominio, el control que tenía sobre ella.

Mi ímpetu animalesco contrastaba una vez más con su suave

manera de devolverme el beso. Selene se esforzaba por seguirme el ritmo y a mí me generaba una enorme ternura.

De repente, un jadeo suave, condenadamente femenino y débil, hizo que mi erección fuera aún más urgente.

Debía parar, pero... no podía.

Ya no podía.

A aquellas alturas, las ganas de follar con ella me estaban machacando, me estaban revolviendo el estómago, me estaban haciendo polvo. Alejé nuestras bocas hambrientas y noté su expresión confusa.

Pronto lo entendería todo.

Me coloqué mejor, con las rodillas a cada lado de su busto, me lamí los labios para saborearla y la miré fijamente desde arriba.

Selene estaba tumbada debajo de mí, con los pómulos enrojecidos, la respiración entrecortada y los brazos descansando junto a su cabeza.

Con una mano me bajé los calzoncillos y los vaqueros por debajo de las nalgas musculosas y me apresuré a liberar la erección que palpitaba, suplicaba, exigía mi atención.

—Neil, ¿qué estás haciendo...?

Ni siquiera terminó la frase cuando su mirada se posó en mi miembro.

Estaba duro y erecto. Apuntaba hacia ella.

Sonreí y me lo agarré con una mano.

—Tú solo mira, Selene.

Empecé a tocarme sin parar, mirando sus ojos que parecían confusos, asombrados, excitados mientras iban de mi cara a mi mano. La niña parecía curiosa pero también asustada. Me bajé el prepucio, descubriendo por completo el glande hinchado y oscuro, y suspiré aliviado ante la idea de poder descargar la tensión de mi cuerpo. Seguí tocándome mientras Selene me miraba extasiada y aumentaba mis pensamientos indecentes. Moví repetidamente mi mano a lo largo del pene y Selene admiró las venas que sobresalían bajo la fina capa de piel.

Estaba colorada, avergonzada, pero también hechizada y excitada.

Pero no apartó la vista de mí.

De repente, se lamió el labio inferior y me quedé mirando sus pechos, y entonces una idea romántica de verdad me vino a la cabeza.

Dejé de tocarme y me incliné sobre su pecho. Agarré entre mis labios un pezón sensible y empecé a hacer círculos con la lengua. Selene arqueó la espalda y deslizó una mano por mi pelo, vibrando debajo de mí.

Sabía cómo complacer a una mujer, sabía dónde tocarla y cómo tocarla. Pronto la niña se volvería loca, perdería el sentido y sería absorbida por mí y mi perversión.

La absorbí en mi mundo oscuro y ella me transportó al suyo.

Me hizo desplegar las alas, me elevó por encima de todas las cosas terrenales.

Y casi olvidé el dolor con el que convivía desde hacía años.

Solo existía su cuerpo.

Su olor a coco.

Su voz etérea.

No parecía haber más obstáculos.

Mi espíritu estaba sereno.

Me sentía libre.

Kim ya no estaba.

El niño no estaba.

Estábamos yo, mi país de Nunca Jamás y mi Campanilla.

—¿Cuánto has echado de menos sentir mi boca en tu cuerpo?

Levanté los ojos para mirar a Selene y golpeé con la lengua el pezón, que se hinchaba más con cada caricia.

—Muchísimo… —se dejó llevar ella, con un gemido excitado. Luego cerró los ojos y luchó contra la libido que yo le estaba inyectando en las venas con solo tocarla.

—¿Y te gusta sentirla aquí? —le pregunté con picardía.

Abandoné el pezón y pasé la punta de mi lengua húmeda por la hendidura central del pecho, mientras mis dos manos la tocaban con ardor.

—Sí, me… gusta —balbuceó mi Campanilla mientras lidiaba con las sensaciones aún nuevas para ella. Me miró por debajo de las pestañas y se quedó mirando el punto del pecho que le estaba lamiendo.

—No tenía ninguna duda…

Me coloqué mejor encima de ella con una sonrisa astuta y arrastré ligeramente mis rodillas por el sofá para colocarlas a ambos lados de sus costillas desnudas. Notaba el tejido de los vaqueros tirante sobre los músculos de mis muslos, pero no me importó.

Me lo agarré de nuevo, mientras ella abría los ojos de par en par, y su respiración se aceleró; la niña parecía consumida por la ansiedad, el miedo, la emoción, la curiosidad. Todas las olas que agitaban su océano.

—Levanta la barbilla —le ordené con descaro, observando su expresión de asombro, y dejé que mi miembro se deslizara allí, sobre el esternón, en la conjunción fatal de sus tetas, apoyando mis testículos en su estómago.

—Sí, así, quieta. Sígueme —susurré con una voz baja y seductora que hizo que sus pupilas se dilataran. Empecé a mover la pelvis despacio adelante y atrás sobre ella, entre sus pechos.

Y descubrí lo que era para mí el paraíso.

—Aprieta las tetas, Selene, y mírame —le ordené, y juntos observamos lo que hacía. Tal vez era una locura, un capricho, una perversión o un antojo enfermizo, pero fuera lo que fuese, era maravilloso.

Sentí sacudidas de placer recorriéndome la espalda, mis músculos estaban tensos y rígidos, mis abdominales se contraían con cada lento balanceo de mis caderas. Mientras tanto, sus pechos se apretaban entre nuestras manos y creaban la fricción justa para que yo disfrutara. Nunca había observado las curvas de una mujer como lo estaba haciendo con ella en aquel momento.

—Muy bien, niña.

Debajo de mí, bajo mi poder y mi posesión, ella no pronunció una sola palabra, solo llevaba su hermosa mirada de mi cara a mi miembro, deteniéndose a menudo en este último. Tenía los ojos brillantes, embelesados, hechizados.

De repente, mi respiración se agitó, cada uno de mis músculos se hinchó de excitación, los nervios se dispararon con cada embestida, pero, desgraciadamente, seguía atascado en mi maldito autocontrol.

—Ahora tienes otra experiencia sexual que contar a tus amiguitas, Campanilla —dije con descaro, solo para burlarme de ella. En ese instante, sentí que me ardía la espalda, y también las nalgas, las piernas, todo, y la necesidad de acelerar el ritmo aumentó.

Noté que la punta se humedecía, las gotas nacaradas y transparentes se acumularon en la fisura longitudinal. Las recogí con el pulgar, sintiendo bajo la yema del dedo el líquido transparente y viscoso, y seguí moviéndome, aunque sabía que no habría ninguna otra reacción física.

Entrecerré los ojos y me pareció sentir las pulsaciones del corazón de Selene, mientras sus manos, bajo las mías, apretaban sus pechos firmes y sus pezones enrojecidos. Un escalofrío me recorrió la columna vertebral, luego otro, y otro más, haciéndome estremecer. Me hormigueaban los testículos. La presión aumentó. Se intensificaron los latidos de mi corazón, que casi se me salía por la boca. Mi respiración se detuvo. Me puse rígido y tenía las venas a punto de explotar. Sentí que mi cuerpo hervía, se estremecía, vibraba, pero cuando estaba a punto de dejarme llevar, de liberarme de mi frustración, del dolor, de los recuerdos, cuando estaba cerca, muy cerca del orgasmo, me quedé colgando de un acantilado sin ser capaz de arrojarme al vacío.

Me humedecí los labios y me detuve en los ojos marinos de la niña, que seguían mi movimiento con voracidad; luego, con un gruñido furioso, me detuve.

Me rendí. No podía ni siquiera con ella.

Estaba empapado en sudor, tenso y profundamente insatisfecho.

Selene frunció el ceño y me miró con su belleza desarmante, una mezcla de inocencia y sensualidad.

—Joder —farfullé, separándome de ella—. ¡Maldita sea!

Otro improperio furioso. Me puse de pie y me coloqué con fastidio la erección dentro de los calzoncillos, y me subí también los vaqueros. Estaba a punto de volverme loco por la excitación que aún sentía y por el olor diferente que desprendía. Era el mío fusionado con el de Selene, pero aun así sentí la necesidad de lavarme. Me pasé las manos por el pelo, y luego por la cara, sumiéndome en mi vida confusa y desastrosa de siempre.

—Neil. —Su voz delicada llegó como una melodía a mis oídos, pero me quedé de espaldas, ignorándola—. ¿Va todo bien? —añadió con voz temblorosa.

No, nada iba bien. No estaba nada bien.

«Lo mío es pura locura. No es un cuento de hadas, princesa. Lárgate.»

Eso era lo que quería decirle, pero me quedé callado. Me escondí de nuevo tras el muro psicológico que me impedía explicarles a los demás lo que pasaba por mi cabeza.

A esto se sumó una gran decepción. Una parte de mí esperaba experimentar un orgasmo indomable y poderoso al menos con ella, como había sucedido en el pasado, pero mi cuerpo se negaba a acompañarme.

¿Qué creía? ¿Que Selene tenía una varita mágica para arreglar mi problema?

Pero, sobre todo: ¿por qué tenía este problema?

Me reí de mí mismo y de mis esperanzas frustradas.

Me volví hacia ella. La niña me miraba sentada en el sofá vestida solo con las bragas. Su pelo brillante como el bronce, su piel blanca, los pechos brillando por mi saliva, las mejillas sonrojadas, unas manchas rojas en el pecho perpetradas por la poca delicadeza de mis manos. ¿Le habría hecho daño? Esperaba que no.

En cualquier caso, me di cuenta de que incluso así, hecha unos zorros, estaba más hermosa que nunca.

Me quedé mirándola, con la garganta seca, el cuerpo caliente y los pensamientos entrelazados en un nudo difícil de desenredar.

—Arriésgate, Neil. Por una vez, arriésgate —murmuró de repente, haciéndome estremecer—. No tengas miedo. Deja de controlarte. Haz lo que te hace feliz, sin reticencias, sin remordimientos. ¿Me deseas? Entonces tómame. Sé egoísta. Haz lo que sientas. A nadie le importa que esté bien o mal, solo tenemos una vida, así que vívela como quieras.

Selene tragó saliva y bajó el mentón hacia sus manos, que se frotaba nerviosa sobre los muslos desnudos. Me entraron ganas de acercarme y consolarla.

Abrazarla y luego follármela.

Con todo mi ser, con todo lo que tenía dentro.

—Déjalo —dije en cambio, terco como siempre—. Tú no me conoces, ¡hay muchísimas cosas que no sabes de mí!

Ella se estremeció por la fuerza de mis palabras, que yo sabía que eran extremadamente ciertas. Al fin y al cabo, era yo quien no se dejaba conocer, quien no quería mostrarle todo, sino solo mi peor lado, el deshumanizado, porque tenía el corazón demasiado gélido, demasiado lleno de dolor.

—Pues mira, te equivocas.

Me sonrió y se puso de pie. Desnuda, segura de sí misma y con una belleza que quitaba el aliento. Respiré hondo para no caer en el error de tocarla. Me recordé a mí mismo que solo quería obtener una gratificación física de ella, y no lo conseguía. Luego cada uno seguía con su vida, pues el placer era mi único propósito. Corto, intenso y siempre diferente, por eso no había espacio para el amor.

Selene se acercó a mí, descalza, con paso lento, con la intención de aniquilarme. De repente, con un brazo se cubrió el pecho desnudo. Ahí seguía el pudor: en sus ojos tímidos y en sus pequeños gestos.

—Siempre te tocas el pelo cuando estás nervioso… —empezó a decir, obligándome a doblar el cuello para mirarla—. Te muerdes los carrillos por dentro cuando te sientes incómodo, bajas la mirada cuando te sientes culpable o muy arrepentido de algo. Tienes una luz distinta en los ojos cuando hablas de Logan o Chloe. Escondes tu verdadero yo detrás de tu actitud cínica y chulesca, escondes tu inteligencia extrema detrás de un comportamiento perverso o incomprensible. Odias a las personas invasivas. Eres reservado y no te gusta exteriorizar demasiado tus pensamientos, por eso a menudo guardas silencio y dejas que tu mirada hable por ti. Tienes un lado bueno que no le enseñas a nadie y un lado oscuro que ofreces a todo el mundo. Te gustan los pistachos, eso lo he descubierto hace poco y…, por último, fumas demasiado, deberías dejarlo —dijo de un tirón sin detenerse.

Probablemente había reunido el valor para hablar antes de que se desvaneciera; cuando la miré insistentemente, sin responder, se mordió el labio inferior y no dijo nada. Como siempre, me las arreglaba para dejar a todo el mundo perplejo con mi silencio; Selene parpadeó con nerviosismo y retrocedió unos pasos, intimidada.

¿Tenía miedo de mi reacción? ¿De que me enfadara? Probablemente sí.

Además, mis cambios de humor eran cada vez más frecuentes e inexplicables.

Me alejé de ella y de su cuerpo menudo. En aquel momento, Selene me parecía gigante, dispuesta a escarbar en mi alma. Me sentía desnudo, sin un escudo lo suficientemente resistente como para defenderme de ella. Mis barreras flaqueaban, pero aun así intenté mantenerlo todo en pie, cada pedazo de mí, para no dejarme abrumar.

—Vete. —Tuve la fuerza de llegar hasta la cocina y apoyar las manos en la isla, para aguantar el peso que sentía. Tenía el sabor de Selene en la lengua, su olor en mi piel. Era cada vez más suyo y menos del niño.

Me sentía dividido entre los dos.

—Mañana vuelvo a Detroit y… —intentó hablar, pero mi risa sardónica detuvo el flujo de sus palabras.

¿Cómo podía ser tan ingenua?

Podía oler su aroma a coco en el aire.

Estaba detrás de mí, demasiado cerca de mí. ¿Por qué no se quedaba lejos?

—Joder, Selene. —Me di la vuelta con furia y ella se sobresaltó—. Quería decir ahora. Ya. Vete. —Señalé la puerta de la casa de invitados.

Estaba desnuda, temblando, avergonzada porque la estaba tratando como a una cualquiera. Ya tenía lo que quería, había satisfecho una de mis fantasías masculinas y ahora quería que se largara de allí, porque era un cabrón.

—Como quieras —se rindió, aunque yo no esperaba que lo hiciera tan pronto.

Se dirigió adonde había dejado el sujetador tirado en el suelo, se agachó para ponérselo y miré la curva de su espalda que acababa en aquel culo firme y bien proporcionado. Inexplicablemente, me molestó su repentina rendición. Odiaba cuando venía detrás de mí, pero odiaba aún más cuando salía corriendo. Sin embargo, era yo quien la estaba echando y ella solo obedecía…

Suspiré. Me encontraba en una situación inestable, no podía actuar como un hombre normal.

Con las demás siempre me comportaba así, enloquecido, empeñado en dominar y no perder nunca el control. Con ella, sin embargo…

Caminé furioso hacia ella. La agarré, encolerizado, por la muñeca y la obligué a girarse hacia mí cuando estaba a punto de ponerse también el vestido. Me estaba comportando como un enfermo mental, pero tenía que acostumbrarse también a este aspecto de mí.

—«Como quieras» —repetí sus palabras con sorna—. ¿Qué mierda de respuesta es esa?

Me estaba enfadando con ella para no reconocerme a mí mismo que lo estaba haciendo mal. Selene separó los labios, rojos y carnosos, y me dieron ganas de chupárselos. Quería lamerla entera, saborearla de nuevo, hasta sentir las arcadas que me entraban con las demás cuando me pedían ciertos servicios, pero que con ella nunca me habían dado.

—Estás loco —replicó, tratando de zafarse de mi agarre.

Quería irse, podía verlo en sus ojos. Selene era un libro abierto para mí, entendía sus emociones, percibía sus deseos y sus pensamientos. Todo.

Aquella niña había nacido para atormentarme.

—Sí, estoy loco. Soy caótico. Problemático. Deberías buscarte a alguien como tú. Alguien que te desee de la manera correcta y te dé el final feliz que te mereces.

«Porque en mi cabeza solo existen Kimberly y el tipo de amor que nos unía. Y eso me impide vivir.»

Selene me miró sorprendida, con la muñeca apresada por mi mano furiosa. Tenía el flequillo largo y desordenado, al igual que el resto de la melena indomable que terminaba en la base de su espalda.

En aquel momento parecía irreverente y salvaje. Le miré la cicatriz del accidente, menos visible desde la última vez, y aflojé la presión.

Ya había sufrido demasiado últimamente y yo, tan cabrón como siempre, ni siquiera le había preguntado cómo estaba. Aunque había pensado todos los días en ella, no había querido concederle la atención que se merecía.

—Me voy, ¿vale? Me voy. ¡Ahora soy yo la que quiere acabar con esto, Neil! —Levantó la voz, fuera de sí—. Y déjame, que tengo que vestirme.

¿En serio pensaba ponerse su vestidito indecente y salir de mi casa? Sí, eso era lo que pretendía hacer y lo que yo quería que hiciera, pero…

—Cállate, maldita niña. Cállate.

La agarré y tiré de ella hacia mí. Con un brazo le rodeé las caderas y le pasé el otro por detrás de la nuca; le apreté la cara contra mi pecho desnudo. Estaba congelada y quería calentarla, pero Selene se puso rígida y no me devolvió el gesto. Se quedó inmóvil al darse cuenta de que la estaba… abrazando.

De hecho, ni yo mismo podía creerlo.

¿De verdad la estaba abrazando?

No era mi estilo, ni siquiera podía recordar cuándo había sido la última vez que había abrazado a alguien.

Pasó un momento eterno, en el que ambos nos dimos cuenta de la situación, entonces Selene tembló y puso lentamente sus manos en mis caderas y su mejilla en mi pecho. Oí sus sollozos y las lágrimas nos mojaron a ambos. Eran lágrimas dulces y pegajosas como el algodón de azúcar. Eso era lo que más odiaba en el mundo: hacer llorar a alguien, especialmente a una chica indefensa como ella. Selene se abandonó contra mí y se dejó abrazar. O tal vez era yo quien estaba dejándole que me abrazase; no entendía una mierda de todo aquello.

—No voy a pedirte perdón —le dejé claro.

No iba a hacerlo porque quería salvarla de mí, alejarla y permitirle elegir mejor. Mi deseo por ella explotaba cada vez más a menudo, me provocaba unos impulsos locos, pero eso no me convertía en su novio, ni a ella en mi novia. No éramos pareja.

Le masajeé la nuca con una mano, deslizando mis dedos entre su pelo, mientras que la otra seguía quieta sobre la suave piel de su espalda. La niña desprendía un olor maravilloso, irresistible e intenso.

—Chist, ya. —Quería que dejara de sollozar, pero no sabía si esa era la forma correcta de consolarla. No se me daba bien aquello. Selene dejó escapar un suspiro leve y poco a poco se calmó, aferrándose a mí. Levantó la barbilla y sucedió lo inevitable: un largo y letal intercambio de miradas.

Me preguntaba qué quería.

¿Quería dormirse entre mis dolores?

¿Quería quemarse conmigo?

¿Qué quería Campanilla?

¿Quería aferrarse a mí para volar a otra parte?

A mí me habían arrancado las alas. ¿Dónde esperaba que la llevara?

¿Qué quería en realidad? ¿Quería besarme, morderme, prenderme fuego?

¿O quería amarme como lo había hecho Kim?

Ninguno de los dos habló, no era necesario. Le miré la punta de la nariz roja, los labios hinchados y los ojos brillantes. Por instinto, le di un beso justo ahí, en su nariz respingona, y luego descendí a la boca y allí también le di otro beso fugaz y casto. Tenía los labios calientes, aterciopelados y húmedos por las lágrimas. Le estaba transmitiendo las ganas que tenía de ella con una dulzura vívida, pero Selene pensaba que estaba cumpliendo sus sueños fantasiosos. Sin embargo, algo inexplicable me impulsó a mantener a raya a la bestia que había en mí y a encerrarla en alguna parte para no caer en la tentación.

—¿Quieres quedarte esta noche?

Quería que se quedara conmigo, para pasar más tiempo con ella. Selene se secó las lágrimas con el dorso de las manos y yo le agarré la cara con las mías, y la miré fijamente a los ojos.

—¿Aquí?

Parecía sorprendida. Yo estaba tan sorprendido como ella, pero a aquellas alturas había entendido que ya no controlaba mis pensamientos.

Selene estaba creando demasiado ruido en mi cabeza.

—No quieres irte. Así que… —No terminé la frase. Solo le estaba proponiendo quedarse a dormir conmigo, no hacía falta explicarlo. Me sorprendí a mí mismo. Nunca dormía con las mujeres excepto cuando estaba borracho, y si intentaban quedarse conmigo toda la noche, las mandaba a paseo. Dormir con una mujer era un acto de confianza, extremadamente personal e íntimo. Para mí significaba quedarme inconsciente a merced de una mujer que podía tocarme contra mi voluntad y hacerme daño.

Selene miró alrededor y luego echó una mirada al sofá, reflexionando sobre algo.

—Vale, yo dormiré aquí. Tú vete a tu habitación —respondió con aspereza.

No quería dormir en la cama donde yo había follado con otras.

Vi a Selene titubear. Todas sus dudas sobre mí salieron a relucir, haciéndome sentir en la piel las sensaciones negativas que había sentido desde niño, y de repente se apartó de mí y se sentó en el sofá, cansada y muerta de frío. Una vez sentada, primero miró el vestido tirado en el suelo y luego a mí, pero yo no entendía lo que necesitaba.

Aunque su cara no solía tener secretos para mí, no estaba acostumbrado a aquel tipo de situaciones, así que estaba muy perdido.

—¿Tienes…, tienes algo para prestarme?

Se mordió el labio inferior y yo la miré muy serio, fijamente, como si en mi casa de invitados hubiese un monstruo de dimensiones gigantescas, pero con el aspecto de un hada.

—Las mujeres nunca se ponen mi ropa —respondí con displicencia.

Si pensaba que iba a saltarme una de mis reglas categóricas, estaba muy equivocada. Así que cogí una manta de lana y se la tiré.

Selene la cogió al vuelo y se la puso sobre los muslos, luego se detuvo a pensar de nuevo; algo más pasaba por su mente.

—No estoy acostumbrada a dormir desnuda —refunfuñó, echándose el pelo largo por detrás de los hombros.

¿Y a mí qué coño me importaba?

A veces me daban ganas de abofetearla, además de besarla hasta consumirle los labios.

—Bueno, pues esta noche conmigo lo harás.

Por ella iba a romper la regla de no dormir con ninguna mujer, como había roto todas las demás. La niña frunció el ceño y le arranqué la manta de la mano, resoplando.

—Túmbate, vamos.

Le hice una señal para que obedeciera, pero ella siguió mirándome, molesta.

—No me des órdenes —protestó.

—Hazlo, vamos —insistí, sentándome a su lado.

Selene se vio obligada a obedecerme y a tumbarse desnuda y, además, a mi lado.

Coloqué la manta sobre nuestros cuerpos y, al tumbarme junto a ella, sentí que su calor me invadía.

Los pezones punzantes me presionaban el costado y le puse un antebrazo por debajo de la nuca para ofrecerle una posición más cómoda. El pelo sedoso me hizo cosquillas en la piel y su mano se apoyó en mi pecho.

La miré para comunicarle que no se atreviera a tanto, pero ella sonrió y entrelazó su tobillo con el mío. Nunca había compartido tal intimidad con alguien y me sentía desconcertado.

—Me has obligado a quedarme desnuda, así que necesitaré tu cuerpo para calentarme —dijo Selene, y luego bostezó y se frotó un ojo, como una niña pequeña. Traté de disimular una sonrisa y aspiré su aroma. Me sentía embriagado de aquella maldita fragancia de coco. De repente, su mano bajó lentamente hasta mi vientre y luego subió otra vez, poco a poco, a mi pecho. No sabía lo que estaba haciendo, pero fuera lo que fuese, me gustaba, así que le permití repetir el mismo movimiento varias veces. Su tacto era suave, ligero y relajante, tanto que pronto tuve que luchar contra el sueño para no quedarme dormido antes que ella. Al cabo de un rato, se le cerraron los ojos.

No podría decir cuántos minutos estuve mirándola, pero en aquel período de tiempo descubrí la posición en la que dormía: de lado, con una rodilla metida entre mis piernas y una mano cerrada en un puño junto a los labios. Le acaricié el pelo, dejando que mis dedos se deslizaran por la suave melena, y ella suspiró.

Le gustaba que la acariciase.

Estaba aprendiendo a detenerme en detalles que nunca antes me habían importado.

Tenía curiosidad por entenderla y conocerla a fondo, no solo sexualmente.

Me puse tenso cuando ella se movió para colocar la cabeza sobre mi pecho. Su naricita quedó apoyada entre mis pectorales y me entraron ganas de reírme. Era divertida incluso cuando dormía.

Divertida y preciosa.

Me coloqué mejor para abrazarla contra mí y mi erección le presionó el costado. Con un suspiro, pensé que mi deseo físico por ella nunca disminuiría, especialmente en los momentos íntimos como aquel. Me habría gustado quitarme los vaqueros y quedarme en calzoncillos, como siempre, pero no quería despertarla, así que intenté no pensar en ello y cerré los ojos.

Decidí quitarme la coraza y disfrutar del momento, porque...

Era como una niña.

No tenía la experiencia de una mujer. Sin embargo, estaba causando estragos en mí y ni siquiera lo sabía. Me estaba ahogando en su océano, por eso siempre tenía miedo de mirarla a aquellos ojos rayados de metal y plata, tenía miedo de ella y de la forma en que sus dedos finos se demoraban en mi alma. Mi corazón, sin embargo, no quería saber nada de empezar de nuevo, no quería ni oír hablar de entregarse a alguien, no quería entregarse a ella y por eso...

Por eso debía pedirle perdón y, tal vez, no lo haría nunca.

Me desperté al amanecer y gemí con fastidio.

Un pelo perfumado me hizo cosquillas en la nariz, así que abrí los ojos despacio, dejando que se adaptaran a la luz del sol que se filtraba a través de la puerta de cristal; intenté moverme, pero sin éxito. Selene seguía apoyada en mi pecho, con los labios sonrosados ligeramente entreabiertos, la nariz respingona perfectamente a juego con sus delicadas facciones y una arruguita en medio de la frente que le daba una expresión enfadada incluso mientras dormía.

Era adorable.

Bostecé y estiré un brazo que tenía entumecido por no haberlo movido en todo aquel tiempo. Volví a mirar a Selene dormir y me pasé una mano por la cara; enseguida me asaltaron todas mis paranoias, incluso antes de que pudiera ver los colores del amanecer. Tuve miedo de que aquella estupidez de dormir con ella, en aquel mísero sofá, pudiera tener consecuencias negativas. Selene podía asociar el hecho de dormir juntos con un deseo que iba más allá de la atracción física, a lo mejor creía que había un sentimiento inexistente, pensaba que estaba enamorado de ella y que podía iniciarse una relación entre nosotros.

—Joder —refunfuñé, con la mente atestada de preocupaciones.

Me había prometido varias veces que no volvería a cometer ningún error después de haberla cagado al borde de la piscina, cuando le había dado una parte de mí, y ahora había vuelto a liarla. Traté de liberarme de su pierna; mi erección matutina le presionaba el costado, y necesitaba alejarme. Pero ya.

—Mmm… —Selene gimió y se movió, haciendo que la manta se deslizara hasta su estómago y dejara al descubierto sus pechos firmes. Había olvidado que estaba desnuda, a mi lado. Tragué saliva con dificultad, porque…

Por una única razón: era un hombre.

Como un depredador hambriento, la observé atentamente. Tenía los hombros estrechos pero definidos, los pechos redondos, los pezones pequeños y perfectamente cilíndricos, rodeados de areolas circulares de un rosa tan claro que se confundían con el color de su piel. Levanté el torso y alejé ligeramente su brazo de mi pelvis; ella murmuró algo incomprensible y yo sonreí.

Era una niña.

Me coloqué encima de ella, apoyado en los codos y me incliné para besarle el cuello lentamente. No quería hacerlo, pero el instinto consiguió anular la razón. La idea inicial era despertarla y echarla de una patada en el culo, pero cuando Selene giró la cabeza hacia el otro lado, exponiendo aún más el punto que me interesaba, seguí besándola.

Olía a sueño, a excitación, a coco y a todo lo que habíamos compartido.

Bajé hasta el pecho y lo rocé con la punta de la nariz.

Selene seguía durmiendo mientras yo me comportaba como un pervertido que no controlaba sus impulsos carnales.

Le lamí el pezón, encerrándolo entre mis labios. Era turgente y pequeño, sencillamente magnífico. De repente, miré su rostro relajado y noté que fruncía involuntariamente el ceño.

Tenía que despertarse y largarse de allí.

En desacuerdo con mis pensamientos, bajé de nuevo por su vientre, sintiendo la extraña sensación de mi olor en su piel, y llegué al centro de sus muslos, como el diablo que era.

Estiró los brazos por encima y estiró los músculos. Estaba a punto de despertarse y yo estaba preparado para disfrutar de su cara de sorpresa cuando me encontrara sumergido entre sus piernas.

Le eché las bragas hacia un lado y besé la parte superior, perfectamente lisa, de su pubis, luego descendí hasta el botón mágico.

Hurgué suavemente el clítoris oculto entre los pliegues de los labios menores y observé de nuevo sus párpados cerrados, y la boca ligeramente entreabierta por donde emitía ligeros resoplidos.

Parecía una diosa.

En aquel momento, pensé que las cosas más bellas no son necesariamente perfectas, sino especiales.

Ella era especial.

Tracé el contorno de los labios mayores, suaves y ya hinchados. Los lamí con delicadeza, y soplé en el punto donde sabía que ella quería sentir mi presencia, haciéndola suspirar de placer.

Instintivamente arqueó la espalda y su pelvis se levantó contra mi boca mientras la idea de satisfacer el deseo salvaje de devorarla por completo me atormentaba la cabeza.

Sabía que si lo hacía ya no podría detenerme, porque su sabor no saciaba mis ganas, sino que las aumentaba.

Mi cuerpo reaccionaba al suyo de forma imprevisible y por eso luchaba por controlarlo.

Miré lo que tenía entre las piernas, contemplé aquella copa de cristal, ahora bruñida por mis besos y lista para recibirme.

Estaba ardiendo por dentro, mi respiración estaba en suspenso, un hilo finísimo que aún conectaba mis pensamientos con la racionalidad. Estaba en vilo.

Quería follármela con ímpetu, perderme en cada una de sus curvas y probar de nuevo a ver si era capaz de entregarme a un orgasmo que hacía demasiado tiempo que no experimentaba.

Estaba delirando, pero aún resistía.

Siempre había tenido el control total de mí mismo, y no iba a dejar que aquella niña me destruyera.

—Neil…

Su voz aflautada llegó a mis oídos, así que levanté los ojos hacia su rostro y la sorprendí mirándome desconcertada, tal y como había imaginado.

Tenía las mejillas rojas y la respiración acelerada. Estaba excitada, lo notaba.

Le sonreí y me levanté sobre ella, apoyándome en los antebrazos.

Apreté deliberadamente mis caderas contra ella y le hice sentir lo grande que era mi deseo de poseerla. Ella jadeó y pude ver los escalofríos de anticipación recorriéndole el cuello. Suspiraba y temblaba.

¿Creía que íbamos a hacerlo?

Me hubiera encantado, pero no tenía intención de ceder a la tentación.

—Tienes que irte —susurré entonces, en un tono tranquilo como si aquella fuera mi mejor manera de darle los buenos días. Ella miró sus bragas desplazadas hacia un lado y se mordió el labio, avergonzada.

—¿Qué…, qué… estabas haciendo?

Estaba confundida y aturdida, pero yo no contesté. En cambio, la miré fijamente a los ojos y me di cuenta de que allí dentro estaba el cielo, o tal vez un campo de flores.

—Son azul lirio cuando te despiertas —comenté. La niña no entendió y parpadeó varias veces, inclinando apenas la cabeza—. Tus ojos… —añadí.

Siempre me había preguntado de qué color serían a la luz del amanecer, y ahora lo sabía.

—Y… ¿te gustan? —preguntó tímida.

Sí, me gustaban, como me gustaba todo de ella. Ese era el verdadero problema.

Sacudí la cabeza, tratando de volver en mí, y me levanté de encima de ella. Tenía que darme una de mis duchas y cambiarme. Me pasé una mano por el pelo y me volví hacia Selene, que seguía tumbada en el sofá, adormilada. La sorprendí mirándome el culo y, cuando se dio cuenta de que tenía los ojos fijos en ella, se sonrojó enseguida. Una vez más, miraba con adoración mi cuerpo que imperaba en el salón, y, aunque me había visto semidesnudo varias veces, parecía asombrada por mi aspecto exactamente igual que el primer día.

—¿Qué sueles desayunar? —le pregunté, y luego fui hacia la cocina y me dirigí hacia la cafetera; ya me ducharía más tarde, ahora necesitaba mi café amargo. Sus ojos no dejaron de seguir cada uno de mis movimientos. Si pensaba que iba a prepararle el desayuno o a llevárselo, como un caballero, estaba pero que muy equivocada.

—Suelo tomar zumo de naranja y una tostada con mermelada de cereza. Es mi preferida —respondió sonriendo, luego se sentó en el sofá y miró a su alrededor con desconcierto.

Vio su sujetador a poca distancia y se levantó para cogerlo. Tenía el pelo alborotado, las formas perfectas y un culo alto en el que se detuvo mi mirada pecaminosa. Se lo miré fijamente, sorbiendo tranquilamente mi café, y con un gruñido masculino aprobé aquellas nalgas de ensueño. Quería verlas todas las mañanas, y el pensamiento me asustó.

—No pienso hacerte el desayuno. Si quieres, tienes naranjas para hacerte un zumo. Pan creo que no hay, ni mermelada —dije bruscamente mientras me terminaba el café.

La encargada del desayuno perfecto era Anna, no yo.

Yo no necesitaba mucho para empezar el día.

Selene, sin embargo, ni siquiera me estaba escuchando; se estaba poniendo el vestido y parecía pensativa.

Avanzó hacia mí descalza y miró mi taza vacía.

—No vas a tomarte solo eso, ¿verdad?

Se sentó en un taburete y se pasó una mano por el pelo. Tenía una melena indomable, estaba agotada y con sueño, pero, aun así, estaba preciosa. La habría tumbado en la encimera de haber escuchado a mi instinto.

Mierda.

—Hemos dormido juntos. —Ignoré su pregunta, tenía cosas mucho más importantes que decirle—. Pero eso no significa nada. No te hagas ideas raras.

Apoyé las manos en la isla de la cocina y la miré serio, para que entendiera lo sinceras que eran mis palabras. Asintió con la cabeza, y luego sonrió, en absoluto ofendida ni preocupada.

—Tienes la molesta costumbre de cambiar de tema —refunfuñó tranquila, y su comportamiento me confundió—. De todos modos… No hace falta que me lo especifiques. Lo sé perfectamente, igual que sé que nunca habías dormido con una chica y que también he sido la primera en esto.

Se encogió de hombros y yo me cuadré.

¿Qué sabía ella?

Reflexioné. Sí que había dormido alguna vez con alguna mujer, pero nunca de una forma tan voluntaria como con Campanilla.

Selene era ingenua, a veces infantil, pero no estúpida. Quizá se había dado cuenta de que muchas cosas las compartía con ella por primera vez, o tal vez simplemente estaba buscando un modo de hacerme hablar.

Quería escucharme decirlo, quería que le confesara el efecto que surtía en mí.

—¿Qué sabrás tú?

Me burlé de ella, con mi habitual actitud arrogante. La niña volvió a sonreír y se ajustó el escote de su vestido sobre el que se deslizó mi mirada. Mi desayuno estaba allí. Bajo aquella capa fina de tela. La había tenido junto a mí toda la noche y, sin embargo, me había limitado a unos inútiles tocamientos adolescentes que me dejarían con el deseo por ella insatisfecho durante mucho tiempo.

—He entendido cómo eres.

Me guiñó un ojo y yo di un paso atrás. Ella no sabía nada de mí, a menos que estuviese al tanto de lo que había vivido en mi infancia, algo muy poco probable. Creía que me conocía, pero no era así en absoluto.

—He de ducharme. Cuando salga del baño, tienes que haberte ido ya —ordené con firmeza, sin dejar de ignorarla.

Era un gilipollas. Primero la besaba, la tocaba, quería follar con ella y cruzaba límites que no debía cruzar en absoluto con nadie, y luego la echaba porque era incapaz de controlarme, por su culpa.

No me entendía a mí mismo.

—Vuelvo a Detroit esta noche. —Selene se levantó del taburete y pasó junto a mí sin mirarme, dirigiéndose hacia sus zapatos. Se agachó y los recogió, aferrándolos entre los dedos—. Y quién sabe cuándo nos volveremos a ver.

Se echó el flequillo a un lado, dejando al descubierto parte de su cicatriz y, de nuevo, me sentí insensible y profundamente equivocado. Sin embargo, no hice nada para retenerla allí conmigo. La vi avanzar hacia la puerta, vi cómo la abría, la vi cruzar el umbral, pero me quedé inmóvil mirándola mientras se iba.

—A tomar por culo —susurré—. Menudo gilipollas —me insulté a mí mismo.

Era perfectamente consciente de mis errores. Selene no se merecía que la trataran así, pero yo no era capaz de ser diferente a como era. Si le hubiese permitido entrar en mi alma, habría acabado destruido. Las cosas bonitas siempre se acababan, y ella podía ser una cosa preciosa, pero habría decretado mi fin para siempre.

Entré en el dormitorio, oliendo su perfume de coco en el aire. Tal vez lo tenía impregnado y por eso lo olía por todas partes. Me desvestí y me apresuré a meterme en la ducha. El agua fría me aclararía las ideas. La soledad me permitiría recuperarme a mí mismo. Me quedé bajo el chorro de agua durante una hora; sin embargo, el deseo por ella no se desvaneció, ni la idea de perseguirla y disfrutar de los últimos momentos con ella antes de que se fuera a Detroit.

—Me gusta, pero no puede estar contigo. Si la eliges a ella, me abandonarás a mí —murmuró una voz fina e infantil, y me volví bruscamente hacia el cristal de la ducha mientras las gotas de agua se deslizaban por mi cuerpo, amontonándose en un cúmulo de espuma en el plato de ducha. Me eché el pelo mojado hacia atrás sobre la nuca e intenté distinguir la figura indefinida que acertaba a vislumbrar detrás del cristal opaco. Con un gesto rápido, cerré el agua y cogí una toalla para ponérmela alrededor de las caderas, y luego salí de la ducha y lo vi.

Vi al niño en el umbral de la puerta que daba al dormitorio. Estaba de pie con una pelota de baloncesto bajo el antebrazo, una camiseta del Oklahoma City envolviendo su torso esbelto y unos pantalones cortos azules que dejaban ver sus rodillas desolladas. Estaba sucio de tierra, tenía el pelo castaño y rebelde, y los ojos tristes y apagados. No me sorprendió verlo. Casi siempre aparecía para hablar conmigo.

—No podré darte cobijo para siempre.

Se lo había dicho. Acababa de admitir que no podían coexistir dos almas en el mismo cuerpo. Tarde o temprano una le cedería el puesto a la otra. Sabía que la interacción con él se estaba convirtiendo en un verdadero problema. Mi comportamiento no era normal en absoluto.

—Eres malo —respondió hosco, corriendo hacia el dormitorio.

—¡Solo estoy siendo sincero! —repliqué con impaciencia.

Lo seguí, goteando por todas partes, aunque no me importaba; me paré en seco cuando me lo encontré sentado en mi cama, con la pelota aferrada contra su pecho y la mirada clavada en el suelo. Estaba mirando algo. Bajé la cara y vi los papeles rotos en mil pedazos. Sentí que el corazón me latía en la garganta y que las manos me temblaban. Giré la cabeza, apreté los labios y miré al niño con ira.

Estaba furibundo, por decir algo.

—¿Qué has hecho? —susurré amenazadoramente.

Él se puso en pie de un salto y dio un paso atrás, sin apartar sus ojos de los míos. Eran mis dibujos. Los había roto y escondido cerca de la cama.

—¡Qué has hecho tú! —me acusó, y un repentino mareo me indujo a tocarme la frente. Me faltó el aire y empecé a jadear.

Mis nervios se tensaron, la ira estalló en mi cuerpo, incendiándome como una llama abrasadora.

—¡Vete! —le grité y él retrocedió. Estaba fuera de mí. Corrí a buscar mi teléfono. La situación se me estaba yendo de las manos y, antes de desahogarme y cometer uno de mis habituales errores, decidí contárselo a la única persona que podía entenderme.

Encontré mi móvil y busqué el contacto de mi psiquiatra en la agenda. Mis dedos luchaban por mantenerse quietos, cada músculo se sacudía con temblores inexplicables.

—Hola. ¿Neil? —respondió al segundo tono.

—Doctor Lively.

Me pasé una mano por la cara y miré por encima del hombro, para ver si el niño estaba detrás de mí escuchando.

—¿Qué sucede? —preguntó alarmado. Era raro que recibiera una llamada mía, y menos un domingo. El día de la semana en que solía atenderme era los jueves, pero hacía tres años que había dejado la terapia, y ahora estaba pagando las consecuencias. Pero necesitaba su consejo, porque era el único que podía ayudarme.

—Alguien ha roto mis dibujos. Me los he encontrado en el dormitorio. Ni siquiera sabía que estaban allí, ha sido él. ¡Ha sido el niño! —expliqué rápidamente. Me temblaba hasta la voz.

Hubo un silencio prolongado por parte de mi interlocutor. Llegué a pensar que había colgado, pero un suspiro me confirmó su presencia.

—¿Has estado consumiendo sustancias estupefacientes? —preguntó con suspicacia.

Me horrorizaba la sola idea de tomar esa mierda. Nunca había sido tan idiota. Cerré los ojos y los volví a abrir para intentar controlar mi temperamento.

—No, joder. Yo no me drogo, ¡debería conocerme!

Levanté la voz; estaba nervioso y las insinuaciones de mi psiquiatra no hacían más que empeorar la situación.

—Neil. —Suspiró—. Tienes una sensación de abandono combinada con una necesidad de atención. —El médico empezó a hacer su trabajo, empezó a analizarme y plantearme su punto de vista. Lo escuché mientras iba a buscar el paquete de Winston al salón—. Ya te pasaba de niño. Destrozabas tus propias cosas y decías que lo había hecho otra persona —me explicó. Encontré el paquete de cigarrillos y encendí uno, inhalando a pleno pulmón en un vano intento de calmarme.

—¿De qué está hablando?

Me pasé una mano por la cara, apretando el filtro entre los dedos, y empecé a caminar con paso nervioso, dejando la huella de mis pies mojados por todas partes.

—Neil, los dos sabemos la relación conflictiva que has tenido siempre con tu padre y tu madre, la necesidad que sentías de ser querido y su incapacidad para entenderte durante la época de los abusos. Los gestos autodestructivos expresan la necesidad de llamar la atención, provocada por la fuerte carencia afectiva que caracterizó tu infancia. Tus padres estaban siempre trabajando, tu pasabas todo el tiempo con Kimberly y...

Siguió hablando, pero yo paré de escuchar. Con una mano dejé que la toalla se cayera al suelo y me quedé desnudo. Desnudo física y psicológicamente, con el corazón destruido latiéndome en el pecho, la sangre corriendo por mis venas y mi cabeza rechazando categóricamente aquella información. Volví al dormitorio mientras la voz del doctor Lively reclamaba mi atención, pero yo estaba ausente, desconectado, rendido. Rodeé la cama y me senté en un rincón de la habitación. Mis músculos apenas se contrajeron por el impacto del suelo frío, y me quedé mirando el vacío que tenía delante.

El vacío estaba dentro de mí, en realidad.

—Neil, ¿sigues ahí? —dijo él, pero yo bajé lentamente el brazo y colgué.

Me llevé el cigarrillo a los labios y seguí fumando, estirando las piernas. ¿El doctor Lively pensaba que podía estar loco? Se equivocaba. Tenía un montón de problemas, de trastornos que curar, y mi mente era distinta de la de los demás, pero eso no me convertía en un psicópata. De repente, oí unos débiles pasos que avanzaban hacia mí, pero no levanté la vista y seguí sosteniendo el filtro entre los labios, y luego eché el humo al aire.

—Él no te entiende —dijo el niño, que acababa de reaparecer.

En aquel momento volví a preguntarme cómo podía deshacerme de él, pero también me di cuenta de que su presencia era todo lo que necesitaba.

Mientras lo miraba pensativo, el chico se acercó lentamente, tanteando mi humor, porque siempre estaba enfadado con él, por eso me temía y sabía que nunca debía llevarme al límite. Seguí mirándolo mientras fumaba despreocupadamente, y él observó mi cuerpo desnudo. Estaba sentado en el suelo, con la espalda apoyada en la pared y el pelo todavía goteando. No debía de tener muy buen aspecto.

El niño decidió sentarse a mi lado y yo no me opuse.

—¿Te acuerdas de cuando...? —Se apartó un mechón de pelo claro de la frente y me quedé mirando sus rodillas sucias de tierra. Parecía que se había caído, las tenía todas raspadas y enrojecidas—. ¿Te acuerdas de cuando veíamos la película de Peter Pan mientras ella...? —Hizo una pausa, porque era difícil para un niño recordar aquellos sucesos terribles—. ¿Mientras nos hacía aquellas cosas?

Me acordaba...

Era una noche de sábado particularmente aburrida.

Mis padres habían salido a cenar con unos amigos y Logan ya estaba en la cama durmiendo.

Kimberly me pidió que me sentara con ella en el sofá del salón. Me dijo que estaban poniendo mi película preferida en la tele y que íbamos a verla juntos, así que me senté a su lado, con mi pijama favorito, y me quedé mirando la pantalla del televisor. Ella sostenía entre los dedos una lata de cerveza que acababa de abrir. Dio un sorbo y me miró. Siempre me miraba de manera insistente.

Sonrió, luego se mordió el labio y me puso la mano en la rodilla. Sabía lo que iba a hacer, así que empecé a temblar. No podía rechazarla, de lo contrario le haría daño a mi hermano.

Su mano pronto llegó a mis pantalones cortos mientras yo miraba a Peter Pan tratando de convencer a Wendy de que se escapara con él. Le hablaba del país de Nunca Jamás, donde estaban todos los niños perdidos, y me concentré en él tratando de ignorar la mano de la mujer que empezaba a acariciarme.

Cerré los ojos cuando sentí que sus dedos pasaban por debajo del elástico de mis calzoncillos y pensé en otra cosa.

Me imaginé el país de Nunca Jamás.

Me imaginé entrando en mi película preferida, y me concentré en Peter Pan durante aquellos agónicos minutos de violencia de los que no podía escapar.

En aquel momento, Peter insistía y le decía a Wendy que iba a llevársela con él, pero la niña no quería dejar a sus padres porque decía que no sabía volar.

La voz de Peter, tenaz, asegurándole a Wendy que él la enseñaría a volar, incluso a cabalgar sobre el viento, entró en mi cabeza justo cuando la mano de Kimberly entraba en mi alma para machacarla y romperla en mil pedazos.

—Abre los ojos, ve la peli, que es tu preferida —me susurró al oído, y me detuve en los sonidos, los ruidos, las voces, las palabras de Peter, incluso mientras oía a Kim.

Ella estaba en todas partes.

Dentro de mí, sobre mí, fuera de mí.

Estaba en el latido acelerado de mi corazón, en las pulsaciones de mi cuerpo, estaba en el sudor que goteaba por mi frente, estaba en la respiración jadeante, estaba en los párpados que mantenía cerrados para no ver, estaba en los labios que se abrían para emitir suspiros que no podía controlar, estaba en los gemidos, en el dolor, en la sumisión y en la coerción.

Estaba en todas partes, excepto en el país de Nunca Jamás.

Allí estaba yo solo.

Allí Kimberly nunca sería capaz de alcanzarme.

Abandoné mi cuerpo y me refugié en un lugar que no existía.

Traté de proteger mi alma.

Creé un mundo paralelo, una ilusión que pudiera salvarme.

Como siempre.

Solo cuando la tortura terminó, volví a la realidad y abrí los ojos de nuevo.

Me encontré desnudo y sudando, en el sofá, porque una vez más me había utilizado, como hacía siempre.

—Me acuerdo... —Le di una calada al cigarro y volví a echar el humo al aire, doblando una rodilla para apoyar el codo en ella. Tras un suspiro triste, el niño apoyó la cabeza en mi hombro.

Fue un roce gélido, pero delicado.

—No te vas a olvidar de mí, ¿verdad? —susurró temeroso, apartándose de mí para mirarme. Di una última calada, y luego aplasté la colilla en el suelo. Normalmente, era un maniático del orden y la limpieza, pero en aquel momento no me importaba nada.

—Nunca, no podría —respondí derrotado, sin mirarle.

Me habría gustado olvidarme de él, de la época de los abusos, de mis diez años, de Kimberly e incluso de Peter Pan, pero no podría hacerlo jamás.

El pasado se quedaría aferrado a mí para siempre, obstaculizando mi futuro y haciendo del presente un infierno.

Esa era mi realidad, solo tenía que aceptarla y aprender a vivir con ella, especialmente ahora que era un hombre adulto, y sabía de sobra que el país de Nunca Jamás ya no podía salvarme.

12

Selene

Sé que es un secreto porque
todo el mudo lo susurra.
William Congreve

Me fui corriendo a mi habitación.

Todavía llevaba la ropa de la noche anterior y esperaba no encontrarme con nadie para no levantar sospechas.

Se habría montado una buena si Matt nos hubiese descubierto.

A veces pensaba en su reacción y temblaba de miedo, segura de que algo así lo trastornaría tremendamente.

En cualquier caso, llegué a mi destino sin problemas, me encerré en mi habitación y apoyé la espalda en la puerta.

Las mejillas aún me ardían por todo lo que había sucedido.

La noche anterior se había comportado de un modo perverso, había sido sencillamente increíble ver sus músculos tensos, sentir sus embestidas, mis pechos, admirar la expresión excitada de su rostro, oír sus gemidos guturales.

Neil era sexi, descarado, divino, un verdadero apasionado del sexo.

Sonreí y me tapé la cara. Todavía me avergonzaba al recordar ciertas cosas, a pesar de todo lo que ya habíamos compartido.

Incluso me había pedido que durmiera con él y, cuando me desperté, me lo había encontrado a un suspiro de mí, con la cabeza entre mis muslos, dispuesto a concederme el placer que solo había percibido levemente durante el sueño.

Por supuesto, Neil era magnífico incluso recién levantado.

Me quedé mirando su rostro perfecto durante mucho tiempo. Los labios carnosos y curvados en una sonrisa traviesa, las pestañas marrones que enmarcaban sus ojos dorados, el pelo despeinado por el que me encantaba pasar los dedos y la arruga que se le hacía en el centro de la frente, como si estuviera perpetuamente pensativo.

Me resultaba tan difícil entenderlo...

Primero me había echado, luego me había pedido que me quedara.

Ya lo conocía un poco y me había dado cuenta de que la confianza era un bien preciado para él. Me desvelaba partes de sí mismo en pequeñas dosis, por lo que nunca debía exigir demasiado, sino aguantarme con lo que decidía ofrecerme.

De hecho, me estaba mostrando su alma a su manera, pero estaba asustado por lo que nos unía.

Por lo demás, el vínculo entre nosotros era innegable, y ambos lo sabíamos.

Aunque no supiera lo que sentía por mí realmente, estaba segura de que había tomado posesión no solo de mi cuerpo, sino también de mi mente. Me había encerrado en una prisión de cristal y había tirado la llave. Me sentía cautivada por su mirada, adicta a su cuerpo, dependiente de su estado de ánimo, subyugada por su alma oscura y retorcida.

Con aquella nueva conciencia, volví a sonreír y a dar saltos alrededor de la habitación, feliz como nunca antes. Luego decidí ducharme y cambiarme, así que me dirigí al baño, tarareando una canción de Coldplay. Una vez allí, me lavé, quitándome su olor, aunque ya se había metido en mi cabeza y ni siquiera el gel de baño tendría el poder de dominarlo. Una vez hube terminado, me recogí el pelo en una coleta alta y me puse una sudadera y unos vaqueros.

Media hora más tarde seguía sintiéndome particularmente feliz y no se me quitaba la impresión de que había habido un avance en nuestra relación.

Neil estaba confiando en mí y eso ya era un gran paso.

Por supuesto, no debía ilusionarme con nada. No era la única para él, y la confrontación con Jennifer la noche anterior me había confirmado que seguían acostándose, lo que significaba que yo no era lo suficientemente importante para que Neil renunciase a las demás. Pero la confianza ya era algo. Sin embargo, cuanto más lo pensaba, más se desvanecía mi felicidad, dando paso a la consciencia de que estaba viviendo un sueño, algo que no existía, y que pronto tendría que abrir los ojos y volver a mi realidad.

Fruncí el ceño y me acerqué a la cama para sacar el móvil del bolso. En aquel momento, sentí la necesidad de llamar a mi madre, la única que podía ahuyentar la angustia que sentía por dentro.

Suspiré, llamé y esperé a que contestara.

—Hola, cariño —dijo al segundo tono.

—Hola, mamá, ¿todo bien?

No tenía nada particularmente importante que decirle, solo quería escucharla.

—Sí, ¿y por ahí? ¿Has pasado algo de tiempo con tu padre? —me preguntó, y yo puse los ojos en blanco.

Sabía que iba a hacerme esa pregunta. Mi madre estaba obsesionada con la idea de que entre Matt y yo las cosas podían arreglarse, mientras que yo estaba firmemente convencida de que eso nunca ocurriría. Por ahora estábamos viviendo un período de «paz», había enterrado el hacha de guerra después de su cumpleaños, pero eso no significaba que estuviera lista para desprenderme de ella por completo y tratarlo como a un padre.

—En realidad no —admití, omitiendo el detalle de que, a cambio, había pasado la noche con el hijo de Mia. Había intuido que mi madre sabía algo de Neil, pero aun así temía su reacción; temía decepcionarla, que me echara de casa y dejase de hablarme para siempre.

¿Qué había hecho?

—Mamá… —dije con voz temblorosa. Me senté en el borde de la cama y me froté una mano en mis vaqueros, nerviosa.

—Dime, cariño. ¿Qué pasa? ¿Otra vez tus migrañas? ¿Has tenido náuseas de nuevo? ¿Tuviste una de tus pesadillas anoche?

La noté asustada y enseguida me sentí culpable. No quería preocuparla, sobre todo porque yo estaba lejos y, conociéndola, sabía que podía coger el primer avión para venir conmigo.

—¿Dejarías de quererme si descubrieras que te he dicho una mentirijilla? —susurré con lágrimas en los ojos, tratando de controlar mi voz, ya que mi madre tenía la gran habilidad de percibir mi estado de ánimo. A decir verdad, no sabía por qué le había hecho esa pregunta, tal vez porque por primera vez estaba pensando de verdad en las repercusiones si mis padres se enterasen de lo mío con Neil.

—Yo nunca voy a dejar de quererte, Selene. ¿Qué ha pasado? —preguntó preocupada, y me mordí la uña del pulgar para aliviar la tensión. Estaba pensando seriamente en contarle todo, en confesarle la verdad y pedirle su opinión, porque no tenía a nadie con quien hablar, nadie que pudiera aconsejarme.

—¿Te acuerdas de cuando me contaste la historia de la princesa y el caballero oscuro? —le pregunté poniéndome de pie.

—Sí, claro —respondió ella confundida.

—¿Y si el caballero oscuro no se enamora de la princesa? ¿Y si al final elige a otra persona o decide desaparecer para siempre? —dije casi sin respirar, agitada y melancólica al mismo tiempo. La mera idea de que Neil pudiera comprometerse con otra mujer o pedirme que olvidara lo que quiera que hubiese entre nosotros me hizo sentir una presión en el pecho.

—Lo que te conté no era un cuento de hadas, ¿recuerdas? Puede que no haya final feliz —dijo y me detuve en seco, después de dar vueltas por toda la habitación presa de la ansiedad—. Pero puede contener una importante lección que la princesa se lleve para toda la vida —añadió con su habitual sabiduría, y yo sacudí la cabeza.

La única lección que me llevaría sería el sufrimiento por haberme enamorado del hombre equivocado, pero eso no podía decirlo.

—La princesa ha de ser fuerte y estar preparada para todo. Tiene el corazón de una guerrera —declaró, y me imaginé sus ojos azules idénticos a los míos, su sonrisa indulgente y sus brazos amorosos que anhelaba sentir a mi alrededor.

En contra de lo que creía, no era una mujer ni era valiente; al contrario, todavía me sentía una niña con un corazón de cristal que cualquiera podía destrozar. Por eso, la necesidad de sentir el amor de mi madre era tan fuerte como la certeza de que nunca podría capturar el alma de un chico complicado como Neil.

Míster Problemático, de hecho, me atraía hacia sí y me rechazaba constantemente, y estar a su lado implicaba soportar sus cambios de humor y lidiar con su carácter decididamente complejo.

Además de tener que afrontar con él lo que había vivido de niño. Por supuesto, todavía no sabía toda la verdad, pero Logan me había dicho que una mujer llamada Kimberly Bennett había abusado de él. Nunca juzgaría a Neil por su pasado, pero no estaba segura de poder soportar las consecuencias de un trauma tan grave a su lado. Entendía por qué no conseguía confiar en mí, y también por qué trataba de alejarme, pero no estaba segura de poder curar heridas tan profundas.

Podría hacerlo un médico, un centro psiquiátrico, pastillas, pero no yo.

Los monstruos de Neil eran demasiado grandes para que yo los domara.

Como resultado, cuando estaba con él, alternaba momentos en los que pensaba que todo iba a salir bien, que íbamos a conseguir entendernos y unir nuestras vidas, tan diferentes, y momentos en los que la realidad llamaba a la puerta de la consciencia para decirme que dejara de vivir aferrada a una ilusión.

Derrotada, terminé la llamada con mi madre, después de recordarle que llegaba a casa aquella noche, y luego pasé un rato en el ordenador distrayéndome con música.

Escuchar a mi grupo favorito era terapéutico para mí; me ayudaba a no pensar demasiado y a ahuyentar la ansiedad que a menudo sentía en aquella época.

Me mordí el labio inferior y busqué en YouTube la canción «Fix You» de Coldplay, pero antes de que el vídeo empezara a sonar, dos golpes de nudillos en la puerta llamaron mi atención. Murmuré un «adelante», y Anna, el ama de llaves, apareció en el umbral con su uniforme y el cabello claro recogido en un moño.

—Señorita Selene. Su padre quiere verla —me informó, con las manos entrelazadas en el regazo. Parecía preocupada, a juzgar por la sonrisa triste que me dedicó.

—Todavía no es la hora de comer —contesté después de echar un vistazo rápido al reloj. No entendía qué podía ser tan importante como para que Matt mandara a Anna a buscarme.

—Me temo que tendrá que ir a verlo al salón ahora. Es urgente.

Suspiró y se marchó sin darme tiempo a rebatirle. Parecía haber hecho un enorme esfuerzo para decirme aquellas poquísimas palabras. Me levanté apresuradamente de la cama y cerré el portátil.

Salí de mi cuarto y me dirigí a las escaleras para bajar al salón. Temía que a Matt se le hubiera vuelto a ocurrir la feliz idea de proponerme un fin de semana en Coney Island; si era eso, pensaba negarme. No tenía intención de repetir la experiencia. Por culpa de Neil, de hecho, no guardaba un buen recuerdo del cumpleaños de mi padre.

Me dirigí al salón, pero me detuve cuando vi a Matt de pie con los brazos cruzados, vistiendo un elegante traje azul y una camisa blanca con un chaleco abrochado sobre el abdomen, y a Neil apoyado en las puertas correderas con las manos metidas en los bolsillos de los vaqueros. Como de costumbre, estaba guapísimo: la sudadera blanca contrastaba con su piel bronceada y llevaba el tupé despeinado como siempre.

Sus ojos dorados, sin embargo, estaban vidriosos y helados; parecía tenso y nervioso.

—Hombre, aquí estás —dijo Matt en tono de burla. Me miró entornando los ojos y me puse rígida. Fruncí el ceño, sin saber por qué actuaba de esa forma tan extraña, y luego observé a Neil, que no dejaba de mirar a mi padre, como un león a punto de abalanzarse sobre su presa al primer paso en falso.

—¿Qué pasa? —reuní fuerzas para preguntar, aunque mi voz sonó baja e insegura. Mi padre se acarició la perilla con una mano y arqueó una ceja, pensando en quién sabía qué.

—Le he hecho a Neil una pregunta sencilla, pero parece que tiene dificultades para darme una respuesta —replicó desdeñoso, con tono severo. Miré a Neil con la esperanza de entender lo que sucedía, pero él seguía quieto, de pie, fanfarrón y engreído.

—N-no entiendo... —balbuceé.

Una extraña agitación empezó a revolverme el estómago, el corazón se movía de un lado a otro en mi pecho como si se hubiera vuelto loco, y mi respiración se aceleró, creando un nudo insoportable en mi garganta.

—Le he pedido a Neil que me explique cómo es que habéis pasado la noche juntos en la casa de invitados. No me parece una pregunta tan difícil. ¿No crees?

Inclinó la cabeza hacia un lado y me analizó como hacía con sus pacientes. Tragué saliva y me faltó el aire. Esperaba que fuera un mal sueño, traté de mirar a mi alrededor para comprobar que realmente estaba allí, en el salón de la mansión de Matt Anderson, pero, por desgracia, todo parecía absolutamente real.

¿De verdad mi padre lo sabía todo o solo tenía sospechas?

Me estremecí al pensar que nos pudiera haber espiado a través de las puertas acristaladas.

—Pues... yo... —susurré apenas. Mi voz cambió, me temblaban las manos, pero aun así traté de mantener el control. No estaba preparada para enfrentarme a Matt, pero sabía que tenía que ocurrir tarde o temprano. Instintivamente volví a mirar a Neil, quizás en busca de apoyo, pero él estaba quieto y en silencio, mirándome fijamente, encadenado a la misma angustia que yo.

—¿Y bien? —insistió mi padre, mirándonos a los dos. Luego sacudió la cabeza y se tocó la cara. Tenía el cuerpo tenso y los ojos nublados por una ira espantosa. Retrocedí, porque había visto a mi padre enfadarse pocas veces, pero las recordaba muy bien—. ¡En Coney Island te dije que te alejaras de él! —gritó de repente y yo me eché atrás. Señaló a Neil con un dedo, pero su mirada torva seguía fija en mí. Parecía el cañón de una pistola apuntándome—. ¡Te dije que no cruzaras ciertos límites con él! —añadió, cada vez más furioso—. ¿Y tú qué? No me has hecho ni caso. Has hecho lo que te ha dado la gana, has cedido. ¿Crees que soy idiota?

Se acercó y yo di un paso atrás, y me choqué con alguien. Me di la vuelta aterrorizada y sorprendí a Anna detrás de mí; Matt la miró furioso y entendimos que no quería espectadores en aquel momento.

—Anna, vaya a ocuparse de sus tareas. Ahora —le ordenó con brusquedad y el ama de llaves asintió, escabulléndose inmediatamente.

Tragué saliva con dificultad y sentí pinchazos en la garganta, los mismos que sentía en el pecho, y traté de mantener la mirada baja. Por primera vez tuve miedo de mi padre.

—¡Maldita sea! ¿Qué hay entre vosotros? ¿Una relación? ¿Estáis juntos? —preguntó desgañitándose, y tuvo que aclararse la voz por los gritos. Se pasó la mano por la cara otra vez y empezó a caminar frenéticamente frente a nosotros—. ¿Os dais cuenta? ¿Entendéis lo grave que es lo que habéis hecho?

Sacudió la cabeza y comenzó a farfullar palabras incoherentes en voz baja; parecía estar perdiendo la cabeza, los músculos se tensaron bajo su chaqueta ajustada y gotas de sudor empezaron a resbalarle por las sienes.

—¿Desde cuándo existe esta historia absurda? —preguntó, volviéndose ahora hacia Neil—. ¿Desde cuándo? —volvió a gritar y yo me estremecí; mi corazón se desplomó y dejó de latir. Neil, por su parte, seguía inmóvil mirando, sin intimidarse en absoluto, a Matt.

—Desde una semana después de que Selene llegara. Fui yo quien la provocó, es culpa mía. Si quieres cabrearte, hazlo conmigo, no con ella —replicó él, abriendo la boca por primera vez desde que yo había llegado. Su voz profunda y decidida no manifestó inseguridad alguna. Neil parecía tener el control absoluto de sí mismo, incluso en una circunstancia así de delicada.

Me habría gustado tener aunque fuera una pequeña parte de su indiferencia para calmar la ansiedad que amenazaba con hacerme desfallecer.

Mi padre dirigió toda la atención hacia él y se acercó lentamente, esforzándose por creer lo que acababa de oír.

—¿Una semana después de que llegara? —repitió con voz temblorosa, cerrando los ojos y moviendo la cabeza, visiblemente enfadado y decepcionado—. Confiaba en ti. Pensaba que al menos con mi hija mantendrías tus malditos impulsos a raya, pero no. Has sido tan egoísta como siempre. No me has respetado ni a mí ni a tu madre. ¿Y por qué, Neil? ¿Por un capricho? ¿Por un deseo? ¿Qué demonios te pasó por la cabeza cuando intentabas seducir a mi hija, eh? —vociferó a un palmo de su cara.

Neil apretó la mandíbula, sus rasgos se endurecieron, pero no reaccionó, como me temía. Sus ojos no mostraban emoción alguna.

—¿Hasta dónde has llegado? —preguntó Matt de nuevo y me acerqué para evitar que ocurriese lo peor—. ¿Hasta dónde has llegado con ella? ¡Dímelo!

De repente, agarró a Neil por la sudadera y lo atrajo hacia sí. Mi padre no era tan fuerte como él, no era joven ni atlético, pero aun así era capaz de hacerle daño, sobre todo cuando estaba fuera de sí. Por esa razón, no quise quedarme allí, quieta y asustada, sin reaccionar; así que corrí hacia él y lo agarré por la chaqueta.

—¡No, Matt! —grité y lo aparté de Neil. Estaba temblando como una hoja y tenía lágrimas en los ojos. Notaba las mejillas húmedas, ni siquiera sabía cuánto tiempo llevaba llorando.

—¡Dímelo! ¡Ten el valor de decírmelo, igual que tuviste el valor de hacerlo! ¡Eres repugnante! Tu madre debería avergonzarse de ti.

Matt volvió a señalar con el dedo a Neil y lo miró indignado. Cada insulto y cada palabra eran como un corte en mi piel. Era como si Matt blandiera un cuchillo con el que estuviese haciéndome incisiones en el corazón y no solo en el de Neil.

—Tienes razón —fue todo lo que Neil tuvo fuerzas para responder.

Miró a Matt a los ojos y los pensamientos nublaron sus iris, tanto que las pupilas se volvieron casi imperceptibles y el dorado dio paso a algo turbio.

—En estos cuatro años nunca me he entrometido en tu relación con tu madre, ni en la relación entre tú y tus hermanos. Nunca me he atrevido a reprocharte nada, ni siquiera cuando he visto chicas saliendo de tu habitación constantemente, a pesar de que esta también es mi casa y, créeme, tendría todo el derecho del mundo a expresar mi descontento —continuó mi padre, cada vez más decepcionado—. Nunca he pretendido sustituir a tu padre. Sé que al principio fue difícil para ti aceptar la relación entre tu madre y yo, por lo que me esforcé en ser un buen compañero para ella y una figura positiva para ti y tus hermanos. Siempre he aceptado tus arrebatos, tus faltas de respeto y tus ofensas verbales. Siempre he tratado de entenderte porque estoy al tanto de tu pasado y de lo que has vivido. Siempre he tratado de darle buenos consejos a tu madre para que vuestra relación mejore. He hecho todo lo posible para mantener el equilibrio adecuado en esta familia. ¿Cómo has podido hacerme algo así? —preguntó Matt, al borde de las lágrimas, reprimiendo a duras penas los sollozos.

Nunca había visto a mi padre tan devastado. Era una escena desgarradora. Me sentía incapaz de decir nada, además su razonamiento había sido muy profundo y sincero, así como lleno de tristeza y decepción.

—No era mi intención —dijo Neil con voz firme y actitud inflexible; en aquel momento, me pregunté cómo podía mostrarse tan insensible en una situación así—. Todo empezó como un juego... —prosiguió, mirándolo a los ojos—. Me gustaba provocarla. Siempre me ha atraído lo prohibido, lo vetado, los límites que no puedo cruzar. Sé que es una excusa de mierda, pero no quería llegar tan lejos. La situación se me ha ido de las manos y...

No terminó la frase porque Matt levantó un dedo para callarlo.

—¿Que la situación se te ha ido de las manos? —repitió con una sonrisa amarga—. ¿Como te pasó con Scarlett y con todas las demás? —se burló amargamente.

Me llevé las manos a los labios para reprimir un sollozo que Neil pudo escuchar, y me miró con ese calor ardiente que podía sentir hasta en la piel. Parecía que pudiera sentir su tristeza, mientras él sentía mi dolor. Estábamos conectados sin necesidad de hablarnos.

—Lo siento, pero lo inevitable ha ocurrido, Matt. Nosotros...

Dejó la frase en suspenso, confirmando lo que mi padre sospechaba, luego se recolocó la sudadera arrugada y se humedeció el labio inferior. Temblé, los escalofríos me recorrieron la piel y me precipité en las llamas altas del miedo.

—No tengo palabras —susurró mi padre, muy afectado, y luego retrocedió como si le hubieran dado un fuerte puñetazo en el pecho. Se apoyó en el sofá como si estuviera a punto de derrumbarse en cualquier momento y sacudió la cabeza repetidas veces.

—Matt, también ha sido culpa mía. —Decidí intervenir por primera vez, atrayendo su mirada hacia mí—. No me ha obligado a nada —murmuré, mirando fijamente sus ojos tan negros como la oscuridad que envolvía su mente en aquel momento—. Nos hemos dejado llevar por nuestros instintos, nos hemos equivocado, pero la culpa es de los dos.

Respiré hondo y traté de mostrar una confianza que no tenía. Sin embargo, mi padre redirigió su atención una vez más a Neil, esforzándose por no llorar, por no derrumbarse, por no romperse delante de nosotros.

—¿Acaso te importa? ¿Sientes algo por mi hija? ¿O es solo uno de tus pasatiempos? —preguntó ya sin fuerzas, angustiado.

No parecía lúcido ni capaz de enfrentarse a una posible respuesta negativa. Yo también miré a Neil, esperando oírle hablar, y me quedé mirando sus iris en los que se mezclaban tantas emociones. Había aprendido a leer en su interior y lo que veía no me gustaba nada. Veía a un hombre que intentaba comunicarse conmigo en silencio, a un hombre que intentaba pedirme perdón por lo que iba a decir a continuación. Sacudí la cabeza y retrocedí para protegerme de las palabras afiladas que sus hermosos labios estaban a punto de pronunciar.

—No, Matt. Me sentí atraído por tu hija desde el primer momento. En cuanto la vi, me propuse utilizarla. Y lo he conseguido. He satisfecho mis deseos para luego deshacerme de ella, como hago con todas. Siempre he pensado que yo no era adecuado para ella y sigo pensándolo. No la quiero, nunca la he querido y nunca la querré…, simplemente porque yo no creo en el amor.

Su voz era tan austera y la actitud tan gélida que me doblé de dolor. Matt cerró los ojos y al mismo tiempo yo cerré mi corazón y decidí tirar la llave. Sentí que mi cuerpo se rompía en pedazos minúsculos, como un jarrón de cerámica destrozado en el suelo; las lágrimas silenciosas se deslizaron incontrolablemente por mis pómulos, mi alma se consumió para disolverse en la nada, mientras Neil permanecía allí, quieto, presenciando mi destrucción.

Lo miré por tiempo indefinido con la esperanza de escucharlo decir algo más, pero cuanto más miraba su cara, más me daba cuenta de que no iba a suceder. Tenía una sensación de ahogo y frío, mucho frío. Caí en un abismo de dolor del que no sabía cómo iba a salir. En mi interior se abrieron grietas profundas, el corazón me latía tan rápido que temí que explotara. Di un paso atrás y, como aviones de papel, vi volar cada sueño, cada expectativa, todo en lo que había creído.

Ilusa de mí, me dije y pensé otra vez en lo que habíamos compartido.

«Yo te llamo como quiero, Campanilla», había dicho la primera vez que había utilizado aquel mote. Solo llevaba unas horas en Nueva York y me había perdido de camino a una librería cualquiera, luego me lo había encontrado en la acera con los locos de sus amigos, como si el destino quisiera burlarse de mí, poniéndome delante el ángel más hermoso que había visto en mi vida. Me había dejado embrujar, sin saber que acababa de ser expulsado del paraíso, porque estaba destinado a vivir en el infierno. «Mi cama olía a coco esta mañana», había dicho después de cometer el error fatal que más tarde repetiríamos sin cesar. «La verdad está en los detalles, Selene.» Yo creía que la verdad era un sentimiento que él ocultaba para no mostrarme su lado más humano. En cambio, había sido una estúpida al creer cada palabra que me había dicho, al pensar que podría haber un futuro entre nosotros. El amor a menudo te vuelve ciego e irracional, y eso era lo que me había pasado a mí. Debería haberle dado la libertad que buscaba y tendría que haberle dejado marchar hace tiempo.

Se merecía vivir su vida sin mí, si eso era lo que quería, y yo estaba dispuesta a aceptarlo con tal de que fuera feliz.

—Estaba claro —susurró mi padre con sarcasmo—. Me has decepcionado profundamente —añadió con amargura.

De repente, en la habitación se oyó un sollozo inesperado. Me giré y vi que Mia estaba allí. No había reparado en su presencia. Sus ojos azules estaban angustiados y miraba a su hijo con incredulidad, con una mano sobre la boca para contener las lágrimas.

—Neil… —murmuró sin más, pues no había nada más que añadir, nada más que decir. El silencio se cernía sobre nosotros, ni un solo ruido movía el aire del salón.

—Me haces daño, Neil. —Hablé después de unos minutos que parecieron interminables, y mi padre y Mia se volvieron hacia mí; sentí sus miradas, pero con las últimas fuerzas que me quedaban, decidí continuar—: Me haces daño cuando me tocas, cuando me besas, incluso cuando me hablas. Provocas emociones devastadoras capaces de destruir incluso a la mujer más fuerte del mundo. Y ambos sabemos que no lo soy. —Me pasé el dorso de la mano por la mejilla y, tras respirar hondo, proseguí—: Eres complicado y problemático, y sin duda no eres el chico que una querría presentarle a su padre como novio. Pero eres el único con quien me he reído y he llorado, el único con quien he sentido emociones indescriptibles, el único con quien mi corazón se ha despertado, el único con quien me he sentido viva. Sí, viva. Serás imperfecto y a veces insoportable… —Sonreí débilmente, rezando para poder terminar mi discurso—. Pero he oído latir tu corazón más de una vez cuando estaba a tu lado y no por la estúpida excitación de la que tanto hablas. Tal vez nunca estés en condiciones de tener una relación, tal vez necesites más tiempo, tal vez no sea yo la persona adecuada, pero sé que, ahí dentro, una parte de ti solo necesita que te quieran. Lo conozco todo de ti, y de memoria, ¿sabes? Cada error, cada necesidad, cada paso en falso, cada defecto y tal vez incluso cada debilidad. Pero, a pesar de tus palabras crueles, sigo pensando que eres increíble tal y como eres. Recordaré todo lo que hemos vivido juntos, lo llevaré dentro de mí. Puedo parecer tonta ahora mismo, pero… gracias por todo lo que me has enseñado. —Suspiré y me humedecí los labios secos antes de continuar—. Me has enseñado a no creer en los cuentos de hadas, a reconstruir los sueños cuando una tormenta los destruye. Me has enseñado a ser más fuerte, a enfrentar la vida con la cabeza bien alta, porque está llena de trampas y obstáculos. Me has enseñado a ser una mujer, aunque en el fondo ambos sabemos que sigo siendo una niña. Me has enseñado a ser paciente, porque las personas especiales precisan de tiempo para comprenderlas —concluí con un hilo de voz, y dejé que mis palabras flotaran en el aire; no me importaba si llegaban o no a su corazón, lo importante era que las había pronunciado.

A pesar de todo, no podía odiarlo, porque el odio era el sentimiento opuesto al amor y nunca podría asociarlo con Neil.

Estaba decepcionada, con el corazón roto, pero por fin lo había entendido todo.

Había entendido que me había engañado, que no significaba nada para él.

Si le hubiese importado, no habría tocado a nadie más que a mí, habría tenido el valor de luchar contra mi padre para proteger lo que había entre nosotros. Yo solo lo quería a él, pero él no sentía nada por mí.

Cuando quieres a alguien, no le haces daño, y Neil siempre me había hecho daño.

Había sido una estúpida al creer que era mío, incluso en los pocos momentos en los que se entregaba a mí, pero en realidad no lo era. No lo había sido nunca. Me di cuenta de que me había equivocado, porque nunca podría salvarlo ni arreglar nada. El amor no bastaba para redimir a los condenados. Estaba tan convencida que había dejado incluso de leer novelas románticas, porque me engañaban y me hacían desear cosas que no existían. Habría luchado por Neil, por nosotros, pero ahora entendía que no había esperanza si él no me tendía la mano. Había hecho todo lo posible para entrar en su corazón, pero la verdad era que no dejaba entrar a nadie, ni siquiera a mí.

Mi amor nunca sería correspondido, porque su dolor siempre sería más fuerte que todo lo demás.

Neil era como un águila negra que volaba alto, volaba lejos, imposible de alcanzar. Nunca se detendría, porque buscaba lo infinito y no lo finito. Para él, el amor era cautiverio y no libertad.

Había soñado con la posibilidad de estar juntos, incluso durante el coma, pero sabía que seguiría siendo solo un sueño, un sueño precioso. Ahora lo entendía y esperaba que Neil también soñara conmigo de vez en cuando; esperaba que al menos allí, en nuestro país de Nunca Jamás, pudiésemos ser felices.

¿Cómo acababa la historia?

¿Peter elegía a Wendy?

Yo esperaba que eligiera a Campanilla…, al menos allí, en los sueños.

Aquella misma noche volví a casa con una nueva certeza, dispuesta a retomar las riendas de mi vida. Nunca dejaría de pensar en Neil, porque él seguiría dentro de mí para siempre, pero intentaría seguir adelante. Cuando llegué a casa, mi madre no me hizo ninguna pregunta. Sabía que estaba al corriente de todo por Matt, ya que había escuchado su llamada antes de montarme en el taxi para irme, pero mi madre me saludó con un abrazo cariñoso y un beso en la frente, exactamente en el punto surcado por la cicatriz.

—Te he hecho pastel de cereza —me dijo, refiriéndose a la tarta cuyo olor ya había percibido en el aire; luego pasamos la noche tiradas en el sofá viendo una comedia americana y nos quedamos dormidas juntas en una posición muy graciosa.

Había pasado más de una semana desde entonces. Neil no se había puesto en contacto conmigo, ni por mensajes ni por llamadas, pero aun así no conseguía acostumbrarme a su ausencia. Me preguntaba todos los días qué estaría haciendo y cómo. Estaba firmemente convencida de que no me echaba de menos y de que nunca iba a pedirme perdón por lo que había dicho. Después de todo, Neil solo había sido sincero. Le había confesado a mi padre lo que sentía, lo que había intentado hacerme entender en repetidas ocasiones. Yo sabía desde el principio que amar a alguien suponía un riesgo; me había arriesgado y, ahora, tendría que pagar las consecuencias. Además, no estaba destrozada solo por las palabras con las que Neil se había referido a mí, sino también por la reacción de Matt, que había sido tan devastadora que temía que nunca se recuperara del shock.

—¿En qué piensas? —me preguntó Janel cuando estábamos en la biblioteca de la facultad de la Universidad Estatal de Wayne.

Desde hacía unos días había retomado las clases, porque según la doctora Rowland ya podía dedicarme tranquilamente a todas mis actividades diarias.

—La verdad es que desde que volviste de Nueva York pareces ausente —intervino Bailey, enrollándose un mechón de pelo rojo en el dedo índice.

¿Cómo podía hablar de lo que había pasado sin derrumbarme?

Prefería guardármelo todo dentro, porque no podía expresarme con palabras sin parecer destrozada, y no quería preocupar a mis amigas.

—Va todo bien. Estoy estudiando mucho estos días para recuperar el tiempo perdido —respondí con una sonrisa tensa.

Era verdad. Me había volcado en los estudios para no perder mis buenas notas, pero sobre todo para distraerme: pasar las tardes encorvada sobre los libros me ayudaba a no pensar.

—Oye, si necesitas algo, aquí estamos.

Janel estiró un brazo por encima de la mesa y me acarició el dorso de la mano. En aquel momento sentí que el corazón me daba un brinco, y me escocieron los ojos. Sacudí la cabeza e intenté tranquilizarla con otra sonrisa.

—Imaginaba que te encontraría aquí. ¿Quién coño te ha dado permiso para coger mi coche?

Las tres dimos un respingo cuando Ivan, el hermano gemelo de Janel, apareció de la nada, enfadadísimo con su hermana. El problema siempre era el mismo: no quería que ella tocara su precioso coche.

—¿Estás loco? Estamos en la biblioteca —replicó molesta, y yo me eché a reír.

Algunas cosas no habían cambiado en absoluto, y el comportamiento de Ivan era una de ellas. Lo conocía desde hacía dos años, exactamente desde el día en que me había hecho amiga de Janel. Tenían un carácter muy parecido, y por eso se llevaban tan mal. Eran gemelos heterocigóticos. Ivan tenía los ojos verdes y Janel lo envidiaba por eso. Además, era diez minutos mayor que ella y ponía especial cuidado en sacarlo a relucir en cada una de sus discusiones. Ese día llevaba ropa deportiva, como de costumbre, y le quedaba muy bien. Jugaba al baloncesto y era alto y atlético, con una espesa cabellera negra que enmarcaba su rostro masculino.

—Es que he perdido el autobús. ¿Qué pasa? —replicó Janel, resoplando y encogiéndose de hombros con indiferencia, una actitud que hizo enfurecer a su hermano.

—He venido en bicicleta porque mi coche no estaba aparcado en su sitio. Eso es lo que pasa —exclamó Ivan, señalándola con el dedo. Bailey y yo apenas podíamos contener la risa; sus peleas siempre eran muy divertidas.

—Oh, venga, no seas niñato. Si hasta he limpiado los asientos, que quién sabe cuántos fluidos corporales habrá ahí.

Janel puso una mueca de asco, pero tenía razón: Ivan estaba muy ocupado con las estudiantes del campus, y el coche era donde más tiempo pasaba con ellas.

En ese momento nos echamos a reír. Bailey intentó taparse la cara para disimular y yo le di una patada por debajo de la mesa. Entonces Ivan enarcó una ceja y nos miró muy serio, cruzando los brazos sobre el pecho.

—¿De qué demonios os reís? —preguntó mirándonos primero a una y luego a la otra.

—Nada, nos solidarizamos con Janel. Hace falta valor para entrar en tu coche —le dije en broma y él extendió un brazo para despeinarme el flequillo. Siempre lo hacía y yo no lo soportaba.

—Para. —Le di una palmada en la mano y sonrió socarronamente.

—Ya está, ahora estás mucho más guapa —se burló de mí, mostrando el hoyuelo de su mejilla derecha, un detalle que volvía locas a muchas chicas. Yo estaba convencida de que ese hoyuelo estaba maldito: tenía el poder de enamorar a cualquiera.

—En cuanto a ti, ya hablaremos en casa.

Ivan se volvió hacia Janel y se alejó, no sin antes echarme una última mirada furtiva, seguida de un guiño. A pesar de su actitud de flipado, yo sabía que en realidad era un tipo listo e inteligente. Cuando no estaba entrenando, estudiaba, y había tenido la amabilidad de pasarme los apuntes que me estaban permitiendo ponerme al día con los estudios.

Bailey me miró con una sonrisa traviesa y yo fruncí el ceño.

—¿Qué? —pregunté curiosa.

Mi amiga adoptó una posición sensual y tamborileó con los dedos sobre la mesa. Siempre hacía eso cuando estaba a punto de decir una de sus tonterías.

—Te pega —contestó, y Janel levantó la cara del libro para mirarla.

—¿Ivan?

Dejé escapar una risita y sacudí la cabeza. Era guapo, pero tenía la misma reputación que Neil. Cambiaba de novia con la misma frecuencia con la que entrenaba, y yo había decidido pasar de los tíos así. No iba a volver a caer en la trampa. Me puse triste al pensar de nuevo en mi problemático. En sus ojos dorados, su olor almizclado, sus frases perversas, sus sonrisas enigmáticas.

Neil no estaba allí, pero siempre estaba en mi cabeza.

Era una verdadera obsesión.

—¡No, de ninguna manera! —afirmé con severidad, tratando de poner fin a aquella tontería.

—Eres guapa e inteligente, creo que a él también le podrías gustar. No me importaría tenerte como cuñada —comentó Janel con ironía, pero yo no pensaba cambiar de opinión.

—Ivan es un buen tipo, pero…

Hice una pausa. Mi corazón estaba en otro lugar. No estaba

preparada para salir con nadie, y quizá no lo estaría durante mucho tiempo.

—Selene, no puedes prohibirte salir con otros chicos solo porque conociste a un grandísimo cabrón en Nueva York.

Bailey me regañó y yo me estremecí.

—Sí. Has perdido la virginidad con él, vale, pero considéralo una experiencia —le restó importancia Janel—. No puedes vivir atada para siempre a su recuerdo —añadió preocupada.

Yo, por toda respuesta, me quedé mirando la mesa, reflexionando sobre sus palabras, perdida en mis pensamientos.

¿Cómo iba a olvidar a Neil?

Cuando lo conocí, pensé que era como los demás.

Guapísimo e insignificante.

Creía que su vida era perfecta, que se acostaba con muchas mujeres distintas solo por aburrimiento.

La primera noche no dormí por los gritos de Jennifer y yo hasta me compré tapones, aunque él no lo sabía.

¿Y cuando me robó el puñado de palomitas en el sofá? Me había dado cuenta de lo prepotente que era.

Lo odiaba, no lo soportaba en absoluto, sobre todo cuando me trataba como a una niña e intentaba dominarme con su experiencia.

Se burlaba de mí cuando no alcanzaba a entender muchas cosas, cuando no estaba a su altura en el sexo y me sonrojaba con sus bromas maliciosas.

Tenía novio, pero lo había conocido y, desde entonces, no podía evitar desearlo.

Al principio había sido superficial y poco atenta con él, pero siempre pensé que era diferente.

Cada día era un descubrimiento.

Era especial.

Tenía un caos enorme dentro, y por eso no sentía ningún resentimiento ni odio hacia él.

Nunca le habría hecho daño, ni siquiera después de que él me lo hiciese a mí una vez más.

Solo le habría dicho… gracias.

13

Neil

El pecado es todo lo que oscurece el alma.

André Gide

Nos habíamos perdido, ella y yo.

Sí, perdido de verdad.

Desde hacía catorce días.

Habían pasado dos semanas desde que la dejé marchar, desde que tomé la decisión correcta, desde que la liberé de la telaraña en la que había acabado, desde que ya no olía su olor a coco y ya no podía ver sus ojos marinos.

—¡Neil! ¿Quieres levantarte? Tienes que ir a la universidad —vociferó Logan, entrando en mi habitación.

No, no tenía ningunas ganas de levantarme de la cama. Aunque Logan me tocara las pelotas y yo contestara con el clásico «cinco minutos», la verdad era que no tenía ganas de hacer una mierda.

No tenía ganas de afrontar los días, que consideraba monótonos y aburridos, no me apetecía salir de fiesta, no me apetecía estar rodeado de mujeres dispuestas a abrir las piernas para que me las follase. En realidad, ni siquiera podía follar debido a mi anorgasmia. Estaba siguiendo el consejo del doctor Lively de abstenerme de toda relación física y lo estaba consiguiendo.

Pero además no quería tener otros ojos fijos en mí que no fueran sus dos cristales tan profundos como el océano.

Simplemente no sentía ganas de hacer nada y no entendía qué me pasaba.

—Logan, cinco minutos —murmuré por enésima vez, metiendo la cabeza debajo de la almohada. Confiaba en que mi hermano se fuera y me dejara en paz, porque todo me irritaba, incluso su voz.

—¡Has dicho eso mismo hace cinco minutos, y ya ha pasado media hora desde que he venido a tu cuarto a suplicarte que levantes el culo de la cama! —dijo impaciente. Entonces suspiró porque conmigo hacía falta paciencia, tal vez demasiada.

Sin embargo, no me importaba cuántas veces me regañara Logan, quería estar solo y hundirme en mis decisiones correctas, pero de mierda.

Era un despojo humano.

Y no era yo.

Ya no era yo.

Tras la marcha de Selene, Matt había dejado de hablarme, mi madre estaba profundamente decepcionada conmigo y yo intentaba vivir con las palabras tremendas que había pronunciado. Le había restregado por la cara a Matt Anderson que me había acostado con su hija; le había informado sin respeto de que había disfrutado y, sobre todo, que para mí era una más. Y al mismo tiempo había hecho daño a Selene. En realidad había mentido y me había comportado de aquella manera solo para alejarla de mí, pero nunca lo confesaría.

—Logan, no me hagas cabrearme y deja de tocarme los cojones.

Saqué la cabeza de debajo de la almohada y le dirigí una mirada que no necesitaba más advertencia; él, sin embargo, no me miraba a mí, sino al cenicero de la mesita de noche junto a la cama, así que supe que iba a empezar a ametrallarme con una de sus charlas.

—¿En cuánto tiempo te has fumado todo eso?

Entrecerró los ojos para contar las veinte colillas o más que me había fumado aquella noche, y me miró muy serio.

—No podía dormir. No empieces.

Volví a meter la cabeza debajo de la almohada y suspiré molesto, de pronto sentí frío en la espalda desnuda.

—¡Levántate!

Logan, obviamente, me había quitado el edredón, pero yo no tenía ninguna intención de escucharle.

—¡Que me dejes! —exclamé, molesto—. Tienes tres minutos para salir de aquí. —No estaba bromeando ni jugando.

—Neil, llevas quince días así. Comes poco, fumas como un

carretero, tu habitación parece una puta chimenea, y encima casi has roto las paredes. —Suspiró preocupado.

Dos noches antes había tenido un ataque de ira que, por desgracia, no había podido controlar, y había despertado a todos haciendo agujeros en la pared.

—He tenido pesadillas. —Asomé la cabeza y rodé sobre mi espalda, luego me senté y me pasé una mano por la cara cansada.

—Claro. Estás acostumbrado a las pesadillas de Kim, pero las que tienes ahora no tienen nada que ver con ella, ¿verdad? —Mi hermano se puso las manos en las caderas y me observó con atención. Un rato después me levanté, vestido solo con los calzoncillos, y pasé junto a él bostezando—. ¡Neil! —me llamó; obviamente no pensaba callarse, lo que no ayudaba a mi cabeza; me empezaron a latir las sienes tras otra noche de insomnio.

Me dirigí al baño y contemplé mi reflejo en el espejo. Estaba despeinado, como siempre; unas terribles ojeras indicaban todo mi estrés y mi fatiga mental; la barba de tres días solo estaba presentable porque había decidido arreglarla el día anterior; tenía los ojos apagados y el cuerpo tenso. Era un puto manojo de nervios a punto de estallar.

—No, Logan. No tenían que ver solo con Kim —dije.

Luego me lavé la cara para intentar despertarme y recomponerme. El problema era que no podía sacarme de la cabeza a la niña.

Esa noche había soñado con Selene en la cama con Luke, que la había besado, desnudado y tocado como solo yo lo había hecho, pero no era fácil confesarlo. Mi hermano, por supuesto, me siguió hasta el baño, invadiendo mi privacidad.

—Tengo que mear —le dije para quitármelo de encima. Esperé a que se fuera, pero no lo hizo. Se apoyó en el marco de la puerta y arqueó una ceja, esperando a que le revelara lo que me pasaba por la cabeza.

—Tus jueguecitos no funcionan conmigo, dime qué has soñado —insistió.

—Nada, no es de tu puta incumbencia —exclamé, perdiendo la paciencia, y me dirigí al inodoro, ignorándole. Hice lo que tenía que hacer y, después de tirar de la cadena, me lavé los dientes. Me los froté con brío e hice lo mismo con la lengua.

Todavía notaba el sabor de la puta de Kim en mi boca y Logan lo sabía, por eso se quedó en silencio mirándome pensativo. Me dio todo el tiempo que necesitaba. Sabía que, cuando me lavaba los dientes o me duchaba, me castigaba con agua helada y me frotaba la piel con fuerza hasta que se ponía roja porque podía oler a mi vejadora en mi cuerpo y oír el eco de sus vulgares palabras en las sienes. Me daba asco en lo que me había convertido por su culpa, tanto que a veces buscaba la forma de arrancarme la piel y tal vez coserme una nueva; sin embargo, una parte de mí tenía la certeza de que ni siquiera así dejaría de recordarla.

Aquella mujer había echado raíces profundas dentro de mi cabeza.

—¿Y bien? —dijo Logan, reanudando su tortura en un tono más calmado y medido—. ¿Por qué has fumado tantísimo? ¿Y cómo has hecho esos agujeros en la pared? Cuéntame…

Señaló con el pulgar el cenicero y los estragos que había hecho en mi habitación.

Volví a cepillarme los dientes, me enjuagué la boca y luego escupí en el lavabo y suspiré profundamente.

—El más pequeño lo hice con una lámpara que estampé contra la pared cuando soñé con la lengua de Luke entre los muslos de Selene. El más grande, lanzando una silla cuando soñé que se la follaba. ¿Ya estás contento?

Listo. Había confesado.

Logan esbozó una media sonrisa, con una mueca divertida en la cara.

—Mmm… Interesante. ¿Entonces Selene no te importa nada? No estarás celoso, ¿no? —se burló de mí. Sus palabras me hicieron reflexionar. Nunca había tenido celos de ninguna de mis amantes, jamás. Ni siquiera sabía qué demonios eran los celos.

Pasé junto a Logan golpeándolo con mi hombro para volver a la habitación y noté que estaba aún peor de los nervios por culpa de nuestra charla.

—Exacto. No lo estoy —repliqué—. Hasta a Matt le he dicho claramente que solo me estaba divirtiendo con su hija —le informé.

—Lo sé, y la has cagado pero bien —repuso.

No iba a ceder. No iba a contarle a nadie, y menos a mi hermano, que había mentido solo para conseguir que Selene me odiara y volviese a Detroit. Era testarudo y ya había tomado una decisión. Fin de la discusión. Me puse con rabia una sudadera negra y unos vaqueros, y Logan observó cada uno de mis movimientos con atención, decidido a no dejarme tranquilo tan fácilmente.

—Lo has hecho porque estás convencido de que no te la mereces, ¿verdad? ¿Crees que ella podría juzgarte si supiera de tu pasado? —me preguntó, pero no contesté.

Sabía muy bien lo que intentaba hacer. Quería meterme sus ideas y sus pensamientos en la cabeza. Quería convencerme de que fuera detrás de Selene para que dejara de odiarme, como ya ocurría, por otra parte.

—No soy el tipo de hombre que se enamora de una mujer como todo el mundo, Logan. No soy un Romeo que trepa al balcón a por su Julieta. No voy a ir a buscar a Selene arrastrándome como un gusano con lágrimas en los ojos. No pienso pedirle perdón. Si quieres una gran escena de amor, cómprate un DVD o ve al cine con tu novia, porque mi vida no es una puta película romántica. ¿Te queda claro o te hago un croquis?

Recuperé el aliento, después de haber escupido prácticamente toda mi ira contra él. Era mi hermano y debería haberme entendido mejor que nadie, pero no podía. No me entendía.

No entendía que no podía estar con la niña con todos los problemas que tenía aún por resolver.

Mi cabeza no estaba allí.

Ni siquiera sabía dónde estaba, pero tenía la certeza de que estaba en otro lugar.

Que no era normal.

Y hasta que no tuviera el control de mí mismo, no podría vincular mi vida a la suya.

—¿Prefieres que siga haciéndole daño o que esté lejos de mí y sea feliz? ¿Eh? ¿Cuál es la decisión correcta? —Avancé hacia él y lo reté. Traté de acorralarlo y desarmarlo—. Dime, ¿cuál es la decisión correcta, Logan? —grité, luego lo miré fijamente a los ojos y él me sostuvo la mirada.

Pareció meditar la pregunta durante un segundo y luego sacudió la cabeza con tristeza.

—Necesitas ayuda, Neil. Lo sabes, ¿no?

Mi hermano me dio donde más dolía, justo en mi talón de Aquiles, exactamente donde no debería haberme golpeado. Su pregunta fue como la hoja de un cuchillo clavándose en mi estómago; sentí un escalofrío recorriéndome la espina dorsal.

—Ya no puedes seguir gestionando tú solo esta situación. Te

estás consumiendo y estás dejando que el pasado te consuma. O te salvas o… —Sus palabras fueron directas a mi cerebro, pero también a mi pecho. Me arañaron, me picaron, me hicieron daño.

Mi cabeza las rechazaba, las ahuyentaba; no quería aceptarlas.

—Yo…, yo… estoy bien… Puedo con todo.

Mi confianza vaciló, pero no me doblé. No me rompí. Seguía en pie. Porque nunca dejaría a nadie más —ni siquiera a nadie de mi familia— controlar mi mente, como había pasado con Kim.

Ante la idea de volver a ser manipulado por alguien, pensé que preferiría morirme antes que salvarme; quizás inconscientemente, había tomado un camino sin salida, y sabía que aquel sería mi final y también mi liberación. No me gustaba decirlo en voz alta, no me gustaba admitirlo, nunca se lo habría confesado a Logan ni a Chloe porque habrían sufrido demasiado, pero no tenía otra opción.

Llegué a pensar que era la única manera de liberarme de Kim por completo.

—No puedes con una puta mierda. La vida que llevas no es normal y tú no…

No le di tiempo a terminar. Mi voz tapó la suya, con arrogancia, con ira, pero también con resignación.

—Mi vida nunca ha sido normal. A partir de mi décimo cumpleaños todo cambió. Siempre he vivido así. Ya no puedo luchar. No a los veinticinco. Ahora no. Es demasiado tarde, Logan. —La voz se me quebró.

Con demasiada frecuencia, me sentía derrotado y pensaba que había perdido la guerra; demasiado a menudo me preguntaba de dónde sacaba las fuerzas para seguir adelante, para resistir; últimamente, sin embargo, sentía que incluso esas fuerzas me abandonaban, sentía que estaba al borde de un precipicio. Caminaba, trataba de no caerme, pero estaba empezando a tambalearme. No podía soportar el peso del sufrimiento. Cuantos más días pasaban, más aplastado me sentía por la realidad.

—Las pastillas no me han ayudado, ni los doce años de terapia con el doctor Lively. No puedo hacer nada más…

Le miré a los ojos. Esta era la verdad. Con Logan no fingía, con él era yo mismo, por eso podía admitir cómo me sentía en realidad. Sus ojos cambiaron, se volvieron lúcidos, claros, y fue allí donde vi el amor verdadero, en el que yo creía, el que me había mantenido en pie durante tanto tiempo y el que seguía manteniéndome en pie incluso ahora. Pero sabía que no era suficiente.

Mi vida era un engaño absoluto.

Un juego peligroso.

Había superado todos los niveles y, con dificultad, había llegado al último.

Había corrido.

Llevaba años corriendo para huir de mi enemigo, pero estaba aminorando el paso.

Me había cansado.

Estaba perdiendo.

Mis monstruos iban a ganar.

Y al final de todo habría un enorme *game over* intermitente esperándome.

Ya lo sabía.

Ni siquiera el amor podía salvarme.

El amor no salva.

Solo la medicina puede hacerlo.

Pero, conmigo, incluso eso había fallado.

—Has interrumpido la terapia muchas veces, Neil…

Logan se acercó a mí casi con miedo. Estaba claro que no le gustaba lo que leía en mi rostro, la oscuridad que veía en mis ojos. Aun así, tenía que aceptar la puta realidad: me estaba apagando. Y por primera vez lo admitía.

—Estoy cansado, Logan. Estoy cansado de soñar con Kim, de sentirla. Estoy cansado de volver en mi cabeza a cuando tenía diez años. Estoy cansado de volver a esa casa una y otra vez. Es una tortura. Es una cárcel. Y solo tengo una forma de romper los barrotes…

Miré hacia otro lado. En las últimas dos semanas había estado experimentando cada vez más momentos de pánico, ataques de nervios o, sencillamente, momentos de debilidad como aquel. Eran todas señales que me enviaba mi mente. Señales inconfundibles.

—¡No! —gritó, abalanzándose sobre mí—. No tienes ni que pensar esas cosas. Ahuyenta toda esa mierda. Maldita sea, estás diciendo tonterías y eso no es bueno. No me gusta nada ese razonamiento, Neil, y no es propio de ti. Eres fuerte, siempre lo has sido, no puedes rendirte…

Me agarró la cara con las manos y sus ojos se anclaron en los míos; podía sentir su corazón latiendo a toda velocidad. El miedo se filtró desde su cuerpo y atravesó el mío, y me arrepentí.

No quería asustarlo. Mi cabeza era como arena arrastrada por el viento: iba por su cuenta, y no podía controlarla, no como antes, no tanto como antes, y no sabía qué hacer. Me sentía inestable y hacía mucho tiempo que no me pasaba algo así.

—Neil, no me gusta ni lo que dices ni lo que piensas. No estás bien en absoluto.

Logan me sacudió la cara como si estuviera borracho o drogado, pero desgraciadamente no lo estaba.

—Chicos, ¿qué pasa?

Mi madre entró en la habitación con uno de sus elegantes trajes y me miró alarmada, como si fuera un maldito psicópata en libertad. Aparté las manos de Logan lejos de mi cara y volví a cambiar de actitud. Esto también me ocurría con demasiada frecuencia.

—¿No deberías estar en el trabajo? —resoplé y luego cogí el paquete de Winston para guardármelo en el bolsillo de los vaqueros. No podía no fumar, mucho menos en las condiciones en las que estaba.

—Neil, ¿puedo hablar contigo? —dijo y luego se volvió hacia mi hermano—: Logan, déjanos solos, por favor.

Me di cuenta por su voz de que algo le preocupaba, pero traté de mostrar indiferencia.

Mi hermano me acarició un brazo para transmitirme que mantuviera la calma. Estaba realmente asustado, podía verlo en sus ojos. Después de echarme una última mirada de preocupación, salió de mi habitación, dejándome a solas con ella. Con la mujer que una vez consideré mi madre.

—Si vienes a tocarme las narices, te informo de que hoy no es el día —le hice saber, mirándola fijamente a los ojos.

—Eso lo dices todos los días, Neil. ¿Te haces a la idea de cómo está viviendo Matt esta situación?

Se preocupaba más por su pareja que por mí. Exactamente igual que cuando era un niño, ella no se daba cuenta de nada.

Sus ojos azules no se apartaron ni un solo instante de mi rostro, pero, como siempre, los sentí distantes, fríos, incapaces de comunicarse con los míos.

—Me ha llamado el doctor Lively. Me ha dicho que has vuelto a hablar solo, a tener visiones de un niño que te trata mal y…

—Diría que mi psiquiatra ha olvidado el significado de la expresión «secreto profesional».

Solté una risa nerviosa y me di cuenta de que nunca volvería a confiar en él.

—Solo lo ha hecho porque piensa que tu situación es grave. Estás fuera de control —murmuró preocupada y yo hice un gran esfuerzo para no echarla de mi habitación.

—Mamá, sigue haciendo lo que mejor sabes hacer —le dije, arrojando todo mi desprecio a su rostro bien maquillado—: pensar solo en tu vida —añadí en voz baja sin siquiera mirarla.

Intenté pasar junto a ella para salir de la habitación, pero me agarró por el brazo, clavándome las uñas rosas en la piel como tratando de aferrarse a mí; la pena era que nadie podía aferrarse a un añico roto como yo sin cortarse.

—¿Te parece que esa es manera de hablarme? Estoy tratando de entender lo que te pasa. Te acostaste con la hija de mi pareja sin tener en cuenta las consecuencias. Sales todas las noches con tus amigos desenfrenados y vuelves tarde. Eres agresivo e irracional. Tienes que empezar a escucharme, si no…

Levanté una mano para detenerla inmediatamente. No quería escuchar sus amenazas. Siempre me había considerado diferente y nunca había sido capaz de ayudarme.

Si eso era querer a un hijo, entonces el amor era una mierda enorme.

—Si no, ¿qué vas a hacer? ¿Castigarme?

Le sonreí sarcásticamente, a sabiendas de que no ejercía ningún poder sobre mí. Ella no podía manejarme, nunca había podido.

Era un fracaso.

Pero no se lo dije, de lo contrario la habría destrozado.

—Neil. Soy tu madre, solo quiero ayudarte y…

Se detuvo cuando me solté bruscamente. Mi madre se sobresaltó y se tocó el pecho con una mano.

¿Tenía miedo de mí?

Siempre me había tenido miedo, quizá.

¿No era yo el que definía como un completo desastre?

¿El que estaba mal?

Sí, efectivamente era yo.

Y me acordaba de todo.

—¿Quieres ayudarme? —Me eché a reír en su cara porque aquella era la mayor estupidez que podía decir—. ¿Y dónde coño estabas cuando tu marido me castigaba porque decía que era un pervertido? ¿Cuando la niñera me follaba y me humillaba? ¿Dónde estabas en aquellos momentos? ¿Eh, mamá? —grité furioso a poca distancia de su cara; además de Selene, mi madre era la única mujer capaz de hacerme perder cualquier conexión con la razón.

—No puedes decirme esas cosas… —Sus ojos empezaron a llenarse de lágrimas, pero no me importó; a aquellas alturas ya no sentía piedad por nadie, ni siquiera por la persona que me había traído al mundo.

—No, tienes razón. No puedo decírtelo, porque no tienes el valor de admitir ante ti misma tu gran fracaso. Y el resultado lo tienes delante de tus ojos. Toma nota y acéptalo. Yo seré un gilipollas, pero tú fuiste una mala madre y sigues siéndolo.

La miré fijamente a los ojos; quería que leyera en los míos lo que realmente pensaba de ella. Quería que entendiera que hacía muchos años que había tirado nuestra relación por el desagüe, quería que dejara de esperar un gesto afectuoso por mi parte porque nunca iba a suceder.

—Lo sé, Neil. Sé que has sufrido mucho, sé que te han hecho daño, pero daría mi vida por ti y por tus hermanos. Pienso todos

los días en lo que te pasó, y, si pudiera volver atrás y borrarlo todo, lo haría. Te echo mucho de menos. Echo de menos un abrazo o una sonrisa tuyos, cualquier pequeño gesto de afecto que un hijo pueda tener con su madre. Sé que no estás bien. Ya lo veo, no puedes seguir así… Ya no más…

Intentó acercarse, pero retrocedí, mirándola indignado. Era absurda: llevaba años rogándome por algo que nunca obtendría de mí. No sentía hacia ella más que una profunda decepción.

—A ti no tiene que importarte mi vida.

Seguí ignorando sus palabras, pero sabía que ya era irrecuperable.

Me estaba precipitando.

Y, desde que había dejado irse a la niña, era aún peor.

Todo se me había venido encima.

Con ella podía ver la luz a lo lejos.

Y esa luz me daba un ápice de esperanza.

Una pequeña esperanza de alcanzarla… algún día.

Pero ahora estaba en la oscuridad total.

No veía nada delante de mí.

Solo un túnel profundo.

Interminable.

Oscuro.

No había nada para mí.

Me estaba ahogando.

Estaba perdiendo.

Mi alma se estaba muriendo lentamente y yo no estaba haciendo nada por salvarme.

—No puedes ser así de orgulloso conmigo, Neil. ¿Entiendes? Eres demasiado drástico, no le das a nadie una segunda oportunidad. Llevo años rogándote que me dejes quererte y tú me lo niegas todo. Me niegas llegar a ti, me niegas la posibilidad de estar a tu lado. ¡No estás bien, y, si crees que voy a quedarme de brazos cruzados mirando cómo te aniquilas, te equivocas!

Se echó a llorar, pero mi reacción fue una sonrisa burlona, amarga como el veneno.

—No hay que pedir permiso para querer a un hijo. Ese ha sido siempre tu mayor error.

La miré muy serio y vi que estaba reflexionando sobre mis palabras. No esperé ni un minuto más: aproveché su distracción y me fui.

La dejé sola con su silencio sufriente y salí de la casa.

Lo mejor que había hecho el último año era tomar clases en la universidad y estudiar. Era la única manera de dejar de pensar.

Aunque no era fácil. A aquellas alturas mis problemas estaban atados con cuerdas anudadas a los dedos de mis manos: Kim, mi pasado, la violencia de mi padre, Scarlett, mi relación con mi madre, la desconfianza, mi orgullo, mi incapacidad para creer en los sentimientos y toda esa mierda, mis trastornos de conducta y, finalmente, Selene. Cada hilo se había incrustado dolorosamente en mi piel, pero el último lo había cortado apenas dos semanas antes.

Si hubiera sido egoísta, habría decidido mantener a la niña conmigo, no dejarla ir, pero no quería un futuro negro para ella, quería lo mejor. Y alejarla había sido mi forma absurda de protegerla y hacerla feliz.

Me había dado cuenta hacía tiempo de que estaba destinado a vivir con las heridas del pasado, a seguir sintiendo el dolor por dentro; para mí no había cura, ni medicina ni salida; no había luz, no había salvación.

Y, por eso, mi presencia solo traería la oscuridad y el mal a la vida de Selene.

Era cierto que la niña había disfrutado de mi cuerpo, de mis atenciones en la cama, de los besos, de las caricias, pero ni siquiera ella podía amar a alguien como yo, alguien convencido de que los sentimientos eran solo una ilusión.

A la gente como yo no se la podía amar.

Pronto incluso Selene entendería que el amor solo era un cúmulo de palabras importantes que no tenían ningún significado real. Era una colección de gestos, frases grandilocuentes sin valor alguno.

La gente amaba sin amar de verdad.

Vivían con la ilusión de un amor que nunca existiría.

Perdido en mis pensamientos, cogí el Maserati y me dirigí al campus para ir a clase.

Sin embargo, después de las tres primeras horas de clase, sentí la necesidad de alejarme de todo y estar solo.

Así que salí del aula, aburrido como una ostra y con una necesidad imperiosa de fumarme un cigarro. Caminé por el pasillo fingiendo que todo estaba bien, fingiendo ser el Neil de siempre, y evité las miradas maliciosas de las chicas, dispuestas a meterse conmigo en el baño; con solo alzar el mentón habría bastado para llevármelas al huerto, pero no me apetecía estar con nadie.

Sin duda, habría rechazado a cualquiera que intentara un acercamiento conmigo.

Mientras seguía mi camino hacia la salida de la facultad, saqué el iPhone del bolsillo y mi pulgar se desplazó automáticamente por los contactos, deteniéndose en un único nombre: Campanilla.

Siempre pasaba lo mismo.

Quería mandarle un mensaje o llamarla. Pensaba en ella cada instante, pero no hacía nada por remediar lo que le había hecho. Nunca me sometería, nunca perdería la cabeza por ninguna mujer, y mucho menos por ella. Además, yo no llamaba a las chicas ni me preocupaba por ellas. Dependía solo de mí mismo.

Pertenecía al mundo, no a las mujeres.

Firme en mi convicción, por fin salí a la intemperie y me encendí un cigarro.

—Ey, Miller, ¿no deberías estar en clase?

Una voz femenina y familiar llamó mi atención. Tenía delante a la última persona que quería ver: Megan Wayne.

—Debería hacerte la misma pregunta.

Eché el humo al aire y la miré. Llevaba unos pantalones de cuero demasiado ajustados y una camiseta negra con una enorme calavera plateada estampada justo sobre sus tetas generosas. El estilo rockero no me volvía loco, pero a ella le quedaba bien.

—¿Qué pasa? ¿No te gusta mi look? —preguntó ella cuando notó mi mirada sobre su cuerpo, y arqueó una ceja.

—Mira, desequilibrada, no estoy de humor para charlar —le dije hosco, para dejarle claro que no me molestara.

—Tú siempre tan poco hablador, Miller.

Se puso un mechón negro detrás de la oreja y me miró con intensidad. Sus ojos tan verdes como la hiedra siempre intentaban traspasarme, mirar más allá de lo que yo mostraba a todo el mundo.

—Y tú siempre estás en el puto medio.

Di otra calada y miré a mi alrededor solo para ignorarla. Su presencia me molestaba.

—Uh, menudos modales. —Megan esbozó una expresión de sorpresa y yo afilé mi mirada; en ese instante sus ojos bajaron a mis labios, entre los que sostenía el cigarro—. Me pregunto cómo alguien como Selene es capaz de aguantarte más de diez minutos —se burló de mí, sin darse cuenta de que nombrar a la niña era un error: estaba intentando no pensar en ella.

—¿Qué tendrá que ver ella ahora? —le pregunté molesto. Mi cambio de humor fue palpable y Megan lo notó.

—Estabais muy monos durante la partida de billar.

Sonrió con picardía y, en ese momento, decidí cortar de raíz cualquier duda que pudiera tener.

—No estamos juntos —aclaré, desviando la mirada hacia un grupo de estudiantes rubias que había al lado. Las observé atentamente, con la esperanza de que alguna pudiera despertar mi interés, pero, una vez más, no fue el caso.

Estaba aburrido de las mujeres y mi cuerpo no reaccionaba ante ninguna. Ni siquiera ante las rubias.

—Sí, ella también lo dejó claro. —Megan se encogió de hombros y volvió al ataque—. Alyssa me ha dicho que ha vuelto a Detroit después de que te pusieras gilipollas con su padre —añadió con curiosidad, y yo me quedé mirándola confundido.

—Parece ser que tú y tu hermana no tenéis nada que puto hacer además de hablar de mí —le dije con displicencia.

Inexplicablemente, Megan siempre parecía estar al tanto de lo que ocurría en mi vida, cosa que me irritaba.

—Logan se lo ha contado todo y ella me lo ha contado a mí —explicó con indiferencia.

Sacudí la cabeza y pensé que tendría que tener una charla con Logan también.

—Tarde o temprano tendré que decirle a mi hermano que cierre la boca —respondí molesto.

Odiaba a la gente que se metía en mis asuntos o intentaba analizarme como hacía Megan.

—Selene te gusta —afirmó de repente la desequilibrada, sentándose en un murete que había cerca. La miré tan serio como siempre y esbocé una sonrisa burlona.

—¿Y tú qué sabes?

Me cuadré y seguí mirándola fijamente, inflexible; nunca la dejaría entrar en mi cabeza.

—Me di cuenta por cómo la mirabas.

—¿En serio? ¿Y cómo la miraba?

Me acerqué el cigarrillo a los labios y, una vez más, sus ojos se detuvieron en mi boca.

—Como si fuera el sueño más hermoso que has tenido —contestó, y mi expresión impenetrable se esfumó. Me quedé con el Winston colgando y eché humo por la nariz, incapaz de contestarle.

—Menuda gilipollez —comenté mientras miraba a una chica que pasaba por al lado. El pelo castaño fue el primer detalle en el que me fijé. Los ojos azules, sin embargo, eran banales, de un color insignificante como tantos otros; no vi ningún mar, ningún océano en esos iris.

Ninguna era como Selene.

Sin embargo, ella me devolvió una mirada intensa, con la vana esperanza de conseguir mi atención; después de todo, mi mala reputación me precedía: había follado con tantas que no podía molestarme la idea de que las chicas buscaran en mí lo que siempre les había dado. Esta vez, sin embargo, no tenía ningún motivo oculto, no había ninguna perversión, ningún deseo, solo tenía unas ganas horribles de ver a Selene aparecer como por arte de magia. De ver a la niña menear el culo hacia mí y gritarme que fumaba demasiado y que era un gilipollas; quería que se abalanzara sobre mí y me diera uno de sus besos inexpertos y torpes. Me asaltó un repentino impulso de saborear sus labios carnosos que sabían a coco, y de sentir su lengua llenándome la boca de azúcar.

—Te molestaba la presencia de Luke Parker. A los demás puedes mentirles, pero a mí no, Miller.

Megan volvió a hablar y yo lamenté que hubiera estado callada tan pocos segundos. Me pasé una mano por la cara y maldije en voz baja.

—¿Pero a ti qué coño te importa? ¿Me estás analizando, por casualidad?

Empecé a perder la paciencia y ella se rio como si no tuviera enfrente a un hombre poderoso e intimidante. Como siempre, menospreciaba mi superioridad y no me temía en absoluto. Y por eso la odiaba.

—Los hombres agresivos solo me gustan en la cama, así que tranquilo.

Abrió ligeramente las piernas y se puso cómoda en el murete, sin dejar de burlarse de mí.

—Si me acostara con alguien como tú, la dejaría sin poder caminar durante una semana. Te mereces que te castiguen —le espeté al límite de la tolerancia, y pensé en lo satisfactorio que sería atarla y dejarla en alguna habitación de hotel, sola, durante varios días. Quizás así aprendería a no provocarme.

—Tienes el encanto de un cavernícola. ¿Te lo han dicho alguna vez, Miller?

Se mordió el labio para echarse a reír en mi cara y me acerqué a ella. Megan no dejó de reírse ni siquiera cuando vio claramente que estaba perdiendo el control, así que me coloqué entre sus rodillas y la agarré por el cuello.

—Estás provocando a la persona equivocada, desequilibrada.

La atraje hacia mí y le hablé a pocos centímetros de sus labios. La miré directamente a los ojos y me fijé en las motas marrones que salpicaban sus esmeraldas verdes. Me detuve a mirarlas y, entretanto, me di cuenta de que Megan no se sonrojaba, no se mordía el labio, no temblaba y no me tenía miedo. No era como Selene.

—¿Así es como tratas a la mujer a la que le diste tu primer beso de verdad?

Parpadeó con sus largas pestañas y fingió disgusto.

—Aquello no fue más que un juego —repliqué tranquilamente con el timbre de voz que solía adoptar cuando quería seducir a alguien y ligármela; en este caso, sin embargo, no tenía intención de acostarme con ella, aunque…

—Pero te gustó —susurró ella, moviendo lentamente sus carnosos labios.

De repente, me vi catapultado al pasado.

Megan y yo teníamos catorce años, estábamos en una fiesta de cumpleaños, sentados en el suelo y jugando a un juego llamado «Siete minutos en el paraíso». Consistía en un sorteo en el que los nombres de los participantes se escribían en trocitos de papel. A continuación, se mezclaban en un sombrero. Entonces, una mano inocente sacaba los nombres de los dos afortunados que tendrían que besarse durante siete minutos. Y el destino quiso que fuésemos Megan y yo, y un rato después nos encontramos encerrados en la habitación del cumpleañero. Después de la vergüenza y el miedo iniciales, nos habíamos besado durante diez minutos, rompiendo las reglas del juego, porque ninguno de los dos quería parar. Aquel había sido nuestro primer beso después de los abusos que habíamos sufrido por parte de Ryan y Kimberly. De hecho, antes de ese momento, nunca habíamos besado a nadie, a no ser que fuese a la fuerza. A ambos nos daba arcadas la sola idea de que nuestros labios tocaran los de otra persona. Por eso, nuestra sintonía —así como la ausencia de arcadas— nos había sorprendido a los dos, y lo habíamos atribuido al hecho de que compartíamos el mismo pasado. A Megan no le había tenido que contar nada.

Ella ya lo sabía todo sobre mí.

—A ti también te gustó —respondí con tono seductor. Traté de no moverme y no apretarle demasiado la garganta; no quería hacerle daño, solo intimidarla. Sin embargo, Megan parecía estar muy a gusto, a pesar de mi agarre. Su tenacidad y su fuerza interior eran, como siempre, sus armas más poderosas, y sabía muy bien cómo utilizarlas.

—En realidad no lo he olvidado —admitió; luego, con un ligero empujón, me echó para atrás y saltó del murete, sacudiéndose los pantalones—. Llama a Selene, Miller. Pídele perdón, dale uno de esos besos que te dejan mareada y deja de hacer el gilipollas. No se lo merece.

Me sonrió una última vez y se dirigió hacia la entrada de la universidad, segura de sí misma. Sacudí la cabeza y me humedecí el labio inferior mientras reflexionaba sobre sus palabras.

No pensaba ir detrás de la niña.

Solo quería seguir protegiéndola…

De mí.

14
Selene

Al final, a mis ojos estabas destinada.
PABLO NERUDA

—Hace falta ser muy precisa, tómatelo con calma —me susurró mi madre mientras yo intentaba dibujar un tulipán en un plato de cristal. Había empezado a hacer pintura sobre vidrio como ella.

Desde mi regreso a Detroit, los días trascurrían entre las clases en la universidad, las tardes con Janel y Bailey, y, sobre todo, las largas charlas con mi madre entre un plato de cristal y un vaso para pintar. Aunque solíamos hablar de todo, mi madre y yo aún no nos habíamos enfrentado a lo que había sucedido en Nueva York, y le estaba agradecida por ello. Sin embargo, ella sabía que yo no estaba bien, y no me refería solo a las migrañas tras el accidente, sino a mi estado de ánimo.

Lo único que hacía era imaginarnos a Neil y a mí en una dimensión surrealista en la que estábamos juntos, dispuestos a luchar contra los demonios y unir nuestras almas caóticas. Dicen que los sueños son imágenes engañosas que a la vez manifiestan nuestros deseos ocultos, y en mi caso así era. Soñaba con él, imaginaba que estábamos por fin juntos, felices y dispuestos a darle una patada al pasado.

¿Cómo no iba a odiarlo después de todo lo que había pasado?

No lo entendía, pero desgraciadamente seguía queriendo tenerlo, tenerlo todo de él. Ansiaba besar la parte buena de su alma y acariciar la parte maldita, abrazar sus perfecciones, pero también sus imperfecciones, compartir recuerdos del pasado y hacer planes para el futuro. Ansiaba que fuera mío y ser suya, hoy y para siempre, como si fuéramos una concha y una perla que se hubiesen encontrado después de buscarse durante mucho tiempo en la peor de las tempestades.

Sin embargo, tenía miedo de él y de sufrir; tenía miedo de volver a luchar sola por un amor que nunca florecería. También tenía miedo de que me pisotearan de nuevo, de descubrir que Neil seguía acostándose con sus rubias, de soportar una vez más las palabras cortantes con las que me rompía en pedazos el corazón.

Lo había dejado muy claro incluso con mi padre: «En cuanto la vi, me propuse utilizarla».

—Selene… —Mi madre me despertó de mis pensamientos y me giré para mirarla. Estaba guapísima y elegante, junto a la puerta, a punto de abrirla—. Creo que tienes invitados —dijo sonriendo.

Yo fruncí el ceño.

¿Estaba tan absorta que ni siquiera había oído el timbre de la puerta? Y ¿quién sería?

Me puse en pie de un salto y dejé sobre la mesa de centro el pincel y el plato en el que estaba trabajando. Me toqué el pelo, temiendo no estar lo suficientemente presentable, y me froté las manos en los vaqueros, nerviosa. Mi madre sonreía, como si ya supiera que tendríamos visita aquella tarde, y abrió la puerta de par en par. Un momento después, Logan y Alyssa entraron, radiantes.

—¡Chicos! —grité enseguida, ahuyentando mi turbación inicial.

Hacía semanas que no los veía, y que estuvieran allí, en Detroit, era una sorpresa totalmente inesperada. Así que corrí hacia ellos y me abalancé sobre Alyssa.

—Queríamos verte —dijo mientras me envolvía en un cálido abrazo.

Logan, que estaba a su lado, me acarició el pelo y me dio un beso tierno en la mejilla.

—¿Cómo estás? —me preguntó mientras los invitaba a pasar al salón.

Mi madre fue a la cocina a por zumo de la nevera y yo me senté en el sofá, junto a Alyssa. Logan, por su parte, tomó asiento en el sillón de enfrente.

—Bien. No esperaba veros, ¿qué hacéis aquí? —pregunté mirándolos a los dos.

En realidad, cuando Matt se enteró de todo me fui sin siquiera despedirme de Logan ni de Chloe. Me había disculpado con ambos después, por mensaje, pero sin confesarles lo que realmente había sucedido, a pesar de que sabía que se habían enterado de lo que había pasado inmediatamente después de mi partida.

—Te fuiste sin despedirte siquiera. Lo sabemos todo, Matt sigue hecho polvo —murmuró Logan, suspirando. Yo era consciente de que había sido un verdadero shock para mi padre enterarse de mi pseudorrelación con el hijo de Mia, pero no era eso lo que me hacía sufrir, sino las palabras de Neil, frías e insensibles—. Mi hermano no quería decir realmente lo que dijo —añadió Logan, leyéndome la mente.

¿Cómo lo sabía? ¿Había hablado con él al respecto? Una sonrisa burlona se dibujó en mis labios y negué inmediatamente con la cabeza.

—No, sí que quería. Quería decir exactamente todo lo que dijo. Sé que quieres defenderlo porque es tu hermano, pero... —intenté terminar, pero Logan me interrumpió.

—Soy el primero que piensa que es un idiota, Selene, pero créeme, le gustas. Le gustas mucho y eso le asusta. —Suspiró y Alyssa resopló decepcionada, pero Logan la ignoró y prosiguió—. Además, últimamente no está bien —añadió entristecido, y una extraña vibración me hizo temblar el pecho.

Siempre sentía las mismas emociones contrastadas —confusión, miedo, emoción, amor— cuando pensaba en Neil.

—¿Le ha pasado algo? —pregunté alarmada, y en ese instante mi madre entró con una bandeja con tres vasos llenos de zumo; la colocó en la mesa baja frente a nosotros y nos sonrió.

—Os he traído algo de beber. Si necesitáis algo, estoy allí —se despidió, dándonos la debida intimidad para hablar, así que me centré de nuevo en Logan.

—¿Y bien? —insistí agitada, porque quería saber si le había pasado algo grave a Neil y la sola idea me ponía nerviosa.

—Neil tiene que afrontar sus problemas y últimamente parece querer rendirse en lugar de luchar como siempre ha hecho. El odio de Matt y la decepción de nuestra madre han sido el golpe de gracia —respondió entristecido.

Logan daba por hecho que yo podía entender con exactitud a qué «problemas» se refería, aunque solo tenía una vaga idea. De hecho, en Coney Island no me había dado muchos detalles, así que no me imaginaba todo lo que su hermano se veía obligado a soportar a diario por culpa del trauma sufrido a manos de Kimberly.

—¿Y ahora? ¿Dónde está? —Mi voz se quebró y mi instinto me sugirió que cogiera el móvil y lo llamara, pero el orgullo se interpuso. Sobre todo después de lo que le había dicho a Matt.

—Le propusimos venir con nosotros —intervino Alyssa—. Pero se negó rotundamente a verte. Dile la verdad, Logan.

Fulminó a su novio con la mirada y yo bajé el rostro, pues preferiría no haberme enterado de aquel detalle.

—Conozco a mi hermano mejor que nadie. Se preocupa por Selene y, si no está aquí, ¡sus motivos tendrá, joder! —replicó Logan, molesto, y ella se aclaró la garganta con incomodidad.

Nadie, pero nadie, se podía permitir meterse con Neil delante de su hermano. El suyo era un vínculo visceral, tan fuerte que ni siquiera permitía que su novia se entrometiera.

Después de aquella pequeña desavenencia, seguimos hablando un poco de todo mientras nos bebíamos los zumos; yo desvié la conversación hacia los estudios para tratar de aflojar la tensión

entre Logan y Alyssa; una vez restaurada la armonía, el tiempo pasó demasiado rápido, y cuando, después de un par de horas, tuvieron que irse para no perder el avión, me sentí melancólica.

En la puerta, Logan me pidió que les escribiera, y Alyssa me dijo que saliera a divertirme con otros chicos y me sacara a Neil de la cabeza. Parecía que no lo soportaba en absoluto y, a medida que pasaba el tiempo, su antipatía por Neil iba en aumento.

—¿Cuándo vuelven? —me preguntó mi madre una vez solas.

—No sé —respondí pensativa mientras me sentaba en una silla de la cocina y miraba el cielo más allá de la ventana. Acababa de empezar a llover, y la luz de la farola más cercana a la puerta hacía visibles las gotas de agua como si fueran miles de agujas brillantes.

Las gotas se deslizaban rápidamente por el cristal y el cielo estaba negro, como mi estado de ánimo.

—Tarde o temprano tendrás que hablarme de ti y de Neil, jovencita. Lo sabes, ¿verdad? Solo te estoy dando un poco de tiempo antes de que abordemos el tema de madre a hija —dijo mi madre con tono severo, y me giré hacia ella. Hacía mucho tiempo que no me hablaba así, incluso había olvidado la incomodidad que sentía cuando me miraba como lo estaba haciendo ahora: con frialdad.

—Sí, lo sé, mamá —murmuré, tratando de no mostrar mi fastidio. Ya era consciente de que me había equivocado y de que mi relación con Neil iba a terminar exactamente así, no necesitaba su regañina.

—Vale, voy a darme un baño —me informó, y luego desapareció por la puerta de la cocina.

Resoplé y volví a mirar por la ventana. Como una niña pequeña, levanté el dedo índice y empecé a dibujar caras divertidas en el cristal empañado: primero una sacando la lengua, y luego otra con los ojos bizcos unidos por un corazoncito en el centro. Sonreí para mis adentros con aquel dibujo tonto hasta que el sonido del timbre interrumpió mi admiración por mi obra de arte, haciéndome suspirar.

—¿Quién demonios será ahora?

Me levanté de mala gana y me dirigí con paso lento hacia la entrada.

—¡Selene! Ve a abrir —gritó mi madre desde el baño del fondo y yo puse los ojos en blanco.

—Sí, ya voy —refunfuñé mientras el timbre seguía sonando con impaciencia—. ¡Un momento, santo cielo! —exclamé en tono borde, y luego agarré el pomo de la puerta y la abrí con gesto aburrido.

—Eres una niñata de los cojones y no sé por qué he venido hasta aquí, solo espero que no me eches y me dejes explicarte por qué le dije esas cosas a tu padre.

Abrí los ojos cuando la profunda voz de barítono de Neil vibró entre las paredes del salón, como un poderoso trueno capaz de hacer que se me erizara la piel.

Me estremecí y se me aceleró el pulso.

Neil era eso: mariposas en el estómago y taquicardia.

El más seductor de los engaños, la más refinada de las torturas.

Tenía la cara mojada, al igual que el pelo despeinado que le caía sobre la frente. Una cazadora de cuero envolvía sus hombros anchos, resaltando sus bíceps entrenados, y debajo llevaba una camiseta blanca sencilla de cuello de pico, completamente empapada, que se adhería a las líneas esculpidas de sus pectorales y su abdomen. Mis ojos, a continuación, bajaron a las piernas torneadas envueltas por los pitillos negros y luego subieron hasta su cara, concretamente a sus labios hinchados y ligeramente separados, que tantas veces habían desencadenado mis deseos más pecaminosos.

Lo miré sorprendida: no esperaba encontrármelo allí, en la puerta de mi casa. Intenté respirar y se me ocurrieron dos alternativas: podía echarlo y demostrarle lo enfadada que estaba con él, o podía dejarle entrar y escuchar lo que tenía que decir.

—Deduzco que esta es tu extraña forma de saludarme, ¿no? Hola a ti también —contesté con voz temblorosa.

Me habría gustado mostrar más confianza, pero mi comportamiento revelaba lo nerviosa que estaba. El corazón estaba a punto de explotarme en el pecho y el cuerpo me temblaba bajo su mirada tenebrosa y terriblemente excitante.

—¿Puedo entrar?

Se pasó una mano por el pelo empapado y se lo escurrió. Era realmente sexi y mi mirada se deslizó una vez más hasta los músculos de su pecho y su abdomen esculpido; los observé hechizada mientras se contraían con cada movimiento, haciendo que la tela empapada de la camiseta se pegara aún más a su piel ambarina.

Sin embargo, intenté recomponerme y pensar en lo que debía

hacer. Neil se merecía que lo dejara allí plantado bajo la lluvia o, como mucho, que le pegara cuatro gritos para que se largase de vuelta a Nueva York, pero lo único que dije fue…

—Sí.

Me aclaré la garganta y me hice a un lado para dejarle pasar. Esbozó una leve sonrisa y la miel de sus ojos se iluminó como el sol brillante del amanecer. En un instante obtuve la confirmación de lo completamente loca que estaba por aquel chico; bastaba una mirada suya para sentirme viva de nuevo, su presencia para entender que, en los momentos de colapso, él era la razón para no rendirme, su sonrisa podía iluminar un cielo oscuro. Quería odiarlo, alejarme de él; había intentado arrancar de mi alma las raíces de un amor ya existente, pero me había bastado con verlo de nuevo para que esa sensación volviera, descontrolada y más fuerte que antes.

—¿Estás sola?

Su voz me despertó de mis pensamientos mientras seguía mirándole completamente embelesada. Neil avanzó unos pasos y sentí las suelas de sus zapatos rozando la alfombrilla azul, en forma de luna creciente, de la entrada de la casa.

—Hoy han venido Logan y Alyssa.

Ignoré su pregunta y dije lo primero que se me pasó por la cabeza, de los nervios. Además, estaba confundida: Alyssa me había dicho que Neil no quería verme, y sin embargo allí estaba, frente a mí, y no era uno de mis sueños.

—Sí, lo sé —se limitó a contestar, molesto por mi afirmación, y cerró la puerta tras de sí. Se tocó el tupé rebelde con una mano, y yo seguí los rastros de las gotas que le cayeron hasta la barba incipiente. Le quedaba muy bien. Neil siempre me parecía salvaje y suscitaba en mí un deseo indecente, así que me limité a admirarlo como si fuera un dios.

Con total tranquilidad, se quitó la chaqueta de cuero y la dejó en el perchero situado a su izquierda.

—¿Qué haces aquí? —le pregunté con brusquedad, recuperando la lucidez.

No podía dejarme hechizar por su belleza. Tenía que recordar lo que le había dicho a mi padre y hacerle ver que sus palabras tenían un peso para mí. Neil, sin embargo, me miró con la expresión de un depredador estudiando a fondo a su víctima y, en ese instante, una descarga eléctrica me atravesó el pecho y me hizo dar un paso atrás.

Estar tan cerca de él no era bueno: su olor me aturdía y ya había invadido mi espacio.

—Me gustaría hablar contigo —contestó, y me pilló desprevenida.

Él quería hablar conmigo.

Apenas podía creerlo.

—¿Para decirme que no significo nada para ti y que solo me has utilizado? Créeme, lo he entendido —repliqué indignada, sacando la rabia que había reprimido durante demasiado tiempo. No había hablado conmigo, no se había disculpado…, y ahora irrumpía en mi casa, con su actitud descarada y aquel aire irreverente de quien pensaba que me tenía subyugada, pero no era así.

—Cariño. ¿Quién llamaba a la puer…?

Mi madre apareció detrás de mí con unos pantalones negros y un sencillo jersey azul que se estaba remangando hasta los antebrazos. Posó sus ojos azules en el chico que tenía delante y se apartó con el dedo índice un mechón de pelo que se le había escapado del moño.

—Hola, señora… —Neil me miró con la esperanza de que le ayudase con el apellido de mi madre, que seguramente había olvidado, pero yo no dije nada—. Señora… —repitió, esta vez más indeciso; se rascó una ceja con el pulgar y me echó varias miradas en busca de ayuda, que yo decidí ignorar para disfrutar de la escena—. Señora…, eh…, ¿Calvin?

Se arriesgó con una mirada interrogativa, luego se mordió el labio inferior, consciente de que probablemente se hubiese equivocado. Me contuve para no reírme y él debió de darse cuenta porque me fulminó al instante con la mirada.

Mi madre, sin embargo, seguía mirándolo con gesto circunspecto mientras Neil se humedecía los labios, particularmente nervioso. Nunca lo había visto tan tenso.

—Martin —le corrigió por fin mi madre, esbozando una sonrisa divertida—. Judith Martin —apuntó con suavidad, y yo, sin poder contenerme más, me eché a reír, poniéndome una mano en la tripa.

Los dos se volvieron hacia mí y mi madre arqueó una ceja, confusa; Neil, por su parte, apretó la mandíbula, terriblemente molesto por mi actitud.

—Sí, perdóneme, señora Martin, no tengo buena memoria —se justificó, y luego me dirigió una mirada tan severa que acalló inmediatamente mi risa.

—Selene, ¿así es como te he enseñado yo a recibir a los invitados? —me regañó mi madre, insinuando que me contuviera, y luego volvió a mirar al chico problemático que tenía delante—. Eres Neil, ¿verdad?

Esbozó una calurosa sonrisa de bienvenida y lo miró cuidadosamente de arriba abajo.

—Sí —replicó, sin moverse de donde estaba, con la ropa empapada y desprendiendo una belleza impresionante de su vigoroso cuerpo.

Yo sabía que no se iba a mostrar muy hablador ni siquiera con mi madre; de hecho, ya había hablado demasiado para su gusto.

—Bueno, Neil, creo que deberías cambiarte o te vas a pillar un buen catarro.

Mi madre levantó un dedo índice y él miró su camiseta empapada, y luego suspiró.

—¿Siempre llueve así aquí en Detroit? Esta tormenta es una tremenda pu… —Hizo una pausa alternando su mirada de mí a mi madre, y yo sacudí la cabeza para hacerle entender que debía evitar decir palabrotas—. Puñeta… Es una tremenda puñeta.

Carraspeó y esbozó una sonrisa tirante que también era sensual.

—Estoy de acuerdo contigo, Neil. Voy a la habitación a buscar algo para que te pongas. Creo que todavía tengo algo de mi exmarido —se apresuró a decir mi madre, golpeándose la barbilla con el dedo índice.

Miré a Neil y me di cuenta de que estaba muy nervioso, tanto que podía percibir que le estaba costando muchísimo hablar. A estas alturas lo conocía mejor de lo que él creía. Mi madre se alejó y los ojos dorados de míster Problemático se volvieron hacia mí. Furiosos.

—¿Has terminado de darme por culo? —me espetó con una ceja levantada.

—Calvin —repetí con un deje sarcástico, aguantándome la risa.

—Eres una niñata —murmuró, poniendo los ojos en blanco.

—Y tú eres un gilipollas. No he olvidado lo que le dijiste a Matt.

Le dediqué una mueca insolente y él me devolvió una sonrisa divertida.

—Parece que me has echado de menos, ¿verdad, Campanilla?

Me guiñó un ojo, seductor, y un calor ardiente encendió mis mejillas.

—Si te hubiera echado de menos, te habría llamado —repliqué con firmeza, decidida a comportarme exactamente como él. Además, era él quien me estaba enseñando a dar respuestas mordaces y a mostrar indiferencia.

Sin embargo, algo en los ojos de Neil cambió y caminó enérgicamente hacia mí, hasta agarrarme el pelo en un puño. Sorprendida, dejé escapar un grito de dolor y él me respiró en los labios, poniéndome rígida. Mis brazos estaban atravesados por la tensión, abrí las piernas ligeramente y apunté mis ojos hacia los suyos en señal de desafío.

—A mí no puedes mentirme, niña. Recuérdalo —susurró; sus pupilas se habían dilatado tanto que habían reducido sus iris a un anillo dorado.

—Aquí tienes, Neil.

La voz de mi madre me sobresaltó y él dio un paso atrás, retomando una actitud responsable y equilibrada. Mi madre, ajena a todo, le dio la ropa limpia y sonrió.

—Gracias —murmuró Neil a un volumen casi imperceptible, como si no estuviese acostumbrado a gestos como aquel; mi madre le indicó dónde estaba el baño y ambas nos quedamos contemplando su figura imponente mientras se dirigía en aquella dirección.

—Bueno, es indudablemente atractivo, pero eso no justifica que no me hayas contado nada de lo vuestro.

Mi madre pasó al ataque y me acerqué a ella con cautela, más avergonzada que nunca.

—Mamá, ahora no es el momento de hablar de ello —la reprendí intentando que Neil no me oyera—. No hay nada entre nosotros, solo somos dos personas problemáticas —me apresuré a añadir, y ella puso una expresión suspicaz.

—¿Problemáticas? —repitió, confundida.

—Exactamente.

Suspiré, angustiada. No podría habernos definido de otra manera.

Poco después, los pasos de Neil interrumpieron nuestra conversación y se volvió hacia él, que ahora estaba de pie en el salón vestido con un chándal de Matt. La sudadera, que tenía un gran logotipo deportivo azul eléctrico en el pecho, le quedaba demasiado estrecha en los brazos y el tórax; los pantalones, en cambio, le quedan bastante bien, pero seguían siendo inadecuados para su tamaño.

—¿Tal vez debería haberte dado algo más grande?

Mi madre inclinó la cabeza hacia un lado y frunció el ceño.

—Matt y yo no tenemos la misma talla, pero me vale. No se preocupe —replicó con un toque de ironía que resultó casi simpático.

Casi.

—Por desgracia, mi exmarido no es un gigante y nunca ha tenido todos esos músculos —murmuró alegremente mi madre, haciendo que me ruborizara. Neil permaneció impasible como siempre y se limitó a sonreír. Tendría que tener una charla con ella pronto; no podía colmarlo de cumplidos como si fuera una niña colada por un compañero de clase—. Siéntate en el sofá con Selene, querido, os prepararé un té caliente. ¿O prefieres otra cosa? —le preguntó mientras se dirigía a la cocina, pero Neil sacudió la cabeza y declinó la oferta.

—No hace falta.

Cuando mi madre se refugió en la cocina, nos quedamos solos y miré a mi alrededor avergonzada, sin saber qué hacer. Neil no estaba aquí por casualidad, no había venido a Detroit para charlar delante de una taza de té, eso no era propio de él. Todo siempre tenía un doble propósito…

—¿Y bien? ¿Qué tienes que decirme?

Crucé los brazos sobre el pecho y no fui especialmente cortés, a diferencia de mi madre. Después de todo, a ella no le había hecho daño como a mí, ni siquiera lo conocía, no sabía lo engañoso y cabrón que era.

—Muy bonita tu casa.

Neil desvió la conversación, observando el pequeño salón unido al vestíbulo. Mi chalé era totalmente distinto de la mansión de Matt. Allí no había ostentación, ni lujo, ni lámparas de cristal ni la megapiscina en el jardín, luego, a todas luces, Neil me estaba tomando el pelo, como siempre.

—Eres increíble. De verdad que tienes valor al aparecer aquí después de lo que pasó —le eché en cara, mientras él, tan tranquilo, me daba la espalda para admirar unas fotos que había en la pared de cuando yo era pequeña.

—Eras graciosa incluso de niña. ¿Qué edad tenías aquí? ¿Cinco? —comentó burlonamente, mirando una en particular. Estaba en la playa, en brazos de mi madre, con un traje de baño de colores, definitivamente vergonzoso. Debería haberle dicho que se deshiciera de esa foto o guardarla en algún cajón para evitar el malestar que sentía en aquel momento.

—Deja de cambiar de tema.

Me puse delante de él y lo miré fijamente desde abajo. Le llegaba al pecho, y el olor a almizcle era tan fuerte que me confundió. Neil bajó la cara para mirarme y yo me estremecí. Sus ojos siempre eran capaces de comunicarse conmigo de una forma silenciosa que estaba aprendiendo a entender y, en ese momento, estaban tan nublados que podía percibir lo molesto que estaba por mi actitud.

—Quieres hacerme perder la paciencia, ¿verdad? —susurró con gesto torvo, y yo miré con cautela hacia la cocina, temiendo que mi madre pudiera pillarnos tan cerca el uno del otro.

—Soy yo quien debería estar enfadada, no tú —repliqué, y él sonrió. No entendí por qué y ni siquiera tuve tiempo; Neil se acercó a mí y me rozó la cadera con la mano, haciéndome estremecer.

Llevaba unos vaqueros sencillos con un jersey blanco, nada especialmente atractivo, pero él me miraba como si quisiera arrancarme la ropa.

—Me gusta cuando te pones así de agresiva, tigresa —murmuró en voz baja, acercando su cara a mis labios. Después de un momento, dio un largo suspiro y se abstuvo de besarme. Sabía que quería hacerlo, tanto como yo lo deseaba, pero prefirió quedarse quieto, a poca distancia, con un resplandor de lujuria en los ojos.

—Ahora no es el momento de pensar en... —traté de decir, pero Neil se acercó aún más hasta llegar a mi oreja.

—¿Follarte? —completó la frase por mí; sentí su cálido aliento en mi piel y su tórax rozando mis pechos.

La voz de barítono tuvo el mismo efecto que una embestida entre mis muslos, así que cerré los ojos y me mordí el labio, tragando saliva con dificultad. Me recorrieron escalofríos y un fuego ardiente se encendió en mi bajo vientre.

—Viene mi madre. Para.

Me atreví a empujarle, pero mis manos temblaron cuando lo toqué. Neil dio unos pasos atrás, aún con la misma expresión divertida, y me di cuenta de lo difícil que era resistirse a él.

Era difícil resistirse a la forma en que sus labios carnosos acompañaban las palabras que pronunciaba. Era difícil no poder desnudarlo para sentir su suave piel en contacto con la mía, no poder pasar mis dedos por aquel tupé espeso y despeinado, no poder besar y acariciar su cuerpo salvaje.

Era difícil resistirse a las llamas del deseo que nos envolvían cada vez que estábamos tan cerca.

—Necesito estar a solas contigo —añadió, serio. Aquella petición podría significar muchas cosas: tal vez quería hablar conmigo, tal vez quería volver a insultarme o tal vez quería seducirme porque era consciente de cómo me rendía ante su mero roce.

Por suerte, Neil se alejó de mí en cuanto oyó los pasos de mi madre y se sentó en el sofá, con lo que pude respirar de nuevo. Cruzó un tobillo sobre la rodilla contraria y siguió analizándome con la mirada, esperando una respuesta.

—Chicos, vuestro té.

Mi madre se unió a nosotros con dos tazas humeantes y nos miró confundida al percibir el silencio que inundaba el salón.

Pensativa, miré la hora. Eran las ocho y sabía que ella iba a salir con Anton Coleman esa noche, pero yo no podía quedarme sola de ninguna manera con Neil en casa. Sabía cómo acabaría: él y yo, desnudos, en mi cama.

Sacudí la cabeza. No podía permitirme ceder ante él, otra vez no. Tenía que evitar cualquier situación comprometida.

—Selene, yo me voy en media hora, pero… —Mi madre se aclaró la voz y nos miró alternativamente a Neil y a mí, muy seria—. No tengo ninguna intención de dejarte aquí sola con un chico —dijo sin ningún filtro, y yo abrí mucho los ojos, avergonzada.

¿En serio mi madre tenía que tratarme como a una niña delante de Neil?

No podía soportar cuando hacía eso.

La fulminé con la mirada para darle a entender que se cortara, pero ella siguió erre que erre.

—Ya sabes que tengo una cita que no puedo posponer, así que…

—Neil y yo vamos a salir —dije apresuradamente para salir del paso. Miré a Neil, mordiéndome una uña, y él frunció el ceño.

—Ah, ¿sí? ¿Y a dónde vais a ir? —preguntó mi madre, poniéndose las manos en las caderas con aire inquisitivo.

—A dar una vuelta. Neil nunca ha estado en Detroit, así que…

Le dirigí una mirada cómplice a Neil y él se levantó del sofá, algo irritado. No me gustó en absoluto su gesto rígido y la tensión de sus músculos. Sin embargo, mantuvo la calma delante de mi madre: se acercó a mí con su habitual postura confiada y esbozó una sonrisa falsa.

—Claro, podemos salir. Si eso la tranquiliza, señora Martin, ¿por qué no?

Me estaba siguiendo la corriente, pero era evidente la intención sarcástica con la que lo hacía. Mi madre irguió la espalda, alerta, y nos observó a ambos una vez más.

—Bueno, pues yo voy a arreglarme —dijo, y se dirigió a las escaleras.

En ese instante me volví hacia Neil y entrecerré los ojos hasta convertirlos en dos cuchillas ardientes.

—Podrías hacer al menos un esfuerzo por mostrar entusiasmo, ¿eh? —le regañé mientras su mirada, ahora voraz, se clavaba en mis labios.

—Alguien debería explicarle a tu madre que, si quiero follarme a su hija, puedo hacerlo contra una pared. No necesito un cuarto con una cama —declaró con fanfarronería, pero con un vigor envidiable.

Pero, un momento..., ¿qué había dicho?

—¿De verdad crees que te lo permitiría? —repliqué aguda, y él se acercó a mí hasta acariciarme un mechón de pelo. Se lo enrolló en el dedo índice y clavó sus ojos en mí, dejándome ver las chispas de malicia que los atravesaban.

—¿Tendrías el valor de rechazarme? —susurró, tocándome el labio inferior con el pulgar. Trazó su contorno suavemente y respiró hondo.

—¿Tendrías tú acaso el valor de volver a utilizarme después de lo que le dijiste a mi padre? —murmuré, y Neil levantó la mirada de mis labios a mis ojos. Intentaba analizarme y entender por qué le había dicho aquello. Sentía hacerle daño, pero quería que asumiera su responsabilidad.

—Tuve que hacerlo.

Siguió acariciándome el labio y me miró con tristeza. Las chispas de malicia desaparecieron para dar paso a un lado más humano y sensible.

—No creo que nadie te obligara.

Quería evadirme de su roce, pero solo pude quedarme quieta sintiéndolo; lo habría hecho siempre si pudiera.

—No lo entiendes, Selene.

Neil apoyó su frente contra la mía y cerró los ojos. Con la palma de su mano cálida me acarició la mejilla, y me pasó la otra mano por la cadera para atraerme hacia sí. Yo ya entendía que siempre necesitaba un contacto conmigo, aunque fuera imperceptible, como si fuera necesario para reunir la fuerza para hablarme.

—Si fueras más claro, tal vez te entendería —acerté a decir y él volvió a abrir los ojos; entonces me apartó el flequillo a un lado y miró mi cicatriz, suspirando.

—Bueno, yo...

Mi madre bajó en el peor momento posible; Neil retrocedió de inmediato y yo traté de recomponerme. No quería dejarle ver lo abrumada que estaba ni el nivel de intimidad que compartíamos.

—Eh... Mamá...

Le dediqué una sonrisa forzada y ella se sentó en el sofá.

—Anton llegará tarde, lo esperaré aquí. A lo mejor puedes ir a arreglarte para que yo pueda charlar un rato con Neil —propuso, y casi me entró la risa.

Ya sabía cómo iba a terminar esto: Neil no diría palabra; no estaría tan comunicativo ni hablador como ella pensaba. Como era de esperar, vi que se ponía rígido al pensar en la conversación con mi madre. Incluso tenso estaba magnífico, era un adonis imponente que ocultaba su vulnerabilidad tras un manto de músculo y carne, de poder y virilidad, el pecado y el vicio.

Y yo era adicta a él.

Me obligué a dejar de mirarlo y aproveché la oportunidad para irme a mi cuarto. No quería dejar a estos dos demasiado tiempo solos, porque sabía que no se llevarían bien. A mi madre no le gustaban los chicos como Neil —bueno, en realidad, a ningún progenitor le gustaban—, así que me lavé y cambié deprisa. Me puse unos vaqueros oscuros y un jersey azul claro. Luego me calcé mis botas altas y me peiné dejándome el pelo suelto por los hombros; para terminar, me apliqué un poco de rímel e iluminé mis mejillas con colorete.

Después de eso, me apresuré a bajar las escaleras y fui al salón, donde vi a Neil de pie, con la cazadora de cuero puesta, concentrado en copiar un cuadro. Mi madre estaba sentada en el sofá, estudiándolo como si fuera un experimento científico.

—Estoy lista —dije, llegando con la urgencia de un ladrón.

Temía el sermón de mi madre —aunque, afortunadamente, Matt solo le había contado lo de nuestra relación, no que nos habíamos acostado—, así que quería sacar a Neil de allí lo antes posible. Ella ya me había dicho que no confiaba en él, así que tenía que intentar como fuera que le hiciese preguntas comprometedoras. Sin embargo, en cuanto puse el pie en el último escalón, me di cuenta de que la conversación entre ambos había dado un giro totalmente inesperado.

—¿Entonces te gusta? Mi hija se queja constantemente de los cuadros que compro para decorar la casa —le estaba diciendo mi madre a Neil. Ninguno de los dos había reparado en mí.

—Sí, la verdad es que me gusta mucho René Magritte —contestó él con una ligera sonrisa—. Este cuadro se titula *Los amantes,* ¿verdad? —añadió, señalándolo con la barbilla.

Yo, entretanto, avancé a paso lento para observar la situación, aunque con cuidado de no molestarlos. Aún sin percatarse de mi presencia, continuaron absortos en la conversación.

—Así es —contestó mi madre, asombrada.

—Sé que se pintó en 1928 o por ahí. En la actualidad existen dos versiones, una de las cuales se conserva en la National Gallery de Australia, y la otra, en el MoMA de Nueva York. Me gusta su significado: el amor entendido como un sentimiento que no se ve, una especie de conflicto entre lo que aparece y lo que cada uno escondemos, incluso de nosotros mismos —prosiguió Neil, con su voz ronca y profunda que hacía erizarse cada centímetro de mi piel, mientras mi madre lo miraba estupefacta, como si no esperase tanta cultura de alguien como él.

Yo, en cambio, sabía lo inmenso, misterioso y rico que era. Rico en el sentido de poseer un conocimiento interno del que no le gustaba presumir. Él, al fin y al cabo, era así: era un libro que había que descubrir página a página, un libro que tenía dentro un mundo lleno de variedad, profundidad infinita e imprevisibilidad.

—Sí. —Mi madre parpadeó e intentó no parecer demasiado sorprendida—. *Los amantes* es uno de mis cuadros favoritos. Además de dar clases de literatura, me encanta el arte. No solo me encanta, me fascina —afirmó mientras Neil le sonreía tranquilo—. ¿A ti también te gusta el arte?

Él asintió.

—Pasé mi infancia con mis abuelos maternos, que eran bastante exigentes con los estudios. Querían que sus nietos tuviesen una buena educación, así que tenía que renunciar a los partidos de fútbol, a la hora de la merienda y a los paseos en bicicleta con los amigos para asistir a obras de teatro, ir a la biblioteca y tomar clases particulares —explicó, metiéndose las manos en los bolsillos de la chaqueta; en ese momento me aclaré la garganta y ambos se percataron por fin de mi presencia.

—Ah, Selene, ya estás —dijo mi madre, levantándose del sofá.

Aproveché para tranquilizarla una vez más.

—Cuando Anton te traiga a casa, mándame un mensaje para que vuelva yo también —le propuse y ella sonrió, dedicándolc una mirada indescifrable a Neil.

¿Había cambiado su opinión sobre él? Eso esperaba.

—Neil, ¿te quedarás con nosotras esta noche? —Se dirigió a él en un tono indulgente que me sorprendió sobremanera.

—No, puedo buscarme un hotel, no quiero… —contestó Neil inmediatamente sin titubear, pero mi madre sacudió la cabeza y le cortó.

—Puedes quedarte aquí en casa. Tenemos habitación de invitados —le dijo en tono cordial, y no entendí si pretendía ser hospitalaria o no.

¿Qué había pasado en mi ausencia?

—Bueno, creo que es mejor que nos vayamos ya —intervine apresuradamente.

Cogí el bolso y me puse el abrigo mientras Neil me miraba muy serio. Tal vez se preguntaba el porqué de mi actitud solícita, pero no me importaba. En ese momento, solo quería salvarnos de la peligrosísima Judith Martin.

Abrí la puerta y, tras despedirme de mi madre, salí, seguida de Neil. Temblando de frío, me arrebujé en mi abrigo y eché una mirada al cielo. Todavía había grandes nubarrones oscuros y el olor a lluvia flotaba en el aire, pero parecía que por ahora la tormenta había amainado.

Por un momento nos quedamos quietos en el porche, como si ninguno de los dos supiera muy bien qué hacer. En Nueva York nunca habíamos salido juntos, nunca habíamos tenido una cita, así que ahora me invadía la vergüenza. Sin embargo, era yo quien había tenido la brillante idea de salir para alejarme de mi madre. Al pensar en eso, me entró la curiosidad de preguntarle a Neil de qué habían hablado.

—Relájate. Tu madre solo me ha preguntado a qué universidad voy, qué edad tengo y cuál es mi sueño en la vida.

Me volví hacia Neil mientras hablaba, anticipando la pregunta que estaba a punto de hacerle. Su habilidad para leerme la mente siempre era increíble; no había cambiado nada desde el primer día.

—¿Te ha preguntado...? —murmuré incómoda—. ¿Te ha preguntado por nosotros? —dije apresuradamente, y él se metió la mano en su chaqueta para sacar el paquete de Winston.

—No, y si lo hubiera hecho, le habría dicho que su niña sigue siendo virgen —contestó animadamente, antes de ponerse un cigarrillo entre los labios.

—Qué tonto eres.

Le di un ligero codazo y él me miró extrañado.

Pensé que no teníamos la costumbre de bromear —o, más bien, que lo habíamos hecho en pocas ocasiones—, así que me puse seria de nuevo y asumí una postura confiada, decidiendo enterrar por ahora el hacha de guerra y tranquilizarlo. Ya encontraría el momento de hablar con él sobre lo que había pasado en Nueva York más tarde.

—¿Has salido alguna vez con una mujer? —Bajé los escalones del porche y me giré hacia él.

Neil seguía de pie en el sitio, concentrado en encenderse el cigarro. Se guardó el mechero en el bolsillo y dio la primera calada, avanzando hacia mí.

—No, y tampoco lo haré contigo —refunfuñó, arisco como siempre.

Arqueé una ceja, esbocé una sonrisa y reanudé la marcha. No sabía a dónde iba, pero en ese momento no me importaba.

Neil era el lugar perfecto.

—Probablemente hayas venido a Detroit porque te arrepientes de las cosas ofensivas que me dijiste la última vez que nos vimos, así que vas a tener que compensarme —afirmé con ironía, mientras él me alcanzaba y se ponía a mi lado.

Recordar sus palabras crueles no me hacía en absoluto feliz, pero traté de restarle importancia porque no quería discutir. Como me había prometido a mí misma, no iba a juzgarlo, solo a intentar entenderlo, aunque eso significara tolerar actitudes irrespetuosas.

—No me arrepiento de nada —replicó él, echando el humo nervioso. A veces hablaba como un verdadero niño obstinado y orgulloso, y era definitivamente irritante.

—Ah, ¿no? Entonces ¿por qué has venido a verme? —le insté. Aunque había decidido no acosarle demasiado, quería entender qué era lo que le había impulsado a dejar de lado su orgullo y venir a verme.

Metí las manos en los bolsillos del abrigo y seguimos caminando entre los chalés contiguos al mío. Neil miró a su alrededor y evitó encontrarse con mis ojos, solo para ocultarme sus pensamientos.

Ya lo conocía.

—Porque… —susurró antes de interrumpirse. Al oír su voz, me detuve frente a él, impidiéndole el paso. En lugar de continuar, dio una última calada y tiró el cigarro casi entero—. Porque quería verte —dijo de repente, mirando un punto al azar más allá de mis hombros, y luego se humedeció el labio inferior y se pasó una mano por el pelo.

Mi corazón hizo una cabriola absurda al oír sus palabras y una sonrisa espontánea se imprimió en mi rostro, pero pronto se desvaneció cuando pensé en la posible razón por la que Neil quería verme.

—¿Para utilizarme? —le pregunté, usando el término que él mismo había asociado siempre a nuestra relación. Sus ojos dorados se posaron en mí de repente y me preparé para una de sus respuestas cortantes. Ya estaba acostumbrada.

—Para estar contigo —murmuró inesperadamente, y luego reanudó la marcha para huir de mí.

No quería que indagara sobre sus intenciones, lo que pensaba y lo que sentía en ese momento. Pero esta vez estaba decidida a no rendirme tan fácilmente. Así que me encontré persiguiéndolo a paso ligero, para seguir el ritmo de sus zancadas, y mientras tanto recordé nuestro intercambio de mensajes antes de que fuera a pasar el fin de semana a Nueva York. En esa ocasión, Neil había asociado la mera relación sexual con el concepto de estar con alguien, y tenía que averiguar si ahora se refería a lo mismo.

—Explícate —dije, respirando con dificultad; Neil caminaba demasiado deprisa, sin preocuparse por mí.

—No hay nada que explicar —me espetó, irritado, y yo resoplé.

¿Por qué tenía que ser tan difícil hablar con Neil?

—Pues me debes una explicación.

Me las arreglé para alcanzar su brazo y lo agarré para que se detuviera. Mis dedos arañaron la tela de cuero de su chaqueta y Neil se giró. Primero miró mi mano, y luego mi cara, con una expresión sombría. No quería que lo tocara, pero me daba igual.

—¿Sabes todo lo que he aguantado por ti? —dije. Sentí la rabia alzándose desde el fondo de mi corazón como un río crecido y la idea de no discutir con él se desvaneció—. ¡Engañé a mi novio, Jennifer me pegó en la cafetería, los Krew me ridiculizaron en la casa de la piscina cuando se te ocurrió que otra chica te hiciera una mamada delante de mí, tuve que aguantar tu gran idea de acostarte conmigo y con Jennifer la noche de Halloween, aunque eras consciente de lo mucho que la odiaba, y encima puse en riesgo mi vida porque un loco enmascarado que te persigue provocó un accidente! —grité indignada, y él me miró estupefacto.

Frunció el ceño, se zafó de mi brazo y se acercó hasta quedarse a un palmo de mi nariz.

—¿Player? —susurró, en un tono que apenas reconocí.

En realidad, no había planeado revelarle la verdad de aquella manera, y me arrepentí de inmediato; sea como fuere, se lo había confesado y ya no había vuelta atrás.

—Sí —confirmé, bajando la cabeza. Sentí su mirada aguda y percibí su respiración agitada. Estaba a punto de explotar.

—¿Y cuándo coño pensabas decírmelo?

Me agarró por la barbilla y me obligó a mirarle. Yo tenía los ojos vidriosos y me temblaba el labio. No quería llorar, pero las emociones me traicionaban siempre. Neil se dio cuenta y algo cambió en su mirada, que se tornó cálida. En lugar de hacerme daño —algo que le habría resultado fácil, ya que era más fuerte que yo, y yo era demasiado pequeña y menuda— aflojó la mano férrea y suspiró. Luego sacudió la cabeza e, inesperadamente, me atrajo hacia sí. Me abrazó, estrechándome contra su pecho, y por un momento me quedé atónita. Su aroma me envolvió, al igual que la calidez de aquel gesto, tan banal pero muy íntimo para él.

—¿Entiendes por qué no te quiero en mi vida? —murmuró en mi pelo, y yo levanté la cara para mirarle.

Ni siquiera tuve tiempo de contestar, porque Neil primero me dio un beso en la frente, justo en la cicatriz, y luego otro en la punta de la nariz. Finalmente, me agarró la cara entre las manos y me acarició las mejillas con ambos pulgares, mientras yo le miraba hechizada.

—¿Y tú entiendes que no se puede luchar contra las emociones? Sé lo que sientes —susurré. Era cierto: yo sentía lo mismo; era algo muy fuerte, ilógico, incontestable. Algo que no nos permitía estar separados. Era una fuerza instintiva e irracional; una energía incondicional y poderosa. Era como si nuestros cuerpos se hubieran elegido antes que nosotros mismos.

—¿Y qué siento? —preguntó, con un rastro de ironía en la voz.

—Muchas cosas. Sientes que la persona que te gusta es la primera persona en la que piensas, que harías cualquier cosa por ella, que saca lo peor pero también lo mejor de ti, que está por encima de ti y que te da mucho miedo porque te provoca unas emociones tan fuertes que te hace sentir mal —contesté, con mis brazos rodeando sus caderas y mi cara entre sus grandes manos.

Como si estuviera reflexionando sobre lo que acababa de decir, Neil me miró fijamente y luego me dio un casto beso en los labios, demasiado fugaz para disfrutarlo lo suficiente, y sonrió.

—¿Otra vez con estas gilipolleces, Campanilla? No te soporto cuando te pones tan cursi —me reprendió con sarcasmo, y se alejó de mí, pasándose una mano por el tupé espeso. Me quedé perpleja.

Neil realmente no parecía darse cuenta de la sinceridad de mis sentimientos y pensaba que hablaba por hablar o que decía cosas sin sentido. No me creía y no le daba ninguna importancia a mis palabras.

—Estás confundiendo la atracción sexual con algo que no existe, Selene. Nunca dejaré de decírtelo.

Reanudó la marcha y puso cierta distancia entre nosotros. Otra vez.

—¿Estás de broma? Si solo me sintiera atraída por ti, no habría tolerado tu comportamiento inaceptable y…

Me detuve cuando Neil se giró hacia mí y me fulminó con la mirada, ahora turbia y amenazante.

—Si no tuviera este cuerpo, esta cara y mis habilidades en la cama, ¿habrías sentido las mismas emociones «fantásticas»? —se burló, señalándose con una sonrisa arrogante pintada en el rostro. ¿Qué estaba tratando de insinuar?

—Por supuesto —respondí con seguridad, sin ninguna duda. No era necesario que me preguntara algo así, pero él dio un paso atrás y negó con la cabeza.

—Qué mentirosa —dijo; no, no me creía en absoluto.

Me dio la espalda de nuevo y reanudó la marcha. En ese instante, me di cuenta de que la única explicación plausible a su actitud tenía nombre propio: Kimberly. Era ella quien había desequilibrado la mente de Neil, inculcando falsedades en un niño que se había visto obligado a crecer antes de tiempo. Era ella quien le había hecho creer que todas las mujeres eran iguales, que solo querían utilizarlo. Por eso estaba convencido de que le mentía.

—Espera —dije, esforzándome por seguirle el ritmo, tratando de alcanzarlo—. Neil. Más despacio —le supliqué, pero no me hizo caso, así que empecé a caminar enérgicamente hasta que conseguí llegar hasta él—. ¡Por favor, para!

Le rocé el brazo y él se dio la vuelta, aterrorizado. Inexplicablemente, parecía que estuviera asustado de mí, y no solo por lo que le había dicho. Me miró como si yo fuera un monstruo gigante dispuesto a aniquilarlo, así que intenté calmarlo buscando una excusa cualquiera.

—¿Has comido alguna vez un perrito caliente? —le pregunté

de sopetón, y pensé que estaba loca por hacer una pregunta tan estúpida.

Neil frunció el ceño e inclinó la cabeza hacia un lado, mirándome confundido y pensativo. Aun así estaba guapo, y esa certeza casi me arrancó una sonrisa. Me mordí el labio, incómoda, esperando una reacción. Cuando sus ojos recuperaron lentamente el habitual color brillante del que estaba tan encaprichada, dejé escapar un suspiro de alivio.

—¿Qué? —preguntó sorprendido, así que me aclaré la garganta y repetí mi propuesta.

—Tengo hambre, así que quería preguntarte si quieres que vayamos a comer algo.

Ahora mi propuesta era definitivamente más comprensible.

—¿Un…, un… perrito caliente? —repitió, y mi mirada se posó en sus labios carnosos y decididamente ilegales. El mero hecho de contemplarlos era suficiente para tener pensamientos indecentes respecto a ellos. Sin embargo, me recompuse y me concentré en su pregunta.

—Sí. Ya sabes, un bocadillo con una salchicha dentro, y con kétchup, mayonesa o…

—¡Sé lo que es un puto perrito caliente! —exclamó, y yo me sobresalté al oír su timbre austero y agresivo.

Me sentí repentinamente avergonzada y pasaron varios segundos en los que ninguno de los dos dijo nada. Intenté no llorar, mientras Neil se ponía una mano en la cadera y se tocaba la cara con la otra. Sin embargo, cuando el silencio se hizo insoportable, decidí tomar la palabra.

—¡Estoy intentando estar de buen rollo contigo! —le espeté, impaciente—. Estoy intentando hablar contigo, entenderte, tranquilizarte, hacer todo lo posible, pero ¡por el amor de Dios! Eres ingobernable —concluí, al límite de mi paciencia. No podía aguantar más, estaba al borde de un ataque de nervios. Neil me miró estupefacto y luego suspiró, despeinándose el flequillo. Quizá se había dado cuenta de que estaba exagerando.

—Vale, vale. Tranquila —murmuró rendido—. Tengo un carácter de mierda, yo también me doy cuenta —admitió con su arrogancia habitual.

—Tengo hambre y voy a ir a comer algo. Puedes venir conmigo o volverte a Nueva York si quieres. Tú eliges.

Dicté mi decisión y pasé a su lado dándole un golpe en el

hombro que no lo movió ni medio centímetro. Aun así, seguí caminando muy erguida y a paso ligero.

Basta.

—¿A dónde vas? —me preguntó a mi espalda, pero yo no me di la vuelta.

—¡Lejos de ti! —contesté, agitando una mano en el aire.

Estábamos discutiendo airadamente en la acera, en mitad de mi barrio, pero no me importaba.

—¡Selene! —me llamó y oí sus pasos detrás de mí. Le ignoré—. Campanilla —insistió, sin éxito, como si ese apodo fuera suficiente para inducirme a darme la vuelta—. Niña —dijo, y yo levanté el dedo corazón—. Ahora que lo pienso, no es tan malo ir detrás de ti, al menos desde esta perspectiva puedo mirarte el culo —dijo entonces, probablemente para exasperarme, pero yo seguí mi camino con decisión.

—Me pregunto cómo puedes vérmelo si llevo un abrigo largo, listo —le espeté, consciente de que no podía mirar nada en absoluto y que solo se estaba metiendo conmigo.

—Me sé tu cuerpo de memoria. ¿Cuántas veces te he puesto a cuatro patas?

Se rio con suficiencia y me detuve en seco; miré alrededor, temiendo que alguien le hubiese oído. Me habría muerto de vergüenza.

—¿Estás loco? —Le dirigí una mirada furiosa y me coloqué el bolso al hombro.

—Te estás aprovechando de mi paciencia, pequeña. Yo no persigo a nadie, ya lo sabes —replicó, repentinamente serio y molesto.

Levanté una comisura de los labios y entrecerré los ojos.

—Bueno, pues parece que me estás persiguiendo, ¿no? —pregunté con sarcasmo, y él arqueó una ceja.

—Solo porque eres una niñata de los cojones y quiero que vuelvas a casa sana y salva. Le he dado mi palabra a tu madre.

Me guiñó un ojo y fue entonces cuando perdí toda la confianza.

¿Mi madre seguía teniendo la desagradable costumbre de leerles la cartilla a las personas con las que salía?

Me puse la mano en la frente y sacudí la cabeza. Tenía que recordarle que tenía veintiún años y que, además, era absolutamente absurdo confiar en alguien como Neil.

Pero un momento...

¿Cómo había conseguido atravesar su coraza de acero en tan poco tiempo?

—Deja de preguntarte por qué tu madre se ha fiado de mí. Nunca te lo contaré —dijo él, y yo abrí los ojos sorprendida. A veces, la capacidad de Neil para entenderme me daba miedo.

—¡No te soporto! —Empecé a caminar de nuevo.

Por primera vez añoré la época en la que todo se limitaba al sexo entre nosotros, sin discutir como estábamos haciendo ahora. Era contradictorio, porque unos minutos antes la idea de ser «utilizada» por él me había angustiado. Y entonces, un detalle en el que había reparado me golpeó como un rayo. Últimamente, Neil había manifestado cierta reticencia, y en varias ocasiones me había tocado sin llegar al fondo del asunto. Parecía que algo le impedía soltarse. Incluso en la casa de invitados, cuando me hizo aquellos preliminares que yo jamás había pensado en hacer con un hombre, se detuvo antes de llegar al orgasmo. Y la pregunta era: ¿por qué?

Enfrascada en mis pensamientos, no vi un pequeño agujero, me tropecé y el tacón de mi bota se rompió, torciéndome ligeramente el tobillo.

—Hoy no va a salir nada bien —refunfuñé exasperada.

Neil me alcanzó y se quedó mirando el zapato que tendría que tirar a la basura, y apenas pudo contener la risa. Lo fulminé con la mirada.

—Bueno, princesa. Ahora, con el zapatito roto, ¿dónde vas a ir? —se burló de mí, pero yo no me desanimé, sino todo lo contrario. Cojeando, le volví a adelantar. Tal vez el destino estaba en mi contra, pero, como una verdadera luchadora, iba a hacer cualquier cosa para contrarrestarlo—. Venga, para. No puedes caminar así —dijo Neil detrás de mí, y poco después me agarró por la muñeca con fuerza y me obligó a girarme hacia él.

Me quedé mirando su flequillo, luego sus rasgos perfectos y me pregunté por qué no estábamos sentados en un banco besándonos como una pareja normal, en lugar de perseguirnos y lidiar con todo tipo de problemas desde nuestro primer encuentro.

Sin embargo, a pesar de aquel pensamiento fugaz, no quería ceder ante él. Estaba a punto de decirle que me soltara, cuando Neil se colocó delante de mí, dándome la espalda, flexionando las rodillas.

—No sé cuánto tiempo voy a estar aquí, pero quiero estar contigo todo el rato —confesó—. Venga, sube.

Giró la cara ligeramente y señaló su poderosa espalda comprimida por la cazadora de cuero.

¿Qué?

—¿Quieres que me monte a caballito? —Incliné la cabeza hacia un lado y parpadeé varias veces.

—Sí, aunque hubiera preferido que te montaras en otra cosa, pero me conformo con esto —respondió con picardía. Debería haberme esperado aquello.

—¿Pero por qué siempre tienes que ser tan pervertido? —murmuré, y luego le rodeé el cuello con los brazos, y mis dedos rozaron sus pectorales esculpidos; en ese instante, sus manos se deslizaron por detrás de mis muslos para levantarme. Se encontró con el obstáculo del abrigo, lo superó, y por fin Neil me levantó, como si fuera tan ligera como una pluma; instintivamente, apreté las rodillas a ambos lados de sus caderas. En realidad, podría haber rechazado su invitación, pero en mi interior había anhelado el contacto con él desde el primer instante en que lo había visto en la puerta.

—En la cama, en cambio, no te importa que sea tan pervertido —replicó con una pizca de ironía—. Agárrate a mí —añadió, y yo obedecí. Apoyé la mejilla contra su oreja y me embriagó su fresco aroma.

—La gente que nos vea va a pensar que estamos locos —comenté preocupada cuando empezó a caminar con confianza, haciéndome estremecer a cada paso.

—¿Y qué? ¿Cuántas veces te he dicho que pases de lo que piensen los demás? —me increpó, y yo resoplé. A menudo sus respuestas me dejaban boquiabierta. Sin embargo, en lugar de replicar, me aferré con más fuerza a él y disfruté del calor de su cuerpo. Podía sentir el corazón latiendo incluso en el vientre, así de devastador era su efecto en mí.

—Sigue recto, que voy a llevarte al mejor puesto de comida de Detroit —dije, y él me lanzó una mirada furtiva que me permitió admirar su perfil perfecto, sus ojos alargados en las esquinas y las pestañas marrones bajo las cuales me observaba con sus rayos de sol.

Neil era realmente perfecto; sin embargo, no solo me atraía la belleza de su rostro, también sus miles de expresiones; no solo apreciaba su destreza física, sino también cada uno de sus movimientos. Era carismático, viril en sus gestos, dominante y condenado de espíritu.

Nunca podría olvidar a Neil, era imposible, por eso a menudo me asustaba lo que sentía por él.

—¿Falta mucho? —preguntó, siguiendo mis indicaciones.

—Sigue por esta calle y no seas impaciente —le contesté.

—¿Quieres que coma algo de un puesto callejero? ¿Lo he entendido bien? —me planteó en tono altivo.

—Sí, por una vez vas a renunciar a tus queridos pistachos —respondí con ironía—. Además, yo no soy muy de restaurantes de lujo ni de bistrós caros. Me gustan las cosas sencillas —añadí, y oí su risa gutural.

—Ya me he dado cuenta, niña.

Me lanzó una mirada que no supe descifrar y siguió caminando, hasta que nos encontramos frente al parque, no muy lejos de mi casa, donde estaba el puesto en cuestión, que se llamaba Billy's Truck.

—¿Es aquí? —Neil se acercó a un puesto ambulante de color aguamarina, con grafitis y dibujos, y sonrió.

—Sí —confirmé.

—¿Y se supone que tengo que comprar comida en esa… cosa? —refunfuñó, mientras a mí se me hacía la boca agua por el olor de las patatas fritas y los bocatas que percibía con cada paso que dábamos.

—Exactamente —respondí, ignorando las miradas curiosas de los clientes que se volvían a observarnos. Neil todavía me llevaba a caballito por el percance con mi bota, así que debíamos de tener un aspecto bastante extraño a los ojos de la gente—. Vas a probar los mejores perritos calientes de Detroit —le prometí entusiasmada.

—No puedes reprimir el antojo de salchicha, ¿eh, Campanilla? Si quieres una grande ya sabes a quién pedírsela —replicó con picardía y yo me puse rígida.

¿Por qué su mente siempre tenía que remar en una dirección obscena?

—Tu repentino sarcasmo me está molestando —le dije apresuradamente, irritada. Sin embargo, como no creía posible que Neil tuviera capacidad de hacer bromas y chistes, también estaba muy sorprendida.

—¿Me prefieres huraño? —Se puso de perfil y miré sus labios carnosos, curvados en una sonrisa sensual. Me gustaba siempre, incluso cuando se comportaba como un idiota, pero evitaba decírselo—. ¿O pasional y dominante? —añadió en tono provocativo, y un fuego se encendió en mi pecho, tanto que mis pezones empujaron contra su espalda y los sentí deseosos de ser envueltos por sus labios rellenos; el corazón, por su parte, se puso a latirme en el bajo vientre e hizo que me ruborizara.

—Para.

Me aclaré la garganta y, afortunadamente, Neil, aunque consciente de la reacción que estaba provocando en mí, se limitó a reírse.

Después, nos detuvimos delante de la variedad de comida que se exhibía en el puesto, incluidos mis queridos perritos calientes, y Neil inclinó la cabeza con asombro.

—Déjame hablar a mí —le dije, y levanté un brazo en dirección a Billy, un hombre de unos cuarenta años con una barba poblada y una coleta tan larga como mi pelo—. ¡Hola, Billy!

Llamé su atención con una sonrisa y el hombre nos observó con el ceño fruncido, primero a mí y luego a Neil, que todavía me llevaba a caballo.

—Selene, querida. ¿Qué te ha pasado? —Billy puso las manos en el mostrador del puesto y me miró preocupado.

—Ah, nada. Un pequeño accidente con la bota —contesté con gracia, levantando el pie para enseñarle el tacón roto, y Billy sonrió.

—Ya veo. Dime qué te pongo y tomad asiento en uno de los bancos, que yo me encargo de todo —afirmó cortés, y Neil suspiró profundamente.

—Dos perritos calientes con mostaza —pedí, y el hombre tomó nota.

—¿Para ti y tu nuevo novio? ¿Qué ha sido de Jared? —preguntó intrigado, sin darse cuenta de que estaba tocando un tema complicado. Jared era un capítulo cerrado y prefería no recordar lo que había pasado entre nosotros.

—Oye, Willy, date vida —intervino Neil con sus modales bruscos, y luego se dirigió hacia la entrada del parque sin esperar a que el otro dijese nada.

Cruzamos el bulevar estrecho bordeado de árboles varios y, a la luz de las farolas repartidas por el parque, observé las plantas ornamentales de colores vivos; tras caminar unos metros, llegamos a los bancos de madera. Neil vio uno bastante aislado, entre dos arbustos altos, lo señaló y, una vez que llegamos a nuestro destino, me dejó deslizarme por su espalda, y me senté apoyando los pies en el suelo.

—¿Pero a ti qué te pasa? Podrías haber sido más amable con Billy —le regañé, dejando el bolso a un lado, pero Neil no contestó.

Se sentó a mi lado y estiró un brazo a lo largo del respaldo del banco, y luego apoyó un tobillo en la rodilla contraria. Nunca entendía sus repentinos cambios de humor ni qué problema tenía con los nombres de los hombres, que siempre los decía mal. Respiró hondo y, en aquel instante, me pareció, como siempre, tremendamente salvaje y atractivo; su silencio, sin embargo, me incomodó y pensé que, como de costumbre, su ira era capaz de hacer callar a todo el universo.

—¿Me has traído al mismo sitio al que venías con Jedi? —preguntó después de un rato, apuntando sus ojos dorados hacia mí. Me miró fijamente, con severidad, y yo tragué saliva, incómoda. ¿Qué podía decirle? Por un segundo pensé en mentirle, pero al final opté por la verdad.

—Sí, he venido con él alguna vez —admití, y él sacudió con la cabeza con una sonrisa burlona. No dijo nada más y se palpó los bolsillos de la chaqueta en busca del paquete de Winston. Sacó uno con los dientes, lo encendió y le dio la primera calada. Quizá le había molestado la idea de que yo hubiese llevado a Jared allí también, porque Neil quería sentirse importante. Le gustaba que lo hiciese todo por él, que me anulara para perseguirle y que compartiese con él momentos únicos que nunca antes hubiese vivido. Él exigía todo aquello, pero sin darme nada a cambio.

—¿Has vuelto a la universidad? —preguntó de repente. Cambiar de tema bruscamente era otra de sus absurdas habilidades.

—Sí. Además, Ivan me ha pasado los apuntes para que pueda ponerme al día, y tengo que estudiar como una loca —contesté, siguiendo el hilo de la conversación que Neil había decidido abrir.

—¿Quién es el tal Ivan? —preguntó tranquilo, y luego aspiró una larga bocanada de humo. Odiaba que fumara, quería ayudarle a dejarlo, pero sabía que era demasiado terco para escucharme.

—El hermano mellizo de Janel, una amiga mía.

Me encogí de hombros con aire despreocupado, pero me di cuenta de la forma turbia en que me miraba.

—¿Y bien? ¿Quién es? ¿Un compañero de clase? ¿Un amigo?

¿Por qué quería saber con detalle quién era? ¿Sospechaba que Ivan y yo tuviésemos una relación o algo así? Nunca se me había ocurrido que Neil pudiera ponerse celoso de mí; de hecho, siempre había esperado suscitar alguna reacción en él, pero nunca había pasado, al menos no abiertamente, así que asumí que era simple curiosidad.

—Un amigo, sí. Y es jugador de baloncesto. Tiene un cuerpo increíble y los ojos verdes preciosos —exageré solo para burlarme de él; Ivan no era tan atractivo como Neil, pero en ese momento quería hacerle creer que sí.

—Ah, ¿sí? ¿Y por qué no te lo follas?

Se volvió para mirarme y me echó humo en la cara, haciéndome toser. Siempre hacía eso cuando quería provocarme.

—Podría pensármelo, ¿sabes? —contesté con desprecio.

Se puso el cigarrillo entre los labios y me agarró por las caderas, obligándome a sentarme en sus piernas. Por un momento me quedé desconcertada, luego le pasé un brazo por detrás de la nuca y sentí su mano apretándome el muslo.

—Acuéstate con él, venga, así podrás confirmar que no hay ningún amante mejor que yo —murmuró cerca de mi cara, alternando su mirada de mis ojos a mis labios.

¿Otra vez estaba intentando arrojarme a los brazos de otro? También lo había hecho la noche que habíamos salido con Logan y Alyssa, escenificando aquella farsa del afortunado con el que yo pasaría la noche.

—No te importaría, ¿verdad? De todas formas, tú ya tienes a tus rubias a tu disposición.

Con las uñas, le acaricié la nuca y fingí que estaba tranquila, aunque los celos que sentía por dentro me dolían más que un cuchillo afilado.

—¿Qué quieres que te diga? —susurró con voz ronca, acercando su rostro al mío—. ¿Que la última con la que follé fuiste tú?

La escasa distancia entre nuestros labios solo se salvaba con las respiraciones que entrecruzábamos, y su aroma me envolvía de tal manera que me daban ganas de cerrar los ojos. A pesar de estar hechizada por él, me obligué a reflexionar sobre sus palabras. Sí, me habría gustado oírle decir que yo era la única para él, la única que había disfrutado de su cuerpo desde que nos conocimos y la única a la que quería entregar su corazón. Me habría gustado que me dijera que era especial y que era la mujer perfecta para él, pero sabía que eso nunca ocurriría.

—Chicos, aquí tenéis vuestros perritos calientes.

Billy se acercó a nuestro banco con los dos perritos en las manos e interrumpió la absurda conversación en curso.

—Gracias, Billy —dije y cogí los perritos calientes.

—Buen provecho.

A pesar de los malos modales de míster Problemático, el hombre nos sonrió y volvió a su puesto.

—¿Y se supone que tengo que comerme esto?

Neil miró con asco el perrito que yo sostenía para él en una mano e hizo una mueca. Luego lo cogió sin ganas y, tras el primer bocado, lo devoró en cinco minutos.

—Estaba asqueroso, ¿verdad? —me burlé de él mientras se limpiaba la boca con un pañuelo de papel; yo, en cambio, estaba degustando la delicia de Billy a bocados pequeños.

—Bueno, no estaba tan malo.

Se encogió de hombros y se abandonó contra el banco, dirigiendo sus ojos hacia mis labios, mientras yo masticaba avergonzada.

—¿Has salido con ese tal Ivan?

Sus iris de color miel me escrutaron con atención, y tuve que hacer esfuerzos para tragar el trozo de perrito caliente.

¿En serio, otra vez con el tema?

—No. Todavía no —afirmé, porque no quería descartar la posibilidad de que ocurriera en el futuro. Neil puso las piernas duras y temí que quisiera que me bajara de sus rodillas, pero no ocurrió.

—Así que te gusta —señaló, mirando lascivamente mi boca.

—Yo no he dicho eso.

Le di otro bocado a mi perrito y desvié la mirada hacia un arbusto para escapar de sus ojos.

—Mírame —me ordenó y percibí en su voz el deseo mezclado con la ira que a menudo no sabía manejar. Aunque no entendía exactamente por qué me hablaba en ese tono, obedecí instintivamente. Dejé de comer y bajé las manos con las que sujetaba el perrito caliente.

—No hay nada entre Ivan y yo.

Me pasé la lengua por la comisura de los labios para recoger una gota de mostaza y sus ojos siguieron el movimiento, reducidos a dos rendijas brillantes. ¿Por qué me justificaba? Y, lo más importante, ¿con qué derecho me hacía preguntas sobre la gente que frecuentaba?

—Por un «nada» empiezan muchas cosas —respondió con sequedad y un punto de suspicacia; yo seguía sin entender por qué me decía esas cosas.

—Yo no soy como tú. No puedo darle mi cuerpo a cualquiera —le aclaré, porque no soportaba que sospechara esas cosas de mí. Solo me entregaría a otro hombre si me enamoraba de él, pero por el momento mi corazón solo latía por él, el chico problemático de Nueva York.

—Por eso nunca podrías estar con alguien como yo —murmuró, alterado—. Te llevo a casa.

Me sentó a su lado y se puso de pie, luego recogió los papeles de los perritos y los tiró a una papelera cercana. Yo me levanté y miré el tacón de mi bota que colgaba, roto, y entonces Neil se acercó a mí y se inclinó de nuevo.

—Aprovecha que hoy tengo el día amable, Campanilla —dijo con ironía, y yo me aferré de nuevo a su poderoso cuerpo para que me llevara hasta el puesto de Billy a pagar. Ninguno de los dos dijo nada en aquel breve trayecto, y me sentí incómoda otra vez.

—Chicos, no os preocupéis. ¡Invita la casa! —dijo Billy cuando llegamos a la caja, y Neil me miró con desgana.

—¿Seguro? —le pregunté al dueño del puesto, quien, por toda respuesta, sonrió y cogió dos galletas.

—Claro, y llevaos esto también. Son dos galletas de la fortuna. —Hizo una pausa y añadió—: Espero que te traigan suerte, Selene.

Extendió el brazo hacia nosotros y Neil, con su habitual indiferencia, las cogió; yo le di las gracias a Billy por los dos.

—Párate ahí —le susurré a Neil, señalando uno de los árboles más grandes del parque, bajo el cual, a decir verdad, ya había estado con Jared, aunque nunca había sentido por él las emociones que sentía por mi problemático. Poco después nos detuvimos en el lugar exacto que yo había indicado y Neil me bajó. Vi que estiraba la espalda, pero no apareció ninguna expresión de cansancio en su hermoso rostro, señal de que no le costaba caminar conmigo a hombros. Neil tenía una fuerza increíble.

—¿Qué hacemos aquí? —me preguntó, mirando a su alrededor. No había nada más que una farola que arrojaba una luz tenue.

El aire frío de la noche azotaba nuestros cuerpos, mientras sus ojos dorados le robaban a la escena el brillo de las estrellas que nos hacían compañía en el cielo oscuro y despejado.

Pensé que Neil era misterioso e inescrutable, distante y desconocido, precisamente como un cielo estrellado.

—Vamos a abrir las galletas, ¿vale?

Señalé sus manos, y esbozó una leve sonrisa antes de enseñármelas.

—Eres una niña. ¿De verdad crees en estas tonterías?

Me dio una y, sin hacerle caso, la partí en dos y saqué el papelito de dentro.

—No seas tan aguafiestas.

Resoplé y vi que se acercaba a mí.

—¿Qué pone? —preguntó aburrido.

—«Permíteme renacer en tus ojos cada vez que te miro» —leí en voz alta. Levanté la mirada, dejando que sus ojos dorados se fundiesen con los míos, como los rayos del sol al amanecer se fusionan con el mar, cogen a las olas de la mano y las conducen hasta los sueños más bellos.

Y Neil también era así: tan intenso como un amanecer sobre el mar.

—Lee la tuya.

Me aclaré la garganta con incomodidad. Parpadeó y luego rompió su galleta con un golpe seco y sacó el papelito.

—¿Qué dice?

Me incliné hacia él con curiosidad y su olor me asaltó por culpa de una leve ráfaga de viento, que me agitó un poco el pelo.

—«*Kiss me like you love me*» —leyó despacio, frunciendo el ceño, confundido—. «Lee en voz alta la orden que contiene tu galleta de la fortuna y dirígete a la persona con la que estés en este momento» —siguió leyendo e inclinó la cabeza hacia un lado y luego arqueó una ceja, mirándome—. ¿Por qué a ti te ha salido un aforismo y a mí una orden? —murmuró frunciendo el ceño, y sonrió.

—Porque tú eres lo más caótico del mundo, y tu galleta de la fortuna quiere ayudarte —me burlé de él con una mueca irónica y, en ese instante, se acercó despacio, muy serio de repente. Dejé hasta de respirar cuando apoyó las manos en mis caderas, ejerciendo una ligera presión para atraerme hacia sí.

—Bueno, Campanilla… —susurró sensualmente mientras yo lo miraba embelesada—. Bésame como si me amaras… —añadió, burlón y seductor, esperando una reacción.

Ay, Dios mío…

—Yo… no…, digo… —Parpadeé aturdida, alternando la mirada de sus ojos a sus labios, ondulados en una sonrisa muy lujuriosa.

—Bésame como si… —se acercó de nuevo, apenas rozando la punta de su nariz con la mía e inclinó la cabeza, haciéndome cosquillas en la frente con el pelo revuelto—… me amaras… —repitió en un susurro; entonces, con un gesto audaz y atrevido, lo agarré por la nuca y lo atraje hacia mí.

Lo besé y, mientras mis manos se perdían en su pelo, dejé que mis labios acariciaran los suyos de manera lenta y fugaz.

Los sentí suaves y cálidos, pero solo por un momento, después, dulces y abrasadores; luego chupé su labio inferior y lo atrapé entre mis dientes, haciéndole emitir un gemido de deseo que me recorrió la columna vertebral.

—¿Algo así?

Me aparté ligeramente y apoyé mi frente en la suya, me refería al pequeño beso de antes, el único que había podido darle porque estaba demasiado avergonzada y abrumada por su presencia. Neil se pasó la lengua por los labios y me miró pensativo.

—¿A ti eso te parece un beso? —preguntó insatisfecho, y me subió la mano por la espalda hasta agarrarme firmemente por la nuca. Sin dejarme decir nada más, me agarró el pelo en un puño y presionó sus labios con urgencia contra los míos, exigiendo que dejara paso a su lengua.

Y entonces estallaron todos los colores.

Sentí que la tierra temblaba.

Lo acogí como si fuera la pastilla de una poderosa droga.

Lo sentí sobre mí y no pensé en nada más.

Mi mente se quedó en blanco, se vació de pensamientos para llenarse solo de él.

Él, que era tan hermoso y ni siquiera se daba cuenta; él, que era la necesidad más extrema que sentía; él, a quien quería atar a mi corazón para evitar que huyese.

Fue como un eclipse, y nuestro beso se quedó allí, suspendido en la penumbra del Sol y la Luna.

Con una mano me apretó con más fuerza la nuca, y con la otra bajó a mi cadera y su pelvis empujó involuntariamente contra mi bajo vientre.

Neil me grabó sus ganas, me envolvió el alma con su lengua lujuriosa y me impidió respirar.

Él jadeó y yo también.

Gemimos sin pudor, en aquel parque misterioso, bajo un cielo cuajado de estrellas brillantes, que disfrutaban de nuestro espectáculo tanto como nosotros, con las bocas ávidas y las lenguas codiciosas.

Y dejaron de existir el infierno y el paraíso.

Así como nuestros problemas, su pasado, mi accidente, Player.

No existía nada.

Solo nosotros, aunque quizá ni siquiera existía un nosotros.

Éramos una magia incomprendida.

Un misterio sin resolver.

Un caos inexplicable.

—Neil…

No podía respirar; como siempre, era incapaz de seguirle el ritmo; él, sin embargo, no me daba tregua. Se apoderó de mis labios de inmediato y siguió devorándome, como si llevara demasiado tiempo esperando aquel momento. Su mano subió por mi abdomen, por debajo de mi abrigo, y me palpó con fuerza un pecho. Gemí y me apretó el pelo con más fuerza. Me mordió el labio inferior y luego pasó su lengua húmeda sobre él.

En aquel momento su dominio había hecho que el ángel que había en mí se arrodillara ante él.

Seguimos así. Nos alimentamos de las emociones del otro y de los deseos recíprocos como si fuéramos insaciables.

Ninguno quería soltar al otro.

Recobramos el aliento y seguimos.

Me tomó.

Me tocó.

Me embriagó.

Me saboreó sin descanso.

Me envolvió, me hizo libre pero también esclava de su lujuria.

Y seguimos haciendo el amor con la boca.

Fundiendo las respiraciones desiguales, con los corazones acelerados, los labios hinchados y lustrosos de nuestros sabores.

Y seguimos gimiendo.

Deseándonos.

Cada vez más.

Mucho más.

Y no pensé en nada más mientras su lengua descendía por mi cuello, aturdiéndome, y luego volvió a subir a mis labios torturados por sus demonios.

Teníamos los ojos cerrados, las frentes juntas, las manos temblando, la respiración rota.

El deseo se disparó y llegó hasta las estrellas, avergonzadas por nuestro beso lujurioso.

Y…

—¿Y si fuera realmente así? —le susurré sofocada y descompuesta por su asalto.

—¿Qué? —Neil abrió los ojos y me acarició la mejilla, más guapo que nunca.

—Si yo te… —«te amara», quería decir, pero sus pupilas dilatadas me bloquearon las palabras en la punta de la lengua.

Neil dio un paso atrás y me miró con miedo, como si acabara de convertirme en un monstruo.

Algunas estrellas gotearon del cielo como si estuvieran llorando, otras se apagaron una a una.

Mi corazón se rompió como las galletas y la fortuna se desvaneció.

Neil dejó que sus ojos hablaran y yo capté su lenguaje mudo.

Su mirada me dijo todo lo que necesitaba saber…

15

Neil

Cuidado con el hombre corriente, con la mujer corriente.
Cuidado con su amor. Su amor es corriente, busca lo corriente.
CHARLES BUKOWSKI

«Si yo te...»

¿En serio iba a declararse?

Por suerte, no dejé a Selene ni terminar la frase; el negro de mis pupilas había absorbido el mar cristalino de su mirada, en el que me reflejaba, me perdía, me ahogaba, para luego salir a la superficie y volver a sumergirme en mi mundo retorcido.

El único lugar posible para mí.

Era yo quien estaba mal.

Era yo quien ni siquiera sabía lo que quería realmente.

Por un lado, quería estar solo, no quería atarme a nadie, no podía dar nada y no podía esperar nada a cambio; por otro, no podía quitarme de la cabeza a Selene: su piel me volvía loco, igual que sus labios, su aroma a coco, sus piernas y todas aquellas líneas que Dios había unido a la perfección cuando la había creado. Su cuerpo, para mí, era una carretera sinuosa que había recorrido más de una vez en mi coche, pero, joder, no quería depender de ella, no quería tener una relación, porque habría roto todas las reglas, como ya solía hacer, y le habría roto el corazón.

Ya lo sabía.

Le había hecho daño muchas veces, pero habría sido aún más grave hacerle daño si teníamos una relación de la que esperaba respeto, fidelidad, atención y todas esas gilipolleces que conllevaba. Yo no era el hombre adecuado, no era un coche que pudiera aparcarse en un garaje.

Era un coche de carreras, dispuesto a asumir retos, peligros, saltos al vacío. Era un coche para tener accidentes, para destruir o para ser destruido.

Era un coche libre que corría solo hacia una única meta: la nada.

¿Quería llevarla conmigo?

No. Nunca habría hecho eso.

Ella se merecía su final feliz, la historia perfecta, un futuro brillante. Era una princesa que tenía que encontrar a su príncipe azul. Se merecía formar una familia, tener un marido cariñoso a su lado, hijos con su misma alma pura y el mar en los ojos.

No obstante, era consciente de que en parte ya la había contaminado; había dejado que entrara en contacto con mi mundo distorsionado el día que la había desvirgado y luego había seguido follando con ella, follándomelo todo de ella, hasta el punto de convertirla en el blanco de un maníaco que me perseguía a mí, como ella misma había confirmado poco antes, cuando me había gritado que su accidente lo había provocado Player.

Si me hubiera dado cuenta de que Selene se estaba enamorando de mí, habría parado antes; nunca habría creído que la niña, cabezota, torpe y guapísima, perdería la cabeza por mí, pero el destino me tenía reservado este otro problema.

Todavía no me lo podía creer, joder.

¿Cómo había podido pasar?

Selene buscaba un hombre que le hiciera perder la cabeza; yo, en cambio, buscaba alguien que me ayudara a encontrarla.

Éramos opuestos, diferentes, dos dimensiones muy lejanas.

Perdido en los pensamientos más caóticos, caminé enérgicamente hacia su casa mientras Campanilla me seguía cojeando por el tacón roto. El deseo de coger el primer avión como un ladrón que acaba de atracar un banco era enorme; y, sin embargo, al mismo tiempo, quería intentar no volver a cometer el mismo error de siempre: huir.

No sabía cómo comportarme. Ninguno de los dos había pronunciado palabra después de nuestro beso de vértigo, un beso que me había despertado las ganas de tocarla, de hacerla gritar, sudar, temblar, gozar debajo de mí, consumida por el placer más extremo.

Todavía tenía los músculos agitados y una erección que debía mantener a raya por la anorgasmia que no podía revelarle a nadie, y menos a ella.

Mientras caminaba, notaba su sabor dulce en los labios, podía oír los tímidos gemidos que habían llegado amortiguados a mis oídos, su deseo doblegado a mi voluntad, como si yo fuera un rey, una divinidad, que había llegado a incidir en ella. Incluso percibía en las fosas nasales el olor a coco que me había aturdido, peor que la marihuana, peor que el ron, peor que una puta experimentada.

Era solo perfume de coco, pero habría querido absorberlo todo y dejar que fluyera a través de mí, como una panacea que me limpiaría del veneno, de los recuerdos, de las manos del monstruo de Kimberly sobre mí.

Al llegar a la puerta principal, suspiré y me volví hacia ella, que tenía la mirada perdida en un punto en el vacío, en completo silencio. Tal vez se sentía avergonzada o angustiada por mi reacción; me dieron ganas de acariciarla, pero desistí.

«Si yo te...»

No, no podía ser. Selene no podía amarme.

—¿Te quedas o...? —susurró con un hilo de voz, sin acabar. Le temblaba la voz, y sus manos esbeltas se torturaban presa de una agitación que no podía controlar. Evitaba mirarme porque sabía lo cabreado que estaba y que todo iba mal.

Otro hombre en mi lugar se habría alegrado de que la única chica que creía perfecta de verdad le estuviese dando prácticamente su corazón, pero yo no. No me alegraba, porque odiaba las cosas bonitas. El destino se burlaba de mí, me las daba a probar y luego me las arrebataba. Me había pasado demasiadas veces, y no iba a volver a caer en la trampa.

Había vivido una vida terrible, y por eso no podía apreciar a aquella hada de ojos cristalinos en mi camino.

Mi sitio estaba en otra parte y mi mundo era diferente al suyo.

—¿Y bien? —balbuceó, y su dulce voz sonó como una cuerda retorciéndose alrededor de mi cuello.

En aquel momento, todo en ella me molestaba: su cara blanca como la nieve, sus labios carnosos, incluso su presencia.

Sin embargo, no era culpa suya en absoluto, sino mía.

Yo era defectuoso y caótico; mi única certeza era que tenía demasiadas dudas.

—Cállate, Selene. No respires siquiera —le espeté con desprecio, sacando a relucir la otra parte de mí, la cruel, que estaba luchando por el control y que yo mismo odiaba.

Me hacía perder el control y solo veía ante mí infinidad de dibujos psicodélicos, solo colores contrastados, solo siluetas y líneas fluorescentes, como si estuviera bajo la influencia de alguna droga que no era más que la rabia.

Mi peor enemiga.

Mi respiración era demasiado acelerada, solo había hecho falta una palabra, suspendida en el aire, para hacer saltar el resorte de la locura en mi cabeza.

—No entiendo por qué estás enfadado.

Selene sacó las llaves del bolso con manos temblorosas, y trató de meterlas en la cerradura. No lo consiguió a la primera y se le cayeron al suelo; se agachó y las recogió para volver a intentarlo.

—No tiembles como una niña pequeña y abre la puerta —le ordené molesto, y ella abrió los ojos de par en par asustada, y pude ver en ellos la tormenta provocada por mí.

Cuando por fin abrió, la seguí dentro de la casa, que estaba completamente a oscuras. Afortunadamente, su madre aún no había vuelto. Selene encendió el interruptor de la luz y subió las escaleras, sin dedicarme una sola mirada, así que la seguí, como el prepotente que era, y le miré el culo, con ganas de azotárselo.

Era una contradicción viviente: la odiaba, pero también quería follármela.

Maldición.

—Nadie te ha dicho que me sigas —me regañó, quitándose el abrigo, antes de entrar en lo que supuse que era su dormitorio.

Crucé el umbral de la habitación e inmediatamente admiré la decoración, elegante y sobria; luego desvié la mirada hacia Selene, que se estaba quitando las botas para quedarse con sus calcetines de colores.

—Tenemos que hablar —le dije con gesto torvo, pasándome una mano por la cara.

Estaba inquieto y nervioso, sentía que estaba a punto de explotar, estallar y destruir algo. Sabía que volvería a hacerle daño, porque era lo que mejor se me daba.

Era tan complejo que no entendía una mierda de mí mismo.

Sentía un cansancio amargo por dentro.

Me sentía abatido y derrotado por la vida.

Pero sobre todo solo.

Tan solo como estaba a los diez años, cuando en mi habitación me lamía las heridas como un perro apaleado que vagaba confuso por las calles desiertas de una sociedad inhumana.

Como cuando me secaba las lágrimas que me corrían por el rostro.

Como cuando me encerraba en mi caparazón, donde me protegía de todos, donde me sentía seguro, lejos de ataduras.

No confiaba en nadie, no me dejaba atrapar, porque si pasara algo así me moriría.

Había levantado un muro infranqueable para alejar el dolor de mí, pero también el amor.

Y Selene no quería entenderlo.

—¡No tenía que pasar esto!

Levanté la voz y ella se sobresaltó. Otra vez estaba furioso, cuando menos. La niña se mordió el labio y contuvo la respiración, sin saber cómo actuar, pero sobre todo cómo enfrentarse a mí.

—Yo no quería… —intentó decir, pero no la dejé hablar.

Aquella era mi marca, mi trazo distintivo, dominar a todo el mundo, no aceptar ninguna excusa.

—¿No querías qué? ¿Qué coño no querías, Selene? —grité, fuera de mí, y me di cuenta de que estaba temblando—. No tenías que encariñarte de alguien como yo. La palabra que ibas a pronunciar en ese parque no debe existir entre tú y yo, no debes asociar eso conmigo. ¿Qué es lo que no te queda claro de todo esto, eh?

La señalé con un dedo, consciente de que estaba exagerando y de que ella no se merecía aquel comportamiento, pero los recuerdos del trauma me habían sobrepasado y me habían empujado por un acantilado.

Ahora estaba en caída libre e iba a chocar contra la chica asustada que tenía frente a mí.

—¡No quería decir nada! Fue el momento, la situación, no lo pensé lo suficiente —se defendió, tropezándose con sus propias palabras. Me estaba mintiendo, ya la conocía bien y sabía interpretarla como un libro abierto, sabía que solo intentaba protegerse de mí, remediar el error que ya había cometido.

—¿Así que no ibas a decirme que te has enamorado de mí? —repetí con una sonrisa sádica—. Pero si lo habrías dicho claramente si no te hubiese detenido. Y tú no le dirías eso a cualquiera, Selene. ¡Tú también estás enferma, enferma de amor, pero yo no soy tu cura, no soy tu medicina! —le espeté, usando palabras afiladas como cuchillos, sin importarme que le cortaran el corazón—. Yo no he nacido para amar, Selene. Hago complicadas las cosas sencillas, e imposibles las cosas difíciles. Soy así. Mi propósito en la vida no es amar a alguien. No sé qué es ese maldito amor que todos los demás os engañáis a vosotros mismos para sentir, que todos ensalzáis sin saber siquiera qué demonios es. ¿Te ha quedado claro o no?

Y retorcí la punta de mi cuchillo invisible en las heridas que ya le había infligido, alimentándome de su dolor.

Tenía tanta rabia dentro de mí que era esclavo de ella.

Estaba tan desilusionado con la vida que me había vuelto insensible.

Era el resultado de este mundo cruel. Ya no tenía corazón, porque me lo habían arrancado cuando era solo un niño.

Así que no podía dárselo a Selene, a quien quería y no quería.

Sí, no quería una relación con ella, pero quería follármela en aquella cama y taparle la boca con mi lengua.

Yo era el rey del caos o, quizás, el caos reinaba en mí.

Ya no entendía nada.

—Me ha quedado clarísimo, pero no es culpa mía. Además, ¡estás mal de la cabeza! Hasta hace media hora me estabas besando y ahora me gritas sin motivo. —Su voz bajó un tono con cada palabra y se tapó los ojos con una mano. Estaba llorando, pero intentaba ocultármelo.

Selene no podía entenderme porque no conocía la verdad. No era consciente de lo que Kim me decía: que me utilizaba porque me quería y que, según ella, nuestra relación escondía un amor incomprensible para los demás.

—¡Sí que tengo un motivo! —le grité—. Odio la palabra «amor». No quiero oírla, y menos de ti —le dejé claro, aunque me daba cuenta de que Selene no era como Kimberly; entre la niña y yo nunca había existido la violencia que yo había sufrido en la relación malsana con la niñera.

Si hubiese tenido el valor de confesárselo todo…

—¡Estás loco! —reaccionó por fin Selene, y me miró con rabia y decepción. Me sentí aliviado. Si me hubiese gritado que era un cabrón, que no era adecuado para ella, que era una persona problemática de cojones, me habría parecido justo.

—Sí, eso es. Soy un loco.

Me apoyé en su escritorio, derrotado por mi propia aceptación, y me froté la frente, que comenzó a palpitar.

Selene dejó escapar un suspiro pesado y se encogió de hombros. Cuando la miré y me fijé en que el jersey que llevaba le marcaba a la perfección sus firmes pechos, pensé en empujarla sobre la cama, en someterla y resolver todo sin «hablar».

—Deberías dejar de tener miedo, de huir de mí y de encerrarte en ti mismo. Puede que sea la única que…

Pero, una vez más, no la dejé terminar. Selene se negaba a afrontar la realidad: yo era huraño y demasiado problemático para pensar en compartir mi vida con una mujer.

—¡Para, joder! —exclamé, y luego bajé la cabeza hacia mi mano porque un fuerte dolor de cabeza me obligó a cerrar los ojos.

Por favor, para. No digas que tengo que abrirme contigo, no digas que serías la única para mí o que me aceptarías como soy, porque podría incluso creerlo. Y acabaría creyendo también en las cosas bonitas.

Tú eres una cosa bonita, Campanilla, demasiado. Si te abriera mi corazón y luego decidieses marcharte o alguien te alejara de mí, me haría pedazos. Para no desmoronarme, no debo depender de nadie, y menos de ti. Podrías hacerme daño, y no puedo permitir que me rompas.

O que me consumas.

Ya me han hecho daño. Pero si Kimberly consiguió destruirme, tú tendrías el inmenso poder de matarme.

Y no puedo dejar que lo hagas.

Sin embargo, en lugar de decirle todo lo que pensaba, guardé silencio.

—¿Ahora qué vas a hacer? —me preguntó y no pude responder—. ¿La tarde que hemos pasado juntos no ha tenido ningún valor para ti? —Otra pregunta que ignoré—. ¿Nuestro beso no ha significado nada para ti?

Ella esperaba una respuesta que le respondiera, pero yo no dije nada en absoluto.

—Neil…

Hice girar lentamente el pulgar y el índice sobre mi frente en busca de un alivio que no llegó.

—Tengo que irme.

Eso fue todo lo que le concedí, porque no podía darle nada más.

—¿Otra vez? ¿Quieres huir de nuevo? —me preguntó ella, incrédula y resignada. En ese momento levanté la mirada hacia ella y vi que tenía los ojos vidriosos y le temblaba el labio. Quería besarla y ponerle fin a todo este tormento, pero ella continuó—: Neil, deja de hacerme daño. ¿Has venido a verme para esto? ¿Para herirme otra vez?

No. No estaba allí por eso. Le había dicho a Logan que nunca iría a Detroit, estaba firmemente convencido, hasta que mi hermano me había dicho: «Si la pierdes, no volverás a encontrar a nadie como Selene tan fácilmente», y entonces había cogido el primer avión y había ido a buscar a mi Campanilla, cometiendo una gran estupidez.

—Debías habértelo esperado —contesté cínico y ella se sentó en la cama con los hombros encorvados. Sus manos descansaban sobre sus muslos y el pelo castaño le caía sobre los pechos. Sacudí la cabeza, ahuyentando la idea de consolarla, y me dirigí hacia la puerta del dormitorio. Sin embargo, unos sollozos repentinos me hicieron detenerme.

¿Cuántas veces le había faltado al respeto? ¿Cuántas veces le había fallado?

¿Cuánto aguantaría mi hada hasta que sus alas se rompieran?

Me di la vuelta y la vi acurrucada en la cama, en posición fetal. Ahora parecía una niña de verdad. Suspiré, me acerqué a ella y me senté en el borde del colchón sin pedirle permiso. Ella me ignoró y me quedé mirando su pequeña nariz curvada hacia arriba; me gustaba darle un beso allí de vez en cuando, sobre todo cuando la arrugaba en una de sus muecas.

—No quiero… —Me aclaré la garganta y le acaricié el pelo—. No quiero verte llorar —logré decirle, pero ella me apartó la mano y se enjugó una lágrima.

—Déjame en paz —susurró y mantuvo su mirada fija en el vacío.

Yo miraba su pelo caoba con reflejos castaños, que le caía sobre su rostro perfilado. Sí, Dios había hecho un buen trabajo con ella y su belleza era mi trampa.

—¿Te has preguntado alguna vez cómo sería estar juntos de verdad?

Fijó sus ojos azules en los míos y respiró suavemente. Sus iris marinos estaban intentando hacer el amor conmigo, pero mis ojos dorados la estaban jodiendo, dejándole claro cuánto la deseaba. Le acaricié un costado y ella se estremeció y dobló las rodillas contra el pecho. No quería que la tocara, no cedería aunque la hubiese seducido como hacía con todas.

—Deberías descansar…

Desvié la conversación, o al menos lo intenté, y ella se enfadó.

—Deja de tratarme como si fuera una cría. No lo soy. Te he hecho una pregunta y exijo una respuesta.

Se sentó y se echó el flequillo hacia un lado, revelando la cicatriz; a pesar de la fuerza que intentaba aparentar, no podía vencer contra mi arrogancia.

—¿Qué pregunta? —me burlé, y ella se puso roja de ira.

Apoyó la espalda en el respaldo de la cama y estiró las piernas delante de ella. Frunció los labios en un mohín involuntario y la miré hambriento. Me la habría comido a bocados.

—Eres gilipollas —respondió ella con picardía.

—Las hadas no deberían decir palabrotas —me burlé de ella y le miré fijamente los muslos. Tuve que hacer un gran esfuerzo para no arrancarle los malditos vaqueros.

—Ese es tu problema: crees que soy una especie de princesa salida de un cuento de hadas, pero te equivocas. No vivo en un castillo encantado. Yo también tengo un pasado de mierda, una familia rota, un padre con el que no me llevo bien, un chico que me escupe a la cara que no le importo cada vez que intento hacerle ver que es importante para mí —dijo de un tirón, amargada; inspiró y siguió hablándome con furia—. ¡Si eso es ser una princesa, entonces no he entendido nada de los cuentos de hadas!

Sacudió la cabeza decepcionada y apretó las manos en dos puños, junto a las piernas.

No entendía por qué Selene no abría sus alas para volar y huir de un enemigo diabólico como yo, por qué se obstinaba en impresionarlo, aturdirlo y mancillarlo, cuando ella era tan fuerte y tenaz, inteligente y delicada, atractiva y…

Más bella que nadie.

—He pensado muchas veces en cómo sería estar juntos.

»Y encerrarnos en cada momento del día. Te querría dentro y junto a mí en cada minuto. Serías mi ángel rival contra el que luchar hasta el fin de mis días. Mordería tu lengua afilada, besaría tu puchero infantil, acariciaría tu pelo perfumado y lamería tus sinuosas curvas. Te pediría que abrieras más galletas en un parque cualquiera de Detroit para perseguir juntos nuestra fortuna. Te propondría que me besaras como si me amases mil veces más, pero también te pediría que no me digas nunca «te quiero». Luego te haría arrodillarte ante mí, te haría esclava de mi alma, te mandaría a paseo un millón de veces, pero siempre volvería a buscarte.

»Sí, de vez en cuando he pensado en ti y en mí juntos. Y no solo en una cama.»

La miré muy serio después de confesarle parte de la verdad y le acaricié instintivamente la mejilla. Me entró un escalofrío por la espalda cuando mis dedos entraron en contacto con su piel suave, y ella se estremeció por mi gesto. Me quedé mirando sus ojos azules, aún húmedos de sufrimiento, con los labios secos aprisionados entre ellos.

—Túmbate —susurré y ella obedeció, y a continuación, todavía con el chándal de su padre y mi cazadora de cuero, me tumbé junto a ella, de lado, y le toqué el pelo.

Selene estaba ahora de frente a mí, mirándome intensamente, tanto que me sentía desnudo.

—¿Me dirás algún día qué es lo que te hace enfadar tanto? —murmuró, regocijándose en el contacto con mis dedos que se deslizaban suavemente por sus largos mechones.

—Duerme —contesté, observando sus mejillas sonrojadas y sus párpados hinchados por el llanto. Ella suspiró mientras yo absorbía su olor a coco, para capturarlo en mis pulmones y llevármelo conmigo.

—Entonces, ¿te quedas esta noche o…? —repitió ella, luchando contra el cansancio y la necesidad de dormir, porque todavía tenía ganas de hablar.

—Chist… —susurré, y luego le di un beso en la frente.

Sus ojos se cerraron por completo y, en pocos minutos, su respiración se hizo más profunda. Se había quedado dormida. Dejé de acariciarla y me levanté de la cama con cuidado de no hacer chirriar los muelles para no despertarla. Me acerqué de puntillas al escritorio y rebusqué en su estuche rosa con un dibujo de un gatito. Sonreí al ver ese detalle infantil, y luego le escribí una nota en un *post-it,* donde garabateé lo primero que se me vino a la cabeza. Dejé el bolígrafo en su sitio y pegué el miserable mensaje en el primer libro de varios que tenía apilados.

Luego me dispuse a hacer lo que mejor sabía hacer: huir y decepcionarla.

Abrí la puerta, que crujió ligeramente, y le dirigí una última mirada fugaz. La suave luz de la lamparilla seguía encendida e iluminaba la figura de Selene tumbada en la cama, con una mano cerrada junto a los labios y la otra estirada a lo largo de su costado.

Era mi niña, y siempre lo sería.

Salí de la habitación, cerré la puerta tras de mí y respiré aliviado al bajar las escaleras y llegar al salón sin que nadie me molestara.

—¿Te vas?

Me sobresalté al oír la voz segura pero tranquila de Judith. Me giré para mirarla y la pillé detrás de mí. Todavía llevaba su elegante abrigo y los zapatos de tacón, señal de que acababa de volver.

—Sí. Lavaré la ropa que me ha prestado y…

Ella sacudió su cabeza y me pidió que le diera un minuto. Poco después regresó con una bolsa en la mano, en la que había metido mi ropa, ya seca, y me la entregó amablemente.

—La ropa de Matt puedes quedártela. Aquí tienes la tuya.

—Muchas gracias por la ropa y por su hospitalidad, pero ahora debo marcharme —dije, cogiendo la bolsa con una sonrisa tensa.

—Negro… —replicó Judith.

Me quedé inmóvil mientras palpaba el bolsillo de mi chaqueta en busca del paquete de Winston; hacía mucho rato que no fumaba, porque siempre que pasaba tiempo con Selene, me olvidaba de la nicotina.

Ella se estaba convirtiendo en mi adicción.

—¿Qué? —inquirí, frunciendo el ceño.

—Tu nombre viene de *Njal,* que significa «nube». Luego se latinizó al término *Niger,* que significa negro.

Cruzó los brazos sobre el pecho y apoyó un hombro en la pared, mientras yo la miraba sorprendido de que conociera el origen etimológico de mi nombre.

—Eso es —murmuré, apoyando la mano en el pomo de la puerta.

—Naciste como una *Njal,* una nube blanca, y te convertiste en *Neil,* el anochecer, la oscuridad, pero depende de ti decidir si quieres seguir siendo eso o volver a convertirte en lo que eras originalmente.

Me sostuvo la mirada, estudiándome detenidamente como si fuera uno de los libros de mitología griega que estudiaba, o un alumno lidiando con una pregunta difícil en un examen.

Le sonreí con picardía.

—Cómo es el destino, ¿verdad? Mi nombre, al igual que yo, ha sufrido una metamorfosis, señora Martin. Pero desgraciadamente no hay nada que pueda hacer para volver a ser una *Njal* —dije con sarcasmo amargo, y luego abrí la puerta y sentí el aire mordaz de la noche rozando la piel de mi cara—. Buenas noches —me despedí, serio, y me fui, cerrando la puerta detrás de mí.

Negro era mi nombre, negro era mi ser.

Y debería darle las gracias al destino por haberme convertido en la oscuridad, por haberme concedido una vida lamentable, por haberme hecho esclavo del sexo, amante del vicio, súbdito del pecado carnal y hostil a los sentimientos.

Debería darle las gracias por poner a su ángel de ojos de océano en mi camino, en el momento equivocado, en el lugar equivocado, de la manera equivocada.

Por las pesadillas que me torturaban cada noche.

Por permitir que una puta me utilizara a los diez años.

Por obligarme a huir de lo único bueno que tenía, porque si me hubiera atado a Campanilla, me habría perdido.

La vida era una partida de ajedrez.

Y este era un punto para mi hada y otro golpe recibido por mí, el diablo vencido…

16

Neil

Soy de los que, entre el orden y el caos,
siempre se inclina hacia el caos.

EMIL CIORAN

Me quedé fuera de la biblioteca de la universidad fumando y, después de dar una última calada, tiré la colilla con la intención de volver a entrar.

Hacía una semana que había vuelto a Nueva York. No había tenido noticias de la niña desde que salí de Detroit en mitad de la noche, dejándole una mísera notita en el escritorio.

Aunque había pasado el tiempo, nuestro beso seguía bien grabado en mi mente.

Esa noche, su lengua había intentado comunicarse con la mía de una manera que no conocía.

Cuando Selene me había besado, había llegado incluso a las partes de mi cuerpo marcadas por el odio, por el recuerdo, por la ira.

Cuando me había tocado, había intentado tocar mi alma, penetrar bajo mi piel para grabar su esencia en mi interior.

Quería plantar flores en mi corazón árido, atrofiado y congelado, pero no ocurriría tan fácilmente como ella pensaba.

En cualquier caso, para ahuyentar la melancolía y expulsarla de mis pensamientos, me había enfrascado en los estudios y por fin había aprobado mi penúltimo examen.

—Sabía que te encontraría aquí. ¿Cómo ha ido? —Logan me puso una mano en el hombro y me hizo dar un respingo.

—¡Pero qué coño haces! ¿Quieres provocarme un ataque al corazón o qué? —exclamé irritado, y él puso los ojos en blanco.

—Vamos, no me tengas en vilo —insistió, ajustándose la cartera llena de libros.

—Ha ido. —Me encogí de hombros con indiferencia y él sonrió con orgullo.

—¿Y lo dices así? ¡Ya casi lo tienes, falta uno más y podrás graduarte! —gritó Logan eufórico, mientras mis ojos se desviaban con aburrimiento hacia los estudiantes que entraban y salían de la biblioteca.

—Sí, no es para tanto —repliqué molesto.

En realidad no tenía ninguna expectativa sobre el futuro, sobre todo porque unas semanas antes había entregado al profesor Robinson un proyecto arquitectónico muy importante —se trataba de evaluar la habilidades técnicas de cada estudiante para ver la probabilidad de convertirse en arquitecto—, que me había llevado meses, y él me había despedido con un simple «le echaré un vistazo», después de lo cual no me había vuelto a decir nada. Cada vez que me lo encontraba por los pasillos se limitaba a saludarme sin más, por lo que estaba convencido de que no le había gustado. En ese caso, mi sueño se desvanecería y, con mi carácter, me costaría hacer cualquier otro trabajo.

—Neil. —Logan se puso delante de mí y me estudió a fondo—. ¿Estás bien?

Inclinó la cabeza hacia un lado para mirarme mejor y suspiré.

—Sí, ¿por qué no iba a estarlo?

Le sostuve la mirada con frialdad, impidiendo que escudriñase mi interior, aunque sabía que tenía la capacidad de entenderme y que con él no tenía escapatoria. Un momento después, de hecho, me agarró por el brazo y me llevó a un rincón más apartado.

—Tonterías —me espetó molesto, sujetándome con fuerza el bíceps con la mano—. Estás huyendo de alguien que podría gustarte y hacerte feliz. ¿Te das cuenta? Selene te asusta porque tú también sabes que con ella sería diferente. Te asusta porque es la única chica que quieres de verdad —repitió por enésima vez, y me arrepentí de haberle contado todo tan pronto como volví de Detroit. Estaba tan descompuesto que le había contado lo de nuestra noche en el parque, lo de las galletas de la fortuna, lo del beso, lo de aquel «si yo te...» y lo de nuestra discusión.

—Logan, para. —Me liberé con un fuerte tirón de su mano y me recoloqué la cazadora de cuero—. Yo no soy como tú. Selene no es como Alyssa. Nuestra relación no es como la vuestra, a base de amor, mimos, besos y demás. ¡Métete eso en la cabeza!

Le di un golpecito con el dedo índice en la sien y se estremeció ante mi contacto.

—Solo digo que tienes que dejar de huir de lo que sientes y de lo que quieres —insistió de nuevo, tratando de romper mi coraza, pero era en vano. Me había llevado años construirla, había vivido con ella toda mi vida y ahora formaba parte de mí.

—Logan, yo no quiero a nadie. No quiero ninguna maldita relación. Nunca renunciaré a mi libertad. No me anularé a mí mismo por un coño que todas tienen entre las piernas. ¿Te queda claro o no?

Las palabras me salieron como la crecida de un río, una tormenta de arena, un terremoto cuyo epicentro se interpuso entre nosotros, en el pequeño espacio que nos separaba.

—Ya no te acuestas con nadie. ¿Cómo me explicas eso? —me preguntó con una expresión socarrona que no me gustó en absoluto.

—Porque tengo un problema. ¿Se te ha olvidado? El doctor Lively me aconsejó que no tuviera relaciones sexuales por ahora —le aclaré, bajando la voz. Siempre había sido reservado y no quería que algún oído indiscreto escuchara información privada.

—¿Entonces has retomado la terapia? —Arqueó una ceja.

—No —respondí, seco.

—Pero estás siguiendo sus consejos, ¿no? —preguntó, y por un momento lo miré confundido—. ¿Por qué no intentas acostarte con Selene? ¿Tal vez porque tienes miedo de que con ella sí llegues al orgasmo? —insinuó, y yo estuve a punto de echarme a reír en su cara.

—Créeme, intenté uno de mis preliminares favoritos con ella y no funcionó.

Le guiñé un ojo y pensé en lo que había pasado en la casa de invitados, cuando me había subido encima de ella para moverme entre sus pechos.

Él resopló.

—El sexo con ella sería diferente y lo sabes. Sentirías una implicación emocional, por eso estás evitando ceder, ¿verdad?

Asumió una expresión pedante que me molestó. Odiaba que entendiera mis razonamientos o mis actitudes, así que desvié la mirada, para que no pensara que había dado en el clavo.

—Tengo que volver a entrar. Debo estudiar para mi último examen.

Le ofrecí a mi hermano una excusa trivial solo para finalizar la conversación, pero él negó con la cabeza y me retuvo de nuevo.

—Confía en Selene, ella ya te ha aceptado como eres. ¿Cuántas veces te la has follado? ¿Y cuántas veces te ha permitido comportarte como una bestia, sin un mínimo de respeto por ella? —Hizo una pausa de efecto, pero no me dio tiempo a responder a sus preguntas—. Y, a pesar de eso, nunca te ha juzgado —añadió, mirándome fijamente a los ojos.

Por un momento me entró la duda de si Logan le habría hablado de mi pasado, pero la ahuyenté. Mi hermano sabía lo reacio que era a hablar de ello con la gente, así que nunca lo contaría a mis espaldas.

—Sentiría asco por mí —respondí con un velo de melancolía, dando voz a mi convicción: ninguna mujer aceptaría de verdad estar con un hombre como yo, con heridas tan profundas en su interior.

—Qué va, te entendería —dijo con seguridad. Sin embargo, me limité a sacudir la cabeza y me alejé para entrar en la biblioteca. No tenía ningunas ganas de seguir con nuestra conversación: pensar en la niña me angustiaba y no quería que mi estado de ánimo dependiera de ella.

Sin embargo, cuanto más intentaba sacarme a Selene de la cabeza, más estaba allí, a todas horas del día, sin dejar de hacer ruido.

Con un suspiro, volví a mi mesa y me incliné sobre el libro, luego cogí el lápiz y me lo puse entre los labios para morderlo, como siempre hacía cuando estudiaba. Había un silencio tranquilizador a mi alrededor, interrumpido de vez en cuando por el susurro de algunas páginas.

Alguien carraspeó para atraer mi atención e instintivamente levanté la cabeza. Frente a mí estaba el profesor Robinson, con un elegante traje y un montón de folios pegados al pecho.

—Neil… ¿puedo molestarte? —preguntó cordialmente.

—Hola.

Eso fue todo lo que dije antes de fijarme en la sonrisa que curvó sus labios finos.

—He podido mirar con detenimiento tu proyecto arquitectónico y tengo que decirte que, a pesar de la larga espera para la entrega, tu trabajo es definitivamente excelente —me elogió.

Apenas podía creerlo. Arrugué la frente y miré a mi alrededor. Me fijé en que los dos estudiantes de la mesa de al lado me miraban con curiosidad. Después de todo, yo era Neil Miller, pertenecía a los Krew y era conocido por razones que no tenían nada que ver con el estudio, así que me puse de pie, elevándome por encima del profesor, y cerré el libro de un golpe.

—¿Quieres hablar de esto en un lugar más tranquilo? —intuyó, probablemente creyendo que no quería molestar a los que estaban estudiando, cuando, en realidad, simplemente no quería que los demás alumnos descubrieran que me gustaba la arquitectura y que mi media era una de las más altas de todo el curso.

—Sí, salgamos de aquí —propuse serio, y él me miró con recelo, pero no me importó. Cogí el libro con una mano y me metí el lápiz en el bolsillo de la chaqueta, y salimos de la biblioteca.

—Bueno… —El profesor Robinson se puso a pasear por el campus y de vez en cuando saludaba a algunos estudiantes. Yo iba

a su lado, con curiosidad por escuchar lo que tenía que decir—. Como bien sabes, Neil, siempre he pensado que eres uno de los mejores de la clase, pero estaba esperando a evaluar tu proyecto para estar seguro.

Sonrió y siguió caminando a paso lento. Me adapté a su ritmo y, mientras tanto, saqué el paquete de Winston, me puse un cigarrillo entre los labios y lo encendí, ignorando su mirada de desaprobación.

Si quería fumar…, fumaba.

—Me alegro.

Me costó decirlo, porque en realidad aquel gilipollas me había ignorado completamente durante las últimas semanas, haciéndome sospechar que mi proyecto era un desastre total, y en cambio…

—Me gustaría hacerte una propuesta.

Se detuvo de repente y yo hice lo propio. Le di una calada a mi cigarrillo y giré ligeramente la cara, para echar el humo al aire.

—¿De qué se trata? —pregunté, volviendo a mirarle a los ojos.

El profesor Robinson se tomó su tiempo antes de responder, y luego continuó.

—He elegido a dos alumnos de mi clase, los más meritorios,

para unas prácticas de arquitectura en Chicago, y uno de ellos eres tú. —Permanecí en silencio y seguí escuchando—. Se trata de una experiencia útil, de duración variable, que tiene como objetivo principal aprender todas las habilidades de un buen arquitecto. Por lo general, finaliza cuando se entra en el mundo laboral. Tú y el otro estudiante elegido tendréis relación con el típico microcosmos de trabajo de un estudio de arquitectura, en definitiva, con todo lo que gira en torno a los proyectos. Conocerás a personas que comparten la misma pasión que tú y os alojaréis en un piso para dos personas. Yo me encargaré de todo, vosotros solo tendréis que hacer las maletas y perseguir vuestros sueños —concluyó.

Sus palabras me perturbaron además de sorprenderme, tanto que no me di cuenta de que una tercera persona se había unido a nosotros.

—Profesor Robinson, hola.

La voz sensual de Megan se entrometió en nuestra conversación. Se detuvo junto a nosotros y yo la miré. Llevaba una camiseta ajustada que resaltaba sus pechos y unos vaqueros tan ceñidos que resaltaban sus curvas perfectas. El pelo negro estaba recogido en una coleta alta y sus ojos verdes parecían más brillantes de lo que recordaba. Al pasar junto a mí, le miré el culo y ella me pilló y sonrió con suficiencia.

—Megan, me alegro de verte. Estaba hablando con Neil sobre las prácticas en Chicago —le informó, y luego se volvió hacia mí—. Megan ya ha aceptado. Solo me queda saber tu respuesta —dijo entusiasmado.

Yo tosí y tiré el cigarrillo. Mi estado de ánimo cambió de repente y, en ese mismo instante, decidí que me negaría. Mi respuesta sería un no rotundo.

—Ah, qué bien. Yo me encargaré de convencer a Miller, no se preocupe, profesor —dijo con una expresión insolente en el rostro.

—Nunca aceptaré ir a Chicago contigo —respondí irritado, sin importarme la presencia del profesor.

—¿Qué pasa, Miller, tienes miedo de compartir piso con una chica? —se burló Megan y levantó una comisura de los labios sarcásticamente, haciéndome perder la paciencia.

—Me gustan las mujeres encima o debajo, no alrededor. Especialmente si son unas desequilibradas —le guiñé un ojo con descaro y ella desvió su mirada hacia el profesor Robinson que nos miraba fijamente, avergonzado.

—Chicos, no creo que vuestras confidencias personales sean importantes para las prácticas de las que os he estado hablando.

Se subió las gafas graduadas con el dedo índice y siguió mirándonos perplejo.

—Tiene razón, profesor Robinson. Miller tiene algunos problemas para manejar sus impulsos, perdónelo.

Megan esbozó una leve sonrisa divertida y yo arqueé una ceja, mirándola con gesto torvo.

—Tendréis que aclarar vuestras diferencias, porque, si Neil acepta, pasaréis mucho tiempo juntos. Por favor, chicos. Vuestro futuro está en juego —dijo el profesor y nos sonrió.

Tras despedirse y pedirnos por enésima vez que reflexionáramos sobre la propuesta de Chicago, se marchó porque tenía un compromiso inminente, y nos dejó solos.

En ese momento agarré a Megan por el brazo antes de que pudiera escapar y la arrastré a un lugar más tranquilo.

—¿Qué coño hacías, eh? —le espeté a poca distancia de la cara, con tono amenazante. Ella, sin embargo, no se inmutó y me miró sin intimidarse en absoluto.

—Solo me gusta fastidiarte —se justificó como si no me hubiera ridiculizado delante de un profesor, encima mientras estábamos teniendo una conversación sobre un tema serio.

—Ah ¿sí? —le dije con sorna—. Pues aprende a dirigirte a mí con respeto a partir de ahora —le ordené con tono hosco; a diferencia de ella, que lucía una sonrisa divertida, yo no estaba bromeando en absoluto.

—No me gustan los hombres que tratan de imponerse —me reprendió.

—Y a mí no me gustan las mujeres que cometen una y otra vez los mismos errores —le advertí mientras sus ojos, con ligeras vetas de bronce, seguían fijos en los míos. Luego la solté porque no podía soportar la forma en que me miraba, la confianza de la que hacía gala y, sobre todo, que no me temía en absoluto.

Me di cuenta de que había conocido a muchas mujeres en mi vida y todas habían mostrado siempre cierto temor hacia mí. Todas excepto Megan.

—Piensa en las prácticas de Chicago, Miller, y no pierdas el tiempo.

Retrocedió un paso y sacó el paquete de Chesterfield para encenderse un cigarrillo. Lo mismo que fumaba de adolescente.

—Nunca compartiría piso contigo. No te soporto —dije, y miré sus labios carnosos, más concretamente el lunar oscuro que marcaba su arco de Cupido, dándole un encanto sensual, y luego levanté la mirada hacia sus ojos.

De repente, recordé uno de nuestros primeros encuentros.

Por aquel entonces era una niña tímida con la extraña costumbre de llevar siempre un lazo blanco sujetando su larga melena negra como el carbón.

Me gustaba aquel contraste…

Estábamos sentados en el jardín de mi mansión, a la sombra de un árbol que nos protegía de los abrasadores rayos del sol. Ella llevaba un vestido rosa empolvado hasta la rodilla con escote redondo y una cinta de raso alrededor de la cintura, que la hacía parecer una de esas muñecas de porcelana que a mi madre le encantaba coleccionar.

Kimberly me había traído a Megan, como hacía muchas tardes, porque quería prepararnos para un juego al que jugaríamos pronto. Decía que seríamos los protagonistas de una película, yo haría de Peter Pan y Megan sería Wendy. Decía también que nos iba a disfrazar, pero algo no me cuadró en su mirada cuando hablaba de ello.

—Entonces, ¿hola se dice ciao*? —le pregunté, frunciendo el ceño.*

No sabía nada de italiano. A los diez años, solo conocía mi propio idioma.

—Sí, ciao.

Megan se apartó un mechón de pelo de la cara, curvando su boca dibujada y carnosa hacia arriba.

—¿Y pequeña? ¿Cómo se dice? —volví a preguntar, curioso, doblando las rodillas hacia el pecho y aferrándolas con mis delgados brazos.

*—*Piccola *—respondió, evitando mi mirada y esbozando una sonrisa tierna.*

—¿Entonces tú eres… piquiola*?*

Incliné la cabeza dubitativo y me pasé una mano por la nuca. No se me daban bien los idiomas y tampoco se me daba bien memorizar cosas.

—Piccola. Pic-co-la —*explicó divertida. Su risa era ingenua, inocente, pero pronto fue sustituida por el dolor en su mirada—. Aunque Ryan dice que ya no soy* piccola.

Se puso una mano en el bajo vientre y apretó las piernas con miedo, como si aquel nombre le hubiese causado un profundo dolor que salía de su alma y se ramificaba hacia cada punto de su cuerpo.

Los puntos sobre los que Ryan Von Doom ejercía su poder despiadado...

Mis ojos se clavaron en los suyos como un brillante en un círculo de platino, ni siquiera sabía cuánto tiempo había pasado desde entonces o por qué mi mente había desenterrado de las profundidades de la memoria aquel momento.

—En su día te gustaba darme clases de italiano —le dije con tono irónico, y ella, tras un momento de confusión, entendió de qué estaba hablando.

—*Piccola* no sabías decirlo —murmuró Megan en tono dulce, recordando la misma anécdota del pasado.

—No se me daba bien memorizar palabras.

Me encogí de hombros y la miré dar una calada a su cigarro. Exhaló y, aunque estábamos lejos, olí, mezclado con el humo, su olor a azahar, lo que me molestó.

—Eras un niño tan bueno, ahora te has convertido en un *ragazzo cattivo* —farfulló irritada, y yo arqueé una ceja.

—La vida me ha convertido en lo que soy hoy —contesté, volviendo a saborear la amargura de lo que había vivido.

—Siempre puedes decidir si dejas que el pasado te afecte o no —replicó con decisión, y en ese instante admiré la tenacidad que había demostrado al enfrentarse a todo. Megan siempre había sido más fuerte que yo; tal vez incluso había logrado superar lo que Ryan le había hecho, mientras yo seguía fuertemente unido a Kim.

—Mi niñera era mejor que tú enseñándome a usar la lengua. ¿Crees que puedo olvidar lo que me hizo tan fácilmente? —Mi voz baja y ronca la hizo estremecerse.

—A mí mi profesor de guitarra también me enseñó cosas completamente diferentes de las que esperaba —replicó, refiriéndose a Ryan Von Doom, el cabrón que, en su día, de mutuo acuerdo con Kimberly, una niñera encargada de abordar a los niños de diez años en adelante, se había hecho pasar por profesor particular de música, profesional, preciso e impecable, que daba clases de guitarra. Pero solo a niñas, a las que elegía meticulosamente. Los dos estaban bien organizados, lo calculaban todo hasta el más mínimo detalle y siempre seleccionaban a las familias más ricas. En poco tiempo conseguían ganarse la confianza de los padres y actuar sin que nadie los molestara.

—Tengo que… Tengo que irme —murmuré confuso, porque retroceder en la memoria me desconectaba de la realidad. A veces incluso me daba náuseas. Por lo tanto, para no vomitar allí, en mitad del campus, decidí cortar la conversación de inmediato—. Nos vemos, desequilibrada —le dije antes de dar media vuelta y alejarme lo más posible de ella.

Llegué a casa una hora más tarde.

Tenía veinte llamadas de Jennifer, pero no había respondido a ninguna porque no quería pasar tiempo con los Krew; mi mente seguía enfrascada en la conversación que había tenido con Megan, y además tenía cosas más importantes que hacer, como ir a ver al doctor Lively. Me apresuré a ir a mi habitación y me desnudé para darme una ducha; cuando acabé, salí con una toalla alrededor de las caderas y caminé descalzo por la habitación, goteando por todas partes, para buscar unos calzoncillos limpios y mis vaqueros oscuros.

Cuando me vestí, fruncí el ceño al notar que una de mis sudaderas preferidas había desaparecido.

—¿Dónde coño estará? —despotricaba para mis adentros; estaba a punto de llamar a Anna y regañarla, porque sabía perfectamente que tenía que dejar mis sudaderas limpias dobladas con esmero sobre la cama, pero entonces…

—Chloe —adiviné, y me dirigí como un tanque hacia su habitación. Ni siquiera llamé a la puerta, sino que la abrí de golpe, con mis modales bruscos de costumbre.

—¡Neil! ¿No sabes llamar a la puerta? —exclamó mi hermana, molesta, en cuanto me vio. Se tumbó en la cama y, alarmada, se quitó los auriculares. Inspeccioné cuidadosamente su cuerpo y me di cuenta de que llevaba unos leggins negros y, por supuesto, mi sudadera azul.

—¿Y tú no sabes pedir permiso antes de tocar mis cosas?

Me puse las manos en las caderas y adopté una postura severa. Los ojos grises de Chloe se deslizaron desde mi torso desnudo hasta mis vaqueros pitillo, e inmediatamente arqueó una ceja.

—Soy tu hermana. No hace falta que vengas aquí hecho una furia y encima medio en bolas. Te recuerdo que no tienes ningún efecto sobre mí —comentó sarcástica y sacudió la cabeza, balanceando su coleta rubia de un hombro a otro; luego se puso los auriculares de nuevo y volvió a ignorarme.

—Estoy medio en bolas porque tengo que ponerme mi puta sudadera —despotriqué, quitándole de malas maneras los auriculares. Mi hermana se sobresaltó e infló los mofletes como una niña enfadada.

—Eres un caprichoso. ¡Tienes el armario hasta los topes y te pones así por una maldita sudadera! —se defendió con decisión y saltó de la cama.

Me miró desafiante y golpeó con su dedo índice mis pectorales. Aquello no era nada nuevo para nosotros: Chloe y yo discutíamos a menudo, la mayor parte de las veces porque se colaba en mi habitación y me robaba cosas sin preguntarme.

—¡Quiero esa! ¡Es mi preferida! —volví a refunfuñar, y con una sonrisa burlona me metí los auriculares en el bolsillo trasero de los vaqueros.

—Neil… —dijo ella, acercándose—. Sabes que te quiero. No nos peleemos.

Me abrazó y se frotó la mejilla en mi abdomen. Sabía muy bien lo que intentaba hacer. Quería ablandarme. El vínculo que me unía a mis hermanos me hacía débil, y ambos eran conscientes de ello.

Nunca conseguía ser un auténtico cabrón con ellos dos, así que se aprovechaban de ello.

—¿Me dejas quedarme con tu sudadera? Por cierto, me he fijado en que hoy estás más guapo que de costumbre y que tienes más músculos. ¿Estás entrenando más en el gimnasio? ¡Porque estás increíble, en serio!

Chloe empezó a soltar todo tipo de piropos. Esbozó una sonrisa socarrona y batió las pestañas, apoyando la barbilla en mi pecho, todavía abrazada a mí.

—No tienes que hacerme la pelota para convencerme. Te recuerdo que tengo tus auriculares y no los recuperarás hasta que…

Me detuve cuando Chloe se zafó de nuestro abrazo con los auriculares colgando de una mano.

Pero ¿qué coño…?

Me los había sacado del bolsillo trasero mientras me distraía con todas aquellas carantoñas.

—Qué cabrona —afirmé divertido, sacudiendo la cabeza. Soltó una risita triunfal y se sentó en la cama.

—He aprendido del mejor.

Encogió un hombro con actitud altiva, pero en ese instante dejé de prestarle atención porque mi mirada se desvió hacia lo que parecía una invitación a una fiesta, tirada en la cama a su lado. Fruncí el ceño y, con el sigilo de un felino, la agarré, haciendo que Chloe diera un respingo.

—¡Neil! —Se levantó de la cama e intentó quitarme el papelito, pero yo lo levanté para leer lo que decía.

—Una fiesta de disfraces.

Mi voz rígida y severa fue suficiente para intimidarla, bloqueando sus intentos de recuperar la invitación. Chloe se apartó un mechón de pelo de la cara y me miró con miedo.

—Deja que te lo explique… —Dio un paso atrás y tragó saliva.

—¿Explicarme el qué? No vas a ir.

Arrugué el trozo de papel en una mano, lo tiré al suelo y la miré con gesto torvo. No iba a ir a una fiesta universitaria, donde habría demasiadas drogas y ríos de alcohol, definitivamente inadecuada para una chica como ella.

—Ya —confirmó, haciéndome fruncir el ceño.

—Ya ¿qué?

—No voy a ir —repitió ella, dejándose caer en el borde de la cama—. Sí, ha venido Madison a traerme esta invitación, pero la he rechazado.

Se subió y se bajó la cremallera de mi sudadera como si intentara liberar la tensión que sentía, y suspiró.

—¿Estás segura? —le pregunté; esperaba que no me estuviera mintiendo.

—Claro.

Ella asintió, y luego se tumbó otra vez con los auriculares puestos, dando por terminada nuestra conversación. Decidí confiar en ella por una vez y no investigar quién le había dado a Madison la invitación, aunque seguramente Chloe lo sabía.

A ver, no quería prohibirle a mi hermana que se divirtiera, pero mi comportamiento estaba justificado: no podía dejarla ir por ahí libremente con un loco que iba detrás de mí. Player podría tomarla con cualquiera y tenía que evitar a toda costa que le pasara algo a mi familia.

Con la mente llena de preocupaciones, volví a mi habitación, me puse otra sudadera, cogí las llaves del coche y luego bajé a la sala de estar, dispuesto a ir a la clínica psiquiátrica del doctor Lively.

En realidad no había decidido retomar la terapia, pero sentía la necesidad de hablar con mi psiquiatra, de que me escuchase, porque él era el único que podía comunicarse con mis monstruos, el único que podía entender mis problemas y sugerirme la solución adecuada.

Sin embargo, cuando, veinte minutos después, llegué a la consulta, el doctor Lively no estaba.

—¿Qué significa que no está aquí hoy? —le repetí a Kate, la mujer con el culo flácido sentada detrás del mostrador de entrada.

Ella me miró por encima de sus gafas redondas y suspiró.

—Significa que tendrás que volver otro día y posiblemente concertar una cita —respondió impaciente; sin añadir nada más, me dirigí hacia la salida y maldije como un loco.

Me había costado mucho tiempo reunir el valor para ir allí, y justo cuando por fin había tomado la decisión, la mala suerte se interponía. Probablemente no volvería. Las ganas de hablar con mi psiquiatra no volverían tan fácilmente…

—Neil.

Me detuve cuando alguien me llamó. Fruncí el ceño y vi al doctor Keller, con su elegante traje, mirándome intrigado.

—Me alegro de verte, muchacho. ¿Cómo estás? —sonrió, y yo arqueé una ceja con mi habitual actitud esquiva.

¿Qué demonios quería ahora? No había hablado con él desde nuestro último encuentro en el bar.

—Hola —me limité a decir, metiéndome las manos en los bolsillos de la chaqueta.

Se acercó a mí con su habitual porte distinguido y me sopesó con su mirada, como habría hecho cualquier psiquiatra.

—¿Has venido a buscar a Krug? Tenía un compromiso ineludible hoy, así que ha tenido que posponer todas sus citas y…

No terminó la frase porque lo interrumpí.

—No, solo pasaba por aquí. Pensé que podría hablar con él, pero no se preocupe, no era nada importante.

Me encogí de hombros y dio otro paso hacia mí.

—¿Te gustaría ir a dar un paseo por el jardín? —me propuso de repente y lo miré con escepticismo. ¿Por qué aquel hombre siempre trataba de meterse en mi vida? No nos conocíamos mucho y, sin embargo, cada vez que lo veía intentaba entablar diálogo conmigo. Pero él no era mi psiquiatra, por lo que me resistía a brindarle mi confianza.

—Tengo cosas que hacer —repliqué sin un ápice de delicadeza, y él pasó junto a mí, dirigiéndose a la salida.

—Bien. Vamos, entonces —respondió como si yo hubiera aceptado su invitación.

¿Quería volver a darme por saco como la última vez en su consulta?

Sin embargo lo seguí, porque tenía curiosidad por saber qué le pasaba por la mente; así que salí y el aire frío me acarició la cara. Divisé al doctor Keller no muy lejos de mí y me dirigí hacia él, caminando por el sendero del enorme jardín que conducía a la entrada de la institución. El psiquiatra estaba quieto frente a la majestuosa fuente en la que yo también me había fijado el primer día, pero sin pararme demasiado.

Esta vez, sin embargo, la admiré cuidadosamente; miré fijamente al delfín que coronaba el vértice de la escultura hecha de cemento y polvo de mármol. Se erguía orgulloso, libre, como si fuera real, con una perla agarrada en la boca; al mirarla, mis labios se curvaron en una sonrisa débil pero espontánea. Luego me concentré en las gotas de agua que caían a la pila de abajo, que brillaban a la luz del sol como miles de cristales azules, idénticos a los ojos de la niña. De repente, me imaginé una mano invisible pintando un cuadro surrealista, trazando el contorno del rostro cándido de Selene y las ondas de su cabello castaño sobre el fondo de un cielo límpido.

Inexplicable como ella. Inmenso como ella.

Una obra de arte.

Eso es lo que era Selene, pero nunca lo habría dicho.

—¿Conoces la leyenda del delfín y la perla?

El doctor Keller se percató de mi presencia y me habló, pero sin mirarme.

—¿Otra vez con estas chorradas, doctor Keller? —le espeté, y luego encendí un cigarrillo e inhalé la nicotina a pleno pulmón, esperando encontrar la calma que necesitaba.

—Llámame John y tutéame —replicó él, tranquilo, mientras yo fumaba con indiferencia.

—Vale, John. Seré más claro: no tengo ninguna gana de escuchar tus mierdas —repetí, solo para molestar al medicucho que parecía tener un autocontrol realmente envidiable.

—En la mitología y las leyendas de todo el mundo, el delfín se considera un amigo del hombre, un símbolo del bien contra los poderes ocultos del mal. —Keller empezó a hablar, ignorando por completo mis palabras—. Representa el vínculo entre el mundo terrenal y el espiritual. Encarna el ciclo vital de la muerte y el renacimiento.

—¿Pero por qué tienes la maldita costumbre de hablar incluso cuando no quiero escucharte? —le pregunté verdaderamente molesto, aspirando el humo de mi Winston, pero John me dirigió una mirada de reojo y siguió mirando el delfín, sin prestar atención a mi actitud.

—Me encanta esta fuente, porque el delfín indica la fuerza

interior, la búsqueda del destino y de la libertad, que es un valor humano innato —prosiguió y yo puse los ojos en blanco, ya resignado al hecho de que hablaría a pesar de mi desinterés—. La perla que tiene en la boca indica la purificación del mal. Una antigua leyenda dice que, cuando un delfín encuentra su perla y nada aferrado a ella, significa que tendrá buena suerte, que ha encontrado el camino correcto, la luz que debe seguir para no perderse en la inmensidad del océano —explicó concentrado, con una vaga sonrisa en su rostro surcado por las arrugas, que transmitía una gran sabiduría.

—Mira, John, creo que tienes un problema. Estás obsesionado con las leyendas, las perlas, el mar y toda esa mierda… —Eché el humo al aire y tiré la colilla al suelo, ganándome una mirada reprobatoria de su parte por contaminar el medio ambiente—. Y tienes que dejar de darme la chapa.

Bueno, había sido muy claro. El médico por fin entendería mi punto de vista y me dejaría en paz.

—¿Sabes, Neil? En el fondo eres un tipo simpático —contestó en cambio, y lo miré sorprendido porque esperaba que me mandara a tomar viento, que me dijese que era un maleducado y una persona irritante, pero no hizo nada de eso.

—¿Yo? ¿Simpático? —repetí, frunciendo el ceño.

¿Por qué siempre tenía la sensación de que me estaba tomando el pelo?

—Sí. A pesar de que siempre muestres tu lado más hosco, creo que eres un buen chico —comentó, y luego se sentó en un banco de madera cercano. Cruzó las piernas con elegancia y me miró detenidamente. Me acerqué a él, pero me quedé mirándolo de pie—. ¿Has encontrado una novia que pueda apreciar esta gran simpatía tuya, Neil? —me preguntó de repente, y estuve a punto de echarme a reír.

—¿Pero qué coño de pregunta es esa?

Arqueé una ceja porque no sabía a dónde quería llegar John con esto; es más, no me gustaba que intentara entrometerse en mi vida privada.

—Es solo curiosidad. Eres joven y guapo. Seguro que tienes a más de una doncella interesada en ti, ¿verdad?

Sonrió y lo miré serio. ¿Doncella? ¿Cómo diablos podía hablar así?

—No tengo ninguna relación con nadie, si es eso lo que estás preguntando —contesté, molesto, pero no le dejé ver que ya me había dado cuenta de que se estaba burlando de mí; me divertía que me considerase lo suficientemente ingenuo como para no darme cuenta.

—¿Así que el cubo de cristal con la perla dentro que te di hace tiempo no te trajo suerte? —preguntó disgustado.

—Por supuesto. La chica a la que se lo regalé sufrió un accidente casi mortal el mismo día —le informé, sin dosificar bien mis palabras, que le solté a la cara como si fueran puñetazos dolorosos.

—¿Y por qué decidiste dárselo?

Ignoró lo que le había dicho y siguió preguntando, lo que me irritó aún más.

—Le he dicho que sufrió un accidente —señalé, molesto, y me miró como si fuera yo quien no hubiese entendido lo que quería decir.

—Has dicho «casi» mortal, supongo que ahora está bien.

Cruzó las manos e inclinó la cabeza hacia un lado, entrecerrando ligeramente los ojos por los rayos del sol.

—Sí, está bien. —Al menos físicamente. Emocionalmente, la niña se había llevado una decepción más por mi parte.

—Entonces, el cubo le dio suerte. —John sonrió con suficiencia y yo fruncí el ceño. Aquella conversación me estaba irritando de verdad—. ¿Cómo se llama la chica?

—¿A usted qué coño le importa?

A estas alturas mi lenguaje y mi tono huraño estaban fuera de control, pero John no parecía sorprendido ni intimidado por ello.

—¿La amas?

Seguía echando leña al fuego, y yo me planteé seriamente la posibilidad de irme. De inmediato. Pero entonces levanté la vista y reflexioné. Si el cielo hubiera sido una hoja de papel, me habría resultado fácil coger un lápiz para escribir todos mis pensamientos en él. Solo tenía que levantar el dedo índice para trazar palabras allí, en las nubes, y Selene podría haberlas leído sin que yo tuviera que explicarle por qué había huido después de la noche que habíamos pasado juntos.

¿Por qué la vida no podía ser así de fácil?

Tenía que usar las palabras.

Vaya mierda.

Eran solo sonidos insignificantes, tópicos y cháchara.

Y, sin embargo, dolían, destruían.

—Basta, John —le amenacé, insinuando que estaba cruzando los límites. ¿Amar a Selene? Eso era una herejía para mí. Sí, me importaba, pero a mi manera. La quería, sentía afecto por ella, me provocaba ternura como una niña, pero nada más—. La quiero. Creo.

Me sorprendió mi respuesta, que mostraba al médico una inseguridad que no era propia de mí en absoluto.

Joder.

John me miraba a la espera de que dijese o hiciese algo más. Entonces, sin saber muy bien por qué, me metí una mano en el bolsillo de los vaqueros y saqué el papelito de la galleta que decía: *Kiss me like you love me.*

Lo había guardado y leído varias veces; cuanto más pensaba en ello, más me asustaba.

—Se llama Selene —cedí finalmente—. La última vez me escapé y le dejé una mísera nota en un *post-it* en su escritorio después de leer esto —le confesé, y le entregué al doctor el papel incriminatorio, para que entendiera bien en qué demonios me había metido.

—«Bésame como si me amaras» —leyó pensativo mientras apretaba el trozo de papel entre los dedos.

Entonces me miró visiblemente confundido. Se produjo un silencio incómodo entre nosotros que no pude rellenar de ninguna manera. Incómodo, me pregunté por qué estaba hablando con él sobre Selene. Las respuestas podrían ser muchas: quizá necesitaba confiar en alguien, quizá ya no podía contener todos mis miedos, o quizá necesitaba entender cómo lidiar con todo esto. No tenía un padre con quien hablar, nunca lo había tenido. En mi vida siempre había faltado una figura masculina a la que tomar como ejemplo, y por eso recurría al doctor Lively cuando sentía la necesidad de hablar con un hombre que pudiera entenderme.

—Le pedí que me besara como si me amase, pero estaba siendo irónico. Yo no creo para nada en estas gilipolleces. —Mi voz era baja y atonal, y de repente me sentí nervioso, así que encendí otro cigarro—. Pero no esperaba que realmente lo hiciera y, peor aún, que me confesara que…

Suspiré; los ojos de John, luminosos como la arena, me miraron pensativos y esbozaron una sonrisa que no pude descifrar. Lo había entendido todo sin necesidad de que le contara nada más.

—Ya veo. Pues sí, es todo un problema —dijo con un punto sarcástico—. Pero sabes, Neil, hay muchos tipos de sentimientos y a menudo no es fácil reconocerlos con precisión.

Le dio vueltas al papel en sus manos y lo miró con aire reflexivo.

—De pequeño mi padre me leía *El principito,* de Antoine de Saint-Exupéry. Recuerdo que a menudo se demoraba en un pasaje precioso para hacerme entender la diferencia entre amar y querer. —Levantó la vista y solo entonces decidí sentarme a su lado en el banco para prestarle toda mi atención—. Querer significa buscar en los demás aquello que cumple las expectativas personales de afecto, de compañía; significa hacer nuestro lo que no nos pertenece, para desear que alguien nos complete, porque sentimos que nos falta algo. —Hizo una pausa y apuntó sus ojos hacia mí mientras yo daba una calada tras otra a mi cigarrillo para intentar tranquilizarme—. Pero amar es otra cosa. Amar significa desear lo mejor para el otro, dejarle ser feliz, incluso cuando su camino es distinto al nuestro. Es un sentimiento que proviene de la voluntad de entregarse, de ofrecerse por completo sin ningún interés a cambio. Por esta razón, el amor nunca será una fuente de sufrimiento. Cuando una persona dice que ha sufrido por amor, en realidad ha sufrido porque ha querido. Si uno ama de verdad, no debe esperar nada del otro.

Su monólogo me estaba generando un sentimiento de molestia y enfado que me hizo cerrar la mano en un puño sobre la pierna.

—Amar es dar un salto al vacío, confiar la propia vida y el alma a la otra persona. Y antes de entregarse hay que conocerse uno mismo y saberlo todo sobre la otra persona, tienes que ir más allá de la ira, más allá de los errores. No puede ser una cuestión de posesión egoísta, sino más bien de «compañía silenciosa». Hay que abrir el corazón y dejarse amar. «Lo mejor es vivirlo», que decía el Principito.

Concluyó su discurso con una sonrisa afectuosa, pero mi risa amarga extinguió su expresión benévola, borrando en un abrir y cerrar de ojos cualquier expectativa que tuviera de persuadirme con sus ideas.

—Mmm, bonito discurso, John. —Lo miré impasible y un velo de sombra cayó sobre mi rostro—. Lástima que me resbale como el agua sucia.

Mi tono fue tan cortante que sus labios esbozaron una mueca de desaliento.

—¿Sabe, doctor?… —Me apoyé en el respaldo del banco, tiré la colilla y volví a coger el paquete de Winston con una mano—. La perspectiva de la vida es diferente para quien ha sufrido demasiado daño en su propia piel, encima en su propia casa, que debería ser un lugar de cuidado, seguridad, comodidad y… —Lo miré con una sonrisa torcida—. Amor —añadí con énfasis—. El amor se convierte en un concepto diferente cuando te lo susurra al oído una mujer diez años mayor, que te toca sin tu permiso, te desnuda y te obliga a mantener relaciones sexuales mientras te dice: «No, Neil, esto no está mal. Esto es amor». —Aferré el paquete de Winston en la mano y evité mirar a John a la cara, seguro que estupefacta—. Es la primera vez que le confieso esto a alguien que no sea el doctor Lively, pero por eso es por lo que odio esa maldita palabra.

Me volví hacia John y vi que tenía la mirada completamente perdida en el vacío. Estaba turbado, cuando menos.

—Esa mujer me lo susurraba durante el orgasmo. Para ocultar la inmoralidad de todo lo que estaba sucediendo. El sexo sucio que compartíamos se escondía detrás de esas cinco letras. Ella siempre decía que aquello era una forma de «amor» con el único propósito de persuadirme y engañarme. Todavía recuerdo cuando, completamente sudado, corría a la ducha para deshacerme de su olor y me frotaba la piel hasta que se ponía tan roja que me hacía pequeñas rozaduras. O cuando mi madre llegaba a casa del trabajo y olía algo extraño en mi habitación, y yo no podía decirle lo que pasaba en mi cama...

Miré a John a los ojos; tenía la mandíbula contraída, la respiración agitada y las fosas nasales dilatadas como si estuviese intentando contener un impulso de ira.

—¿Y cuánto tiempo duró esto? ¿Cuándo se enteraron tus padres?

Se aclaró la voz y se puso rígido. Por primera vez desde que lo conocía, el doctor Keller parecía vulnerable.

—Mis padres siempre estaban fuera, trabajando. Mi padre dirigía una gran empresa, y mi madre... Bueno, llevaba su marca de moda. Solo se dio cuenta de que algo iba mal cuando empecé a mostrar trastornos de conducta: agresividad en el colegio, exceso de ira, hostilidad al contacto, insomnio por las noches. Las consecuencias típicas del abuso —le expliqué, mordiéndome nervioso el labio inferior—. Esta situación duró aproximadamente un año. Fue la época más infernal de mi vida —dije con tono frío, inescrutable como siempre, como si estuviera contando lo que había desayunado y no un trauma así de grave. John cerró los ojos y se tocó la cara con la mano. Parecía nervioso, mucho.

—Tu... Ella... ¿está en la cárcel ahora? —preguntó con cautela, tratando de respirar hondo, impactado por mis revelaciones. ¿Cuántas historias similares habría escuchado en consulta? ¿Por qué estaba tan perturbado por la mía?

—No, la ingresaron en un centro psiquiátrico —respondí vagamente, notando que me palpitaba la cabeza y un dolor agudo en el pecho me comprimía los pulmones, arrastrándome con él al abismo en el que caía siempre que recordaba todo aquello—. Todavía me siento sucio, y me avergüenzo de lo que me pasó. No puedo dar amor porque lo recibí de la manera equivocada. Solo puedo asociarlo con algo innoble y, por supuesto, no puedo estar con una chica como Selene. Ella no se imagina siquiera este lado oscuro de mi pasado. Si se asomara a mi interior, solo vería el vacío. Mis problemas solo los conoce mi familia porque nunca he querido que la gente me vea como un enfermo mental. Sigo luchando contra mí mismo para no hacerme daño y para no ceder a las tentaciones equivocadas, pero que podrían aliviar mi malestar. Muchas veces tiendo a trasladar mi dolor de la cabeza al cuerpo, y por eso me desahogo con el odio y la rabia. Eso me hace sentirme vivo, libre, al menos durante el breve momento de locura, y me da igual hacer daño a los demás. Esta maldita situación me trastorna. No sé quién soy, John, y no sé lo que quiero. Creo que he estado perdido durante tanto tiempo que ya no sé qué camino tomar. Vago por el infierno, solo, tratando aún de averiguar cuál es mi lugar.

Me levanté y sentí la necesidad de poner la debida distancia entre nosotros. John se levantó a su vez y suspiró.

—Tienes que mirar dentro de ti, muchacho, y pensar en todo lo que has enfrentado y, lo que es más importante, superado hasta ahora. Debes estar orgulloso de haber sido capaz de levantarte ante algo muy difícil y casi insuperable para un niño. La gente normal ni siquiera se imagina las emociones tan fuertes contra las que tienes que luchar. —El médico trató de ponerme una mano en el hombro, pero yo retrocedí para que no me tocara. Él percibió mi malestar y se metió la mano en el bolsillo del pantalón—. Pero estás aquí, y eso ya es una primera victoria. Te has puesto de pie, has tratado de avanzar como un auténtico guerrero. Porque lo eres. —Sonrió para tranquilizarme, pero yo seguí escuchándolo serio—. Aunque no te des cuenta, la gente como tú es la que más puede enseñar a los demás. Gracias por confiar en mí y por haberme dado acceso a esta parte de ti.

Su voz era suave y tranquila; por toda respuesta, esbocé una sonrisa de compromiso. Luego lo observé caminar hacia la entrada de la clínica.

Gracias a nuestra charla, me quedaba aún más claro por qué nunca podría corresponder a Selene.

Prefería mantenerla alejada que perderla definitivamente por culpa de mis problemas.

La protegería y trataría de estar cerca de ella, porque había entendido que la quería.

Mis ojos la habían elegido desde nuestro primer encuentro, cuando llevaba aquel jersey infantil con el estampado de Campanilla. Mi cuerpo la había elegido de nuevo en el momento exacto en que mis dedos habían rozado su piel aterciopelada.

Hasta el Principito lo decía: el amor no es la necesidad egoísta de mantener a una persona cerca, sino que puede implicar dejarla ir para permitirle ser feliz.

Ella sería la perla que trataría de proteger hasta el fin de mis días.

Y su felicidad sería mi único objetivo.

17

Selene

… los tenías que ver cuando se reunían después de las guerras del corazón: él le acariciaba la mejilla y el universo no importaba una mierda.

Charles Bukowski

Había pasado una semana desde la última vez que había visto a Neil y no sabía nada de él.

Me había preguntado demasiadas veces por qué había huido, qué había de malo en aquella declaración que yo ni siquiera había podido terminar de hacer. Y pensar que un momento antes todo había sido increíble: recordaba perfectamente la forma en que me había besado en el parque, su lengua envolviendo la mía e impidiéndome respirar, su pelvis empujando contra mí, pisando el acelerador que hacía que mi corazón latiera a una velocidad imparable. Pero luego lo había arruinado todo solo por hablarle a corazón abierto sin pensar.

Resoplé y tiré los cubiertos al plato; tenía el estómago completamente cerrado. Seguía pensando en Neil de una forma obsesiva, incluso podía oler su aroma almizclado en el aire como si estuviera allí, a mi lado, en la cafetería de la universidad.

—No has dicho ni una palabra. ¿Puedes explicarnos qué te pasa? —me preguntó Bailey, que había terminado de comerse la ensalada que le permitía su rigurosa dieta, mientras que Janel, sentada a su lado, me miraba curiosa por escuchar mi respuesta.

—Creo que… —suspiré con tristeza—. No puedo seguirle el ritmo —dije, resignada de repente a la idea de que nunca podría manejar a alguien como Neil.

—¿Te refieres a Neil? —volvió a preguntar Bailey y yo me limité a asentir. Les había contado a mis amigas lo sucedido con todo detalle porque necesitaba hablar de ello con alguien; Bailey pensaba que Neil se merecía otra oportunidad, pero Janel decía que era demasiado imbécil y problemático.

—Deberías dejarlo pasar —dijo esta última, agitando una mano, y luego empezó a pelar un plátano; yo, en cambio, aparté mi sopa, porque la sola idea de comer me daba náuseas, y bajé la mirada a mis piernas. La situación no iba nada bien. Neil y yo deberíamos hablar, enfrentar los obstáculos juntos, cogernos de la mano y correr contra todo y contra todos, y, en cambio, no nos comunicábamos.

No podía entenderlo y, a la vez, no me sentía comprendida.

La nuestra era una lucha constante y temía no tener ya la fuerza necesaria para perseguirlo, temía tener que resignarme a la realidad: él y yo éramos un «nosotros» imposible.

—Selene… —Janel puso su mano sobre la mía y me miró entristecida—. Ese chico solo te quiere para follar. Deberías poner fin a esta relación enfermiza —dijo preocupada, aunque en realidad Neil ya ni siquiera me buscaba para el sexo.

Se había conformado con unos preliminares o se había detenido incluso antes de desnudarme y llegar al meollo del asunto. Esa actitud por su parte no era en absoluto normal. Solía ser asertivo, dominante, exigía atención y, sobre todo, contacto físico, que era su medio de comunicación conmigo. Ahora, sin embargo, parecía bloqueado, como si se obligara a controlar los impulsos a los que no podía dar salida. Lo veía desde hacía un tiempo, pero no podía entender la razón de su comportamiento.

—Sí, tal vez debería.

Bajé la cara y recordé la nota que me había dejado en un mísero *post-it* aquella noche: «Siempre estaré aquí para ti, pero no como tú querrías».

Sonreí amargamente para mis adentros como una tonta.

¿Cómo podía estar ahí si no sabía cómo quedarse?

Como siempre, Neil se contradecía y extrapolaba pensamientos fruto de su personalidad compleja. Y yo, una vez más, me sentía a merced de las olas de su caos, un caos al que me había arrastrado a mí también.

—Es demasiado ingobernable —solté de repente, y las dos dieron un respingo—. ¿Para qué vino a Detroit? ¿Para hacerme daño otra vez? Solo sabe huir y volver, huir y volver. ¡Es inestable, no sabe lo que quiere y estoy cansada! —dije de un tirón, sin respirar, y mis amigas intercambiaron una mirada de desconcierto. Estaba como loca—. Yo le he dado todo. Me he entregado entera…

Apoyé la cabeza entre las manos, exasperada, y me contuve a duras penas para no llorar. Ya había derramado demasiadas lágrimas por él.

—Un sentimiento no siempre tiene que manifestarse de las maneras a las que estamos acostumbrados. El amor no siempre conlleva una declaración explícita. ¿Cuántos «te quiero» se dicen hoy en día y luego se retiran a la ligera? —intervino Bailey, siempre optimista—. Muchísimos. Demasiados. No creo que Neil sea el tipo de hombre que ama de manera convencional. Amará de la manera que crea más correcta y acorde a sí mismo.

Se encogió de hombros y yo incliné la cabeza hacia un lado, confundida por sus palabras.

—¿Qué quieres decir? —le preguntó Janel, intrigada.

—Que Neil puede amar a Selene aunque sea de un modo complicado. Quiero decir, que nunca será de los que se declaran, regalan flores o lo que sea. Selene, según lo que nos has contado, entiendo que para él eso son formalidades sin importancia, y créeme, amiga mía, a veces los sentimientos ocultos resultan ser los más verdaderos. No es necesario gritar a las estrellas para llamar su atención, y creo que Neil es así. Podrá amarte algún día, pero a su manera, y tal vez por eso es especial.

Bailey me sonrió y, por un momento, un rayo de esperanza se encendió en mi pecho. Tal vez tenía razón. Tal vez Neil atribuía al amor un significado diferente, pero eso no significaba que no le importara.

—Oye, cuando no estás hablando de Tyler eres capaz incluso de decir cosas inteligentes. Estoy conmovida —se burló Janel con una mano sobre el corazón, y Bailey puso los ojos en blanco.

—Mira que soy una chica muy intuitiva —replicó la otra hinchando el pecho con orgullo.

—Te mereces una ovación por parte de todos los estudiantes de la cafetería —dijo Janel, y las tres nos echamos a reír.

Sin embargo, tras el momento de frivolidad, los pensamientos volvieron a inundar mi mente, haciendo que me volviera a venir abajo.

—¿Qué creéis que debería hacer ahora?

Era patético. Debería haber dicho que aquello se había acabado para mí, que ya había pasado página y que estaba preparada para salir con otra persona, pero en cambio estaba pensando en una solución para arreglar las cosas con Neil.

Qué estúpida.

—Olvida el lenguaje del amor, Selene. Neil necesita sustancia, no forma —intervino de nuevo Bailey como si lo conociese mejor que yo. Mi amiga parecía interpretar mejor que yo la forma de pensar de mi problemático—. Él no cree en el amor, ¿verdad? Entonces ámalo sin decirle explícitamente que lo amas. Ámalo cuando lo mires, cuando lo abraces, cuando hables con él, cuando bromees con él, cuando os acostéis juntos. Está claro que él no quiere escucharlo, o que no lo acepta —concluyó.

Neil creía en todo lo que era mudo pero auténtico. Me había equivocado al confesarle mis sentimientos, debería haberle amado en silencio. Probablemente solo creería en mi amor cuando lo sintiera dentro de él sin necesidad de decir nada más.

Una vez en casa, me sentí más tranquila. Hablar con mis amigas me había ayudado mucho, así que me reuní con mi madre en la cocina con una gran sonrisa en la cara, que se hizo más amplia al olfatear el aroma del pastel de cereza, mi tarta favorita. Muy contenta, me senté en una silla.

—Eres la mejor madre del mundo —la felicité; ella llevaba un colorido delantal y un guante para el horno.

—No creas que con tus halagos me voy a olvidar de hablar contigo de… eso —murmuró, agachándose para sacar del horno la tarta ya lista. Era perfectamente consciente de que con «eso» se refería a Neil y a mí. Mi madre aún no había aceptado que no hubiese confiado en ella, pero desgraciadamente no entendía que me daba demasiada vergüenza hablar con ella de mi pseudorrelación—. No me vuelve precisamente loca pensar que tú y el hijo de Mia habéis estado o seguís juntos, que te quede claro… —dijo en tono severo y autoritario—. Pero parece que ha sucedido. Eres adulta y quiero que tomes tus propias decisiones, pero siempre con responsabilidad.

Suspiró y empezó a cortar la tarta en trozos, pasándolos de uno en uno a un plato.

—Y que conste que espero sinceramente que hayáis tomado precauciones. ¡No quiero un nieto antes de que te gradúes! ¡Tenlo en cuenta!

Abrí mucho los ojos y tosí al darme cuenta del inesperado rumbo que había tomado nuestra charla. Desde que Neil se había ido, mi madre no paraba de hacerme preguntas intrusivas y bromas alusivas. Estaba de los nervios, y eso me molestaba mucho.

—¡Mamá! —Levanté la voz, sonrojándome con evidente vergüenza, pero ella se volvió y me miró con una ceja arqueada—. Por favor, no hablemos de eso —balbuceé con las mejillas completamente encendidas y, por suerte, no continuó—. Por cierto, ¿mañana al final vas al spa con Betty y tus amigas por su cumpleaños? —le pregunté, cambiando por completo de tema.

—Sí, aunque no estoy muy convencida de dejarte aquí sola durante dos días —dijo insegura, desatándose el delantal para quitárselo.

—¡Ay, por favor! No soy una niña. Puedo estar cuarenta y ocho horas sin ti. —Le hice una mueca impertinente y me miró con severidad, como siempre—. Además, Betty es tu mejor amiga. Quiere pasar tiempo contigo y con las demás. Os conocéis desde hace años y es importante para ella que vayas —añadí y apoyé la barbilla en las palmas de las manos, esperando que mi madre se sentara conmigo a comer nuestro pastel favorito.

—Sí, pero… —intentó decir, y yo sacudí la cabeza.

—Pero nada. Vas a ir y punto —respondí, y ella sonrió sin confirmarme nada. A veces era demasiado aprensiva, y yo no quería que descuidara su vida privada por mi culpa.

Al día siguiente, mientras estaba tumbada tranquilamente en el sofá, vi a mi madre bajar las escaleras con una bolsa de viaje pequeña. Tras pensárselo mucho, parecía haber decidido que se iba a celebrar el cumpleaños de Betty al spa, y yo me aseguraría de que disfrutara al máximo.

—Todavía no estoy convencida —resopló caminando hacia mí. No, no se había decidido.

—Mamá, estarás aquí mañana por la noche. Es solo una noche.

Me encogí de hombros y me apoyé en el reposabrazos, estirando las piernas.

—Lo sé, pero todavía no lo veo claro. Ya he avisado a la vecina, la señora Kamper, y puedes llamarla para cualquier cosa. Lo más probable es que te llame una vez cada media hora, así que cógemelo —ordenó con gesto severo, haciéndome sonreír. Mi madre siempre había sido así: una fanática del control, sobre todo cuando se trataba de mí.

—Puedes estar tranquila. Mañana iré a la universidad y ni notaré tu ausencia.

Puse los ojos en blanco y ella frunció el ceño.

—Tú siempre tan cariñosa, tesoro —se burló de mí.

—Sabes que te adoro.

Me levanté del sofá y me acerqué a ella para darle un abrazo. La verdad es que lo necesitaba. Sus brazos eran la única certeza que tenía y su amor era mi única razón de vivir. De no haber sido por ella, nunca me habría convertido en lo que era ahora. De hecho, estuve a punto de derrumbarme tras el divorcio de mis padres, pero mi madre siempre había estado ahí para mí, lista para recoger todos mis pedazos y hacer un puzle de colores con ellos.

Sin embargo, ni siquiera su afecto podía llenar el vacío que sentía por dentro, provocado por Neil y su comportamiento incomprensible para mí. Intenté que no se notara mi sufrimiento hasta que mi madre se fue; una vez sola, me empezaron a sonar las tripas, así que fui a la cocina y abrí la nevera. Me fijé en que estaba casi vacía y me di cuenta de que debería haber hecho la compra, pero en aquel momento no tenía ganas de salir. Así que cerré la puerta y resoplé, luego me refugié en mi habitación para darme una ducha. Una vez hube terminado, suspiré frente al espejo del baño y recorrí el cuarto envuelta en una toalla y con el pelo alborotado recogido en un moño desordenado. Goteé por todo el suelo, pero no me importó. Luego abrí las puertas de mi armario y saqué unas bragas blancas y unos leggins negros. Preferí no ponerme sujetador, porque me parecía una cosa incomodísima, y cogí una camiseta sencilla que me llegaba al ombligo, con un extraño dibujo de una mona en el centro.

—Eres horrible —le espeté al animal de la selva como si pudiera responderme, pero decidí dejármela. A pesar de tener veintiún años, mi estilo era todavía bastante adolescente, pero a mí me gustaba. Por si fuera poco, también me puse mis zapatillas de estar en casa de pelito y me dirigí hacia el salón, dispuesta a disfrutar de la soledad. Sin embargo, me estremecí cuando el agudo sonido del timbre interrumpió el ambiente tranquilo y apacible. Me puse en guardia porque estaba sola en casa, así que, antes de abrir, descorrí la cortina de la ventana que había junto a la puerta y miré fuera. No pude ver a nadie.

Dudé unos instantes sobre si abrir o no, pero la curiosidad me pudo y cedí.

Abrí la puerta y aluciné al encontrarme a Neil de pie frente a mí. Me quedé helada, tanto que no podía ni parpadear. Luego, el pánico, la ansiedad y la confusión se apoderaron de mí, e incluso tuve la impresión de que el corazón me latía en la barriga.

—¿Cuánto pensabas tardar en abrirme?

Su cálida voz fue suficiente para provocarme un temblor en el bajo vientre. Mis ojos se clavaron en los suyos, tan brillantes e intensos como siempre, y luego se deslizaron hasta sus hombros anchos, cubiertos por la chaqueta negra, y el chándal blanco que contrastaba a la perfección con su piel ambarina. Su belleza era tan impresionante que la cabeza me daba vueltas.

—¿Estás sola?

Su pregunta me sacó de mi estado de trance momentáneo. Se me había olvidado que lo había dejado en el umbral, porque estaba demasiado concentrada en mirar sus músculos. Estaba a punto de responderle, pero me callé y fruncí el ceño cuando noté sus ojos de color miel inspeccionando lentamente mi ropa, como acababa de hacer yo con él. Neil se quedó mirando mis pechos; los pezones turgentes empujaban como guijarros contra la fina tela de la camiseta, y estaba claro que se había fijado en ellos.

—¿Y bien? —repitió molesto, luego avanzó impetuosamente e inundó el aire con su fresco aroma, que abatió mi razón.

—¿Qué haces aquí? Mi madre no está y…

Pero no tuve tiempo de terminar, porque Neil cerró la puerta de golpe y me encontré de espaldas a la pared, dominada por su poderosa figura que se elevaba sobre mí. Sus labios se abalanzaron sobre los míos y me devoró con una fuerza abrumadora, luego me metió la lengua en la boca y la movió como si fuera un látigo, induciéndome a corresponderle. Sentí su sabor a tabaco mezclado con el mío, a menta, sin ninguna delicadeza ni emoción. En nuestro beso solo había deseo, anhelo y hambre.

—No llevas sujetador, y ya sabes el efecto que eso me provoca… —me susurró en la boca, ignorando mi pregunta, y luego volvió a besarme mientras deslizaba una mano por debajo de mi camiseta para magrearme. Jadeé y su cuerpo viril y excitado se adhirió por completo al mío, haciéndome notar su erección entre mis muslos. El corazón me latía furioso en el pecho, los escalofríos ondulaban mi piel, pero estaba tensa, terriblemente tensa.

¿Creía que podía irse y volver cuando quisiera? ¿Creía que su actitud dominante y su aspecto atractivo eran suficientes para hacerme olvidar lo que había pasado?

—No, esper... —Gemí de dolor cuando su mano me apretó el pecho con fuerza, comprimiéndolo en su cálida palma como un globo lleno de aire a punto de estallar—. Neil —balbuceé consiguiendo apartar mis labios de los suyos, que se deslizaron demasiado rápido hasta mi cuello.

Entonces, míster Problemático me agarró el pelo en un puño y tiró de él hacia atrás, para exponer más mi garganta a su deseo. Me chupó y me lamió con avidez la piel, arrancándome un gemido. Sin embargo, tras un segundo de placer, volví a mis cabales.

—¡Neil, he dicho que no!

Lo empujé con fuerza y lo vi tambalearse. Una expresión de perplejidad se grabó en su rostro mientras yo lo miraba sin aliento. Me llevé la mano a los labios, que sentía hinchados, e intenté entender lo que acababa de suceder.

—¿Qué te pasa? ¿Me estás rechazando? ¿En serio?

Se pasó una mano por su tupé rebelde y me miró serio, esperando una respuesta.

—¿Que qué me pasa? —repetí, tratando de coger aire—. ¡No me has dicho ni hola! ¡No soy tu muñeca hinchable, Neil!

Levanté la voz y él frunció el ceño como si intentara entender si estaba hablando en serio o no.

—Ha sido solo un puto beso, no iba a follarte contra la pared. Relájate.

Me miró de arriba abajo de una vez, con suficiencia, y su estado de ánimo cambió. Ahora parecía molesto y nervioso.

—Desapareciste dejándome un triste *post-it* en mi escritorio. ¿Con qué derecho irrumpes en mi casa y exiges mi atención como si no hubiera pasado nada? ¿Eh? —Me recoloqué la camiseta con rabia y noté que su mirada se detenía de nuevo en mis pechos—. ¡Y mírame a la cara cuando te hablo! —le ordené.

Estaba realmente decepcionada por su comportamiento, y más aún por la arrogancia que mostraba siempre.

—Lo primero, cálmate —replicó con desprecio, mirándome directamente a la cara—. Yo no acepto órdenes de nadie, y menos de ti. Además, no deberías enfadarte por un beso, que las últimas veces prácticamente te me has tirado encima y he sido yo el que no he cedido.

Esbozó una sonrisa burlona y yo le miré desconcertada. Le habría dado una patada, estaba segura.

—¡Eres un imbécil! —le insulté.

—¿Porque hace mucho que no te follo o porque te he besado ahora?

Arqueó una ceja y hundió los dientes en el labio inferior, divertido con la situación. Sus ojos dorados me penetraron hasta los huesos, me desnudaron por completo, pero yo no tenía intención de ceder.

—Déjate de tonterías. Ya que estás aquí, tenemos que aclarar algunas cosas. Siéntate.

Señalé el sofá y su mirada bajó a mi mano, aunque mantuvo la expresión burlona.

—Mmm. Hoy estás agresiva, Campanilla. No esperaba un recibimiento así.

Me guiñó un ojo y no se movió ni un milímetro. Fue entonces cuando perdí la paciencia.

—¡Deja de hacer el gilipollas, maldita sea! Y si vas a seguir tomándome el pelo será mejor que salgas por esa puerta, antes de que te eche sin miramientos. ¿Está claro? —grité señalando la puerta de entrada, e inmediatamente noté que su sonrisa se desvanecía y era reemplazada por el habitual velo de sombra que le cubría el rostro. Me miró a los ojos, sombrío, y las pupilas negras se volvieron tan brillantes como el cañón de una pistola cargada.

—Selene, cuida tu lenguaje —me advirtió en voz baja, pero torva. Me estremecí y tragué saliva con dificultad, como si tuviera muchos clavos de hierro en la garganta.

—Escúchame por una vez —repetí con más calma y, por desgracia, menos asertiva. Neil se sentó de mala gana en el reposabrazos del sofá y cruzó los brazos sobre el pecho.

—Cuéntame tus tonterías, anda… —suspiró y traté de ignorar su actitud antipática a la que no podía dar una explicación. Estaba nervioso, aburrido e incluso irritado conmigo.

—¿Mis tonterías? —le espeté ofendida, manteniendo una cierta distancia entre nosotros—. Te largaste y me dejaste una mísera nota. ¿Eres consciente?

Encorvé los hombros y suspiré. Tenía que calmarme, de lo

contrario no íbamos a encontrar ninguna solución a nuestros numerosos problemas.

—Sí, y creo que la razón es obvia…

Se mordió el interior de la mejilla y me observó esperando a que lo intuyera.

—¿Crees que estoy enamorada de ti? —Crucé los brazos sobre el pecho y asumí una postura de confianza—. Pues no lo estoy. No te preocupes. Me expresé mal esa noche —mentí, aunque no estaba segura de que Neil fuese a creerme. Era demasiado listo para no dudar de que le estuviera poniendo una excusa cualquiera.

—De acuerdo, entonces. Acepto tus disculpas —dijo y se encogió de hombros.

—No me he disculpado —contesté confusa.

¿Estaba de broma? ¿De verdad pretendía que me disculpara?

—Pues deberías. Para mí, la palabra «amor» es una ofensa —replicó, mirándome fijamente con su habitual ceño autoritario.

—Pero yo no pronuncié esa palabra —me defendí con impaciencia y él sacudió la cabeza divertido—. Y además eres tú quien debería disculparse.

Neil se levantó del sofá para dirigirse hacia mí; yo di un paso atrás. Cada vez que se me acercaba como un felino, me sentía pequeña e indefensa.

—No lo voy a hacer. Has sabido desde el principio cómo soy.

Se detuvo a poca distancia de mí y me miró a la cara con atención.

—Deberías dejar de jugar conmigo —afirmé con decisión y él frunció el ceño. No sabía de qué otra manera interpretar nuestra situación.

—¿De verdad crees que estoy jugando contigo? —preguntó desconcertado, y yo me limité a asentir, convencida—. Tu padre piensa que soy un criminal, un delincuente o, peor aún, un psicópata salido de un manicomio. No he vuelto a hablar con él desde que nos descubrió y ahora estoy aquí, con la certeza de que podría matarme si se enterase, ¿y crees que estoy jugando? ¿Con qué fin?

Se puso rígido y me miró con mala cara, irritado por mi pregunta.

—¡No lo sé! —exclamé—. ¡No te abres a mí y no consigo entenderte!

Extendí los brazos exasperada y él sonrió. A mí no me hacía ninguna gracia, pero probablemente a Neil sí.

—No estoy jugando contigo. Lo que sea que esté haciendo es tan real como para sumirme en la confusión total…

Me agarró la cara con ambas manos y yo me estremecí. Era increíble que su toque ardiente fuera suficiente para descomponerme. Neil apoyó su frente en la mía y cerró los ojos, quizá para calmar algo que lo atormentaba en lo más profundo de su ser. Pero negué con la cabeza y me quité sus manos de encima. Sabía los problemas que tenía, sabía que debía comprenderlo, pero eso no significaba dejarle pasar por encima de mí cada vez que él quisiera.

—Creo que no puedo perdonarte todos tus gestos irrespetuosos. Para todo hay un límite, Neil —dije, contrariada, mirando fijamente sus ojos dorados que ahora notaba mortificados. No quería ser tan drástica, pero él mismo se lo había buscado.

—¿De qué hablas? —sonrió, subestimándome, como siempre—. Cállate y dame un beso.

Se inclinó con la clara intención de besarme y, cuando sentí sus cálidos y suaves labios sobre los míos, me puse rígida. No sacó a relucir su ímpetu habitual, se limitó más bien a un contacto casto, pero yo no quería ir más allá, así que le puse las manos en las caderas y lo aparté de mí.

—No creo que puedas redimir tus errores así —le dije, seria, y él me miró, primero con el ceño fruncido y luego molesto por mi negativa. Se pasó la lengua por el labio inferior y suspiró, impaciente.

—¿Quieres seguir con esta discusión mucho más tiempo? —se burló, irritado.

—Sí, probablemente hasta que te des cuenta de tu comportamiento de mierda.

Di un paso atrás; Neil estaba muy sorprendido por mi malhumor.

—No me voy a disculpar —me dejó claro, aún convencido de que no había hecho nada malo.

—No sabría qué hacer con tus disculpas —repliqué entonces, solo para atacarlo. Sabía lo fuerte que era y la indiferencia que le provocaban mis palabras, pero tenía que defenderme de él de alguna manera—. ¿Quieres decirme por qué has venido? Ya te he preguntado, pero como siempre, has ignorado mi pregunta.

Crucé los brazos sobre el pecho a la espera de una respuesta, y esta vez sincera.

Neil retrocedió un poco y por fin se dio cuenta de que no debía contradecirme.

—Solo quería verte —contestó, seco.

—¿Por alguna razón en particular? —insistí, dubitativa, y él esbozó una sonrisa enigmática que me quedé mirando embobada. En ese momento me aclaré la garganta y traté de mostrarme inmune a su encanto.

—¿Tiene que haber una razón para querer verte?

Se encogió de hombros y volvió a adoptar una actitud chulesca.

—Bueno, si has hecho el viaje hasta Detroit para verme, supongo que no lo habrás hecho sin ninguna justificación, ¿no? —le pregunté, y Neil no pasó por alto mi mordaz ironía.

—Estoy a punto de perder la paciencia, que lo sepas —me advirtió, poniéndose rígido.

—Yo ya la he perdido. Fíjate —repuse sin vacilar.

De repente, sonrió y luego se echó a reír con ganas, incluso se puso una mano en la cara.

¿Qué demonios le pasaba?

—Eres absolutamente adorable cuando te enfadas, tigresa —dijo entre risas, mientras yo lo miraba muy seria, para dejarle claro que no pensaba contestar a su molesto sarcasmo.

—¿Sería adorable incluso si te echara a patadas de aquí?

Incliné ligeramente la cabeza y fingí curiosidad por la respuesta; Neil, sin embargo, siguió riéndose sin preocuparse en absoluto.

—Esa frase me suena a algo que ya he oído antes —se mofó de mí, y yo esbocé una sonrisa falsa.

—Sí, en efecto. Un gilipollas me lo dijo en su casa de invitados en Nueva York —le informé.

—El gilipollas que, sin embargo, te dejó dormir con él —repuso, seductor, guiñándome un ojo.

—¿Se supone que debo sentirme halagada por eso?

En realidad había apreciado aquel acto de confianza, pero nunca se lo habría dicho. No se merecía saberlo.

—Deberías sentirte afortunada, es un privilegio que nunca concedo a nadie —dijo en un tono serio que parecía tan sincero que me dejó sin palabras. Yo lo intuía, pero oírle confesarlo tan abiertamente fue inesperado. Me quedé en silencio durante unos instantes, porque Neil, como siempre, había conseguido desarmarme y ganar.

—Ahora me gustaría besarte, por cierto —añadió entonces, rompiendo el silencio. Me estremecí ante aquella afirmación desvergonzada y di un paso atrás.

—Pero yo no quiero —mentí. Quería, pero no podía ceder siempre ante él. No podía dejar que me usara y tirara cuando quisiera. Yo también tenía dignidad, y entender sus actitudes o sus problemas no significaba anularme.

—Mentirosa.

Se acercó como un depredador dispuesto a imponerse, como le gustaba hacer, y con agilidad me pasó la mano por el pelo para atraer mi cabeza hacia él, mientras con la otra me rodeaba la cintura. Dobló el cuello y me rozó los labios, mirándome a los ojos. Me mordió el labio inferior y tiró de él mientras me miraba fijamente con sus ojos dorados. En esos ojos vi cosas lejanas y lo imposible. Y en ese momento decidí que, aunque Neil no me amase, yo seguiría dándole todo lo que pudiera, porque el amor no exigía nada a cambio.

—¿Tengo que enseñártelo todo, niña? —murmuró, y yo me quedé mirando sus largas pestañas, incapaz de reaccionar—. Los besos no se piden. Nunca.

Lamió el contorno de mis labios y los temblores del deseo hicieron vibrar mi cuerpo, tanto que mi intimidad palpitó y mi respiración se tornó dificultosa. Intenté alejarme de él, pero Neil deslizó una rodilla entre mis piernas y me estremecí. Jadeando, me agarré a sus caderas y él empezó a mover lentamente la pierna, rozándome el clítoris. Cerré los ojos y me obligué a no gemir, luchando contra el deseo de verlo desnudo sobre mí. Sin embargo, Neil se detuvo de repente y yo lo miré asombrada. Me sentí repentinamente aliviada por que no siguiese adelante. Porque todavía estaba enfadada y porque sabía que no sería capaz de resistirme a él.

—Hoy no, niña —susurró sensualmente con una sonrisilla de gilipollas, luego se alejó unos pasos, dejándome perpleja—. No puedo ceder. Si ocurriera, sería a lo bestia y no estoy seguro de que lo pudieses aguantar. —Me miró de arriba abajo con una expresión pensativa y, una vez más, no entendí lo que estaba tratando de decirme. Neil nunca era claro y siempre pretendía que yo lo adivinase todo—. Así que puedes estar tranquila por ahora, tigresa —concluyó burlón.

—¿Tigresa? —repetí y recordé el día en que me había llamado tigresa por primera vez mientras bailábamos juntos, y había unido nuestros cuerpos, haciéndome experimentar sensaciones inquietantes de las que ya nunca me libraría.

—Sí, te va bien porque eres dulce y tierna —dijo con una mueca que no pude descifrar, y lanzó una lánguida mirada a mis pechos, luego respiró nervioso y se tocó el pelo. Una vez más se obligaba a controlarse para no saltar sobre mí, que era lo que le habría gustado hacer, y por una vez estaba agradecida. En realidad, quería preguntarle qué lo retenía, porque sabía que no solo era guapo, sino también perverso y desvergonzado, mi problemático. Por un momento, mis inseguridades resurgieron y me sentí poco atractiva, sobre todo por cómo iba vestida en ese momento, pero luego bajé los ojos a los pantalones de chándal que llevaba él y me fijé en que estaba excitado, así que descarté la posibilidad de que ya no se sintiese atraído por mí.

—Vale.

Suspiré y bajé la cara hacia mis zapatillas de pelito, que Neil también estaba mirando. Me puse colorada y me preparé para un insulto o un comentario ofensivo…

—Joder, son más horribles que tu pijama —refunfuñó y yo abrí mucho los ojos, avergonzada.

—¡Eres idiota! —le espeté y Neil estalló en carcajadas de nuevo—. Oh, como castigo vamos a ir a hacer la compra ahora, así podrás llevarme las bolsas. Al menos vamos a aprovechar de alguna forma tu visita de hoy —añadí burlona, y de repente se puso serio, como si le hubiera dicho que el fin del mundo estaba cerca. En realidad, seguía sin tener ganas de salir, pero en cuanto vi su expresión de sorpresa supe que era buena idea.

—No, no, espera. ¿Qué? ¿La compra? ¿Tú y yo? ¿Estás de coña?

Frunció el ceño y negó con la cabeza. Cruzó los brazos sobre el pecho y me observó desde lo alto, mientras yo trataba de no distraerme con sus músculos que se contraían con cada movimiento.

—¿Sabes cuántos hombres ayudan a las mujeres a hacer la compra? Son hombres maduros, amables y…

Me interrumpió con su habitual arrogancia:

—Bueno, pues yo no soy como ellos. —Inclinó la cabeza y me miró serio.

—Si vamos juntos..., te daré un premio cuando volvamos.

Me propuse provocarlo, solo porque sabía que así aceptaría acompañarme. Así que me acerqué a él y con el dedo índice le acaricié el pecho hasta los abdominales, y luego pestañeé de manera intencionada. Pero no fui muy convincente, porque se mordió el labio y sonrió, divertido.

—¿El qué?

Di un paso atrás y me puse las manos en las caderas, golpeando con un pie en el suelo. Si Neil quería irritarme, lo estaba haciendo fenomenal.

—No puedes pensar que me seducirás para conseguir lo que quieres, tigresa. —Se acercó despacio, haciéndome retroceder contra la pared. Odiaba aquella confianza y el dominio que ejercía sobre mí—. No voy a follarte. Hoy no... —repitió, apoyando un codo en la pared, y recorrió mi figura con la mirada de arriba abajo—. Aunque tengo tantas ganas de arrancarte esos pantalones y hundir mi lengua entre tus piernas... —Con el dedo índice, me acarició el cuello suavemente, comiéndome con los ojos como un animal hambriento; luego cogió un mechón de mi pelo y empezó a juguetear con él—. Tantas que no te dejaría salir de tu bonita habitación en todo el día y... —Se acercó a mi oído y aspiró mi aroma, presionando su torso musculoso contra mis pechos—. Me hundiría en ti como no lo he hecho nunca antes.

Apretó el lóbulo de mi oreja entre los dientes y me aferró por los muslos; probablemente dejé hasta de respirar, pero Neil se apartó de repente, y yo me quedé mirándolo embobada.

—¿Vamos al supermercado, entonces? —preguntó. Me miró con picardía, consciente del control que tenía sobre mi cuerpo, y yo intenté recuperar el sentido. Me temblaban las piernas y mi corazón latía a toda velocidad, pero intenté no mostrarle mi vulnerabilidad. Fui a cambiarme y, una vez lista, me pavoneé ante él como una mujer segura de sí misma.

Media hora después llegamos al supermercado que había más cerca de casa y se detuvo frente a las puertas automáticas de la entrada. Obviamente Neil me había hecho creer por un momento que aceptaba acompañarme, pero cuando se dio cuenta de que yo hablaba en serio, se mantuvo firme. Había hecho todo lo posible para convencerlo de venir conmigo, incluso había agitado un billete de cien dólares bajo su nariz, olvidando que justo él no necesitaba dinero, pero fue en vano. Hasta que finalmente le dije:

—Si no hacemos la compra, no como.

Entonces me había agarrado como un saco de patatas y me había sacado a la fuerza de casa. Durante el paseo, había descubierto que Neil no solo consideraba mi vestuario horrible, sino que pensaba que estaba demasiado delgada, así que la última excusa había resultado ser la más convincente.

—¿Preparado para esta emocionante experiencia? —me burlé de él, ajustándome el abrigo mientras Neil le daba la última calada a su cigarro.

—Anda que…, lo que tengo que hacer… —murmuró, poniendo los ojos en blanco—. Menos mal que estamos en Detroit y nadie me conoce.

Entró con su habitual postura fanfarrona y lo seguí.

—Será divertido, ya verás —repliqué con sarcasmo.

En cuanto estuvimos dentro, cogí un carrito y lo empujé delante de mí, lanzándole una mirada a Neil, que no hacía más que resoplar continuamente.

—¿Vas a estar resoplando todo el tiempo? —le pregunté mientras recorría los distintos pasillos, parándome cada poco a mirar los productos que iba echando en el carro.

—¿Y tú te vas a parar a cada maldito segundo?

Se metió las manos en los bolsillos de los pantalones del chándal y la tela se tensó justo sobre el gran bulto entre sus piernas. Mi mirada se deslizó hasta allí y la mantuve fija unos instantes.

—Tengo curiosidad por saber qué producto estás mirando, Selene.

Neil se dio cuenta y volví a llevar mis ojos a su cara. Tenía una ceja arqueada y una sonrisilla sexi que le habría borrado a besos. Por supuesto, me ruboricé y volví a empujar el carrito con torpeza.

—Nada, no te hagas ilusiones —respondí con un suspiro.

¿Cómo era posible que no se le pasara una?

Ignoré a Neil, que me miraba de reojo, y me agaché para coger una bolsa de patatas fritas y la eché al carrito.

—Estas patatas fritas están buenísimas, tienes que…

Me detuve al ver que Neil estaba mirando a un hombre canoso detrás de nosotros. El tipo, que parecía tener unos cincuenta años, se sintió intimidado y se alejó con cierta prisa. Neil volvió a mirarme, primero a mí y luego a la falda que me había puesto para salir, y fruncí el ceño.

—No te agaches demasiado —me regañó con severidad, pasando de largo unos pasos, molesto y nervioso. Yo, en cambio, permanecí inmóvil, sin entender lo que había sucedido—. Venga, muévete —añadió.

Me estremecí al oír su voz seca y lo seguí inmediatamente.

—¿Te ha molestado algo? —le pregunté con cautela mientras caminaba a mi lado, con las manos aún hundidas en los bolsillos y la mirada fría.

—En absoluto —replicó molesto, sin mirarme, así que decidí no insistir. A estas alturas ya entendía su carácter y no quería irritarlo más. Volví a pararme, esta vez para coger algunas bebidas y aperitivos, mientras Neil miraba las estanterías con la mente en otra parte y una expresión de aburrimiento.

—¡Eh, pistachos! —exclamó de repente de la nada como un niño feliz, haciéndome dar un respingo.

¡Qué diablos!

—¿Estás loco?

Me llevé una mano al pecho asustada, pero me ignoró y alargó un brazo para coger tres paquetes de pistachos pelados.

—Estos son solo para mí.

Los echó en el carrito y yo sonreí.

—No te preocupes, no querría que un paquete de pistachos nos causara más problemas. Ya tenemos demasiados —refunfuñé y llevé el carro hacia la sección de dulces—. ¿Te gusta el chocolate? Mi madre y yo comemos mucho, somos muy golosas, y…

Me giré para buscar a Neil con la mirada y noté que estaba especialmente distraído. Intenté averiguar qué había llamado su atención y, no muy lejos de nosotros, vi a una mujer mayor, rubia, que lo estaba devorando con la mirada. Definitivamente, él la correspondía: estaba quieto, mirándola fijamente y ella estaba fascinada, como cualquier otra. No sabía qué hacer, porque verle volver a ser quien era y quien siempre sería me hacía daño. Mantuve la calma y me repetí que el amor era la aceptación total del otro y no debía juzgar a Neil, solo entenderlo.

Después de eso, abandoné el carro un momento, me acerqué a él y le toqué el brazo. Neil se apartó con cautela y yo me sentí profundamente incómoda, con miedo de recibir cualquiera de sus frases bruscas u ofensivas. Cuando estuve segura de que no iba a atacarme, desvié mi atención hacia la mujer en cuestión, que dio un paso atrás en cuanto se percató de mi presencia. En ese momento, Neil me miró molesto y me preparé para uno de sus desplantes, pero en cambio me sorprendió.

—Solo negro —dijo con calma, fijando sus ojos en los míos.

—¿Qué? —tartamudeé con total confusión, ya que no siempre conseguía seguir sus enrevesados razonamientos.

—El chocolate…, que me gusta el negro.

Me dejó claro que me había escuchado, pero también que no quería que le preguntara por qué se había quedado embobado mirando a esa mujer.

—Vale, entonces cogeré también una tableta de chocolate negro.

Esbocé una sonrisa tirante, disimulando mi decepción por su comportamiento, y me agaché a coger el chocolate del estante.

Sin embargo, al ponerme en pie, sentí un fuerte mareo que me hizo tambalearme, y los brazos de Neil me agarraron.

—Selene, ¿estás bien?

Me agarró por la cintura, mirándome alarmado y preocupado,
y su olor me envolvió, haciéndome olvidar cualquier cosa.

—Sí, es solo… un pequeño mareo —respondí, tocándome la frente—. Desde el accidente, me pasa de vez en cuando. Estoy bien.

Intenté recuperar el equilibrio, y eché el chocolate en el carro, pero sus ojos dorados no dejaron de mirar los míos ni un instante.

—A lo mejor estás cansada. ¿Quieres que nos vayamos a casa? —preguntó pensativo, pero yo negué con la cabeza.

—No, ya se me ha pasado. Siempre duran poco, estoy bien.

Nos quedamos mirándonos fijamente a los ojos y vi que Neil estaba tratando de desenterrar alguna incertidumbre dentro de mí; como no encontró ninguna, nos soltamos y continuamos nuestra ronda. Ahora, sin embargo, era él quien empujaba el carro, con los codos apoyados en la barra metálica verde y los bíceps abultados que no escapaban a las traviesas miradas de las mujeres presentes.

—¿Vas bien ahí atrás?

Lo fulminé con la mirada, porque ahora iba delante de él, para ir cogiendo todo lo que necesitaba.

—Sí, pero porque tengo una vista estupenda de tu culito. Sabes que tengo debilidad por él —contestó, mirándome el trasero descaradamente.

—Estamos en un supermercado, y…

—Mira, seguro que de aquí necesitas algo —se burló Neil cuando llegamos al departamento de higiene íntima femenina. Al ver las estanterías rebosantes de geles limpiadores, compresas y tampones, se me ocurrió hacerle una pregunta totalmente absurda.

—¿Por qué nunca has usado condón conmigo?

Me giré hacia él y lo sorprendí mirándome. No era así como quería abordar el tema, pero, como siempre, me había precipitado. Enseguida me sentí avergonzada.

—Porque me dijiste que tomabas la píldora —respondió Neil atónito, con su actitud arrogante de siempre, y yo fruncí el ceño.

—Podría haber sido mentira y tú te has fiado —repliqué.

—No habrías tenido el valor de mentirme sobre algo así —dijo con seguridad.

—¿Ese es tu razonamiento? Si una mujer te dice que toma la píldora, ¿te fías de ella sin más?

Bajé la voz y me metí las manos en el abrigo. Vale, tal vez me comportaba como una niña, pero no me importaba; Neil, por su parte, me dedicó una sonrisa burlona.

—No. Solo lo he hecho contigo sin condón. Ya te he dicho que es inútil que me sigas preguntando lo mismo para comprobar mi sinceridad —replicó en voz baja, arqueando una ceja. Me estaba demostrando que había sido honesto y la singularidad de nuestra relación me hizo feliz.

—¿Por qué… solo conmigo?

Me acerqué despacio y lo miré a los ojos, esperando una explicación auténtica. No era lo mejor hablar de aquello en un supermercado, pero con Neil había que aprovechar las ocasiones en las que estaba de humor para darme respuestas.

—Porque te conozco. Conozco tu vida sexual. Sé que he sido el primero y el único hasta ahora. Además, me gusta sentirte piel contra piel. Cuando me acuesto con otras es diferente —dijo encogiendo un hombro—. También soy intransigente con el sexo oral. Me gusta que me lo hagan, pero no hacerlo yo.

—Pero a mí, tú… —Hice una pausa, avergonzada por la idea de continuar aquella absurda conversación, y él suspiró; había adivinado lo que quería decir.

—No me hagas más preguntas —farfulló molesto, arrancándome una sonrisa espontánea.

—Ya lo entiendo todo. Soy especial —dije satisfecha, notando que su ceja se arqueaba hacia arriba; Neil adoptó una expresión seria, muy seria.

—No, solo eres una niña pesadísima, nada más —me contradijo, y se apartó de mí, pero decidí no rendirme.

—De todos modos, he visto cómo mirabas a esa mujer rubia antes.

Ante mis palabras, Neil se detuvo y soltó el carro para mirarme.

—¿Estás celosa?

Esbozó una sonrisa de seductor nato, pero la ignoré mientras cogía más productos e iba metiéndolos en el carrito.

—No, en absoluto —repliqué, apretando las manos alrededor de la barra del carro para empujarlo hacia adelante; poco después, sin embargo, sentí el pecho de Neil apretado contra mi espalda, sus enormes manos posadas encima de las mías y su barbilla sobre mi cabeza. Me detuve de repente, porque un calor incontrolable se extendió por mi cuerpo y fue directo a mi corazón.

—Un día tendrás dos hermosos hijos. Un niño y una niña. Tendrás un perro, una casa preciosa y un marido que te quiera... —Me limité a girar la cara hacia un lado y a concentrarme en su voz profunda—. Serás una mujer independiente, elegante y atractiva. Tu marido estará loco por ti. Tu hija tendrá los mismos ojos azules que tú, y su hermano tendrá tu fuerza y tu tenacidad. Todos los fines de semana haréis viajes en familia. Organizarás fiestas temáticas en el jardín con música y barbacoa. Serás una madre ejemplar, una esposa de ensueño y una mujer perfecta. Tu marido será un hombre afortunado. Un día, Selene, un día descubrirás que estás embarazada y serás feliz por ello, pero cuando eso ocurra, yo no seré el hombre que esté a tu lado —concluyó muy serio, imperturbable.

Entonces me giré por completo hacia él y lo miré fijamente a los ojos brillantes. Sus brazos permanecieron estirados sobre el carro y mi esbelta figura quedó aprisionada por la suya, más poderosa; en ese momento, sin embargo, no era su cuerpo el que me aplastaba, sino sus palabras.

—¿Y tú? ¿Dónde estarás?

Intenté mostrar la misma frialdad que él, pero fracasé estrepitosamente porque mis labios empezaron a temblar y los ojos me escocían. Sin embargo, no lloré, no debía.

—En algún lugar del mundo. Siempre he soñado con viajar. Para alejarme de todo y de todos. A ver, está claro que alguien como yo no puede aspirar a tener una familia, una esposa e hijos. ¿Qué podría darles? ¿Mis problemas? ¿Mi mal carácter? —Sacudió la cabeza con sarcasmo, sin dudas ni arrepentimientos—. Pero tú, Selene... Tú has nacido para vivir un futuro de cuento de hadas.

Me sonrió y levantó una mano para acariciar mi mejilla con suavidad. Yo, sin embargo, me alejé.

—Calla —susurré, desplazando mi mirada a otra parte.

—¿Por qué? Te enviaré postales. Tal vez me puedas contar cómo están tus hijos o incluso tu marido —añadió serio, aunque para mí había dicho la cosa más absurda del mundo.

—Calla, he dicho —repetí de nuevo, cerrando los puños y arrugando la nariz ante su olor que me golpeaba en la cara con cada movimiento, recordándome que nunca podría vivir sin él.

—Tienes razón. Tal vez tu marido podría ponerse celoso de mí. Entonces le enviaré postales a tu madre, para que te las dé —dijo reflexivamente.

Me di cuenta de que Neil estaba realmente convencido de todo lo que estaba diciendo y lo miré sorprendida.

—¡Ya basta! —Lo aparté bruscamente de mi pecho, olvidando que estábamos en un lugar público, y noté su expresión de sorpresa—. ¿Por qué me dices estas cosas? ¿Disfrutas haciéndome daño? ¿Tal vez sea otra de tus perversiones que desconozco?

Levanté la voz, sin prestar atención a las miradas de las personas que pasaban junto a nosotros con sus carritos, sin prestar atención a nada.

—¿Hacerte daño? —repitió como si yo fuera la loca—. Yo solo te estoy diciendo cómo me imagino que será tu futuro. ¿Qué hay de malo en eso? Deseo lo mejor para ti... —dijo en tono tranquilo, pero yo ni siquiera respondí. Incliné los hombros y traté de mostrar fortaleza. Como siempre cuando se trataba de Neil y su mente retorcida.

—Selene... —Se acercó a mí y me levantó la barbilla—. Hay que aceptar la realidad como es —dijo con una sonrisa triste, y luego se movió, dejando un vacío lleno solo por su olor.

Sabía que, después de lo que había pasado con Kim, creía que no se merecía un futuro feliz.

Creía que estaba manchado.
Estropeado.
Pero él no era el problema.
El problema era el pasado que no podía superar.
Neil era maravilloso y se merecía todo el amor del mundo.
Se merecía un futuro feliz.
Y yo iba a hacer todo lo posible para sacarlo de su oscuridad.

18

Selene

Oía el agua, oía la marea subiendo y bajando.
Era como si me estuviese corriendo con el océano entero.
Parecía durar y durar. Entonces me eché a un lado.

Charles Bukowski

Neil seguía conmigo en Detroit.

Al volver del supermercado, me había ayudado con las bolsas

de la compra e incluso habíamos comido juntos en casa. No sabía cuánto tiempo se quedaría, tenía miedo de preguntarle, pero estaba feliz de pasar tiempo con él; sentía que, por primera vez, nos estábamos conociendo de verdad.

A medida que pasaban las horas, se volvía más hablador, aunque a menudo se encerraba en sí mismo, o se ponía particularmente pensativo y se encendía un cigarrillo, deteniéndose a mirar un punto en el vacío.

En aquel momento, lo estaba admirando mientras él aspiraba largas bocanadas de humo. Era guapo incluso en los momentos cotidianos.

—¿Por qué me miras así?

Exhaló humo por la nariz y me miró serio. Sus ojos parecían aún más claros con el reflejo del fuego, pues había encendido la chimenea del salón para entrar en calor.

—Estás fumando en casa, mi madre me va a matar cuando vuelva —dije angustiada. En realidad, mi madre nunca debía enterarse de que había permitido a Neil estar a solas conmigo en nuestra casa, de lo contrario me habría matado de verdad.

—Relájate, para cuando tu madre vuelva, el olor se habrá ido. —Dio otra calada y se puso más cómodo en el sofá, mientras yo me arrodillaba junto al televisor para elegir una película en Netflix—. Una de acción, nada de películas románticas de mierda —me dejó claro, y yo fui hasta el sofá, pero me quedé sentada en el suelo—. ¿Por qué te quedas en la alfombra?

Frunció el ceño y yo me aclaré la garganta sin saber si confesarle la verdad. Al final, decidí ser sincera.

—Porque no se puede ver una película contigo al lado, Neil —repliqué y él se rio.

—No voy a comerte, Campanilla.

Me guiñó un ojo y se acomodó mejor en el sofá, con el cigarrillo colgando entre los labios.

—Probablemente ya hayas «comido» mucho estos días con tus rubias —seguí desplazándome con el mando a distancia en busca de una buena película que pudiéramos ver, a la espera de que uno de los muchos carteles me llamara la atención.

—¿Qué te hace pensar eso? —Su voz venía de detrás de mí, pero yo no aparté la vista de la pantalla.

—Que ya no me tocas. Eso es suficiente para que me pregunte qué andarás haciendo en Nueva York —dije con total sinceridad.

Aunque poco a poco me iba sintiendo más a gusto con él y hablaba con total tranquilidad, sabía que con Neil había que medir cada palabra y, sobre todo, entender de qué humor estaba antes de decirle ciertas cosas.

—¿Queda tarta de cereza?

Cambió de tema y yo me volví hacia él. Ya se había comido la mitad y yo estaba contentísima de que le gustara tanto.

—Mi madre es una auténtica maga de la repostería. Espérame aquí.

Me levanté de la alfombra y me dirigí a la cocina. Caminé con decisión hacia la tarta sobre la encimera y, cuando estaba a punto de cogerla, di un respingo al oír mi teléfono móvil. Me lo saqué del bolsillo del pantalón que me había puesto al volver de la calle y fruncí el ceño al ver el nombre de Ivan parpadeando en la pantalla.

—¿Hola? —respondí titubeante.

—Hola, Selene. ¿Estás en casa? Janel dice que si quieres venirte a una fiesta con nosotros —propuso, pero unos ruidos extraños alteraron la comunicación.

—No es verdad, Selene, ha sido idea suya invitarte.

Reconocí la voz de Janel y sonreí.

—Bueno, en realidad... —intenté responder, pero Ivan empezó a discutir con su hermana—. ¡Qué demonios le estás diciendo! Selene, ¿estás ahí? Arréglate, que te recogemos en media hora —dijo a toda velocidad, y de pronto me alarmé.

—¡No, no! Ivan, mejor otro día. Tengo invitados ahora mismo y no puedo salir.

Me puse un mechón de pelo detrás de la oreja y suspiré.

—Ah, está bien. ¿Otro día entonces? —preguntó, y en el preciso instante en que estaba a punto de asentir, las manos de Neil se posaron en mis caderas haciéndome estremecer.

—S-sí, claro.

Con el corazón en la garganta, colgué la llamada y bloqueé la pantalla; luego dejé el teléfono sobre la encimera, apartándolo con los dedos. Neil se quedó quieto, detrás de mí. Su pecho aplastó mi espalda y su erección empujó entre mis nalgas.

—¿Quién era? —me susurró al oído, severo pero tranquilo, recorriendo con sus dedos el borde de mis pantalones para llegar despacio a la parte delantera.

—Ivan. Quería que fuera con él y con su hermana a una fiesta.

Intenté no tartamudear, aunque no me resultaba fácil mantener la calma con Neil tan cerca.

—Mmm, otra vez el tal Ivan. —Su aliento golpeó mi cuello como una suave brisa—. En cualquier caso, he cambiado de opinión. Prefiero otra cosa en vez de la tarta.

Deslizó el dedo índice por el borde de mis pantalones y rozó el elástico de las bragas.

—Tienes que decirme algo de ti siempre que quieras algo de mí. ¿Recuerdas nuestro pacto?

Mi voz apenas era audible. Me aferré a la encimera de mármol mientras su mano se ahuecaba sobre mi pubis, apretándome con posesión hasta que empecé a jadear.

—Hace tiempo que no follo con nadie. —Empujó su pelvis contra mi trasero y arqueé la espalda con un gemido inesperado. Entré en éxtasis cuando comenzó a moverse despacio—. Y no consigo llegar al orgasmo, por eso no te he tocado. —Posó los labios sobre mi cuello y deslizó la mano dentro de mis bragas, haciéndome estremecer—. ¿Sigo?

Suspiró junto a mi oído y yo me di cuenta del esfuerzo que hacía al confesarme algo así. Aunque estaba mareada, comprendí la razón por la que Neil se había controlado todo este tiempo, y una parte de mí se sintió aliviada.

—¿Y por qué? —pregunté en voz baja, tragando saliva porque sentía la garganta repentinamente seca. Entonces me volví hacia él, pestañeando en señal de confusión, y noté que su mirada se detenía justo en mis ojos. Le acaricié la mandíbula cubierta por la barba incipiente y él me lo permitió sin oponer resistencia.

—No es asunto tuyo. Pero si quieres utilizarme, te dejo —contestó, y yo fruncí el ceño, porque no me gustaba que me hablara así.

—No quiero utilizarte. —Sentí un dolor agudo en el pecho y durante un instante se me cortó la respiración. Tenía ganas de llorar y no quería que eso ocurriese—. Pero ¿cómo es que tienes este problema? —insistí, esperando no molestarle con una pregunta tan personal.

Yo no era tonta, el hecho de que ya no llegara al orgasmo denotaba un problema grave y Neil probablemente fuese consciente de la causa, aunque no quisiera revelarlo.

—A mi cuerpo no le pasa nada malo. Solo tienes que saber eso.

Sonrió, me besó el cuello, y subió hasta debajo de mi oreja. Inhaló mi aroma y gruñó en señal de apreciación.

—¿Te duele?

Quizás estaba mal preguntarle, pero necesitaba saber más detalles y, sobre todo, entender si el sexo para él era una obligación.

—No. —Neil puso las manos en la encimera y me aprisionó; luego me miró a los ojos con lascivia. Tan pronto como percibí sus intenciones perversas, con un ademán felino lo empujé, me liberé de su bloqueo y salí corriendo de la cocina.

—¿A dónde crees que vas, tigresa?

Oí su voz detrás de mí mientras corría con el pelo flotando en el aire y una expresión emocionada —y asustada— en el rostro. Lo deseaba, pero, al mismo tiempo, saber a qué se enfrentaba me había afectado.

Me apresuré a atravesar el salón y subir las escaleras, con el corazón bombeando frenéticamente en el pecho, la respiración agitada y sus pasos decididos detrás de mí. Sabía que, si hubiera querido, ya me habría atrapado, pero solo estaba jugando. Así que seguí corriendo como una niña y él me persiguió como un león salvaje, a ritmo lento y constante.

—Te voy a coger… —se rio a mis espaldas.

En ese instante, abrí la puerta de mi habitación y me apresuré a entrar, pero antes de que pudiera cerrarla de nuevo, Neil me alcanzó y la bloqueó con el hombro, metiendo un pie por el hueco para ayudarse.

—¡No! ¡No vas a entrar!

Apreté las manos contra la puerta para resistirme a él y le oí reírse del gusto al otro lado, entonces dio un empellón contra la puerta y la abrió de par en par. Me tambaleé hacia atrás, intentando no caerme.

—¿A dónde vas a huir ahora? ¿Mmm?

Neil cerró la puerta con un talón y me miró de arriba abajo; luego se humedeció los labios con lujuria.

—Algo me inventaré —repliqué, retrocediendo a paso lento; sin dejar de sostener su mirada carnal, sorteé la cama y puse distancia entre nosotros.

—Si quiero, te atraparé. Eso ni lo dudes.

Levantó una comisura de los labios y avanzó de nuevo, como un cazador concentrado en su presa.

—No lo creo.

Le sonreí burlonamente y, antes de que pudiera atraparme, salté sobre la cama para cruzar al otro lado de la habitación y corrí hacia la puerta, pero Neil, rápido como una gacela, me agarró por el costado y me empujó de espaldas contra la puerta antes de que pudiera abrirla. Gemí de dolor y cerré los ojos con fuerza.

—Te tengo. —Me aprisionó con su cuerpo y me miró con sus hermosos ojos, brillantes y sensuales, mientras yo intentaba recobrar el aliento—. ¿Te ha comido la lengua el gato, tigresa? —se burló de mí con su habitual actitud descarada y confiada, dado que yo no decía nada.

—Solo lo has conseguido porque te he dejado —lo desafié.

—Te habría atrapado de todos modos. Siempre te atraparé… —Se inclinó sobre mi cuello y comenzó a depositar besos húmedos en él, provocando mi deseo—. Bueno, creo que hemos jugado lo suficiente, y además te he revelado algo sobre mí…

Deslizó los labios por mi clavícula y, con ambas manos, agarró el bajo de mi camiseta, tiró despacio hacia arriba y la arrojó al suelo.

—¿Qué se supone que debo darte? —me apresuré a preguntar, manteniéndome fiel, yo también, a nuestro pacto. Neil se apartó un poco para mirar mis pechos desnudos y sonrió con satisfacción.

—A ti entera. Enterita…

Siguió mirando mi pecho, luego hizo un ruido gutural y me agarró los senos con ambas manos. Se inclinó y envolvió un pezón con sus labios carnosos. Instintivamente, toqué su pelo suave y arqueé la espalda contra la puerta, sintiendo que mis piernas se ablandaban de repente y mi cabeza daba vueltas.

—De acuerdo, entonces. Te lo daré todo —susurré, intentando ignorar mis bragas húmedas y las sensaciones que Neil estaba despertando en mí.

—Todo lo que puedas… —replicó él, apoyando las manos a ambos lados de mi cabeza y contrayendo sus bíceps definidos, mientras mis ojos se deslizaban con avidez a lo largo de su torso.

Entonces, con la pizca de valor que me quedaba, enganché entre el dedo índice y el pulgar la cremallera de su sudadera blanca y tiré hacia abajo, dejando que la tela se abriera despacio, como una cortina, para mostrarme el espectáculo erótico de sus pectorales hinchados y sus marcados abdominales. Su piel ámbar me deslumbró y, embriagada, admiré aquel fantástico espectáculo, como un espectador ávido sentado en primera fila.

—¿Te gusta, Campanilla?

Se mordió el labio inferior con sus dientes blanquísimos, mientras mi dedo índice trazaba la línea central y cóncava del abdomen y se desplazaba hacia abajo para explorarlo como si lo estuviese viendo por primera vez.

—Mucho.

Levanté la mirada para hundirla en sus ojos luminosos, y metí los dedos bajo el elástico de sus pantalones deportivos, acariciándole el escaso vello púbico.

—Te deseo y no puedo esperar más.

Sonrió lascivamente y, con ambas manos, sujetó mis pantalones y los deslizó por mis piernas. Le ayudé a quitármelos, levantando primero un pie y luego el otro, y los apartó tan pronto como se enredaron alrededor de mis tobillos. Sin perder más tiempo, empezó a besarme el cuello mientras yo acariciaba su torso semidesnudo. Su piel era tan cálida y suave, igual que los labios que seguían deslizándose hacia abajo. Hasta la clavícula. Hasta el hombro. Hasta el pecho. Pero, antes de llegar adonde más los deseaba, Neil se detuvo y me miró divertido. En ese instante me pareció guapísimo, condenadamente guapo.

—Siéntate en el borde de la cama —me ordenó agarrándome por las caderas y empujándome despacio hacia atrás.

Seguí sus órdenes y, tratando de no tropezar con mis propios pasos, me senté sobre la cama, en bragas. Levanté la cara y lo miré mientras él me acariciaba la mejilla con los nudillos ásperos.

—Y ahora, abre las piernas —añadió con una sonrisa de satisfacción, arrodillándose frente a mí.

Parecía un ángel oscuro al que el pasado le había arrancado las alas. Aunque mi cuerpo lo deseaba, me ruboricé, y por su mirada divertida estaba segura de que se había dado cuenta. Aunque vacilante, abrí ligeramente mis muslos y flexioné los dedos de los pies en el suelo, mientras sus labios se apoyaban en mi rodilla y se desplazaban lentamente hasta la cara interior del muslo. Su cabello rebelde me hacía cosquillas en la piel sensible y la barba incipiente me picaba un poco, pero era todo tan agradable que sentía escalofríos recorriendo cada parte de mi ser. Con las palmas de las manos apoyadas en la cama y las piernas abiertas, sentí las yemas de sus dedos engancharse a mis bragas. Entonces fijó sus ojos dorados en los míos.

—¿Te importa si te las arranco?

Esbozó una leve sonrisa y, sin dejarme contestar, me las rompió y las tiró al suelo. Me quedé sin aliento ante aquel gesto, y también me sentí confusa, pero entonces algo se movió en mi bajo vientre, haciéndome contraer cada músculo y notar una palpitación en mis partes íntimas.

—Ya lo has hecho... —respondí irónica, pero Neil ya no miraba mi cara, sino el delicado punto entre mis muslos. Me estaba comiendo literalmente con los ojos, y yo empecé a temblar, no sabía si por la agitación o por la excitación.

—Abre las piernas, he dicho —dijo más bruscamente, ya que, después de desnudarme del todo, las había cerrado sin querer, haciéndole caso a esa parte tímida y avergonzada de mí. Todavía no estaba familiarizada con el sexo, para mí volvía a ser como la primera vez, mientras que Neil estaba en su salsa.

Sin embargo, con un suspiro profundo, obedecí. Separé los muslos por completo, sintiendo los pliegues de mi sexo desplegarse como los pétalos de una rosa, expuestos a sus ojos voraces, y él me admiró. Se mordió el labio carnoso, luego sonrió descaradamente y se aferró a mis piernas sin ninguna delicadeza.

—Neil —llamé su atención, aferrando las sábanas entre las manos, pero sus ojos color miel permanecían enfocados allí, en esa parte de mí que parecía adorar, venerar como a una deidad.

Estaba listo para incendiarme, para hacerme suya de todas las maneras posibles.

—Joder, quiero chupártelo.

Se inclinó sobre mi pubis y comenzó a darme besos dulces y húmedos, mirándome por debajo de las pestañas marrones; las chispas de la perversión estallaron en la penumbra de la habitación y mis mejillas se incendiaron.

—Ay, Dios —murmuré mientras la punta de su lengua descendía voluptuosa y caliente sobre mi clítoris. Neil lo despertó, lo lamió despacio y mi gemido de placer fue inevitable.

Cerré los ojos y le acaricié el pelo despeinado, empujando su cabeza contra mí. Como había prometido, se lo di todo de mí, todo lo que quería. Me froté descaradamente contra su boca, buscando apagar el fuego que sentía en mi interior, pero mis movimientos eran limitados porque estaba bloqueada por sus fuertes manos, las mismas manos que no hacían más que apretarme con posesión.

—Me gusta verte tan metida en el papel. —Neil sonrió con picardía, y luego siguió lamiéndome con su lengua experta. Y siguió, cada vez más abajo, con la mirada fija en mi rostro avergonzado—. Y me encanta tu sabor.

Deslizó su lengua por mi agujero y la movió como si me estuviera besando, como si aquello fuera una segunda boca y quisiera llevarme al límite.

—Sí... —gemí levemente, y arqueé la espalda. Sentía los pezones turgentes por su lenta tortura. Consciente de lo aturdida que estaba, Neil me miró y sonrió con los labios mojados por mis fluidos. Se relamió y gruñó. De repente, sustituyó la lengua por dos dedos y yo grité. Los hizo girar en círculos y comenzó a acariciarme; luego los movió de un lado a otro, rápido y decisivo, presagiando lo que ocurriría poco después.

—Sí, eso es, enséñame cómo gozas, niña...

Su voz varonil me provocó un temblor más fuerte que me hizo jadear. No podía aguantar más, la tensión era insoportable.

Incliné la cabeza hacia atrás, agarré las sábanas con las manos, mientras Neil seguía dominándome. De repente, mi cerebro cortocircuitó y se me aceleró la respiración. Basculé la pelvis y acogí sus dedos dentro de mí, hasta el fondo. En ese instante, noté la ola de calor que se alzaba desde lo más profundo de mí. Sentí como siempre la irresistible necesidad de llenar el vacío que notaba dentro de mí, con él.

Solo con él.

—Sé buena chica. No vas a correrte tan rápido... —susurró Neil, perverso, y entonces sacó los dedos de mi parte más íntima y se los llevó a los labios para chupárselos—. Ahora, acuéstate —ordenó, y yo obedecí.

Lo miré aturdida y jadeante, con el corazón en la garganta y un zumbido extraño en los oídos. Después de eso, me acosté en la cama y me entregué entera a sus deseos. Neil sonrió divertido y se quitó la sudadera, enseñándome su torso musculado en el que mis ojos se posaron libidinosos; luego se desató el nudo del cordón de los pantalones y los dejó deslizarse por sus firmes piernas. Me miró con confianza, terriblemente atractivo, y, sin dejar de observarme, se bajó los calzoncillos negros para quitárselos.

Intenté mirarle a los ojos, pero Neil sabía muy bien que yo prefería otra cosa, y que no bajaba la vista solo por vergüenza. Con una sonrisa descarada, como un auténtico cabrón, puso una rodilla en el colchón y se subió a la cama, como un felino, lento y persuasivo, para situarse entre mis piernas abiertas.

Era arrogante y perverso.

Simplemente perfecto.

Se sentó sobre los talones y se quedó mirando otra vez entre mis muslos, con los abdominales contraídos, y la hendidura central que, como un camino, llevaba hasta la parte más viril y, al mismo tiempo, aterradora de su cuerpo.

En ese momento me rendí y sucumbí a la tentación: miré su miembro erecto que se apresuró a envolver en la palma de su mano para darse placer delante de mí. Entonces, su mirada cambió. Las altas llamas del deseo quemaron la miel de sus iris mientras se tocaba sin pudor. Estaba tan excitado que no podía abarcarlo del todo; las venas sobresalían más de lo habitual, el glande estaba expuesto. Por un momento, pensé en levantarme y salir corriendo, por miedo a lo que pudiera ocurrir en unos momentos, pero la visión de Neil, desnudo, con aquel físico torneado y esbelto, ahuyentó todas mis dudas. En ese instante, un mechón de pelo rebelde le cayó sobre la frente hasta cubrir parte de su ceja derecha; estaba más sexi que nunca.

Me concentré en la mano que se movía con determinación a lo largo de su miembro y lo miré con asombro, turbada y temerosa. Nunca lo había visto tan tenso y cargado, como una ametralladora lista para dispararme.

—¿Estás sorprendida, Selene? —Sonrió provocador, y con su habitual desvergüenza se acercó para frotarse entre mis piernas de manera lenta y sensual. Mi placer aumentó hasta arder entre sus propias llamas—. Pues prepárate… —añadió socarrón, con la voz más intensa y ronca. Pero no me importaban sus advertencias ni sus palabras. Lo deseaba demasiado.

—Date prisa.

Levanté la pelvis, incitándolo, y él miró mi centro de nuevo. Con hambre. Con un hambre que nunca había visto antes. Y con una media sonrisa de satisfacción, apretó su erección desde la base y por fin se abrió paso dentro de mí, con un golpe seco, decisivo y brusco. Me estremecí y me amoldé alrededor de él, apretando los dientes.

—Joder, cómo echaba de menos follar contigo…

Neil se estiró encima de mí y empujó su pelvis con más fuerza, haciéndome arquearme. Se apoyó sobre sus abultados bíceps y comenzó a moverse, sin permitir que mi cuerpo se adaptase a él. Me sentí como un pequeño puerto que acogía a un barco gigantesco. Neil salió de mí y se hundió de nuevo, y yo me aferré a su espalda e intenté seguir el ritmo de sus embestidas. Luego siguió penetrándome, con más vehemencia, inflingiéndome profundos golpes, como si yo no estuviera allí, como si estuviese él solo, perdido en su placer extremo.

—Despacio —le dije, sintiendo por todas partes su boca que me chupaba, me lamía y me mordía el cuello; con una mano me apretó un pecho y agarró el pezón entre sus dedos, provocándome un ardor doloroso, pero agradable.

Poco después, nuestros cuerpos calientes y unidos empezaron a sudar. Mis dedos comenzaron a trazar las medias lunas que se formaban en su espalda entre los músculos contraídos, mis piernas envolvieron con más fuerza su pelvis, que se estrellaba contra mí como una furia, haciendo chirriar los muelles de la cama. Lo sentía todo. Hasta el fondo. Salía y entraba con una velocidad y una fuerza inauditas, fusionando el placer con un ligero dolor. Me sentía mareada, aturdida, suspendida en el aire en un tiovivo espantoso, zarandeada como una barquita en una tormenta en mar abierto. Sentía sus jadeos al oído, su boca marcando mi piel.

—D-despacio —balbuceé, porque no podía hablar, pero Neil parecía no oírme. Estaba encerrado en la burbuja de su placer y sus embestidas profundas. Completamente a merced de aquella relación abrumadora, sentí que mi visión se nublaba y percibí sonidos amortiguados. Entonces bajé el rostro hacia nuestros cuerpos y vi el triángulo chocando contra mi pubis, el *Pikorua* terminando en mi ingle izquierda, los abdominales contrayéndose por el esfuerzo, las sábanas enredadas a nuestro alrededor—. Despacio…, Neil… —Su nombre salió en un jadeo más parecido a una súplica, y luego llevé las manos hacia el cabecero de la cama; me aferré a las barras para intentar agarrarme a algo y frenar mi cuerpo que se sacudía hacia atrás con cada empujón y luego se deslizaba hacia adelante siguiendo sus movimientos, pero conseguí exactamente lo contrario: continuó impertérrito, penetrándome con toda su potencia, haciendo que incluso el cabecero de hierro forjado golpeara contra la pared, como si quisiera atravesar el muro—. Neil… —exclamé asustada y excitada al mismo tiempo; cerré los ojos y bajé las manos por su espalda sudorosa.

—Chist…

Me calló con un beso. Pasional. Carnal. Brutal. Me metió la lengua en la boca y la hizo girar con tanta furia como golpeaba su pelvis contra la mía. Se me cortó la respiración y casi entré en apnea. No podía estar a su altura, era imposible seguirle el ritmo. Nunca había podido. Un pánico absoluto se estaba apoderando de mí, porque no sabía qué hacer. Cómo detenerlo. No podía sacarlo de su burbuja.

—Neil… Más despacio… —intenté decir, pero él volvió a ignorarme.

Estaba fuera de control. Indomable. Un león destrozando a su presa cegado de furia. Mi cuerpo, mientras tanto, empezó a mandarme señales contradictorias: aunque cada vez me excitaba y me mojaba más, también me sentía dolorida y mareada. De repente, su boca se desplazó, de nuevo, hacia mi cuello, permitiéndome al menos recobrar el aliento, pero seguía aplastándome con su pecho musculoso, comprimiendo mis pulmones. Sentí los latidos irregulares de mi corazón; parecía palpitarme incluso en las sienes, en la garganta, en las muñecas, en el vientre, en las costillas, enloquecido. Todo era absurdo, perverso, animal, pero también condenadamente… excitante. Estaba experimentando sensaciones eróticas que eran indescriptibles de tan intensas. Neil era tan guapo que pensé que me iba a morir, y tan increíble que me hacía alegrarme de vivir.

—Aguanta, Selene, porque no voy a parar... —jadeó en mi oído, instándome a seguir su ritmo desenfrenado. Entonces me entregué del todo: me aferré a su espalda, apoyé los talones sobre el colchón, doblé las rodillas y empujé mi pelvis hacia arriba, acompañando sus embestidas—. Eso es... Muy bien, así.

Me mordió el hombro y empecé a balancearme también, para asimilarlo todo, para sentirlo más allá de todos los límites. De pronto, arqueé la espalda y dejé escapar un grito incontrolado. Entonces me estremecí y me rendí a un potente e inesperado orgasmo.

Pero Neil seguía moviéndose.

No se detuvo ni un instante.

Fuera y dentro.

Fuera y dentro.

Una furia.

En realidad, si me hubieran pedido que describiera lo que estaba pasando, no habría sido capaz de responder. Era algo inmenso, salvaje, doloroso, pero único, condenadamente único, y para mi sorpresa descubrí que me gustaba. Era puro éxtasis. Gozo. Vida.

Le pasé una mano por el pelo húmedo, tan revuelto como yo, y apreté los dientes de placer y dolor.

—Me estás haciendo daño, gilipollas —le susurré al oído, sintiendo que sonreía en el pliegue de mi cuello como si justo esperase esas palabras. Y de repente se sentó sobre los talones y me cogió en sus brazos. Estaba a horcajadas sobre él, nuestros rostros alineados el uno frente al otro y mis muslos abiertos sobre su pelvis.

—Puede que no llegue, pero lo estoy intentando...

Me mantuvo quieta sobre él, y me acarició el trasero, luego me volvió a tirar de espaldas en el colchón y acabé debajo de él otra vez. Su poderoso cuerpo me cubrió por completo y finalmente entendí lo que estaba tratando de hacer: quería romper la barrera psicológica que le impedía disfrutar de verdad, estaba luchando contra sí mismo. Se estaba librando una guerra.

—Me sentirás por todas partes. Hoy, mañana, durante toda la semana —dijo con ímpetu, y luego salió despacio de mí, abandonando centímetro a centímetro mis agotadas y ardientes paredes, y me puse rígida.

Sin embargo, ni siquiera tuve tiempo de recuperar el aliento porque entró más profundo, con más fuerza y poder, como una lanza candente desgarrando un trozo de carne, sin ninguna delicadeza. Él agarró las sábanas y yo le arañé la espalda para pagarle con la misma moneda, pero nada podía detenerlo.

—Dámelo todo de ti. Tus dolores, tus miedos, tus frustraciones. Puedo aceptarlos. Puedo aceptarte —le susurré al oído y cerré los ojos mientras me propinaba otra embestida salvaje que me hizo emitir un grito de placer, tan visceral que me hice daño en la garganta. También murmuré su nombre y cuando levanté apenas los hombros para intentar cambiar de postura, Neil me volvió a tumbar con una mano. Estaba sin aliento, sudoroso y agotado.

—Cállate, Selene, eso es lo que estoy haciendo —gruñó molesto; y volvió a entrar y salir de mí como una bestia, y gimió de una forma tan viril que me estremecí.

Me di cuenta de que estaba sometida por completo a él. Neil tenía el control, el poder, el mando, y nada iba a detenerlo.

Volvió a empujar y yo dejé de respirar; me arqueé y volví a gritar mientras me corría con él dentro.

Me sumergí en su infierno, allí donde no existía la razón, sino solo la locura.

—Sigue.

Le lamí el cuello y lo acaricié, instándole a que no se detuviera. Quería que se sintiera libre, quería que se enfrentara a sus monstruos, quería que entendiera que haría cualquier cosa por él. Neil murmuró algo y me mordió el labio inferior con fuerza, y luego lo succionó. Su frente se llenó de sudor, sus ojos se volvieron luminosos, su piel, ámbar y brillante como el oro. Me bastó verlo, bello como el sol, para temblar debajo de él.

—No te sientas mal, yo nunca te juzgaré —le susurré al oído, entre nuestros jadeos, entre el sonido de los cuerpos que seguían buscándose, entre los resortes chirriantes, entre el sudor, los aromas entremezclados, el olor a sexo, intenso, profundo, carnal.

—Pues deberías considerarme un monstruo.

Me lamió el cuello a su vez y descendió hasta mis pechos; se inclinó sobre un pezón y lo chupó con avidez; tiró de él con los dientes hasta hacerme daño y luego lo calmó con la lengua.

—No. Nunca pensaría eso —respondí con dificultad, percibiendo un gemido gutural de Neil en el oído. Mis manos, mientras tanto, seguían tocándolo por todas partes. Veneraba cada parte de él: los hombros anchos, la espalda poderosa, las caderas estrechas, los glúteos marmóreos.

Era un adonis perfecto. Una máquina del sexo.

Un cúmulo de músculos y pecado.

Y a mí me gustaba pecar. Con él.

Neil era amor y sexo.

Caos y desorden.

Era imperfecto e ingobernable.

Pero en aquel momento era mío.

Mientras acariciaba su alma con mis palabras y le susurraba al oído todo lo que pensaba, esperaba a que se corriera.

Esperaba a que acabara el desenfreno amoroso para poder acurrucarme con él y abrazarlo. Sin embargo, Neil todavía parecía estar muy lejos de la línea de meta. Siguió penetrándome, más intenso que nunca. Yo dejé de sentir incluso que mi cuerpo se sacudía como un resorte con cada envite. Me parecía como si estuviera licuada en el colchón, derretida como la cera al contacto con el fuego. Tenía el pelo alborotado, la mejillas enrojecidas, la piernas doloridas y el cuerpo destrozado, hecho polvo por los múltiples orgasmos que me había procurado, porque Neil era increíblemente desmesurado, descontrolado, perverso y sexi.

—No sé si… —dijo entre jadeos, y le besé el cuello con las pocas fuerzas que me quedaban. Neil me miró emocionado, embelesado, perdido.

Rozó mi nariz con la suya, y una gota de sudor goteó de su frente hasta mi mejilla, con los labios entreabiertos a poca distancia de los míos, suspendidos entre nuestras respiraciones agitadas. Por un momento dejó de agredirme, pero luego volvió a la carga, rápido y furioso, propinándome embestidas breves pero profundas.

—Lo conseguirás, sigue… —dije agotada, con la voz inaudible, y puse mis manos en los músculos de su cadera para frenar sus empujones.

Pero todo era en vano.

Neil había emprendido la carrera hacia el orgasmo.

Era un caballo desbocado, incapaz de detenerse. Yo solo podía alternar momentos de absoluto placer y momentos en los que temía que me hiciera daño de verdad, aunque fuera sin querer. Además, por muy absurda que fuese aquella forma de poseerme y reclamarme, yo seguía excitándome.

—Joder, sigues tan prieta… —comentó con voz sensual y ronca. En un reflejo espontáneo, contraje los músculos de la pelvis para aumentar la fricción entre nosotros y Neil se movió sin control dentro de mí—. Estoy a punto… —gruñó con la respiración entrecortada, y apoyó su frente en la mía.

Me quedé mirando sus labios carnosos y húmedos, su cara sudada y contraída por el placer. Un placer que estaba segura de que solo yo podía darle. Sin embargo, no dije nada y disfruté de sus gemidos guturales y viriles mientras le daba todo de mí, como él me había pedido. Lo miré a los ojos y traté de resistir su fuerza, su cuerpo lujurioso penetrándome con vigor, su energía que parecía inagotable. Y por fin, después de un número infinito de potentes embestidas, sentí que se ponía rígido y se paraba dentro de mí. Apretó la sábana entre los puños y sus bíceps se estremecieron. Las líneas de los tatuajes maoríes parecieron girar alrededor del brazo derecho húmedo de sudor. La cama dejó de chirriar. Mi respiración se detuvo. El corazón aminoró el ritmo y sus ojos color miel volvieron allí, a mí, saliendo de su burbuja. Neil me miró con los ojos entrecerrados, y luego se desplomó sobre mí, hundió la cara en el hueco de mi cuello y empezó a tener contracciones involuntarias. Le acaricié el pelo y lo acompañé en aquel desenfreno que terminó en una verdadera explosión de placer. El tan esperado orgasmo llegó, y fue tan largo e intenso que Neil se estremeció antes de marcarme por dentro, no solo de mi cuerpo, sino también de mi alma.

Le acaricié la espalda y sentí sus músculos rígidos bajo mis dedos. Con un profundo suspiro, se abandonó al éxtasis y se quedó inmóvil encima de mí. Su respiración era irregular y me di cuenta de que su corazón latía a toda velocidad. Yo me sentía más dolorida que nunca, así que relajé las rodillas y en ese instante Neil fijó sus ojos en los míos. Me miró con la llama del deseo aún ardiendo, y de repente se levantó de encima de mí, haciéndome sentir frío. Se acostó bocarriba a mi lado y miró el techo sin decir nada. Su piel ambarina relucía y sus músculos seguían tensos. Me di cuenta de que estaba tan agotado como yo, porque aquello no había sido solo sexo.

Había sido un escalofrío.

Pura adrenalina.

En aquellos momentos de placer, Neil había sido capaz de destruir el castillo encantado.

Y de construir a nuestro alrededor una locura encantada.

Lo observé mientras él miraba hacia arriba, perdido en sus

pensamientos, y traté de ignorar su sabor salado en mi lengua y su presencia que aún podía sentir entre las piernas.

—Creo que no voy a poder caminar —dije, rompiendo el silencio con ironía.

Neil, sin embargo, no dijo nada durante un tiempo indefinido mientras mis ojos iban de su perfil a sus labios de color rosa oscuro. Después del sexo estaba tan desmadejado y deshecho que era aún más salvaje y bello.

—¿Estás bien? —me preguntó sin mirarme. Pero por el tono de su voz, sonaba confuso e irritado.

—En general, sí —respondí, levantando las sábanas para taparme. La cabeza me daba vueltas y mis partes íntimas seguían excitadas, pero también me dolía el bajo vientre, por sus embestidas, y la piel me ardía en los lugares donde me había besado, mordido y tocado. Nunca había sido tan intenso entre nosotros.

Neil dejó escapar un fuerte suspiro y se sentó en la cama, pasándose una mano por el pelo despeinado. No sabía qué estaba pensando, pero parecía agitado y tenso. Ya lo conocía. ¿Tenía la intención acaso de huir de nuevo?

¿A dónde iba a ir con las alas arrancadas?

¿Con la cara sucia de ceniza?

¿Con el pasado que seguía tiñendo su cuerpo con sangre?

—Tengo que…

Se levantó de la cama, dejando a la vista su tonificado trasero, y se agachó para recoger sus calzoncillos. Se los puso rápidamente y yo seguí cada movimiento en silencio, aturdida, congelada.

—¿Tienes que qué? —le insté a terminar, y me incorporé un poco. Cuando me senté, hice una mueca de dolor por la molestia entre las piernas, pero intenté ignorarla.

—Fumarme un cigarro —replicó con voz átona, y luego cogió el paquete de Winston y se dirigió hacia la cristalera que daba acceso al balcón de mi habitación. La abrió y salió, cerrando con un fuerte golpe.

Pensé en su comportamiento, pero una vez más no entendía qué le pasaba. Me sentí decepcionada, vacía y utilizada. Y no por lo que habíamos compartido, sino por su arrogancia, por la forma en que se encerraba en su mundo cuando no estábamos en la cama juntos. Yo no era como Jennifer ni sus otras amantes. Su actitud cambiante me hacía sentir como una prostituta de lujo que, tras haber satisfecho sus demandas, esperaba a que le pagaran.

Aunque acababa de intentar sacarlo de la prisión infranqueable en la que estaba encerrado, no había recibido una caricia, un abrazo ni una palabra de consuelo.

Rabiosa, me levanté de la cama con la cabeza dándome vueltas y me puse de pie sobre las piernas flojas. Me dirigí al baño, después de coger unas bragas limpias del armario y miré mi reflejo en el espejo. Tenía la melena castaña enmarañada. Los ojos azules brillantes y relucientes. Las mejillas teñidas de rosa. Los labios hinchados por sus besos. Me acaricié el cuello y rocé suavemente con el dedo índice las marcas que Neil había dejado. Él siempre tan ávido. Tan hambriento. Volví a estudiarme y fruncí el ceño al notar un pequeño hematoma alrededor del pezón. Bajé la barbilla para tocarlo con el dedo índice y una mueca de dolor se grabó en mi cara.

Hasta hace unos meses, el sexo, para mí, era una cuestión de compartir el cuerpo y el alma.

Siempre había soñado con entregarme a alguien que me mimara.

Que me hiciera sentirme segura.

Que me abrazara.

Que me amara.

Pero nada había resultado ser como soñaba.

Y ahora allí estaba, en el baño de mi habitación.

Mirando fijamente a una chica que no reconocía.

Una chica enamorada y en absoluto arrepentida de sus decisiones.

A pesar de todo.

—Eres una estúpida —me dije. La culpa no era de nadie más que mía. Sacudí la cabeza con amargura, me puse las bragas limpias y me refresqué la cara, tratando de recomponerme.

Pero di un respingo al oír la cristalera abrirse y cerrarse de nuevo; el olor a humo mezclado con su perfume invadió el aire, y llegó hasta mis fosas nasales.

Intenté permanecer indiferente y me entretuve un poco más, pero oí sus pasos cerca, cada vez más cerca. No pensé en nada, no hice nada. Miré por el rabillo del ojo su figura potente, con un hombro apoyado en el marco de la puerta, orgulloso y austero como siempre; aunque fingía mirarme en el espejo, mi cabeza se desviaba de forma incontrolada en su dirección.

—Si tienes que volver a Nueva York, adelante.

Rompí la tensión incómoda entre nosotros y me volví hacia

él. Me obligué a no mirarlo y me dispuse a salir del baño, pero la cálida mano de Neil me agarró por un costado, obligándome a detenerme frente a él. Me quedé mirando un punto indefinido en su pecho, el corazón me empezó a latir a una velocidad absurda y tragué saliva con dificultad.

Su mano pasó de mi cadera a mi espalda, y me atrajo hacia sí. Apreté los pechos contra su abdomen y un escalofrío de frío y excitación me recorrió entera. No sabía lo que iba a hacer. Me apartó el pelo por detrás del hombro y su mirada inspeccionó mi cuello, luego mis pechos y mis caderas.

El olor a sexo, al cigarro que se acababa de fumar y a almizcle se filtró dentro de mí, y me faltó el aliento.

—No me voy —contestó tras un largo silencio con su voz grave y profunda que me hacía vibrar como una cuerda de violín. Lo miré: estaba serio, inflexible como siempre.

—¿Por qué…? ¿Por qué te comportas así? —Me estremecí ligeramente; estaba desnuda y muerta de frío—. Has llegado… —murmuré con desprecio—. Si tu intención era que me sintiese utilizada, lo has conseguido, y…

Pero Neil instintivamente puso sus labios sobre los míos y me hizo callar. Me rodeó con un brazo y apretó una mano contra la base de mi espalda, mientras la otra se deslizaba por mi pelo. Fue un beso casto y con los ojos abiertos, un beso que sirvió para interrumpir mis palabras con una reprimenda silenciosa. Después de un momento, se apartó y me cogió de la mano.

—Estás helada. Y sí, te he utilizado, pero no como tú te crees —dijo, arrastrándome con él fuera del baño. Sin soltarme la mano, se agachó para recoger su sudadera blanca y me la dio.

—¿Ah, no? ¿No es así como usas a Jennifer y a las demás? —le dije muy decepcionada, y él me echó la sudadera sobre los hombros.

—Póntela. Te ayudará a entrar en calor enseguida —me ordenó, e instintivamente deslicé los brazos dentro de las enormes mangas. Neil me ayudó a subirme la cremallera, y luego me miró, aturdido.

—Te he hecho una pregunta —le espeté, y sus ojos dorados subieron desde mis piernas desnudas hasta mi cara. Olí el aroma del almizcle sobre mí y me asaltó el pensamiento de que tal vez otras mujeres se habían puesto también su ropa, lo que me irritó aún más.

—Con las otras no llego al orgasmo —replicó serio, pasándose una mano por la cara—. ¿Podemos irnos a dormir ya o vas a seguir tocándome los cojones? —preguntó, molesto y disgustado.

—¿Tocándote los cojones? —repetí indignada.

—Sí, exactamente. Nada más que dices chorradas. —Empezó a alterarse, lo noté por la mirada nublada, los músculos tensos, el cambio en la voz. Y todo eso me asustó—. Vives encerrada en tu puto mundo de colorines, Selene. Solo piensas en lo que hago con las demás y todavía no has entendido que tú eres diferente para mí. Vale, no soy perfecto. No te acaricio, no te abrazo, no te susurro cosas tiernas al oído, ¿y qué? ¿Acaso existe un manual de instrucciones para después de un polvo? A lo mejor hasta quieres que te regale bombones, una rosa o algo por el estilo. Estás convencida de que te utilizo como a ellas porque eres una niñata incapaz de fijarte en los detalles. En varias ocasiones has mencionado a mis amantes solo por tu inseguridad, y tal vez también sea culpa mía por no poder darte las atenciones que quieres, ¡pero eso no te da derecho a hacerme preguntas sin parar ni a hacerme sentirme oprimido en esta puta situación que yo tampoco sé manejar!

Me miró fijamente y avanzó hacia mí, haciéndome retroceder asustada.

—Pero… —intenté replicar, sin embargo me detuve cuando Neil se acercó a mí con gesto amenazador, induciéndome a callar.

—Es que no lo ves, ¿verdad? He venido otra vez a Detroit para asegurarme de que estabas bien, porque sé de sobra que la cagué al irme la otra vez. Por tu culpa hasta me estoy saltando las clases en la universidad justo antes de la graduación —despotricó, fuera de sí, haciéndome temblar de miedo—. Pero debes entender que tengo problemas, siempre los he tenido, y tienes que dejar de creer en un nosotros inexistente. ¿Qué ves ahora? ¿Un hombre o un monstruo? ¡Dímelo! —gritó a un centímetro de mi cara, mientras yo estaba aplastada contra la pared, temerosa. Neil me agarró por el pelo y me obligó a mirarlo fijamente a los ojos, atrayéndome hacia sí—. Dime. ¿Qué ves?

Estaba furioso y apenas pude contener las lágrimas; tenía que haber reaccionado y no dejar que me pisoteara.

—Veo a un hombre que ha encontrado un monstruo en su camino —susurré, y él me miró sorprendido. Permaneció inmóvil unos instantes, luego relajó el tirón del pelo y dio un paso atrás. Se tocó la cara y sacudió la cabeza.

—¿Qué sabrás tú? —preguntó con cautela. No podía decirle que Logan me había confesado parte de la verdad sobre Kimberly Bennett, así que fingí que no sabía nada.

—Me lo imagino.

Me arrebujé en la sudadera y me aparté el flequillo hacia un lado. Estaba cansada y aturdida. Mantener una conversación con Neil en aquellas condiciones era más difícil de lo que pensaba. Un rato después, se puso a caminar por la habitación, indeciso sobre qué hacer. Quizá quería irse, huir de nuevo, pero yo no iba a dejarlo.

—Vamos a intentar que toda tu angustia desaparezca —le dije, y él se volvió para mirarme, circunspecto, deteniéndose en un punto impreciso de la habitación—. Vamos a limpiar juntos la suciedad que sientes dentro de ti. Alimentemos las ganas locas que tenemos el uno del otro, intentemos que tú te conviertas un poco en mí y que yo me convierta un poco en ti para tratar de comprender de verdad lo que sentimos. —Me acerqué a él, sin ningún miedo esta vez, y Neil se quedó quieto, escuchándome—. Vamos a intentar que te dejes tocar y abrazar, porque sabes que yo nunca te haría daño. Dejemos de lado tus miedos, enfrentemos el mundo juntos. Con la cabeza bien alta. Vamos a darle una paliza a tu pasado. Borra los recuerdos y afronta el presente conmigo, aunque sea una realidad que nadie querría vivir. Ponte así, con los hombros rectos, el pecho levantado, los ojos atentos y las manos entrelazadas con las mías. Porque es ahí, en esas manos, unidas como cadenas de fuego, donde podemos encontrar nuestra verdadera fuerza —concluí, sin aliento.

Neil parecía muy afectado por mis palabras. Inclinó los hombros y se rascó una ceja, cerrando los ojos. Luego se volvió en mi dirección y caminó enérgicamente hacia mí, con gesto serio y autoritario. Me estremecí al pensar que podía volver a gritarme, pero en lugar de eso me agarró por la nuca y me tocó la nariz, clavando sus ojos en los míos.

—Vamos a intentar que te calles y me beses.

Me lamió los labios y se apoderó de ellos con urgencia. Fue un beso despiadado, carnal, seductor. Neil me reclamó y ya no supe dónde estábamos; como cada vez que me sentía subyugada y transportada a otro mundo. Al suyo.

Me aferré a sus caderas, y solo cuando apoyó su frente en la mía pude recuperar el aliento. Él se dio cuenta y sonrió, porque sabía muy bien el efecto que surtía en mí.

—Selene, no quiero discutir contigo. —Me acarició la mejilla y me miró a los ojos, pensativo—. No voy a irme esta noche. Me quedo aquí —añadió, y mi enfado se desvaneció por completo en cuanto noté la dulzura de sus palabras, una dulzura que él casi nunca expresaba.

—Yo tampoco quiero discutir.

Esbocé una leve sonrisa y disfruté de su caricia.

—Entonces vámonos a dormir.

Se apartó y se dirigió a la cama. En realidad, no sabía por qué había decidido quedarse, pero estaba emocionada por volver a dormir con él. Ya había sucedido una vez y me había dicho expresamente que no significaba nada, pero todo lo que compartíamos siempre tenía un inmenso valor para mí.

Neil se tumbó en mi cama, hermoso como un dios, y me miró descaradamente los muslos, que su sudadera apenas cubría. Me reuní con él con paso inseguro y me acosté a su lado. Enseguida me atrajo hacia sí con un brazo, entrelazando nuestros cuerpos como dos piezas imperfectas de un rompecabezas aún por terminar. Dejé que mi espalda se adhiriese a su pecho y le oí suspirar. Me sentía aún más pequeña en esa posición, con su poderoso brazo que me apretaba bajo el pecho, pero a la vez me protegía y me abrazaba; con la punta de la nariz, Neil empezó a hacerme suaves caricias en la nuca.

—¿Cuántas chicas se han puesto una sudadera tuya? —le pregunté, mordiéndome la lengua demasiado tarde por lo inapropiado de la pregunta. No quería suscitar otra discusión y esperaba que no se enfadara de nuevo.

—Solo dos —admitió, y los celos se me agarraron al estómago. Odiaba tener esos sentimientos, pero no podía controlarlos. Me obligué a no apartarlo y a no comportarme como una niña pequeña, pero Neil percibió mi nerviosismo, porque me abrazó más fuerte—. Mi hermana y ahora una maldita niña que me hace perder la paciencia constantemente —susurró, y luego mordisqueó el lóbulo de mi oreja y se frotó entre mis nalgas, haciéndome sentir cuánto me deseaba todavía.

Entonces me di la vuelta y me puse de lado, mirándole a los ojos, ofendida y enfadada.

—¿Por qué tienes que ser siempre tan arisco? —le espeté, y él me acarició la espalda despacio.

—¿No te gusto? —Me dio un beso en la punta de la nariz y se volvió para mirarme.

—No —mentí.

Su voz grave y áspera me producía descargas eléctricas en el pecho y su olor era tan delicioso que me hacía olvidar cualquier cosa lógica que quisiera decirle.

—Qué mentirosa… —Dejó de tocarme la espalda y me rozó una cadera; luego, con el dedo índice trazó el contorno de mis bragas y deslizó una mano por debajo de la tela, haciéndome estremecer—. No te gusto, pero bien que estás empapada por mí otra vez… —susurró, tocándome entre los muslos.

Su erección me presionó por un lado, en señal de su deseo ardiente. Neil nunca se cansaba; para él el sexo era un verdadero medio de comunicación, una varita mágica con la que desencadenaba todo su poder.

—Tú también estás excitado por mí —lo provoqué, y Neil me besó el cuello y sacó la mano de mis bragas.

—Yo diría que ya es hora de dormir. —Me habló como si fuera una niña de cinco años—. Y prefiero tener tu culito contra mí toda la noche.

Me empujó para un lado y me obligó a volver a adoptar la postura en la que estaba justo antes. A veces me preguntaba si mi cuerpo no era solo una marioneta en sus manos. Sin embargo, dejé de preocuparme cuando me abrazó y puso la barbilla sobre mi cabeza, aspirando el aroma de mi pelo. Pasaron varios minutos de silencio, durante los que me quedé mirando al vacío que tenía delante e imaginé que era una mariposa que nos observaba desde arriba. Revoloteaba sobre nuestras figuras con su lento y elegante batir de alas, y nos admiraba uno al lado del otro, como una pareja perfecta, en una cama enorme que olía a sexo, a caos, a emociones, a peleas, a risas, a abrazos, a cuerpos, a alientos, a besos.

Lástima que de perfectos teníamos muy poco o casi…

Nada.

Con una extraña angustia en mi interior, me volví hacia él, quizá para acabar con mis inseguridades.

—¿Neil? —le dije, esperando que no se hubiera dormido.

—¿Qué? —respondió poco después, molesto.

—¿Significo algo para ti? —le pregunté. Tal vez podía parecer una pregunta trivial, pero después de todo lo que había soportado por él, me merecía saberlo.

—Duérmete, Selene.

Se colocó mejor y resopló.

—¿Ni siquiera un poco? —insistí, bostezando con sueño.

—Buenas noches —me despidió con su habitual frialdad.

—Pero…

—Niña, no me toques más los cojones y a dormir —ordenó hosco, y yo puse los ojos en blanco.

—Eres un idiota —lo insulté.

—Y tú eres un hada. Mi Campanilla. ¿Eso te vale?

Sentí su aliento en mi pelo y me moví nerviosamente contra él.

—No, quiero la exclusiva.

Me giré y lo miré. No podía verlo, pero estaba segura de que Neil estaba reflexionando sobre mi propuesta.

—¿Cómo?

—Ninguna más, solo yo. Solo puedo tocarte yo —me expliqué con más claridad, y él no contestó, sino que se limitó a hacerme más caricias con la punta de la nariz; la espera se me hizo insoportable.

—Lo pensaré —prometió. No era un sí, pero, afortunadamente, tampoco se había negado rotundamente. Tal vez Neil también se estaba dando cuenta de que nuestra relación podía ser mejor si se comprometía a darme algo más que el sexo que le daba a cualquiera.

—Gracias… —me limité a murmurar.

—¿Selene?

Esta vez fue él quien llamó mi atención, y yo me di la vuelta de nuevo.

—Quizá tenga pesadillas esta noche… —me advirtió preocupado, pero yo le dediqué una leve sonrisa y acaricié el dorso de su mano, que colgaba sobre mi vientre.

—No importa, las ahuyentaremos juntos. Cierra los ojos.

Me volví por completo hacia él y, tras unos momentos de vacilación, me hizo caso. Entonces le di un beso suave en el párpado derecho y otro en el izquierdo. Después, Neil abrió los ojos lentamente, escrutándome con su mirada dorada, ahora aún más luminosa.

—Se llama «el beso del ángel». Mi abuela siempre me los daba cuando me costaba dormir de pequeña por el miedo a la oscuridad. Decía que tenían el poder de ahuyentar cualquier pesadilla.

Neil me miró serio y levantó una esquina de los labios en un gesto perezoso y sensual, y apretó mi cabeza contra su pecho.

—Eres asquerosamente dulce, tigresa. Que sepas que voy a pedirte besos de estos a menudo —susurró. ¿Tal vez, a su manera, acababa de hacerme un cumplido? No tuve tiempo de reflexionar, porque Neil me estrechó entre sus brazos y el corazón me empezó a revolotear en el pecho como un colibrí.

—Pues tendrás todos los besos de ángel que quieras, pero solo si me cuentas más cosas sobre ti, ¿vale? —Me acurruqué junto a él y le recordé nuestro pacto.

—Vale —contestó, y entonces cerré los ojos y me quedé dormida.

Ahora Neil fluía dentro de mí.

Mi amor por él sería inmortal.

Y quién sabe si él también tendría algún día un colibrí en lugar de un corazón.

Quién sabe si él también sentiría escalofríos cuando escuchara mi voz.

Quién sabe si también le temblarían las piernas al mirarme.

Quién sabe…

Después de todo, el amor es peligro.

Es placer.

Es coraje.

Es sufrimiento.

Era verdad que su caos había entrado en mi cabeza y me había hecho cambiar.

Pero yo no tenía miedo.

Neil siempre encontraría consuelo en mis brazos, en los brazos de su ángel.

Porque ahora era parte de mí.

Y lo sería siempre.

19

Neil

Encuentra lo que amas y deja que te mate.
Deja que lo consuma todo de ti.
Deja que se adhiera a tu espalda
y te agobie hasta la eventual nada.
Deja que te mate, y deja que devore tus restos.
Porque de todas las cosas que te matarán,
lenta o rápidamente,
es mucho mejor ser asesinado por un amante.

Atribuido a Charles Bukowski

Seguía mirando la foto de mis padres.

Mamá llevaba su vestido de novia y no sonreía.

Parecía como si estuviese mirando.

También parecía triste.

Papá le rodeaba las caderas con un brazo y le estaba dando un beso en le mejilla.

Parecía feliz.

Y por suerte no me miraba.

Tenía demasiada vergüenza en aquel momento.

Kim decía que tocarnos en la habitación de mis padres era más excitante.

El corazón me latía con fuerza en el pecho.

—Neil, ¿dónde estás? —Oí la vocecita de Logan detrás de la puerta cerrada. Yo quería contestarle, pero la niñera no me dejaba.

—Chist... Cállate.

Kim se humedeció el labio inferior y me sonrió. Asentí rendido y le permití continuar con su tortura. Se puso encima de mí y me repitió que todavía tenía que enseñarme muchas cosas.

Cerré los ojos con fuerza y me contuve para no llorar.

Nunca lloraba cuando Kim me hacía daño.

Solo notaba mi estómago retorciéndose y las ganas de vomitar.

Me concentré más en la foto de mamá y papá.

Me sentía consumido.

Aturdido.

Sucio.

Sin alma ya.

Sin dignidad.

«Lo siento, mamá, porque no tengo el valor de contártelo», pensé.

Me estaba fumando un cigarro en la penumbra de la habitación de Selene, sentado delante del escritorio en una maldita silla demasiado incómoda y pequeña para mi tamaño. Era plena noche y una de mis pesadillas me había hecho saltar de la cama, nervioso y sudoroso.

Kim me había despertado, otra vez.

No podía dejar de joderme dentro de mi cabeza ni por una noche.

Eché el humo al aire y posé mi mirada en la niña. Empecé a observarla mientras dormía tumbada en la cama. Las sábanas cubrían sus piernas desnudas y tenía el torso envuelto en mi sudadera blanca. Demasiado grande para su cuerpo delgado.

Me puse el Winston entre los dedos índice y corazón y lo giré en su dirección. Cerré un ojo y miré fijamente la punta encendida, que se consumía gradualmente.

Quizás yo para Selene era eso.

Su punto de combustión.

Y ella era mi cigarrillo.

Cuanto más tiempo pasaba, más la consumía.

Pero, al final, ¿qué quedaría de ella?

Di otra calada, uniendo el humo con el olor a coco que flotaba entre las paredes, y miré a la niña.

Miré su pelo desperdigado en mechones castaños sobre la almohada, su brazo flexionado, su mano cerrada en un puño junto a sus labios carnosos, hinchados y todavía rojos por mis besos.

Luego observé su piel diáfana, las marcas rojizas en su cuello por culpa de mis manos prepotentes. Todas mis ganas estaban grabadas allí, en su cuerpo, recordándome el encuentro sexual que habíamos compartido.

Era culpa suya que hubiese perdido el control de esa forma. Era tan bella que uno perdía la cabeza, ingenua, dulce... Y me miraba como si yo fuera un hombre merecedor de su pureza.

Suspiré profundamente, me pasé una mano por la cara y luego por el pelo. Empecé a mover la pierna, nervioso, y volví a mirar a Selene, mientras la oscuridad reinaba dentro de mí.

A veces tenía que huir.

Tenía que irme, para luego volver corriendo con ella.

Nuestra relación era enfermiza.

Los dos lo sabíamos.

Pero ¿por qué perdía el tiempo con alguien como yo?

Debía regalarle sus sueños a alguien que pudiese hacerlos realidad.

Debía darle sus lágrimas a alguien que las mereciese.

Y sus abrazos a los ángeles como ella.

No a mí.

Inhalé más nicotina y, mientras envenenaba mis pulmones, seguí pensando.

En el momento en que por fin me sentía bien con Selene, mi pasado me agarraba por el pelo, recordándome que tenía que quedarme en mi mundo oscuro: con las rubias, con los golpes y las bofetadas de mi padre, con mis lágrimas invisibles, con el cuerpo manchado, con la ansiedad, el miedo, la soledad, mis problemas.

Cada vez que intentaba poner un pie fuera de mi caos, los monstruos volvían a por mí.

Y yo trataba de entrar en su luz.

Intentaba seguirla.

Pero ¿cómo iba a hacerlo?

¿Cómo iba a hacerlo si seguía estando prisionero?

Me acerqué a la cama de mi Campanilla, despacio, y me senté haciendo chirriar levemente los muelles. Sostuve el cigarrillo entre mis labios, entrecerrando los ojos por el humo espeso, y levanté una mano para acariciarle una mejilla. También le acaricié el pelo y el cuello mientras ella dormía tranquila, como una niña pequeña, con una expresión divertida en su cara.

—Me siento menos vacío cuando estoy contigo —le dije, consciente de que no podía oírme—. La habitación es menos fría cuando duermo contigo, pero tengo miedo de ser engullido. Por ti. Por lo que me das. Por lo que quieres de mí, porque me confundes. Y entonces, ¿quién me ayudará a sobrevivir si me rompes? —le pregunté mientras daba otra calada. Selene se movió imperceptiblemente con mi roce, pero siguió durmiendo, así que continué—: Tú tienes ese poder... Está claro que lo tienes. Puedes romperme, pero yo no puedo permitirlo. Me recompuse yo solo, con dificultad, y tú podrías romperme de nuevo.

Por fin había admitido la mayor verdad de todas: le tenía miedo.

Yo, precisamente yo, temía los poderes mágicos de una muchacha con los ojos del color del mar. Las hadas eran peligrosas, lo sospechaba desde niño. Te hechizaban, te esclavizaban y luego te abandonaban, dejándote solo en un cúmulo de sufrimiento y desolación. La niña gimió en sueños, abriendo ligeramente los labios carnosos, con forma de corazón. Luego miré sus largas pestañas y seguí acariciando lentamente su piel sedosa y suave, mientras volvía a recordar lo que habíamos hecho justo antes.

La había poseído con ardor, rabia y lujuria en su cama. Quería hacerle entender que no podía buscar el bien en mí, que no podía llevarme más allá de los límites. Yo era consciente de que mi comportamiento no era normal y de lo difícil de manejar que era. Por un momento me había perdido en su cuerpo, buscando el olvido del placer, pero pronto había regresado a la realidad y mi vida había vuelto a ser una mierda enorme.

—Tú no eres mía y yo no soy tuyo —le dije, fumando aún—. Porque pertenecemos al mundo, y no el uno a la otra. Somos almas, no cosas. Y habrá alguien más, algún día, para ti.

Era muy duro admitir que no estaba a la altura de Selene, confesarme a mí mismo que no podía cumplir sus expectativas. Sabía que le gustaba, sabía que me deseaba, pero la pregunta era siempre la misma: ¿me habría amado de no haber tenido este aspecto?

Porque Kimberly también me amaba, pero solo porque era «guapo». Siempre me lo decía.

Recordarla de nuevo me provocó una angustia enorme, así que me levanté de la cama y caminé descalzo hasta el escritorio de madera. Tiré la colilla a la papelera y luego cogí el estuche con el dibujo del gatito, y rebusqué dentro hasta encontrar un rotulador negro. Una vez que lo encontré, lo saqué y me acerqué a la cristalera, que me devolvió mi reflejo. Observé mi cuerpo en calzoncillos: las piernas largas, las caderas estrechas, las líneas definidas del abdomen, los pectorales hinchados, los hombros anchos, los dos tatuajes, las venas que se esparcían como caminos imprecisos bajo la piel oscura. Mi aspecto era el de un hombre adulto, diferente, pero por dentro seguía siendo el Neil de diez años, que lucía las marcas de la violencia de Kim.

De repente mi cara cambió, la barba desapareció. Los ojos se volvieron más dulces, el pelo despeinado y largo, mis rasgos delicados y aniñados. Ahora llevaba una camiseta de tirantes del Oklahoma City y unos pantalones cortos, de los que siempre llevaba cuando jugaba en el jardín. De repente ya no estaba en la casa de Selene, sino en mi casa en Nueva York, con la conciencia culposa, el alma manchada, la inocencia destruida, y la voz de la niñera llamándome constantemente.

Con los recuerdos arremolinándose en mi cabeza y la mirada fija en el reflejo del cristal, quité el tapón del rotulador con los dientes. Apoyé la punta suave en mi pecho y empecé a moverla, como si mi piel fuera un lienzo que ensuciar, una pared donde garabatear, un papel en el que escribir, una historia de mierda que contar.

Apreté el rotulador con rabia sobre mí mismo, dibujando todo tipo de líneas sobre mí, mientras el cielo hacía de espectador y el sol empezaba a iluminarme con los rayos del amanecer. Hoy también me había despertado antes que el destino, pero no había servido para cambiarlo.

Después de unos minutos infinitos, dejé caer el rotulador al suelo, y con la palma de la mano me manché de negro toda la piel del pecho, el cuello y los brazos. Escupí el capuchón que sostenía entre los dientes y me miré de nuevo en el reflejo del cristal, que ahora quería destrozar.

—Neil. —La voz de Selene llegó a mis oídos, pero me quedé inmóvil.

—¿Ves eso, niña? Hay un mecanismo retorcido y perverso en mi cabeza. —Hablé mientras me miraba en el cristal.

—¿Qué estás haciendo?

Oí el chirrido de los muelles de la cama y los pasos débiles que avanzaban despacio hacia mí.

¿Tenía miedo la tigresa?

—La culpa es de quien se deja violar, ¿lo sabías?

Seguí mirando el cristal y empecé a hablar, como ella siempre me había pedido.

—¿Qué..., qué estás diciendo? —balbuceó. Seguramente Selene no me entendía, no podía.

—Al niño le gustaba la compañía de Kim. Se dejaba tocar de buena gana. Debería haberla rechazado y, en cambio, se lo permitió durante un año. —Sonreí y sacudí la cabeza con sarcasmo—. Estoy sucio por mi culpa —concluí y me volví hacia ella. Inmediatamente me encontré con sus ojos marinos que se deslizaron despacio, extrañados, por mi cuerpo y luego volvieron a mis iris, ahora vacíos y perdidos.

—¿Qué te has hecho? —preguntó ella, y luego se enjugó apresuradamente una lágrima en su mejilla. ¿No quería llorar en mi presencia o es que había entendido de qué estaba hablando?—. ¿Estás bien? —volvió a preguntar asustada.

Pero se acercó de todos modos y yo miré sus piernas desnudas. La sudadera enorme cubría sus curvas vertiginosas, tenía el pelo revuelto, los labios secos e hinchados, los ojos azul aciano, apenas despiertos, deslumbraban hasta al sol. Intentó tocarme, pero di un paso atrás. No quería.

—¿Has usado un rotulador? —Arrugó la nariz, mirándome el pecho.

—Estoy manchado —le confesé, esperando que pudiera adivinar por sí misma lo que había experimentado de niño. No tenía el valor de hablarle abiertamente de ello, pero quería que supiera la verdad.

—Entonces yo también quiero estarlo.

Se mordió el interior de la mejilla, pensativa, luego miró a su alrededor y se agachó para recoger el rotulador.

¿Estaba tan loca como yo?

—Mira...

Se bajó la cremallera despacio y me enseñó sus pechos firmes y redondos. Mis ojos se clavaron en los pezones enrojecidos y, concretamente, en un moratón alrededor de la areola, mientras ella dejaba que la sudadera se deslizara hasta el suelo, de pie frente a mí, solo con las bragas. Me entraron ganas de follármela de nuevo, pero intenté no distraerme.

Selene se acercó el rotulador al cuello y empezó a dibujar líneas indefinidas. Se hizo lo mismo en el pecho, en el vientre y en los brazos. Luego pasó la palma de la mano por encima, emborronando la tinta; finalmente, levantó la mirada hacia mí, divertida como una niña, pero segura como una mujer.

—Ahora estamos manchados los dos. ¿Ves?

Sonrió y dejó caer el rotulador al suelo, luego se acercó aún más hasta rozar mi torso con sus pechos altos y redondos. Su perfume me hizo cerrar los ojos por un momento y transportarme a otro lugar, muy lejos, a mi país de Nunca Jamás. Mi sangre empezó a fluir más rápido. Mis latidos se aceleraron como si me acabasen de dar un golpe en el corazón para reanimarlo. Mis ojos se abrieron y se clavaron en los suyos, luego bajaron hasta sus labios carnosos, sus pechos, sus esbeltas piernas y...

«Eres muy bonita...», le decía.

«Eres una obra de arte...», pensaba.

De repente la levanté en brazos, sin cuidado ni previo aviso. Le puse las manos en el culo y se lo apreté, haciendo que me rodeara la pelvis con las piernas. La niña se aferró a mis hombros y la besé con un deseo ardiente. La besé como un animal hambriento, agresivo y rabioso, consciente de que le gustaba incluso así.

—Buenos días.

Fue todo lo que logré decir mientras la llevaba al baño. Abrí la puerta de una patada y ella sonrió en mis brazos. Era ligera, perfumada y menuda. Ni siquiera pude llegar hasta la ducha; la empujé de espaldas contra los azulejos junto al lavabo y seguí devorándola, engullendo sus gemidos y dándole los míos.

—Buenos días a ti también —dijo ella, sin aliento, con la cara colorada, pero no me detuve. Le palpé un pecho con brusquedad y pellizqué el pezón entre mis dedos. Sentí que la excitación fluía por cada parte de mí, la erección palpitó bajo mis calzoncillos y tuve que frotarme entre sus muslos en busca de un momento de alivio.

—Neil, espera... —murmuró Selene en mi oído y me bloqueé de repente, como un trozo de hielo.

—¿Qué? —La miré a los ojos, inmóvil e impaciente, dejándola de nuevo en el suelo.

—Es que después de lo de anoche... Bueno... Todavía me duele... —dijo ella avergonzada y me di cuenta de lo irracional que había sido.

—Tienes razón. Lo siento, niña.

Apoyé mi frente en la de ella y nuestras respiraciones entrecortadas se entrelazaron, luego la dejé en el suelo, pero no me impidió tocarle el trasero y la espalda una vez más.

—Me gustaría..., pero... —trató de justificarse y enseguida le puse un dedo índice en los labios.

—Deberías darte un baño caliente —le dije simplemente, con una sonrisa lasciva en la que se posó su mirada—. Con el calor se te pasará —añadí serio; luego me aparté de ella de mala gana y me acerqué a la bañera que estaba al lado del plato de ducha.

—¿Un baño? —repitió confusa mientras yo empezaba a llenar la bañera de agua caliente, sentado en el borde frío.

—Sí, ven aquí.

Metí un dedo en el agua para comprobar la temperatura y Selene se acercó, ruborizada, con sus bragas sencillas que la hacían más sexi de lo que pensaba. La tela blanca estaba más oscura y húmeda en el centro, y miré allí, como una bestia que no hubiese comido en meses.

—Desnúdate.

Sonreí y la miré, lentamente, de arriba abajo, para hacerla sentir incómoda.

Era adorable.

—Basta —me amonestó, pero para mi sorpresa hizo lo que le había dicho. Se desvistió y expuso su desnudez ante mí, con cierto orgullo. Yo aproveché para devorarla con la mirada y los escalofríos que recorrieron su piel confirmaron que estaba teniendo un efecto devastador en ella: me la estaba follando sin ni siquiera tocarla.

De repente, volví a pensar en su dulce sabor y me humedecí el labio inferior; el deseo de volver a probarlo siempre era demasiado, nunca era suficiente.

—Me estás mirando como un pervertido —murmuró incómoda, acercándose al borde de la bañera; antes de que pudiera entrar, sin embargo, la agarré por el costado y la atraje hacia mí. Mi cara quedó a la altura de su abdomen y le di un beso. Ella apretó las piernas y se puso rígida.

La niña, siempre igual.

—Tal vez porque lo soy… —Sonreí descaradamente y toqué la parte posterior de sus muslos, besándole el vientre plano y suave, que se contrajo al contacto con mis labios ardientes—. Y mucho…

Descendí lentamente hasta su pubis liso y la besé también allí; noté que tenía la piel de gallina por todas partes. Sus manos se posaron sobre mis hombros y arqueó la espalda.

—Más allá de los límites de la decencia… —Froté la nariz en su monte de Venus y le chupé el clítoris, pequeño y excitado.

Luego levanté la mirada y me sumergí en sus ojos luminosos con una sonrisa descarada—. Ahora entra en el agua.

Me levanté despacio y me froté voluntariamente contra ella, para hacerla jadear.

—Siempre igual de cabrón —refunfuñó como una niña, oliendo a coco y a sexo, sucia de tinta y más bella que nunca.

—Muévete, tigresa.

Le di un azote y ella dio un respingo, para luego sumergirse en la bañera como una diosa. Gimió en señal de satisfacción y me quedé mirando sus pezones turgentes y húmedos, acariciados por el agua clara.

—Corre, entra. Tienes que limpiarte. —Señaló mi pecho manchado y yo le sonreí levemente mientras metía una mano en la bañera y le rozaba una tobillo liso.

—¿Quieres que «corra»? —Arqueé una ceja para enfatizar el concepto y ella puso los ojos en blanco.

—Báñate conmigo. —Utilizó un tono sensual y con una mano comenzó a tocarse los pechos, mirándome divertida porque sabía que no me resistiría a ella.

—¿Me estás provocando?

Me levanté del borde de la bañera y agarré el elástico de los calzoncillos, que deslicé rápidamente por mis piernas. Su sonrisa burlona se desvaneció cuando sus ojos se posaron en la parte de mi cuerpo que más amaba y temía.

—¿Ya no dices nada, tigresa? —Esbocé una sonrisa irónica y levanté una pierna para entrar en la bañera detrás de ella.

—Es mejor que te pongas de frente… Bueno… Creo…

Parecía presa del pánico, pero la ignoré y me acomodé detrás de ella; la aprisioné con mis piernas y dejé que se apoyara en mi pecho.

—No, tengo que estar detrás de ti. Cerquita de tu precioso culo —le susurré con malicia al oído, moviendo ligeramente la pelvis para ponerme cómodo; ella jadeó al sentir mi erección presionando contra la base de su espalda.

—Claro, cómo no —comentó en tono sarcástico, y luego extendió un brazo para coger una esponja azul y el gel de coco.

—Deja, lo hago yo.

Le arrebaté ambas cosas de la mano con mis habituales maneras bruscas e intenté no prestar atención a sus improperios. Eché una cantidad generosa de gel de burbujas en el agua y luego tiré la esponja al suelo.

—¿Qué haces? Eso... —Se quedó callada cuando empecé a acariciarle los hombros.

—Prefiero usar las manos. Soy un romántico, ya sabes... —murmuré seductor, desplazando lentamente mis manos hacia sus pechos. Selene apoyó su cabeza en mi pecho.

—Nunca pierdes la oportunidad de aprovecharte —refunfuñó con una sonrisa divertida. En ese momento bajé a su vientre y la acaricié allí también, con una dulzura que no era normal en mí.

—Si quisiera aprovecharme, te follaría otra vez, pero solo te estoy haciendo mimitos... —Le besé el cuello y seguí bajando con las manos, hasta llegar al centro de sus muslos. La toqué despacio y Selene se puso rígida—. Relájate.

No quería que estuviera tan tensa, todo lo contrario. Así que le masajeé el clítoris suavemente y ella suspiró.

—Has tenido pesadillas, ¿verdad? —murmuró con tristeza y me acarició el brazo con la mano.

—Sí —confesé abiertamente, acariciándole el abdomen.

—Lo siento. Creía que dormir conmigo a lo mejor te haría bien —dijo con tristeza, volviendo su rostro hacia mí; aproveché la oportunidad para apartarle el pelo mojado de la frente.

—Estoy bien contigo...

«Pero nada puede borrar a Kim de mi cabeza.»

—Me gustaría que estuvieras muy bien, no solo bien.

Resopló y, con ambas manos, cogió un poco de espuma y sopló sobre ella.

—Eres una niña. ¿Quieres unos patitos de goma también? —me burlé, ganándome un codazo en el estómago—. ¿O te vale con el dragón? —susurré, empujando con las caderas hacia adelante para que entendiera de qué dragón estaba hablando.

—¡Neil! —se sobresaltó, echando agua fuera de la bañera; en ese momento me eché a reír y ella hizo un mohín—. ¡No es gracioso! —me regañó y luego, por despecho, me echó espuma en la cara y de repente fingí ponerme serio. Selene se mordió el labio como una niña pequeña e insolente y se declaró la guerra entre nosotros; de ninguna manera podíamos bañarnos como las personas normales.

La bloqueé con las piernas y empecé a darle pequeños pellizcos. La niña intentó liberarse y se echó a reír. Se reía como una loca. El sonido de su risa se extendió por todas partes, y mis recuerdos parecieron distantes. Fue una sensación bellísima.

—Neil, para, anda.

Sin aliento, Selene acabó a horcajadas encima de mí, con el pelo mojado cayéndole sobre el busto, el pecho levantándose agitado, los pezones excitados por los que caían gotas de cristal.

Era magnífica, joder.

—Campanilla, tienes dos opciones: o te quitas de encima, o te dejas follar como es debido. Tú eliges.

Apoyé la cabeza en el borde de la bañera y se deslizó más abajo, hasta unir nuestros cuerpos a la perfección, pero la niña parecía concentrada en mirarme el pecho, reflexiva y ausente.

—Nunca debes sentirte manchado. Nunca —susurró con suavidad, pasando sus manos por mis pectorales y luego por mi cuello, para quitarme las manchas de tinta del rotulador que se iban desvaneciendo poco a poco, disolviéndose en el agua limpia—. ¿Vale? Nunca —dijo con la voz desgarrada, al borde de las lágrimas. No quería que sufriera por mí y por lo que era.

La agarré por las muñecas y la miré a los ojos, esos ojos puros que se incrustaron en los míos, dejándome sentir toda su tristeza.

—Prométeme que no volverás a llorar por mí.

Lo mío sonaba más como una orden que como una petición. Y es que era exactamente eso: una orden.

—¿Qué? —Ella adoptó una expresión de asombro y mi mirada se deslizó a sus labios carnosos.

—Prométemelo, Selene —repetí con menos brusquedad.

—No puedo… Yo… No… —Negó con la cabeza, pero la agarré por las caderas.

—Te he dicho que me lo prometas.

Levanté el torso y la miré con severidad. Ella inclinó los hombros y se rindió.

—Vale. Te lo prometo —cedió.

—Buena chica. —Le di un beso casto en la punta de la nariz y me volví a poner cómodo, con la cabeza apoyada en el borde frío de la bañera y las manos firmemente ancladas a sus caderas—. Bueno, ¿cuáles son tus intenciones? ¿Quieres montarme?

Me burlé de ella para disipar la tensión y ella abrió mucho los ojos.

—¡Ay, que no! —Tragó saliva y mi mirada se posó en las marcas rojizas que salpicaban su cuerpo.

—Ya lo sé, niña. Solo estaba bromeando —le dije y Selene suspiró aliviada, luego frunció el ceño, pensando en algo.

—¿Qué hora será? Tengo que ir a clase.

Se levantó apresuradamente de encima de mí y salió de la bañera, mostrándome su cuerpo brillante y mojado. Mi pequeña tigresa tenía un culito fabuloso, y tarde o temprano lo haría mío.

Mientras ella rebuscaba una toalla, yo me quedé dentro del agua, sumergido en la fragancia del coco perfumado, y la miré despreocupadamente, devorando sin pudor cada centímetro de piel a la vista.

Una vez que encontró la toalla, envolvió con ella su cuerpo, extinguiendo mis fantasías indecentes, y resoplé.

—Tranquila. Serán las ocho y tienes clase a las nueve. Lo he visto en tu horario —murmuré molesto y salí también de la bañera, obviamente con menos elegancia que ella, esparciendo el agua por todas partes.

—No, no lo entiendes. Tengo que coger apuntes, recoger mis horarios, enterarme de qué libros tengo que comprar y...

Se detuvo en cuanto sus ojos se posaron en mi cuerpo, atraídos por cada gota de agua que recorría mi brillante piel ambarina. Selene permaneció inmóvil mirándome fijamente, embriagada. Admiró las medias lunas de mis pectorales, luego los abdominales definidos y, con un gesto involuntario, se mordió el labio grueso con fuerza. Pero no paró ahí. Volvió a descender, lentamente, hacia abajo, y se detuvo en mi erección, también brillante y tensa en lo alto, a la vista de cualquiera.

—Vale, lo entiendo. No te haré perder más tiempo.

Le guiñé un ojo con un gesto burlón y cogí una toalla para ponérmela alrededor de las caderas.

—Neil... —Me llamó de nuevo y me observó inmóvil frente al espejo. Con una mano me arreglé el pelo mojado y la miré a través del cristal, prestándole toda mi atención—. Quiero conocerlo todo de ti —añadió y noté que sus mejillas se teñían de rojo.

La miré pensativo, sin comprender el significado de su afirmación, entonces adiviné lo que le faltaba por conocer: mi sabor.

—¿A qué te refieres? —Fruncí el ceño y me giré para mirarla.

—¿Crees que no estoy a la altura?

Apoyó las manos en las caderas y me desafió, como siempre. La niña se estaba metiendo en un gran problema.

—No sabes lo que dices. —Sacudí la cabeza y la observé de arriba abajo; luego avancé hacia su cuerpo esbelto a paso lento, notando cómo toda su confianza se desmoronaba progresivamente. Me detuve a poca distancia de su cara y la miré fijamente, con arrogancia y chulería—. Te arrepentirás —le dije sin rodeos y ella sonrió.

—No lo haré —replicó ella, rozando mis caderas.

Un escalofrío de excitación me recorrió la columna vertebral, pero di un paso atrás para escapar de su roce.

—Ya sabes cómo soy.

Lo sabía de sobra y no quería que se sintiera utilizada por mí.

—No me importa, quiero intentarlo —dijo sin ninguna inhibición, luego bajó la mirada y se retorció las manos, incómoda. Tal vez ya se estaba arrepintiendo de su propuesta, o quizás simplemente estaba esperando a que yo aceptase. Arrugué la nariz contrariado; no quería ceder ante ella, pero luego pensé en cómo me sentiría si fuera ella quien me concediera mi preliminar favorito. Al final ganó el maldito instinto y me acerqué a su oído.

—¿Así que quieres chupármela? —la provoqué con picardía y Selene dio unos pasos hacia atrás, golpeándose la espalda contra la pared. Me miró el pecho desnudo con gesto reflexivo y tragó saliva con dificultad. Pero ahora me había provocado y el león había escapado de su jaula; mi gacela ya no tenía escapatoria—. ¿Ahora?

En su rostro pálido percibí todo el miedo que sentía. La respetaba demasiado como para obligarla a hacer algo que no quería. Pero era un auténtico cabrón, así que no iba a dejar pasar la oportunidad de jugar un poco con ella.

—¿Tienes miedo?

Me humedecí el labio inferior y me acerqué. Apoyé una mano al lado de su pelo desgreñado y presioné mi pelvis contra su cadera para hacerle saber que mi polla estaba esperándola.

—No, en absoluto —susurró, mirándome por debajo de sus pestañas negras y espesas, con la mirada oceánica más cristalina que de costumbre.

—¿Estás segura? —le pregunté, notando que sus mejillas se sonrojaban más—. No te sientas obligada. Yo estoy bien así.

Le acaricié el mentón y se volvió más atrevida: rozó el borde de la toalla en torno a mis caderas. En ese instante, me di cuenta de que Logan tenía razón: con Selene no solo había experimentado un orgasmo, sino que quería otro y otro y mil más.

—Estoy segura.

Se inclinó hacia mí y me besó el cuello. En ese momento, solo podía oler su aroma a coco y ya no reconocía el mío. Embriagado, le pasé una mano por el pelo, y Selene comenzó a besar lentamente cada centímetro de mi piel. Exhalé despacio y disfruté del delicado tacto de sus labios.

Sabía que la niña nunca había hecho aquello, que su hermosa boca todavía era pura y sería la primera vez para ella, y por un segundo tuve dudas.

Su aire inocente y provocador a la vez, sin embargo, apagó cada una de mis neuronas; sentí que el corazón me latía en todas partes y que la sangre fluía solo en una parte de mi cuerpo.

—Todavía estás a tiempo de parar —le dije, conteniendo mi euforia, porque era ella. Si hubiese tenido delante a cualquier otra, me habría dado igual y le habría llenado la boca a mi manera, pero con ella no.

Con ella iría con calma.

—No. Lo deseo todo de ti —contestó mientras me besaba el pecho; la agarré por el pelo y, de un tirón, atraje su cara a poca distancia de la mía. Los ojos de Selene se abrieron de par en par al ver los destellos de lujuria que iluminaban los míos.

—Te lo advierto. Luego no podrás dar marcha atrás.

Le sonreí descaradamente y me apoyé en el borde del lavabo, retándola. La niña avanzó semidesnuda hacia mí, todavía goteando agua, y observó mis abdominales y luego el bajo vientre. Parecía excitada pero pensativa.

Esbocé una sonrisa lasciva y ella miró directamente la erección abultada, aún cubierta por la toalla.

—Eso no va a pasar —replicó ella con determinación.

—Ponte de rodillas —le ordené entonces, acariciándole la mejilla suave; Selene se acercó y siguió mis órdenes, colocándose frente a mí. Entonces deshice el nudo de la toalla y me quedé completamente desnudo delante de ella.

La niña miró sorprendida el miembro arqueado hacia arriba, imponente, majestuoso, a poca distancia de su rostro, y parpadeó varias veces. Poco después comenzó a sentir pánico y se aferró a su toalla como si de alguna manera eso pudiera ayudarla a entender si le cabría entero; yo apreté los labios para no soltar una carcajada.

Era demasiado tierna.

—Me lo tomaré con calma. No te preocupes… —la tranquilicé enseguida y le acaricié la cara mientras ella tragaba saliva, visiblemente tensa, y seguía mirándome como si fuera algo monstruoso de lo que debía escapar. Tal vez estaba cambiando de idea.

—¿Cómo…? ¿Qué se supone que debo hacer?… Es demasiado… Quiero decir que… Oh, Dios —balbuceó confusa mientras levantaba sus grandes ojos hacia mí, revelándome toda su inexperiencia, y yo le sonreí. Odiaba admitirlo, pero me encantaba eso de ella. Por primera vez en mi vida, me gustaba una chica ingenua.

Me gustaba su lado divertido, infantil y a veces molesto, pero único.

Condenadamente único.

—Tócame. —Le levanté una muñeca y le apoyé la mano en la base de mi erección. Selene me la rodeó y comenzó a acariciarme de arriba abajo—. Bien, así.

Me quedé apoyado en el borde del lavabo y observé con orgullo cómo mi pene se hinchaba más y más en la palma de su mano, mientras ella me miraba a los ojos como si intentara entrar dentro de mí.

¿A dónde quería llegar?

—Ahora chupa —susurré con un hilo de voz, y luego deslicé una mano por su pelo y la empujé suavemente hacia mí. Avergonzada, Selene se estremeció porque no se esperaba aquel gesto. Tragó saliva y sacó la lengua, colocándola suavemente en la punta de mi miembro y moviéndola con torpeza—. Sí, despacio…

Incliné la cabeza ligeramente y se me escapó un pequeño sonido de placer. Fue extraño, porque normalmente gemía muy poco, pero con la niña todo se estaba volviendo imprevisible.

—Lo estás haciendo bien, Selene. Sigue.

Y ella me obedeció. Con la lengua, descendió lentamente hasta el final y luego volvió a la punta, rodeándolo con curiosidad. Mientras tanto, su mano seguía moviéndose torpemente sobre la base. En ese momento me di cuenta de que su inseguridad me excitaba y me hacía perder la cabeza. Parecía una niña con un juguete nuevo. Una niña abriendo un regalo de Navidad. Una niña que descubría, experimentaba y exploraba.

—Ahora, pon los labios por delante de los dientes y agarra solo la punta. Con cuidado.

En realidad, las ganas de follármela por la boca eran enormes, pero era Selene la que estaba arrodillada frente a mí, no cualquier rubia.

Era mi Campanilla. Por eso me obligué a controlarme.

Asintió y abrió la boca, dejando que me deslizara dentro de ella. Su calor me acogió enseguida y contraje instintivamente el abdomen por la sensación que irradió desde mi espalda hasta mi pecho, sujetándome con un agarre ardiente.

—Respira por la nariz.

Me retiré lentamente y luego volví a entrar en su boca. A continuación, empecé a moverme y a marcar el ritmo. A pesar de su inexperiencia, era maravilloso saber que yo también era el primero en esto. La sujeté por el pelo, le di un suave masaje en la nuca y ella mantuvo el ritmo. Parecía concentrada y de vez en cuando me miraba para tranquilizarse, así que le sonreía.

¿Cómo podía ser tan adorable, incluso arrodillada entre mis piernas?

—Vale, métetela un poco más, sin pasarte. No vayan a darte arcadas.

Mi respiración comenzó a acelerarse mientras ella cumplía con todas mis peticiones. Y, cuanto más tiempo pasaba, más jugaba mi tigresa, me exploraba y entendía lo que me gustaba. Todavía estaba tensa, pero más segura de sí misma. Como yo quería. En ese momento todo parecía correcto, natural, espontáneo, como si nuestros cuerpos hubieran nacido para esto. Como si fuésemos dos mitades imperfectas que se complementaban a la perfección.

Mientras Selene seguía dándome placer, yo la miraba hechizado.

Entonces pensé que iba a enseñarle todo lo que la gente consideraba inmoral, impuro y perverso.

Iba a enseñarle todo lo que los mojigatos de los cojones consideraban un… error.

Todo lo que los falsos moralistas consideraban… indecente.

Todo aquello por lo que alguien allí arriba tendría que castigarme y condenarme.

El amor era una invención de Dios.

El sexo, en cambio, es un invento equivocado del hombre.

—Sí, así… —susurré con voz ronca, mientras ella se adaptaba a la nueva intrusión—. Ahora chúpamela.

Mi voz se volvió aún más ronca por el deseo, que traté de contener. Aferré los dedos al borde del lavabo, mientras Selene se metía más y más de mí en su boca. Se la sacó y se la volvió a meter y yo se lo facilité, balanceándome con precaución. Me estaba dando placer tan lentamente que me estaba volviendo loco.

—Sí, niña, lo haces muy bien… —Acaricié su sedoso cabello y me humedecí el labio inferior, luego atraje la parte posterior de su cabeza hacia mí y sentí sus manos aferradas a mis muslos para sujetarse—. Más —susurré sin aliento y ella cerró los ojos, sonrojada—. ¿Te gusta?

La miré y ella asintió, aumentando mi deseo, instándome a empujar mi pelvis más rápido hacia su boca.

Yo era diabólico, pero ella, joder, ella era… divina.

De repente, sus ojos azules se pusieron brillantes y yo seguí sujetándola por el pelo suave, moviéndome con más vigor. Le dejé ver que ahora iba en serio, que ahora no debíamos perder el tiempo, que estábamos jugando pero a mi manera.

—Mírame —le ordené; volvió a abrir los ojos y los clavó en los míos. Era inexperta pero perfecta, mi Campanilla.

Y me gustaba exactamente así: un poco mujer, un poco niña. En aquel momento, me empezó a acariciar los testículos, y su boca carnosa me vició de nuevo, pero yo era insaciable y codicioso. Quería más. Así que contraje los abdominales y seguí introduciéndome dentro de ella.

Pasaron varios minutos, ni siquiera sabía cuántos, y Selene parecía cansada y agotada por mi resistencia, aunque a aquellas alturas debería haber sabido que yo no me corría rápido. Le acaricié la cabeza para animarla y ella siguió moviéndose como una diosa. Era elegante y angelical hasta en aquella situación, incluso mientras yo, como el egoísta que era, tomaba lo que quería de ella.

—Ya casi estoy… Sigue…

El fuego comenzó a subir. Se alzó despacio desde la base de mi espalda. Poco a poco fue prendiendo por completo cada uno de mis músculos, cada centímetro de mi piel. Me mordí el labio inferior y la miré de nuevo. Era preciosa. Delicada. Como un ángel divino satisfaciendo los vicios de su demonio oscuro. De repente me hormiguearon los testículos, las venas del abdomen se hincharon y la sangre fluyó hacia abajo con cada empujón.

La erección volvió a tensarse en el estrecho espacio de su boca, provocándole un ataque de tos; en ese momento sus dedos se clavaron en mis piernas para rogarme en silencio que fuera más despacio. Pero no podía, ahora no.

—Me voy a correr.

Sus labios rozando la piel reluciente me parecían algo perverso y romántico al mismo tiempo. La miré y luego, un instante después, me sumergí en su mirada oceánica.

¿Y ella lo sabía?

¿Que en aquel momento eran sus ojos los que me absorbían hasta aniquilarme?

Me sentía acalorado y al límite. Se lo advertí a Selene, le dije que se apartase, pero no lo hizo. Entonces murmuré algo ininteligible entre dientes y me agarré a su pelo, dispuesto a marcarla y que pudiera probarme tal y como quería. Un escalofrío me recorrió desde la columna vertebral hasta el cerebro. Fue intenso y profundo. Mi visión se nubló, mi cuello se tensó, cada músculo se contrajo y estallé dentro de ella.

Bum.

El orgasmo fue una explosión potente e incontrolable. La niña me miró a los ojos todo el tiempo y creó una auténtica conexión entre nosotros. Estábamos vinculados, unidos, éramos cómplices. Después de un momento que me pareció eterno, Selene se agarró más a mis piernas y luego tosió con el cuerpo tembloroso. A mí, en cambio, me sobrevino una debilidad repentina y me apoyé sin aliento en el lavabo, presa de los rescoldos del fantástico orgasmo que acababa de experimentar.

La miré fijamente mientras intentaba recuperar la lucidez y pensé que probablemente se acordaría de aquello para siempre, que pensaría en mí cuando estuviera con otro hombre, porque en su cuerpo estaban grabadas las marcas de mis besos, de mi lengua, de mis manos e incluso de mi semen.

Estaba quitándoselo todo, pero también era cierto que Selene me lo estaba quitando todo a mí.

—Me has dejado seco, niña —le susurré sonriendo y ella, después de besarme en el abdomen y en el pecho, se puso otra vez de pie, tambaleándose un poco. Su rostro cándido estaba sonrojado y en sus labios era evidente el signo de mi excitación. Parecía aturdida, pero es que no estaba acostumbrada a satisfacer este tipo de antojos. Sin pensarlo demasiado, la atraje hacia mí con ambos brazos, nuestros cuerpos chocaron y le lamí los labios, degustando mi sabor en ella.

—La chupas de maravilla, tigresa, lo has hecho muy bien —le susurré al oído, y luego le di un leve azote, haciendo que se sobresaltara. Así, Selene despertó de su estado de trance y suspiró.

—No es verdad.

Se pasó los dedos por los labios hinchados, confusa y aún aturdida.

¿Por qué era tan bonita todo el rato?

Después de un segundo, se apartó y abrió el grifo para lavarse la cara, pero la agarré por un costado y la acerqué de nuevo a mí con brusquedad. Selene me miró excitada y pensé que era tan inocente como indecente, mi Campanilla.

—Sí que es verdad. Todavía tienes que aprender, pero lo has hecho bastante bien.

Le dediqué una sonrisa divertida y ella me miró contrariada.

—Nunca dejas de burlarte de mí, gilip…

Ni siquiera pudo terminar la frase porque la besé con urgencia. Mi lengua se encontró con la suya, cálida y voluptuosa, y nuestros sabores se mezclaron. De repente sonó un teléfono móvil, pero no me importó y seguí besándola.

—Neil, deberías contestar…

Su mano se apoyó en mis abdominales contraídos, incendiando aquel punto exacto de mi piel, pero seguí disfrutando de ella como si fuera un bombón o un caramelo. Bajé hasta su cuello y la lamí, luego le rocé la garganta y la chupé con fuerza, haciéndola jadear. No me importaba el teléfono ni quienquiera que me estuviera llamando; no tenía ningunas ganas de alejarme de ella. El teléfono dejó de sonar, pero empezó otra vez un instante después.

—Qué coño… —Resoplé con fuerza y maldije en voz baja—. Dame un minuto.

Me alejé de ella, nervioso, y atravesé desnudo el dormitorio. Busqué el iPhone y recordé que lo había dejado en mis pantalones. Rebusqué en los bolsillos y lo saqué apresuradamente. Leí el nombre que parpadeaba en la pantalla y mis pulmones se contrajeron; me quedé sin oxígeno.

Miré hacia el cuarto de baño, me fijé en que Selene estaba intentando secarse el pelo y me dirigí hacia la cristalera para responder a la llamada.

—¿Qué demonios quieres? —le espeté a Megan, al otro lado del teléfono.

—Hola, Miller. ¿Has decidido qué vas a hacer con las prácticas de Chicago? —me preguntó con tono socarrón, y yo puse los ojos en blanco.

—Tienes el don de la oportunidad. ¿Para qué me llamas? Es más, ¿cómo has conseguido mi número?

Me pasé una mano por el pelo y busqué mis calzoncillos.

—Bueno, no ha sido muy difícil. Lo tienen prácticamente todas las rubias de la universidad.

Se rio y yo empecé a dar vueltas frenéticamente por la habitación.

—No te he dado permiso para llamarme —le dije molesto.

—Quería saber si habías tomado una decisión. El tiempo se acaba, Miller —dijo, ignorando por completo mis palabras, y resopló.

De repente, un ruido me hizo girarme y vi a Selene, de espaldas, cogiendo un jersey y unos vaqueros de su armario. Se había puesto ya la ropa interior y yo no me había dado cuenta. Quién sabe cuánto tiempo llevaba detrás de mí. La desequilibrada siempre tenía la capacidad de distraerme con sus tonterías.

—Todavía no lo he decidido, Megan, pero va a ser que no —murmuré, mirando el culo de la niña antes de que me privara de la hermosa vista mientras se subía sus pantalones.

—¿Cómo puedes decir que no si aún no te has decidido?

La desequilibrada me devolvió la pregunta y yo puse los ojos en blanco otra vez.

—Mira, tengo que colgar. No me toques más los cojones, anda —la increpé antes de colgar sin esperar una respuesta. Luego tiré el teléfono encima de la cama y maldije entre dientes.

—¿Qué pasa? —me preguntó la niña, recogiéndose el pelo en una coleta alta. La miré de arriba abajo: llevaba ropa sencilla, iba sin maquillaje, con la cicatriz de la frente a la vista; una vez más, me pareció tan bella como una perla preciosa. Sin embargo, ahuyenté cualquier pensamiento perverso sobre su cuerpo y pensé que era un idiota, porque la voz de Megan me había devuelto a la realidad, recordándome quién era. Había vuelto a cometer un error: me había follado a Selene, luego había dormido con ella y, por si fuera poco, le había exigido que me la chupara. La situación se me estaba yendo de las manos de verdad.

—Nada…

Pasé junto a ella sin ninguna delicadeza y recogí mis calzoncillos del suelo para ponérmelos de inmediato. Ni siquiera tenía una muda de ropa, pero tenía que irme. Ya.

—¿Cómo que nada? Estabas hablando con la hermana de Alyssa, ¿verdad?

Selene sabía quién era Megan porque la había conocido en una discoteca; esa noche llegó a pensar que me sentía atraído por ella.

Atraído, maldita sea. No podía haber nada peor.

Rabioso, cogí también mis pantalones de chándal y mi sudadera blanca que olía a coco.

—Sí, exacto.

Me vestí con gestos rápidos y mecánicos, luego cogí mi teléfono móvil para guardármelo en el bolsillo.

—¿Y por qué has cambiado de humor después de hablar con... Megan? —Remarcó su nombre y no se me escapó el rastro de celos en el tono de su voz.

—No empieces a tocarme las pelotas con tus preguntas, Selene. —Me giré hacia ella con demasiado ímpetu y la niña dio un respingo—. Ahora prepárate, que te voy a llevar a la universidad y luego me vuelvo a Nueva York.

La despaché así, en pocos segundos, sin mirarla a los ojos, porque ya sabía que me ahogaría en su océano.

—¡No, ya voy sola! —exclamó contrariada, y luego sacó un bolso del armario para llenarlo con toda las chorradas que las chicas llevan siempre encima, y refunfuñó algo que no acerté a oír.

—Te llevo.

Era una orden. Fin de la discusión.

—Ya estás comportándote como un prepotente, como siempre. Te odio cuando haces eso —farfulló sin mirarme.

—Y tú te comportas como una niña, como siempre. ¿Por qué no te limitas a hacerme caso y dejas de quejarte por todo? —le espeté, y ella sacudió la cabeza decepcionada.

—Eres absurdo. ¡No te importa nada de mí ni de cómo es para mí toda esta situación! —Se enfrentó a mí y me señaló con el dedo, pequeña pero valiente.

—Ah, ¿sí? ¿Eso crees? —Sonreí sarcásticamente y me acerqué hasta quedar por encima de ella, como siempre.

—Sí. No me dices lo que pasa. No me dices nada, ¿cómo voy a entenderte? ¿Cómo puedo estar a tu lado o ayudarte de alguna manera? —suspiró agotada, pasándose ambas manos por el pelo largo, que luego se echó detrás de un hombro.

—No es asunto tuyo. Así de sencillo —contesté la primera chorrada que se me pasó por la cabeza, solo para no decirle lo enfadado que estaba conmigo mismo por lo que sentía en mi interior, contra lo que llevaba tiempo luchando.

—Sí, claro. Yo tengo que callarme, aceptarlo todo. Dejar que me folles, despertarme con el cuerpo dolorido y lleno de marcas. Hacerte una…

Se detuvo, avergonzada, en cuanto le dirigí una mirada torva. Una de esas que callaban a cualquiera sin decir nada.

—No me eches las cosas en cara. ¡Es lo que más odio del mundo! —Levanté la voz, furioso, y cerré las manos en sendos puños, con la clara intención de destrozar algo. Ella bajó la mirada al percatarse de mi tensión y dio un paso atrás.

—Mírate. Me tratas como si fuera tu saco de boxeo. Sufro tus desplantes, tus órdenes, tus cambios de humor. ¿Quieres que me convierta en tu maldita esclava, Neil? ¿Eh?

Gesticuló con impaciencia y yo miré fijamente sus labios carnosos, que quería morder y besar de nuevo, como si realmente fuese mi esclava. Mía y de nadie más.

—Sí, no estaría mal que fueras mi esclava sexual… —dije, picado, y ella inhaló bruscamente antes de explotar.

—Te odio. Mira, ¿sabes qué? Que no te soporto. Eres… irritante, arrogante, déspota, lunático, grosero e irrespetuoso. Vuelve a…

Antes de que pudiera terminar, mi móvil volvió a sonar. Selene miró mi bolsillo y yo, con un suspiro nervioso, saqué el teléfono para contestar. Como fuera Megan otra vez, pensaba ponerla en su sitio de malas maneras, pero cuando vi el nombre de Logan parpadeando en la pantalla, fruncí el ceño y contesté rápidamente.

—¿Qué pasa? —dije con sequedad.

—Neil —contestó sin aliento, y me preocupé tanto que mi actitud cambió de golpe.

—Logan, ¿estás bien? —Me puse una mano en la cadera y esperé a que hablase.

—Ven a casa, ahora. No puedo anticiparte nada, pero es urgente…

El corazón me empezó a latir con fuerza en el pecho. Colgué inmediatamente y, presa de la ansiedad, pasé por delante de Selene sin hacerle caso, pero ella me agarró del brazo y me giré para mirarla.

Estaba asustadísima.

—Tengo que irme. Ha pasado algo, pero Logan no me ha dicho nada —me limité a decir, quitándomela de encima.

—Vale, pero ¿me llamarás al menos? —se aventuró a preguntar con inseguridad, pero yo sacudí la cabeza y di un paso atrás. Estaba a punto de hacerle daño otra vez, porque haría cualquier cosa para destruir sus ilusiones.

—Nunca llamo a las mujeres después de haber pasado la noche juntos.

Miré sus labios por última vez, luego aspiré el aroma a coco que flotaba en el aire y salí de la habitación sin pensármelo dos veces.

Lo más importante para mí ahora era llegar a casa y averiguar qué había pasado, porque, cuando se trataba de mis hermanos, todo lo demás daba igual.

20

Neil

Inspiré. Espiré. Sentía que me estaba volviendo loco.
Me sucedía a menudo.

Charles Bukowski

—Aquí estoy. —Unas horas más tarde llegué por fin a mi casa y vi a Logan de pie en el salón—. Espero que me des una noticia importante, porque he cogido el primer vuelo para volver a tiempo —dije molesto, y luego cerré la puerta con un golpe de talón, quitándome la chaqueta.

En ese momento vi a mi madre caminando ansiosa por la sala de estar, a Matt tratando de consolarla y al ama de llaves dándoles una infusión de hierbas o algo así.

—¡Neil! ¿Dónde estabas? —Tan pronto como mi madre se percató de mi presencia, vino hacia mí con los brazos extendidos, pero retrocedí, impidiendo que me tocara; Matt me lanzó una mirada sombría.

Desde que se había enterado de la enfermiza relación física que mantenía con su hija, me odiaba. Apenas me dirigía la palabra, pero a mí no me importaba.

—Cariño, cálmate —le dijo a mi madre. Me volví hacia él y lo miré; llevaba un elegante traje, como de costumbre, y llevaba la perilla bien arreglada y el pelo negro peinado con gomina.

Patético.

—¿Podéis decirme qué coño pasa? —proferí, al límite de mi paciencia, y en aquel momento Alyssa bajó rápidamente las escaleras. A pesar de la llegada de su novia, Logan permaneció inmóvil. Por la cara de mi hermano, me di cuenta de que definitivamente pasaba algo grave.

—Neil, escúchame... A ver... Todo ha sucedido esta noche. Tú no estabas y Chloe se ha escapado para ir a no sé dónde y no ha vuelto —dijo Logan apresuradamente, tirándome la verdad a la cara como un jarro de agua fría. De repente me sentí en el centro de un terremoto, en el centro de una explosión devastadora, y la cabeza me dio vueltas por el súbito aceleramiento de los latidos de mi corazón.

—¿Qué?

En realidad había escuchado perfectamente bien, pero necesitaba entender la situación, necesitaba procesarla, pero los sollozos de mi madre y las palabras de consuelo que le estaba diciendo Matt me devolvieron a la realidad demasiado pronto.

—¿Cómo ha podido escaparse? Estabas tú en casa. ¿Dónde coño estabas mientras ella salía de aquí sin que nadie se lo impidiera? ¿Eh?

Con un arrebato felino y fuera de control, me abalancé sobre mi hermano y lo agarré por la camiseta haciendo que todos se estremecieran.

—En mi habitación. Había estado con ella justo antes. Estaba estudiando en la cama. Me dijo que estaba cansada y que no iba a salir, y... —me explicó y yo aflojé mi agarre; en el fondo sabía que Logan no tenía nada que ver, no era culpa suya, aunque...

Una bombilla se encendió en mi cerebro.

La invitación de la fiesta de disfraces...

—Mierda —proferí, y me apresuré a subir las escaleras hasta la habitación de Chloe. Una vez dentro, empecé a lanzarlo todo por los aires en busca del papel con la dirección de la fiesta. Después de unos minutos, lo encontré tirado debajo de la cama; luego fui corriendo a mi habitación y cogí las llaves del Maserati.

—¿A dónde vas? —preguntó Logan cuando llegué al salón, pero no perdí tiempo en contestar. Salí al jardín y caminé a paso ligero hacia el coche. Mi hermano me siguió y Alyssa vino detrás. No me opuse y les permití venir conmigo. Tenía mis sospechas de que Player pudiera tener algo que ver y, en ese caso, no teníamos mucho tiempo para actuar.

—¡Le dije que no fuera! ¡Maldita sea! —grité, enfurecido. Luego me senté en el asiento del conductor y arranqué el motor.

—Neil, tranquilo. La encontraremos.

Mi hermano me tocó el brazo, pero lo aparté. Salí de la mansión y aceleré. Las ruedas chirriaron sobre el asfalto y Alyssa, sentada en el asiento trasero, dejó escapar un grito, pero no me importó. El velocímetro indicaba una velocidad vertiginosa, mientras mi hermano introducía la dirección en el GPS digital.

Unos diez minutos después, llegué delante de la mansión de dos plantas donde se había celebrado la fiesta. Aparqué a toda prisa, salí del coche y avancé a grandes zancadas por el camino de entrada, con rabia.

—Si no la encuentro, voy a matar a alguien hoy —dije al escuchar los pasos de Logan y su novia detrás de mí—. Y nuestra hermana se va a enterar de lo que es bueno —añadí furioso.

Una vez en la puerta, toqué incesantemente el timbre de la vivienda, y apareció un tipo somnoliento con largas rastas en el umbral. Tenía los ojos hinchados, rojos y brillantes, probablemente por las drogas que había tomado durante la noche y que aún circulaban por su cuerpo.

—¿Vosotros quiénes so...?

Ni siquiera lo dejé terminar; lo aparté de un empujón y entré. Entonces, como un perro de caza, comencé a analizar todo lo que tenía delante. Miré a mi alrededor. El salón era grande, con dos sofás de esquina, un televisor de plasma y una mesa de centro llena de bolsas de patatas fritas, cachimbas y otras mierdas. Avancé con determinación, con la rabia hirviéndome en la sangre, esquivando de malas maneras los cuerpos tirados por el suelo de gente aún dormida o tan borracha que parecía que estuvieran muertos. Casi todos iban disfrazados. Había vasos de papel rojos esparcidos por todas partes, junto con colillas de cigarros y porros. Había varias parejas desnudas enredadas en el sofá y alguno que otro tirado en el suelo apoyado en la pared.

Olfateé en el aire la peste a tabaco, hierba, alcohol y sexo. El típico olor nauseabundo de las fiestas devastadoras a las que durante una temporada yo también había ido.

¿Dónde estaba mi pequeño koala?

Miré a mi alrededor en busca de su pelo dorado y sus ojazos grises. Ni siquiera sabía de qué se había disfrazado o qué llevaba puesto, pero sabía con certeza que la reconocería en cualquier caso.

—Miller, ¿qué haces tú aquí?

Un tipo alto, rubio y de complexión robusta se puso delante de mí, bloqueando mis pasos y, en consecuencia, los de Logan y Alyssa.

—Busco a Chloe, ¿alguien la ha visto?

Todo el mundo sabía que era mi hermana y también lo que pasaba si la tocaban a ella o a Logan.

—Ah, ¿la rubita? Mm... No sabría decirte, a lo mejor la he visto..., no sé.

Se rio, probablemente todavía borracho, y mi rabia tomó la iniciativa: agarré a aquel desgraciado por la nuca y lo golpeé de cara contra la pared.

—¡Neil! —intervino Logan, pero no le hice caso. Yo tenía mis métodos para conseguir lo que quería y, en aquella situación, pensaba ponerlos todos en práctica.

—¿Dónde diablos está Chloe, imbécil? ¡Intenta recordar dónde la viste por última vez! —le grité al oído, con la vista fija en su mejilla presionada contra la pared.

—Yo... Yo... No sé... No me acuerdo... —balbuceó temeroso, pero yo estaba tan enfadado, impaciente y asustado por lo que pudiera pasarle a mi hermana que no podía controlarme. Enfurecido, arrastré al chico conmigo y divisé el baño no muy lejos de nosotros. Entonces lo levanté, le metí la cabeza en el lavabo y abrí el grifo del agua fría.

—Ahí tienes. Refréscate un poco, que así seguro que te vuelve a funcionar el cerebro —dije fuera de mí mientras el chico se revolvía, pero no podía contrarrestar mi fuerza. Una vez satisfecho, cerré el grifo y lo puse mirando al espejo, posicionándome detrás de él. Le sacaba unas dos cabezas y se echó a temblar—. Ahora, capullo, recuerda dónde la viste por última vez o te juro que me lío a puñetazos.

Levantó los brazos en señal de rendición, pero yo no aflojé el agarre en su cuello. Seguí apretando, mirándolo con furia.

—Yo..., yo... —tartamudeó.

—No me hagas enfadar o seré implacable. Habla. Vamos —lo amenacé furibundo. Nadie debía tocar lo que me pertenecía o me volvía loco.

—Estaba con..., con una amiga vestida de diablesa y... los Krew... —murmuró temeroso. Entonces lo solté, consternado.

—¿Los Krew? —repetí, sorprendido. La imagen de Xavier, Luke, Alexia y Jennifer con Chloe se materializó en mi cabeza, dejándome incrédulo, más asustado si cabe que antes.

—¿Qué demonios estaba haciendo con tus amigos? —intervino Logan atemorizado, seguramente pensando en lo cabrones y peligrosos que eran. Me alejé enseguida del imbécil y salí de aquel baño fétido, pasándome ambas manos por el pelo. Tenía que mantener la calma y la razón. Mis ojos se dirigieron hacia el piso de arriba, donde estaban los dormitorios.

—Neil, espera.

Ignoré la voz de mi hermano y subí las escaleras, luego empecé a abrir todas las puertas a patadas, esperando encontrar a Chloe acurrucada sola, en alguna cama. A lo mejor un poco borracha, pero en tal caso la habría perdonado. Lo que realmente me importaba era encontrarla sana y salva. En las habitaciones, sin embargo, solo había parejas dormidas bajo las sábanas o alguien demasiado colocado para entender lo que estaba pasando.

—Me cago en todo —maldije y caminé por el pasillo hasta que mis ojos divisaron tres figuras que avanzaban hacia nosotros. Los reconocí de inmediato. Eran los Krew. Estaban todos excepto Xavier.

—¿Dónde coño está Chloe?

La primera persona a la que dirigí toda mi ira fue Luke, a quien agarré por las solapas de la chaqueta empujándolo contra la pared. Se rio y frunció el ceño, sin inmutarse en absoluto, tan gilipollas como siempre.

—Hola a ti también. Como siempre, estás cabreado.

Sonrió, pero mi gesto furibundo hizo que enseguida se pusiera serio de nuevo.

—La putita de tu hermana estará en la cama con alguno, relájate —intervino Jennifer y me giré hacia ella.

Llevaba un vestido corto y sexi de enfermera, con los pechos embutidos en un sujetador de encaje rojo, totalmente a la vista. Solté a Luke e instintivamente la agarré por el cuello con una mano. La rubia jadeó y se agarró a mi brazo.

—Si aquí hay una puta, eres tú —siseé con los dientes apretados. Los labios escarlata de Jennifer se curvaron en una sonrisa divertida y, con una mano, la rubia me tocó entre las piernas, lanzándome una mirada traviesa.

—Pues tú bien que nunca me haces ascos.

Me guiñó un ojo y, tras chasquear la lengua con rabia, la solté a regañadientes.

—¡Que te jodan! —exclamé indignado; a veces yo también me preguntaba por qué caía tan bajo y me enrollaba con mujeres así—. ¡Decidme dónde está Chloe o juro por mi vida que me las pagaréis! —grité señalándolos con el dedo uno a uno.

En ese momento, sin embargo, Logan me puso una mano en el hombro y señaló a una chica morena a la que yo ni siquiera había visto.

—Madison, tú eres amiga suya, ¿verdad? ¿Puedes decirnos dónde está? Por favor…

Logan se dirigió a ella con tono afligido y contrito. Yo, mientras tanto, me toqué la cara y le di una patada a una botella de cristal vacía en el suelo, que chocó contra la pared. El silencio de la chica me molestó, así que avancé furioso hacia ella.

—Yo no pido las cosas por favor. —Empujé a Logan bruscamente y Madison retrocedió asustada—. ¡Dime dónde está mi hermana! —le ordené, agarrándola por el brazo. Los ojos de la chica se abrieron de par en par y me miró aterrorizada—. ¡Dímelo, hostia! ¡Dímelo! —Empecé a zarandearla con rabia—. ¡Habla! —grité a poca distancia de su cara, pero ella estaba en shock.

Yo, en cambio, había perdido la cabeza, ya no podía entender nada, estaba en el carrusel de mi locura y no me iba a bajar tan fácilmente.

—Neil, la estás asustando. —Logan me puso una mano en el hombro y tiró de mí—. Solo tiene diecisiete años. No puedes tratarla así —me reprendió, y la miré sin aliento.

Sentía que la ira recorría cada parte de mí; se había enroscado a mi alrededor como una serpiente.

—Lo único que podemos hacer es seguir buscándola —intervino Alyssa.

—Hombre, pero mira, si ha venido también la novia del hermanito —le comentó Luke a Alexia, haciéndola reír.

—Tú deja de hacer el idiota —le espeté, porque sabía que Logan no soportaba que nadie se metiera con su novia.

—Ignóralo y escúchame. —Logan me agarró la cara y me obligó a mirarlo—. Centrémonos en Chloe.

Era verdad, con los Krew solo estábamos perdiendo el tiempo y yo tenía que encontrar a mi hermana como fuese.

—Tienes razón —murmuré y él me sonrió. Luego me volví hacia los demás y los miré a todos, despacio, con gesto torvo.

Sin pronunciar una palabra más, me alejé, golpeando a Luke con un hombro al pasar a su lado, y continué mi búsqueda. Todavía faltaban tres habitaciones, tal vez Chloe estuviera allí. Pero de repente me sonó el teléfono. Lo saqué del bolsillo del pantalón y vi un número anónimo. Logan se puso a mi lado y me miró con preocupación. Estábamos pensando en la misma persona. Cogí la llamada y…

—Neil —dijo una voz distorsionada por un dispositivo que me impedía descifrar si mi interlocutor era un hombre o una mujer. Miré a Logan e hice un gesto con la cabeza, confirmando nuestras sospechas, y él palideció.

Efectivamente, era Player 2511.

—Sabía que esto tenía algo que ver contigo, hijo de puta. ¿Dónde está Chloe?

—Los niños siempre son un enigma fantástico —respondió divertido, y mi mano derecha tembló, tanto que la cerré en un puño para no perder el control.

—Dime dónde está.

—Eso sería demasiado fácil, ¿no? —se burló y yo lancé otra mirada a Logan, que ahora se había abrazado a Alyssa—. Formas, colores, magia, GYR9391. Resuelve el enigma en un máximo de una hora si quieres que la pequeña Chloe sobreviva.

Había enunciado otro acertijo, que traté de memorizar; lo repetí de cabeza mientras el psicópata se limitó a colgar sin decir nada más.

—Era Player —le dije a Logan, que se acercó para obtener más detalles.

—¿Qué ha dicho? —preguntó alarmado y yo suspiré.

—Me ha dado otro acertijo para que lo resuelva —le informé, y le conté lo que me había dicho.

—¿Y qué demonios significa eso? —Frunció el ceño, confundido.

—No lo sé. Solo tenemos una hora para encontrarla.

La idea de que pudiera pasarle algo a mi hermana me hizo temblar de rabia y enseguida reanudé la marcha por el pasillo. Abrí otra puerta, pero no había ni rastro de Chloe; luego le di una patada a la puerta de al lado y vi que en la cama había un chico tumbado bocabajo con dos mujeres al lado. Una era rubia y delgada.

Abrí los ojos incrédulo y reconocí el tatuaje en el brazo de Xavier, así que me apresuré a tirar de las sábanas y lo desperté del susto.

—¡Pero qué cojones…! —exclamó molesto, volviéndose hacia mí todavía adormilado; me fijé bien en las caras de las dos mujeres desnudas. Por suerte, la chica rubia no era Chloe.

—¡Tápate! —gritó Logan, poniendo una mano sobre los ojos de Alyssa para que no viera el cuerpo completamente desnudo de Xavier.

—¿Qué coño hacéis aquí? —profirió, dirigiéndose a mí, y luego se levantó molesto de la cama y buscó su ropa interior.

—¿Dónde está Chloe? —pregunté, pero los ojos negros de mi amigo ni siquiera me miraron.

—¿Por qué iba a saberlo? —Pasó tranquilamente por delante de mí y recogió sus calzoncillos para ponérselos. Logan no dejaba de mirarlo fijamente, horrorizado, y una vez vestido, Xavier le lanzó una mirada amenazadora—. ¿Qué pasa, princesa? ¿Nunca has visto un semental?

Xavier se burló de mi hermano y se pasó una mano por el pelo enmarañado por la noche de desenfreno.

—Está aquí mi novia. ¡Vístete! —le ordenó Logan, con una mano todavía en los ojos de Alyssa.

—Logan, no estoy mirando nada, confía en mí —le aseguró ella con tono inocente, pero Logan, celoso como un demonio, le indicó que se estuviera callada.

—Parece que alguien es un poquito inseguro. Mal..., muy mal —se burló Xavier, profiriendo una carcajada, pero Logan permaneció muy serio y respiró hondo.

—¡No te soporto! Eres lo peor —lo provocó mi hermano, mirando a las dos mujeres que dormían en la cama. Xavier se puso sus vaqueros negros y le dirigió una mirada sardónica.

—No me juzgues, princesa. Tu hermano tiene los mismos hábitos. —Le guiñó un ojo en plan cabrón y decidí intervenir.

—Cierra la boca, gilipollas —lo amenacé, mirándolo con gesto torvo, y él me sostuvo la mirada todo el tiempo.

Xavier era el único, aparte de Luke, que tenía cojones de desafiarme.

—Dime, jefe. ¿Qué quieres que haga por ti?

Levantó una esquina de los labios y se puso una sudadera, dedicándome toda su atención.

—¿Qué coño hacía Chloe con vosotros? Me lo han dicho, así que no lo niegues. No ha vuelto a casa esta noche, ¿sabes dónde está? ¿Se fue con alguien? ¿Estuvo bebiendo?

Le hice todas las preguntas que tenía en mente y en sus ojos solo vi una confusión absoluta. Ladeó la cabeza, pensando en quién sabe qué, y luego habló.

—No. Estaba con su amiga, la chavala morena que sale con Luke. Sí, por eso tu hermana estuvo con nosotros, pero solo un rato —explicó con frialdad, sin ningún tipo de reticencia o vacilación.

—¿Y luego? ¿Qué hizo? ¿A dónde fue?

Me pasé una mano por la cara tratando de reconstruir la noche de Chloe, pero tenía un dolor de cabeza horrible y un miedo de cojones a que le hubiese pasado algo. Pero sabía que, sin buscar pistas, nunca sería capaz de descifrar el enigma que Player me había planteado.

—No lo sé. Dijo que quería dar un paseo, que necesitaba un poco de aire fresco. Yo estaba ocupado abordando a estas tías a las que me he follado. —Señaló con el pulgar a las mujeres que tenía detrás y yo maldije en voz baja. Xavier no podía saber más de lo que me había contado, pero lo intenté de nuevo.

—¿Sabes si se tomó algo?

Hablé en clave, aunque mi hermano se dio cuenta que me refería a drogas; su oído inquisitivo no dejaba escapar ni un detalle de la conversación entre Xavier y yo.

—Oye, amigo, ¿qué te piensas? ¿Que pierdo el tiempo con niñas? Además, sé que es tu hermana, te aseguro que no quiero acabar como Carter Nelson. —Levantó los brazos en el aire para reforzar su argumento—. Me gustan las mujeres más... maduras.

Sonrió descaradamente lanzándole una mirada traviesa a Alyssa, que lo miraba curiosa e intimidada, mientras Logan le rodeaba los hombros con un brazo para marcar su territorio.

Estábamos perdiendo un tiempo precioso.

—Logan, vamos —le ordené a mi hermano, pasando junto a Xavier.

—¿Quieres que te eche una mano para buscarla? —preguntó mi amigo al entender cuáles eran nuestras intenciones.

—¿Por qué quieres ayudarme a buscarla?

Entrecerré los ojos y lo miré fijamente.

—Ya sabes que se nos da bien resolver líos.

Se encogió de hombros y mi hermano se puso a sacudir la cabeza con nerviosismo.

—¡Neil, no! ¡No va a venir con nosotros! ¡No puede ser! ¡Joder! —exclamó indignado, mirándolo con desprecio.

—¿Tienes miedo de que le toque el culo a tu muñequita? —lo instigó el otro.

Logan avanzó hacia él, pero lo detuve poniéndole una mano en el pecho.

—Xavier, déjalo o voy a perder la paciencia —le advertí con severidad, y él se puso serio, consciente de que no estaba bromeando.

—Neil, no me fío de él —me susurró Logan al oído, y yo reflexioné.

—Solo os quiero echar una mano, princesa, relájate. —Pasó por delante de nosotros con indiferencia y lo seguí fuera de la habitación.

—Tú para de mirarlo —le dijo Logan a su novia.

Seguimos todos a Xavier escaleras abajo, salimos por la puerta y nos dirigimos a mi coche. Una vez dentro, le repetí el acertijo a Alyssa y ella lo anotó en un papel, pensativa. Inevitablemente, ahora tanto ella como Xavier estaban al tanto de la situación con Player.

—¿Me estás diciendo que hay un imbécil enmascarado que te envía acertijos absurdos y amenaza a tu familia? —me preguntó el más loco de los Krew mientras fumaba sentado en el asiento delantero.

—Sí, más o menos —repliqué, luego arranqué el motor y enfilé una calle cualquiera.

Yo tampoco sabía a dónde me dirigía. Ya habían pasado veinte minutos desde la llamada de Player y el tiempo apremiaba.

Él y sus malditos juegos…

Además, sabía que volvería a atacar. Sospechaba desde hacía tiempo que el siguiente objetivo sería mi hermana o mi madre, por eso le había prohibido a Chloe salir sola e ir a cualquier fiesta. Sobre todo si la organizaban chicos mayores y desconocidos que pudieran suponer un peligro. Pero Madison había caído en las garras de Luke y había convencido a Chloe para ir con ella. Así, mi hermana había conseguido colarse en aquella fiesta exclusiva, ya que los Krew podíamos ir a cualquier fiesta y llevar a quien quisiéramos, incluso sin invitación. Bastaba con decir quiénes éramos para manipular la mente de la gente e infundirles miedo.

—«Forma» podría referirse a una forma geométrica —comentó Alyssa desde el asiento trasero, sentada junto a Logan, sacándome de mi vórtice de pensamientos. Xavier le dio una calada a su cigarro y gruñó pensativo.

—¿Y colores? ¿Magia? —murmuré, nervioso, tratando de no perder la serenidad, pero sobre todo la lucidez.

—Pues «colores»… ¿Podría ser algún objeto de color? —se preguntó Alyssa dudosa, lo que provocó que Xavier soltara una sonora carcajada.

—Mmm, guapa e inteligente. Interesante —intervino, incomodándola, sin pensar en la gravedad de la situación en que nos encontrábamos.

Le había dejado venir solo porque me vendría bien alguien ágil y fuerte como yo. Después de todo, Xavier había crecido en la calle y estaba acostumbrado a enfrentarse a cualquiera. Solo había que provocarlo y se convertía en la peor de las bestias, por eso nos llevábamos bien. En el fondo, éramos iguales, aunque me costara reconocerlo. Sin embargo, no me había parado a pensar en cuánto le gustaba a mi amigo provocar a Logan, lo que podía causarnos problemas graves.

—¡Neil, o haces que se calle o lo bajas del coche! —Logan elevó el tono, furioso, pero Xavier se echó a reír. Yo miré a mi hermano por el espejo retrovisor.

—Callaos ya —les dije a ambos, luego suspiré y seguí pensando en el enigma.

Formas. Colores. Magia…

¿Qué podía tener todas esas cosas juntas?

Y de repente me acordé del cubo de Rubik. De niño jugaba con él todo el rato y era capaz de resolverlo en poco tiempo, llegando a la posición original, con todos los cuadraditos de cada cara de un color. Se me encendió la bombilla.

—Cubo de Rubik —dije, interrumpiendo la discusión entre Xavier y Logan.

—Hay un motel que se llama Rubik —dijo enseguida Alyssa y sonrió. Quizás estábamos acercándonos.

—Eso tendría sentido —dijo Logan—. «Forma» se refiere al cubo, «colores» a los cuadrados de colorines, «magia» porque también se le llama cubo mágico… Pero ¿y GYR9391? —preguntó Logan escéptico, tras haber entendido mi razonamiento y conectado cada palabra como había hecho yo.

—Podría ser una matrícula. Alyssa, dame la dirección de ese motel —le ordené y, cuando me la dijo, di un volantazo y me dirigí al Motel Rubik. Conduje como un loco al pensar en lo que Chloe podría estar haciendo en un lugar así, y me puse nervioso.

—Cuidado, viene una curva cerrada —me advirtió Xavier, pero mantuve el pie en el acelerador, ignorando la aguja del velocímetro, que parecía haberse vuelto loca.

—Neil, más despacio —me reprendió también Logan, pero en lugar de hacer caso a sus advertencias, aferré el volante con fuerza y respiré hondo para mantener la concentración y evitar estrellarme de un momento a otro. Sin embargo, la curva peligrosa y cerrada me obligó a decelerar y reducir de marcha.

—¡Neil! —gritó Logan, y yo, con la ayuda del freno delantero, intenté no derrapar; las ruedas traseras chirriaron ruidosamente sobre el asfalto, y el coche hizo un trompo.

Mantuve el control todo el tiempo; al final de la curva di un volantazo en dirección contraria y, con un toque de acelerador volví a ganar velocidad, dejando escapar un suspiro de alivio.

—¡Podías habernos matado! —exclamó Alyssa con una mano en el pecho. Xavier soltó una carcajada y siguió fumando despreocupadamente.

—Las princesas de atrás no están acostumbradas a tu estilo de conducción —dijo mi amigo con ironía.

—Cállate, imbécil. ¡Princesa lo serás tú! —lo atacó mi hermano mientras yo no dejaba de mirar la hora.

—Dejemos que sea tu muñequita quien decida eso, ¿te parece?

Xavier lo miró de reojo y yo frené de golpe, haciendo que todos se sobresaltaran.

Entré en el aparcamiento aislado del motel y observé el cartel, que iluminaba con luz tenue el asfalto, y las paredes desconchadas del edificio viejo y ruinoso. Luego apagué el motor.

Cuanto más miraba el lugar que tenía delante, más me parecía un prostíbulo.

Y, efectivamente, al salir del coche me fijé en una mujer ligera de ropa que se dirigía a la entrada acompañada de un hombre mucho mayor que ella, con la barba larga, la barriga sobresaliéndole por debajo de la camiseta blanca y cara de pervertido.

—¿Qué es este sitio? —preguntó Alyssa horrorizada, y el mero hecho de pensar que mi hermana pudiese estar allí me hizo ponerme como una fiera.

Intenté conservar la lucidez. Recordé que el enigma contenía una matrícula —GYR9391— y miré a mi alrededor en busca de un coche con esa placa. Sin embargo, solo vi un viejo camión y una moto negra. Mi atención, entonces, se trasladó a Xavier, que, sin mi permiso, abrió el maletero del Maserati y sacó un bate de béisbol.

—¿Qué haces? —Observé cómo lo cogía con una mano y se acercaba a mí.

—Sabía que lo tenías ahí atrás. Luke y yo también llevamos, ¿te acuerdas?

Esbozó una sonrisa socarrona, golpeando el extremo del bate contra la palma de la mano contraria.

—¡Es una locura! ¿Qué vas a hacer con eso? —preguntó Logan sorprendido, pero Xavier ni siquiera le contestó. Habíamos usado muchas veces palos y barras de hierro para hacernos respetar, así que aquello era absolutamente normal para nosotros.

—Tenemos que buscar un coche con la matrícula GYR9391 —ordené con decisión y nos dirigimos todos al aparcamiento, como lobos olfateando a su presa. Alyssa cogió a Logan de la mano, mientras que Xavier se quedó a mi lado, alerta y amenazante.

—¿Y si Chloe está en una de las habitaciones del motel? —preguntó mi amigo, dudoso, señalando la entrada con gesto circunspecto.

Teníamos poco tiempo para revisar cada una de las habitaciones de aquel antro mugriento. Y Player me había planteado un acertijo muy específico, así que tenía que seguir las pistas al pie de la letra.

—No creo —respondí, confiando en mi corazonada, ya que no solía fallarme.

—¡Allí hay un coche con esa matrícula! —gritó Logan de repente, señalando un coche aparcado junto a un árbol en la parte trasera del motel. No esperé ni un segundo más. Le quité el bate de béisbol de las manos a Xavier y me dirigí a grandes zancadas hacia el vehículo abandonado. Me incliné a la altura de la ventanilla para asomarme al interior, pero…

Estaba vacío.

Me quedé perplejo unos instantes, y luego miré mi reloj de pulsera: aún nos quedaban quince minutos.

Una rabia ciega me hizo empezar a golpear el coche con el bate, y con cada golpe dejé salir la ira, la frustración y la decepción. El tiempo pasaba demasiado rápido y los ojos grises de Chloe se dibujaron en mi mente como un recuerdo lejano. Me pareció percibir en el aire su perfume afrutado y sentí un dolor agudo en el corazón. Ella era una parte de mí y ese maldito psicópata de Player quería arrebatármela.

Después de un rato que me pareció infinito, paré de golpear el coche. Me detuve con la respiración entrecortada, la frente perlada de gotas de sudor, los músculos tensos y el pulso frenético. Las ventanas del coche estaban destrozadas. La carrocería, dañada.

A continuación, tiré el bate al suelo y puse ambas manos en el techo del coche, derrotado y rendido.

—Neil...

Mi hermano se acercó temblando al maletero y lo señaló con un movimiento de cabeza. Un segundo después llegó Xavier, quien, intuyendo lo que Logan quería decir, intentó forzar la cerradura, pero sin un destornillador u otra herramienta era imposible.

—Tenemos que intentar... —traté de decir, pero mi móvil sonó de nuevo. Lo saqué de inmediato y un número desconocido apareció en la pantalla.

Inhalé profundamente y respondí a la llamada, sin decir una palabra.

—Bueno, Neil, has conseguido resolver el enigma, pero no del todo —dijo, haciéndome apretar la mandíbula. Miré a mi alrededor tratando de averiguar si había alguien allí espiándome, pero no vi a nadie. Aunque sabía que Player estaba allí, en alguna parte, controlando cada uno de mis pasos.

—Quienquiera que seas, te gusta esconderte detrás de un teléfono o de una puta máscara, ¿no? —me burlé de él.

—Trata de dirigirte a mí con respeto... —me reprendió con un suspiro profundo.

—¿Por qué no vienes a buscarme y acabas con esta farsa?

—Porque para ti... —Hizo una pausa, aumentando mi agitación—. Tengo en mente algo más cruel...

Una risa escalofriante acompañó a la amenaza y no hizo más que alimentar mi rabia.

—No eres más que un cobarde —afirmé con contundencia, y su silencio me hizo darme cuenta de que le había herido en su orgullo.

—No juegues conmigo, Neil —replicó unos segundos después, como si eso fuera suficiente para intimidarme.

—No me das miedo —le dije con tono agrio, pasándome una mano nerviosamente por el pelo.

—Eres mi marioneta y yo soy tu titiritero. Los hilos los manejo yo, Neil, y no hay nada que puedas hacer para salvar a tus seres queridos ni para salvarte tú. Ahora tengo una nueva pista para ti: tu hermana está encerrada en el maletero del coche. —Se rio triunfal mientras yo sentía que la ira fluía por cada parte de mí. Logan había acertado: Chloe estaba allí—. Y ahora agáchate. Todavía te falta una pieza.

Fruncí el ceño y miré a Xavier y a Logan, que me observaban pensativos. Me agaché despacio y traté de averiguar qué diablos intentaba decirme Player. Al principio no vi nada raro.

—Mira bien —me animó, así que apoyé una mano en el suelo y me tumbé por completo sobre el asfalto para mirar debajo del coche, donde distinguí un dispositivo de metal con una luz roja y un temporizador.

Era una bomba.

—Explotará dentro de cinco minutos y diez segundos exactos —me informó aquel demente, confirmando mis sospechas. Me quedé inmóvil, absolutamente horrorizado.

—¿Qué, todavía quieres jugar conmigo, Neil?

Agradecimientos

Quiero dar las gracias a todos los lectores que, con entusiasmo y curiosidad, han leído el segundo volumen de la serie Kiss me like you love me. Como sabéis desde el principio, no es una historia de amor, sino una historia con varias formas de amor, y espero que hayáis conseguido captarlas todas y que yo haya estado a la altura para desarrollarlas como es debido.

Neil y Selene son una pareja un poco fuera de lo común, problemática, complicada, pero también muy fuerte. He dedicado años de trabajo a este proyecto, para perfeccionar al máximo no solo su personalidad, sino también para estructurar el misterioso laberinto en torno al cual se desarrollan sus vidas. Espero que, como yo, podáis vivir a fondo este caos, salir de él emocionados y dejar que Campanilla vuele por vuestros corazones y que míster Problemático entre en vuestra alma.

Los obstáculos y los secretos sin desvelar son aún muchos.

¿Conseguirán Neil y Selene afrontar lo que el destino les tiene preparado?

Espero que podáis seguirme en esta aventura para llegar juntos a nuestro país de Nunca Jamás y, sobre todo…

Para descubrir quién es Player 2511.

Os adoro,

Kira Shell

Este libro utiliza el tipo Aldus, que toma su nombre
del vanguardista impresor del Renacimiento
italiano, Aldus Manutius. Hermann Zapf
diseñó el tipo Aldus para la imprenta
Stempel en 1954, como una réplica
más ligera y elegante del
popular tipo
Palatino

Un juego peligroso
se acabó de imprimir
un día de invierno de 2023,
en los talleres gráficos de Liberdúplex, s. l. u.
Crta. BV-2249, km 7,4. Pol. Ind. Torrentfondo
Sant Llorenç d'Hortons (Barcelona)